EDIÇÕES BESTBOLSO

Heróis comuns

Scott Turow nasceu em Chicago, em 1949, e estreou na literatura em 1977 com o livro *O primeiro ano*, um relato de suas experiências como estudante de direito em Harvard. Dez anos depois, publicou *Acima de qualquer suspeita*, best-seller que o consagrou. O escritor é um mestre da literatura de suspense de tribunais, seus livros são sucessos instantâneos, chegando sempre ao topo das principais listas de mais vendidos de todo o mundo. Turow é sócio de um escritório de advocacia em Chicago e em 2002 participou de uma comissão federal para discutir a pena de morte ao lado de políticos e dos maiores juristas dos Estados Unidos.

SCOTT TUROW

HERÓIS COMUNS

Tradução de
DOMINGOS DEMASI

EDIÇÕES
BestBolso

RIO DE JANEIRO – 2011

CIP-BRASIL. CATALOGAÇÃO-NA-FONTE
SINDICATO NACIONAL DOS EDITORES DE LIVROS, RJ

T858h
Turow, Scott, 1949-
Heróis comuns / Scott Turow; tradução de Domingos Demasi. – Rio de Janeiro: BestBolso, 2011.
12 x 18 cm

Tradução de: Ordinary Heroes
ISBN 978-85-7799-271-3

1. Guerra Mundial, 1939-1945 – Ficção. 2. Ficção norte-americana. I. Demasi, Domingos, 1944-. II. Título.

11-4208
CDD: 813
CDU: 821.111(73)-3

Heróis comuns, de autoria de Scott Turow.
Título número 263 das Edições BestBolso.
Primeira edição impressa em agosto de 2011.
Texto revisado conforme o Acordo Ortográfico da Língua Portuguesa.

Título original norte-americano:
ORDINARY HEROES

www.edicoesbestbolso.com.br

Design de capa: Tita Nigrí.

Impresso no Brasil

ISBN 978-85-7799-271-3

Em memória de meu pai

Parte I

PARA
Srta. Grace Morton
Wiberly Road, 37
Kindle County 16, Iv.
EUA

DE 1º Ten. David Dubin
0446192
Departamento de Justiça Militar
CORREIO MILITAR 403
a/c Agente do Correio
N.Y.

19 de março de 1944
No Atlântico

5º dia a bordo do SS King Henry

(CARIMBO DO CENSOR)

VEJA INSTRUÇÃO Nº 2

Queridíssima Grace:

Minha doença acabou. Amo você e sinto mais saudades do que nunca! Ontem acordei me sentindo ótimo, corri para tomar o café da manhã, e tenho estado bem desde então. Começo a conhecer a rotina a bordo deste cruzeiro requisitado para fins militares, onde a maior parte da tripulação civil continua a serviço — inclusive criados hindus que trabalham nos camarotes para os oficiais. Temos também uma excelente banda. Três ou quatro vezes ao dia ela ataca números clássicos sentimentais na velha sala de jantar da primeira classe, que continua equipada com lustres baratos e cortinas de veludo vermelho. Os soldados não possuem luxo algum, mas mesmo eles sabem que suas acomodações são um marcante progresso em relação ao que conseguiriam com a ajuda da Marinha.

Ao som de Tchaikovsky, às vezes esqueço que estamos em uma zona de guerra e em águas decididamente traiçoeiras. Contudo, com tanto tempo disponível, suponho que seja natural que pensamentos sobre o que pode haver adiante me preocupem ocasionalmente. Durante os quatro dias de doença após partirmos de Boston, naturalmente passei longos períodos no convés. Apesar de toda a sofisticação que gosto de pensar que adquiri na Easton College e na escola de Direito, continuo sendo um caipira do Meio Oeste. Até vir para cá eu nunca havia estado em uma extensão de água maior do que a do rio Kindle, e tem havido momentos em que acho aterrorizante a vastidão do Atlântico. Fitando adiante, me dou conta do quanto vim parar longe de casa, de como estou sozinho agora, e de quão imaterial é minha vida para os oceanos, ou para a maioria das pessoas à minha volta.

Claro que, com a minha transferência para o Departamento de Justiça Militar, tenho muito menos a temer do que quando treinava como oficial de infantaria. O mais próximo que provavelmente chegarei de um alemão será para orientá-lo sobre seu tratamento como prisioneiro de guerra. Sei que você e meus pais estão aliviados, como também estou, mas em outros momentos me sinto mareado (Ah, ah!).

FORNECEU O ENDEREÇO COMPLETO ACIMA?

RESPOSTA POR
V-MAIL

FORNECEU O ENDEREÇO COMPLETO ACIMA?

PARA
Srta. Grace Morton
Wiberly Road, 37
Kindle County 16, Iv.
EUA

(CARIMBO DO CENSOR)

VEJA INSTRUÇÃO Nº 2

DE 1º Ten. David Dubin
0446192
Departamento de Justiça Militar
CORREIO MILITAR 403
a/c Agente do Correio
N.Y.

19 de março de 1944
No Atlântico

5º dia a bordo do SS King Henry

Não sei ao certo por que Deus coloca homens contra outros numa guerra. Aliás, nem sei ao certo se algum dia acreditei em Deus. Mas sei que devo fazer a minha parte. Todos devemos fazer a nossa parte, vocês em casa e nós aqui. Tudo que os nossos pais nos ensinaram – os meus pais e os seus, por mais diferentes que possam ser – está em jogo. Sei que esta guerra é justa. E é isso que homens – e americanos, especialmente – fazem. Eles lutam pelo que é certo no mundo, ainda que o sacrifício de suas vidas seja necessário. Ainda sinto o mesmo de quando me alistei, que, se não me envolvesse nesta luta, eu não seria um homem como o são os homens. E preciso ser. Há instantes em que sinto verdadeiro ciúme dos soldados com quem viajo, mesmo quando os vejo dominados por um súbito abandono que sei que é medo. Eles imaginam as balas zunindo sobre suas trincheiras, o terremoto e o clarão das bombas e da artilharia. Mas invejo o que eles se tornarão depois, no calor da batalha.

Eu lhe garanto que tal insanidade passa com rapidez, e que permanecerei alegremente um advogado, e não um soldado de infantaria. Já é tarde e dizem que há mar bravio adiante. Vou dormir enquanto posso.

Boa noite, querida. Eu a verei em meus sonhos!

Com amor para sempre,

David

FORNECEU O ENDEREÇO COMPLETO ACIMA?

RESPOSTA POR
V-MAIL

FORNECEU O ENDEREÇO COMPLETO ACIMA?

1
Stewart: Todos os pais guardam segredos

Todos os pais guardam segredos de seus filhos. O meu, ao que parece, guardou mais do que a maioria.

A primeira pista disso surgiu quando papai morreu em fevereiro de 2003, aos 88 anos, após percorrer um Triângulo das Bermudas de enfermidades – problemas cardíacos, câncer de pulmão e enfisema –, tudo mais ou menos atribuível a sessenta anos de cigarros. Como era de se esperar, minha mãe recusou-se a deixar que eu e minha irmã cuidássemos dos detalhes do enterro e insistiu em nos acompanhar para o encontro com o agente funerário. Ela escolheu um caixão grande o bastante para merecer um enfeite distinto, e então refletiu sobre cada palavra enquanto o agente lia a sugestão de anúncio fúnebre.

– David era um veterano de guerra? – perguntou. O homem da funerária tinha a aparência mais limpa que eu já vira, com as unhas feitas, as sobrancelhas modeladas e um rosto tão macio que desconfiei de eletrólise.

– Segunda Guerra Mundial – apregoou Sarah, que aos 52 anos ainda corria para responder antes de mim.

O agente funerário nos mostrou a pequena versão em preto e branco da bandeira americana que apareceria no jornal ao lado do nome de papai, mas minha mãe já agitava os escassos cachos grisalhos.

– Não – disse ela. – Não guerra. Não para este David Dubin.

Quando ficava irritada, o idioma inglês tendia a lhe faltar. E minha irmã e eu sabíamos o bastante para ficarmos calados durante aqueles ataques de mau humor. A guerra, exceto pelos parcos detalhes de como meu pai, um oficial americano, e minha mãe, uma prisioneira num campo de concentração alemão, se apaixonaram, praticamente à primeira vista, fora algo desagradável demais para ser comentado durante toda a nossa vida. Entretanto, eu sempre achara que o silêncio era por causa dela, e não por ele.

Ao término do funeral, mamãe se preparou para dar um destino aos pertences de papai. Sarah anunciou que estava com muita pressa para poder ajudar e voltou para seu escritório de contabilidade em Oakland, sem dúvida adorando o contraste que fazia comigo, um desempregado. Na manhã de segunda-feira, mamãe me encarregou do closet de papai, insistindo para que eu considerasse a ideia de ficar com a maior parte de suas roupas. Tudo era quase desastrosamente fora de moda, e apenas minha mãe poderia me imaginar, um eterno gordo, me espremendo o tempo todo para caber em qualquer uma delas. Escolhi algumas gravatas para deixá-la contente e passei a encaixotar o restante de suas velhas camisas e ternos para doar ao Refúgio, a organização de assistência judaica que minha mãe ajudara a fundar décadas atrás e que tocou adiante praticamente sozinha por quase vinte anos como diretora-executiva.

Eu, porém, estava despreparado para a emoção que me dominou. Conhecia meu pai como um homem reservado, circunspecto, muito metódico em quase tudo, brilhante, estudioso, amável. Ele preferiu trabalhar em prol das lutas sociais, embora tivesse um refinamento próprio. Contudo, seu grande sucesso vinha do interior da poderosa fortaleza do Direito. Em outros territórios, sentia-se menos à vontade. Deixava minha mãe mandar na casa, fazendo a mesma piada por mais de cinquenta anos – jamais, dizia, como advogado, teria habilidade para ganhar uma discussão com mamãe.

O Talmude diz que um pai deve puxar um filho para perto com uma das mãos e empurrá-lo para longe com a outra. Papai basicamente fracassou em ambos os casos. Eu sentia um constante interesse da parte dele que considerava como afeto. Comparado a outros pais, ele era um campeão, principalmente numa geração cuja principal ideia de paternidade era ser "um bom provedor". No fundo, porém, era ardiloso, quase como se se precavesse para evitar que eu o conhecesse bem demais. Aos típicos desafios que lhe lançava quando garoto, ele geralmente reagia com um recuo, ou me deixando a cargo de minha mãe. Guardo uma permanente lembrança das ocasiões, quando criança, em que fiquei sozinho com ele em casa, furioso por causa do silêncio. Será que ele sabia que eu estava ali? Ou ao menos dava alguma importância?

Agora que papai se fora, encontrava-me intensamente consciente de tudo que nunca havia discutido com ele – em muitos casos, nem mesmo começado. Será que lamentava por eu não ser advogado, seguindo seu exemplo? O que achava de minhas filhas? Achava que o mundo era um lugar bom ou ruim, e como poderia explicar o fato de os Trappers, por quem ele manteve uma resiliente paixão, nunca terem vencido o campeonato mundial durante sua vida? Filhos e pais não conseguem estar de acordo em tudo. Mas era doloroso descobrir que, mesmo na morte, ele continuava tão enigmático.

Por isso, esse negócio de tocar as coisas que meu pai tocou, de cheirar seu talco Mennen e sua loção pós-barba Canoe, deixava-me periodicamente alagado por sentimentos de carência e saudade. Manusear seus objetos pessoais era uma intimidade que jamais teria ousado se ele estivesse vivo. Cada minuto era doloroso mas profundamente comovente, e eu chorava sem parar, balbuciando no fundo do closet na esperança de que minha mãe não me ouvisse. Ela mesma ainda estava para derramar a primeira lágrima e sem dúvida achava que esse tipo de férreo estoicismo era mais apropriado para um homem de 56 anos.

Com as roupas empacotadas, comecei a vasculhar a coluna de caixas de papelão que descobrira num canto escuro. Havia ali uma notável coleção de coisas, muitas marcadas por um sentimentalismo de que sempre pensei que papai carecia. Ele havia guardado os cartões que Sarah e eu tínhamos feito como projetos de arte na escola elementar e a medalha da prova de nado de costas que ele ganhara no campeonato da escola secundária do Condado de Kindle. Dezenas de pacotes de slides escurecidos refletiam a vida de sua jovem família. Na caixa do fundo, encontrei recordações da Segunda Guerra Mundial, um maço de papéis quebradiços, várias braçadeiras vermelhas, tiradas de nazistas, imaginei, como troféus de guerra, e uma pilha retorcida de fotos 5x5 em preto e branco que deviam ter sido tiradas por outra pessoa, visto que meu pai estava em quase todas, parecendo magro e taciturno. Finalmente, cheguei a um maço de cartas guardadas numa velha lata de bombons sobre a qual havia um bilhete amarrado com um pedaço de barbante verde desbotado pelo tempo. Estava escrito com uma letra firme e datado de 14 de maio de 1945.

Querido David,

Devolvo à sua família as cartas que me enviou enquanto esteve além-mar. Suponho que elas talvez possam ter algum significado para você, no futuro. Visto que está resolvido a não mais fazer parte da minha vida, tenho de aceitar que, assim que o tempo passar e a minha dor diminuir, elas nada significarão para mim. Estou certa de que seu pai lhe avisou que, mês passado, devolvi a ele o seu anel.

Apesar de tudo isso, David, não consigo me zangar por você ter terminado o nosso noivado. Quando estive com seu pai, ele me disse que você atualmente está sendo julgado por uma corte marcial e sujeito à prisão. Mal posso acreditar que isso está acontecendo com alguém como você, mas também nunca teria acreditado que seria capaz de me abandonar. Meu pai diz que é sabido que pessoas enlouquecem durante períodos de guerra. Contudo, não posso mais esperar que você recupere a sanidade.

À noite, quando choro, David – e não vou fingir para você que não choro –, uma coisa me incomoda mais que tudo. Passei muitas horas rezando a Deus para Ele trazê-lo de volta em segurança; implorei a Ele para permitir que você vivesse e, se Ele fosse especialmente bondoso, que deixasse você voltar inteiro. Agora que o combate acabou, não consigo acreditar que minhas preces foram atendidas e que fui tola demais para pedir que, quando retornasse, você viesse para mim.

Desejo-lhe a melhor das sortes nos seus problemas atuais.

Grace

Essa carta me deixou atordoado. Corte marcial! A última coisa que poderia imaginar de meu incansavelmente correto pai era ele ser acusado de um crime sério. E noivado! Eu nunca tinha ouvido uma palavra sobre isso. Entretanto, mais do que surpresa, através dos arcos do tempo, como a luz emitida por estrelas distantes décadas atrás, me senti tocado pela dor dessa mulher. De alguma forma isso se amalgamou com minha própria confusão e decepção e amor frustrado, e instantaneamente induziu uma imensa curiosidade para descobrir o que havia acontecido.

A MORTE DE PAPAI ocorrera quando eu já me encontrava ofegante em uma das quedas-d'água da vida. No fim do ano anterior, após chegar aos 55 anos, eu me aposentara prematuramente da *Tribuna do Condado de Kindle*, meu único empregador na idade adulta. Estava na hora. Creio que era considerado um excelente repórter – tinha prêmios na parede para provar –, mas ninguém fingia, muito menos eu, que tinha o jeito ou a pretensão de me tornar um editor. Por essa época, eu já fazia a cobertura do tribunal por quase duas décadas. Dada a eterna natureza dos defeitos humanos, eu me sentia como um crítico de TV designado a assistir nada além de reprises. Após 33 anos na *Tribuna*, minha aposentadoria, combinada com um generoso rendimento de ações, aproximava-se de meu salário, e o meu cinismo acadêmico em relação ao capitalismo de algum modo alimentara uma estranha destreza no mercado de capitais. Por causa de nossos gostos modestos, Nona e eu não teríamos que nos preocupar com dinheiro. Enquanto ainda tivesse energia, queria me permitir a fantasia de todo jornalista: eu ia escrever um livro.

Não deu certo. Pelo simples fato de me faltar um assunto. Quem, diabos, realmente se importava com o julgamento por assassinato, de décadas atrás, do subchefe da promotoria pública que outrora achei ser um bom tema? Em vez disso, três vezes por dia eu me via encarando, do outro lado da mesa, Nona, minha namorada da escola secundária, e rapidamente tornou-se aparente que nenhum de nós dois gostava especialmente do que estava vendo. Gostaria de poder citar algum melodrama como um caso amoroso ou ameaças de morte para explicar o que dera errado. Mas a verdade é que a sentença estava havia tanto tempo na parede que simplesmente a considerávamos como parte da decoração. Após trinta anos, nossas filhas crescidas, havíamos descambado para um daqueles casamentos que nunca recuperavam sua justificativa. Nove semanas antes do falecimento de papai, Nona e eu havíamos nos separado. Jantávamos uma vez por semana, quando discutíamos amavelmente os nossos negócios, frustrávamos um ao outro da maneira de costume e não exibíamos nenhum vestígio de saudade ou segundas intenções. Nossas filhas ficaram arrasadas, mas eu achava que ambos merecíamos algum crédito pela coragem de esperar algo melhor em uma idade tão avançada.

Não obstante, eu já me sentia esgotado antes de papai morrer. Na ocasião em que o enterramos, me senti meio inclinado a pular no buraco ao lado dele. Mais cedo ou mais tarde, eu sabia que me recuperaria e seguiria em frente. Ofereceram-me trabalho como freelance em duas revistas, uma local e outra nacional. Com 1,80 metro e 97 quilos, não sou exatamente um bom partido, mas as perspectivas da meia-idade são mais benevolentes com os homens do que com as mulheres, e sempre houve sinais de que encontraria companhia, se e quando eu estivesse pronto.

Por enquanto, porém, sem trabalho e sem amor, eu estava mais interessado em fazer reavaliações. Minha vida era como a de qualquer outro. Algumas coisas tinham ido bem, e outras não, mas, no momento, eu me concentrava nos fracassos e eles pareciam ter começado com meu pai.

E, portanto, naquela segunda-feira, enquanto minha mãe pensava que eu me esforçava para entrar nas calças de papai, permaneci no seu closet e li dezenas de suas cartas do tempo da guerra – a maioria marcada como "Army V-Mails" – que haviam sido microfilmadas no exterior e impressas na agência local dos correios. Só parei quando mamãe gritou da cozinha, sugerindo que eu descansasse um pouco. Encontrei-a na mesinha de dobrar oval que ainda carregava as marcas das milhares de refeições feitas durante os anos 1950.

– Sabia que papai foi noivo antes de conhecer você? – perguntei do vão da porta.

Ela se virou lentamente. Estivera tomando chá, sorvendo-o através de um cubo de açúcar preso na fenda entre seus dentes da frente, um costume conservado desde o *shtetl*. O pedacinho marrom que restava foi depositado na beira do pires.

– Quem lhe contou isso?

Descrevi a carta de Grace. Sempre no controle de tudo, mamãe exigiu vê-la imediatamente. Aos 80 anos, continuava uma mulher bonita, empalidecida pela idade, mas ainda com feições uniformes e pele notavelmente não enrugada. Era baixinha – eu sempre a culpava por não ter saído tão alto quanto papai –, mas as pessoas raramente a viam desse modo, por causa da força agressiva de sua inteligência, comparável à de alguém que o cumprimenta com espada e armadura. Agora mamãe examinava a carta de Grace Morton com uma intensidade que, se fosse possível, parecia poder incendiar a página a qualquer instante. Sua expressão, quando a largou, talvez tenha exibido a levíssima influência de um sorriso.

– Pobre moça – comentou.

– Você sabia a respeito dela?

– "Sabia"? Eu desconfiava. Já tinha acabado há tempos quando conheci seu pai, Stewart. Era época de guerra. Casais ficaram separados por anos. Mulheres conheceram outros homens. Ou vice-versa. Já ouviu falar em cartas de rompimento de noivado, não?

– Mas e quanto ao resto? Uma corte marcial? Você sabia que papai tinha sido julgado por uma corte marcial?

– Stewart, eu estava num campo de concentração. Mal falava inglês. Creio que deve ter havido algum problema jurídico em algum momento. Foi um mal-entendido.

– Mal-entendido? Diz aí que queriam mandá-lo para a cadeia.

– Stewart, eu conheci seu pai, casei com seu pai, e vim para cá com ele em 1946. Portanto, pode concluir que ele não foi para a cadeia.

– Mas por que ele não falou sobre isso para mim? Durante vinte anos, mãe, eu fiz a cobertura de todos os grandes casos criminais no Condado de Kindle. Conversei com ele sobre cerca de metade desses julgamentos. Não acha que, num determinado momento, não teria deixado escapar que ele mesmo já tinha sido réu?

– Creio que se sentia constrangido, Stewart. Um pai deseja a admiração de seu filho.

Por algum motivo, essa explicação foi mais frustrante do que qualquer coisa até então. Se meu pai se preocupava com minha opinião sobre ele, isso me escapara. Levado novamente às lágrimas, cuspi meu permanente lamento. Ele era um maldito de um ser humano tão enigmático! Como papai pôde viver e morrer sem jamais ter deixado que eu realmente o conhecesse?

Nunca houve um segundo em minha vida no qual tenha duvidado das inclinações de minha mãe. Sei que ela desejava que eu me tornasse um pouco como meu pai, com um amortecedor melhor nas minhas emoções, mas podia vê-la absorver meus sentimentos à maneira das mães, como se sugando-os desde a raiz. Ela emitiu um carregado suspiro de Velho Mundo.

– Seu pai... – disse ela, parando para tirar da língua uma partícula de açúcar e reconsiderar suas palavras. Então, admitiu algo que jamais confessara sobre o que eu achava dele. – Stewart – falou –, seu pai às vezes tinha dificuldade de se relacionar com ele mesmo.

NAQUELE DIA, levei embora as cartas de papai sem que mamãe soubesse. Mesmo na minha idade, achava mais fácil enganá-la do que enfrentá-la. E precisava de tempo para refletir sobre o que havia ali. Papai escrevera pitorescamente sobre a guerra. Havia, porém, um não manifesto ar de calamidade em sua correspondência, como a arrepiante música cujo volume vai aumentando antes de algo dar errado em um filme. Ele manteve com Grace Morton uma fachada de pessoa corajosa, mas quando rompeu subitamente o relacionamento dos dois, em fevereiro de 1945, sua vida como soldado parece tê-lo abalado de uma maneira fundamental, o que imediatamente associei à corte marcial.

Mais importante, essa impressão reforçou a suspeita de uma vida inteira que permanecera não expressada até agora: algo havia acontecido com meu pai. No mundo jurídico, se vale o julgamento de um filho, papai era bastante admirado. Foi o principal advogado da Moreland Insurance por 15 anos, e era reconhecido por sua firmeza, seu brilho e sua sutil habilidade em abrir caminho a laser através das infinitas complicações do Direito Securitário. Entretanto, ele tinha uma vida particular como todo mundo e, em casa, sempre o envolvia uma rígida aura de trauma. Havia o fumo, que ele não conseguia largar, e os três dedos de uísque que engolia todas as noites, como um remédio, para conseguir quatro ou cinco horas de sono até acordar sacudido por sonhos indesejáveis. Membros da família às vezes comentavam que, quando jovem, ele era menos reservado. A teoria de minha avó, que ela raramente guardava para si mesma, era que Gilda, minha mãe, tinha se apropriado da língua de David por sempre falar primeiro e com grande autoridade. Entretanto, ele passou pela vida como se um demônio mantivesse a mão sobre seu ombro, puxando-o para trás.

Certa vez, quando eu era menino, ele me viu quase ser atropelado, quando um carro dobrou a esquina cantando pneu, não me acertando por um triz, enquanto eu apostava corrida de bicicleta com amigos. Papai me puxou do chão por um braço e me carregou desse modo até conseguir me jogar no gramado de casa. Mesmo ainda tão novo, percebi que ficou mais zangado pelo pânico que lhe causei do que pelo perigo da situação.

Agora, a chance de descobrir o que perturbava meu pai tornou-se um desafio. Como repórter, eu era lendário pela minha inflexibilidade, a Escola de Jornalismo Cachorro Ofegante, como eu a chamava, na qual perseguia meu assunto até conseguir o que queria. Obtive uma cópia do 201 de papai, sua ficha do Exército, no Centro Federal de Registro de Pessoal em St. Louis, e com isso disparei várias cartas para o Departamento de Defesa e o Arquivo Nacional. Por volta de julho, a chefe da repartição do judiciário Militar em Alexandria, Virginia, confirmou que localizara o arquivo da corte marcial de meu pai. Só depois de eu ter pagado para que fosse copiado, ela me escreveu novamente informando que agora havia sido atribuído aos documentos o caráter de secretos, não pelo Exército, mas, entre todas as agências, pela CIA.

A alegação de que meu pai fizera algo sessenta anos atrás que mereceu ser considerado hoje em dia uma questão de segurança nacional era claramente absurda. Acionei uma furiosa artilharia de fax, telefonemas, cartas e e-mails para várias repartições em Washington que atraíram todo o tipo de spam. Finalmente, meu congressista, Stan Sennett, um velho amigo, conseguiu um acordo no qual o governo concordava em me deixar ver alguns documentos da corte marcial, enquanto a CIA reconsiderava o caráter secreto do arquivo.

Então, em agosto de 2003, viajei até o Centro de Arquivo Nacional de Washington, em Suitland, Maryland. O prédio parecia um porta-aviões em uma doca seca, um bloco baixo de tijolos vermelhos do tamanho de quarenta campos de futebol. A área pública interna limita-se a um único corredor cuja decoração é puro governo, o que equivale a passos audíveis, paredes de tijolos, tetos com placas acústicas e uma abundância de luz fluorescente. Ali me permitiram ler – mas não copiar – cerca de dez páginas retiradas da Ata do Processo compilada em 1945 pelo advogado do Departamento de Justiça Militar, o promotor da corte marcial. As folhas haviam desbotado e tinham uma cor parda e uma textura de papel de parede, mas ainda reluziam diante de mim como um tesouro. Finalmente eu ia saber de alguma coisa.

O que estava escrito não podia ser mais prosaico, exprimido na deliberadamente neutra linguagem do Direito, acrescido da camisa de força da terminologia militar. Mesmo assim, apesar de ter dito a mim mesmo que estava pronto para tudo, me senti como se tivesse caído e batido a cabeça. Quatro acusações haviam sido feitas contra meu pai, e as especificações de cada qual apontavam para o mesmo incidente. Em outubro de 1944, meu pai, trabalhando como assistente do Departamento de Justiça Militar do Terceiro Exército, fora instruído a investigar as alegações do general Roland Teedle da 18ª Divisão Blindada no que dizia respeito à possível corte marcial do major Robert Martin. Martin estava vinculado à Seção de Operações Especiais do Gabinete de Serviços Estratégicos (OSS), o precursor da CIA que fora fundado durante a Segunda Guerra Mundial (foi por isso, deduzi, que a Agência havia metido agora o seu nariz). Papai recebeu ordem para prender o major Martin em novembro de 1944. Porém, em abril de 1945, perto de Hechingen, Alemanha, ele ficara responsável pela custódia de Martin, onde, de acordo com a descrição, "deliberadamente permitiu a fuga de Martin, causando grande prejuízo à segurança e ao bem-estar dos Estados Unidos". Isso não era apenas retórico. A acusação mais séria contra papai, desobediência intencional a um oficial superior, era punível com execução.

Seguiu-se um julgamento, em junho de 1945, com a duração de uma semana. Logo de início, a acusação que poderia ter levado a um pelotão de fuzilamento fora rejeitada, mas as três imputações continuavam carregando uma sentença potencial de trinta anos. Com relação a elas, encontrei outro formulário desbotado rotulado JULGAMENTO.

A corte foi aberta e o presidente anunciou que o réu era culpado de todas as menções e imputações das Acusações II, III e IV; ademais, em uma votação secreta por escrito, de conformidade com dois terços dos membros presentes, o réu é sentenciado a cinco anos de confinamento em Fort Leavenworth, submetido a trabalhos forçados, e baixa desonrosa do Exército dos Estados Unidos, o aviso desta baixa afixado no local de sua permanência.

Li essa folha várias vezes, esperando que ela significasse outra coisa. Minhas mãos e meu coração ficaram gelados. Meu pai era um criminoso.

A condenação de papai foi rapidamente ratificada pela Câmara de Revisão para o Teatro de Operações Europeu – o equivalente da época da guerra a uma corte de apelação –, deixando o general Teedle livre para executar a sentença. Em vez disso, no final de julho de 1945, o general revogou as acusações que ele mesmo apresentara à corte. Ele simplesmente rubricou dentro de um quadrado de um formulário sem uma palavra de explicação. Não foi, porém, um erro leigo. Na semana seguinte, o júri reuniu-se novamente por ordem do general e divulgou um veredicto que retirava todas as acusações que havia feito um mês e meio antes. Meu pai, que estava em prisão domiciliar desde abril, foi libertado.

As lacunas nessa história me deixaram louco de curiosidade, sentindo-me como Sansão, cego, acorrentado dentro do templo. Nem o Exército nem a CIA me impediriam de responder a essa questão fundamental sobre a minha origem: Eu era filho de um condenado que traíra seu país e tinha escapado por causa de algum tecnicismo ou, ao contrário, descendente de um homem que havia sofrido uma injustiça primitiva a qual deixara sepultada no passado?

Preenchi inúmeros formulários oficiais e atravessei várias vezes o país enquanto reunia informações, visitava muitos dos Centros de Arquivos Nacionais e várias bibliotecas militares, inclusive a Faculdade de Guerra do Exército na Pensilvânia e o Fort McNair, que abriga o Centro de História Militar do Exército. A viagem mais produtiva de todas foi a de Connecticut, onde finalmente obtive os arquivos de Barrington Leach, o advogado que, sem êxito, defendeu meu pai no tribunal antes de conseguir a revogação das acusações.

Quase ao mesmo tempo em que começaram as minhas viagens, determinei-me a registrar a história do meu pai. Ele foi o único membro do Departamento de Justiça Militar a enfrentar a corte marcial durante a Segunda Guerra Mundial, e isso era apenas uma pequena parte do que tornava diferentes suas experiências. Eu percorria contente os escuros corredores de bibliotecas e arquivos e passava metade da noite escrevendo. Isso daria não apenas um livro, mas o meu livro, e um excelente livro, um livro que, como o mais sentimental deus *ex machina*, ergueria minha vida do vale atual para o cume mais alto que eu jamais atingira. E então, como os interrogadores de julgamentos criminais que eu cobrira durante anos, cometi o erro primordial, fiz perguntas demais e descobri o fato singular, o único detalhe concebível que poderia me fazer penetrar na história do meu pai.

Ele mesmo o escrevera.

2
David: Referente às acusações contra mim

CONFIDENCIAL
COMUNICADO ADVOGADO-CLIENTE

PARA: Tenente-Coronel Barrington Leach, Membro Delegado do Departamento de Justiça Militar, Quartel-General, Teatro de Operações Europeu, Exército dos EUA
DE: Capitão David Dubin
REF: As acusações contra mim
DATA: 5 de maio de 1945

Decidi aceitar sua sugestão de registrar os detalhes principais do que me recordo com relação à minha investigação sobre o major Robert Martin do Gabinete de Serviços Estratégicos e os acontecimentos subsequentes que em breve me levarão diante dessa corte marcial. Visto que não desejo discutir isso com nenhuma outra pessoa, inclusive você, como meu advogado, creio que escrever é uma alternativa mais palatável, admito que minha inclinação atual é não lhe mostrar nenhuma palavra disto aqui. Sei que o meu silêncio o deixa frustrado, fazendo-o pensar que careço de uma completa avaliação sobre minha situação, mas fique seguro de que a perspectiva de um pelotão de fuzilamento tem prendido minha atenção. Entretanto, como membro do Departamento de Justiça Militar que tem atuado tanto acusando quanto defendendo em centenas de cortes marciais corriqueiras em mais ou menos um ano em que estive no exterior, estou totalmente convencido de que nada tenho a dizer a meu favor. O general Teedle acusa-me de mês passado, em Hechingen, ter permitido intencionalmente que o major Martin escapasse de minha custódia legal. E isso é verdade. Eu permiti. Deixei Martin ir embora. Pretendo alegar culpa porque sou culpado. Os motivos pelos quais soltei Martin são irrelevantes aos olhos da lei e, sinceramente, só dizem respeito a mim. Deixe-me assegurar-lhe, contudo, que contar toda a história não melhoraria nem um tantinho a minha situação.

Posso muito bem começar por expor algumas informações que solicito rotineiramente de meus próprios clientes. Nasci no Meio Oeste, em 1915, na cidade de DuSable, no Condado de Kindle. Meus pais eram ambos imigrantes, cada qual vindo de cidadezinhas da Rússia ocidental. Nenhum dos dois recebeu educação além da escola elementar. Meu pai trabalha desde os 14 anos como sapateiro e tem uma pequena oficina a um quarteirão do apartamento de três cômodos onde meus genitores criaram minha irmã mais velha, meu irmão mais novo e eu.

Fui um bom aluno na escola secundária, e também ganhei o campeonato dos 100 metros de nado de costas do Condado de Kindle. Essa combinação me levou a receber uma bolsa escolar completa para a Easton College. Easton fica apenas a cerca de 30 quilômetros do apartamento dos meus pais, mas é um outro mundo, e há tempos campo de treinamento dos cavalheiros da elite das Tri-Cities. Como filho de um homem cujo maior sonho era ver a prole se tornar "verdadeiros americanos", adotei Easton em todos os aspectos, o que incluía o casaco de pele de guaxinim, o uquelele e o cachimbo de raiz de roseira. Formei-me com Phi Beta Kappa, e então entrei para a conceituada escola de Direito da Easton. Posteriormente, tive sorte suficiente para conseguir trabalho no setor jurídico da Moreland Insurance. Meus pais frisaram que eu devia ser o primeiro judeu que a Moreland contratava fora do setor de distribuição de correspondência, mas sempre me esforcei para não enxergar as coisas desse jeito.

Durante dois anos, levei a juízo pequenas ações de calúnia e difamação, mas me alistei em setembro de 1942. Nenhuma das pessoas que se importavam comigo aprovou. Tanto meus pais quanto minha namorada, Grace Morton, queriam que eu aguardasse a convocação, esperando que eu escapasse, ou pelo menos limitasse meu período no caminho do perigo, o que era quase impossível. Mas eu já não estava mais disposto a protelar a minha parte.

Eu tinha conhecido Grace três anos antes, quando a ajudei a experimentar um par de sandálias na seção de sapatos da Loja de Departamentos Morton, onde eu ganhava um dinheirinho enquanto cursava a faculdade e a escola de Direito. Com seus suéteres de gola rulê, pequeninas pérolas e saias pregueadas, Grace era a imagem da moça americana. O que mais me atraiu nela, porém, não foram seus cabelos louros ou seu modo reservado, mas sua grande generosidade. Ela é a pessoa mais bem-intencionada que já conheci. Grace trabalhava como professora na barra-pesada North End, e esperou vários meses antes de deixar escapar que sua família era a proprietária da loja de departamentos onde a conheci. Quando resolvi entrar para o serviço militar, eu a pedi em casamento, para que pudéssemos ficar juntos, pelo menos enquanto eu estivesse lotado nos Estados Unidos. Ela concordou de imediato, mas nossos planos de casamento desencadearam uma tempestade em ambas as famílias, que só pôde ser abrandada com o adiamento das núpcias.

Após o treinamento básico em Fort Riley, entrei para a Escola de Candidatos a Oficiais na infantaria em Fort Benning, Geórgia. Fui comissionado segundo-tenente em 6 de abril de 1943. Dois dias depois, fui transferido incontinenti para o Departamento de Justiça Militar (JAG). Acabara de completar 28 anos, tornando-me qualificado para o Departamento da JAG, e algum superior atento havia me indicado. No estilo inerente ao Exército, ninguém me perguntou o que eu queria, e provavelmente eu não saberia a resposta até hoje. Ainda ambivalente, fui enviado ao majestoso quadrilátero da Escola de Direito da Universidade de Michigan para aprender o Código de Guerra. Minha formatura entre os melhores da minha turma me valeu a promoção automática para primeiro-tenente.

Quando entrei para o Departamento de Justiça Militar, pedi para servir no Pacífico, achando que estaria mais provavelmente nas proximidades do combate ativo, mas, em agosto de 1943, fui enviado para Fort Barkley, Texas, para um período de aprendizado, o assim chamado treinamento prático como auxiliar da Justiça Militar em campo. Passei a maior parte do tempo explicando opções jurídicas aos soldados que haviam recebido cartas de rompimento de relacionamento de suas esposas e, como um estranho contraponto, separando os muitos Pedidos de Benefício de Dependência conflitantes que o Exército recebera das cinco mulheres com as quais um soldado chamado Joe Hark se casara nos seus cinco postos anteriores, cada qual sem o benefício de qualquer ação de divórcio.

Em março de 1944, fui finalmente transferido para o exterior, mas para a Central Base Station em Londres, e não para o Pacífico. Tive sorte, contudo, de ficar sob o comando do coronel Halley Maples. Ele se aproximava dos 60 anos e era a imagem de um advogado, com mais de 1,80 metro, esbelto, cabelos grisalhos e um grande bigode. Parecia ter uma boa opinião a meu respeito, provavelmente porque, como ele, eu me formara pela Escola de Direito da Universidade Easton. Em algum momento em julho, apenas poucas semanas após o Dia D, o coronel foi designado Promotor do Estado-Maior para o recém-formado Terceiro Exército, e fiquei agradecido quando ele me chamou para ser seu assistente. Atravessei o canal, em 16 de agosto de 1944, a bordo do USS Holland, chegando finalmente às proximidades da guerra.

Os auditores de guerra faziam parte do quartel-general do escalão de retaguarda de Patton e viajamos no rastro do general enquanto o Terceiro Exército atravessava rapidamente a Europa. O serviço tinha suas vantagens. Não lutávamos, mas de vez em quando entrávamos em povoados e cidades francesas festejando alegremente sua libertação após anos de ocupação nazista. Do alto dos berços de caminhões de meia tonelada e de veículos blindados, os soldados da infantaria jogavam cigarros e chocolates para as multidões, enquanto os franceses desarrolhavam garrafas de vinho escondidas durante anos dos alemães e nos beijavam profusamente, muito mais, infelizmente, velhos bigodudos do que garotas oferecidas.

Nas cidades libertadas, raramente havia qualquer autoridade evidente, e dezenas de partidos políticos franceses brigavam pelo poder. Os habitantes locais se apinhavam nos distritos policiais e em nossos quartéis-generais, à procura de salvo-conduto para viagens ou tentando encontrar filhos e pais levados pelos alemães. As vitrines das lojas contendo mercadorias e propaganda nazistas eram destruídas com paralelepípedos, enquanto a cruz de Lorena, símbolo da resistência francesa, era pintada sobre cada suástica que não se conseguia remover. Colaboracionistas eram atacados por multidões. Em Brou, vi uma garçonete dominada por seis ou sete jovens com braçadeiras da resistência, que cortaram todo o seu cabelo como castigo por ter dormido com nazistas. Ela aguentou a tosquia com uma complacência que talvez não fosse muito diferente do modo como aceitara seus pretendentes alemães. Ela nada disse, simplesmente chorou e permaneceu sentada completamente imóvel, exceto por um braço que se movia inteiramente por si só, batendo contra o lado do corpo como a asa de alguma ave doméstica empenhada numa fútil tentativa de voo.

Patton estava preocupado que o clima caótico pudesse afetar as nossas tropas e recomendou ao coronel Maples e seu pessoal que reforçassem a disciplina. Eu e Anthony Eisley, um jovem e atarracado capitão de Dayton que trabalhara vários anos como advogado no escritório do pai, fomos designados para investigar o número de cortes marciais genéricas que estava aumentando por causa de delitos bastante sérios – assassinato, estupro, agressão, grandes furtos e insubordinação –, muitos desses crimes cometidos contra civis franceses. Em outros comandos, esses casos, principalmente a defesa do acusado, ficavam a cargo de oficiais de carreira como uma atribuição auxiliar, mas o coronel Maples queria advogados conhecedores do Código de Guerra, que regia questões que podiam acarretar duras sentenças de prisão ou, até mesmo, enforcamento.

O principal impedimento para se executar essa missão era que, mal havíamos nos instalado, já estávamos novamente em movimento, enquanto o exército de Patton avançava violentamente pela França num ritmo sem precedentes. Fileiras de soldados moviam-se rapidamente através do território antes mesmo que os navegadores conseguissem enviar os mapas ao quartel-general. Julgávamos soldados que corriam o risco de pena de morte, em barracas de pelotões, com os testemunhos quase sempre inaudíveis, enquanto bombas zuniam e morteiros estrondeavam.

Sentia-me grato por estar na vanguarda da história, ou pelo menos perto dela, e gostava do coronel Maples como comandante. Nas corporações de oficiais do Exército, organizadas às pressas, não era incomum, mesmo nas graduações superiores, encontrar comandantes que nunca haviam disparado um rifle em combate, porém Maples não era apenas um notável advogado que atingira o auge num famoso escritório de St. Louis, mas também um veterano da Grande Guerra, que o levara através de muitas dessas cidades.

No início de setembro, o quartel-general mudou-se novamente de La Chaume para Marson, levando-nos através do Mame. O coronel pediu-me que conduzisse seu jipe em busca do campo onde sobrevivera à mais intensa batalha em que lutara. Atualmente era uma pastagem, mas Maples reconheceu uma comprida cerca de pedra que separava esse terreno da propriedade vizinha. Na ocasião, ele era um segundo-tenente com 25 anos metido em uma das estreitas trincheiras que seguiam por aquele solo verde, a não mais de 100 metros dos alemães.

Ali, pouco tempo antes, houvera mais luta. No bosque contíguo, descargas de artilharia haviam abatido a maior parte das árvores, e o rastro de tanques tinha rasgado profundamente a terra. Os mortos e o material utilizado tinham sido removidos, mas ainda havia muitos animais, vacas e cavalos militares, inchados e fedendo, enxameados de moscas. Contudo, as batalhas de um quarto de século antes pareciam permanecer com o coronel. Enquanto caminhávamos pelo campo devastado, ele se recordou de um amigo que se levantara de repente para se aliviar e levara um tiro certeiro na cabeça.

– Morreu daquele jeito, com as calças nos joelhos, e caiu para trás, na latrina. Foi terrível. Foi terrível – comentou e olhou para mim.

Do outro lado da cerca, na parte do vizinho, num estreito canal de escoamento, encontramos um soldado alemão morto com o rosto enfiado na água. Uma das mãos na margem estava agora embranquecida com uma exposta casca coriácea em cima do que logo seria um esqueleto. Foi o primeiro morto que vi num campo de batalha, e o coronel examinou o cadáver por algum tempo enquanto eu lutava contra meu coração, que batia forte.

– Graças a Deus – disse ele finalmente.

– Senhor?

– Agradeço ao Senhor, David, porque serei velho demais para voltar a este lugar de novo numa guerra.

De volta ao jipe, perguntei:

– Acredita que lutaremos outra Guerra Mundial em breve, senhor?

Eisley, meu colega de tribunal, acreditava que a guerra com os soviéticos era totalmente inevitável e poderia começar antes de darmos baixa. O coronel encarou a ideia com excepcional gravidade.

– Não deve acontecer, Dubin – disse ele, como se transmitisse a ordem mais importante. – Não deve.

PERTO DO FIM DE SETEMBRO, a corrida de Patton através da Europa fora praticamente interrompida. Nossas divisões blindadas haviam superado em velocidade suas linhas de abastecimento, e os empoeirados tanques e meias-lagartas permaneciam imóveis à espera de combustível, enquanto o tempo passava de reluzente para sombrio, logo cedendo lugar ao outono mais molhado de que se tinha notícia. A dianteira se estendia em uma linha estática com cerca de 15 quilômetros ao sul das montanhas dos Vosges. No espaço entre as montanhas, a infantaria substituiu a unidade de blindados, e cavou e se meteu em trincheiras, as quais, como num eco da Grande Guerra, estavam a apenas umas duas centenas de metros das do inimigo, que, segundo consta, disparavam insultos noturnos. "Babe Ruth é um crioulo judeu. Os crioulos que ficaram em casa estão trepando com a sua mulher." Tínhamos muitos falantes de alemão em nossas tropas, garotos de Nova York e Cincinnati e Milwaukee, que gritavam suas próprias observações sobre a insignificância dos colhões de Hitler, escondidos sob suas roupas.

O marasmo permitiu que a equipe administrativa, incluindo os auditores de guerra, montasse o nosso primeiro quartel-general durável em Nancy, iniciando-se em 11 de outubro de 1944. Como aluno de francês no curso secundário, eu parecia ter adquirido a impressão de que havia apenas uma cidade que falava essa língua no país. Mas o centro de Nancy fora erigido no século XVIII por um rei sem país, Stanislas Leszczynski, que posteriormente se tornou duque de Lorena, com uma magnificência e aparato semelhantes às imagens que eu fazia de Paris. O quartel-general avançado de Patton ficava no Palais du Gouverneur, uma residência real ao final de uma arcada guarnecida de árvores que lembrava as gravuras que eu vira nas Tulherias. Os nossos escritórios, junto com outros componentes de retaguarda, ficavam a cerca de 15 minutos a pé através da cidade, no Lycée Henri Poincaré, a mais antiga escola de Nancy.

Para instaurar os processos do acúmulo de casos que havíamos coletado enquanto tentávamos acompanhar Patton, o coronel Maples pediu aos mandões da guarnição do G-1 (Departamento de Pessoal) que providenciassem pessoal para duas cortes marciais permanentes. No final das contas, designaram nove oficiais para cada, com a permissão de que os membros se dedicassem a outras tarefas em dias alternados. Eisley e eu, entretanto, ficávamos no tribunal sete dias por semana, dez horas por dia. Para quebrar a rotina, combinamos que nos revezaríamos nos papéis de promotor da justiça militar e de defensor do acusado.

O tribunal militar foi instalado no antigo salão de festas da escola, onde foram juntadas três grandes mesas de jantar. No centro ficava o oficial mais graduado, que atuava como presidente da corte marcial, ladeado por quatro oficiais de graduação inferior. Na extrema esquerda, Eisley ou eu nos sentávamos com o nosso cliente e, na extremidade oposta, quem quer que fosse o promotor naquele dia. No centro da sala, estenógrafos trabalhavam em uma mesa, anotando os depoimentos, enquanto uma única cadeira de encosto reto era reservada às testemunhas. O presidente de um júri foi o tenente-coronel Harry Klike, um pequeno gabola não combatente de antes da guerra que se sobressaíra por intermédio da Unidade de Intendência e estava determinado a exibir o refinamento que acreditava ser apropriado a um oficial e cavalheiro. Cada dia de sessão terminava com Klike anunciando oficialmente: "A corte marcial fica adiada até zero-oito-zero-zero de amanhã, quando todos nós nos reuniremos para dispensar justiça." Ninguém, que eu me recorde, teve coragem de corrigi-lo.

Procedíamos com presteza e frequentemente encerrávamos dois ou até três casos por dia. Com a necessidade de uma folga, quando a corte era adiada, Eisley e eu costumávamos descer a rue Gambetta até a magnífica Place Stanilas, com seus solenes prédios decorados e esmerados portões folheados a ouro. Em um café da praça, bebericávamos conhaque e observávamos as boas mulheres da cidade com seus sapatos de salto alto e cabelos penteados para cima. Tony, casado mas totalmente livre por estar a cerca de 5 mil quilômetros de distância, elogiava a imaginação das francesas e seu escabroso estilo de fazer amor. Eu ouvia sem comentar. Na avenida, passavam longas fileiras de soldados, vindo ou indo para a linha de frente. As unidades mais duramente atingidas, em seu caminho de volta, passavam com amargurados homens envergonhados, quase inexpressivos, sombrios, sobre os quais o preço da guerra estava grudado como uma etiqueta. Contudo, as tropas de reposição que seguiam para a luta formavam a visão mais perturbadora. Geralmente um silêncio baixava sobre as ruas, enquanto soldados em cima de seus caminhões olhavam para baixo e nós olhávamos para trás. Não havia, porém, como trocar de lugar. Em seus rostos geralmente podia-se ver desespero e raiva por causa da cruel loteria que nos deixava em segurança e os fazia seguir para enfrentar o perigo mortal. Nesses momentos, eu costumava me pegar pensando incomodamente em como os sucessos do Terceiro Exército eram narrados nos quartéis-generais usando-se a palavra "nós".

Por fim, Tony e eu começávamos a nos preparar para o dia seguinte. Quando os crimes alegados envolviam ataques a residentes locais, entrevistávamos juntos as testemunhas. Graças ao meu francês do curso secundário, eu lia bem e conseguia entender, porém falava com mais dificuldade. Entretanto, melhorei consideravelmente nos meus dois meses passados no continente e, com o auxílio de gestos, normalmente conseguíamos trilhar o nosso caminho, sem intérprete, através dessas entrevistas com as testemunhas.

O PM que dirigia para nós na maioria dos dias, o subtenente Gideon Bidwell, era chamado de Biddy, uma versão reduzida de seu apelido, Iddy Biddy (Bocadinho), com o qual fora agraciado pelos engraçadinhos de sempre do campo de treino de recrutas. Seus ombros eram largos como um assento de ônibus e ele tinha pelo menos 1,90 metro, cabelos pretos cacheados e rosto rosado ocupado por um extenso nariz e olhos verdes. Bidwell era altamente competente, mas de um modo desanimado. Era um dos soldados que haviam se dado conta de que eram o verdadeiro exército, cujo verdadeiro trabalho consistia em vencer a guerra e ao mesmo tempo evitar que os oficiais passassem por idiotas. Ele carregava o equipamento e dirigia o jipe e virava o mapa para que este ficasse na direção certa em relação a mim, mas com um ar emburrado que o tornava de certo modo inacessível. Quando me apanhou em Cherbourg, onde aterrissei, reconheci os sons da Geórgia em sua fala, por causa do tempo que passei em Fort Benning, mas em resposta às minhas perguntas, ele disse apenas que seus pais haviam deixado a Geórgia vários anos antes. Geralmente permanecia de boca fechada sobre si mesmo, não como uma aparente insubordinação, mas com um ar azedo que indicava que ele não ligava muito para ninguém. Pressenti que, mais cedo ou mais tarde, íamos bater de frente.

Certa noite, paramos na prisão militar para que eu pudesse entrevistar meu cliente do julgamento do dia seguinte. Biddy estava comigo quando entramos na área cercada com duas voltas de arame farpado, onde três longas fileiras de barracas de campanha se erguiam em uma formação anormalmente comprimida. Quando meu cliente foi arrastado para fora do alojamento da sentinela com correntes nos tornozelos e algemas, Biddy conteve um forte gemido em seu peito.

– Por que eles sempre são de cor? – perguntou a si mesmo, mas alto o bastante para eu ouvir. Parecia que trouxera consigo bastante da Geórgia, e preferi não ouvir sua resposta. Lancei-lhe um olhar de repreensão, diante do qual ele ficou teso, e teve o bom senso de se afastar.

Estranhamente, a observação de Biddy levou-me a meditar sobre sua pergunta, embora de outro ângulo. Por causa de minha solidariedade com as famílias francesas que apareciam muito frequentemente como vítimas em nossos tribunais, nunca nem mesmo me ocorreu a princípio que muitos dos soldados enviados para cumprir longas sentenças em quartéis disciplinares eram negros. Portanto, Biddy estava certo, pelo menos com relação ao padrão, e na vez seguinte em que me encontrei sozinho com o coronel Maples, perguntei por que ele achava que os negros apareciam com tanta frequência entre os soldados que processávamos.

– Negros? – Maples olhou-me de forma perfurante. – O que diabos está sugerindo, Dubin? Há muitos brancos nas prisões militares.

– Certamente havia. Muitos soldados tinham acabado no exército só porque um juiz lhes dera essa opção em vez da cadeia. Homens que eram ladrões violentos e viciados em drogas onde moravam nem sempre mudavam sua atitude, nem mesmo no campo de batalha. – Você tem dúvidas de que esses rapazes são culpados?

Na maioria dos meus casos, os soldados estavam sóbrios quando os visitei e aceitaram envergonhados a acusação de culpa. E os crimes com os quais a maioria costumava ser imputada raramente não eram graves. Apenas alguns dias atrás, eu fora o promotor de um soldado negro que literalmente pôs abaixo a porta da casa de uma garota, depois que ela o rejeitou; ele só conseguiu o que queria com ela após surrar brutalmente seus pais. Intrigava-me o fato de que, na Inglaterra, as unidades de soldados negros, em geral, tinham se mantido em ordem, mas, no continente, estavam perdendo a disciplina.

– Eles são culpados, senhor, sem dúvida. Mas, pensando a respeito, me peguei imaginando, senhor, se somos igualmente compreensivos com as unidades negras.

Não precisei mencionar qualquer incidente em particular, pois naquela semana havíamos avaliado o caso de um oficial condecorado que estivera na linha de frente desde o Dia D. Ao observar uma fila de prisioneiros alemães que passavam adiante, ele subitamente ergueu a carabina e começou a atirar, matando três e ferindo outros quatro. Sua única explicação foi: "Não gostei do jeito que eles me olharam." O coronel Maples decidira que procuraríamos obter uma sentença de apenas três anos.

– Esses rapazes negros não estão em combate, Dubin, não a maioria. Não podemos tratá-los como o fazemos com os soldados que passam por isso. – Eu poderia ter frisado que aos batalhões negros não era dada a opção, mas achei que já tinha ido longe demais. – Bebida e mulheres, Dubin – acrescentou o coronel. – Você é um homem inteligente por ficar longe de bebida e mulheres.

Pude perceber que as minhas questões haviam perturbado o coronel, e não me surpreendi, dois dias depois, quando ele me chamou em seu escritório. Era o antigo alojamento do chefe de turma da escola, um aposento repleto de altos armários antigos de carvalho maduro.

– Escute, Dubin, não sei como dizer isso, então vai mesmo de qualquer modo. Lembra-se do comentário que fez dia desses? É melhor tomar cuidado com esse tipo de coisa, rapaz. Não quer que as pessoas pensem que você é o tipo errado de judeu. Isso não está claro?

– Sim, senhor.

Na verdade, recebi a observação do coronel com a habitual sensação de azedume que referências à minha herança seguramente provocavam. Meus pais eram socialistas que faziam pouco-caso de práticas religiosas. Portanto, para mim, o significado principal de ser judeu era algo que as pessoas seguramente colocavam contra mim, uma barreira a ser superada. Eu me esforçara toda a minha vida para acreditar em uma terra onde todos fossem iguais e merecessem ser reconhecidos por apenas um rótulo – americano.

O Exército nem sempre parecia enxergar dessa maneira. Só após uma semana no treinamento básico descobri que o "H" em minhas placas de identificação significava "hebreu", o que me irritava enormemente, já que italianos e irlandeses não eram marcados com um "I". As forças armadas, porém, boiavam no preconceito. Os soldados não conseguiam se dirigir aos outros sem apelidos. Spic (latino), polack (polaco), dago (italiano, espanhol e português), mick (irlandês), cracker (pobre da zona rural dos EUA), hick (matuto), okie (camponês), mackerel-snapper (espanhol). Todos eram apelidados. Sem falar nos negros e orientais que o Exército preferia nem mesmo deixar entrar. As unidades de oficiais, entretanto, eram formadas de universitários, a maioria no Departamento de Justiça Militar, episcopalianos e presbiterianos com excelentes modos, que não se dedicavam a insultos incivilizados. O coronel Maples largara seus afazeres para deixar claro que não alimentava nenhum preconceito, ao me afirmar, certa vez, que, quando entrássemos em Berlim, ele pretendia marchar até o Reichstag com a palavra "Jude" escrita no seu capacete. No entanto, sua observação agora foi um lembrete de que o silêncio dos meus companheiros sobre minha ascendência não significava que qualquer um deles a havia esquecido.

Poucos dias depois, o coronel pediu-me novamente que fosse vê-lo.

– Talvez você precise de uma folga dessas cortes marciais dia sim, dia não – sugeriu. – É massacrante, não?

Diante do que enfrentavam os soldados na linha de frente, eu nunca me sentira no direito de me queixar, mas o coronel tinha razão. Nada havia em minhas atividades que aliviasse a alma, dia a dia mandando rapazes, que tinham vindo aqui para arriscar a vida pelo seu país, para uma prisão militar. Mas o coronel imaginara um plano para dar a todos nós um respiro. Eisley trocaria de lugar algumas semanas com o major Haggerty, o subauditor de guerra, que revia as condenações e fornecia orientação jurídica como membro legal de um dos júris. Quanto a mim, eu realizaria uma investigação com base no Regulamento 35, tendo em vista a potencial corte marcial de um oficial.

– Há um bocado de problemas no Estado-Maior. Os ingleses têm uma palavra para isso: "*kerfuffle*" (confusão desnecessária). Meu Deus, como tenho saudades dos ingleses. O modo como eles falam a língua! Colegas me fazem uivar várias vezes por dia. Mas é isto que é: *kerfuffle*. Creio que você já ouviu falar de Roland Teedle – o general Teedle era praticamente uma lenda, citado com frequência como o favorito de Patton entre os generais-de-brigada. Sua 18ª Divisão Blindada estivera na linha de frente da investida através da França. – Teedle está num total estado de indignação em relação a um major do Gabinete de Serviços Estratégicos que anda operando em seu flanco. O que você sabe sobre o Gabinete, Dubin?

Não muito mais do que eu lera nos jornais.

– Espiões e incursões – respondi.

– É isso mesmo – afirmou o coronel. – E certamente é verdade em relação a esse sujeito em particular. Major Robert Martin. Uma espécie de expatriado. Lutou na Espanha pelos republicanos. Vivia em Paris quando os nazistas a invadiram. Aparentemente, o Gabinete o recrutou, e ele tem se saído muito bem. Está no continente desde algum momento em 1942. Dirige um grupo operacional atrás das linhas alemãs... uma turma de espiões dos Aliados e forças da resistência francesa que sabotaram operações nazistas. Após o Dia D, ele e seu pessoal foram colocados sob o comando de Teedle. Descarrilaram trens com suprimentos, emboscaram batedores alemães, azucrinaram os nazistas enquanto a 18ª os derrotava.

Comentei que Martin parecia ser corajoso.

– Danado de corajoso – disse Maples. – Não resta dúvida. Na verdade, um herói. Ganhou a Cruz de Serviços Extraordinários. E a Estrela de Prata duas vezes. Isso, sem falar nas fitas que De Gaulle pregou em seu peito.

– Puxa! – exclamei antes de conseguir pensar.

O coronel assentiu solenemente durante o breve silêncio, o tal que baixava sobre soldados quando se viam diante da evidência da coragem de outro homem. Todos nós tínhamos então o mesmo pensamento: será que eu conseguiria fazer isso?

– Mas, veja – frisou o coronel –, é uma dessas ironias infernais. Provavelmente o que levou aos problemas de Martin. Na verdade, ele era havia muito tempo um lobo solitário. Não tinha medo. Não apenas do inimigo. Mas de seu próprio comando. O Exército não é um lugar para individualistas – pude perceber que o coronel gastara algum tempo pensando nesse caso. Cofiou as pontas do vasto bigode antes de prosseguir. – Não tenho os detalhes. Esse é o seu serviço. Mas Teedle alega que Martin desafia suas ordens. Já aconteceu várias vezes até agora. Diz que Martin simplesmente fica sentado em algum *château* levando a vida que levava no Riley e futucando o nariz. Aparentemente, há uma garota envolvida.

O coronel então fez uma pausa, parecendo reconsiderar seus frequentes lembretes de que mulheres e guerreiros são uma péssima mistura.

– De qualquer modo, deve haver uma investigação baseada no Regulamento 35. Siga o manual. Entreviste Martin. Entreviste o general. Fale com as testemunhas. Realize exames formais. Prepare um relatório. E seja diplomático. Formalmente, um oficial de patente inferior não deveria entrevistar um superior seu. Mas confio em você, David, para não irritar ninguém. Lembre-se de que age em meu nome.

– Sim, senhor.

– O G-1 espera que esse tal de major Martin se manque quando perceber que as coisas estão ficando sérias. E, francamente, uma corte marcial seria trágico. Teedle e esse sujeito, Martin... ambos são excelentes soldados, Dubin. O general Patton detesta esse tipo de briga de gato. Chame Martin à razão, se puder. Mas se cuide. Não se esqueça de que, no final das contas, será Roland que terá a atenção de Patton.

O coronel deu a volta na escrivaninha e pousou a mão no meu ombro, e com isso senti o peso de seu carinhoso afeto por mim.

– Achei que você gostaria dessa pequena folga, David. Vai levá-lo um pouco mais perto da linha de frente. Qualquer dia desses, deve estar para acontecer qualquer coisa por lá. Sei que gostaria disso. E talvez não haja muito mais chances. Corre a notícia de que Monty apostou cinco pratas com Ike como a guerra acabará antes do ano-novo. Isso seria um presente de Natal e tanto para nós, não é mesmo?

Ficou radiante até algo congelar suas feições, a constatação de que eu suspeitava que o Natal significava muito mais para ele do que para mim. Mesmo assim, respondi:

– Sim, senhor – do meu modo mais entusiasmado, e bati uma forte continência antes de sair para descobrir tudo que precisava sobre o major Robert Martin.

3
David: O general

A 18ª Divisão Blindada acampara a cerca de 40 quilômetros a nordeste de Nancy, não muito distante de Arracourt, onde aproveitava um período de descanso e convalescença. Quando Biddy e eu fomos à garagem atrás de transporte para fazermos a nossa entrevista com o general Teedle, fomos informados de que, por causa do rigoroso racionamento de gasolina, teríamos de ir espremidos com quatro rapazes da 134ª Infantaria que haviam perdido seu comboio. A 134ª estava revezando tropas com a Unidade XII na linha de frente, e esses soldados, que já haviam tido sua cota de combate, se mostraram desanimados companheiros de viagem. Um soldado raso sentado atrás de mim, um garoto chamado Duck, do Kentucky, atacou alguns versos da música "Mairzy Doats" até que seus colegas finalmente se animaram com uma coisa – que Duck devia calar a porcaria da boca.

O ar continuava úmido, e perto da linha de frente a desolação independia do clima, agarrando-se aos soldados marchando pelas estradas. Encontravam-se por toda parte os sinais de batalhas recentes. A terra estava estorricada e sulcada, e as pitorescas casas de fazenda francesas, com seus tetos colmados que as faziam parecer algo saído de João e Maria, estavam na maioria em ruínas. Mesmo as em melhor estado normalmente tinham o telhado aberto, parecendo um homem sem chapéu. Madeiras estavam espalhadas pelo chão, e geralmente tudo o que restava de uma casa que fora o lar de uma família por décadas, até mesmo séculos, era a chaminé caiada ou uma parede solitária. Os destroços haviam sido afastados por escavadeira para o lado da estrada, mas aqui e ali havia perturbadores indícios de baixas de civis, uma boneca decapitada, ferida como suas cópias humanas, ou um casaco com a manga arrancada.

Dadas as condições da estrada, demoramos várias horas para chegar à 18ª. Eles haviam se espalhado pelo solo mais seco dos declives de vastos campos de feijão e feno. Tendo lidado com as reclamações em relação às terras que nossas tropas maltrataram na Inglaterra, eu imaginava a alegria do fazendeiro francês que agora podia discutir um preço decente pelo uso da terra na qual suas colheitas já estavam arrasadas.

Os soldados da 18ª Divisão Blindada havia meses vinham sendo os heróis de cada cinejornal a que assistíamos – pertenciam às tropas que tinham sido arremessadas através da França e que iam caçar Hitler em algum buraco em Berlim e disparar um morteiro para ele já ir tarde. Havia ali um clima de bravura e vozes altas após sobreviverem à linha de frente. Enquanto esperava por combustível, artilharia e rações, Patton ordenara treinamento intensivo para muitas das divisões de infantaria, mas para a 18ª com seus tanques e artilharia móvel, a economia de gasolina fez com que lhe restasse pouco o que fazer a cada dia, além de limpar suas armas e escrever longas cartas para casa.

Ao atravessar o acampamento com nossos fardos, à procura do Q.G. de Teedle, Biddy e eu atraíamos olhares ressentidos. As nossas fardas ainda eram recentes, sem manchas de graxa ou rasgados, e os capacetes careciam da rede mosqueada de camuflagem usada em combate. Uma ou duas vezes passamos por soldados que imitaram o cacarejar de galinha atrás de nós, mas o enorme tamanho de Biddy foi o suficiente para reprimir a maioria dos insultos que eu estava acostumado a ouvir vindos dos comboios de soldados que cruzavam Nancy.

Em vez de requisitar uma casa na cidade para si, como outros comandantes teriam feito, o general Teedle permanecera com seus soldados em uma grande barraca que servia igualmente, ao estilo de combate, como seu alojamento e quartel-general. As pesadas persianas ficavam erguidas durante o dia. Dentro, fora instalado um piso de peças de madeira, e havia várias escrivaninhas, duas delas de frente uma para outra, onde uma dupla de cabos martelava máquinas Remington. Outra mesa maior estava desocupada ao lado de um catre dobrável que certamente era do general. Dois baús com objetos pessoais amontoavam-se um em cima do outro, com um lampião a querosene no topo para leitura noturna.

Aproximei-me do primeiro dos dois cabos, que trabalhava com um lápis preso entre os dentes, e lhe disse quem eu era. Tratava-se de um sujeito muito magro com uma aparência esquisita, que começou a se levantar.

– Descansar – falei, mas ele disparou uma rápida continência de seu assento.

– Cabo Billy Bonner, Guarda-parágrafos da Divisão das Poltronas.

– Ah, não é engraçadinho? – comentou o segundo cabo sem desviar os olhos do seu trabalho. – Quando a guerra acabar, Bonner vai voltar para o teatro burlesco. – Bonner mandou que o outro cabo, Frank, calasse a boca. Eles discutiram por um instante.

– Ora, então nem mesmo fale comigo – concluiu Frank. Sua voz era aguda e ele atirou dramaticamente a cabeça para trás. Troquei um olhar com Biddy, que permanecera na abertura da barraca. Não precisei perguntar por que aquele ali não estava em combate.

Frustrado, Bonner levantou-se e coxeou na direção de Biddy, acenando para que eu seguisse aquele caminho. Mostrou-se amistoso o bastante para eu me sentir livre para perguntar sobre sua perna. Explicou que fora ferido em Anzio e optara por se tornar atendente em vez de voltar para casa. A recompensa pela sua dedicação, como disse, foi trabalhar ao lado de Frank.

– Bem-vindo ao exército – concluiu. Ouvindo-o, lembrei-me de um sargento no treinamento básico que me alertara para não contar a ninguém que eu sabia datilografar, um bom conselho, como Bonner agora podia atestar.

O cabo acabara de explicar que Teedle devia voltar a qualquer momento de uma inspeção nas instalações avançadas quando avistou o general e apressou-se de volta à sua escrivaninha, como um colegial.

Bati bruscamente continência quando Teedle passou rapidamente por nós. Um soldado raso do Corpo de Sinaleiros vinha no seu rastro, carregando o corpo de um imenso radio-telefone, enquanto Teedle berrava no fone, desabafando alternadamente contra o pobre sujeito do outro lado da linha e contra o homem dos Sinaleiros, sempre que o sinal enfraquecia.

– Diga-lhe que tenho dois batalhões reduzidos a uma ração por dia. Não, droga. Dois batalhões, uma ração. Uma ração. Um exército avança de acordo com seu estômago. Pergunte-lhe se já ouviu falar nisso. Se os nazistas matarem esses rapazes é uma coisa, mas prefiro ir para o inferno antes de ver o país deles matá-los de fome.

Eu soubera antes que as tropas da linha de frente geralmente viviam famintas. No refeitório dos oficiais em Nancy, a comida era abundante – alimentos enlatados, doces com mel, chá, café instantâneo. As refeições do meio-dia costumavam ser fartas. Carne de boi e aves, confiscada de habitantes locais, eram servidas em grossos molhos.

Teedle entregou o fone grosseiramente ao soldado e o dispensou, e então afundou em sua cadeira, olhando tristemente para os papéis amontoados sobre sua escrivaninha. Ainda faltava tirar o capacete. De repente, bradou para Bonner.

– Está me dizendo que o tal de Halley Maples mandou esse meninote lidar com Martin? – Pelo que eu havia reparado, Teedle nem sequer olhara para mim.

Bonner virou-se na minha direção e falou com seu sorriso subversivo:

– O general vai recebê-lo agora.

Quando ouvi o nome de Teedle pela primeira vez, esperava encontrar um sujeitinho rechonchudo que pareceria à vontade em um musical em tecnicolor como *O mágico de Oz*. Mas o general dava toda a impressão de ser um soldado, do tipo que ficaria feliz ao se referirem a ele como um filho-da-puta-grosso-mas-eficiente. Teedle era um homem grande de rosto vermelho, com o peito redondo como o de um tordo, e pequeninos olhos claros incrustados perfeitamente atrás de pálpebras que pareciam ter sido esfregadas até ficarem em carne viva, provavelmente por causa de exaustão ou alergia, ou ainda, supus, de lágrimas.

Diante da escrivaninha do general, bati novamente continência, forneci meu nome, patente e unidade e expliquei que, com sua permissão, eu gostaria de tomar seu depoimento em relação ao Regulamento 35 que dizia respeito a Martin. Teedle examinou-me de cima a baixo.

– Que faculdade cursou, Dubin?

– Easton.

– Hum-hum. Eu sou do Kansas. No Kansas, não existem essas escolas metidas a besta. E a escola de Direito?

– Easton. Se me permite, general, fui aluno bolsista.

– Ah, um sabichão. É isso que está querendo me dizer?

– Não quis sugerir isso, senhor.

– Bem, não é nada inteligente, se a primeira coisa que diz a qualquer um que conhece é o quanto você é inteligente, não é mesmo, tenente?

Não respondi. Ele me encostara na parede, e era o que interessava. Teedle era visivelmente outro daqueles comandantes que queria que suas tropas soubessem que ele era páreo para qualquer um deles. Levou um segundo para pousar o capacete na escrivaninha. Seus cabelos, ou o que restava, eram algo entre vermelho e louro e erguiam-se de sua cabeça como arames tortos. Encontrou seu cantil por ali e desatarraxou a tampa. Mesmo a quase dois metros consegui farejar o uísque. Tomou um firme e demorado gole.

– Muito bem, o que precisa que eu lhe diga sobre Martin?

– O máximo que puder, senhor.

– Ah, não farei isso. Você vai começar a achar que Martin é um sujeito formidável. De qualquer maneira, é provável que você ache que ele é um sujeito formidável. Vou dizer-lhe algo imediatamente, Dubin. Vai gostar de Robert Martin muito mais do que gosta de mim. Ele é encantador, tem um bom papo. E é corajoso. Martin deve ser o sacana mais corajoso no Teatro de Operações Europeu. Esteve em combate, Dubin?

– Não, senhor. Mas gostaria.

– É mesmo? – Sorriu de modo afetado e ostensivamente baixou sua linha de visão até a insígnia da Justiça Militar no colarinho de minha túnica. – Bem, se algum dia, tenente, você se encontrar no meio de um campo de batalha, o que verá à sua volta será uma porção de sujeitos se cagando de medo, como seria normal, e um ou dois sacanas pulando para lá e para cá e agindo como se as balas não conseguissem tocar neles. Mais cedo ou mais tarde, acredite, são atingidos, mas isso leva um tempo danado para acontecer, muito mais do que se poderia imaginar. Martin é um desses. Pensa que é invencível. Eu também não gosto disso. Um soldado que não tem medo de morrer é um perigo para todo mundo.

– É esse o problema, senhor? A raiz de tudo?

– Dificilmente. O problema, se quer chamá-lo assim, é que o sacana filho-da-puta não cumpre ordens. Executou várias operações sem minha autorização, apesar de estar supostamente sob meu comando. Operações bem-sucedidas, não contesto isso, na maioria sabotagem de linhas de trem, para que os escrotos dos nazistas não conseguissem levar soldados e suprimentos para onde nós seguíamos. Ele é um mestre nisso. Cada operário de estrada de ferro da França parece se curvar aos pés de Martin.

"Mas duas vezes enviei tropas para a direção errada porque não sabia que ele já tinha explodido os trilhos. Precisei conter a artilharia porque recebi uma informação atrasada de que Martin e seu pessoal estavam na área-alvo sem que me fosse feita qualquer comunicação prévia. E várias vezes atrasei a disposição de tropas para combate porque Martin estava fora, ferrando os alemães, em vez de terminar as missões de reconhecimento de terreno designadas a ele. E não é apenas a disciplina que me preocupa, tenente, embora acredite nela tanto quanto qualquer outro general que conhece. O que faz minhas hemorroidas doerem é que, a cada vez, homens correram perigo, homens que não precisavam ser mortos. Não naquele dia. Não naquele lugar. E encaro isso como uma questão pessoal.

Meu rosto deve ter refletido alguma dúvida sobre sua escolha de palavras.

– Foi isso mesmo que ouviu, tenente – disse ele, e levantou-se atrás de sua escrivaninha. – É pessoal. Levanto toda maldita manhã, tenente, sabendo que jovens sob meu comando vão morrer... mesmo atualmente, sem nada especial acontecendo, perco trinta homens por dia, e carregarei suas almas comigo até morrer, Dubin. Falo sério. Enquanto eu durar neste planeta, sempre haverá uma sombra de pesar. Quis tanto essa estrela, Dubin, que talvez pudesse ter matado alguém para consegui-la, mas não me dei conta de que, desse modo, os mortos ficam com o general. Enquanto eu tinha patentes inferiores, lastimei muitos que morreram sob meu comando, e esse fardo me abandonou, Dubin, mas agora não me abandona, e quando pergunto a outros, tudo o que conseguem dizer é que é assim mesmo.

Fez uma pausa para ver como eu aceitava aquilo. Seu rosto, principalmente o largo e granuloso nariz, ganhara ainda mais cor, e ele serviu-se de outra talagada do cantil.

– Isso, em poucas palavras, é o que não gosto em Robert Martin. Fui soldado toda a minha vida, Dubin, conheço como o jogo é jogado, e sei que não chegarei a lugar nenhum com o Estado-Maior reclamando das façanhas heroicas de Martin. Mas mandei avisar ao Gabinete que ele já não era mais útil aqui. E, finalmente, eles concordaram. Disseram-me para mandá-lo de volta para Londres. E então chegamos ao melodrama. Porque Martin não vai.

"O sacana não vai. Dei-lhe a ordem por escrito três vezes, e ele fica sentado ali como se estivesse de férias. Eu tolerei o sacana quando foi preciso, Dubin, mas tive que enquadrá-lo, e não vou mais aceitar a conversa fiada dele. Estamos entendidos? Então datilografe isso, apenas a última parte, e eu assino.

– Pensei que houvesse algo a ver com uma mulher, senhor. Foi o que sugeriu o coronel Maples.

Repentinamente, Teedle deu uma gargalhada. Foi tão inexoravelmente intensa que quase saltei para trás diante do ruído. Eu seria capaz de apostar que o homem que estava diante de mim não ria à toa.

– Ah, isso – disse ele. – Vou lhe contar a verdade, Dubin. Não dou porra nenhuma por aquela mulher. O G-1 se importa. Antes do Dia D, Martin comandava um grupo operacional aqui no Continente... o nome era Despertador ou coisa assim. Eles espionavam os nazistas e tornavam a vida deles difícil, com pequenas e rápidas operações. Devia haver uns trinta homens sob as ordens dele, alguns espiões dos Aliados que desembarcaram aqui como ele, mas a maioria do grupo era de membros dos movimentos de resistência belga e francês. Os franceses correram todos de volta para casa, os espólios de guerra e essas coisas. Suponho que os sacanas vão lutar entre si para ver quem comanda o espetáculo por aqui.

"Ainda restam alguns gatos pingados com Martin, provavelmente porque não são bem-vindos em qualquer outro lugar. E um deles é uma mulher, uma coisinha linda pelo que ouvi dizer, que ele recrutou em Marselha, poucos anos atrás, e tem estado a seu lado, ajudando-o com a porção de artimanhas que o Gabinete está sempre empregando. Essas mulheres do Gabinete são danadas de eficientes, Dubin. Não as subestime. Você conhece a porra dos boches, eles acham que são cavalheiros, e portanto nunca desconfiam das mulheres como deveriam. Essa moça às vezes alega ser enfermeira. No meio de uma guerra, pode-se ir praticamente a qualquer lugar vestido com um uniforme de enfermeira.

"Agora é verdade que ela deve ser uns vinte anos mais nova do que Martin e, de acordo com todos os relatos, ele anda fazendo com ela a velha tabelinha e talvez até esteja apaixonado ou acha que está. Essa é a teoria em Londres, creio, sobre o motivo pelo qual não retorna. Minha teoria é que ele adora me sacanear.

"Mas quanto ao fato de estar gamado pela garota, ou lutando ao lado de sua companheira de cama, pode ser que o Estado-Maior não goste, ache que seja ruim para a disciplina quando nossas tropas souberem, mas eu não ligo a mínima. Soldados sempre querem sexo. Sabe por quê?

– Porque vivem longe de mulheres –, respondi. – De suas esposas, suas namoradas.

– Você acha que pulam atrás de suas esposas do mesmo modo que esses rapazes mergulham sobre essas francesas? Eu não. Eles acreditam que vão morrer, Dubin. De qualquer modo, os mais racionais. Isso é o que eu acho. E se chegar à linha de frente como diz que gostaria, também vai pensar dessa maneira. E quando sente a morte iminente, Dubin, você não quer ficar sozinho. O isolamento será a etapa seguinte, no caixão. Você não quer outra coisa a não ser contato com a vida na sua forma mais pura. Você quer sexo. E Deus. Esses rapazes também querem Deus. Querem trepar. E querem rezar. É isso que deseja um soldado quando não deseja estar de volta em casa. Perdoe-me pela preleção, mas você é novo diante de tudo isso e é melhor começar a se acostumar com a verdade.

"Portanto, não me importa se Martin está trepando com essa garota ou com algum bezerro que encontrou na estrada, pois temos alguns soldados fazendo isso também, os fazendeiros vêm aqui reclamar. No que me diz respeito, trepem o quanto quiserem. Mas cumpram ordens. Portanto, escreva o que preciso assinar e então diga a essa filho-da-puta para dar a porra do fora da minha área ou será escoltado até as barracas disciplinares. Isso é tudo.

Mais uma vez, Teedle ergueu o cantil. Foi seu quinto ou sexto gole. Deveria estar bêbado, mas sua fúria queimava com tanta intensidade que a bebida provavelmente evaporava durante o percurso garganta abaixo. Eu não fazia ideia do que pensar exatamente do general Teedle, principalmente por causa da avidez com que me convidara a não gostar dele. Parecia ser um daqueles meninos com quem todos implicavam e que cresceu determinado a ser mais durão que os implicantes, mas que nunca superou a dor de ser o cara esquisito que era repelido. Sua brusca honestidade, porém, me impressionou, principalmente visto que esta parecia só ir até o reconhecimento de sua própria infelicidade.

Após o encontro com o general Teedle, fazia ainda mais sentido não retornar a Nancy, mas, em vez disso, seguir imediatamente até o major Martin, que diziam estar ali perto. O general ordenou que seu G-1 nos ajudasse, e o oficial de pessoal, tenente-coronel Brunson, nos forneceu informações gerais e requisitou mapas. Quando acabamos, voltamos à garagem, onde o sargento encarregado nos informou que haviam despachado o nosso jipe e não disporiam de outro até a manhã seguinte.

Biddy entendeu imediatamente.

– Estão queimando a nossa gasolina, e não a deles – murmurou para mim.

Ele tinha razão, é claro, mas, mesmo assim, continuaríamos sem conseguir um veículo. Em lugar disso, fomos separadamente procurar alojamento. O capitão do regimento do quartel-general me conseguiu um catre numa barraca com quatro soldados e me mostrou onde seria o jantar no refeitório dos oficiais, numa formação de duas barracas de alojamento para pelotões. A refeição, quando foi servida, era uma ração B quente reduzida a um mingau esverdeado, mas ninguém por perto reclamou, visto que até o regimento do quartel-general, que normalmente brigava para obter o melhor, estava reduzido a duas refeições por dia. Um dos meus pequenos segredos mais constrangedores foi que descobri, durante o treinamento, que não me importava em comer rações de campanha, mesmo as que vinham em latas marcadas B e C: carne e legumes, carne e feijão, carne e espaguete. O lamento típico era que parecia comida de cachorro e o gosto também era de ração. Essa comida, porém, em grande parte, me parecia algo exótico. Meus pais, apesar de toda a carência de uma prática religiosa formal, nunca levavam carne de porco para casa. Carne de porco e feijão não era particularmente a minha comida favorita, mas eu a via como uma iguaria, do mesmo modo que até mesmo um apresuntado era um prazer para mim.

Depois, fui perambular em direção à área de concentração de tropas, onde os soldados estavam acampados, para garantir que Bidwell achara um lugar. Era praticamente uma cidade de barracas que abrigava vários batalhões. Esta tinha seu próprio encanto para a vista. As fileiras de barracas de campanha formavam linhas perfeitas estendendo-se por centenas de metros, com as trincheiras que serviam de latrinas abertas em intervalos regulares, tudo iluminado pela claridade das fogueiras que os cozinheiros ainda utilizavam. Caminhei longitudinalmente, trocando continências com os soldados que me notavam, tentando encontrar a Divisão do Regimento do Quartel-General com quem Biddy disse que ficaria alojado.

De vez em quando, quando pedia informações, também via se conseguia trocar livros com alguns dos soldados. Antes de deixar Nancy, eu abarrotara cada bolso de minha farda de serviço com livros, ansioso por conseguir novo material de leitura. Às vezes, pensava que havia lido todos os romances que existiam na cidade. Eu levava dois dos títulos mais populares, *Horizonte perdido* e *Santuário*, de William Faulkner, este muito mais procurado por causa das indecentes atividades de Popeye com uma espiga de milho. Minha esperança era conseguir mais Faulkner, que tive muita sorte de encontrar nas mãos de um soldado raso ruivo do Texas. Também consegui um romance de James Gould Cozzens em troca de *A última fortaleza.*

Seria difícil expressar o quanto eram importantes para mim os poucos minutos que eu passava lendo cada noite. Lembranças de meus pais, de meu irmão e da minha irmã ou de Grace eram carregadas de emoção. Não podia me render ao consolo de me imaginar entre eles novamente, à segurança da vida que deixara, pois sabia que enlouqueceria de ansiedade e de arrependimento por ter sido tão determinado em cumprir meu dever. Contudo, a chance de me sentir em outro lugar, nem aqui nem em casa, ao menos por poucos minutos, era um alívio especial, um sinal essencial de que a vida teria novamente a abundância e a nuança que conserva durante épocas de paz.

Não encontrei Bidwell. Entretanto, quando fazia minha última troca literária, topei com Billy Bonner. Andara bebendo e segurava uma garrafa de conhaque, já esvaziada a maior parte do conteúdo.

– Tento me familiarizar com os costumes nativos, primeiro-tenente – disse Bonner. – Os franceses acertaram em cheio com esta coisa. – Ergueu a garrafa e errou a boca a princípio. Metade dos soldados em dia de folga que encontrei na França estavam bêbados, abastecidos pelas lojas de vinhos e regalos mais recentes como Pernod e Benedictine, que nunca haviam visto nos Estados Unidos. Não que os oficiais fossem algo melhor. Nós, que estávamos no quartel-general, ainda recebíamos todos os meses a ração de guarnição de bebida, e até mesmo oficiais em trincheiras supostamente recebiam um litro de uísque, meio de gim, duas garrafas de champanhe e uma de conhaque, embora raramente fossem entregues por causa das lacunas na cadeia de abastecimento. Eu trocava a maior parte do que chegava. Mesmo em Easton, onde a proibição tornava beber uma aventura, tinha tendência à abstinência, nunca ligando muito para a sensação de embriaguez.

– Parece que está indo fundo em sua exploração da cultura local, Bonner.

– Sim, senhor. Só até eu conseguir me levantar de manhã.

Bonner viu o livro de bolso em minha mão e por um segundo trocamos ideias sobre romances. Prometi trocar com ele *Luz em agosto* em nossa próxima visita. Eu já me afastava quando Bonner falou claramente atrás de mim:

– Mandaram o senhor investigar a pessoa errada, tenente.

Sem entender, olhei para ele.

– Teedle e Martin? – falou. – Está investigando a pessoa errada. Pelo menos do meu ponto de vista. Devia perguntar por aí.

– Então vou começar por você, cabo, se me permite. Diga-me o que significa essa observação.

Bonner esquadrinhou a boca da garrafa de vinho, como se a resposta estivesse ali.

– Provavelmente significa que bebi demais disto aqui – disse ele, após algum tempo. Deu-me aquele sorriso estreito, conspirador, e, sem esperar uma reação, deslizou para o interior do acampamento escuro.

Parte II

4
Stewart: o advogado do meu pai

Segundo o registro de Procedimentos da corte marcial do meu pai, Barrington Leach, um advogado de alta patente da Justiça Militar lotado no quartel-general de Eisenhower foi o defensor dele. Seu nome me pareceu familiar e uma busca on-line me lembrou por quê. Em 1950, Leach pediu licença do proeminente escritório de advocacia Hartford, do qual era sócio, para assumir a direção da assessoria jurídica do senador Estes Kefauver em sua investigação sobre o crime organizado. Os inquéritos televisionados apresentaram muitos americanos à Máfia e, não coincidentemente, à prerrogativa contra a autoincriminação. Daí em diante, "recorrer à Quinta [emenda constitucional]" inevitavelmente trazia à memória a fila de cavalheiros morenos com seus ternos caros que respondiam a cada pergunta lendo seus direitos de cartões presos à palma da mão. Era Leach, quase sempre, quem estava presente para fazê-los suar.

Após retornar a Connecticut, Leach logo tornou-se juiz e, finalmente, foi conduzido à Suprema Corte de Connecticut. Seu nome também apareceu em algumas notícias, durante a era Johnson, como candidato potencial à Suprema Corte dos Estados Unidos.

Eu começara a pesquisar sobre Leach durante os meses em que fui paralisado pelo governo em meus esforços para liberar os arquivos da corte marcial. (Finalmente, consegui isso em junho de 2004, mas somente porque pude demonstrar que, naquela ocasião, já conhecia quase todas as informações que eles continham.) Eu havia suposto que Leach, um experiente advogado em inquéritos policiais já em 1945 e, portanto, bem mais velho do que papai, estaria morto e apenas torci para que sua família tivesse guardado seus documentos. No fim de outubro de 2003, telefonei à Suprema Corte de Connecticut para localizar o parente mais próximo de Leach.

– Ele morreu? – perguntou-me o oficial de justiça. Afastou-se do telefone para, surpreso, perguntar a um colega: – O juiz Leach morreu? – Pude ouvir a pergunta se espalhar pelo aposento, até o oficial de justiça voltar ao telefone. – Não, senhor. Alegro-me em lhe informar que o juiz Leach continua entre nós. – Recusou-se a fornecer endereço ou telefone, mas prometeu encaminhar qualquer e-mail. Uma semana depois, recebi a resposta, com o endereço de remetente da Casa de Saúde do Solar Northumberland em West Hartford, escrita com uma caligrafia irregular que me trouxe à lembrança aquele brinquedo infantil, o Tela Mágica.

Claro que me lembro de ter defendido seu pai. A corte marcial de David Dubin perdura como um dos casos de maior perplexidade de minha vida como advogado, e estou disposto a comentá-lo com você. Em resposta à sua pergunta, sim, guardei alguns materiais relativos ao caso, os quais provavelmente deseja obter. Como pode perceber, escrever cartas é particularmente um fardo nesta fase de minha vida. Poderíamos conversar por telefone, no caso de necessidade, mas, se me permite ser tão impertinente, sugiro que, se possível, você me faça uma visita.

Será um prazer transmitir-lhe minhas lembranças e esses documentos, pois faço isso estritamente dentro da legalidade, visto que seu pai foi meu cliente. Você deixará em paz a mente de um velho se, quando vier, trouxer uma carta de todos os herdeiros legais de seu pai – sua mãe, se ainda estiver viva, e qualquer descendente que você tenha – declarando que todos renunciam a qualquer objeção com relação ao que vou compar-

tilhar com você. Sugiro que entre em contato com o advogado responsável pelo espólio para ajudá-lo. Terei prazer em falar com ele, se assim desejar.

Sem querer ser alarmista, chamo sua atenção para o fato de que tenho 96 anos e já não compro mais banana verde. Espero ansioso encontrá-lo em breve.

Com os melhores votos,

Barrington V.S. Leach

Vendo-me percorrer o país, passar horas em úmidos porões de bibliotecas e falar dos impedimentos feitos pela CIA, os membros de minha família se convenceram de que eu havia enlouquecido. Nona encarou isso como uma prova conclusiva de que me dera o fora na hora exata, ao passo que minhas filhas davam uma sucinta explicação a quem perguntava: "Papai fuma crack."

Minha mãe falava o mínimo, mas devia ser a mais infeliz. Mesmo na morte, ela se manteve ferozmente possessiva de papai como sempre o fora. Todos os dias, escolhia seu terno e sua gravata e permanecia sua principal assessora nas cautelosas manobras do mundo comercial, onde ele costumava desviar do caminho por causa de sua natural inclinação para ver quase todos os assuntos como uma questão de princípio. Na minha casa, porém, todos dependiam da vitalidade e da perspicácia de mamãe, considerando como um fato incontestável que ela, como sobrevivente de um campo de concentração, tinha um algo a mais no que dizia respeito à vida. Considerava o meu único e maior defeito eu não ter sido inteligente o bastante para me casar com alguém igual a ela.

Diante de tudo isso, era previsível que não iria gostar de eu reivindicar como meu um pedaço de meu pai. Não houve longos discursos, apenas comentários ocasionais mostrando que ela achava desagradável eu estar transformando os segredos de papai no Exército num projeto profissional. Para ela, era como se eu estivesse batendo tambores com ossos que tirara da sepultura. E isso era pior do que a cruel ironia que eu desenterrava em um período cuja agonia eles passaram uma existência tentando enterrar.

O que tornava a carta de Leach um problema. Minha irmã faria o que minha mãe mandasse. Seria necessária, porém, muita conversa para mamãe dar a autorização. Imaginei uma estratégia durante pelo menos uma semana. Então, certa manhã, quando passei em sua casa, como fazia quase todos os dias, sentei-a à mesa da cozinha, onde sempre ocorreram importantes discussões familiares, e vendi o meu peixe. Ela ouviu avidamente, os olhinhos negros atentos, e pediu um ou dois dias para pensar. Saí esperançoso.

Contudo, entrando lá uma semana depois, soube na primeira respirada que eu estava frito. Ela assara biscoitos. Rugelach, um eterno favorito, pousava sobre a mesa da cozinha. Ela sabia consolar um filho. Sendo quem sou, comi, e, ela sendo quem é, esperou até eu estar no estágio inicial de quase delírio antes de começar.

– Stewart – disse ela –, sobre o tal do advogado e seus documentos. Pensei muito a respeito, Stewart. Vou lhe dizer, de todo coração, que acredito que seu pai, *alav hashalom*, ficaria comovido até as lágrimas ao saber que você fez todo esse esforço para entender a vida dele. E a pergunta que tenho feito a mim mesma durante os últimos dias é se isso talvez o fizesse reconsiderar. Porque eu concordo com o que você disse quando seu pai morreu, Stewart, que ele devia ter optado por não comentar isso com a família. Mas, no final das contas, você está me pedindo para deixar de lado a minha lealdade para com ele. Não cabe a mim imaginar agora novas decisões para seu pai, Stewart. Ele tinha direito ao meu apoio em suas decisões sobre o que queria dizer sobre sua própria vida.

Choraminguei, é claro. Eu era filho dele, falei. Tinha o direito de saber. Esse comentário a irritou.

– Stewart, onde está escrito que um pai tem de se tornar o seu tema jornalístico? Dar vida a um filho, Stewart, é como concorrer a um cargo público, onde cada peça de roupa suja está disponível para vistoria? Não é direito de um pai ser compreendido de acordo com seus próprios termos? Você pretende que suas filhas saibam cada detalhe desagradável de sua juventude?

Foi um golpe baixo, mas eficaz. Aguardei um segundo.

– Mamãe, você não quer conhecer a história?

– Stewart, eu conheço a única história que importa, e a conheço desde o momento em que me apaixonei pelo seu pai, no campo de concentração. David Dubin era amável. Era inteligente, educado. Judeu. Pude perceber de imediato que era uma pessoa leal, uma pessoa de princípios. O que mais poderia interessar a mim ou a você? Naquele tempo. Ou agora?

Obviamente, liguei para a minha irmã. Mamãe podia disfarçar aquilo do jeito que quisesse, falei, e alegar que estava obrigada pelos desejos de papai, mas, na verdade, eram os dela. E os de estar no controle.

– Nossa, Stewie, por que sempre a transforma na vilã? E daí se forem seus desejos? Ela viveu com um homem por 58 anos. Agora você vem dizer a ela que seu marido foi um condenado? Claro que ela não está ligando para saber dos detalhes. Deixe-a em paz. Se tiver que fazer isso, faça depois que ela se for.

Lembrei a Sarah que Leach tinha 96 anos.

– Olhe – propus –, juro que não contarei a ela nada do que eu descobrir.

– Ora, Stew – disse minha irmã, mordaz com sempre –, quando foi a última vez que você guardou um segredo? Ainda não sacou por que é que você quis ser repórter? Depois que ela se for, assino o que você quiser. Mas agora não quero mais ouvir nenhuma palavra sobre isso. Talvez seja melhor gastar algum tempo se perguntando o motivo de tanto interesse no assunto.

Já havia me perguntado. Cada dia e cada noite. No entanto, a resposta mais simples a Sarah era provavelmente a melhor:

ele era meu pai. Todos nós podemos sonhar o herói que queremos ser, quando somos adolescentes, e gastar a nossa idade adulta tentando persistir no ideal, porém mais cedo ou mais tarde nos damos conta de que as nossas opções são limitadas pelo material bruto, aquela dose de DNA que recebemos e a marca da tenra infância. Quando jovem, não me via em papai. Agora, ao olhar as várias fotos que juntei de sua juventude, há momentos em que não consigo distinguir se o sujeito parado ali é ele ou se sou eu. Aquele corpo, que anos atrás deixara de pertencer a qualquer um de nós dois, era fundamentalmente um só: a mesma postura corrompida, curvando-se de algum modo de um ponto entre as omoplatas, o mesmo ar de uma compleição morena como um cálido bronzeado, o mesmo modo incerto de lidar com a câmera, a mesma indecisão sobre o quanto ceder. Tenho o nariz dele, dizem, e, em determinados momentos, seus olhos assombrados. De papai herdei meu gosto por coisas salgadas, e a aceitação das derrotas dos Trappers como obra do destino.

Em minha pesquisa, descobri muitas dívidas não reconhecidas que tinha com meu pai. Explorando suas cartas e, depois, o que ele escrevera para Leach, fiquei surpreso em ver como meu velho se expressava bem. Ele gastava duas horas todas as noites lendo qualquer romance em que colocasse as mãos, um hábito tão invariável que ele chegou mesmo a desgastar duas faixas de couro no sofá onde repousava os pés. Contudo, nunca havia me tocado de que papai provavelmente foi a fonte do meu interesse em escrever, embora eu sempre recebesse o incentivo de seu orgulho silencioso pelas minhas matérias assinadas. Agora, recordando, me dou conta de que ele deve ter intervindo para fazer mamãe parar com sua chatice sobre a faculdade de Direito.

Não foram, porém, as coisas de que gostava em mim mesmo que alimentaram minha fome para descobrir o que ele fizera de errado. No final das contas, temo que talvez tenha sido mais a aflição que me tornara por décadas um feliz observador de julgamentos criminais: eu queria conhecer as fraquezas de papai, por isso me senti melhor a respeito de mim mesmo.

E, tendo em vista o que aconteceu a seguir, talvez seja possível dizer que a autoaceitação não é tão elogiável assim. Mas sempre fui escravo do impulso, e lento em aceitar o fato. Quando me olho no espelho, vejo um cara bem-disposto, inconvenientemente carregado de alguns quilos que pertencem a outra pessoa. Isso porque o cara mais magro, com suas boas intenções, geralmente maneja o leme da minha alma. Eternamente em dieta, sou o cara no restaurante que pede a meia-porção de salada que vem encimada por uma minúscula bolinha de salmão poché antes de comer a batata frita dos pratos dos outros. Minha eterna ruína ocorre naqueles momentos em que meu apetite é mais forte do que eu. Minha crise mais triste como repórter de tribunal aconteceu no início dos anos 1990, quando passava pela sala do júri e, sem que tivesse planejado, colei o ouvido na porta, esperando obter um furo de reportagem sobre um importante veredicto. Quando um oficial de justiça me pegou, fui suspenso do jornal por trinta dias e, pior ainda, puseram em dúvida qualquer sucesso honesto conseguido por mim, antes e depois. É um padrão de vida. Resisto. Luto. Mas também sucumbo.

O que, nesse caso, significou que, quando escrevi novamente para Barrington Leach, não apenas marquei uma data para a visita, mas também o isentei formalmente de qualquer responsabilidade legal pelo que ele pudesse revelar. Como? Simplesmente afirmei que minha mãe havia morrido poucos anos atrás e que eu era filho único. Exatamente como os vigaristas sobre os quais escrevi durante vinte anos, disse a mim mesmo que ninguém jamais iria descobrir.

5
David: Major Robert Martin

22 de outubro de 1944

Com o Terceiro Exército na França

Queridíssima Grace,

Fui enviado ao front (onde tudo permanece tranquilo, portanto não se preocupe) para fazer uma pequena investigação, envolvendo a política militar entre as altas patentes. Visto que consegui uma máquina de escrever, resolvi lhe dar um alô e dizer que penso sempre em você.

Ontem foi realmente um dia maravilhoso, já que recebi quatro cartas suas via correio aéreo e um V-mail. Trouxe tudo comigo para ler uma segunda (e terceira!) vez. No seu V-mail, querida, você me fala de seu resfriado... por favor, cuide-se. Se não se sentir bem, fique em casa, não vá à escola. Não quero que nada lhe aconteça – você significa muito para mim, e temos muita vida para viver juntos no futuro próximo para você ficar se arriscando.

Esta noite, meu leito será um catre numa barraca, um lembrete de quão constrangedora é a boa vida em Nancy. Eisley e eu conseguimos novos alojamentos com madame Vaillot, cujo marido foi levado pelos alemães sabe Deus para onde. Ela nos cumprimenta todas as manhãs às 6h30 com café forte e nossa roupa lavada, pela qual se recusa a receber qualquer dinheiro. Ela diz, em francês culto: "Estamos sendo pagos suficientemente por manterem os alemães afastados e por nos protegerem." Portanto, o que podemos dizer? Nosso quarto é bom, mas frio, por causa das constantes chuvas, e o suprimento de combustível está reduzido demais para que acendamos um braseiro, a não ser que passemos algum tempo no quarto acordados, o que raramente acontece.

Estive pensando no pé-de-meia que terei quando chegar o meu dia de voltar. Com os subsídios, deverei faturar em torno de 350 dólares por mês quando chegar a minha promoção (1º de novembro, juram eles). Vou enviar 300 dólares por mês para mamãe, para ela colocar na minha poupança. (Por favor, diga a papai para ele se assegurar de que mamãe use alguns trocados para comprar um vestido novo ou qualquer outra coisa como um presente de aniversário meu. Eles não farão isso, a não ser que você insista por mim.) Quando eu der baixa, haverá o pagamento de 300 dólares mais a apólice de seguro de 250 que eu tenho, e 15 ou 20 de bônus de guerra. Somando tudo, estou pensando que você tem razão e que eu deveria abrir o meu próprio escritório de advocacia. Talvez ainda até sobre o suficiente para comprar um calhambeque. Não me importaria que esse dinheiro me desse um pouco de prazer. Outros fizeram mais para merecê-lo, mas não é nenhum piquenique ficar longe de todos vocês. Ainda guardo a chave de casa na minha carteira. Pode chamar de maluquice, se quiser, mas, várias vezes por dia, toco meu bolso traseiro e sinto sua forma contra o couro, e sei que tenho um lugar para onde voltar.

Bem, estou ficando sentimental, por isso vou parar.

Amor eterno.

David

O Tenente-Coronel Brunson, o ajudante-de-ordens do general Teedle, dissera que Martin e o restante de seu Grupo Operacional estavam aquartelados na casa de campo da condessa de Lemolland, a sudoeste de Bezange-la-Petite, na beira das escaramuças da linha de frente. Brunson não soube explicar como Martin conseguira tal pitoresco alojamento, mas ficou claro que muitos dos oficiais de Teedle, acampados em barracas montadas sobre o chão molhado, haviam reparado.

Era quase meio-dia do dia seguinte quando a garagem da 18ª Divisão nos forneceu um jipe, e pensei por um segundo que Bidwell ia sair no braço com o soldado raso que enchia o tanque, pois este até parecia que usava um conta-gotas.

– Isso não é nem um terço da gasolina com a qual chegamos – disse-lhe Biddy.

– Sargento – retrucou o rapaz –, foi a ordem que recebi. E é melhor olhar bem esse mapa do que ficar de olho em mim. Os boches estão a 3 quilômetros de onde estão indo. Uma curva errada, sargento, e a sua guerra pode acabar mais cedo.

Enquanto seguíamos para o norte em direção às colinas, o sol chegou como um toque de cornetas, iluminando os pomares com a totalidade da cor outonal. Era uma região ondulada, principalmente nos campos abertos, parecida com o sul de Wisconsin, onde meus pais às vezes nos levavam, quando eu era menino, para longos passeios dominicais no carro de alta classe emprestado do meu tio Manny. Após um dia juntos, Bidwell tornara-se mais acessível e rimos do soldado que racionou a gasolina como se esperasse que não voltássemos. Meia hora depois, ao ouvirmos a leste o eco dos morteiros e o bicar dos disparos de fuzis, ficamos um pouquinho mais sérios.

Perguntei a Biddy se aquilo era o mais próximo que ele estivera do front. Ele deixou escapar uma bufada sarcástica.

– O Dia D – disse ele. – Isso conta, tenente? Na verdade, D mais um. Desembarcaram toda a minha companhia de PM em Omaha. Precisavam da gente para a custódia dos prisioneiros de guerra, mas tivemos que nos arrastar caminho acima por aquela praia, como todo mundo.

– Dia D! Meu Deus! Aposto como, depois de tudo isso, este serviço parece maçante.

Ele achou a ideia divertida.

– Diabos, não, tenente. Aquilo foi como uma coisa que não quero ver nunca mais. Para dizer a verdade, não liguei muito quando me fizeram um PM. Eu fiz o básico para mecânico de caminhão da Companhia de Engenharia. Em casa, depois que acabei o colegial, andei consertando carros por alguns anos, e achava que isso fazia sentido. Mas aqui é o Exército. Minhas ordens vieram dizendo "Seção Provost

Marshal", e tive que perguntar o que era isso, e xinguei quando me disseram. Eu não tinha nada contra policiais, tenente, mas não era o que eu tinha em mente fazer. Acontece, porém, que tem seu lado bom. Falando de um modo geral, a PM só vai lá depois que o tiroteio acabou e restaram os filhinhos de mamãe que prometeram a ela que fariam o possível para não se deixar matar. Pode ficar com o combate, tenente. Tudo que eu quero é tirar umas fotos e ir para casa.

Como metade dos soldados que eu conhecia, que permaneciam em parte turistas, Bidwell sempre tinha uma câmera na mão. Por causa de seu tamanho, ele parecia quase gracioso quando a colocava sobre o olho. A maioria dos soldados tirava fotos dos destroços da guerra e de seus colegas, mas Biddy parecia ser mais atento e, como era típico de seu jeito solitário, afastava-se por alguns momentos e fixava objetos e cenas em particular que não pareciam atrair muito interesse. Viajando no dia anterior, demos com o comboio da 134ª e paramos quando o pessoal parou e desse modo pudemos esvaziar as nossas bexigas em uma vala na lateral da pista. Os motoristas eram soldados negros, como geralmente era o caso, e seis ou sete deles haviam se reunido para socializar um pouco, já que os soldados brancos, via de regra, nada tinham a ver com eles. De trás de um dos caminhões, Biddy tirou várias fotos dos homens negros conversando uns com os outros enquanto fumavam seus cigarros. Fiquei perturbado com o fato de Biddy não ter se preocupado em pedir permissão a eles.

Recordado, o incidente trouxe as raízes da Geórgia à mente de Biddy, e perguntei quando sua família havia saído de lá e onde tinha terminado. Ele pareceu não ter interesse em responder. Esse era o exército daquele homem. Desde o campo de treino de recrutas, havia sujeitos que mostravam fotos do pai, da mãe e da namorada e lhe revelavam cada detalhe inimaginável sobre eles, coisas como o número do sapato, e outros que queriam manter seu lar o mais longe possível daquela bagunça. Eu, aliás, fazia parte do segundo grupo, mas dei uma pequena sondada, pois queria ter certeza, antes de criticar o modo de Bidwell em relação aos homens negros, de que ele tivera realmente a chance de aprender a diferença entre Norte e Sul.

– Papai foi arrendatário de fazenda lá. A família dele trabalhou naquele pedaço de terra só Deus sabe quanto tempo, cem anos, duzentos anos, mas aquilo simplesmente não fez sentido para ele quando as condições de vida ficaram muito ruins. Em 1935, ele pegou todos nós e nos levou para o Norte. Acho que estava pensando em conseguir algum trabalho numa fábrica.

– Sim, mas onde vocês se instalaram, Bidwell?

Ele sorriu por um segundo enquanto olhava além da estrada.

– Já ouviu falar do Condado de Kindle?

Dei um berro.

– Por Deus, Biddy! Você deve ter me ouvido falar com Eisley dezenas de vezes sobre onde eu moro. Por que não disse nada? Estou do outro lado do mundo e descubro que ando por aí com um vizinho.

– Justamente por isso, tenente. Não tem muita possibilidade de sermos vizinhos.

– Não fique tão certo disso, Biddy. Não venho da classe dominante. Meu pai é sapateiro. – Eu raramente revelava esse detalhe, por temer que pudesse me enfraquecer, tanto entre os colegas oficiais quanto entre a tropa, e, como antecipara, pude ver que pegara Bidwell de surpresa. – Papai tem esse ofício desde menino, desde que desembarcou nos EUA. Um tio o acolheu e lhe ensinou. Cresci num apartamento de três cômodos na Deering Road. Minha família continua lá. E a sua?

Biddy sacudiu a cabeça, como se não soubesse.

– Estamos todos por aí – disse ele. – Sabe o que acontece quando um homem dá duro para arranjar trabalho. Às vezes, tinha fim de mês que papai e o senhorio não se viam. Eu devia ter uns 18 anos quando parei de perguntar por que a gente não podia andar durante o dia, como todo mundo.

Sorriu diante da lembrança, mas seus olhos verdes afastaram-se para ver a minha reação. Como filho de um remendão, no entanto, eu conhecia bastante sobre tempos difíceis. Na Depressão, papai tinha muito serviço, pois as pessoas queriam fazer durar seus sapatos. Muitas delas, porém, não tinham como pagar os seis centavos depois que seus calçados estavam consertados. Para algumas pessoas que conhecia, papai fazia fiado, mesmo quando era incerto se seria pago. Mas ele preferia deixar um homem andar descalço a ser enganado.

Após ouvir o fogo de artilharia, paramos várias vezes para confirmar as direções com os habitantes locais. No final, um fazendeiro montado a cavalo trotou à nossa frente e nos apontou o estreito acesso para carros, que talvez não chegássemos a ver no meio dos arbustos cerrados. A propriedade dos Lemolland era limitada por uma antiga cerca de pedra, encimada, à moda francesa, por telhas vermelhas, mas o portão estava aberto e subimos por uma ladeira ao lado dos vinhedos, onde vários lavradores cultivavam a terra entre os tocos retorcidos das videiras. As plantas, penduradas em compridos apoios de arame, pareciam ter sido ceifadas recentemente.

Acima, encontramos um quadrado formado por prédios cor de areia. Lembrava um forte, mas supus que a disposição fosse uma pequena réplica de uma propriedade feudal. Cada ala tinha vários andares, exibindo compridas gelosias vermelhas dobradas para trás junto a fundas janelas e encimadas por um íngreme teto de água-furtada. Enormes portas de madeira estavam abertas para uma arcada que atravessava o prédio defronte a nós, e penetramos num amplo pátio pavimentado com pedras arredondadas. Na extremidade mais distante, ficava a casa. Ela incorporava uma torre redonda que devia datar da Idade Média, e dava à residência a aparência de um pequeno castelo.

Um trabalhador com barba por fazer e uma enxada na mão, olhou-nos atentamente, ao pararmos. Visível, atrás de um canto do *château* da condessa, ficava uma pastagem, onde havia duas vacas que sacudiam os rabos e um galinheiro caindo aos pedaços.

Diante da casa, puxei várias vezes a corda de um sino até que, finalmente, um enorme homem moreno, com uma bagana de cigarro no canto da boca e um olho fechado por causa da fumaça, abriu a porta. Era cigano, com uma cara de batata e cabelos longos amarrados para trás. Em francês, perguntei pelo major Martin. O cigano demorou um segundo examinando as nossas fardas e depois gesticulou para entrarmos e berrou acima, na direção de uma escada à sua direita.

– Ro-bert – chamou, dando ao nome a pronúncia francesa, sem o "t". – *Un moment* – falou para nós, e então desapareceu saindo pela porta por onde havíamos entrado.

Biddy e eu permanecemos na entrada por vários minutos. A velha casa tinha paredes de uma grossura monumental. Era escura e quieta, exceto pela clara cozinha que ficava diante de nós ao final de um corredor. De lá, podia ouvir vozes e o ranger de uma manivela de bomba, e cheirar aromas agradáveis, madeira em brasa e algo cozinhando. Parado ali, lembrou-me de esperar no amplo vestíbulo da enorme casa de pedra de Grace, quando ia buscá-la à noite. Eram momentos torturantes para mim, principalmente quando o pai dela estava por perto, visto que estava convencido de que eu era um golpista. De minha parte, a aversão era mútua. Particularmente, percebi que Horace Morton nunca aceitaria minhas boas intenções em relação à sua filha, pois ele mesmo nunca dera em cima de qualquer moça sem antes saber tudo a respeito de sua conta bancária.

Com um pisar forte, um homem de tamanho médio vestido com uma camisa cáqui de oficial do Exército desceu rapidamente a pesada escada. Não usava gravata ou distintivo, mas trazia em seu cinto uma faca de escavação, além de uma baioneta em sua bainha. Esse, sem sombra de dúvida, era o major Martin.

Biddy e eu batemos continência. Sorrindo, ele deu um tapinha na testa, mas apenas para ser educado.

– Não fazemos isso por aqui – disse ele.

Os Grupos Operacionais, como iria aprender, procediam com um mínimo de formalidades militares. Havia um "líder" de quem todos recebiam ordens, mas os GOs incluíam não apenas membros das forças armadas de várias nações, mas civis do movimento de resistência que não tinham nenhuma obrigação de adotar o regulamento do Exército.

– De onde? – perguntou Martin, quando disse meu nome. Repeti que eu fazia parte do Departamento de Justiça Militar, Terceiro Exército, o que provocou uma risada. – Não, eu posso ver esse bordado na sua lapela, filho. De onde, nos Estados Unidos? Onde fica o lar do qual esta guerra o afastou tanto?

Quando falei Condado de Kindle, ele se animou.

– Ah, é um lugar bacana. Passei bons momentos lá.

Compartilhou algumas lembranças de um bar clandestino de negros em North End, e então perguntou sobre o meu nível educacional e minha família. Não eram perguntas que normalmente um oficial superior se importaria em fazer num primeiro contato, e gostei de sua atenção. Fez perguntas semelhantes a Biddy, o qual, previsivelmente, retraiu-se em vez de reagir de acordo.

Martin não media mais do que 1,75 metro, mas era impressionante de se olhar, cabelos negros, queixo forte, e vibrante de energia física. Do mesmo modo que Grace, ele tinha o jeito próprio de americano, com feições ordenadas, equilibradas, as quais, com meu nariz comprido e olhos sombreados em órbitas rasas, sempre invejei. Um único cacho negro caía bem no centro da testa de Robert Martin e, mesmo ao descer a escada correndo, ele dava a impressão de uma extraordinária agilidade. Apesar de se dirigir a mim como "filho", não parecia ter muito mais do que 40 anos.

Interrompeu-me quando tentei explicar minha missão ali.

– Ah, já ouvi falar nisso – disse, com um breve sorriso, e gesticulou para seguirmos pelo corredor atrás dele. Quando entramos na cozinha, uma jovem estava debruçada sobre a pia lavando os cabelos debaixo de uma bomba-d'água de ferro fundido. Era pequena e deslumbrante, vestia um uniforme camuflado largo demais para ela e imediatamente olhou na minha direção para me avaliar. Tinha um rosto pequenino, quase infantil, mas ostentava uma aparência mais velha, fria e cruel. Percebi de imediato que se tratava da mulher que diziam ser o problema.

Sem se impressionar, voltou a torcer os ondulados cabelos curtos sobre a pia de cobre. Ao mesmo tempo, dirigiu-se a Martin.

– *Qui sont-ils*?

Quem são eles?

Martin respondeu-lhe em francês.

– O tenente enviado por Teedle.

– *Merde* – reagiu ela. – Mande-os embora. – Moveu-se para o lado e acendeu um cigarro.

– Depois – respondeu ele. Esperou até ela acabar de esfregar uma toalha nos cabelos, e então fez as apresentações em inglês. Ela era Gita Lodz, membro do GO Despertar e do FrP, Francs-Tireurs et Partisans (Franco-Atiradores e Partidários), uma das maiores organizações de resistência, de tendência sindicalista e supostamente comunista. Quando Martin forneceu nossos nomes à Srta. Lodz, ela mostrou um sorriso tão meramente formal quanto reverente.

– *Enchanté* – respondi, imaginando que isso talvez lhes desse uma dica de que eu entendera a conversa deles, mas não percebi nenhum vestígio de que qualquer um dos dois tivesse encarado aquilo mais do que como a cortesia de um turista.

– Com licença, purr favorr – disse Gita Lodz, em inglês. – Eu ir. – Ela tinha um forte sotaque eslavo, não detectado pelo meu ouvido quando falara francês. Rapidamente, resgatou seu cigarro da beira da pia onde o tinha deixado.

Uma espécie de refeição estava em andamento e uma criada com avental mexia uma enorme panela de ferro no fogão negro. A cozinha, como o resto da casa, era rústica, mas o aposento era amplo e claro. Panelas de cobre com fundos queimados pendiam das vigas aparentes do teto, e pratos azuis vitrificados de Delft decoravam as paredes, um indubitável sinal de que, até então, aquele lugar escapara da pilhagem dos combates.

– Conseguiu aposentos encantadores, major – observei.

– Bastante – disse ele. – O Despertar está descansando, com a guerra paralisada. Aqui ela parece estar distante. – Varreu o braço por um longo espaço. – A condessa de Lemolland é uma esplêndida patriota e grande amiga do nosso GO.

A propriedade, contou, fora a casa de campo da família da condessa, banqueiros de Nancy, desde a época de Napoleão. Ela a mantivera, mesmo depois de se casar com o conde de Lemolland após a Primeira Guerra, quando sua residência principal passou a ser um *château* nas Côtes-du-Nord. Essa propriedade não sofrera tanto quanto muitas outras nas mãos dos alemães. Periodicamente, a SS tomava posse da casa para usá-la como um resort para oficiais, e uma guarnição alemã aparecia a cada outono para confiscar colheitas e vinho. Entretanto, com o retorno da condessa, o vinhedo e a fazenda já começavam a voltar à vida. A própria condessa, confidenciou Martin, também não estava muito bem. Seu filho, Gilles, membro de um outro grupo de resistência, o Forces Françaises de l'Intérieur, FFI, segundo se confirmou, fora capturado e queimado vivo pelos nazistas no início daquele mês. Desde então, a velha senhora se mantinha isolada grande parte do tempo.

– Contudo – alegou Martin –, ela nunca me perdoaria se um oficial americano visitasse sua casa e eu não lhe permitisse que desse a ele suas boas-vindas. Você vai adorar conhecê-la. É uma mulher notável e distinta.

Ao se preparar para chamar a condessa, Martin avistou *mademoiselle* Lodz bisbilhotando o interior da cozinha, provavelmente para ver se já havíamos sido despachados. Estava agora em trajes do campo, um blusão com mangas amarrotadas e um vestido florido com peitilho e saia com bababos.

– *Va leur parler* – Fale com eles, disse Martin a ela, gesticulando para que entrasse. Para nós, falou: – Se os companheiros me derem licença só um minuto, Gita lhes fará companhia. – Lembrou-lhe, em voz baixa, enquanto se retirava apressado: – *Sois plaisante.*

Biddy se afastara para um canto, deixando-me encarar Gita Lodz em silêncio. Ela era esguia como uma corça e, desse modo, agradavelmente bem-estruturada, mas, com uma segunda chance de observá-la, eu decidira que seria um exagero chamá-la de bonita. Seco, seu cabelo revelou-se louro bronzeado. Seu nariz era largo, e os dentes, pequenos e tortos. Tinha, porém, o que os mexeriqueiros de Hollywood gostavam de chamar de "aquela coisa", um magnetismo indefinido que começava com uma provocadora confiança em si mesma, palpável mesmo estando do outro lado do aposento.

Tentei uma conversa fiada.

– Posso ser atrevido e perguntar seu nome, Srta. Lodz? Provém daquela cidade polonesa? De Lodz? – Falei com um francês perfeitamente correto, o que a deixou boquiaberta, um oportuno reconhecimento de que ela não me dera muito crédito. Ela, porém, respondeu na mesma língua, visivelmente contente por não precisar se esforçar com o inglês.

– Sim, sou polonesa, mas não de Lodz. Na verdade, não é sobrenome de ninguém. Sou bastarda. – Fez essa declaração com a maior tranquilidade, mas seus pequeninos olhos negros não me abandonaram. Sempre achei que aprendera a fazer uma boa cara de jogador de pôquer ao assistir bangue-bangues, mas temi imediatamente que tivesse vacilado ao lidar com sua incomparável franqueza, e fiquei grato quando ela prosseguiu. – Minha mãe chamava-se Lodzka – disse ela. "Wodjka", como ela pronunciava –, por causa de seu primeiro marido. Ela não o via há anos, mas por conveniência, naturalmente, eu compartilhei o nome dela. Os franceses, é claro, só falam francês. Portanto, é mais fácil aqui ser simplesmente Lodz. E o seu nome? – perguntou. – Como se pronuncia?

Assim que eu disse meu nome, ela arriscou:

– Du-ban? – E então, novamente, ela tentou uma segunda vez. – Du-biin?

Dei de ombros, admitindo que a pronúncia era bastante próxima.

– Mas que espécie de nome é esse? Não é francês, não?

Respondi simplesmente:

– Americano.

– Sim, mas americanos, todos eles, vêm da Europa. De que parte é da Europa vem Du-biin?

Falei que era da Rússia, mas ela encarou minha resposta com discreta desconfiança.

– De que parte? – insistiu.

Falei da aldeia onde meus pais haviam nascido.

– Perto de Pinsk? – indagou. – Mas seu nome não soa russo.

– Era Dubinsky, naquela época – expliquei, ainda sem conseguir todo o reconhecimento que esperava. Contudo, ganhei um breve sorriso.

– Como Lodzka – disse ela. Passou-se um segundo, então, enquanto ambos parecíamos refletir como ir adiante, tendo encontrado algo em comum. Finalmente, perguntei de que lugar da Polônia ela era, já que não era de Lodz.

– Hã – fez ela. – Pilzkoba. Uma cidadezinha. Você coloca uma tachinha em um mapa e ela some. *Que des crétins* – acrescentou com amargura. Todos idiotas. – Fugi de lá em 1940. Depois que os alemães mataram minha mãe.

Transmiti meus pêsames, mas ela os rechaçou com um dar de ombros.

– Na Europa, agora, todos temos essas histórias. Mas não podia ficar. Odiava os alemães, naturalmente. E também os poloneses, porque eles me odiavam. Bastardos não são benquistos em cidadezinhas polonesas, Du-biin. Portanto, parti. Entende?

– Entendo – disse. Em inglês, citei o Êxodo. – "Tenho sido um estranho em uma terra estranha."

Ela ficou radiante. A frase deixou-a encantada.

– *Parfait!* – declarou, e, sem parar, repetiu-a o máximo que pôde.

Martin reapareceu nesse momento e correu para trás dela.

– Ah, mas não é estranha para mim – exclamou ele e, com os braços em volta de sua cintura, ergueu-a do chão. Assim que foi baixada, arrancou as mãos dele para escapar.

– Estou gostando dessa conversa – disse a ele em francês.

– Quer dizer que gosta desse americano? – perguntou-lhe Martin.

– Eu gosto de americanos – retrucou ela. – Deve ser isso o que me interessou em você. *Pas mal* – acrescentou. "Nada mal", uma referência à minha aparência, e então piscou para mim, com Martin atrás dela. Claramente, não tinha a intenção de deixar que ele soubesse que eu entendia francês.

– Você acha que ele tem meias de seda e chocolates? – perguntou Martin.

– *Merde*. Você vive com ciúmes.

– Não sem motivos – rebateu ele.

– Sim, mas sem direito.

– Ei! – reagiu ele. Foi um gracejo. Ambos estavam rindo. Ele me encarou e disse que a condessa desceria num instante.

Com o reaparecimento de Martin, eu havia retirado do uniforme de serviço uma caderneta e perguntei ao major se poderíamos usar aquele intervalo antes da chegada da condessa para discutir a minha missão ali. Apresentei-lhe um documento do ajudante de ordens de

Patton autorizando a investigação relativa ao Regulamento 35, mas Martin não leu mais do que as primeiras linhas.

– Teedle – disse então, como se fosse a palavra mais desagradável em qualquer língua. – O que diz ele? Não, pode deixar. Anote como verdade tudo o que ele diz. Tudo verdade. Insubordinado. Insurgente. Qualquer diabo que ele quiser dizer. Escreva no seu caderninho: Culpado como o diabo. O Exército não sabe o que fazer comigo. – Riu, do mesmo modo como quando recordou o bar clandestino de negros.

Segui-o pela cozinha.

– Eu não veria isso com tanta tranquilidade, major. Teedle lhe atribui acusações sérias, senhor.

Expliquei a Martin seus direitos: ele podia dar uma declaração ou me indicar outras testemunhas. Se preferisse falar com um oficial superior, teria direito. E, certamente, poderia ouvir uma descrição detalhada do que fora dito contra ele.

– Se você achar necessário – retrucou. Apanhou um prato com uvas.

– O general Teedle alega que ordenou que o senhor dispersasse seu grupo operacional e retornasse a Londres. Disse que o senhor se recusou.

– Recusei-me? Que besteira. Estou aqui sob o comando do Gabinete de Serviços Estratégicos de Londres, e Londres tem me orientado a continuar como antes. Gita, eu e os outros vamos terminar nossos assuntos aqui na França, e depois seguir para a Alemanha. Também formei redes lá, Dubin. Cuidaremos para que isso tenha um fim. Teedle pode se danar com sua bobagem de que descumpri ordens.

– É um mal-entendido, então?

– Se quer chamar assim.

Fiquei de certa forma aliviado ao sentir que a questão poderia ser resolvida rapidamente. Pedi a Martin para ver suas ordens do Gabinete, o que provocou um sorriso indulgente.

– Não sabe muito a respeito do Gabinete, não é mesmo, Dubin?

– Aliás, tentei aprender o máximo possível, mas, exceto por uma propaganda numa revista e pelo que catei na 18ª Divisão da ficha 201 expurgada de Martin, eu continuava em grande parte no escuro. – Um oficial do Gabinete não carrega ordens escritas – afirmou-me. – Os nazistas disseram que atirariam imediatamente em qualquer membro do Gabinete que capturassem. Teedle sabe disso. Entretanto, eu tenho minhas ordens.

– Bem, se me permite, senhor, quem lhe deu essas ordens?

– Meu oficial operacional em Londres. Aliás, recebi ordens de voltar a vê-lo na última semana de setembro.

– E o nome dele, por favor?

Novamente, Martin riu, como o faria com um menino.

– Dubin, o Gabinete tem rigorosas ordens de sigilo. Não é uma organização militar normal. Somente Londres pode revelar a informação que você pede. Mas tem toda a liberdade de checar com eles. Vão confirmar o que eu digo.

Franzi a testa.

– Ora essa, Dubin. Duvida de mim? Olhe à sua volta. Vivemos na zona rural francesa com o conhecimento de todos, alimentados e abrigados por uma famosa mulher da resistência. Se Londres não quisesse isso, não acha que teria informado às redes locais, à França Livre, com quem são carne e unha há anos? Acha que a condessa os desafiaria? Estou aqui apenas com permissão do Gabinete.

O que dizia fazia sentido, mas eu sabia que não podia concluir aquela investigação meramente por inferência. Contudo, eu perdera a atenção de Martin. Na soleira da porta estava uma mulher mais velha, muito aprumada, muito magra, muito enrugada. Seus cabelos grisalhos estavam penteados lisos para trás e ela usava um vestido simples, preso à cintura com uma faixa, e, a não ser por um camafeu que pendia sobre a clavícula, não exibia joias. Biddy e eu fomos apresentados à condessa de Lemolland. Fiz uma leve reverência ao segurar sua mão.

Ela dirigiu-se a nós em inglês.

– Devo a todos os americanos minha mais profunda gratidão pela sua coragem em favor do meu país.

– Eu sou apenas um advogado, condessa. Seu agradecimento deve ser dirigido a pessoas como o major Martin, e não a mim.

Martin interveio.

– A própria condessa é uma grande heroína.

– Não é de todo verdade – retrucou ela.

– Posso então contar a história, condessa, e deixar que o tenente Dubin julgue por si mesmo?

Apoiado num grande bloco de corte de carnes no centro da cozinha, Martin fez as vezes de contador de histórias, um papel que obviamente o agradava. Ele explicou que, quando chegaram em 1940, os nazistas requisitaram a casa ancestral do conde de Lemolland nas Côtes-du-Nord, onde a condessa, viúva havia três anos, residia. Os alemães transformaram o *château* num centro do Corpo de Sinaleiros. A condessa foi forçada a viver como hóspede em sua própria casa, confinada a um apartamento com vários cômodos. Visto que adoravam graus hierárquicos, os alemães conferiram a ela certa dignidade, mas farreavam com prostitutas, pregavam mapas no lambril da sala de visitas e abusavam de seus empregados. Duas criadas foram estupradas.

Uma das criadas da condessa era membro da resistência, e foi ela quem secretamente apresentou Agnès de Lemolland a Martin. A condessa concordou em instalar no salão um aparelho de escuta, um microfone de transmissão não maior do que um botão preso por um filamento a um minúsculo fone de ouvido que seguia até a sala de estar. Ali a condessa ouvia o fluxo diário de informações através do centro no andar de baixo, e relatava o que escutava. Quando foram estabelecidos os planos do Dia D, a condessa percebeu que seria daquele próprio centro que os reforços alemães marchariam para a Normandia. Sem que Martin lhe pedisse, ela indicou sua própria casa para ser bombardeada assim que a invasão começasse, fugindo com a criadagem apenas minutos antes do primeiro ataque.

– O major Martin é bastante correto na avaliação de sua importância – falei para a condessa. Fiz outra reverência, mas me doeu perceber que aquela frágil mulher idosa fizera muito mais para ganharmos a guerra do que eu jamais conseguiria.

– Eu não sou ninguém – disse ela simplesmente –, mas, já que insiste que sou tão importante assim, tenente, devo tirar vantagem disso e insisto que o senhor e o seu acompanhante me deem a honra de jantar conosco. – Sem esperar resposta, instruiu Sophie, a criada que estava ao fogão, a pôr mais dois pratos.

Fui procurar Bidwell, que encontrei do lado de fora, encostado no jipe e batendo fotos. Na clara luz do dia, ao olhar para trás em direção ao castelinho da condessa, senti-me como se tivesse saído de um parque de diversões.

– Que turma, hein? – comentei. Eram todos cativantes, a pomposa condessa, a pequena e ardente *mademoiselle* Lodz e, é claro, Martin. – Acho que o major é o primeiro herói de verdade que conheci – declarei.

Ganhei de Biddy um dos seus olhares azedos, a um passo da insubordinação.

– Não quero ser desrespeitoso, tenente, mas ao que parece, acho que todos os malucos acabam aqui, senhor. Está cheio deles, este habitante aqui do interior sabe disso. – Prendeu os fechos da capa de couro da câmera. – Mas a comida cheira bem – disse ele, e seguiu para dentro.

6
Princípios

O jantar na casa da condessa de Lemolland foi idílico. Em uma alcova ao lado da cozinha, comemos em uma comprida mesa de pesada madeira envernizada, e desfrutamos um saboroso ensopado. Deve ter sido de vitela, embora não houvesse muita carne entre as raízes, que eram os principais ingredientes do prato. Contudo, prevaleceu a costumeira mão francesa na comida, e os alimentos eram muito mais saborosos, embora menos fartos, menos até que as próprias boas rações que tínhamos no Q.G. Parte de meu apreço pela refeição deve ter ocorrido em função do vinho da condessa, recém-macerado e entornado livremente. Mas descobri a tempo que o encanto foi que, na casa da condessa de Lemolland, eu deixara de ser militar. Prevaleceu uma atmosfera civil – e de civilidade. Sentei-me ao lado da velha senhora enquanto ela, em inglês, fazia considerações sobre a história da região. Ao começarmos, Biddy hesitou, duvidoso se invadia o refeitório de oficiais, mas Martin acenou para que se sentasse. Sophie, que cozinhara, também se juntou a nós. O cigano que eu vira, chamado Antonio, estava no extremo mais distante da mesa, conversando em francês com Peter Bettjer, um rubicundo belga louro, especialista em comunicações do Despertar.

A última a se sentar foi *mademoiselle* Lodz, que ocupou a cadeira vazia à minha direita. No meio da refeição, senti o peso de seu olhar. Ela me analisava sem a menor cerimônia.

– Estou refletindo a seu respeito, Du-biin – disse-me em francês. Já estava claro que ela nunca iria pronunciar meu nome de outro jeito.

– Estou encantado por saber que se interessa por mim. O que exatamente está pensando, *mademoiselle*?

– Se você é realmente Dubinsky de Pinsk. – Franziu os lábios e olhou diretamente para mim. – *Vous êtes juif.*

Então era isso. No meio da pequena fantasia no lar da condessa, senti-me especialmente escaldado, o meu rosto aparentemente me traindo.

– Não há nada do que se envergonhar – disse ela em francês. – Lá, na minha cidade, havia uma porção de judeus. Eu me dava muito bem com eles.

– Não estou nada envergonhado – rebati rapidamente.

– Há muitos soldados judeus no exército americano?

– Alguns.

– E ficam com os outros soldados?

– Claro. Somos uma nação.

– Mas os negros que vejo... eles dirigem e transportam o equipamento. Os judeus não têm batalhões separados, como os negros?

– Não. É totalmente diferente. Os negros foram escravos de alguns avós americanos, os quais, lamentavelmente, não permitiram que o passado morresse.

– E esses soldados judeus, eles se parecem com você? Você não tem cachos dos lados da cabeça. Isso são *tsitsis* sob suas roupas?

– Não sou esse tipo de judeu.

– Na minha cidade só havia um tipo, Dubin. *Red Yiddish*? – perguntou. Era a terceira língua na qual se dirigia a mim, e seu sorriso revelou um espaço escuro entre os dentes da frente.

– *Ayn bisei. Yich red besser am franzosich.* – Meus avós, que foram depois de meu pai para os Estados Unidos, falavam iídiche, mas minha mãe e meu pai costumavam usar apenas inglês na presença das crianças, relutantes em arriscar um retardamento de nosso desenvolvimento como americanos. O meu iídiche nem chegava perto do meu francês, como acabara de lhe falar.

– *Ach mir* – respondeu. – *Ayn bisei.* – O meu também, só um pouquinho.

Martin, do outro lado da mesa, perguntou em francês:

– Que língua é essa?

– Estamos falando hebraico, Robert.

– Hebraico? Eu achava que você detestava judeus. – Ela o olhou, de forma penetrante.

– Está enganado. Redondamente enganado. Isso porque nunca prestou atenção em nada do que falei sobre minha cidade. Quando criança, meus únicos amigos eram judeus. Somente eles permitiam que eu entrasse em suas casas. Por que os detestaria?

– Mas eles a rejeitaram.

– Como esposa, Robert. É o jeito deles.

Ele virou-se para pedir pão a Sophie, enquanto deixava *mademoiselle* Lodz explicar.

– *C'est une histoire compliquée* – falou para mim. É uma longa história. – Minha mãe, Dubin, queria que eu arrumasse um marido judeu. Ela dizia que judeus não costumavam beber e raramente batiam em suas esposas. – A mãe de *mademoiselle* Lodz, com toda a certeza, não conheceu Julius Klein, que morava no terceiro andar, acima de nós, quando eu era criança, e cuja mulher e filhos frequentemente fugiam para proteger a vida enquanto os acessos de bebedeira dele sacudiam o prédio inteiro. – Mas nenhum judeu, é claro, se casaria comigo.

– Você é católica?

– Só para um judeu. Nunca pisei numa igreja.

– Então se sentia, como definiu o major, rejeitada?

Ela sacudiu a cabeça de um lado para o outro, como se só agora ponderasse a ideia pela primeira vez.

– Os poloneses eram muito piores. Os que se achavam respeitáveis nem mesmo falavam com minha mãe... inclusive sua própria família. Por isso, a gente vivia feliz entre os judeus. E, se eu tivesse tido um marido judeu, estaria nos vagões junto com ele. Para mim, no final das contas, acabou sendo uma grande sorte.

– Vagões?

– *Vous m'étonnez!* Não sabe disso? Na minha cidade, todos os judeus sumiram. Os nazistas os levaram. Eles estavam no gueto em Lublin, mantidos como gado no interior de cercas. Isso aconteceu em toda a parte. Na França também. Em Vichy, Pétain arrebanhou os judeus antes mesmo de os nazistas pedirem. Como um soldado judeu, você particularmente deveria estar aqui combatendo Hitler.

Ao me alistar, minha primeira opção foi combater Tojo e os japoneses sinistros que empreenderam seu ataque covarde a Pearl Harbor. Quanto a Hitler, eu sabia de sua guerra cruel contra os judeus na Alemanha, destruindo seus negócios e confiscando suas casas, e estava interessado em derrubá-lo, mas não era a mesma sensação de ataque direto que vivenciei por causa das bombas japonesas em solo americano.

Não estava a fim de explicar nada disso a *mademoiselle* Lodz. Em vez disso, voltei minha atenção a Martin, que, do outro lado da mesa, obsequiava Bidwell com histórias do Grupo Operacional durante os anos anteriores à invasão. Para apresentar Antonio e Bettjer, Martin detalhava os sucessos das ações mais divertidas contra os nazistas que tinham ido a uma cidadezinha do oeste. Ali os negociantes vendiam seu *vin ordinaire* puxando-o pelas ruas em uma barrica montada sobre duas rodas, e da qual os aldeões enchiam suas garrafas através de um buraco com tampão no fundo. Juntos, Antonio e Bettjer enfiaram uma divisão de madeira em um desses tonéis, deixando vinho na parte de baixo. Na metade superior, Bettjer se enfiara entre as aduelas. Olhando por um pequenino visor, ele transmitia para Martin informações sobre o paradeiro de uma divisão panzer alemã que se movimentava através da cidade, enquanto Antonio rolava o barril rua abaixo de modo que a telegrafia sem fio se tornava imune aos veículos de radiogoniometria que circulavam pela área à procura de transmissores da resistência.

– Foi tudo brilhante – declarou Martin –, exceto que o pobre Peter ficou literalmente embriagado por causa dos vapores. Quando abrimos o barril, ele havia desmaiado.

Em volta da mesa, houve uma chuva de gargalhadas e várias piadas com Bettjer e álcool, às quais ele visivelmente pareceu estar mais acostumado. No momento, estava vermelho por causa da bebida. Eu fora mais cauteloso com o vinho, mas o mesmo não se podia dizer da maioria dos outros, e as risadas aumentavam à medida que Martin contava suas histórias.

– Parece ter sido destinado a essa vida, major – falei para ele.

– Que nada – rebateu. – Eu convencia gente, por toda Paris, a ingressar no Sindicato Internacional dos Trabalhadores em Transportes, quando os nazistas decidiram invadir. Eu não tinha nenhum desejo de voltar à guerra, Dubin. Já tivera o suficiente na Espanha. Eu comandava outros americanos na Brigada Lincoln, e então ela se tornou um pequeno destacamento após as tropas estrangeiras serem mandadas de volta para casa. Foi tudo muito desanimador, para falar a verdade. Eu não queria mais ver amigos e companheiros torturados e mortos pelos fascistas. Após a queda de Paris, mudei-me de volta para Madri, onde fui encarregado de transportes junto a uma companhia de petróleo. A Espanha era um país neutro e, com um passaporte espanhol, podia ir a qualquer lugar, mesmo à Alemanha, e foi por isso que o Gabinete se aproximou de mim. Originalmente, pensei que seria um mero canal para informação. Mas uma coisa levou à outra. Não tinha interesse em entrar para o Exército, mas não pude dizer não quando me convidaram para comandar um GO.

No dia anterior, na 18ª, eu havia lido um recorte de revista na ficha de Martin, detalhando como os grupos operacionais tinham sido formados. O coronel Donovan, o fundador do Gabinete de

Serviços Estratégicos, arrebanhara valentões de todas as partes, emigrantes russos, veteranos da Guerra Civil Espanhola como Martin, e um grande número de falantes de italiano de Nova York, Boston e Chicago. Todos eles foram treinados no Congressional Country Club fora da capital, onde fizeram corridas de condicionamento no famoso campo de golfe e receberam instruções na negra arte do assassinato silencioso, demolição, transmissão secreta de rádio, judô, criptografia, abertura de fechaduras, arrombamento de cofres e instalação de aparelhos de escuta. Os relatórios sobre a eficiência de Martin naquele período eram em grande parte obscurecidos, mas deixavam claro que ele fora alguém fora do comum, exceto com o código Morse, através do qual nunca conseguira transmitir mais do que 12 palavras por minuto.

Logo após seu treinamento, de acordo com o tenente-coronel Brunson, o G-1 de Teedle que me instruíra do caso, Martin e dois companheiros, juntamente com oito paraquedas contendo suprimentos, rádios, armas e outros itens necessários, como moeda corrente, foram lançados sobre a França por um bombardeiro voando baixo, em outubro de 1942. Cada homem tinha uma identidade falsa, carteira de trabalho e uma cápsula de cianeto. De algum modo, os nazistas viram o lançamento. O inglês que estava com eles foi baleado, enquanto Martin e um sargento francês, que eu acreditava ter sido o cigano Antonio agora no final da mesa, passaram dois dias no mato evitando por um triz os alemães.

Com o tempo, porém, o Despertar foi formado. Por causa de suas atividades sindicais antes da guerra, Martin conseguiu montar uma ativa rede entre os ferroviários, muitos dos quais conhecia havia anos. Juntos, sabotaram 370 trens nos meses subsequentes, destruindo terminais ferroviários e trilhos, incendiando locomotivas, destruindo depósitos de combustível e atacando comboios alemães em movimento. Após o Dia D, enquanto o Terceiro Exército avançava para o norte, o Despertar monitorou os movimentos das tropas alemãs e derrubou pontes ao longo do rio Loire. Na ficha, havia vários comunicados laudatórios de comandantes agradecidos. Menos de Teedle.

– E antes da Espanha? – indaguei a ele. – Posso lhe perguntar o que perguntou a mim, major? Onde fica o lar do qual a guerra o arrancou?

Ele gargalhou, mas o vinho deu-lhe um ar tristonho.

– Muito bem, Dubin. Essa é a pergunta premiada. Mas há muito tempo deixei tudo isso para trás – seu sorriso se desvanecera quando acrescentou: – A resposta está tão perdida na história quanto as ruínas da Grécia antiga.

Após o café – café instantâneo, diante do qual a condessa se permitiu sua única observação pesarosa sobre os prazeres de tempos atrás –, pedi a Martin que me ajudasse a encontrar evidências que mostrassem que o Gabinete lhe ordenara a permanecer ali. Já bastante bêbado, levou um segundo para se pôr em ordem e, na sua expressão de confusão, pude perceber que ficara irritado com a minha determinação. No final, porém, riu e me deu um tapinha nas costas.

– Você é mesmo um sujeito muito sério, Dubin. Sim, é claro.

A primeira ideia foi me mostrar o rádio de ondas curtas através do qual eles recebiam ordens de Londres, mas eu precisava de algo melhor do que aquilo. Martin novamente franziu a testa diante da minha obstinação, mas colocou a pergunta em francês para seus colegas do Despertar que continuavam à mesa.

– Londres? – perguntou Bettjer. – *Les documents des cons, non*?

Martin gargalhou.

– Maravilhoso. Sim.

"Os documentos dos idiotas" se referiam aos Oficiais de Finanças do Gabinete, que eram os mesmos incansáveis avarentos daquela organização que estavam por toda parte, exigindo que Martin mantivesse prestações de contas exatas das verbas adiantadas para o grupo operacional. Se eu não estivesse no Exército, talvez não tivesse acreditado que as ordens de Martin para organizar ataques de comandos nunca eram reduzidas a um caixa, mas exigia-se dele a prestação de contas até dos centavos. *Mademoiselle* Lodz disse que mantinha os documentos junto com o rádio, e a segui ao lado de fora para buscá-los. Às 15 horas, o dia ainda estava luminoso e, ao deixar a casa escura, principalmente após o vinho, precisei proteger a vista.

– *Cela vous dérange si je fume?* – perguntou. Você se importa se eu fumar? Era uma cortesia sem sentido, visto que seu isqueiro, de ponta a ponta um Zippo americano, já estava com a chama acesa. Ela não o acendera à mesa em deferência à condessa, que não aprovava mulheres que fumavam. Caso contrário, *mademoiselle* Lodz não teria ficado muito tempo sem um Lucky Strike entre os dedos. Imaginei que o ato de fumar era a causa de sua atraente voz de pastilha contra tosse como a de June Allison. Recusei quando ela me ofereceu o maço, e disse-lhe que nunca adquiri o hábito.

– As rações C são terríveis – comentou. – Mas os cigarros... Esta foi a melhor coisa que o Exército americano trouxe. – Abraçou de fato seu maço verde de Luckies. – Em Vichy, as mulheres foram completamente proibidas de comprar cigarros. Martin disse que foi por isso que não tive outra opção a não ser entrar para a resistência. – Ela riu de si mesma.

No jantar, Martin contara várias das aventuras de Gita. No Dia D, por exemplo, com toda a calma, ela girou em 90 graus as placas de sinalização de uma encruzilhada e ficou ali esperando tempo suficiente para direcionar todo um batalhão de tanques nazistas para o sul em vez do oeste. Mais tarde, segundo Martin, naquela mesma tarde, eles haviam destruído grande parte da mesma unidade, quando Gita e ele pastoreavam dezenas de ovelhas até uma cabeça de ponte que os nazistas esperavam atravessar. Enquanto os soldados alemães afugentavam o rebanho, Antonio foi sorrateiramente para baixo da ponte e instalou detonadores e dinamite, que eles explodiram quando os tanques avançaram.

– As histórias de Martin sobre suas façanhas são notáveis.

Ela sorriu.

– E seriam ainda melhores se fossem verdadeiras.

Dei uma tropeçada, o que provocou nela uma sonora gargalhada.

– Nós, que estamos com Martin – disse ela –, vemos nossas vidas ficarem maiores quando ele descreve as nossas atividades. Mas ele é bom nisso, e todos acreditamos nele. Esse é o jeito de Martin. Existem ocasiões em que não há aqui uma só pessoa que saiba se ele fala a verdade. Eu nem mesmo estou certa de que seu nome é Martin. Com o Gabinete, todos nós adotamos *noms de guerre*. Mas isso não importa. Quem somos nós, Dubin, a não ser as histórias que contamos sobre nós mesmos, principalmente se acreditamos nelas? Minha mãe sempre falava isso.

Eu nunca tinha ouvido alguém expressar tal coisa em voz alta, que, de alguma forma, tem o poder de nos fazer ir em frente. Era, porém, uma ideia que me atraía, e refleti por um momento, tentando determinar se a vida permitia esse tipo de liberdade e até onde ela poderia se estender.

– Sem querer desrespeitar sua mãe, *mademoiselle*, seria melhor, não é mesmo, se essas histórias também fossem verdadeiras?

– Mas o que é contar a verdade, Du-biin? Na minha cidade, diziam que mamãe era uma vadia. Ela era costureira, mas tinha amantes entre os abastados, e tomava o dinheiro deles. Na opinião dela, era uma não conformista, no fundo uma *artiste*. Ela escolheu acreditar nisso, e eu também.

– Tenho certeza que sim – concordei, condescendendo diante da meditativa ternura que dominou *mademoiselle* Lodz ao falar de sua mãe. – Sua perda deve ter sido terrível – falei baixinho.

– Terrível demais. Ela continua comigo a cada momento. Se não fosse por esses assassinos, ela teria vivido até os cem anos. Na minha família, todas as mulheres vivem. Minha mãe dizia que esse era o nosso problema, o dela e o meu. Há muita vida na gente. Isso nos torna insensatas na juventude. E, para ela, isso se tornou um fardo para o resto da vida. – Sorriu tristemente ao tocar na própria blusa.

– E quando ela morreu e você fugiu da Polônia, para onde foi primeiro?

– Desembarquei em Marselha. Tinha 17 anos. Eu me via como a nova Bernhardt. Atrevida, não? Eu mal sabia falar uma palavra em francês. Fiz o que precisava ser feito. Minha mãe me ensinara a costurar, e consegui um emprego para remendar lençóis na lavanderia de um hospital. Em pouco tempo fui promovida e contratada para esvaziar comadres. – Novamente, ela soltou aquela sua abundante gargalhada. – Encontrei o meu caminho. Venha – falou –, vou lhe mostrar o que deseja ver.

Caminhando rapidamente, chegou ao estábulo na outra extremidade, o qual, como todos os prédios semelhantes, fora construído com grossos tijolos de barro cobertos com uma mistura de cimento e areia. No segundo andar, ficavam os alojamentos dos empregados. A julgar pela fileira de janelas acortinadas que cercava o pátio, a condessa devia ter empregado outrora uma dezena a mais de trabalhadores do que os que atualmente cuidavam da propriedade.

No interior do antigo estábulo, o ar era denso com odores maturados de animais e feno mofado. Em uma baia, ela apanhou um velho banquinho de ordenha. Com uma chave de fenda, removeu a placa metálica do fundo do assento, revelando o rádio e sua bateria.

– Peter diz que não faz muitos anos os rádios eram enormes. Dez, doze quilos. Mas agora... – Ela retirou o lustroso transmissor e colocou-o em minha mão. Media cerca de 15 centímetros e não pesava meio quilo. Antes do Dia D, disse ela, suas ordens vinham através da BBC, em código, no noticiário das 21 horas. Atualmente, as mensagens eram transmitidas de um lado a outro uma vez por semana, quando sobrevoava por ali um avião do Gabinete transportando uma estação retransmissora para Londres. Assenti, mas estava interessado nos documentos, e os mencionei novamente.

– *Voilà.*

A Srta. Lodz retirou de dentro do banquinho um maço de papéis. Entre eles, estava a cópia em papel amarelo do Formulário Padrão 1012a, o *voucher* de viagem de Martin, assinado e selado pelo tesoureiro do Quartel-General Central em Londres, e contendo os detalhes da viagem de ida e volta para lá entre 20 e 24 de setembro. Havia também recibos de duas refeições que Martin fizera no caminho, e escrita de guerra francesa. O itinerário de Martin era exatamente como o afirmado: o Gabinete o despachara novamente para ali havia pouco mais de três semanas. Quando pedi para levar os documentos, *mademoiselle* Lodz ficou relutante, mas prometi devolvê-los dentro de uma semana. Em troca, ela quis saber o que significava tudo aquilo. Forneci-lhe os escassos detalhes da acusação de Teedle.

– Londres acabou de mandar Martin de volta para cá – frisou. – Pode ver por si mesmo. – Os registros não pareciam deixar muita dúvida sobre isso. No fim das contas, aquilo parecia uma típica TRAPALHADA do Exército. – Teedle devia estar ansioso para acreditar no pior – comentou. – *Bon sang.* Teedle, Martin... é uma péssima combinação. Desde o início, eles têm sido desagradáveis um com o outro.

– Teedle é mais graduado.

– *Il a une dent contre lui.* – Ele guarda rancor dele. – É verdade que Martin não gosta de receber ordens no campo de batalha – disse ela. – Prefere chegar a um acordo com seus comandantes. Teedle quer apenas ser obedecido.

– Numa guerra, precisa haver ordem. Uma cadeia de comando.

– Na guerra, ordem é nada mais do que uma boa intenção. Ordem é para generais. Não para soldados. *Tu te mets le doigt dans l'oeil.* – Você está enfiando o dedo no olho, o que queria dizer que eu estava enganando a mim mesmo.

– Sou advogado, apesar disso. Devo defender as regras.

– Advogados são funcionários. Homenzinhos. Você é um homenzinho, Dubin? Não parece.

– Não considero a lei como pequenas regras. Eu a considero como uma tentativa de conceder razão e dignidade à vida.

– A justiça concede razão e dignidade, Dubin. Não as regras. Pequenas regras e grandes erros são uma péssima mistura. Eu não conheço as suas regras. Mas sei o que está errado. Assim como Martin. Os nazistas estão errados. Combata-os. Essa é a única regra que devia importar. Não se Martin faz o que Teedle ordena.

– Você argumenta bem – falei para ela. – Se Martin precisar de advogado, deveria levá-la em consideração.

Ela riu alto em vista da ideia, até a risada ceder à tosse seca de fumante. Fiquei impressionado com a gargalhada rouca de *mademoiselle* Lodz, que parecia audaciosa em relação a Grace, que literalmente erguia a mão para a boca quando ria. Havíamos novamente alcançado o sol. *Mademoiselle* Lodz colocou a pequena mão aberta acima dos olhos quando olhou para mim.

– Você me interessa, Du-biin.

– Sinto-me lisonjeado, *mademoiselle*. Isso é porque sou advogado, americano ou judeu?

– *Ça ne rime à rien*. – Isso não rima com coisa alguma, ou seja, isso não vinha ao caso. – Você é quem você é, não é?

– Suponho. E quem, *mademoiselle* Lodz, se me permite perguntar, é você?

– Por quem me toma, Dubin?

– Você parece soldado e filósofa.

Outra vez, ela gargalhou vigorosamente.

– Não – disse ela –, sou jovem demais para ser filósofa. Sou maçante, mas não ligue para isso. Além do mais, não confio em intelectuais. Eles põem muita fé em ideias.

– Provavelmente, sou culpado disso.

– Parece que sim.

– Mas princípios importam, não é mesmo?

– *Mais oui*. Mas eles vêm antes de qualquer coisa?

– Espero que sim. Certamente é desejável, não é, preocupar-se primeiramente com princípios?

– *C'est impossible* – exclamou.

Manifestei minhas dúvidas, e ela me disse que eu estava sendo ingênuo.

– Talvez – falei –, mas se eu estivesse sendo advogado... ou filósofo... eu lhe diria que um argumento convincente requer provas.

– Provas? – Ela sorriu de modo afetado. – Provar é fácil demais.

– Como assim?

– Ora, Du-biin. Você é inocente de coração. Eu lhe mostro, se me permite. *Un moment*. – Desapareceu outra vez no celeiro, mas sem demora, gritou: – Venha.

Penetrei novamente nos odores úmidos e na escuridão. A princípio, não enxerguei ninguém.

– Aqui – disse ela atrás de mim. Quando me virei, Gita Lodz estava com a saia levantada até a cintura, revelando suas pernas delgadas e a roupa de baixo, uma espécie de calçola de algodão. Ela se ajustava firmemente, revelando sua forma esbelta, e, num olhar mais atento, a reentrância de sua racha feminina e o triângulo negro em volta dela.

– É o princípio que sente primeiro, Dubin?

Havia muito tempo eu reconhecera que a parte mais dura da vida em uma zona de guerra era que frequentemente não havia qualquer rotina, ordem, nada com que se pudesse contar. Cada momento era uma novidade. Aquela exibição, porém, excedia até mesmo as limitadas fronteiras que restavam. Literalmente, emudeci de perplexidade.

– *Touché* – pronunciei finalmente a única palavra em que pude pensar, o que causou outra explosão de gargalhadas, enquanto ela baixava e ajeitava a saia. Por puro acaso, eu tinha sido espirituoso.

– Nós somos primitivos, Dubin. Se não fôssemos, precisaríamos da ajuda uns dos outros. Mas antes saberíamos quem somos.

Apenas concordei com a cabeça. Satisfeita por ter feito uma convincente demonstração, *mademoiselle* Lodz caminhou para fora do estábulo e, sob o sol, olhou para trás com um sorriso inteligente. Eu esperei na sombra. Ela iria considerar aquilo como uma brincadeira, mas, livre para olhar do escuro, tive uma súbita visão de Gita Lodz e a inquietação de perceber o que sustentava sua ousadia. Sua criação em meio ao escárnio a deixara sem outra opção a não ser desafiar a convenção, mas, apesar do ar confiante e das histórias em que ela desejava acreditar, senti, quase de um modo palpável, que sua personalidade fora erigida sobre um alicerce de raiva e, por baixo disso, dor. Quando voltei para o sol, alguma tristeza deve ter se agarrado ao modo como a olhei, a qual, percebi, foi inteiramente inesperada. Enquanto contemplávamos um ao outro, algo enfraqueceu, e então ela virou-se imediatamente na direção da casa.

Eu a alcancei, mas caminhamos penosamente de volta, em silêncio. Foi ela quem, finalmente, falou, ao nos aproximarmos do castelinho.

– Eu o ofendi, Dubin?

– Claro que não. Eu a desafiei. Você reagiu. Convincentemente.

– Mas ficou chocado.

– Não ligue. Eu me choco facilmente, *mademoiselle* Lodz.

– Bom para você – disse ela. – Na França, ninguém admitiria ser burguês.

Dei uma risada.

– Nos Estados Unidos, essa é uma aspiração universal. Mas, ainda assim, preciso respeitar a etiqueta. Fui enviado para interrogar um homem. A lei poderia questionar a minha imparcialidade, se, em vez disso, eu me interessasse em olhar a mulher dele em roupas de baixo.

– Mulher dele, não. Não estou com Martin desse modo, Dubin. Isso está acabado entre nós. Há muito tempo.

Lembrei-me de Martin abraçando-a na cozinha.

– Ouvi muitas referências a você como mulher dele.

– Isso é conveniente para ambos. Há soldados por toda parte, Dubin. É melhor ser conhecida do que ser falada. Não se sinta rechaçado por causa de Martin. Somente por sua causa. – Deu um sorriso malicioso. – *À la prochaine* – disse ela. – Até a próxima. – E seguiu veloz pela porta, rapidamente de volta ao seu eu normal.

Biddy estava ali à espera. Precisávamos estar de volta à 18ª antes de escurecer, mas eu continuava reverberando como um sino golpeado. Havia meses desde que eu tivera algo com uma mulher, à exceção da neutralidade clínica de um advogado entrevistando testemunhas, e esquecera as fisgadas que pareciam emanar de cada célula. Eu fora firmemente fiel a Grace, mesmo na atmosfera de bordel de Londres, onde a piada era que as calcinhas de todas as garotas tinham o mesmo rasgado: um puxão, e elas saíam. Lá, eu sabia o que esperar. O sexo estava por toda parte – podia-se ouvir os gemidos ao passar pelos abrigos antiaéreos supostamente vazios, ou ao caminhar no escuro pelo Hyde Park. Os soldados americanos, com seus desodorantes cheirosos, pareciam ricos e bem-cuidados comparados aos pobres e abatidos ingleses, que possuíam apenas uma farda e ruidosas botas com as solas pregadas com tachas. Agora, Biddy e eu olhávamos através do vão da porta por onde Gita desaparecera.

– Você tem namorada em casa, Biddy? – perguntei.

– Não. Tive uma, mas larguei. Joyce Washington. Namorei com ela todo o período da escola secundária. E íamos casar também. Ela arrumou um emprego como datilógrafa num banco. E tinha um sujeito lá, tenente, e acho que ela ficou balançada por ele. E com meu anel no dedo. Ela veio me contar e eu falei para ela: "Como você pode fazer isso, sair com outro homem, se está prometida para mim?" E sabe o que ela disse? Ela disse: "Gideon tem um Hudson." Pode imaginar isso? Honestamente, tenente, tenho a dizer que não acho que foi a desilusão que me perturbou tanto quanto imaginar como, no meio de tantas outras, pude ser idiota o bastante para amar uma mulher como aquela. – Fixou o olhar a distância enquanto a dor o inundava novamente, e então livrou-se dela.

"Eu me saí bem com aquelas garotas inglesas – comentou –, mas não consigo dar sorte com essas francesinhas. Toda essa coisa de u-lá-lá pode funcionar em Paris, mas, por estas bandas, são apenas caipiras, tenente, e não é muito diferente da Geórgia, com as mães dizendo o tempo todo para elas manterem as pernas cruzadas até o dia em que vão dizer o sim, com guerra ou sem guerra. O senhor tem se saído bem?

Inconscientemente, talvez, seus olhos desviaram-se na direção da porta.

– Tenho noiva em casa, Biddy.

Ambos sabíamos que aquela não era uma resposta sincera. Eisley, com esposa em Ohio, era capaz de explicar, com a maior seriedade, como todas as regras, especialmente os votos do casamento, ficavam suspensas durante épocas de guerra. Mas deixei passar.

Martin saiu da casa, ainda rubro do vinho e sorrindo imensamente. Imaginei que ele tivesse falado com Gita e tivesse vindo ali fora para se despedir de mim.

– Soube que você encontrou os seus preciosos papéis. Pude perceber que veio aqui com a impressão errada. Escreva o que eu digo, Dubin, Teedle está tentando tumultuar as coisas. Dá ordens onde não tem autoridade.

– *Mademoiselle* Lodz diz que ele tem rancor de você.

– Esse seria um modo de ver as coisas. – Seus olhos azuis dirigiram-se um momento ao horizonte, na primeira ocasião em que eu o vira medir suas palavras. – Olhe, Dubin, mais cedo ou mais tarde, você vai entender o que significa tudo isso. Não precisa do meu *j' accuse*.

– Se preferir, não informo sua reação ao general Teedle...

– Ora, estou me lixando para Teedle. Olhe, Dubin, é tudo muito simples. Ele acha que sou comunista. Porque lutei na Espanha. Após os alemães, os soviéticos são os próximos. Eu sou o novo inimigo. Ou assim ele acredita.

– E você é?

– Um inimigo dos Estados Unidos? Eu diria que não.

– Um comunista, senhor.

– Venho lutando tempo demais, Dubin, para chamar a mim mesmo de alguma coisa. Creio no poder dos oprimidos, comida para os famintos, abrigo para os desabrigados. Isso faz de mim um revolucionário? Aqui, Dubin, tudo se reduz a isso. O homem está fazendo você perder o seu tempo e ele sabe disso. Eu pretendo cumprir minha missão. E não permitirei que Teedle se intrometa em meu caminho, ou me deixe atolado nas bobagens do Exército. Se eu quiser, posso sumir nesta paisagem, ou na de qualquer lugar daqui a Berlim.

Deu-me um olhar aguçado. Fiquei alarmado com a franqueza com que ele discursara sobre insubordinação, mas não houve chance de réplica, pois ambos fomos atraídos pelo zunido dos aviões acima. Martin ficou imediatamente alerta, como um perdigueiro no campo, vasculhando o céu com os olhos semicerrados. Os aviões, porém, eram nossos.

– Acho que são B-26 – disse então. – Vão aproveitar a vantagem da melhora do tempo para bombardear.

Como ele previu, poucos minutos depois, os fortes sons ecoaram. A princípio, o bombardeio pareceu milho espocando numa panela de pipoca, mas, à medida que as esquadrilhas passavam acima, o ruído se intensificava. Uma parede de fumaça e poeira ergueu-se e foi carregada pelo vento até nós, escurecendo o céu e amortalhando as plantações da condessa, carregando junto o cheiro de pólvora. Podíamos ouvir o fogo antiaéreo alemão. Não mais do que 1,5 quilômetro adiante, vimos um avião explodir em chamas e um paraquedas desabrochando no céu.

Um grande número de lavradores e também Antonio haviam se juntado a nós no pátio como espectadores. Martin perguntou ao cigano a posição da 26ª Infantaria, para se certificar de que conseguiriam recolher os pilotos dos aviões abatidos. Enquanto essa conversa transcorria, outra esquadrilha passou, voando baixo. Trocávamos entre nós um binóculo de campanha que alguém trouxera da casa e, quando chegou a minha vez, pude ver os compartimentos de lançamento de bombas se abrirem debaixo dos aviões. Acabara de falar isso para Martin quando uma explosão sacudiu o ar à nossa volta, e uma coluna de fogo ergueu-se na colina ali perto.

– Meu Deus! – exclamou Martin. – Teremos sorte se não lançarem uma também sobre nós – olhou acima mais uma vez, e em seguida correu para o castelinho, gritando primeiro por Gita, e depois para todos os demais. Emergiu em segundos atrás da condessa e suas criadas. Em inglês e francês, mandou todos para a velha adega de pedra debaixo da casa. Ficou na porta, alertando todos nós e ordenando que fôssemos rápidos. Os lavradores vieram correndo dos campos, alguns ainda com botas altas impermeáveis que usavam nos terrenos alagados mais baixos. Eu já me encontrava na adega com chão de terra quando outra explosão reverberou, mais perto do que a primeira. Olhei para a entrada à procura de Martin, mas ele logo apareceu, bateu a porta atrás de si e desceu ruidosamente a escada. A adega media menos de dois metros de altura e não tinha luz. Eu vira antes Biddy acocorado no canto, perto das prateleiras com tigelas de frutas e uma parede contígua com estantes de garrafas de vinho empoeiradas. Devia haver umas vinte pessoas amontoadas ali no escuro. Rapidamente, a atmosfera tornou-se de intimidade. Houve as piadas de sempre. Uma das mulheres disse: "Guarde suas mãos com você." Ao que um homem respondeu: "Você também." Num canto distante, um gato miava.

– *D'ici peu, on va se sentir tous comme des cons* – comentou alguém do outro lado do aposento. Mais um pouco, e vamos nos sentir como idiotas. Mal ele falou, e o ar foi rasgado pelo terrível abalo de uma explosão diretamente acima.

Os alemães ainda tinham peças de artilharia sobre rodas de 280 milímetros nos Vosges acima de Nancy, e uma ou duas vezes por dia ouvia-se o grito de aviso de fogo e todos na sessão de corte marcial corriam atarantados para o porão do Lycée, à espera da ruidosa explosão das bombas. Mas não havia nenhuma proteção para o caso de bombardeio. O ar parecia uma porta batendo na minha cara, que depois se abria apenas para bater novamente, enquanto a terra literalmente chacoalhava sob meus pés. Sentia o abalo pelo corpo todo – até mesmo minhas bochechas e globos oculares se comprimiam. E o som era o pior de tudo. Até aquele momento, eu nunca tinha entendido por que apenas aquele som, mesmo conhecendo-se sua origem, podia ser alto o bastante para inspirar pânico. Meus ouvidos ficavam dormentes e depois, latejando, voltavam ao normal.

No instante seguinte, achei que a casa fora atingida e desabaria sobre nós, mas não houve sinal disso. Ao contrário, agora havia luz. Finalmente, dei-me conta de que a porta da adega havia estourado. Martin saiu primeiro e logo depois gritou para baixo avisando que podíamos sair em segurança. Ao subir para a luz do dia, notei que minhas botas estavam encharcadas de vinho.

A cratera da bomba, com a profundidade e o tamanho de um pequeno lago, revolvera terra em toda a distância até a casa, mas o verdadeiro ponto de impacto parecia ter sido cerca de 150 metros além do pasto. Todos que estavam na adega se espalharam para verificar os danos. Verificou-se imediatamente que não havia baixas humanas, embora muitos dos que estavam perto das paredes da adega tivessem sido atingidos por garrafas que caíram, e vários outros tivessem se cortado, inclusive Biddy, que arrancou do braço um caco do tamanho de uma ponta de flecha.

Em volta da fazenda, não se viam as galinhas da condessa e sua única vaca, e um cavalo estava morto, virado como um brinquedo de tamanho natural com os lábios recuados pavorosamente sobre os enormes dentes. O cachorro da família tinha sido literalmente feito em pedaços. Sua coleira de couro estava a cerca de 100 metros da casa. Deduzi que a explosão que havia destruído a porta da adega tinha sido o fim do cão de caça, que provavelmente se escondera por ali.

Quanto ao castelinho, o dano foi moderado. Todas as janelas dos fundos tinham sido estouradas, juntamente com as persianas. Um pedaço do teto fora rasgado tão facilmente como uma folha de papel. Dentro, vi que grande parte da louça estava quebrada. Para a condessa de Lemolland, aquilo foi demais. Ela resistira com dignidade à morte do esposo e de um filho, à destruição do *château* do marido, mas a perda da antiga louça de Delft que a mãe pendurara na parede sessenta anos antes de alguma forma ultrapassou sua escassa capacidade de seguir em frente. Ela estava sobre o chão de madeira da cozinha, a saia espalhada agitada à sua volta, enquanto recolhia com as mãos os pedaços gredosos e chorava num completo desespero. Gita segurou um de seus ombros para consolá-la.

Corri para fora, onde Martin ainda vasculhava o céu com o binóculo de campo para se certificar de que estávamos seguros.

– Eles perderam as coordenadas? – perguntei.

– Talvez – respondeu Martin, e então irrompeu numa áspera gargalhada. – Talvez não. – Baixou o binóculo para olhar para mim. – Desconfio, Dubin, que todos nós recebemos um cartão de cumprimentos do general Teedle.

Parte III

7
Stewart: Urso Leach

O solar Northumberland ocupava um amplo terreno em West Hartford, um aglomerado de edifícios de ripas de madeira branca contendo várias facilidades para os mais velhos, tudo desde habitação independente a asilo, e os vários outros estágios entre o avanço da decadência e a morte. Por ter chegado cedo, esperei o juiz Barrington Leach, o advogado de tempos passados do meu pai, na sala da frente da clínica de repouso do Solar. Com seu carpete cor de ovo de tordo, que ia de parede a parede, e a bela mobília Ethan Allen, o local se mostrava muito superior ao habitual depósito dos que mal estão vivos.

Usando de tudo que era necessário para chegar a Leach, inclusive me passando por um filho único há muito tempo órfão, sentei-me ali com grandes expectativas. Ele, afinal de contas, fora um antigo fera em Direito, cujas habilidades lhe permitiram de algum modo apagar suas perdas em julgamentos e convenceram o general Teedle a revogar a condenação e a sentença de prisão de meu pai. Por isso, não pude evitar uma decepção quando vi um ajudante de enfermaria empurrar o velho para o interior da sala. No todo, o juiz Leach dava fisicamente a impressão de uma folha caída, carcomida até as veias. Sua calva cabeça inclinada cheia de manchas mal se erguia acima das costas da cadeira de rodas, e o tubo de um tanque de oxigênio estava montado sobre seu nariz. Fora tão descarnado pela idade que seu resistente paletó de tweed Donegan, talvez mais velho do que eu, estava amarfanhado em volta dele, e sua pele começava a adquirir uma translucidez esbranquiçada, indicando que até mesmo o invólucro estava cedendo.

Nada disso, porém, importou assim que ele começou a falar. A voz de Leach vacilava, exatamente como suas compridas mãos de dedos nodosos por causa da artrite, mas sua mente deslocava-se contínua e rapidamente. Ele permanecia totalmente conectado a este mundo. Afirmar que Barrington Leach continuava tendo um grande prazer de viver seria não apenas banal, mas provavelmente inexato. A mulher do juiz e sua única filha haviam ambas morrido de câncer de mama. Seus três netos adultos viviam na Califórnia, onde haviam sido criados, e ele resistira às sentidas tentativas deles de fazer com que se mudasse de Hartford. Como resultado, ele se encontrava ali totalmente só e sofrendo de mal de Parkinson, entre outras enfermidades. Duvido que, na maior parte do tempo, ele achasse a vida confortável ou divertida.

Nada disso, porém, inibia sua intensa curiosidade a respeito dos seres humanos. Era um cavalheiro espirituoso, e repleto de uma generosa compreensão dos defeitos das pessoas e de admiração reverente pelos nossos triunfos. Eu costumo ter inveja com facilidade, mas no caso de Barrington Leach, quando refleti, como sempre faço, sobre por que não podia ser um pouco mais como ele, tive pura admiração. Ele era estimulante.

Minha primeira obrigação com Leach era estabelecer a verdade protocolar, não sobre minha mãe e irmã, claro, mas como eu deveria ser chamado. Na carta, ele se dirigira a mim como "Sr. Dubin", mas, em 1970, eu revertera ao nome que meu avô trouxera da Rússia, e passei a ser conhecido como Stewart Dubinsky o resto de minha vida adulta. A complicada história dessa mudança, longa demais para ser repetida agora, produziu uma introdução razoavelmente cruciante às minhas relações com o meu pai. Leach fez várias perguntas exploratórias antes de passar a um aguçado interrogatório sobre meu trabalho, meus pais e a trajetória da vida de meu pai. Foi tão exato, e de certo modo cauteloso, que a princípio temi que ele soubesse que eu mentira sobre mamãe, mas aconteceu que ele tinha outra coisa em mente.

– Sabe, Stewart, penso que sua intenção é reverenciar a memória de seu pai, mas eu seria negligente se não lhe fizesse uma advertência. Se seguir adiante, você poderá muito bem encontrar coisas que um filho leal talvez não gostasse de descobrir. Sempre acreditei que há grande sabedoria no ditado que diz que é preciso ter cuidado com o que se deseja.

Assegurei-lhe que eu havia refletido a respeito. Após frequentar tribunais por duas décadas, sabia que as probabilidades eram as de que meu pai tivesse sido condenado por um crime sério por algum motivo.

– Bem, é um bom começo – afirmou Leach. – Mas as particularidades são sempre piores do que a ideia geral. E isso supondo-se que você tenha uma ideia geral. Pode descobrir, Stewart, que andou correndo precipitadamente com os olhos vendados.

Disse-lhe que estava decidido. Acontecesse o que acontecesse, eu queria saber.

– Bem, esse é um dos problemas – disse Leach.

– Quais são os outros, juiz?

– Confesso que despendi muito tempo, Stewart, desde que entrou em contato comigo, imaginando que direito eu tenho de lhe contar qualquer coisa a respeito do assunto. Ainda hoje, sinto um grande afeto por David. Era um ótimo jovem, articulado, atencioso. E era seu desejo não falar sobre isso com ninguém, um desejo que aparentemente manteve durante toda a vida. Além do mais, totalmente à parte a lealdade pessoal, eu era seu advogado, obrigado por lei a guardar seus segredos.

"Por outro lado, tenho coisas de seu pai, Stewart, um documento dele, como mencionei, que lhe pertence como herdeiro. Não tenho o direito de negá-lo a você e, portanto, acredito que estou livre para falar sobre as questões reveladas nele. Essa, de qualquer modo, será a minha defesa, quando se iniciar o meu processo de interdição da ordem dos advogados.

Ele tinha uma protuberante catarata em um olho, grande o bastante para ser claramente visível, mas isso não era capaz de obscurecer a luz que sempre emanava dali acompanhando uma piada.

– Nós dois, porém, precisamos chegar a um acordo para começar. Não posso ir além dos limites do que está escrito. Você verá que sou capaz de responder à maioria de suas perguntas, mas não a todas. Entendido?

Concordei prontamente. Ambos fizemos uma pausa antes de eu perguntar primeiro o que parecia ser o mais lógico: como Leach foi designado para o caso de papai.

– Indiretamente – respondeu. – Durante a guerra, eu me mantive no refúgio do quartel-general de Eisenhower, primeiro em Bushy Park, nos arredores de Londres, e depois, em 1944, em Versalhes. Nessa época, referiam-se a mim como "fazedor de políticas". Eu tinha sido promotor de justiça aqui em Hartford e certamente conhecia o trabalho de tribunal, mas minha função junto às cortes marciais limitava-se a rever alguns registros de julgamentos que seguiam para Eisenhower dar a decisão final, na maioria casos de enforcamento. Entretanto, o oficial comandante de seu pai, Halley Maples, conhecia meu irmão mais velho de Princeton, e Maples fez um apelo pessoal aos meus superiores para me colocarem no caso. Tive pouca escolha, não que jamais tenha me arrependido disso, embora seu pai, como cliente, tenha vindo com sua cota de desafios. – Esse comentário foi sublinhado por uma risada áspera.

Aos 96 anos, Urso Leach, como havia sido conhecido, fora o que chamamos de um velho por muito tempo, pelo menos uns vinte anos, e adquirira experiência com alguns dos privilégios e exigências da idade. Tantas vezes recorria à memória por uma coisa ou outra que às vezes eu brincava com ele, dizendo que suas memórias deviam estar inevitavelmente impressas em sua cabeça. Ele falava numa torrente de parágrafos. Ao nos tornarmos mais amistosos com o passar dos vários meses seguintes, levei-lhe um gravador, na esperança de que o usasse para registrar histórias notáveis de sua vida. Era, porém, humilde demais para achar que fora mais do que uma figura secundária, e o projeto não o interessou. Ele era, como sempre afirmava, um advogado de tribunal. Preferia uma plateia ao vivo, a qual eu me sentia feliz em proporcionar.

– Era início de maio de 1945 quando cheguei a Regensburg, Alemanha, para me encontrar com seu pai. Tradicionalmente, oficiais que enfrentavam corte marcial aguardavam julgamento em prisão domiciliar, e o seu pai estava no Castelo de Regensburg onde o Terceiro Exército tinha então o seu quartel-general permanente. Tratava-se de um pesado Schloss ocupado durante séculos pela família Thurn und Taxis, um palácio como os americanos imaginam um palácio, e que ocupava vários quarteirões da cidade. Seu interior era de certo modo barroco, com colunas de mármore colorido, abóbadas românicas com adoráveis mosaicos embutidos e estatuária clássica. Caminhei quase vinte minutos através do castelo até chegar a seu pai, que estava restrito a uma suíte do tamanho desta sala de visitas, talvez um pouquinho maior, e repleta de antiguidades maravilhosas. Seu pai ia permanecer preso naquele esplendor até o Exército resolver fuzilá-lo. Se tem algum gosto pela ironia, digo-lhe que não é possível fazer melhor do que os militares do Estados Unidos.

Leach sorriu então à sua maneira, um gesto limitado pela idade e pela doença, de modo que seu queixo deslizou para o lado.

– Seu pai era um homem impecável, 1,80 metro, se me lembro bem, e a própria imagem de um cavalheiro. Tinha um fino bigode aparado com perfeição, como o do astro do cinema William Powell, com quem se parecia. Desde o primeiro contato que tive com ele, a ideia de que David Dubin, conforme a acusação, tivera realmente se envolvido em desobediência intencional de suas ordens parecia absurda. Mas provar isso mostrou-se um dos problemas mais difíceis da minha carreira.

– Por quê?

– Porque o homem insistia em alegar culpa. Nada incomum em relação a isso, é claro. Há pessoas acusadas de crimes que reconhecem que erraram. Mas seu pai não dava nenhuma explicação além disso. Qualquer pergunta sobre os acontecimentos que levaram à sua aparente decisão de soltar o major Martin recebia em resposta apenas sua declaração de que não valia a pena entrar em detalhes. Era bastante educado em relação a isso, mas completamente inflexível. Era um pouco como representar Bartleby, o Escrivão, só que seu pai dizia apenas "sou culpado", em vez de "prefiro não fazê-lo", em resposta a qualquer pedido de mais informação. Fui forçado a investigar inteiramente a questão sem a cooperação dele. Aprendi bastante sobre as experiências de guerra de seu pai, mas quase nada sobre o que ocorrera entre ele e Martin.

"Finalmente, tive uma inspiração e sugeri a seu pai que, se era tão difícil falar sobre o que acontecera, ele pelo menos poderia fazer um esforço e botar tudo no papel, enquanto as coisas ainda estavam frescas. Se decidisse não me mostrar o documento resultante, tudo bem, mas, na eventualidade de ele mudar de ideia, eu teria um meio conveniente de ficar a par de tudo. Ele não acalentou a proposta quando eu a apresentei, mas é claro que tinha muito pouco a fazer com seus dias. Adorava ler... e logo me fez levar-lhe braçadas de livros... mas eu supunha que ele, como muitos soldados, fora um inveterado redator de cartas e que aquela válvula de escape não era mais tão recompensadora para ele. Como me lembro, ele decepcionara sua noiva, e depois deixara sua família horrorizada com a notícia do apuro em que se metera. Aparentemente, produzir um relato por escrito do que levara àquelas acusações forneceu um agradável substituto e, após sua relutância inicial, ele abraçou a tarefa com ardor. Sempre que o visitava em seus aposentos, ele estava martelando uma pequena máquina de escrever Remington sobre uma escrivaninha Luís XIV, uma outra antiguidade de valor inestimável que sacudia com seus golpes. Cerca de um mês depois, durante uma visita, apontei para o maço de páginas amontoado perto de seu cotovelo. Já estava agora com uns 3 centímetros de altura.

"'Está se tornando uma obra-prima', comentei. 'Está pensando em mostrá-la a mim?' Eu estivera esperando que ele revelasse o material no seu tempo devido, mas, com a audiência se aproximando, preocupava-me em não poder assimilar o que claramente estava se tornando um volume grandioso, principalmente se este abrisse novas avenidas de investigação.

"'Em alguns dias, penso que sim, coronel', disse-me, 'e em outros penso que não'.

"'E por que não?'

"'Não acredito que vá me ajudar.'

"'É porque eu pensaria mal de você? Ou aceitaria seu julgamento de culpa? Você sabe muito bem, Dubin, que nada me impediria de fazer a sua defesa.'

"'Eu sei. Ler isto, coronel, talvez satisfaça a sua curiosidade. E provará que estou certo em alegar culpa. Mas isso não mudará o resultado ou tornará as coisas mais fáceis para você. Muito pelo contrário.'

"Em momentos de fraqueza, eu às vezes cogitava agir sorrateiramente e furtar as páginas, mas ele tinha razão, seria seu navio que afundaria. Mas ficava no pé dele, para me deixar ler. Cada vez, parecia levar em consideração todas as minhas alegações, mas, após a devida ponderação, ele as rejeitava. E assim fomos ao julgamento. No início, David ofereceu uma alegação de culpa. Em troca, o auditor de guerra, o promotor, concordou em abandonar as acusações mais sérias, mas, ainda assim, prosseguiu na apresentação de sua causa, algo corriqueiro em casos graves levados a uma corte marcial. Isso, é claro, constituía um decidido contraste com casos criminais habituais, nos quais uma alegação de culpa evita um julgamento, e eu não conseguia me adaptar à diferença. Minha inquirição foi furiosa, pois nenhum dos relatos era de algum modo compatível com um soldado que abandonaria intencionalmente seus deveres. Frequentemente, eu me recolhia para dormir pensando no quanto me saíra bem, só para me lembrar que o meu cliente já reconhecera a validade das acusações.

"O Manual de Cortes Marciais da época... e de agora, pelo que sei... dá ao acusado o direito de fazer, sem ser interpelado, uma declaração ao júri, antecedendo imediatamente os argumentos finais. Na noite anterior ao encerramento da audiência, fiz minha última tentativa de forçar seu pai a compartilhar seu relato por escrito, insistindo que submetesse suas memórias, ou partes dela, à corte. Meu coração disparou quando, na manhã seguinte, ele chegou ao tribunal com o que eu imaginei ser o manuscrito, em duas pastas, debaixo do braço, que guardou para si mesmo. Fez uma breve declaração à corte, dizendo simplesmente que, ao libertar Martin, ele não tivera a intenção de prejudicar os Estados Unidos, a quem servir permanecia sendo a maior honra de sua vida. Somente quando se encerraram os depoimentos das testemunhas ele me entregou as pastas. Foi um gesto de generosidade da parte dele, penso, pagar pelos meus esforços em seu benefício, para que eu pudesse aceitar o resultado com paz de espírito. Mandou que eu lesse tudo, se era isso o que eu queria, e depois lhe devolvesse. Disse, em seguida, que iria então botar fogo naquilo tudo.

"Mesmo naquela fase, eu mantinha a esperança de encontrar qualquer coisa registrada que pudesse usar para reabrir o caso. A corte passou o domingo em recesso. Levei o dia todo lendo, de manhã à noite, e terminei apenas a instantes de chegar ao tribunal, às 8 da manhã de segunda-feira.

– E o que dizia? – Eu era como uma criança ouvindo histórias contadas em volta de uma fogueira de acampamento, querendo apenas saber o que sempre querem as crianças: o fim da história.

Urso deu uma gargalhada seca em resposta.

– Bem, Stewart, não há muitas histórias dignas de menção que podem ser reduzidas a uma ou duas frases, não é mesmo?

– Mas você utilizou o que leu?

– Certamente que não.

– Porque...

– Porque seu pai tinha razão. Ele era um bom advogado. Muito bom. E seu julgamento estava correto. Se os membros da corte marcial conhecessem a história toda, isso apenas tornaria as coisas piores. Possivelmente muito piores.

– Como assim?

– Havia muitas complicações – disse ele –, muitas preocupações. Como disse, eu gostava muito de seu pai. Isso não é apenas conversa fiada. Mas um advogado de tribunal aprende a ter sangue-frio diante dos fatos. Eu encarava aquele julgamento como um advogado de tribunal, o melhor e o pior caso que poderia existir, e me dei conta de que nada de bom resultaria se revelasse isso à corte. A causa de seu pai, aliás, poderia ser seriamente prejudicada.

– Não está sendo muito específico, juiz. O que era tão ruim?

Urso Leach, a quem quase nunca faltavam palavras, gastou um segundo para ajeitar sua gravata clássica, balouçante como um pingente do colarinho de sua velha camisa, o qual, atualmente, estava a mais ou menos uns 5 centímetros da papada de seu pescoço.

– Ao ler o relato de seu pai, dei-me conta de que ele fora o beneficiário de uma suposição que o auditor de guerra poderia considerar sem fundamento, assim que os fatos subjacentes fossem mais bem conhecidos.

Abanei a mão diante de mim.

– Está sendo delicado, juiz.

– Bem, isso requer delicadeza, Stewart, sem dúvida. Estou falando a um filho sobre seu pai.

– Já fui alertado. Quero saber.

Leach executou todo o demorado trabalho necessário à reposição do oxigênio em seu nariz.

– Stewart, seu pai foi acusado de permitir intencionalmente que um prisioneiro escapasse. A evidência, em resumo, era que Robert Martin fora visto pela última vez, por vários soldados da 406ª Cavalaria Blindada, sob a custódia de seu pai. Seu pai admitiu que permitira a fuga de Martin, livrara-o das algemas e dos grilhões e mandara-o sair do acampamento. A acusação de facilitação de fuga admitiu como verdadeiro que Martin fugira dali. O que seu pai escreveu, porém, sugeria uma possibilidade muito mais perturbadora, e cuja probabilidade foi aumentada, pelo menos em minha mente, pelo rigoroso silêncio de seu pai.

– Que possibilidade?

– Bem, Stewart, quero preveni-lo de que foi simplesmente uma ideia.

– Por favor, Urso. Que possibilidade?

Leach ergueu os velhos olhos para o espaço, e então fez um leve assentir para si mesmo.

– Que seu pai – disse ele – assassinara Robert Martin.

8
David: Segredos de Teedle

Quando Biddy e eu retornamos da propriedade da condessa de Lemolland para a 18ª, não encontramos ninguém na barraca do general Teedle. O PM do lado de fora disse que era dia de folga de ambos os ordenanças, e Teedle supervisionava batalhões. Na ocasião, perambulei novamente até a área dos praças. O bombardeio à propriedade da condessa renovara minha curiosidade sobre a observação de Billy Bonner de que eu estava investigando o homem errado.

O céu se fechara novamente, sem deixar chance para mais tráfego aéreo. Livre das restrições do blackout, os soldados tinham acendido fogueiras e se divertiam em meio à habitual atmosfera de bar. Alguém ligara a Rádio das Forças Armadas a um alto-falante. Harry James estava no programa "Command Performance", e parei para ouvi-lo soprar majestosamente seu caminho através de "Cherry". Ocorreu-me o quanto a música me fazia falta, pois a ardente necessidade que outrora eu sentia como se fosse uma fome estava agora abafada sob pilhas de livros de Direito e a desvairada concentração exigida pelas semanas de sete dias no tribunal. Ao fechar os olhos, por apenas um segundo, tive a firme sensação da cintura de Grace em minha mão enquanto dançávamos.

Topei inesperadamente com Biddy. Estava de costas, com sua câmera, fotografando quatro soldados que jogavam cartas em uma barraca de rancho à luz de um lampião. Eles haviam entrado para evitar que a moeda corrente da invasão com a qual apostavam, francos franceses impressos nos Estados Unidos, fosse carregada pelo vento. Cada soldado estava sentado em uma caixa de cartuchos vazia, e usava-se como mesa um caixote esvaziado de munição de bazuca.

– Pelo amor de Deus – disse um. – Jogue a porra de uma carta, por favor, Mickey. Mês que vem, a essa hora, você vai estar morto, e ainda vai estar pensando que trunfo descartar.

– Mortenson, não fale desse jeito.

– Você acha que os boches estão ouvindo?

– Não, mas é o mesmo que me botar um mau-olhado.

– Ora, cale essa boca de esgoto, isca-de-alemão, e jogue uma carta.

– Não banque o mal-humorado, Witkins.

– É, experimenta isto aqui.

– Vários soldados em fila diante de mim para esse prazer.

– O sacana do Mickey ainda não se recuperou do fora que levou daquela francesinha. Só porque metade do pelotão transou com ela e ela não quis nada com ele.

– A metade do pelotão é de malditos mentirosos. A garota era legal. Eu só queria pagar uma Coca para ela.

– Não era Coca o que você queria que ela engolisse.

– Meu Deus, Mort, que tipo de pervertido é você?

– Escuta aqui, garoto, as francesas usam a boca.

– Não em mim. Isso é rigorosamente uma perversão.

– Vocês querem calar a porra dessa boca? Quando essa lesma jogar uma carta já vai ser a porra da alvorada.

Eu gostava de Tony Eisley, mas não havia nada daquela camaradagem em estado bruto entre os oficiais da Justiça Militar. Pelo menos não comigo. Vinte e nove anos era idade avançada para a maioria daqueles rapazes, e a presença de um oficial era perturbadora, até mesmo ofensiva. Minhas visitas aos alojamentos dos soldados lembravam-me de quando ia para casa em DuSable vindo de Easton, quando vizinhos perguntavam sobre o "estudante universitário" em um tom não inteiramente de admiração. Eu ia ganhar dinheiro, pensavam eles. Eu ia me mudar para longe dali, e deles. Nas fileiras dos alistados, naqueles dias, havia um número razoável de estudantes universitários porque, no início daquele ano, o Congresso colocara fim ao Programa de Treinamento Especializado do Exército que enviava os recrutas para a sala de aula em tempo integral. Por outro lado, alguns soldados do Exército da pré-mobilização haviam sido comissionados. Geralmente, contudo, seria bem possível colocar placas de RICOS e POBRES dos lados do acampamento de soldados e oficiais. Eu ainda não entendera por que o Exército pensava que a dura disciplina ou qualquer outro propósito militar eram favorecidos por essas disparidades. No entanto, eu sabia, tanto quanto soube no treinamento básico, que ali eu estava entre soldados de verdade. Os nomes dos generais talvez sejam lembrados pelos historiadores, mas foram aqueles homens que lutaram a verdadeira guerra.

Ao emergir da barraca, perambulei mais algum tempo até avistar Billy Bonner em volta de uma fogueira com vários outros soldados, cada qual segurando uma garrafa escura de vinho. Bonner me via claramente como a lei e deteve o braço em pleno ar, fazendo dois ou três de seus colegas começarem a se virar, até eu dizer "Fiquem tranquilos".

Caminhamos um pouco e falei a Bonner que Teedle parecia ter sumido.

– Ah, ele vai voltar. O general gosta de passar as noites em sua própria barraca. – Bonner acompanhou a observação com um dos seus olhares desaforados.

– Bonner, você não parece ter o general em alta estima.

– Não, senhor – disse ele. – É um ótimo militar de alta patente do Exército.

– Mas...?

Bonner sacudiu a cabeça e rolou os lábios para dentro da boca, mas eu estava insistente naquela noite. Após alguns lisonjeios, ele finalmente fez sinal para nos afastarmos de seus colegas.

– Você não ficou sabendo por mim – disse Bonner. Ergueu novamente a garrafa de vinho para incitar a coragem. – O sacana é uma boneca.

– Como é que é?

– Teedle é um frutinha, porra.

– Em que sentido?

– Naquele sentido. Minha nossa, tenente, não sabe o que é um veado?

– Meu Deus, Bonner.

Disse-lhe que, se ele não estivesse de porre, eu teria mandado os PMs levarem-no preso.

– Não se esqueça do que disse, tenente. É esse o motivo por que ninguém faz nada contra ele.

– Contra o quê?

– Eu já lhe disse. O homem é homossexual. Sabe, o general, ele fica aquartelado bem ali em sua barraca. Faz parecer que é capaz de trabalhar 24 horas por dia. Mas não é por causa disso. O maldito baitola fica excitado... mais do que o normal... e então manda Frank buscar esse ou aquele soldado. Sempre algum rapaz que parece que ele arrancou de baixo de um fardo de feno, e também robustos jovens do interior, louros. Eu sou dispensado, quando eles chegam lá. De vez em quando, volto pela manhã e os pobres rapazes ainda estão por lá. Alguns, que Deus os proteja, dormem como cordeiros. Alguns, porém, devem ter reagido um pouco, pois o general, ele tem um ou outro machucado, um olho roxo que certa vez levou uma semana para sumir. Vou lhe dizer uma coisa, tenente, eu estive lá e vi dois ou três desses rapazes saírem... não tem uma só coisa que os boches pudessem ter feito pior com eles. Seu próprio maldito comandante. Dá para ver o quanto esses rapazes ficam desnorteados. Eles não têm mais certeza de nada.

Eu não tinha certeza se já ouvira uma história mais revoltante.

– Que degenerado! – exclamei. – E você não levou isso ao conhecimento de um oficial?

– Bem, estou conversando com você, tenente. O general Patton não tem vindo ruminar ultimamente. Mas será que eu não inventei tudo isso? Nenhum dos rapazes gosta de falar a respeito, nem os que gostam disso e especialmente os que não gostam. Achei o tal sujeito que deu o soco no olho do general, um soldado chamado Lang, tinha alguma coisa a dizer, mas o sargento dele nem mesmo ia querer ouvir. Não ia querer botar seu recruta numa acareação com uma estrela, não por causa de uma coisa dessas, não neste Exército de homens. Mas talvez vocês da justiça consigam soltar algumas línguas. Eu não sei nada sobre o capitão Martin – disse Bonner. – Mas acho que, se Teedle quer tanto uma corte marcial, comecem com ele.

Às 7h30, quando voltei, o general Teedle estava em sua barraca, conversando com seu oficial do G-3 (Operações e Treinamento), o major Michaels. Como oficial de operações, Michaels não tivera muito o que fazer ultimamente, mas agora tinha colocado uma porção de enormes mapas de batalha sobre a mesa do general. Era um serviço, planejar movimentações de combate, momento a momento, sequência a sequência, no qual eu me destacara no treinamento de comando de infantaria em Fort Benning. Naquele estágio, antes de as balas voarem, era um exercício de puro intelecto, um misto de jogo de xadrez e brincadeira de soldadinho de chumbo, mas a realidade mortal daquelas decisões era evidente na intensidade de ambos os homens. Ao vê-los, tornou-se óbvio que novos suprimentos de combustível e munição finalmente estavam a caminho. O descanso e convalescença da 18ª estava prestes a acabar.

Finalmente, enquanto esperava entre as abas da barraca, descobri-me examinando Teedle com sua postura de tordo e sua cor rosada de beberrão, ao mesmo tempo em que meditava sobre a acusação de Bonner. A própria ideia da conduta do general me arrancara do sono várias vezes durante a noite. Ocasionalmente, eu voltaria a me concentrar no problema prático do que fazer. Porque eu gostava de Billy Bonner, eu acreditara nele. Mas sabia Deus todos os motivos pelos quais poderia estar mentindo. Finalmente, perto das 4 horas da manhã, decidi que simplesmente esperaria por um momento em particular com o coronel Maples e lhe transmitiria a conversa. Às vezes, a longa cadeia de comando do Exército não era de todo ruim. Se um problema era grande o bastante, você poderia passá-lo a mais alguém.

Mesmo assim, não tive nenhuma garantia de que não começaria a suar visivelmente quando Teedle finalmente se dispôs a me receber. Fiquei muito agradecido por Bonner ainda não estar de serviço, portanto não fui obrigado a encará-lo.

– Que tal o Bob Charmoso? – perguntou-me Teedle quando bati continência diante de sua mesa. – Charmoso, não? Ele o recebeu como um visitante real?

– Mais ou menos.

– A namorada dele também flertou com você? Ela é tão esperta quanto Martin, sabe. Piscou o olho para vários sujeitos que mandei lá. Para aqueles dois, qualquer coisa vale. – Os comentários de Bonner haviam sido suficientes para que a minha mente não fizesse muitas vezes seu caminho de volta até Gita Lodz. No entanto, Teedle conseguiu seu efeito de me desinchar um pouco, ao revelar que eu não fora o primeiro de seus emissários sobre os quais *mademoiselle* Lodz pousara seu sincero olhar e lhes dissera, de uma maneira ou de outra, o quanto eram interessantes. Por outro lado, não me surpreendeu nem um pouco que uma mulher que levantava a saia para demonstrar uma argumentação ficasse tímida perto de outros homens. Por algum motivo, porém, senti necessidade de ficar do lado dela.

– Eu não diria que ela piscou os olhos, general.

– Isso me surpreende, Dubin, um sujeito bonitão como você. – Deu-me um olhar oblíquo, o queixo baixado. Diante das circunstâncias, a avaliação de Teedle quase me fez dar um pulo.

– Estou noivo, senhor – deixei escapar finalmente.

– Bom para você – disse ele, e então perguntou o que Martin tinha a dizer em sua defesa. Eu estivera imaginando como iria interrogar o general Teedle sobre as alegações de Martin: Eu não tinha nenhum direito de exigir respostas de um general. Mas Teedle era por demais volúvel para isso se mostrar um problema.

– Isso é conversa fiada – reagiu, quando expliquei que Martin havia dito que o Gabinete de Serviços Estratégicos o trouxera de volta de Londres, no mês anterior, com ordens de seguir para a Alemanha. Mostrar-lhe a documentação de Martin fez o general parar imediatamente.

– Macacos me mordam – exclamou, ao examiná-los. – Admito que é a primeira vez que ouço falar disso. Tudo que sei é que duas semanas atrás o Gabinete me disse que finalmente eu estava livre para mandá-lo fazer as malas. Eu pedira permissão várias vezes antes. Não sei por que mudaram de ideia.

– General, o único modo de resolver isso é conseguir confirmação por escrito do Gabinete para saber se eles deram ou não outras ordens a Martin.

– Por escrito? – Teedle encrespou-se na cadeira. – Nossa, então é essa a jogada! Que operador é esse sacana. O Exército nunca foi páreo para um bom operador, Dubin, e Martin é um dos melhores. O Gabinete não vai colocar nada no papel sobre Operações Especiais e enviar para perto da linha de frente. Soldados são feitos prisioneiros, Dubin, mas espiões são fuzilados. Martin sabe disso. Mensagens do Gabinete são transmissões de rádio codificadas e destruídas após a leitura. – O general pensou por um instante. – Está bem. Eu cuidarei disso.

Ele preparou um bilhete. Teria sido um melhor exercício para o coronel Maples ou para mim uma comunicação direta com o Gabinete, em vez de com Teedle, o queixoso, mas o general não parecia nem um pouco disposto a ouvir mais tecnicalidades jurídicas.

– Que mais? – perguntou Teedle. – Vamos ouvir agora todas as bobagens de Martin, para que eu possa lidar com todas elas de uma vez. Tenho certeza de que ele escolheu a dedo algumas palavras para mim.

Descrevi o bombardeio. Justiça seja feita, Teedle quis saber primeiro se houve baixas.

– Ouvi algo a respeito – disse ele então. – O general Roy, do 19º Comando Tático Aéreo, enviou um sinal ontem à noite. Diz que ele teve um esquadrão que se desorientou e deve ter bombardeado nossas tropas. Ele sentia profundamente. Se eu soubesse que tinha sido Martin, teria respondido com um bilhete de agradecimento.

– Bem, senhor, eu também estava lá.

Teedle me atingiu com um olhar repleto de ironia. Eu não devia entender muito sobre o que era ser general, dizia aquele olhar, se eu esperava que ele ficasse preocupado com aquilo. Ele gritou para Frank mandar sua equipe da Justiça Militar acelerar as reclamações da condessa sobre os danos.

– Que lama Martin está atirando agora? Que eu tenho o controle da Força Aérea e providenciei para que ele fosse bombardeado?

– Ele admitiu que isso era possível.

Teedle reagiu com uma risada grosseira.

– Há muitos com a minha patente, Dubin, que não se dariam o trabalho de uma investigação com base no Regulamento 35 se tivessem um oficial insubordinado. Eles mandariam Martin pessoalmente fazer o reconhecimento de um cume de colina vigiado por uma companhia inteira de alemães e nem pestanejariam. Mas, se a minha intenção fosse essa, eu não me preocuparia em recorrer ao Q.G., não é mesmo?

– Certamente, senhor.

– Ora, não me venha com essa bobagem de "certamente". Se não acredita em mim, diga.

– Penso que faz sentido, senhor.

Eu também pensava estar fazendo, mas Teedle parecia complicado demais para eu esperar que todos os seus atos estivessem de acordo com a razão. Pensando por um minuto, não entendi por que o general Roy se desculpara com Teedle. A 26ª Infantaria, e não a unidade de

Teedle, estivera sob as bombas de Roy. A não ser que Roy tenha esquecido que elas haviam trocado de posições. O que também era possível.

– Alguma outra calúnia que Martin tenha espalhado sobre a qual você gostaria de uma resposta?

– Posso falar livremente, senhor?

– Você acaba de me acusar de tentar bombardear um dos meus oficiais. Penso que já faz um ótimo trabalho, Dubin, mas esteja à vontade.

Eu sabia que não adiantava discutir com Teedle, destacando o que fora dito anteriormente e por quem. Ele divertia-se com a esgrima verbal, sabendo que tinha a patente do seu lado. Apesar de toda a sua empáfia, porém, não tive a sensação de que Teedle me açulava para eu ser cruel, muito menos para me testar. Ele era um homem incomum. Direto. Obstinado. Ríspido. Não deturpava a credulidade, observando seu rosto inconstante, o modo como ele guinava entre imperiosidade e colegialidade e a franqueza com a qual o desafiava a desgostar dele, a pensar que as peculiaridades de Teedle se estendiam a reinos muito mais escuros, como afirmava Bonner. Mas não necessariamente à crueldade. A crueldade, creio que ele diria, era uma parte da natureza humana. Éramos todos homens. Ele, porém, não era mais malvado do que a maioria.

– Senhor, Martin diz que quer se livrar dele só porque acha que ele é comunista.

Ao ouvir isso, Teedle pôs os pés sobre a maleta com objetos pessoais a seu lado, enquanto sorria e afagava o queixo. Era a primeira vez que o via parar para refletir sobre o mesmo assunto do qual Martin se esquivara. O tempo todo, sacudia a cabeça e o pouco de lã ruiva metalizada que havia sobre ela, parecendo estar admirado. Ele nunca conseguia antecipar Martin. Parecia ser esse o significado.

– Bem, antes de mais nada, Dubin, eu não acho que Martin é comunista. Eu sei que é comunista. Era membro do Partido, em Paris, quando foi lutar na Espanha. Esse, em primeiro lugar, foi um dos motivos pelos quais o Gabinete o quis. Por causa de sua influência nos sindicatos comunistas.

"Mas deixemos isso de lado. Não acuso o homem de ter uma política desagradável. Eu o acuso de insubordinação e de colocar outras tropas em risco. Mesmo na Rússia, ainda que me chamando de Camarada General, se eu o mandasse se ajoelhar e beijar a minha bunda, seria como aqui, ele teria de fazê-lo.

Até essa observação, eu tinha esquecido Bonner quase por completo.

– Pois bem, se seu passado político é o motivo para o Gabinete concordar comigo que está na hora de mandar Martin para outro lugar, ninguém disse isso, mas, francamente, é uma suposição bastante razoável, e faz sentido. As revistas e os noticiários cinematográficos não lhe dizem tudo o que os nossos preciosos aliados russos andam tramando, Dubin. Você sabe algo do que aconteceu na Polônia em agosto?

Eu não sabia muita coisa e Teedle adorou me colocar a par. Com o Exército soviético em sua fronteira, milhares de patriotas poloneses em Varsóvia se rebelaram contra os nazistas. Muitos do nosso lado, disse Teedle, acreditavam que Stalin incentivara o "exército de casa" polonês a pensar que os soviéticos invadiriam a Polônia e se juntariam a eles para expulsar os nazistas. Mas os russos mantiveram seu terreno. Aliás, Stalin nem mesmo permitiu que os Aliados ajudassem os poloneses com o despejo de armas e suprimentos. Em vez disso, o "exército de casa" foi esmagado. Milhares foram executados, mortos no ato ou trancados em prédios que foram incendiados, enquanto os nazistas arrasavam o centro da cidade de Varsóvia.

– E por que, você perguntaria – disse Teedle –, por que os soviéticos fizeram isso? Por que os russos não ajudaram a resistência polonesa, já que isso poderia muito bem diminuir suas próprias perdas com a retomada da Polônia? Alguma ideia?

Nada me ocorreu.

– Porque, Dubin, um patriota resistir à ocupação nazista é exatamente a mesma coisa que resistir aos soviéticos. Stalin levou os nazistas a fazerem seu serviço sujo na Polônia. Nesse ponto, o Comando Supremo, Roosevelt, Churchill, todos eles sabiam com absoluta certeza no que estávamos metidos. Stalin poderia até mesmo ter deixado sua Força Aérea escrever isso em fumaça no céu. Eles pretendiam conquistar e ocupar a Europa Oriental. Pretendiam substituir o regime soviético pelo regime nazista. E você está muito certo, nós não precisamos de ninguém operando na frente de nossas tropas que possa passar para o lado dos soviéticos. Martin tem muitos amigos nas fileiras do Exército soviético. Na Espanha, ele lutou sob o comando de pelo menos três generais soviéticos. E aposto uma boa grana que ele deu muito mais ouvido a essas ordens do que às minhas. Por isso, sim, o fato de ele ser comunista me preocupa. Preocupa-me demais. Principalmente por ele não cumprir a porra das ordens. Mas, se ele não fosse insubordinado, não ligaria a mínima se ele fosse dormir todas as noites com pijamas vermelhos.

O general inclinou-se à frente, com os punhos pousados sobre a mesa.

– Agora, de homem para homem, Dubin, me diga a verdade, isso o preocupa? Porque, ouvindo aqui e ali, concluí que esse babaca se queixa de que estou atrás dele porque acha que é importante o que ele pensa sobre política... e tive a impressão de que isso derreteu um pouco o gelo em relação a você.

Gastei meu tempo, mas sabia que não ia me livrar do general Teedle. Não era necessário.

– General, há uma porção de socialistas leais aos Estados Unidos. E que odeiam Stalin. – Dois deles, por acaso, viviam em um apartamento no Condado de Kindle e haviam me criado. Não disse isso, como de praxe. Quem eu era e de onde tinha vindo eram os meus segredos. Teedle, porém, era perspicaz o bastante para perceber que eu falava por experiência própria.

– Você é um deles, Dubin? É isso que está dizendo? Que é um socialista americano leal?

– Sou um americano leal, senhor. Não concordo totalmente com os socialistas. O meu problema com os socialistas, senhor, é que conheci uma porção deles que não me parecem idealistas. Odeiam os ricos porque os invejam.

Claro que socialismo e como reagir a ele foram para mim questões de interminável meditação durante todo o curso secundário e faculdade. A Easton colocou-me em contato com muitas das pessoas que meus pais insultavam, inclusive e mais notoriamente a própria Grace, embora ela deixasse de lado a maior parte dos privilégios de sua família. Entre nós dois, uma das mais permanentes discussões era sobre se éramos socialistas. Havia tanta coisa errada no mundo que era bom ser pobre. Mas nunca me sentia à vontade com os princípios morais socialistas de meus pais, segundo os quais eles tinham o direito de querer mais enquanto os ricos eram obrigados a querer menos.

– Interessante, Dubin, muito interessante. – Não tive dúvidas de que Teedle falava sério. Arremessou um lápis para o ar e o apanhou. – Você e eu somos polos opostos aqui. O que eu tenho contra os comunas é que vocês parecem querer mais. Eu desgosto deles, Dubin, porque são idiotas. Idiotas. Idealistas infelizes que querem acreditar que os seres humanos são propensos a dividir e pensar primeiro nos outros, quando isso nunca vai acontecer. Nunca.

"E porque não nos veem como somos, Dubin, não veem o quanto somos brutais e egoístas, por causa disso, Dubin, eles acham que podemos passar sem Deus. É por isso que realmente desgosto deles. Porque acreditam que a humanidade pode ser boa sem Sua ajuda. E uma vez que seguimos por essa estrada, Dubin, estamos perdidos. Totalmente perdidos. Porque precisamos de Deus, Dubin. Cada homem aqui precisa de Deus. E não para salvar a própria alma ou mantê-lo em segurança, Dubin, nada desse papo furado. Sabe por que precisamos de Deus, Dubin, por que precisamos tê-Lo, Dubin? Sabe?

– Não, senhor – respondi. Não tinha mais certeza sobre Deus do que tinha sobre o socialismo, mas era um daqueles momentos nos quais Teedle estava novamente a toda, repleto de uma fúria locomotora que me impedia de ficar em seu caminho.

– Pois bem, vou lhe dizer, Dubin. Por que precisamos de Deus. Por que eu preciso de Deus. Para nos perdoar – disse então e, com essas palavras, sua ira quase que instantaneamente cedeu à tristeza. Seus olhinhos eram líquidos e sombrios, e qualquer dúvida que eu tivesse sobre Bonner desapareceu para sempre. – Porque, quando isto acabar, esta guerra, vamos precisar disso, todos nós que fizemos o que a guerra exige e, pior, o que a guerra permite, vamos precisar disso, para podermos viver o resto de nossas vidas.

Teedle alcançou seu cantil pela primeira vez desde que eu chegara ali. Quando o baixou, arrastou as costas da mão pelos lábios como um valentão numa cervejaria, mas seus olhinhos de passarinho orlados de vermelho permaneceram em mim, repletos de seu pesaroso conhecimento dos excessos da guerra e do desolador mistério de um Deus que, antes de perdoar, permitira primeiro que essas coisas acontecessem.

9
Ordens adicionais

Nas duas semanas seguintes ao nosso retorno a Nancy, ficou claro que o ritmo da guerra estava novamente se acelerando. Provisões de gasolina finalmente chegaram. Outros suprimentos de campo – barracas, cobertores, jaquetas, fogões de duas bocas – continuavam restritos, mas o Estado-Maior trocara dez mil galões de óleo nº 10 com o Sétimo Exército por igual quantidade de diesel, e era uma aposta garantida o fato de a arremetida de Patton contra a Alemanha começar assim que o combustível chegasse.

Contudo, mesmo com a mudança de atmosfera, a vida em Nancy ainda parecia tão descontraída quanto em um local de veraneio, comparada com os meus três dias perto da linha de frente. Como antecipara o coronel Maples, eu sentira a excitação, e até mesmo certa satisfação embaraçosa de ter sobrevivido a um bombardeio, não importava o fato de este ter sido realizado pelas nossas próprias forças. No geral, meus encontros com Teedle e Martin e Gita Lodz foram provavelmente, desde que eu me alistara, os primeiros momentos que preencheram parte de minhas expectativas.

No dia 3 de novembro, apareceu um ordenança no tribunal para me informar de que o coronel Maples queria me ver após o fim do expediente. Assim que Klike prometeu distribuir justiça, fui ao andar de cima, onde o coronel me mostrou documentos que haviam sido enviados por malote da 18ª Divisão Blindada. Teedle ordenara que eu os entregasse a Robert Martin.

QUARTEL-GENERAL, 18ª DIVISÃO BLINDADA
CORREIO MILITAR 403, EXÉRCITO DOS
ESTADOS UNIDOS

SUMÁRIO

1. Major Robert P. Martin, 04264192, está imediatamente dispensado de serviço junto a esta Divisão e designado ao Quartel-General Central, Londres, Inglaterra. O tempo permitindo, informar sem demora assim que chegar ao campo de serviço. Govt. T está autorizado. EDCMR: 1º de novembro de 1944 POR ORDEM DO GENERAL-DE-BRIGADA TEEDLE

Oficial:
James Camello
Major AC
Ass. Adjunto

cc:
Coronel Bryant Winters
Exército dos EUA
Brook Street, 68 Londres

Exceto pela indicação de uma cópia em carbono para o coronel Winters, que deduzi ser o comandante de Martin no Gabinete, a ordem não diferia visivelmente das anteriores que eu já vira. Anexados, porém, estavam documentos de viagem idênticos aos que Gita exibira durante minha visita à propriedade da condessa. Estes também foram expedidos pelo Quartel-General Central de Londres e instruíam Martin a retornar imediatamente para a Inglaterra, e até mesmo incluíam 20 dólares em papel-moeda do Exército relativos a uma diária. Teedle respondera a Martin na mesma moeda. Já que o Gabinete não expediria ordens escritas diretas a um operador, a autorização de viagem era a melhor prova de que os comandantes do Gabinete apoiavam Teedle.

– Bem, isso explica tudo – disse o coronel Maples, quando lhe lembrara de que eu precisava de algo do Gabinete para enfrentar as alegações de Martin de que tinha outras ordens. – Quando o general Teedle ligou, fez um comentário a seu respeito. Creio que ele achou você um pouco exato demais para seu gosto.

– Eu achava que os advogados eram isso, coronel. Exatos.

– Teedle considera isso um impedimento – sentado atrás de uma grande escrivaninha de carvalho tão ampla quanto um Packard, Maples sorria, cofiando os bigodes como costumava fazer para se animar. – Não é muito diferente, a propósito, da minha clientela particular, que trinca os dentes antes de falar com seu advogado. Para alguns, é tão entediante quanto as missas de domingo.

– Não estou tentando ser difícil, coronel, mas quando penso a respeito disso, continuo sem enxergar nem pé nem cabeça. Por que um oficial condecorado resolve de repente desafiar seus comandantes? A garota foi enfática em afirmar que seu romance com Martin acabou.

– Talvez Martin tenha se enchido da guerra. Não seria o primeiro. Mas não nos cabe perguntar o motivo, David. Eu já lhe disse que não precisa de um inimigo como Rollie Teedle. Vá lá e acabe logo com isso. Teedle quer que Martin faça as malas e vá para Londres antes de você entrar de licença.

– Sim, senhor.

O reforço do alerta de Maples sobre Teedle afastou qualquer ideia que restava sobre comunicar as acusações de Billy Bonner. Eu hesitara, ao fazer meu relato ao coronel, por ocasião de minha volta, pois, assim que entrei em sua sala, imaginei que Maples consideraria a acusação como evidente insânia e ficaria descontente comigo por eu ter puxado o pino daquele tipo de granada e tê-la jogado sobre sua mesa. A verdade era que, na presença do coronel, eu era uma pessoa amável mas de inflexível retidão, e não tive nem mesmo a menor ideia de como relatar o que Bonner dissera.

Com a ordem de Teedle na mão, Biddy e eu não tivemos problema em conseguir um jipe e partimos não muito depois do amanhecer de 4 de novembro, seguindo novamente na direção de Bezange-la-Petite. Agora havia tráfego pesado nas pequenas estradas, com o avanço de filas de caminhões e blindados. Fizemos um lento progresso e, finalmente, chegamos à parada total atrás de um batalhão de tanques paralisado em seu caminho para o norte. O 761º era todo negro, com exceção de alguns oficiais. Eram os primeiros negros que eu via em combate, e eles pareciam tão apreensivos quanto qualquer um que viajava para a linha de frente.

Meia hora depois, peguei o jipe e fui ver qual era o impedimento do trânsito, que se devia a três comboios cruzando caminhos. Dois PMs haviam chegado em motocicletas e estavam parados na encruzilhada organizando o trânsito, exatamente como guardas nas horas de movimento nas ruas do centro de uma cidade americana.

Quando voltei, Biddy discutia com um soldado negro. Biddy sacudia o dedo e dizia ao soldado, outro sargento, para não falar com ele. O sujeito jogou a mão na direção de Biddy e se afastou ao mesmo tempo que eu me aproximava.

– O que houve?

– Apenas um rapaz da Geórgia causando confusão. Disse que era da mesma cidade onde eu fui criado. – Biddy continuava seguindo o homem com os olhos.

– E era?

– Talvez. Mas não preciso de passeios pelas ruas da memória, tenente. – O ar contemplativo que dominara Biddy quando ele lidava com o rapaz negro era evidente. Fosse qual fosse a minha relutância em abusar da autoridade ou perturbar nossa crescente relação amistosa, senti que não tinha outra escolha a não ser me expressar.

– Um homem negro é tão bom quanto qualquer outro, Gideon. – Essa era a perpétua lição de meus pais. Assim que os *goyim* dessem um fim aos negros, todos nós sabíamos quem seriam os próximos. – Tive vários amigos negros na escola secundária, homens com quem eu tocava música e estudava, e eram tão legais e inteligentes como qualquer um que eu conhecia. Sei que você é da Geórgia, Biddy.

Não posso mudar o modo como você pensa, mas não quero ver nem saber disso. Está claro?

Os olhos verdes de Gideon permaneceram sobre mim por algum tempo, mas ele pareceu mais espantado do que desafiador.

– Sim, senhor – disse, finalmente.

Adiante, os tanques, finalmente, começaram a se mover. Quando paramos no pátio diante do castelinho, Gita Lodz estava lá, acabando de sair do Citroën cor de carvão chamuscado da condessa, com Antonio ao volante. Ela estava vestida como uma mulher da cidade, com uma saia xadrez, o ondulado cabelo castanho puxado para trás e preso num coque.

– Du-biin! – gritou e me cumprimentou em francês. – Você voltou. – Aproximou-se radiante e beijou-me em cada face. Já éramos velhos amigos. Comentei que ela não parecia estar vestida para o combate. – Para a espionagem – respondeu. – Fomos procurar umas pessoas em Estrasburgo. Martin precisará delas em breve. Antonio foi nos apanhar no trem.

Estrasburgo ficava a mais de 110 quilômetros dali, bem atrás das linhas alemãs.

– Meu Deus! Vocês foram lá?

– *Pourquoi pas*? Nossos documentos dizem que somos de Arracourt, indo visitar a *grandmère* de Robert que está à beira da morte. Os nazistas são burros. Uma cobra com os documentos adequados conseguiria embarcar naquele trem. Essa tem sido nossa vida há anos, Dubin.

Atrás dela, a casa da condessa estava em obras, em consequência do bombardeio. Pesadas lonas pendiam de muitas das janelas quebradas, embora em algumas as persianas simplesmente tivessem sido fechadas. De qualquer modo, daria para aguentar o frio do inverno. Após a explosão, foi dito que, por volta de dezembro, a condessa abandonaria a casa e iria para os aposentos dos criados, do outro lado do pátio, que haviam ficado praticamente incólumes.

Martin surgira do outro lado do veículo. Até então, eu estivera atento demais a Gita para notar. Ele vestia um terno e um chapéu tipo "diplomata", e parecia respeitável e burguês. Bati continência, o que lhe provocou um leve sorriso, ao se aproximar com muito menos entusiasmo do que Gita demonstrara.

– De volta tão cedo, Dubin?

Lembrei-lhe de minha promessa de devolver seus documentos.

– E lhe trouxe alguns novos.

Ele leu por alguns momentos, assentindo.

– Muito bem – disse. Devolveu as novas ordens, com um largo sorriso forçado. – Creio que ganhei este *round.*

– Senhor?

– Prova a questão, não é mesmo? Teedle desistiu de sua alegação de que é meu oficial comandante. Estou sob as ordens do Gabinete. E Londres ordenou que eu continuasse aqui. Esse é o meu dever. Eu diria que está tudo esclarecido.

– Major, esses documentos exigem que viaje imediatamente para Londres.

– Sim, e já o fiz, e Londres me mandou de volta. Você tem a prova disso na mão. Devo enfrentar uma corte marcial porque já cumpri minhas ordens?

Martin deu outro sorriso luminoso, como se aquilo não fosse um disparate. Por outro lado, não havia muita coisa ali para provar que ele estava errado. Nada indicava o envolvimento do Gabinete ou que um prestativo tesoureiro não tivesse enviado os documentos de viagem a pedido de Teedle, uma probabilidade que eu não havia considerado até então.

– Major, sem querer desrespeitar, mas, mesmo se fosse um engano, se o senhor tivesse pedido que o Gabinete entrasse em contato com o G-1 do Terceiro Exército ou o coronel Maples, isso poderia ter sido resolvido imediatamente.

– Pois bem, é um engano, Dubin, muito claramente, pois recebi ontem pelo rádio o sinal verde para uma operação que vem sendo planejada há meses. E se agora há uma coisa em que Teedle e eu concordamos é que recebo minhas ordens do Gabinete, e as cumpro. Cuidarei da sua papelada imediatamente após a nossa volta.

Perguntei a natureza daquela nova operação, mas Martin deu uma terminante sacudida de cabeça.

– Não tenho liberdade para comentar isso, Dubin. Os outros membros do Despertar ainda nem têm os detalhes. Agimos estritamente na base do conhecimento necessário. A captura é sempre um risco nesse tipo de serviço, Dubin. E que diferença isso faria?

– Procuro apenas um modo de confirmar sua atitude, major.

Parada ali perto e ouvindo, Gita interferiu subitamente:

– *Laisse-le venir.*

Martin recuou. O que Gita disse foi: Deixe-o vir.

– *Très dangereux, non?* – argumentou ele.

– *Demande-lui.* – Pergunte a ele. Martin refletiu, então assumiu o ar de quem acaba de ter uma revelação.

– Meu Deus, ela tem razão. Que maravilha você é, Gita, nunca deixa de me surpreender. – Passou o braço pela cintura dela e cravou um beijo paternal no topo de sua cabeça. – Você quer evidências de minhas ordens do Gabinete? Venha me ver cumpri-las. Disse que eu devia apresentar para a sua investigação qualquer prova que desejasse, não é mesmo?

– Sim, senhor. – Essa era certamente a regra.

– Então eis a minha prova. Patton vai se movimentar outra vez subitamente, e essa operação é um prelúdio indispensável. Você é mais do que bem-vindo para vir junto, tenente, para ver de uma vez por todas que estou sob ordens do Gabinete e não sentado aqui me divertindo com a morte dos outros, ou seja lá o que Teedle imagina. Colocará um fim em todas as questões. Se não quiser vir, não há mais nada que eu possa fazer.

Eu não fazia ideia, é claro, daquilo para o que me pediam para dizer sim. Exceto que ouvira a palavra "perigoso". Era na verdade um desafio, o homem de ação provocando o burocrata preso a uma escrivaninha, e Martin provavelmente apostava que eu jamais aceitaria. Sua lógica, porém, era impecável. Se eu recusasse, negaria a ele a oportunidade de apresentar a única prova que possuía. De fato, de acordo com o regulamento, eu poderia até mesmo estar sendo negligente. Disse-lhe que teria de consultar Maples.

– Como desejar. Mas começaremos esta tarde, Dubin. Terá de ir lá e voltar antes das 15 horas.

Isso era impossível, principalmente com aquele movimento nas rodovias que poderia nos reter por horas. Martin, ainda com a mão nas costas de Gita, virou-se, e ela me fez uma rápida carranca particular antes de seguir ao lado dele. Eu era apenas o homem de pequenos detalhes que ela ridicularizara na semana anterior. Pior, eu me sentia um covarde.

– Eu irei – falei para Martin.

Martin nem pestanejou ao se virar na minha direção, apesar de eu ter pago para ver o seu blefe.

– Bravo, Dubin. Já lhe farei um resumo. Que bom ter vocês – disse ele e continuou na direção da casa, o braço ainda na cintura de Gita.

Encontrei Bidwell com o cigano, Antonio, e vários dos agricultores, mostrando as fotos que ele tirara durante a nossa última visita. Eram pequenas 5x5 e ele reclamava dos suprimentos com os quais tivera que trabalhar.

– Não consigo filme maior. É uma puta sorte conseguir isso. Queria que meus pais mandassem alguns 620, mas todos estão juntando prata na linha de frente doméstica.

Pequenas ou não, as imagens eram impressionantes. Após o bombardeio, Biddy fotografara através de uma janela quebrada o interior escuro da casa. Dentro, podia-se distinguir o contorno de um *chiffonnier*, enquanto o espelho refletia árvores arrancadas pela raiz, do lado de fora, apoiadas umas nas outras na forma de uma tenda indígena e, mais ao fundo, Antonio, com seu cabelo comprido e intensos olhos negros apontados diretamente para a câmera. Biddy tirara outra foto, de dentro da cratera da bomba, focalizando acima dois dos animais mortos. Havia também várias fotografias que ele tirara em nossa última viagem para cá, de montes de feno sendo juntados nos campos a céu aberto.

– Isso me lembra aqueles quadros do Museu de Arte – disse ele. – Você viu? – Eu já os tinha visto. Famosas obras de impressionistas em cores vivas, mas o nome do pintor me escapava. – É a mesma ideia – observou Biddy –, mas em preto e branco. Acha que ficou legal?

Eram fotos lindas. Perguntei qual era o problema.

– Não sei – disse ele. – A ideia é que, se você tira uma foto, devia estar imediatamente pensando na vida, e não em outras imagens. Mas eu estava com aqueles quadros na cabeça.

– Você estudou arte, Biddy?

– Ora, que diabos, tenente, meu pai, ele provavelmente cairia mortinho se eu lhe dissesse que ia fazer a escola de belas-artes. Eu gosto de ver eles pintando, ver o que acontece com o nosso mundo quando ele se torna plano. Eu ia lá sempre que podia. Uma porção disso, principalmente as coisas que os sujeitos andam fazendo hoje em dia, elas me dizem alguma coisa, sabe?

Minha mãe vivia me arrastando para o museu, à espera de que surgisse algo, mas a verdade era que eu não conseguia entender as obras que emocionavam Biddy.

– Acho que sou prático demais em relação à arte moderna, Gideon. Arte e ópera. Minha mãe também adora isso. Mas gosto de suas fotografias.

Ele sacudiu a cabeça.

– A gente vê coisas através dessas lentes, tenente, que o olhar não capta. E gosto do modo como me sinto quando estou olhando, com aquela geringonça entre mim e tudo o mais. Aqui, nesta bagunça, consigo me afastar, às vezes estou a milhões de quilômetros de distância. – Olhou para mim. – Não sei do que diabos estou falando.

– Faz muito sentido, Biddy. Não se subestime. Talvez deva pensar em fazer belas-artes.

– Talvez. Mas, antes, precisamos sobreviver a isto.

Era a deixa de que eu precisava. Contei-lhe sobre minha conversa com Martin. À medida que sua expressão ficava carregada, podia ver que ele resistia ao impulso de me apunhalar.

– Sem desrespeito, tenente, mas que diabos acha que está fazendo?

Tentei explicar a lógica do regulamento que exigia que eu seguisse Martin aonde me levasse.

– É aí – comentou Biddy – que a lei com certeza não faz nenhum sentido. Parece que Martin usou isso contra você. Nem imagino o tipo de encrenca em que um vigarista como ele vai nos meter, tenente.

– Esse é o meu passatempo, Biddy. Você está fora.

– Diabos, não. Pensa que eles mandam um sargento da PM aqui com você, tenente, só para dirigir? De jeito nenhum posso deixar você fazer sozinho seja lá o que for. Só que eu acho que um homem crescido devia ter o bom-senso de perguntar o que ele vai fazer antes de dizer sim. – Biddy nunca tinha sido tão direto assim comigo, mas após a bronca que eu lhe dei a caminho dali, ele aparentemente se sentiu livre para falar o que lhe vinha à cabeça. E não havia dúvidas de sua lealdade. Ainda sacudindo a cabeça, caminhou a meu lado em direção ao castelinho para saber o que nos reservava.

POR VOLTA DAS 15h30, fomos em frente. Para uma época de provisões insuficientes, Martin estava notavelmente bem abastecido. Ele podia ser o flagelo do general Teedle, mas por aquelas bandas era bastante respeitado, e o intendente da Divisão Ianque fornecera mais de um mês atrás tudo de que o major precisava para o seu empreendimento. Biddy e eu recebemos nosso sortimento de mochilas para combate e carga, cinturões com cartuchos e carabinas M1A1. Eu não disparava uma arma desde a época de treinamento, e passei algum tempo manuseando o rifle para recordar a sensação de tê-los nas mãos. Tínhamos trazido nossas capas de chuva, as quais dobramos atrás de nós sobre os cinturões, seguindo o exemplo do restante de nosso grupo, que consistia em Gita, Martin, Antonio e dois habitantes locais, Christian e Henri. Eram agricultores de aparência desmazelada, pai e filho, ambos com o corpo em forma de figo. Eles se arrastavam à frente em silêncio ao lado de Martin, atuando como guias, com rifles americanos sobre os ombros. A meu lado, Gita vestia um macacão, mas usava um capacete excedente do Exército com o forro esticado ao máximo para caber nela.

– Gosta de combater, *mademoiselle* Lodz?

– Ninguém deveria gostar de combater, Dubin. É assustador demais. Mas o estilo de Martin é muito mais bem-sucedido quando nenhuma arma é disparada. Você verá.

– Mas me parece estranho imaginar uma mulher em combate.

Ela riu, mas não bem-humorada.

– *Ça, c'est le comble!* – Isso é o cúmulo! – Os homens pensam que só eles sabem lutar. Com armas? Com aviões? Com artilharia. Quem não é forte o bastante para puxar um gatilho, Dubin, ou jogar uma granada?

– Sim, mas um homem que não luta é chamado de covarde. Ninguém espera isso de vocês. Muito pelo contrário. Você acha que lutar faz parte tanto da natureza da mulher quanto da do homem?

– Saber o que é certo é a natureza de cada um. Confesso, Dubin, que não gosto de matar. Mas muitos homens sentem o mesmo que eu e, mesmo assim, lutam.

Ouvindo-nos, Martin virou-se com um dedo sobre os lábios, visto que estávamos deixando as terras da condessa. Eu ainda fazia pouca ideia de para onde estávamos indo. Martin só nos colocaria a par quando acampássemos durante a noite. Por enquanto, ele queria usar a reduzida luz do dia para avançar. Seguimos em direção ao norte, atravessando as fazendas contíguas. Conhecedor dos cercados e dos antigos caminhos, Henri nos conduziu adiante num bom ritmo. A chuva parou um pouco enquanto caminhávamos, mas o solo por toda a parte estava macio, e nos terrenos planos patinamos através da água parada, encharcando os coturnos e calças de lã.

Quando a escuridão invadiu, tive a certeza de que estávamos atrás das linhas nazistas. Martin, Biddy e eu estávamos fardados e, se capturados, teríamos alguma chance de sermos levados prisioneiros, em vez de executados. Os franceses que estavam conosco seriam todos eles, com certeza, fuzilados no ato. Mas não havia sinal de alemães. Naquelas bandas, os habitantes locais estavam firmemente comprometidos com o movimento "França Livre", e Martin considerava praticamente perfeita sua inteligência sobre as posições inimigas. Mesmo assim, sempre que possível, permanecíamos do outro lado das estreitas colinas, portanto não éramos visíveis da estrada, e nos agachávamos no meio das árvores se chegávamos perto de um vale arborizado. Quando não havia outra escolha a não ser atravessar um campo a céu aberto, caminhávamos lentamente adiante, em duplas, como se fôssemos andarilhos.

Num determinado momento, quando paramos brevemente para encher os nossos cantis numa fonte, Martin recuou para falar comigo. Gita e Antonio estavam vigiando a área em volta e, aparentemente, estava seguro o bastante para uma conversa tranquila.

– Aguentando firme?

Eu mal conseguia avançar com a mochila cheia. Eu tinha um colchonete, um cantil, uma baioneta e munição, mas não participava de manobras desde o treinamento básico, e Martin tinha razão em desconfiar de que estivesse cansado. Disse-lhe que estava bem.

– Nada igual a isso no passado, suponho? – perguntou.

– Fui treinado como oficial de infantaria, mas, fora os exercícios, não.

– Você terá momentos emocionantes. Vai agradecer a Gita por ela ter sugerido isso. – Esperou. – Ela parece estar caída por você.

– É mesmo? Sinto-me honrado. Ela é encantadora. – Então, como o único modo de abordar uma questão pendente, acrescentei: – Você tem uma mulher encantadora.

– Ah, sim – concordou ele –, muito encantadora. Só que eu duvido que Gita concorde.

– Que ela seja encantadora?

– Que ela seja minha mulher. Sinceramente, me pergunto se Gita algum dia escolherá apenas um homem. Além do mais – disse ele –, ela é muito jovem para mim. – Ele erguera os olhos para ela colina acima, onde o vento balançava os cachos de escuros cabelos dourados que escapavam do capacete. – Só há uma coisa que quero para ela, de verdade. Mais que tudo, Dubin, eu gostaria de vê-la a salvo. Esse seria o meu último desejo. Se me fosse permitido um. Eu devo isso a ela. – Captando o olhar de Martin, quando olhávamos na direção dela, Gita amarrou a pequena cara com um perceptível franzir de testa. – Está vendo? Ela vive descontente comigo. – Seus olhos baixaram para o chão. – Ela fala mal de mim?

Não entendia as correntes secundárias ali, só que elas eram traiçoeiras.

– Ao contrário – rebati. – Ela é sua admiradora.

– É certo que nem sempre. Ela me chama de mentiroso na minha cara.

– É mesmo? – Tive a certeza de que Martin sabia exatamente o que Gita me dissera na última vez em que conversamos.

– É a natureza desta vida, Dubin. Em algum lugar, enterrado no recesso da memória, está a pessoa que eu era antes de ser Robert Martin. – Pronunciou seu nome completo, como se fosse francês, "Ro-bear Mar-tan" . – Mas fui treinado para contar todas as histórias menos essa. Por mim, tudo bem, Dubin. Nenhuma alma na guerra é o mesmo ou a mesma que era antes. Você não vai demorar a aprender isso.

Ele apanhou do bolso um pequenino isqueiro de metal e fez com ele dois sonoros estalidos, pondo fim ao nosso intervalo. Descendo apressadamente a saliência, Gita postou-se ao final de nossa coluna, mas logo fez o caminho de volta até onde eu estava, como se costurássemos através de pequenos bosques. Ela ouvira seu nome e quis saber o que Martin havia falado. Tentei satisfazê-la com as observações mais neutras de que me recordava.

– Ele me disse que espera que você fique em segurança. Quando a guerra acabar.

– Ele mente. Como sempre. Não é isso que ele espera. Preferia muito mais que morrêssemos lado a lado em uma batalha. *Tellement romantique.*

Tempos atrás, eu aprendera a não ser o mensageiro nas discórdias entre casais, uma lição que muita gente aprende na infância. Quanto mais ouvia sobre Gita e Martin, menos seguro ficava das dimensões de seu relacionamento. Isso tampouco parecia muito claro para qualquer um dos dois. Era melhor eu mudar de assunto, e perguntei-lhe sobre Bettjer, o operador de rádio, cuja ausência eu notara.

– Peter? Peter não serve mais. Para alguns, coragem é como sangue. Há demais em nosso corpo. Ele era muito corajoso, muito arrojado, mas com um mês para ficar parado pensando em tudo a que sobreviveu, cada temor que não sentiu antes desabou sobre ele como uma pedra descendo uma montanha. Ele tomará três garrafas de conhaque no dia em que desaparecermos. *Ainsi va la guerre* – acrescentou com um tom trágico na voz. Assim é a guerra.

De algum modo a conversa sobre Bettjer e suas aflições tornou-se uma abertura para as minhas próprias preocupações. Sentia meu nervosismo aumentar à medida que marchávamos adiante. Agora, com a descrição de Bettjer abatido pelo medo, senti-me completamente atacado por dúvidas gritantes. Aparentemente, fiz um péssimo serviço ao tentar ocultá-las.

– Essa conversa é péssima – observou Gita. – Eu devia ter lhe contado uma outra coisa. Martin cuidará de você. Ele cuida de todos nós. E não há necessidade de você ficar no meio das coisas quando começar a operação.

– Se eu puder ser útil, gostaria de participar. Eu me sentiria como uma criança se apenas cuidasse da minha segurança.

– Quem resolve isso é Martin. Mas, se ele resolver, você se sairá bem, Dubin. Você é um homem de princípios, não? Princípios são o ingrediente essencial da coragem. Um homem de princípios pode levar a melhor com o medo.

– Pensei que você duvidava da existência de princípios.

– *Touché* – rebateu, e deu-me um momentâneo sorriso malicioso. – Não duvido do poder dos princípios, Dubin. Digo apenas que é uma ilusão eles serem a coisa mais importante na vida. É uma ilusão que todos almejamos... antes princípios do que o abismo... mas, de qualquer modo, uma ilusão. Portanto, devemos ter cuidado com o que ele julga questões de princípio. Desprezo princípios mesquinhos, princípios obstinados que declaram o certo e o errado em questões de pouca consequência real. Mas há os grandes princípios, nobres princípios compartilhados por todos os homens, Dubin, e você também os tem. – Revelou um considerável sorriso, e até mesmo deu-me um tapinha tranquilizador na mão.

Adiante, Martin havia parado à beira de outro campo a céu aberto. Deu outro estalido no isqueiro como sinal de silêncio, e Gita conteve um rápido tremular antes de avançar para seu lugar no início da fila. Atrás, Antonio chegou mais para perto de mim. Ambos a observamos arremeter adiante, as pernas jogadas para fora com inesperado encanto infantil, enquanto se mantinha lado a lado de Martin. Ela era extraordinária. Não havia dúvida.

– O que ela significa para ele? – perguntei de repente a Antonio.

Riu com vontade e sacudiu os longos cabelos, como se eu tivesse feito uma pergunta eterna.

– Acho que ela é a glória dele – respondeu. – Acho que, quando ele olha para ela, se lembra daquilo em que um dia acreditou.

10
La Saline Royale

5 de novembro de 1944

Queridíssima Grace,

Amanhã, verei a minha primeira ação. É complicado demais explicar por quê (e, de qualquer modo, os censores cortariam). Mas, por favor, concentre-se na palavra "verei". Irei apenas como observador, por um dia, e quando você receber esta carta, já estarei de volta em segurança e lhe escreverei para dizer isso. Enviarei as duas cartas juntas, portanto você não terá motivo para preocupação. Sinto-me como sempre imaginei que estaria nessa situação, como se minha pele não conseguisse me conter e, desse modo, duvido que eu vá conseguir dormir. Mas permaneço ansioso para o que der e vier.

Vamos partir de manhã bem cedo, por isso encerro agora. Só queria lhe dizer o quanto eu amo você e que sempre penso em você.

David

7 de novembro de 1944

Querida Grace,

De volta ao Q.G. e em segurança. Estou muito decepcionado comigo mesmo, para dizer o mínimo. Escreverei no final da semana.

David

La Saline Royale, a salina do rei, foi aberta em 1779 para pôr fim à turbulenta competição entre bispos e lordes pelo controle do que era então uma mercadoria preciosa. O rei declarou-se o proprietário de todo o sal da França e o leiloava para comerciantes europeus, em armazéns ao ar livre, ali em Marsal, onde os valiosos grãos eram minados.

Após a invasão da França, os nazistas requisitaram a salina, cujos longos poços radiados eram ideais como depósitos de munição, e estes acabaram se tornando os maiores existentes na Lorena. A salina foi construída como uma fortaleza, cercada igualmente por paredes de 6 metros de pedra calcária e tijolo, com a finalidade de rechaçar ladrões, e pelo rio Seille, que praticamente formava um fosso no seu lado norte. Com os armamentos, na maioria munição de artilharia pesada, armazenados a mais de 180 metros debaixo da terra, eles eram invulneráveis a ataques aéreos, e uma guarnição alemã ficava alojada nos antigos escritórios da mina, como proteção adicional.

Martin e o Despertar tinham sido enviados àqueles arredores no início de setembro para tentar destruir o depósito, mas a operação foi colocada em compasso de espera quando o ritmo da guerra diminuiu. Agora, disse Martin, Londres queria a missão realizada. Nesse intervalo, os alemães detinham suprimentos, tornando La Saline Royale um alvo ainda mais convidativo.

Estávamos reunidos provavelmente a uns 800 metros da salina, no interior da cabana de um pastor nos campos de um fazendeiro que era membro da unidade de resistência local, ou *réseau*. Sentados no chão de terra, nós seis ouvíamos Martin esclarecer o plano de operação ao lado de um lampião Coleman. Martin retirou um baralho do colete de campanha, as cartas já descascando, e arrumou-as em fileiras, até formarem um mapa da salina e a área em volta. Biddy e eu sorrimos amarelo um para o outro. A ingenuidade do Gabinete remetia à sua lenda.

Havia duas aberturas, disse Martin, nas paredes da salina. O único modo formal de aproximação era pelo norte, pelos pesados portões frontais de ferro da salina, atrás dos quais havia tropas alemãs à espera. Pelo lado oeste, as paredes se dividiam alguns metros por causa de um desvio ferroviário para o interior da mina. Instalados para o carregamento do sal, os trilhos continuavam sendo usados para entrega e remoção de armamentos, e emergiam em um viaduto sobre o Seille, encontrando o terminal ferroviário na margem ocidental.

Um ataque por terra contra o portão da ferrovia parecia igualmente nada promissor. Vadear o Seille sem uma ponte era quase impossível. “Seille” significa “balde”, nome tirado da profundidade do estreito rio cinzento abaixo de suas íngremes ribanceiras. Mesmo em uma época de enchentes recordes, as águas permaneciam uns bons 3 metros abaixo das paredes de pedra que o retinham, cobertas de musgo e trepadeiras. Pior, por onde os trilhos passavam através da parede da mina, soldados manejavam duas metralhadoras MG42 de grosso calibre. No entanto, Martin pousou ali no mapa a ponta de seu lápis e disse que a abertura seria o ponto de ataque do nosso grupo de sete.

– *Merde* – exclamou Henri.

– *Tu perds la tête* – comentou alegremente Christian para Martin. Você perdeu a cabeça.

– Há um meio – disse Martin e, à fraca luz do lampião, olhou em volta, como um professor de escola rural, para ver se alguém que não conhecia o plano seria capaz de adivinhar.

– Por trem – respondi.

– Bravo, Dubin.

Minha dica foi o passado de Martin. Membros de seu antigo sindicato, o Sindicato Internacional dos Trabalhadores em Transporte, estavam tão envolvidos na resistência que, antes do Dia D, foi preciso que os alemães assumissem as ferrovias francesas, importando cerca de cinquenta mil ferroviários da Alemanha. Com o avanço dos Aliados, no entanto, a maior parte dessas equipes de civis foi despachada de volta para casa ou simplesmente desertou. Como as estações ferroviárias continuavam intensamente patrulhadas, os nazistas não tiveram outra opção a não ser deixar novamente que os franceses controlassem os trens na região da França que os alemães ainda controlavam.

Naquela noite, mecânicos da estação em Dieuze, poucos quilômetros mais a leste, concluiriam que a locomotiva de um trem que chegaria com suprimentos nazistas necessitava de reparos. Ela seria conduzida a uma oficina mecânica no lado mais distante da estação, e a atravessaria lentamente. Cerca de 1,5 quilômetro depois, Antonio embarcaria, substituindo o engenheiro e o restante da equipe, e seguiria a toda em direção ao depósito. Pela manhã, após a operação, a *réseau* local amarraria os membros da equipe, deixando-os nos arbustos ao longo da direita da estrada, onde, após serem descobertos, alegariam que tinham sido atacados por dezenas de sabotadores muitas horas antes.

Martin não esperava nenhum problema com nada daquilo. Se fosse haver algum problema, o mais provável seria com a chegada a La Saline Royale. Se os alemães ali percebessem o que acontecia, eles explodiriam ou bloqueariam o viaduto que levava ao depósito, portanto era fundamental uma ação furtiva. Havia dois guardas no ponto de manobra do trem, postados a cerca de 2 quilômetros de onde estávamos agora, para afastar da junção qualquer tráfego não autorizado. Eles teriam de ser dominados sem perturbação. Depois disso, uma distração do outro lado da salina abafaria o ruído da aproximação da locomotiva. Essa era a missão de Henri e Christian.

– Já viram um destes? – Em volta do círculo, Martin mostrou um objeto mais ou menos do tamanho de uma maçã, verde-oliva, com estampa amarela que dizia T13. Pelo anel no topo, pude perceber que se tratava de uma granada de mão, porém duas vezes mais larga do que qualquer outra que já vira.

– Chama-se Beano. E, droga, também tenho poucas em estoque. É uma granada de mão, mas tem uma grande vantagem. Explode ao impacto. Ninguém a chuta para longe nem a joga no rio. E, se precisar esperar, após puxar o anel, você pode fazer isso. Mas eu não andaria com ela no meu bolso, se bem que já carreguei uma durante vários minutos.

A Beano – na verdade, duas delas – era para Christian e Henri. Inicialmente, todos nos aproximaríamos pelo sul, subindo as colinas atrás da salina, com Christian e Henri então se afastando em direção aos portões frontais. Eles tinham lançadores de granadas em suas M-l, as quais, quando disparavam algo do tamanho de uma Beano, tinham um alcance de 100 metros. Seu alvo eram os tanques de gasolina que abasteciam a guarnição. Se o combustível se incendiasse, todas as tropas correriam para apagar as chamas queimando perigosamente perto da entrada de madeira para os túneis de mina e as toneladas de munição abaixo. Entretanto, mesmo se pai e filho errassem, podia-se esperar que os alemães convocassem as tropas de licença para começar a vasculhar as colinas acima. Enquanto isso, a locomotiva atravessaria velozmente o viaduto, arrombaria o portão de travessia da ferrovia e se precipitaria para o interior da mina. Havia uma chance de que o impacto da locomotiva com os vagões carregados com projéteis talvez os detonasse, mas, em vez de contar com isso, Martin pôs na mochila uma carga cujo estopim ele acenderia antes de saltar do trem.

A explosão no interior da mina agiria mais ou menos como uma bomba tubular, com os túneis canalizando de ambas as extremidades a imensa força do estouro. Se conseguíssemos voltar para cima e descer a colina por onde tínhamos vindo, escaparíamos ilesos. Martin não tratou de sua própria segurança, mas eu não via de que modo ele escaparia, visto que teria de permanecer na locomotiva para conduzi-la pelo elevado. Quanto a Biddy e a mim, o plano de Martin era que esperássemos na encosta. Teríamos uma clara visão de suas atividades, mas precisaríamos apenas de poucos segundos para voltar ao topo e descer.

– Fiquem alerta contra os boches – ordenou-nos Martin. – Eles poderão vir aqui fora, procurar os sabotadores que lançaram as granadas.

Recomeçaríamos às 5 da manhã. Isso nos deixava cerca de seis horas para dormir, mas eu estava excitado demais para tentar pegar no sono.

Antes de se recolher, Gita foi ver como eu estava. Continuava preocupada por ter me contado histórias demais sobre Bettjer.

– Estou bem – disse-lhe. – Tenho certeza de que, antes de dormir, pensarei naqueles que deixei em casa e, como fazem os soldados, vou me sentir muito mal por isso. Mas estou satisfeito por, finalmente, sentir um pouco do que os soldados sentem.

– Eu tenho sorte – declarou ela. – Não tenho casa. – Enfiou um graveto no chão, pensativa. – Robert não gosta que se fale de casa – disse baixinho. – Diz que não é bom para soldados. Mas seria anormal esquecer, não é mesmo?

– Claro – concordei.

Ela não ergueu a vista, mas sorriu lastimosa ao cutucar o solo.

– Eu lhe contei, Dubin, que minha mãe foi morta por abrigar judeus?

– É certo que não. Você não falou que ela foi uma heroína.

– Não – rebateu Gita decisivamente. – Ela não foi uma heroína. Fez isso por dinheiro. Claro que odiava os nazistas. Vivia se preocupando que eles me enviassem para a Alemanha, para me tornarem alemã, como fizeram com dezenas de crianças polonesas da minha cidade. Mas um homem, Szymon Goldstein, foi procurá-la quando os nazistas começaram a arrebanhar os judeus e deportá-los para Lublin. Goldstein tinha um curtume e era rico antes da guerra. E também tinha sido outrora amante de minha mãe. O caso deles terminara muito mal, como costumavam terminar os casos de minha mãe. Eles se tratavam com grosserias, mas ela era a única polonesa que ele conhecia com coragem suficiente para aceitar seu dinheiro. Era uma grande quantia. E, mesmo assim, Dubin, fui radicalmente contra. Mas minha mãe sempre se recusou a fazer o que as pessoas consideravam sensato.

"Portanto, no meio da noite, Goldstein, sua mulher e quatro filhos entraram furtivamente em nossa casa minúscula e passaram a viver no pequeno porão escavado na terra. Durante o mês que isso durou, foi um lar bem estranho... minha mãe sob o mesmo teto com madame Goldstein, que a desprezava, aquelas seis pessoas cujos ruídos abaixo ouvíamos sempre como se fossem camundongos nas paredes. Então foram traídos. Os nazistas encontraram outro judeu que estivera escondido no mato. Para se salvar, contou-lhes sobre Goldstein. A SS foi à nossa casa e encontrou minha mãe e todos os Goldstein e os fuzilou. Nesse dia, eu estava fora, tentando conseguir carvão. Quando voltei, os corpos estavam empilhados na porta da frente, como um aviso para qualquer um que fizesse o mesmo.

"Sempre pensei que, se ao menos eu tivesse voltado a tempo, poderia tê-los salvado. Mas não fazia ideia de como. Naturalmente, as pessoas dizem que eu tive sorte por não ter morrido com eles, mas como posso lembrar de uma coisa dessas com qualquer sensação de sorte?

Ela estivera movimentando o graveto pelo chão o tempo todo em que contava sua história.

– O que você acha, Dubin?

– Acho que é uma história terrível. Me deixa triste por sua causa.

– Sim. – Ela nada disse por um momento e, finalmente, jogou o graveto para o lado. – Então esta noite nós dois pensamos em casa antes de sermos soldados. – Apertou minha mão por um segundo, antes de seguir para seu saco de dormir.

Fiquei grato em ouvir a história de Gita, um vigoroso lembrete do porquê de lutarmos, mas não me ajudou nem um pouco a dormir. Em vez disso, fiquei olhando Martin arrumar os explosivos na mochila. Ele tinha uma garrafa de conhaque, que me ofereceu e da qual tomei um demorado gole, na esperança de que isso me deixasse esgotado. Martin claramente ficaria sem descansar. Isso não me parecia sensato, mas suas mãos ainda davam a impressão de serem ágeis ao montar a carga explosiva. Era essencialmente dinamite, 16 blocos quadrados de TNT arrumados em serragem, cada qual pesando quase meio quilo. Martin os amarrou em volta de um detonador, mas antes precisava preparar o pavio. Foi para fora, acender pedaços de vários tamanhos, para registrar a velocidade com que eram consumidos. Planejava deixar a mochila com explosivo nas janelas da cabina de maquinista da locomotiva, a fim de que a explosão tivesse o efeito máximo possível, mas o *timing* era essencial. Se a dinamite explodisse cedo demais, levaria a locomotiva para dentro do Seille; se explodisse tarde demais, os alemães teriam tempo de apagar as chamas. Eu segurava as pontas dos pavios, observando o fogo faiscar na minha direção. Dois metros e noventa foi o que ele calculou finalmente. Isso lhe daria quatro minutos para escapar. Quando, afinal, terminou, enfiou o explosivo com todo o cuidado num saco de lona verde.

– Hora de se recolher – falou para mim. Deu-me um tapinha no ombro. – Emocionante, não?

– Major – disse. – Eu gostaria de fazer mais do que vigiar.

– Está aqui como observador, Dubin.

– Francamente, senhor, se algo sair errado, não creio que os alemães vão querer saber por que motivo estamos aqui. Faríamos melhor ajudando.

– Veremos. Agora, vá dormir. – Sorriu. – Poderá carregar a mochila, pela manhã. É bastante pesada.

Biddy trouxera uma barraca de campanha para nós dois. Havia uma estranha ordem doméstica naquilo. Eu achava que era organizado, mas Bidwell era totalmente preciso: botas, armas, mochilas, em perfeita ordem. Como um menino que crescera dormindo com o irmão na cozinha de um pequeno apartamento, às vezes eu achava que me sentiria mais em casa no aperto dos alojamentos de soldados. Atravessando o oceano, enquanto nós oficiais vivíamos com classe em camarotes, os soldados dormiam abaixo e em turnos, em filas de beliches de lona suspensos entre as colunas a cada 60 centímetros, como prateleiras. Seu convés era apertado como uma colmeia, o que tornava de algum modo invejável a perpétua animação das tropas ali.

Agora arrastei-me furtivamente até minha jaqueta de campanha, apanhei papel e lápis e fui lá fora escrever cartas rápidas para Grace e meus pais à luz da fogueira. Se algo saísse errado, não havia quase nenhuma chance de a correspondência ser entregue, mas era um ritual que me sentia obrigado a executar. Feito isso, rastejei de volta para a barraca. Por mais silencioso que eu tivesse sido, aparentemente eu acordara Bidwell.

– Permissão para falar, senhor? – Biddy raramente recorria a essas formalidades. – Tenente – disse ele –, hoje o senhor se enganou comigo. E isso está pesando na minha mente. É sobre aquele soldado negro com quem não falei. Não me acho melhor do que ele, tenente. Nem um pouco. Ele conheceu meu pai e minha mãe, e houve uma confusão em casa sobre a qual não quis ouvir ele falar. Mas não foi por ele ser negro que eu o menosprezei. Juro.

Tinha havido incidentes demais, mas aquele não era nem de longe o momento para um debate.

– Fico feliz em ouvir isso, Biddy.

– Sim, senhor.

E então nada mais dissemos.

11
Ação

Acordei de um sonho com música. Biddy já estava de pé, arrumando sua mochila, e desmontamos juntos a barraca.

– Sonhei que tocava clarineta, Biddy.

– Era aquela sua coisa, aquele velho bastão cor de alcaçuz?

– Era. Não sobrou muito do bocal. Eu achava que era Benny Goodman, Gideon. Só que não conseguia ninguém que concordasse comigo.

Ele riu e conversamos sobre música. Perguntei de que músicos eles gostava.

– Duke – disse ele. – Bem estiloso.

– Eu que o diga.

– Tem algum grupo, tenente?

Ali nas colinas da Lorena, prestes a correr o meu primeiro risco intencional desde que entrara na guerra, senti o abraço das noites de verão quando tocávamos na varanda de Mo Freeman. Os vizinhos não se sentiam muito entusiasmados quando éramos calouros, mas quando chegamos ao nosso último ano na escola, costumávamos atrair uma pequena multidão.

– Fora de série – falei, referindo-me ao elogio que outrora fazíamos uns aos outros por nossos improvisos. – Não toco assim há anos.

– O que aconteceu com vocês todos?

– Ora, o mundo começou a ficar no caminho. Eu fui para Easton College. Mo merecia a bolsa mais do que eu, mas ele era negro. Mas ele acabou bem. Estive com ele, antes de partir. Sabe aquelas pequenas visitas que todos fazemos às pessoas que queremos que se lembrem de nós, se algo acontecer? Ele foi para a escola de medicina. Dois negros em sua classe, mas ele superou a fase ruim. Está bem agora. Ria porque a comissão de recrutamento não sabia o que fazer com ele. Não iam aceitar um médico negro. Se ele estivesse aqui, seria um maldito recruta numa tropa de negros. E isso não está direito, Biddy.

– Não, senhor, não está, com certeza não está. – Tive muita dificuldade em acreditar que fizera uma conversão da noite para o dia, mas ele pareceu sincero.

Antonio já estava fora havia mais de duas horas. Os seis de nós que restavam nos movimentamos um pouco depois das 5h30, com todo o cuidado, enquanto subíamos a primeira colina. Num determinado ponto, quando paramos, Henri nos mostrou o ninho de uma cegonha, do tamanho de um cesto de colheita, no telhado de uma casa de fazenda ao lado de um pequeno lago.

A meio caminho da colina atrás da salina, nos separamos de Henri e Christian. Cada um de nós se virou e desejou-lhes sorte.

– *Merde* – respondeu Henri. Não acredito que o tivesse ouvido pronunciar outra palavra nas últimas 12 horas. No escuro, eles tomariam posições em uma colina vizinha, ao norte. À luz do dia, os alemães percorriam o perímetro murado da salina, mas à noite confiavam nas sentinelas postadas nas torres. Se Henri e Christian fossem silenciosos, poderiam lançar suas granadas e sumir quase que instantaneamente. O muro acabaria protegendo-os das forças alemãs, que levariam um bom tempo para alcançar o lado de fora.

Para dar o sinal para Henri e Christian dispararem, Martin tocaria uma vez o apito da locomotiva, indicando que os guardas no desvio haviam sido despachados. Os alemães dificilmente captariam o som vindo da linha principal, mas um minuto depois as granadas explodiriam no meio dos depósitos de sal.

Sem seus guias, Martin tocou no botão da túnica que usava por baixo de sua jaqueta de campanha e revelou-se uma bússola em seu peito, montada de cabeça para baixo a fim de que ele pudesse ler o visor fosforescente. Até então eu estivera tão absorto com minhas próprias apreensões que esquecera completamente por que tinha ido até ali. Contudo, testemunhando o esmero dos planos, os engenhosos dispositivos do Gabinete fornecidos a Martin, e a extensa cooperação de elementos locais, já não havia dúvida de que Martin agia sob ordem do Gabinete. Se era preconceito político ou egocentrismo, ou simplesmente falha de comunicação em meio à fumaça da guerra, Teedle estava evidentemente errado.

A separação de Henri e Christian tornara Martin e Gita sombrios, e eles nos guiavam em meio a um pesado silêncio enquanto subíamos. De vez em quando Martin pegava uma tira de pano de sua mochila e a amarrava ao galho de um espinheiro-cerval ou de uma pequena árvore, marcando o caminho de volta. Eu não sabia se o céu se iluminava um pouco, com talvez uma hora para o amanhecer, ou se meus olhos haviam se acostumado à escuridão, mas as baforadas de neblina eram visíveis sob a cobertura de nuvens. Quando chegamos ao cume, Martin esticou a mão para pegar com Bidwell a mochila com explosivos. Eu havia avançado com dificuldade levando-a nas costas, e Biddy a pegara comigo, carregando-a adiante como se não pesasse mais do que uma marmita.

– Senhores – avisou Martin –, é aqui que nos separamos. Sugiro que continuem descendo, talvez uns 100 metros. Poderão ver claramente as nossas atividades. Mais uma vez, olho nos boches.

– E se quisermos ajudar? – perguntei.

Martin deu de ombros, como se isso não o interessasse.

– Estou certo de que Gita poderia dar uma mãozinha em lugar de Bettjer.

Olhei para Biddy. Ele fez uma análise sem rodeios.

– A mim me parece que estaremos muitíssimo melhor, tenente, permanecendo com gente que sabe o que está fazendo.

Pude perceber que Martin antecipara essa reação, não porque houvesse qualquer coisa de especial em Biddy ou em mim, mas porque não havia. Era um tributo aos nossos soldados, a maioria dos quais teria feito a mesma escolha.

Antes de se despedir, Martin afrouxou a correia do queixo do meu capacete.

– Não vai querer isso em volta do seu pescoço, Dubin, quando o depósito explodir. Poderia garroteá-lo. Siga Gita – disse ele. – Ela lhe dará a direção.

Nosso papel era dar cobertura a Martin. Margeamos o caminho colina abaixo atrás dele. No sopé, estávamos na planície ao lado do Seille, ainda a cerca de meio quilômetro do ponto de desvio. Os trilhos do trem se estendiam diante de nós, e os atravessamos correndo ao mesmo tempo, mergulhando na cerrada vegetação da ribanceira. Gita seguia Martin, e eu a seguia. Biddy estava atrás de mim. Era um avanço lento. Martin afastava os galhos como se separasse uma pesada cortina, mas havia espinhos que se agarravam em minhas roupas e arranhavam meu rosto, e tropecei várias vezes no solo macio. Rastejamos desse modo por meia hora até Martin parar de repente, a mão para o alto.

Ele avistara adiante os dois alemães vigiando a alavanca de desvio. Eram garotos, é claro. Estavam sentados sobre dois caixotes de munição e usavam um terceiro como mesa enquanto jogavam cartas, apostando cigarros e amaldiçoando a sorte a cada mão. Vestiam farda completa e usavam seus capacetes tipo boné de menino holandês. Os rifles estavam pendurados às costas e estariam inacessíveis tempo suficiente para ficar fácil dominá-los, com quatro soldados contra dois. Com sinais de mão, Martin traçou um plano no ar. Ele continuaria até ficar atrás das duas sentinelas. Quando irrompesse dos arbustos, ordenando que se rendessem, nós três correríamos adiante e os cercaríamos.

Martin avançara cerca de dez passos, arrastando-se pela vegetação rasteira, quando parou novamente. Os soldados continuavam ocupados com seu jogo; porém, após mais um segundo, ouvi o que Martin ouvira: o crescente estardalhaço da locomotiva.

Os dois alemães perceberam ao mesmo tempo a zoeira nos trilhos, ambos se colocaram de pé, agitando os rifles com as mãos. Eu pensava que eles estivessem acostumados com a repetida passagem de trens, mas foram apanhados de surpresa, e gritavam um para o outro enquanto decidiam o que fazer. Um deles galopou pelos trilhos, passando pelo arbusto onde estávamos escondidos, correndo em direção ao som da máquina que permanecia além da curva que contornava a colina. O outro olhava por cima do ombro enquanto vagava em direção ao seu rádio. Seguia diretamente para o local onde Martin estava escondido na vegetação ao longo da ribanceira.

Martin matou-o rapidamente. Era um especialista, como sugeriam as histórias sobre ele. Assim que o soldado se virou para checar o colega, Martin escapou dos arbustos, correndo de um peculiar modo agachado, ou para abafar suas passadas ou para ficar menos visível, se seu ruído fosse detectado. Quando se aproximou do rapaz, jogou um seixo para atrair a atenção dele para a frente. O alemão erguera o rifle naquela direção quando Martin o agarrou por trás e enrolou um pedaço de arame em volta de seu pescoço. Apertou-o bem, pousou-o sobre seu próprio traseiro e firmou o joelho sobre as costas dele ao liquidá-lo. O único som o tempo todo foi o das pesadas botas do rapaz golpeando o chão endurecido pelos depósitos naturais de sal.

Eu já vira soldados lacerados, eviscerados, amputados que iam a Nancy em veículos da Cruz Vermelha, e várias vezes topara com cadáveres, como naquele dia com o coronel Maples, mas somente uma vez observei um homem morrer, quando fui enviado a um enforcamento como representante departamental. Olhei imediatamente para o lado quando ouvi o alçapão se abrir. Agora, porém, o instante da morte me atingia como algo muito mais comum do que eu poderia ter imaginado. A vida caminhava para aquele instante, e todos nós tínhamos noção disso, não importava o quanto estivéssemos dispostos a esquecer. Limpando o arame em suas luvas antes de devolvê-lo ao bolso lateral da jaqueta de combate, Robert Martin era o senhor naquele conhecimento. Ele parecia inteiramente inalterado pelo que fizera.

Em vez disso, acenou para avançarmos, enquanto disparava pelos trilhos em direção à locomotiva. Quando chegamos lá, o outro soldado alemão estava no chão com o rosto ensanguentado. Antonio havia parado a locomotiva atendendo à ordem do jovem soldado, e então esmagou a cara do rapaz com uma chave inglesa assim que este tentou subir a escada para a cabina. Ele agora gemia, um baixo som gutural das profundezas de seu corpo. Pela aparência daquilo, eu não achava que ele fosse sobreviver, mas Martin enfiou um punhado de folhas no comprido talho que fora outrora a boca do rapaz, e amarrou-a com os cadarços das botas curtas de couro cru que ele usava sob as perneiras.

Ficamos então parados em silêncio ao lado da enorme máquina a vapor que Antonio e a *réseau* haviam roubado. Tinha a altura de pelo menos quatro homens e provavelmente uns 30 metros de comprimento, com seis conjuntos de rodas de aço lustradas pelos trilhos, e uma caldeira preta logo atrás de seu farol dianteiro. Diferentemente dos trens americanos, a turbina era exposta. Contudo, havia pouco tempo para admirá-la. Um gesto de Martin fez Gita correr, e Biddy e eu disparamos atrás dela. Quando olhei para trás, Antonio e Martin estavam curvados juntos para liberar o desvio.

Refizemos nosso caminho, correndo de volta ao longo da ribanceira o mais depressa que a vegetação rasteira permitia. Cerca de 100 metros depois, atrás de uma curva no muro, voltamos a atravessar os trilhos e seguimos colina acima, galgando de quatro um caminho íngreme que ia em direção ao cume.

Três ou quatro minutos após deixar Martin, ouvimos o demorado mugido do apito da locomotiva. O trem estava a caminho. Contei até sessenta enquanto corríamos, e as detonações das granadas de Henri e Christian seguiram-se pontualmente. Estávamos perto o bastante da salina para ouvir os gritos de alerta se erguerem na guarnição alemã – berros e o soar de uma sirene – e para enxergar cor contra as nuvens baixas. Continuamos colina acima até conseguirmos olhar abaixo para a salina e o elevado; a 200 metros do portão da ferrovia, Martin se preparava para atacar. Apenas uma das metralhadoras parecia estar municiada. No interior do muro alto, eram parcialmente visíveis as chamas vermelhas e, naquela luz, podíamos ver o turbilhão do formigueiro de soldados brotando naquela direção.

Então a locomotiva fez a curva com dificuldade, seguindo a não mais do que uns 15 quilômetros por hora enquanto se sacudia sobre o velho leito ferroviário. Os três membros do destacamento das metralhadoras tinham se virado para ver o incêndio, mas o ruído do trem atraiu a atenção de um deles. Avançou na direção do elevado com as mãos na cintura, um ocioso espectador de um vagaroso momento, e então, sem transição, tornou-se uma imagem de ação urgente, acenando loucamente para os companheiros, estimulado pelo óbvio reconhecimento de que as granadas e a locomotiva que vinha na direção deles faziam parte do mesmo ataque.

Observando de cima, senti um instante de intensa apreensão quando, subitamente, vi o que poderia acontecer se os artilheiros fossem espertos o bastante para começar a atirar no elevado. Despejando novecentas salvas por minuto, a MG-42 talvez pudesse danificar os dormentes o bastante para descarrilar o trem, talvez até mesmo mandá-lo para o Seille. Claramente, porém, eles não pensaram com antecedência nessa alternativa e se prepararam para atingir mais diretamente seus atacantes. Um soldado firmou a MG-42 em seu tripé, enquanto o artilheiro colocava o capacete e o terceiro membro do destacamento enfiava o pente carregador. Junto a nós, Gita ergueu sua M-1 e franziu o queixo para indicar que Biddy e eu devíamos nos separar. Antes que os alemães pudessem disparar, começamos a atirar neles. A princípio, não estávamos no raio de ação, e os artilheiros giraram rapidamente a 42 em nossa direção. Quando o longo cano atravessou meu campo de visão, meu corpo inteiro apertou-se de medo e passei a atirar nervosamente, até que uma de nossas balas, talvez até mesmo minha, abateu o artilheiro. Com isso, os outros dois recuaram para dentro do muro, arrastando atrás de si o soldado caído.

Quando baixei a carabina, descobri meu coração batendo furiosamente e eu próprio sem fôlego. Eu estava na guerra. Guerreando. A gravidade disso atingiu-me por inteiro, mas, com apenas aquele instante para refletir, já senti o primeiro murmúrio da decepção. Lá embaixo, a locomotiva seguia pelo elevado com o gingado de uma galinha, o pavio aceso da mochila com explosivos agora visível na janela da cabina.

Avistei então Martin, rolando pela direita entre o rio e o muro alto da salina. Quando a locomotiva passou estrondeando por ele, deu um salto, pôs-se de pé e correu pelos trilhos, tirando vantagem da proteção fornecida pela enorme máquina de ferro. Assim que ficou além da curva do muro, moveu sua mochila para a frente e retirou dois pedaços de corda, ambos presos a ganchos, os quais enfiou nas forquilhas de duas pequenas árvores. Prendendo-se desse modo, recuou até a beira do rio, e então, sem hesitar, escorregou pelo muro de arrimo na ribanceira, e desapareceu na água.

De repente, um rifle troou à minha esquerda. Vacilei antes de ouvir Biddy gritar. Ele atirava, e Gita imediatamente juntou-se a ele. Um artilheiro retornara para a outra MG-42. Eu também atirei, o rifle escapando uma vez de meu ombro e recuando dolorosamente contra minha bochecha durante o coice, mas um momento depois o homem estava de volta ao interior do muro. Um dos alemães fechara o baixo portão de ferro, mas este era fino e não apresentava nenhum impedimento para a locomotiva arrombá-lo e continuar em sua descida até a mina. Com um gritinho, Gita nos avisou para correr.

Assim que estávamos além do cume, Gita caiu de joelhos e, como se fosse uma bola, rolou colina abaixo. Caí onde ela começara a descida, mas acabei girando para o lado até o toco de uma árvore, Biddy veio dando cambalhotas, saltando adiante como uma pedra. Disparei por alguns metros, e então tropecei e consegui o que pretendia fazer, rolar de lado colina abaixo, quicando adiante e aterrissando dolorosamente.

Em meio a tudo isso, ouvi um tremendo eco estridente de metal assobiar para fora do túnel e soube que a locomotiva havia se enfiado nos vagões-plataforma carregados. Na realidade da física, houve na verdade duas detonações, a da mochila com explosivos e depois a do arsenal; mas minha experiência foi a de um único e sensacional rugido que trouxe a luz plena do dia, o calor de uma lareira e me conduziu para o alto. Voei pelos ares um bom segundo, e pousei duramente. Olhando para cima, vi gigantescas colunas de fogo além do cume da colina, e ali perto um saca-rolhas de ferro preto fumegante, um pedaço da locomotiva que esfaqueara diretamente a terra como se fosse uma flecha. Meu joelho, inexplicavelmente, latejava.

– Proteja-se – berrou Biddy. Meu capacete fora arrancado. Eu o vi lá atrás, no declive, mas um chafariz de terra e pedra e metal quente começou a chover à minha volta. Escombros caíram por mais de um minuto, galhos de árvore e pedaços de projéteis que mergulharam no espaço com um ruído semelhante ao assobio de um conquistador, e um tamborilante toró de água do rio e da pesada lama da ribanceira. Ao final, veio um cintilar de serragem e o despedaçar de folhas. Eu havia rastejado meio caminho até meu capacete quando houve uma segunda explosão que me soprou de volta para baixo, onde eu estivera antes. A concussão foi menos violenta, mas as chamas atingiram uma altura maior no céu e os restos quentes do que fora destruído choveram ainda mais demoradamente.

Eu ainda estava com as mãos sobre a cabeça quando Gita bateu no meu traseiro. Pus-me de pé instantaneamente com um salto e encontrei-a rindo.

– *Allons-y!*

E saiu descendo a colina. Biddy já estava em movimento e corri atrás dos dois. Ele se movimentava bem para um homem de seu tamanho, mas carecia de resistência. Eu mantivera um pouco da força pulmonar de nadador e acabei por ultrapassá-lo, mas não era páreo para Gita, que voava adiante como uma raposa, passando pelas tiras de pano que Martin amarrara, parando apenas quando chegamos à beira do último campo a céu aberto que havíamos atravessado naquela manhã. Na margem de um pequeno bosque, Gita observou, atrás de algum sinal de alemães, mas todos nós sabíamos que a explosão que rugira para fora do túnel, tal qual a boca de um dragão, devia ter devastado a guarnição. Biddy chegou e pousou as mãos nas coxas, ofegante.

– E Martin? – perguntei a ela, quando fez um sinal dizendo que estávamos seguros.

– Nunca nos preocupamos com Martin – disse ela.

– É porque ele está seguro?

– Porque isso poderia levar alguém à loucura. *Regarde.*

Do outro lado do campo, Henri e Christian caminhavam lentamente em nossa direção, ambos tão completamente aliviados de seus temores anteriores que a princípio quase não os reconheci. Eles haviam se livrado dos rifles para parecerem mais inofensivos, e se aproximavam com suas botas enlameadas e macacões encharcados, sorrindo largamente. Henri, como se verificou, carecia da maior parte dos dentes superiores. Primeiro abraçaram Gita, e depois ambos abraçaram Biddy e a mim. Henri praticamente me arrancou do chão, e, isolado no interior de seu forte aperto e seu caloroso cheiro rude, senti as primeiras pontadas de orgulho diante da magnitude de nossa façanha e do pequeno papel que desempenhei.

– Nós mostramos a eles – disse Henri em francês. O caminho de volta à cabana do pastor foi seguro, contou. Ali haviam acendido uma fogueira e enchido a cisterna com água de uma fonte próxima, e todos nos sentamos no chão, bebendo e nos aquecendo, enquanto esperávamos por Antonio e Martin. Ao contarmos a operação numa misturada de conversa, cada partícula de memória compartilhada parecia deixar cada um de nós alegre, mas, na verdade, só havia uma única piada: estávamos vivos.

Depois que me aqueci, levantei a perna da minha calça de lã para ver o que acontecera com o meu joelho. Havia um talho, com menos de 3 centímetros de largura, mas profundo, um sorriso em meio a um enorme vergão roxo. Não fazia ideia de como aquilo acontecera. Cutucando as beiradas do ferimento, não senti nada dentro dele.

– Será que merece uma medalha de ferido em combate? – perguntou Gita a Biddy, em inglês, quando me viu mexendo na ferida. Eu encontrara meu estojo de primeiros socorros no bolso da jaqueta de campanha e Gita me ajudou a limpar o corte com um pedaço de gaze. Por todo o talho, ela jogou pó de sulfa de um pacote, em seguida preparou habilmente uma bandagem com a gaze restante. Ao envolver meu joelho, disse-me que levaria mais ou menos uma semana antes de eu poder dançar novamente no Follies.

– Sua habilidade como enfermeira é impressionante, *mademoiselle* Lodz. Onde se formou?

– Em Marselha, no hospital, vendo e aprendendo.

– Foi o que a levou ao hospital, a vocação para a enfermagem?

– Longe disso. Eu queria roubar ópio. – Sorriu regiamente. Mais do que qualquer coisa, Gita Lodz gostava de chocar, e tinha em mim uma presa fácil.

– Você era viciada em drogas?

– Um pouco. Para atenuar a dor. Vendia principalmente para antros de ópio. A guerra é muito dura com esse pessoal, Dubin. Sobrevivi à custa do desespero deles... até conhecer Robert. Mas sou uma boa enfermeira. Tenho o que é necessário, um estômago forte e um coração mole. Mesmo alguém a quem eu desprezaria gozando de boa saúde me comoveria como um inválido.

– Um tanto paradoxal, não? Ser soldado e enfermeira?

Seus pequenos ombros se ergueram com indiferença.

– Eu lhe digo, Dubin, não luto para matar. Ou conquistar.

– E por quê, então?

Ela baixou a perna da minha calça até a bota e ajeitou-a ali.

Então acocorou-se.

– Vou lhe dizer como tem sido comigo, Dubin. Luto porque os nazistas estão errados e nós estamos certos, e os nazistas têm que perder. Mas também luto contra a morte. Eu a vejo no cano de cada arma, na figura de cada boche, e, quando eles são derrotados, penso cada vez: Hoje eu posso viver. *Tu comprends?* – Ela terminou dando às suas bastas sobrancelhas uma sacolejada cômica, mas os olhos cor de café continuaram letalmente atentos. Eu sabia que ela pensava ter me contado algo notável, mas não entendi realmente o que era. No momento, sentia em todos os meus membros, a emoção de ter sobrevivido, como se tivesse adquirido a força de dez.

– Receio ser obtuso demais para entender completamente, *mademoiselle*.

– Não, Dubin, isso não quer dizer que você seja tapado. – Levantou-se com um sorriso hermético. – Quer dizer que você é afortunado.

O PLANO PEDIA QUE permanecêssemos na cabana do pastor até que estivéssemos todos reunidos mais uma vez e a *réseau* local nos garantisse trânsito seguro. Christian perambulou até a casa de fazenda para ver se houvera algum alerta.

– Tudo tranquilo – avisou. Havia a notícia de que o exército de Patton avançava. Os alemães tinham assuntos mais urgentes do que caçar alguns poucos comandos desgarrados em terreno amistoso.

Antonio chegou cerca de meia hora depois e repetiu-se o mesmo circuito de abraços, apesar de seu rosto e sua farda estarem cobertos de lama.

– *Nom de nom* – disse ele. – Que explosão! Eu estava a mais de um quilômetro de distância e ela me jogou com tanta força na margem do rio que eu pensei que ia sufocar. Quando olhei para cima, não havia uma só árvore de pé num espaço de 500 metros em volta do túnel.

Seu relato sobre a explosão me deixou mais preocupado com Martin, mas Gita recusava-se a se inquietar. Como ela dissera, uma hora e meia depois, Martin apareceu. Sua mochila e seu capacete haviam sumido e o joelho ferido emergia da calça rasgada. Estava todo encharcado, mas alegre. Assobiando, vinha saracoteando pelo campo.

Quando o Gabinete planejara originalmente a operação no verão, seus engenheiros haviam calculado que Martin sobreviveria à explosão saltando do elevado para o Seille e nadando rapidamente para longe. Conhecendo o *timing*, ele mergulharia até o fundo, pouco antes da explosão, onde a profundidade da água o protegeria dos destroços afundando verticalmente.

Esse plano, porém, fora esquematizado antes do registro das chuvas de outono. O Seille, normalmente um canal de lento deslocamento, estava 3 metros acima de seu nível normal, e agora era um rio veloz. Foi por isso que Martin prendera as cordas: para poder usá-las a fim de evitar que a correnteza o levasse de volta na direção do túnel. A teoria não combinou com a realidade, quando os túneis explodiram.

– Malditos idiotas – exclamou. – Felizmente meus braços não foram arrancados. – Com a explosão, as cordas dilaceraram suas mãos, queimando ambas as palmas, apesar das luvas, e ergueram Martin da água. Ele mergulhou de volta mais adiante, porém estava tonto demais para conseguir um apoio para os pés ou as mãos e foi levado pela corrente pelo menos uns 100 metros até ser detido por uma represa de lama e pedras que a explosão jogara no trecho do Seille quase diretamente oposto ao ponto de ataque. Nadando para a margem oeste, rastejou rapidamente colina acima, esperando ser baleado a qualquer segundo, mas, do topo, não viu qualquer movimento de soldados em meio à envolvente fumaça. Aparentemente, a guarnição fora dizimada até o último homem.

– Que bela locomotiva – comentou Martin, ao repassar os acontecimentos. – Hochdruck por Henschel. – Em meio às recordações, sua alegria e admiração passaram rapidamente. – Foi muito ruim para aqueles rapazes – falou abruptamente. Ninguém mais acrescentou coisa alguma sobre aquelas mortes.

Após caminhar através de outro campo, chegamos à estrada, onde um velho fazendeiro vinha em uma carroça, puxada por um cavalo, carregada de uvas recém-colhidas. Com suas peles empoeiradas, pareciam nuvens altas num céu escurecido. Martin mandou que atravessássemos e nos escondêssemos deitados na carroça. Biddy e eu fomos primeiro. Eu podia sentir as uvas romperem sob meu peso e seu suco encharcar minha farda. Posicionei-me de lado para proteger o joelho, e então ouvi Gita causar um ruído estridente ao atravessar os arbustos. De repente, ela estava em cima de mim, sua perna sobre a minha, seu rosto e seu tronco a pouca distância, as frutas esmagadas vazando entre nós, mas ela não fez nenhum esforço para mudar de lugar, nem eu, e permanecemos daquele jeito todo o tempo que a carroça levou para percorrer o caminho de volta até o castelo da condessa de Lemolland.

12
Comemoração

No castelo de Lemolland havia uma comemoração. A explosão ressoara até mesmo ali e as enormes chamas, laranja-fosforescente, dispararam meio quilômetro acima no céu. Na casa, a única dúvida era se tínhamos sobrevivido. A condessa não levou em conta essa possibilidade, e assim que cessou a agitação da luz relampejante, deu ordens para os preparativos de *une grande fête*. Quando chegamos, várias dezenas de residentes locais, todos envolvidos com a resistência, estavam reunidos no pátio. Eram novamente as cenas da libertação – abraços, gritos, garrafas de vinho e de conhaque para cada mão. Um carneiro inteiro estava sendo assado em uma cavidade ao lado dos estábulos. Nós sete – Biddy, Henri, Christian, Antonio, Gita, Martin e eu – nos erguemos lado a lado em meio à agitação das uvas e brandimos nossos punhos, saudando a França e os Estados Unidos, diante de intermináveis gargalhadas e aplausos. Eram 15 horas e Biddy e eu tínhamos que chegar ao Q.G. ao cair da noite, mas eu nem pensava nisso. Com meu braço em volta da fina cintura de Gita, e a outra mão sobre o largo ombro de Biddy, eu sentia uma alegria e uma liberdade nunca sentidas em minha vida.

O cheiro da carne assando despertou uma fome colossal, mas o que eu mais desejava era trocar minha farda, suja de lama, manchada de uva, ensanguentada em alguns locais, sem falar que estava encharcada e rasgada. Gita mandou o embriagado Bettjer apanhar uniformes de serviço secos para Biddy e para mim, e nos trocamos num aposento do alojamento dos trabalhadores agrícolas, em cima do estábulo. Meu joelho estava ficando enrijecido, mas, no presente estado de ânimo, mesmo o desconforto parecia uma agradável lembrança.

– Oh, olhe só para isso – disse Bidwell. Sua calça ia apenas até o meio das canelas. Ofereci-me para trocar, mas a minha era do mesmo tamanho e Biddy estava tão feliz que não se importava em parecer um tolo. Os franceses ficaram encantados quando ele apareceu com seus culotes.

Eu nunca fora de me divertir em festa, mas, aparentemente, eu nunca tivera antes algo para festejar. Quando a chuva recomeçou, a multidão foi para dentro, onde bebi e repeti a história do ataque para pequenas aglomerações de franceses que se reuniam à minha volta. Quase todos haviam ajudado de alguma forma durante os meses em que a operação fora planejada, agentes de vigilância pescando no Seille para fazer um reconhecimento do depósito, ou silenciosas sentinelas mantendo vigília assim que passamos para trás das linhas alemães. O tamanho da explosão foi comentado várias e várias vezes, uma prova tangível do risco e do triunfo.

Finalmente, a conversa desviou para outros aspectos da guerra. Dizia-se que a força principal de Patton movimentava-se contra Metz. Muitos dos franceses estavam convencidos de que a guerra acabaria em breve, que em questão de meses *la vie normale* voltaria e os americanos retornariam aos Estados Unidos. Em resposta às perguntas sobre minha família, tirei minhas fotos da carteira e as arrumei sobre a comprida mesa de jantar de pranchas de madeira, onde me sentei um pouco embriagado pelo conhaque que bebia. Os pequenos instantâneos estavam de certo modo desfigurados pela impressão da minha chave de casa, que eu mantinha junto a eles, mas isso não pareceu dissuadir minha plateia, que fazia observações laudatórias à medida que examinava as fotos de meus pais, minha irmã, meu irmão mais novo e Grace.

Notei Gita curvada sobre meu ombro. Estava novamente vestida como civil, com uma blusa e uma saia simples. Com seu habitual atrevimento, levantou da mesa a foto de Grace. Todos os demais haviam tratado as fotos como se fossem relíquias sagradas que nem mesmo podiam ser tocadas.

– *Ta soeur?* – Sua irmã?

– *Ma fiancée.*

Ela me encarou, e finalmente franziu o lábio num sorriso forçado.

– *Mes félicitations* – disse ela e foi embora.

Poucos minutos depois, quando estava para guardar de volta as fotos, Biddy surgiu a meu lado e pediu para vê-las. Vagaroso, por causa da bebida, ele demorou um bom tempo com cada uma delas.

– Não tem a qualidade das suas – disse a ele –, mas me ajuda a lembrar seus rostos. Você tem fotos da sua família, Biddy?

Deu uma sacudida solene na cabeça.

– Ora, como é que pode – perguntei –, um fotógrafo como você?

– Acho melhor dessa maneira, tenente. Eu guardo eles aqui e aqui. – Tocou o coração e a cabeça. Nossa conversa em inglês nos isolara dos franceses. Gideon recolheu delicadamente as fotos e passou-as para mim.

– Você vem de uma família grande, Biddy?

– Não comparada com algumas. Eu, mamãe, papai, dois irmãos.

– Irmãos no serviço militar?

– Não, senhor. O mais velho é velho demais, e o meu irmão do meio não foi chamado.

– Apresentou-se como voluntário para a Marinha? – Eu conhecia vários sujeitos que se apresentaram à Marinha e ainda não haviam sido chamados quando eu fui.

– Não. Tem alguma coisa com ele que não agradou ao recrutamento.

– Incapacitado?

– Não tem nada errado com o corpo dele, pelo menos que eles tenham dito. – Deu de ombros, tão intrigado quanto todos nós com a eterna irracionalidade do Exército.

Perguntei se tinha notícias deles.

– De mamãe. Sabe como são as mães. Toda semana devo receber quatro cartas dela. Meu irmão do meio não é muito de escrever, como meu pai. Mas papai, ele me manda coisas, sabe, recortes de revistas e coisas assim. É duro para todos eles eu estar aqui. Meu pessoal se meteu numa grande confusão antes de eu entrar para o serviço, e ainda não saíram dela. Sabe como são as famílias.

– Isso eu sei. Meus pais ainda não me perdoaram por causa dessa moça com quem vou me casar.

– Por quê, tenente? Ela parece ter um milhão de dólares.

– E é mais inteligente e encantadora do que aparenta. Mas a família de Grace é episcopaliana e eu sou judeu, Biddy. – Fiz uma pausa para lembrar se eu dissera aquilo com tanta franqueza assim desde que entrara para o serviço militar. – Essa diferença não cai bem em nenhuma das duas casas.

Ao saber do meu pedido de casamento, Horace Morton explodira. Grace dissera apenas que ele havia me denunciado como "complacente", mas tenho certeza de que "judeu" foi a palavra seguinte. A mãe de Grace, porém, ficou do meu lado, e com o tempo as duas mulheres venceram a resistência do Sr. Morton. Logo tive permissão de entrar na magnífica casa de pedra para pedir a mão da filha dele. Enquanto isso, a fim de ajudar a persuadir os insinceros que havia, eu me oferecera para me tornar um episcopaliano, de modo que Grace pudesse se casar na sua igreja.

Por causa da hostilidade de meus pais à prática religiosa, eu convencera a mim mesmo que este último detalhe não os preocuparia muito. Eu sabia que minha mãe não aprovava meu namoro com alguém tão diferente, mas descartara essa opinião como sendo típica do Velho Mundo. Como vim a saber depois, meu pai convencera mamãe a nunca permitir que a única filha deles se casasse com alguém tão abaixo de sua classe. Portanto, quando lhe contei sobre o meu pedido e sobre a futura conversão, minha mãe provavelmente deve ter se sentido traída. Em todo caso, permaneceu empertigada na mesa da cozinha, sem fazer qualquer esforço para se conter.

– Isso é loucura, Duvid – disse ela, usando intencionalmente a versão em iídiche do meu nome, como meus pais faziam às vezes. – Você acha que algum padre pode agitar uma varinha mágica e fazer plim-plim para que, em vez de uma galinha, você passe a ser um pato? Para gente como essa, você será sempre um judeu maltrapilho e nada mais.

Em resposta, descrevi o serviço religioso que Grace e sua mãe haviam previsto, acreditando que isso evidenciava o fato de terem me aceito. Minha mãe reagiu soluçando.

– Eu não vou à sinagoga – berrou. – E devo me ajoelhar numa igreja para que meu filho possa esquecer-se de onde veio? Feh! – exclamou. – Prefiro morrer. Nem por todo o ouro de Fort Knox. Se é assim que vai se casar, vai se casar sem mim.

– Ela fala sério, Duvid – afirmou meu pai, e depois acrescentou: – Eu também.

Hesitei durante dias para contar a Grace, pois ela não teria como dizer isso à sua mãe. A Sra. Morton ficara do lado do amor, mas o clímax dele, em sua mente, exigia um órgão e a luz da tarde atravessando a rosácea na nave da igreja. Com pouco tempo para negociar, discutimos a possibilidade de fugirmos para casar, mas eu simplesmente não podia ir para a guerra com esse desacordo tão profundo com minha família. Sem saber direito como isso aconteceu, embarquei para fazer o treinamento básico com Grace ainda sendo minha noiva, e não minha esposa.

Contei a história a Biddy em pinceladas mais curtas, mas, por estar bêbado, ela pareceu comovê-lo.

– Não é terrível, tenente, quando os pais da gente agem assim? Um dia as pessoas serão apenas pessoas. – Ele parecia deploravelmente confuso e melancólico, o rosto contorcido enquanto continuava fazendo um "mmm, mmm, mmm" de desaprovação. Acabei colocando a mão sobre seu ombro para consolá-lo e, tocado por isso, Biddy sorriu encarando-me por algum tempo.

– Você é um sujeito boa-praça, tenente. Precisa deixar o mundo da sua cabeça e entrar no mundo real, mas com certeza é boa-praça.

– Obrigado, Biddy. Você também é boa-praça. E hoje com certeza estivemos no mundo real.

– Sim, senhor. Estivemos mesmo. Nunca mais verei novamente uma coisa como essa. Esse tal sujeito, Martin, tenente. Eu me enganei a respeito dele. Acho que também deve ser um boa-praça.

Eu sabia que a imagem de Martin caindo elegantemente nas águas velozes do Seille, apesar dos muitos perigos, manteria um lugar de destaque na minha memória.

Alguns franceses circulavam agora com o jantar, que fora servido em um bufê na cozinha, e eu mal podia esperar para comer. Mesmo após o relativo esplendor de minhas refeições em Nancy, o carneiro foi um regalo espetacular, mais ainda para os habitantes locais após anos de privações por causa da guerra. O animal, disseram-me, ficara escondido dos alemães. Fora abatido fora da época, velho demais para parecer carne de carneiro, disse um velho fazendeiro, mas ainda notavelmente saboroso no que me dizia respeito.

Martin acabou indo até o centro da cozinha, perto do enorme fogão de ferro, e pediu silêncio. Elogiou o nosso sucesso e a coragem de todos os presentes e agradeceu mais uma vez à heroica condessa por sua bravura e magnífica hospitalidade durante as semanas em que tiveram de esperar.

– Finalmente, ergo minha taça a todos os que estiveram comigo. Para fazer o que fizemos e sobreviver, só mesmo com muita sorte. Vocês foram hoje toda a minha sorte.

Seguiram-se aplausos, gritos de felicitações, aos quais se juntou a voz de Gita no fundo da cozinha.

– Eu sempre sou sua sorte – gritou ela. – É enfadonho. Toda vez, a mesma coisa. Martin combate, eu o salvo. Martin combate, eu o salvo.

Era uma comédia, e sua paródia da rabugenta esposa do interior provocou roucas gargalhadas ébrias. Inspirada pelo entusiasmo da plateia, Gita subiu numa cadeira para continuar, a própria garota que se via como a nova Bernhardt. Agora estava empenhada no relato dramático da história da captura de Martin pela Gestapo no início de 1943. Os nazistas não o haviam reconhecido como americano. Em vez disso, desconfiando de que Martin era um francês ligado ao movimento de resistência, prenderam-no na prefeitura local enquanto investigavam. Sabendo que havia pouco tempo, Gita recheou a saia com palha e foi à recepção do hôtel de ville, exigindo ser recebida pelo comandante alemão. Diante dele, ela se derramou em lágrimas, xingando o filho da mãe que a deixara com um filho e agora tinha ido para a cadeia sem se casar com ela. Após vinte minutos de balbúrdia, o comandante resolveu dar uma lição em Martin, e mandou quatro soldados da tropa de assalto levarem-no acorrentado até a catedral local onde o casamento seria realizado. Nunca foi, é claro. Os quatro soldados que escoltavam Martin e Gita foram atacados por duas dúzias de *maquisards*, guerrilheiros da resistência, que rapidamente libertaram os dois.

– Amaldiçoo o destino que interferiu – bradou Martin em francês, erguendo sua taça para ela. – Eu me casarei com você agora.

– Tarde demais – gritou ela e, sobre a cadeira, virou-se de costas, o nariz para o ar e o braço esticado para mantê-lo afastado. – O seu cavalo comeu *le bébé*.

Sua encenação foi recebida com mais gargalhadas e aplausos retumbantes. Um momento depois, quando os primeiros da multidão começaram a ir embora, Martin sentou-se na cadeira a meu lado. Eu mal tinha deixado o meu lugar. O conhaque fizera minha cabeça rodopiar.

– Você agiu bem hoje, Dubin.

Disse-lhe sinceramente que não fizera nada mais do que disparar algumas vezes a minha M-1, mas ele me lembrou que todos nós corremos perigo quando a metralhadora varreu na nossa direção. Parou então para meditar, olhando o círculo de vinho tinto em sua taça.

– Que infelicidade a daqueles jovens soldados. Não me importo em matar um homem com uma arma apontada para mim, mas não sinto prazer nisso – eu, por outro lado, não havia ainda pensado em todas aquelas mortes. Estava nas alturas por causa do triunfo e da minha recepção como herói. Eu era certamente diferente, pensei, certamente um homem diferente.

– Quando eu tinha a idade deles – falou, ainda pensando nos jovens alemães –, acharia que o fim deles teria sido ótimo. Loucura, não? Mas, quando jovem, acordei muitos dias achando que seria o meu último. A propósito, Gita e eu temos isso em comum. Quando a conheci identifiquei o mesmo fatalismo. O acordo a que cheguei comigo mesmo para evitar esses pensamentos foi o de que eu morreria pela glória. Para que então, no momento em que aquela bala entrasse no meu cérebro, pudesse dizer a mim mesmo que fizera deste um mundo melhor. Passei anos à procura de uma luta de bravura, Dubin, até encontrá-la na Espanha. Acontece, porém, que sou um covarde, Dubin. Ainda estou vivo, e agora sou um velho cavalo de guerra.

– Você é a coisa mais distante de um covarde que já conheci, major.

Ele fez uma careta.

– Sempre digo a mim mesmo que não temerei a morte, mas é claro que temo. E fico imaginando para que serviu tudo isso.

– Certamente, major, acredita nesta guerra.

– Em seus resultados? Sem dúvida. Mas durante uma década, um ano a mais ou um ano a menos, eu tenho guerreado, Dubin. Lutado por boas causas. Causas importantes. Mas choro por cada homem que já matei, Dubin. E não meramente pelo simples fato de que matar é terrível, mas porque não há mesmo nenhum sentido em muitas dessas mortes. O rapaz que matei hoje? Matei-o para salvar todos nós naquele momento. Mas não me iludo de que era indispensável, muito menos as dezenas, provavelmente centenas que matamos ou mutilamos naquela guarnição. Fazemos guerra contra Hitler. E temos de fazer. Mas milhões se metem no caminho e morrem pelo Führer. O que você acha? Quantos homens necessitamos matar realmente para vencer esta guerra? Dez? Com certeza não mais do que cem. E, em vez disso, milhões e milhões morrerão.

– A tragédia da guerra – comentei.

– Sim, mas é uma tragédia para cada um de nós, Dubin. Cada momento de terror é um mês de pesadelos posteriormente na vida. E cada matança como a de hoje nos afasta um quilômetro do momento em que novamente voltaremos a sentir alegria. Quando você começa, pensa: "Eu sei quem eu sou. Na essência, sou íntegro. Permanente." Você não é. Eu não sabia que a guerra podia ser tão terrível, que frustraria tudo o mais numa vida. Mas receio que seja isso que ela faça, Dubin.

Fiquei surpreso com seu discurso, em vista de minha própria alegria. Martin, porém, não era o primeiro homem que eu conhecia que encontrava a melancolia no álcool. Para consolá-lo, repeti o prognóstico que ouvira, de que naquela noite íamos nos livrar dos alemães, e Martin reagiu com um filosófico dar de ombros. Perguntei-lhe o que faria depois.

– Esperar a próxima guerra, creio eu. Não acho que eu seja bom para muita coisa, é isso que quero dizer, a não ser que poupe esse trabalho ao mundo e dê um fim em mim mesmo. Realmente não consigo mais imaginar a vida em tempos de paz. Falo sobre um bom quarto de hotel e uma boa mulher, mas o que é isso? E não sou tão diferente assim, Dubin. Em pouco tempo, todos serão levados à marcha em fileira cerrada. Guerra e mais guerra.

– Então acha que vamos combater os russos, major?

– Acho que sim. Não vê o que está acontecendo, Dubin? Ninguém mais tem opções. Nem aqui nem em casa. Sempre pensei que a marcha da história fosse para a frente, menos sofrimento e maior liberdade para a humanidade, os grilhões da necessidade e da tirania arrebentados. Mas não é isso que meus olhos veem quando olho para o futuro. É apenas um grupo de malditos fazendo guerra ao outro. E a liberdade sofrendo.

– Você está no Exército, major. Nunca tivemos a liberdade do Valhala.

– Sim, é um argumento. Mas veja o que aconteceu na linha de frente doméstica. Recebo cartas, leio os jornais. A guerra tem consumido toda a liberdade. Há propaganda nas revistas e nas telas dos cinemas. Talão de racionamento e poupem suas latas. Cante as canções e declame os versos. Não restou liberdade em lugar nenhum. Com mais uma guerra, Dubin, a sociedade civil jamais se recuperará. Os exploradores da guerra, os militaristas, os negociantes do medo... eles dirigirão permanentemente as coisas. Escreva o que estou dizendo. A humanidade está se precipitando num longo túnel escuro. É a nova

Idade Média, Dubin. É essa parte que despedaça meu coração. Pensei que o fascismo fosse a peste. Mas é a guerra. É a guerra. – Olhou novamente para o interior de sua taça.

Enquanto ele falava, lembrei-me de Teedle. Fiquei imaginando se Martin e ele haviam tido essa conversa cara a cara. Ou se simplesmente um desconfiou o suficiente do outro. Ambos viam o mundo seguir para o inferno em um cesto. Fiz-lhes justiça, a cada um, por suas preocupações. Para a maioria dos soldados por aí afora, inclusive eu, a única preocupação verdadeira era voltar para casa.

– Posso admitir que estou livre de acusações? – perguntou Martin então.

Disse-lhe que certamente recomendaria isso, mas que o caminho mais seguro, dadas as ordens que eu recebera, seria retornar a Nancy comigo, pela manhã, para ajeitar tudo. Ele pensou por algum tempo, mas finalmente concordou.

– Disporei de algumas horas – disse ele –, mas agora devo cuidar da próxima missão. – Tratava-se da operação na Alemanha, que ele mencionara quando eu estivera ali a primeira vez, a tal para a qual fora chamado de volta a Londres. – Creio que será o trabalho mais importante que já fiz, Dubin. São incontáveis as vidas que poderemos salvar. – Ergueu a vista em direção à luz brilhante daquela perspectiva, e então me perguntou quando eu queria partir no dia seguinte. Ao amanhecer, falei, seria melhor, em vista do longo tempo que ficaríamos ausentes.

Isso me lembrou que eu precisava pegar de volta a minha farda. Levantei-me hesitante, o joelho bastante enrijecido, para procurar Gita. Ela estivera lá fora dizendo *adieu* aos habitantes locais. Encontrei-a na sala de estar, onde Bidwell havia se instalado num dos elegantes divãs de veludo vermelho da condessa e dormia profundamente sob o paninho de renda do encosto do sofá.

– Deixe-o – pediu ela.

– Deixarei, mas não posso levá-lo de volta ao quartel-general metido em culotes.

Gita consultou Sophie, a criada que lavara as nossas fardas e as deixara para secar sobre a mesma fogueira, agora coberta de terra, onde o cordeiro fora assado. Ao seguirmos para fora, Gita enfiou o braço amigavelmente no meu enquanto eu manquejava entre poças delineadas pela luz de velas que vinha da casa. Chovera forte por algum tempo, mas agora havia parado, embora os beirais e as árvores ainda pingassem. Os outros convidados da condessa tinham seguido em grupo estrada abaixo e sua ébria algazarra era trazida de volta até nós na úmida noite.

Contei-lhe sobre minha conversa com Martin.

– Ele é normalmente tão sombrio?

– Depois? Depois, sempre. Conhece jogadores, Dubin? Costumo pensar que se não fosse a guerra, Martin talvez vivesse numa mesa de jogo. Muitos jogadores têm esse estado de ânimo. Exultam durante o jogo, apostando tudo, mas seu espírito esmorece assim que ganham. *Voilà la raison*. Martin fala a verdade quando diz que se sente infeliz sem uma guerra. Sentia-se assim, quando o conheci.

– Em Marselha?

– Sim. Eu lhe vendi ópio, quando veio da Espanha, de visita. – Conseguia não fraquejar em nenhuma passada. Parecia ter me preparado para tudo em relação a ela. – Ele fumou muito ópio, mas se recuperou meses depois, assim que concordou em ir aos Estados Unidos para treinar como um membro do comando.

– Sua nova aposta? – Lembrei-me do modo como Martin erguera a vista ao pensar em sua próxima missão na Alemanha.

– Exatamente – concordou Gita.

As fardas estavam perto da entrada do estábulo, agora saturadas de um forte cheiro de fumaça, mas secas. Ela me ajudou a dobrá-las e coloquei-as debaixo do braço que ela segurava.

– Martin diz que seu remorso deve-se a ele não ser mais quem era – comentei.

– É mesmo? – Ficou surpresa com aquilo. Olhou de soslaio a escuridão. – Bem, e quem é? Eu sou quem eu era quando fugi para Marselha com 17 anos? Mesmo assim – afirmou –, é verdade que ele sofre.

Pelo que ela me contara, falei, parecia que Martin sempre sofrera.

– *D'accord*. Mas há determinados graus, não? À noite, ele dorme atormentado. Vê a morte. Mas, provavelmente, isso não é o pior de tudo. Não há princípios na guerra, Dubin. E Martin tem estado em guerra há tanto tempo que não possui princípios. Não sei ao certo se ele reconhece isso.

– Ah, essa palavra novamente – exclamei. Estávamos parados no vão da porta do estábulo, onde o vento soprava sobre nós a poeira e o bafo dos animais. Suas grossas sobrancelhas se estreitaram ao imaginar o que eu quis dizer. – Princípios – falei.

Ela abriu um sorriso, encantada por ter sido provocada novamente.

– E foi aí que discutimos – acrescentou.

– E você foi muito eficiente – retruquei.

– Sim, eu lhe mostrei os meus princípios. – Ela riu, ambos rimos, mas um silêncio então caiu entre nós, e com ele veio um demorado momento decisivo, enquanto os ligeiros olhos de Gita, pequenos e escuros e às vezes ávidos, me exploravam. Ela falou bem baixinho. – Devo lhe mostrar novamente os meus princípios, Du-biin?

O desejo que eu sentia por aquela mulher não era nenhum segredo para mim. Em meio ao auge das emoções do dia, o crescente contato físico entre nós parecera natural, até mesmo necessário, e a direção que seguíamos parecia evidente. No entanto, eu tivera igualmente a certeza de que o bom-senso intercederia e encontraria um ponto de parada. Agora, percebia que não haveria nenhum. Senti um estremecer de terror, mas já aprendera naquele dia o modo de superá-lo, e também tinha a maré do álcool para me conduzir. A bebida, porém, não era a chave. Gita era simplesmente parte daquilo, daquele lugar, daquelas aventuras. Respondi à sua pergunta com apenas duas palavras.

– Por favor – falei. Diante isso, ela segurou a fina saia com as pontas dos dedos e ergueu-a cuidadosamente e aos poucos, até ficar como ficara duas semanas antes, delicadamente revelada. Em seguida, estava em meus braços. Com sua presença vieram três passageiras impressões: do quanto ela era pequena e leve, do odor cediço de tabaco que penetrava nas pontas de seus dedos e em seu cabelo, e da natureza quase infinita do meu desejo.

Por um segundo, pensei que aconteceria ali no estábulo, entre os animais, uma literal rolada pelo feno, mas ela me conduziu pelos estreitos degraus e chegamos juntos e sorrateiros ao minúsculo quarto onde Biddy e eu havíamos trocado de roupa. Sua blusa estava aberta, um pequeno seio exposto. Livrou-se rapidamente de sua calçola e, sem hesitar, colocou a mão no meu cinturão e abriu minha braguilha, segurando-me com a competência de uma enfermeira. Cambaleamos em direção ao catre e então nos unimos, uma cópula repentina, brusca, desesperada, mas que pareceu ser necessária a nós dois, para chegar logo àquele instante de posse e asserção. Meu joelho latejou o tempo todo, o que, de alguma forma, pareceu apropriado.

Depois, ela repousou sobre o meu peito. Fiquei deitado sobre a lona desnuda do catre desfeito, minhas calças ainda nos tornozelos, respirando o odor do colchão bolorento e os cheiros de estrume e de penas de aves do estábulo, que se erguiam lá de baixo enquanto eu determinava quem eu era realmente.

Pois é, pensei. Pois é. Houvera algo brutal naquele ato, não entre Gita e mim, mas no fato de que acontecera. A lembrança de Grace chegava agora para me dominar com desespero. Não era simplesmente que eu não houvesse tido nenhuma consideração por ela. Foi como se ela nunca tivesse existido. Gita estaria com a razão? Não havia princípios na guerra e, portanto, não havia princípios naqueles que lutavam nela? Foi o dia, pensei, o dia. De um modo conveniente, imaginei que Grace entenderia se soubesse a história toda, apesar de eu não alimentar nenhuma ilusão de que algum dia lhe contaria.

Gita aproximou seu rostinho do meu e cochichou. Podíamos ouvir os roncos dos lavradores dormindo do outro lado das finas divisórias de madeira que se faziam passar por paredes.

– *À quoi penses-tu*, Du-biin? – No que está pensando?

– Em muitas coisas. Principalmente em mim mesmo.

– Conte-me algumas.

– Você pode imaginar. Há uma mulher em casa.

– Você está aqui, Dubin.

No momento, aquela teria de ser a resposta suficiente.

– E também penso em você – falei.

– *Vas-y*. No que pensa?

– Penso se já conheci outra mulher como você.

– Isso quer dizer que já conheceu homens assim?

Ri alto e ela tapou minha boca com sua mãozinha.

– É essa a sua única dúvida? – perguntou ela.

– Nem de longe.

– Continue.

– A verdade?

– *Bien sûr.*

– Penso se você dormiu com todos os homens ao lado de quem lutou.

– Isso importa para você, Dubin?

– Suponho que sim, já que perguntei.

– Eu não estou apaixonada por você. Não se preocupe, Dubin. Você não tem nenhuma responsabilidade. Nem eu.

– E Martin? O que há de verdade entre Martin e você? Vocês são como um velho casal.

– Já lhe disse, Dubin. Devo muito a Robert. Mas não somos um casal.

– Ele diria a mesma coisa?

– Dizer? Quem é capaz de saber o que Martin pode dizer? Mas ele sabe a verdade. Fazemos o que nos agrada.

Não entendi direito, mas fiz uma expressão de que captara o significado.

– Você não aprova? – perguntou ela.

– Já lhe disse antes. Sou um burguês.

– Desculpe-me, mas isso não é uma preocupação para mim.

– Mas Martin é para mim. E você pretende ficar com Martin.

– Eu agora não estou com ele, Dubin. Estou com você.

– Mas eu irei embora e você ficará com Martin. Não?

– Por enquanto. Por enquanto, fico com Martin. Ele diz que teme o dia em que eu for embora. Mas permaneço com Martin para lutar, Dubin. Os americanos permitiriam que eu ingressasse no Exército deles?

– Duvido.

Ela se sentou e olhou para mim. Mesmo no escuro, eu podia ver que era pequena e adorável. Corri a mão de seu ombro até a cintura, o que nada fez para diminuir a intensidade com a qual ela me olhava.

– Quantas mulheres, Dubin? Para você? Muitas?

Esse assunto me deixava acanhado, não o fazer, mas o falar. Aos 29 anos, a história da minha vida sexual continuava breve. Um pouco de amor à venda, um pouco de amasso bêbado. Era melhor resumida pela frase que um colega de faculdade empregara para si mesmo mas que igualmente se adaptava a mim: "Eu nunca trepei sem os sapatos." Aquela noite foi outro exemplo.

– Não muitas – respondi.

– Não? Me perdoe, mas não acredito. Não pelo ato em si, Dubin, mas pelo modo como está agora. E como é com aquela sua mulher em casa?

Retraí-me diante disso, mas então me dei conta de que a pergunta não era muito diferente das que eu lhe fizera.

– Não aconteceu ainda.

– Verdade?

– Ela é minha noiva, e não minha esposa.

– Foi escolha dela?

Era mútuo, supus. Não que tivesse havido muita discussão a respeito. Grace e eu tínhamos a mesma opinião formada, de que aquilo tinha um significado especial na união de um homem e uma mulher.

– Eu venero Grace – falei para Gita. Essa era a palavra perfeita. – Venero. – Não me ocorrera até aquele momento que eu não conseguia dizer, do mesmo modo, que a desejava.

– Ela devia ter insistido, Dubin. Ela não fazia ideia de para onde o estava enviando.

Eu podia ver isso por mim mesmo.

Gita desceu ao estábulo para se arrumar. A manivela de uma bomba-d'água guinchou. A maioria dos homens solteiros que eu conhecia falava mal das mulheres com quem dormia. Minha experiência, porém, sempre fora o oposto. Na busca do sexo, eu sentia inevitavelmente um esbanjamento de ternura, até mesmo quando paguei US$4 a uma maluca local chamada Mary Pernas Velozes no meu primeiro encontro. Agora que Gita saíra do meu lado, eu ansiava por tê-la de volta ali. Fiquei deitado imaginando se alguma vez eu conhecera pessoas como Martin e Gita, que haviam tão repentinamente alterado a compreensão que eu tinha de mim mesmo.

Suas pequenas passadas rangeram escada acima, ela entrou e ficou parada perto do catre. Vendo-a vestida, estiquei os braços e puxei minha calça para cima.

– Preciso ir, Dubin – cochichou. – Logo estarão à minha procura. *Au revoir.* – Encarou-me, se bem que com alguma ternura. – Du-biin, acho que teremos outros momentos juntos.

– Acha mesmo? – Eu não fazia ideia se queria isso, mas disse-lhe que deveria voltar mais uma vez para entregar a Martin os documentos finais sobre a minha investigação.

– Está bem – retorquiu. Hesitou, mas curvou-se e pressionou levemente seus lábios nos meus. Foi mais uma concessão do que uma afeição. Disse novamente *au revoir.*

Eu passara o dia todo tão atordoado pela emoção que achava que os meus nervos estariam perturbados demais para adormecer, mas, como em todas as minhas últimas suposições, eu estava enganado. Eu esquecera de fechar as persianas de madeira do lado de fora e acordei às 7h30, como pretendia, com o pálido nascer do sol ardendo através das nuvens. Recuperando os sentidos, identifiquei o meu joelho como a fonte do incômodo, o qual, durante toda a noite, como uma trela, parecia me arrastar periodicamente para fora do sono. A perna estava inchada e dura e me levantei lentamente, então vesti a farda e voltei a prender o emblema. Ao voltar em direção à casa para acordar Bidwell e ver Martin, podia ouvir morteiros martelando. A 26ª Divisão de Infantaria, como se veio a saber, estava para tomar Bezange-la-Petite. Fiquei parado ali, tentando localizar a direção dos estrondosos canhões, quando Bettjer, ainda com uma garrafa de conhaque na mão, cambaleou para o pátio.

Perguntei se ele tinha visto Bidwell. Peter respondeu num inglês perfeito.

– Lá dentro. Acabou de acordar. Os outros já foram há muito tempo.

– Quem?

– Martin. Antonio. A garota. Empacotaram tudo e partiram para sempre. Me deixaram para trás. Depois de tudo, eles me deixaram para trás.

– Foram embora?

– Partiram no escuro. Horas atrás. Tentaram sair sorrateiramente, mas a condessa se acabou de tanto chorar. Você deve ter dormido pesado, para não tê-la ouvido.

– Foram embora? – repeti.

Bettjer, a própria imagem de um beberrão, com suas suíças e todo desalinhado na farda marrom do Exército belga, com a metade da fralda da camisa para fora, ergueu a garrafa na minha direção. Ele havia caído durante a noite e seu nariz sangrava, e agora, quando sorria, eu podia ver que também perdera metade de um dente, por causa desse tombo ou de outro anterior. Mesmo assim, ele se divertia a valer à minha custa.

– Estou vendo – disse ele. – Estou vendo.

– O que você está vendo, Peter?

– Ora, que eles também deixaram você para trás.

Parte IV

13
Natação

Meu pai aprendera a nadar quando criança no lago Ellyn, um suposto lago artificial que era na verdade uma enorme lagoa de contenção no South End, cavada para evitar que o rio Kindle transbordasse nas estações de chuva. Aparentemente, os pais dele também gostavam de água, pois havia muitas fotografias de toda a família nas ridículas roupas de banho de corpo inteiro daquela época, saltando no lago ou no Garfield Baths, uma gigantesca e fervilhante piscina coberta que era a diversão favorita das famílias de operários do Condado de Kindle, até que seu papel como procriador de pólio levou-o a fechar as portas na década de 1950.

Observar meu pai nadar sempre me fascinou. Sua graciosidade e o modo despreocupado com que esparramava água à sua volta eram incompatíveis com o sujeito que habitava a terra firme. Assim como o físico revelado por sua roupa de banho. Ele era uma pessoa de altura razoável, 1,79 metro, e, apesar de não ser um Charles Atlas, era bem musculoso. Eu sempre ficava assombrado quando via o corpo compacto oculto sob a camisa e a gravata que ele usava o dia todo até ir dormir à noite. E do mesmo modo ficavam os presentes. Eu me sentia simultaneamente confiante e perplexo.

Finalmente, quando eu tinha 14 anos, meu pai, que não era de se gabar, admitiu, em resposta às minhas perguntas, que fora o campeão escolar dos 100 metros de nado de costas das Tri-Cities. Já nessa época, eu era ávido por qualquer pequena informação sobre quem ele era, e assim, certo dia, quando minhas obrigações no *Argonaut*, o jornal da escola secundária, exigiram que eu visitasse a Associação Atlética da universidade, decidi procurar nos arquivos para ver se conseguia encontrar o nome do meu pai.

Consegui. Mais ou menos. O campeão de nado de costas de 1933 não se chamava "David Dubin", mas "David Dubinsky". Eu sabia, é claro, que imigrantes de todos os tipos haviam americanizado seus nomes. Cohen virou Cole. Wawzenskis virou Walters. Mas não achei apropriado ele ter feito a alteração um pouco antes de começar sua bolsa de estudos na Easton College, aquele baluarte de gentios. Foi uma triste hipocrisia desonrar nosso passado e, pior, uma capitulação à feliz mistura racial americana que havia marginalizado muitos cidadãos, principalmente os de pele escura, que não eram convenientes ao misturador. Quando descobri que papai convencera seus pais a seguir o seu exemplo, para que sua nova identidade não ficasse enfraquecida, não pude evitar de confrontá-lo.

Ele se defendeu de seu modo habitual, com poucas palavras. "Pareceu mais simples", disse ele.

"Eu não vou esconder a minha herança", falei para o meu pai. "Por pior que você se sinta, eu não me sinto envergonhado." Foi quase um insulto. Em minha casa, mamãe insistira nos rituais e na educação judaicos. Havia uma refeição de sabá na sexta-feira à noite, aula de hebraico, e até mesmo uma estranha forma de *kosher* na sua cozinha, na qual *traife* de todos os tipos, os sanduíches de presunto que ela adorava, podiam ser consumidos, mas apenas se servidos em pratos de papelão e guardados em uma única e específica prateleira da geladeira. Papai nunca pareceu adepto de qualquer dessas coisas, provavelmente porque não pregava absolutamente nenhuma formação religiosa em sua própria casa, mas, por outro lado, nunca duvidei que minha mãe tivesse todo o seu apoio. Contudo, no meu último ano de faculdade, em 1970, fiz melhor do que meu pai e legalmente mudei o meu nome de volta. Desde então, sou conhecido como Stewart Dubinsky.

A natureza, é claro, teve seu modo de se vingar. A Filha Número 1, desde os 6 anos, me dizia que detestava "Dubinsky" (que os malvados do primeiro grau transformaram em "Cocozinsky") e jurou adotar o sobrenome de fosse lá com quem se casasse, mesmo se fosse Bozo o Palhaço. E não fiz com meu pai muito pior do que ele fizera com o seu. Meu avô, remendão, vivia seus últimos anos quando fiz a mudança, e realmente pareceu feliz. Mas, enquanto eu trabalhava durante 2003 para recuperar o que meu pai nunca achara digno de ser compartilhado, sempre houve um pequeno lugar dolorido em meu coração toda vez que eu recordava de que modo desprezara a única coisa que tivera de meu pai.

Essa, portanto, foi a história que contei a Urso Leach imediatamente após o primeiro encontro com ele na sala de estar frontal do Solar Northumberland. Urso extraiu a história completa com hábil interrogatório e aceitou com um sábio sorriso minha arrependida volta atrás em relação à mudança.

– Pois é, Stewart – disse ele –, às vezes penso que é isso o que há de errado entre pais e filhos. O que é rejeitado. E o que é negado.

Na última coluna pude tomar conhecimento do manuscrito de papai, sobre o qual eventualmente pensava em perguntar a Leach. Àquela altura, imaginava que papai havia concretizado sua ameaça e o queimara. Quando mencionei isso, Leach agitou-se à esquerda e à direita, murmurando até localizar uma pasta-sanfona que pousara contra os raios de cromo da roda de sua cadeira. No interior da pasta que ele me entregou havia pelo menos uns 4 centímetros de grossura de papéis desordenados, mas, folheando-os, reconheci instantaneamente a adorável letra cursiva de meu pai em várias entrelinhas. Como sou um grande pateta, fiquei ali no pequeno sofá de dois lugares, onde estava empoleirado, e chorei.

Quando voltei para casa, já havia lido cada linha, pois acabei gastando três horas no aeroporto de Tri-Cities após desembarcar do meu avião, incapaz de suportar até mesmo os trinta minutos de carro até minha casa antes de chegar ao ponto culminante. Eu era uma figura, tenho certeza, um sujeito grandão de 50 e tantos anos chorando num saguão de espera vazio, enquanto passageiros no salão de embarque lançavam olhares preocupados, mesmo enquanto seguiam apressados em direção aos seus portões.

No dia em que Urso me deu o texto datilografado, acabei perguntando como aquilo tinha ido parar com ele.

– Devo dizer, Stewart, que sempre considerei minha posse desse documento como o produto de intenções ambíguas. Como lhe contei, seu pai disse que pretendia queimá-lo depois que eu o lesse e, quando o li, senti firmemente que seria uma terrível perda. Foi por esse motivo que mantive o manuscrito, alegando que precisaria dele para esclarecer pequenos detalhes relacionados à apelação. Então, no final de julho de 1945, seu pai foi libertado um tanto inesperadamente e deixou Regensburg às pressas, com outras coisas em mente. Esperei posteriormente receber dele notícias a respeito do documento, mas nada recebi na Europa, e nem quando voltamos aos Estados Unidos. Com o passar dos anos, pensei algumas vezes em procurá-lo, especialmente quando, em minhas mudanças, levei o manuscrito de um escritório para outro, mas concluí que seu pai fizera uma escolha, decidira o que era melhor para todos nós e, certamente, para si mesmo, ou seja, levar a vida adiante sem as complicações e as lembranças que a retomada de nosso contato provocaria. O texto datilografado ficou guardado por vários anos na Suprema Corte de Connecticut, entre os meus papéis, com um aviso informando aos meus testamenteiros que localizassem David Dubin ou seus herdeiros para pedir orientação sobre o que fazer com aquilo. Naturalmente, foi um grande prazer você ter me procurado, pois poupou meus netos de fazerem essa caçada.

– Mas por que queimá-lo? – quis saber. – Por causa desse negócio sobre assassinar Martin?

– Bem, claro que essa era a minha suspeita, pelo menos no início. – Urso parou então, algo visivelmente perturbando-o, talvez um pensamento sobre o quanto estava no limite do que seria adequado revelar. – Creio que tudo que posso dizer com certeza, Stewart, é o que David me contou.

– E o que foi?

– Estranhamente, nunca tivemos uma conversa direta, seu pai e eu, sobre o que ele registrara. Mesmo depois que li, ele não se mostrou propenso a discutir os acontecimentos que descreveu, e eu entendi. O mais próximo que chegamos foi um dia ou dois após a sentença. Seu pai ia permanecer em prisão domiciliar durante a pendência de sua apelação, mas ele começava a se adaptar à ideia dos cinco anos de trabalhos forçados. Disse-lhe que os advogados criminais, nessas ocasiões desagradáveis, sempre dizem aos seus clientes que haverá outro dia, uma vida posterior, e que, dali a alguns anos, ele olharia para trás e veria aquilo com uma perspectiva diferente. E, com isso, citei o manuscrito, o qual, naquele momento, eu havia deixado, convenientemente, na segurança do meu novo escritório em Frankfurt.

"'Eu acho que você devia guardá-lo, Dubin', eu disse a ele. 'No mínimo, será de grande interesse para os seus filhos. É claro, Dubin, que você não pode ter a pretensão de que escreveu algo assim só para mim. E, certamente, não foi para reduzir tudo a cinzas.' Ele meditou a respeito por tanto tempo que eu pensei ter tocado num ponto vital, mas, ao final, ele contraiu o queixo e deu à cabeça uma decidida sacudidela. E, nessa ocasião, Stewart, ele me deu a única explicação que ouvi sobre sua decisão de destruir o manuscrito.

"'Minha esperança mais desesperada', disse ele, 'é que meus filhos jamais ouçam essa história'.

14
Parada

16 de novembro de 1944, ainda em Nancy

Queridíssima Grace,

Perdoe o silêncio. Como deve saber pelos noticiários, as tropas estão novamente avançando, e o ritmo de nosso trabalho também aumentou. Há incidentes na frente de batalha que por natureza costumam ser urgentes, e sabemos que a mudança para um novo Q.G. pode não estar muito distante. A nossa esperança é que será na Alemanha – melhor ainda, Berlim.

Sinto-me mais eu mesmo agora do que quando escrevi pela última vez. Você deve estar pensando sobre aquelas cartas apressadas de umas duas semanas atrás, mencionando meu pequeno desvio para a "ação". Com a distância do tempo, decidi deixar para trás toda a experiência. É isso o que os velhos soldados dizem para a gente fazer: encarar o passado como passado, e se dar conta de que o abismo entre a guerra e a vida normal é mais profundo do que o Grand Canyon e não pode ser atravessado. Querida, acredite em mim: um dia, quando essa coisa acabar, quero que você se sente a meu lado para que eu possa alisar seu cabelo enquanto relembro parte disso. Mas, por favor, não ligue se não houver muita coisa que eu deseje contar.

Uma notícia mais alegre: o seu mais recente pacote, o nº 15, chegou hoje. Apenas dois dos biscoitos doces estavam em pedaços e, pode acreditar, me deleitei assim mesmo com eles. Ainda melhor foi o vidro de desodorante que mandou, que eu sei que anda em falta, e por isso causei inveja em muita gente. Por causa do racionamento de combustível, água quente é uma raridade, o que significa poucas chuveiradas e banhos. Diga ao seu irmão o quanto eu adorei o desodorante. Diga o que quiser, mas às vezes é uma vantagem ter sua própria loja de departamentos. Por conta disso, gostaria de pedir um favor. Se George vir qualquer rolo de filme tamanho 620, eu compro tudo o que ele conseguir. Meu sargento, Biddy, é um fotógrafo e tanto e tem problemas em conseguir filme. Ele é provavelmente o melhor sujeito que já conheci no serviço militar e gostaria de ajudá-lo.

O inverno chegou. O clima foi da umidade ao congelamento dos ossos. Continua chovendo, ou ao menos tem-se chamado de chuva, mas o que cai agora são pelotas de gelo que picam a pele e permanecem congeladas durante horas. Visto minhas luvas de lã quando sento à mesa, embora a sala do tribunal tenha um pouco de aquecimento. A alternância de chuva e gelo é muito pior para as pessoas nas trincheiras. Pés enregelados tornaram-se uma praga. Estima-se que um terço das tropas sofra disso, e muitos casos são tão graves que precisam de hospitalização. Patton encomendou 85 mil pares extras de meias e conta-se que ele tem repreendido as tropas, alertando que, na guerra, a higiene dos pés é mais importante do que escovar os dentes. Galochas estão em falta. Os rapazes lá fora continuam a me pasmar com sua coragem e determinação.

As privações deles são bem maiores do que as minhas, já que continuo levando a vida segura mas monótona de um advogado num tribunal. Tenho uma novidade. A minha promoção chegou ontem (com apenas quatro meses de atraso). Agora sou o capitão Dubin, com a palavra "interino" retirada de meu título como assistente do Departamento de Justiça Militar. Coloquei imediatamente minhas divisas prateadas e passei o dia todo andando por aí sentindo uma enorme satisfação cada vez que um tenente batia continência quando eu passava.

Tenha um ótimo Dia de Ação de Graças, meu amor. Espero estar com você, diante da lareira, ano que vem, nesta mesma época.

Eu amo você, e penso sempre em você,

David

UMA TARDE, na segunda semana de dezembro, um servente largou minha correspondência sobre a mesa: três cartas e um cartão. Eu os enfiava na túnica, para saboreá-los em particular, mais tarde, quando o postal chamou minha atenção. Em um dos lados, havia a foto em preto e branco de uma estrutura triangular, com estreitos pináculos multicoloridos e dois arcos concêntricos acima da porta. A pequena legenda no verso identificava o prédio como a sinagoga de Arlon, a mais antiga da Bélgica. Fiquei, porém, mais surpreso com o bilhete escrito a mão que havia ali.

Dubin,

Lamento termos enganado você. Robert diz que não havia escolha. Você é um bom camarada. Por favor, não pense mal de mim. Talvez a gente se encontre quando não houver guerra. Fica bem desejar Joyeux Noël *para um judeu?*

G.

A letra de Gita Lodz era pontuda e particularmente nada esmerada, como eu podia imaginar. Ela escrevera em inglês, sabendo que uma mensagem em francês poderia levar meses para passar pelos censores do Exército.

No dia seguinte, li o postal talvez umas vinte vezes, na tentativa de determinar se ele tinha um significado maior. Por que ela se importou? Será que eu ligava de verdade? Finalmente, passei a imaginar se ela estava realmente na Bélgica ou se aquele era outro ardil concebido por Martin. Perguntei ao funcionário do correio se ele podia me informar o local da postagem do cartão, que ostentava o purpúreo carimbo circular do posto de correio do Exército. Um código de três números no centro era o do Quartel-General do Primeiro Exército, perto de Spa, Bélgica.

Após pensar um pouco, enviei um teletipo para o quartel-general de Teedle na 18ª Divisão Blindada, dizendo que recebera um comunicado indicando onde Martin poderia estar. Por essa ocasião, a 18ª voltara ao combate, tendo passado por Metz a caminho de Luxemburgo, onde eles travavam escaramuças com os alemães, que recuavam na direção das pesadas fortificações de concreto da linha Siegfried que circundava a Alemanha. Com a aprovação do Estado-Maior, apenas poucos dias após Martin ter desaparecido, Teedle emitira uma ordem para a sua prisão, levando a minha investigação a um encerramento formal. Desobrigado disso, eu vinha fazendo o melhor possível para não pensar em Robert Martin ou Gita Lodz, os dois que haviam me desencaminhado, levando-me a um sério prejuízo. Na visita envergonhada que fiz a Teedle no dia em que Martin fugira, levara o sermão que esperava, mas não apenas por ter perdido a pista do major. Patton ficou enfurecido por causa das explosões em La Saline Royale e, nas palavras de Teedle, queria "os colhões de Martin para o jantar do Dia de Ação de Graças". O ataque ao depósito fora planejado pelo Gabinete no outono, mas, como se verificou, ninguém dera permissão a Martin para prosseguir. Aparentemente, tratava-se de uma aventura que ele simplesmente não suportaria perder antes de se evadir. Sem coordenação, a ação provou ser um desastre tático. A 21ª Divisão Panzer alemã ficara assustada com a enorme bola de fogo e suspendera seu avanço pela região perto de Marsal, evitando involuntariamente três batalhões antitanque americanos que Patton deixara ali à espera.

Minha mensagem a Teedle teve uma rápida resposta. Mais tarde, naquele mesmo dia, fui retirado do tribunal por causa de um telefonema urgente. Correndo escada acima, encontrei Billy Bonner na outra extremidade. Aparentemente, Teedle estava no raio de ação de uma estação retransmissora Antrac e queria falar comigo pessoalmente. A qualidade do som do telefone de campanha era fraca e prejudicada pela estática, e quando Bonner conseguiu entrar em contato com o general, o estrondo da artilharia ressoava na linha.

– Recebi seu maldito teletipo, Dubin – disse Teedle sem preliminares –, e cheio da porra de termos jurídicos, como sempre. Preciso de detalhes para entrar em contato com a Unidade VIII. Que tipo de comunicado foi esse que recebeu?

– Um postal, senhor.

– Um cartão-postal? O filho da puta lhe enviou um cartão-postal? Quem ele pensa que é, o Zorro?

– Foi da garota, senhor.

– A garota dele?

– Sim, embora eu não ache que ela realmente seja a garota dele.

– É mesmo? Dubin, você está se revelando mais interessante do que imaginei. Bem, seja lá como você a chame, ela está grudada nele como cola, certo?

– Ah, espero que ela esteja com ele, senhor. Só que duvido que ela faça alguma coisa para colocá-lo em risco. É por isso que eu não tinha certeza se devia incomodá-lo com isso. Sei que anda muito ocupado, general, mas é o senhor quem tem a autoridade de mandar prendê-lo.

– Agiu muito bem, Dubin. E não se preocupe com a gente. Estamos metendo a porrada nesses putos. Não que isso vá melhorar em coisa alguma se o nosso presidente não parar de fazer média com os russos. Devíamos estar em Saarbrücken, mas Roosevelt receia que Stalin fique maluco se avançarmos depressa demais pela Alemanha. – Teedle fez uma pausa, claramente reconsiderando a sensatez de seus comentários em uma linha telefônica aberta. A artilharia pesada voltou a disparar e um segundo depois a ligação caiu.

Poucos dias depois, em 15 de dezembro, por volta de 7 horas, eu estava no refeitório dos oficiais, fazendo um desjejum com ovo em pó na companhia de Tony, quando um jovem ordenança cheio de espinhas, um novo recruta que via praticamente cada acontecimento como ocasião para histeria, correu para me avisar que eu estava sendo chamado na sala do Corpo de Sinaleiros. Era Teedle, dessa vez na outra ponta de um teletipo codificado. Assim que o teletipista informou que eu estava presente, a máquina começou a cuspir a tira de papel, a qual o leitor de código transferia com intenso tagarelar ao rolo amarelo da máquina.

"Sacana localizado", escreveu Teedle. "Perto cidade Houffalize no setor Unidade VIII. Agora Robin Hood. Todo bando alegre com ele. Disse comando Unidade VIII foi enviado pelo Gabinete para reconhecer posições alemães. Quero que vá para Houffalize para efetuar prisão."

"Eu?", falei para o teletipista, que perguntou se eu queria transmitir essa resposta. Escolhi algo mais diplomático, sugerindo que a missão ficaria melhor a cargo do chefe da Polícia Militar.

"Negativo. Você reconhecerá sujeito", escreveu de volta. "Conhece também todo ambiente. PM aqui tem responsabilidades com prisioneiros de guerra. Estamos combatendo uma guerra interna."

Estudei minhas alternativas, mas acabei respondendo que entendia minhas ordens.

Teedle escreveu: "Sujeito deve retornar em 72 horas. No momento observa atrás linhas inimigas."

"Há possibilidade de retornar?"

"Muita. Deixou garota para trás. Proceda imediatamente. Avisarei Londres prisão iminente."

Procurei imediatamente o coronel Maples. Com Teedle, eu relutara em aventar detalhes técnicos, pois sabia que ele não os toleraria, mas havia um problema fundamental. Abri sobre a mesa do coronel um exemplar do Manual de Cortes Marciais no Regulamento 20.

> 20. PROCEDIMENTOS DE CORTES MARCIAIS ANTES DO JULGAMENTO – PRISÃO E CONFINAMENTO – QUEM PODE ORDENAR: MÉTODO – AS SEGUINTES CATEGORIAS DE PESSOAS SUJEITAS À LEI MILITAR SERÃO COLOCADAS EM DETENÇÃO OU CONFINAMENTO, DE ACORDO COM O ARTIGO DE GUERRA 69, COMO SE SEGUE:
>
> OFICIAIS – APENAS POR OFICIAIS COMANDANTES, EM PESSOA, ATRAVÉS DE OUTROS OFICIAIS, OU POR ORDEM OU COMUNICADO ORAL OU ESCRITO. A AUTORIDADE PARA COLOCAR TAIS PESSOAS EM DETENÇÃO OU CONFINAMENTO NÃO SERÁ DELEGADA.

Em outras palavras, Martin só podia ser preso por alguém diretamente sob o comando de Teedle, um membro da 18ª Divisão Blindada. Após algum debate sobre a época em que a ordem de prisão fora emitida, a nossa equipe concluiu que Teedle, em vez de Winters do Gabinete, permanecia como comandante de Martin, pois este desobedecera a própria ordem que o transferia de volta. Contudo, com toda a certeza, eu não estava sob o comando do general. Desse modo, eu não poderia deter Martin sem colocar em risco a corte marcial resultante.

Maples torceu com o polegar e o indicador o comprido bigode, que se tornara completamente branco nos últimos meses, e agora parecia uma mancha de espuma de barbear. Como sempre, ficou relutante em ir contra Teedle e saiu-se com uma solução jurídica. Faria o G-1 do Terceiro Exército me designar para a 18ª com o único propósito de efetuar a prisão de Martin.

– Teremos de providenciar a papelada. Mas é melhor você ir logo, David. Patton não vai achar divertido se Martin escapulir novamente. Que situação peculiar! – O coronel agitou a cabeça grisalha. – Conduta humana imprópria, David. Há mais imaginação e mistério nisso do que no mundo da arte.

– Posso levar Bidwell, coronel?

– Sim, claro. – Mandou que eu saísse para conseguir um substituto para aquele dia no tribunal.

Ao meio-dia, Biddy e eu recebemos nossos documentos e estávamos mais uma vez na estrada. Estava úmido, com névoa novamente acumulada como fumaça sobre as colinas, e íamos com as almofadas de porta presas sobre a lona da capota do jipe. Houffalize mal aparecia nos mapas, mas ficava em algum lugar nas vizinhanças de Saint-Vith, a cerca de 240 quilômetros de distância. Estávamos nos aproximando de áreas onde havia sérios combates e calculei que seria melhor chegarmos lá ao raiar do sol do dia seguinte. Sem saber exatamente o que encontraríamos, viajamos com equipamento completo e sobretudos para o inverno.

Ao nos aproximarmos de Metz e do território que os americanos haviam tomado em semanas recentes, encontramos cartazes que diziam "ACHTUNG MINEN", deixados para trás pelo Exército alemão em retirada. Não tinha certeza se os avisos eram avisos para suas próprias tropas ou uma forma de guerra psicológica. Quando fizemos uma parada, verifiquei com unidades da 6ª Divisão Blindada, que informaram que os caça-minas haviam estado nas estradas, mas, mesmo assim, que prosseguíssemos com cuidado.

– Não seria o primeiro, capitão, a ir atrás de um arbusto para mijar e, em vez disso, ter uma perna arrancada numa explosão – disse-me um sargento.

Seguindo para o norte, passamos por ocasionais filas de ambulâncias indo para os hospitais de campanha locais. Por falta de caminhões da Cruz Vermelha, jipes haviam sido requisitados, e os feridos iam amarrados em macas sobre capôs e bancos traseiros. Perto de 16h30, depois de começarmos a pensar em encostar em algum lugar para passar a noite, encontramos um bloqueio de estrada da PM. Um policial vesgo empurrou a cabeça toda para o interior do jipe. Peguei nossas ordens no bolso interno do meu sobretudo, mas o PM não ligou para elas.

– Onde mora o Ferdinando? – perguntou-me.

– Está sóbrio, soldado?

– Responda à pergunta, capitão.

– Brejo Seco.

– E qual é o nome do time de beisebol do Brooklyn?

Apontou para Biddy no volante.

– Dodgers – respondeu mal-humorado. – Mas não devia ser chamado de time. – Espantosamente, essa resposta arrancou uma gargalhada do PM e solucionou de imediato o problema. O dia todo, contou-nos o policial, receberam informações de impostores alemães com fardas americanas que haviam atravessado as nossas linhas para se dedicar a sabotagens, como cortar linhas telefônicas, retirar sinais de estrada e, de vez em quando, orientar nossas unidades na direção das forças alemãs, o mesmo tipo de coisa que Gita fizera com eles no Dia D.

– Se isso acontecer novamente – disse-me o PM –, mostre sua identidade. A deles diz: "Somente para identificação." – A dos nossos oficiais tinha um erro tipográfico "Indentificação", rapidamente observado pelos recém-promovidos como um símbolo do valor de sua promoção. Algum boche cabeça-dura foi incapaz de resistir à tentação de corrigir o inglês dos americanos.

ATRAVESSAMOS PARA a zona do Primeiro Exército e passamos a noite em Luxemburgo, em um hotel usado como quartel-general de subdivisão por elementos da 9ª Divisão Blindada. Tínhamos ido mais longe do que imaginamos, e parecia que chegaríamos a Houffalize na tarde seguinte. Fui acordado por volta das 5h30 da manhã por um bombardeio pesado ao norte. Iríamos direto àquela direção, e perguntei ao major que nos conseguira alojamento o que estava acontecendo.

– Não se preocupe. Os alemães gostam de disparar seus canhões enquanto os possuem. Eles não vão a lugar nenhum. Bradley recuou a Unidade VIII por enquanto. Somos poucos nas linhas de frente, mas os boches sabem que, se avançarem, vão parar direto diante de uma força imensa. Toda essa barulheira não vai durar mais de uma hora.

Ao sairmos da cidade, um jovem atirador de bazuca com um estranho sotaque perguntou se podia pegar uma carona até sua unidade, cerca de 15 quilômetros ao norte, e embarcou na traseira ao lado de nossas mochilas. Proveniente de uma cidadezinha na Pensilvânia onde ainda falavam holandês, ele era um garoto surpreendentemente alegre, totalmente indiferente à guerra. Cantou para nós várias canções que aprendera em casa, com uma forte voz de tenor, embora nem sempre perfeitamente afinada, e estava em meio a uma balada sobre uma jovem lamentando porque seu amado foi para a guerra quando o jipe subitamente voou pelos ares a bordo de um maremoto de ruídos e terra. O que distingui logo em seguida era que eu estava numa vala molhada à margem da estrada. Quando olhei para cima, havia um buraco cheio de fumaça na plantação a meu lado, provavelmente causado por um morteiro de artilharia pesada. O jipe estava vários metros adiante, inclinado num ângulo de trinta graus, com a roda da frente e da traseira direita também dentro da vala. As coberturas de lona através das quais eu fora arremessado agitavam-se inúteis ao vento, e o jovem holandês da Pensilvânia, que estava próximo à plantação, ainda sorria ao se pôr de pé. Gritei para ele ter cuidado com as minas, mas logo descobri que o foguete caíra de sua bazuca e aterrissara na lama do meu lado. Olhei para o projétil no meio de uma pequena poça de água parada, receoso até mesmo de tocar nele por temer que pudesse se armar sozinho. Estava me afastando dele quando outra bomba atingiu com um estrondo o meio da estrada cerca de 50 metros adiante. Essa deixou uma cratera que tomou a estrada de lado a lado. Os alemães deviam estar mais perto do que qualquer um imaginava.

Gritei duas vezes por Bidwell. Ele apenas fora jogado para o chão do veículo, e empurrou a cabeça para cima, não muito danificada. O jipe ainda funcionava, mas Biddy deu uma olhada e anunciou que, por causa do ângulo em que o veículo fora arremessado, o diferencial não deixaria que as rodas traseiras girassem. Xingamos aquela coisa como se fosse um cavalo manco e tentamos empurrá-la de volta para a estrada, cientes de que outra bomba poderia cair a qualquer instante.

Um pequeno comboio chegou atrás de nós. O tenente de divisa dourada encarregado pulou do caminhão para ajudar, ao mesmo tempo que mandava seu sargento adiante para tentar imaginar um meio de passarmos pela cratera aberta na estrada.

– Há uma batalha dos infernos adiante, capitão – disse-me, quando informei aonde estávamos indo. – Escolheu o dia errado para um trabalho jurídico. Parece que Hitler decidiu jogar a última cartada – sugeriu que seguíssemos para oeste.

Com a ajuda de vários soldados de sua tropa, tiramos o jipe da vala e ajeitamos o furo do pneu traseiro direito. O homem da bazuca colocou sua arma junto com as outras e subiu em um dos caminhões do comboio, enquanto Biddy e eu seguíamos na direção de Neufchâteau. Dois dos painéis de lona estavam rasgados e esvoaçavam enquanto dirigíamos, deixando entrar um vento gelado.

O teto estava baixo demais e ventava muito para aeronaves e, portanto, para bombardeiros, mas o martelar da artilharia pesada era constante. Cerca de meia hora depois, chegamos a uma encruzilhada, onde as estradas seguiam em todas as direções, além das placas indicando Aachen, Luxemburgo, Düsseldorf, Neufchâteau e Reims. Dois PMs encontravam-se no meio do cruzamento, parando cada veículo. Quando um deles nos alcançou, pediu os nossos documentos, os quais examinou por bastante tempo.

– Se estão indo para o norte, por que estão seguindo para o oeste?

Contei-lhe do bombardeio.

– Hum-hum – fez ele. – E há quanto tempo está postado em Nancy? – Depois que respondi a isso, ele perguntou: – Qual é o nome da praça central de lá?

Respondi novamente, mas tirei a minha identidade da carteira.

– Olhe aqui. – Biddy apontou a palavra "indentificação", mas o PM olhou fixo como se tivéssemos escolhido outra língua.

– Sargento, não está tentando ter certeza de que não somos impostores alemães? – perguntei.

– Capitão, com o devido respeito, estou tentando me certificar de que não é um desertor.

– Desertor? – Fiquei ofendido com a simples ideia.

– Pode acreditar. Sim, senhor. Se não se importa de eu dizer isso, capitão, aqueles RTC – falou, referindo-se às tropas de reposição –, eles não sabem que porra fazer quando as bombas começam a voar. Na 28ª parece que metade da divisão se mandou pela retaguarda. Encontrei vários arrastando cadáveres, fingindo que estavam à procura de médicos. Um outro me disse que era um mensageiro, só que não conseguiu se lembrar do que ele ia dizer nem a quem. E muitos agitavam seus lenços e se entregavam aos boches com apenas uma bala disparada. Ouvi dizer que perto de dez mil jovens da 106ª já se renderam aos alemães. E não foram apenas soldados rasos, de modo algum. Vimos hoje uma porção de oficiais correndo das balas, dizendo que iam vistoriar os batalhões.

– Você está falando de americanos? – indaguei. – O que diabos está acontecendo?

– Há uma mata cerrada no norte. Aparentemente, toda a porra do Sexto Exército Panzer da SS está escondido nas árvores. Von Rundstedt rompeu por ali com tanques e artilharia, passando pelas nossas linhas com absoluta facilidade. Neste exato momento, a Unidade VIII está levando uma sova. Ando ouvindo uma porção de coisas malucas. Uns sujeitos afirmam que já há tanques alemães a 80 quilômetros a oeste daqui. Não faz vinte minutos, tivemos um batalhão antiaéreo em retirada, e alguns soldados andaram dizendo que corre o boato de que suas ordens são recuar todo o caminho de volta e defender Paris. Estou lhe dizendo, capitão, a porra desta guerra ainda não acabou.

Seguimos para o norte, a partir dali, mas, meia hora depois, como o PM alertara, a estrada ficou lotada com caminhões e veículos blindados afluindo para o sul em total retirada. Muitas dessas unidades estavam em completa desordem, separadas do comando e dirigindo à frente apenas em busca de segurança. Chegamos a um batalhão blindado parado ao lado da estrada, totalmente sem gasolina. Um jovem soldado raso estava sentado no raio de uma roda, chorando desamparado, lamuriando e olhando em volta como se esperasse que alguém lhe dissesse como parar. Mais ou menos a cada minuto, outro soldado lhe dava uns tapinhas no ombro. Um sargento explicou que, naquela manhã, o melhor amigo do rapaz fora feito em pedaços numa explosão a menos de um metro dele.

De volta ao jipe, Biddy comentou:

– Senhor, esta não é a hora de prender ninguém, não no meio de um campo de batalha.

– Temos nossas ordens, Biddy. – Na verdade, eu não sabia mais o que fazer.

– Estou apenas dizendo, senhor, que tem de haver um meio de cumprir as nossas ordens. É melhor aguentar aqui atrás um ou dois dias até a fumaça clarear. Onde diabos quer que Martin esteja, capitão, ele deve estar em movimento, talvez até vindo nesta direção.

Fazia sentido. Seguimos novamente para oeste, onde fomos parados mais duas vezes por patrulhas de PMs que empurravam os desertores de volta. Perto de escurecer, chegamos finalmente a Neufchâteau. Era uma cidade de cartão-postal, com uma aglomeração de lindos prédios estreitos e ruas íngremes pavimentadas com pedras redondas, mas lá havia um ar de caos. Apresentamo-nos ao quartel-general de subdivisão da Unidade VIII, no colunado Palais de Justice, onde recebiam sombrios relatos do comando avançado em Bastogne. Soldados pareciam correr para dentro e para fora de cada sala, gritando informações que mais alguém gritava imediatamente de volta dizendo que estavam erradas. Vários regimentos haviam se rendido sob bandeiras brancas, e de outras unidades nem se tinha notícia. Sempre que eu conseguia a breve atenção de uma pessoa, seus olhos pareciam vaguear até as janelas, esperando ver lá fora os Panzer alemães a qualquer momento. Funcionários ocupavam os corredores encaixotando documentos, separando o que precisava ser levado embora para que o que restasse pudesse ser queimado no início da retirada.

Após uma longa espera na sala dos Sinaleiros, finalmente consegui que um jovem cabo enviasse uma mensagem telegráfica ao general Teedle, fornecendo-lhe nossa atual posição e pedindo novas orientações. Em seguida, fiz um reconhecimento à procura de aquartelamento. Fui encaminhado aos alojamentos dos oficiais que haviam sido montados na prefeitura, dois quarteirões adiante. Ao seguir pelos corredores à procura de um catre vazio, encontrei pequenas aglomerações de oficiais de licença, acotovelados e frequentemente passando uísque adiante enquanto conversavam com sussurros aba fados. Ninguém parecia aceitar o que acontecia. Não houvera um dia, desde que eu desembarcara na Europa, que os alemães tivessem progredido através de uma larga linha de frente. Um sujeito que alegava ter visto os mapas mais recentes disse que tínhamos sido passados para trás bem distante a leste, que os nazistas estavam prestes a separar o grupo do Décimo Segundo Exército, dividindo o Primeiro Exército do Terceiro, e o Nono dos outros dois, com ações tipo pinça, atacando os flancos norte e sul. Ninguém conhecia os limites do avanço alemão naquele dia, mas estava claro que tinham a supremacia, e vários dos oficiais comentavam sobre relatos anteriores da movimentação dos nazistas, que o general Bradley havia ignorado. Cada rosto refletia os mesmos pensamentos: Não vamos para casa tão cedo. Não vamos ganhar a guerra perto do Natal, nem do ano-novo, nem mesmo do Dia de São Valentim. Ao me deitar, finalmente fiz a mim mesmo a pergunta que ninguém queria pronunciar. Afinal de contas, íamos ganhar a guerra?

Íamos, pensei na ocasião. Tínhamos. Tínhamos de ganhar essa guerra. Eu daria minha vida para deter Hitler. E sabia, apesar de qualquer que fosse o pânico que dominara as tropas de reposição que desertaram na linha de frente, que a maioria dos tarimbados oficiais combatentes que dormiam naquele prédio pensava a mesma coisa. Desliguei a luz e só então me dei conta de que esquecera de comer. Havia uma ração K na minha mochila, mas eu estava cansado e decepcionado demais para me importar.

Uma luz atravessando meus olhos me acordou horas depois. Meu primeiro pensamento foi outra explosão e, ao me encolher, não consegui entender por que não ouvira o ruído. Em vez disso, encontrei o jovem cabo do Corpo de Sinaleiros que transmitira minha mensagem a Teedle segurando a lanterna contra seu rosto, para que eu pudesse reconhecê-lo. Meu relógio informava 2h10 da madrugada. Ele cochichou para evitar acordar os outros cinco oficiais que roncavam à minha volta no velho escritório, e me conduziu ao corredor, eu ainda de cuecas.

– Capitão, este comunicado acabou de chegar, senhor, classificado de "Atenção Imediata". – Pude ver pelo rosto do rapaz que ele lera o telegrama no envelope e achou que a atenção imediata se justificava. Era de Teedle, e chegara em código, informou o rapaz, e foi necessária a decifração pelos criptógrafos.

> Informação sigilosa/Ultrassecreta/Destruir após leitura
>
> Gabinete afirma homem você procura espião soviético PONTO Prisão alta prioridade PONTO Mais instruções por rádio 0600 PONTO

15
Salto

No dia 17 de dezembro, Teedle não conseguiu se comunicar. Muitos dos centros de comunicação dos Aliados em volta de Saint-Vith haviam sido interrompidos pelos alemães. Embora estivéssemos ao sul dali, as linhas e retransmissoras remanescentes se dedicavam a transmitir informações sobre o tráfego, mais importante do que o destino de um homem, mesmo um espião, e passei cerca de quarenta horas sentado num banco da sala do Corpo de Sinaleiros da Unidade VIII, esperando notícias do general.

Em Neufchâteau, como em muitos outros lugares, o Corpo de Sinaleiros instalara seu quartel-general nos empoeirados escritórios da PTT (Postes, Télégraphes et Téléphones), que se abrigava em um estreito prédio rosado em uma esquina. Encimado por uma estranha cúpula de ferro, ele parecia usar um capacete. Do meu assento ali dentro, eu podia observar as jovens com seus brilhantes batons e lisos penteados, necessários para se ajustar aos fones de ouvido, plugando e desplugando as linhas nas altas mesas telefônicas. Soldados americanos andavam de um lado a outro para ficar de olho nelas, do mesmo modo como os alemães haviam feito poucos meses antes. De vez em quando, civis entravam para postar uma carta ou pacote, que os severos funcionários aceitavam sem qualquer garantia de que o objeto chegaria ao destino.

A única compensação na minha espera era que, provavelmente, aquele devia ser o local mais bem-informado de Neufchâteau. Eu não fazia perguntas, mas, ao ouvir os mensageiros e ajudantes, que subiam correndo as escadas, era possível juntar as peças. As notícias quase sempre eram totalmente desanimadoras. O 6º Exército Panzer de Sepp Dietrich avançava firmemente na nossa direção, atropelando as posições fracamente defendidas pela Unidade VIII. Ainda não estava claro se qualquer outra força poderia ir em seu auxílio, já que a 5ª Divisão Panzer avançava para o sul a fim de deter Patton.

Ouvindo em meu posto avançado no banco, era difícil não admirar a estratégia nazista, ainda que com relutância. Em vista do incisivo avanço de Dietrich, o plano de von Rundstedt parecia ter por objetivo romper as forças americanas e depois atravessar o Mosa e seguir em direção a Antuérpia. Se os nazistas fossem bem-sucedidos, as tropas aliadas na Holanda e no norte da Bélgica ficariam completamente cercadas, sem via de acesso para uma retirada. Em comparação, Dunquerque pareceria um revés sem importância. Com um terço das forças aliadas como refém, Hitler ficaria em posição de negociar um armistício. Ou, se prevalecesse sua loucura, ele poderia liquidar as tropas e então virar para o sul, com outras forças estrondeando para fora da Alemanha num último esforço para reconquistar a Europa ocidental. A aposta na sala dos Sinaleiros era que, insano ou não, Hitler faria a paz, no mínimo a fim de ganhar tempo para reconstruir sua máquina de guerra. No banco, eu pensava repetidamente nas previsões de Martin sobre guerra e mais guerra. Era difícil acreditar que uma vitória que parecia inevitável pudesse ter sido posta em perigo em apenas alguns dias. A cada poucos minutos a mesma simples determinação se acendia em mim como um sinal luminoso, como acontecia desde que eu chegara ali. Tínhamos de ganhar essa guerra. Eu tinha de ajudar

De vez em quando, num leve desespero, eu atravessava a rua até os fundos do quartel-general no Palais de Justice, um enorme prédio em coluna de pedra alaranjada, para ver se minhas ordens teriam sido entregues lá por engano. Biddy também me visitou em uma ocasião, e caminhamos em círculos acima e abaixo das ruas inclinadas de Neufchâteau, embora as pedras do pavimento se mostrassem congeladas e traiçoeiras nas subidas mais íngremes. Nevou nos dois dias, pesados flocos descendo de um céu tão baixo que parecia estar apenas a poucos metros de nossas cabeças. Ou Hitler planejara bem ou tivera sorte, já que a cobertura de nuvens tornava impossível colocarmos aviões no ar, a não ser que quisessem voar diretamente sobre os canos dos canhões antiaéreos alemães.

Hesitei a princípio em compartilhar com Biddy a mensagem ultrassecreta de Teedle, mas decidi que tinha de contar a ele, para que entendesse o que quer que acontecesse a seguir.

– Um espião! – Eu estava pronto para ouvir Biddy dizer que sempre tivera suas desconfianças de Martin, mas ele pareceu ter as mesmas dificuldades que eu para se adaptar à ideia. – Capitão, como diabos isso pode fazer sentido, depois do que vimos? – Eu refletira sobre isso, e um dos pensamentos mais desconcertantes a me invadir nos últimos dois dias foi que a operação em La Saline Royale, da qual tivemos tanto orgulho de participar, fora na verdade executada para impedir que o Exército dos Estados Unidos gozasse os benefícios dos soviéticos. A despeito da indignação de Patton por causa do *timing* das explosões, eu não conseguia absorver essa ideia, mas, por outro lado, dei-me conta de que era por isso que espiões tinham sucesso, fazendo-se parecer patriotas. O Gabinete devia ter tido motivos para essa conclusão.

Às 4 horas da madrugada de 19 de dezembro, o mesmo cabo, Lightenall, sacudiu-me para me acordar no banco onde eu estivera dormindo. Teedle conseguira se comunicar, e usava novamente o teletipo cifrado. Dessa vez, sentei-me diante do teclado. Enquanto esperava, eu tivera tempo de aprender a usar a máquina.

"Confirme recebimento de meu sinal de 16/12/44."

Confirmei.

"Nem mesmo eu pensei nisso", prosseguiu Teedle. "Londres insiste que há provas."

Sem temer interferências, o general se revelou expansivo. Imaginei-o após um dia de batalha, o cantil na mão enquanto berrava para o operador do teletipo e se distraía, no meio de outra noite insone, com um dos seus duelos comigo. O diálogo foi mais estranho do que nunca por causa do sinistro intervalo antes de sua resposta emergir com um súbito e violento estrépito.

De um modo comedido, perguntei o que deveria pensar, se a operação da qual tomamos parte em La Saline Royale fora de algum modo em auxílio à nova fidelidade de Martin.

"Não faço ideia. Londres continua falando por enigmas. Aparentemente, nosso homem não age contra os mocinhos no tal jogo. Em vez disso, prepara-se para o seguinte, indo à frente para poder informar ao time vermelho quais são os movimentos de nosso time, e também tentar retardá-lo. Se o nosso time e o time vermelho não chegarem às vias de fato, time vermelho ganha o pedaço maior do que for obtido quando esse jogo terminar. Entendeu?"

"Positivo."

"Londres está desesperada pela prisão, mas como sempre não diz isso por escrito. Prefere não explicar aos 535 torcedores na capital por que o craque passou a jogar no outro time. Continue cumprindo minha ordem. Acredita-se que o nosso homem continue no setor da Unidade VIII. Entre em contato com o general Middleton para efetuar a prisão."

Expliquei-lhe os problemas com aquela ordem oficial. No momento, Middleton decidira abandonar Bastogne como Q.G. avançado. Sua artilharia, seis ou sete batalhões de canhões de 155 milímetros e morteiros de 8 polegadas, já havia começado a ensaiar uma retirada, mas nenhum deles fora capaz de ocupar suas posições equipadas de retaguarda porque os componentes da Divisão Panzer os atacaram de forma muito rápida. Basicamente, estavam em fuga por lá. Uma divisão aerotransportada mais veloz, a 101ª, ia assumir e estava seguindo de Reims em caminhões. Disse ao general que era arriscada qualquer tentativa de comunicação. Mais importante ainda, havia as questões legais. Como havia discutido com o coronel Maples, somente alguém sob ordens diretas de Teedle poderia prender Martin. Teedle reagiu como eu esperava.

"O maldito Exército tem sido ferrado desde que colocaram Washington sobre um cavalo."

"Regulamentos, general. Teríamos de libertá-lo."

Houve uma demorada espera por uma resposta. Eu tinha certeza de que Teedle imaginava como explicaria tanto ao Gabinete quanto a Patton quando Martin saísse ileso por causa de uma brecha legal.

Finalmente, Teedle escreveu:

"Você se apresenta como voluntário para ir lá?"

Meus dedos hesitaram nas teclas. Mas entendi a lógica. Bidwell e eu éramos os soldados sob o comando de Teedle mais próximos num raio de 240 quilômetros. Eu não conseguia imaginar como dois homens num jipe seriam capazes de se movimentar em um terreno sob ataque de forças Panzer, mas aquilo em que eu passara três dias pensando continuava próximo ao meu coração. Eu faria o que fosse preciso para ganhar essa guerra.

Escrevi:

"Sim, senhor."

"Ótimo", disparou de volta no instante seguinte.

"Senhor, precisaremos de uma informação melhor sobre o paradeiro do nosso homem. Improvável que ainda esteja em Houffalize."

Biddy contara-me uma história espantosa, que jurou ter ouvido do PM que estivera em Houffalize em 17 de dezembro. As polícias militares americana e alemã tinham ficado lado a lado em uma encruzilhada da cidade controlando o trânsito, ambos os lados ocupados demais e armados de menos para se preocuparem em combater um ao outro. Os americanos dirigiam suas forças na direção da retirada, enquanto os alemães acenavam para as equipes de reconhecimento e de remoção de minas que abriam caminho para os Panzer que se encontravam a poucos quilômetros atrás delas. Enquanto isso, Houffalize capitulara.

"Londres já entrou em contato com Quartel-General Supremo, que entende a máxima prioridade. Procuraremos sua ajuda. Aguarde novas ordens."

Pensei que havíamos acabado, mas, um segundo depois, as teclas voltaram a se agitar.

"Está muito ruim aí?"

"Aqui está ótimo", digitei. "O inferno assumiu o controle a poucos quilômetros adiante."

"Então aguente firme. A cavalaria está a caminho. Verei você na linha Siegfried. Espero esse FDP acorrentado. Desligo."

Demorou mais dois dias antes que as novas ordens chegassem por cabograma.

> Confirmado oficial que procura comanda batalhão NW de Bastogne PONTO Prossiga pista pouso RAF Virton para transporte para efetuar prisão PONTO

Mais tarde naquele dia, 21 de dezembro, Biddy e eu seguimos em direção ao sul. A neve estava tão sólida que parecia que alguém passara a noite esvaziando uma caixa de fermento em pó, desistindo somente por ocasião da chegada de uma frente fria que parecia exatamente com o Expresso Canadense abatendo-se sobre o Condado de Kindle no pior do inverno.

A assim chamada pista de pouso de Virton revelou-se nada mais do que um largo caminho de terra num campo nevado sobre o qual um trator passara recentemente, mas encontramos uma pequena equipe de terra, na maioria mecânicos de voo, à nossa espera. Não havia hangares ali, porque seria loucura abrigar aviões naquela grande distância a leste em face da ofensiva, mas os ingleses andaram alguns dias aterrissando ali no escuro, descarregando suprimentos mendigados com as forças de Montgomery, que eram então embarcados em caminhões para as nossas tropas. Os nossos soldados, dos quais se esperava que atropelassem os alemães num instante, estavam agora com falta de tudo, exceto, ironicamente, de gasolina, que fora armazenada para seu avanço rápido.

– É o senhor que vai para Bastogne? – perguntou-me um sargento-aviador. – Saiba que o lugar está muito perto de ser cercado, senhor. Os alemães estão destruindo tudo. Todas as estradas principais passam por ali, e os boches não podem seguir em frente sem tomar a cidade. – As Ardenas haviam fornecido um excelente esconderijo para os Panzer, mas Bradley e Middleton deduziram dos relatórios que os tanques alemães estavam se concentrando ali porque uma floresta era um local desvantajoso para um ataque de tanques. Era mais fácil atropelar soldados do que milhares de árvores. Uma vez que os Panzer tivessem rastejado para fora do bosque, eles ainda não seriam capazes de manobrar livremente, porque o outono pelo qual havíamos passado transformara metade dos campos em pântanos. Eu ouvira várias histórias sobre tanques nossos que tinham naufragado. Os Panzer eram considerados as melhores máquinas – os nossos Sherman eram tão vulneráveis ao fogo que os soldados os chamavam de (isqueiro) Ronson –, mas as lagartas alemãs ficavam presas na lama do mesmo modo que as americanas, e o peso do maior dos Panzer, o

King Tiger, literalmente os enterraria no solo úmido. Porque as forças Panzer estavam confinadas às estradas existentes, dominá-las o máximo possível era o segredo para retardar os alemães e permitir que os americanos se reagrupassem para uma contraofensiva. Segundo notícias, Patton levara uma vantagem tática sobre a Divisão Panzer e continuava avançando rapidamente ao norte para ajudar.

– Parece que haverá um pouso difícil por lá – respondi ao sargento.

– Pouso? – Ele tinha na mão uma chave inglesa e mexia numa peça de motor, mas agora se virara todo, mostrando seu anguloso rosto inglês. – Caramba, companheiro. Não sabe que vai saltar?

– Saltar?

– De paraquedas. Sabe, aquele enorme lençol no céu? – Sorriu hesitante. – É paraquedista, não é mesmo, senhor?

– Sou advogado.

– Oh, meu Deus!

Sua reação disse tudo. Era tão absurdo que ri bem alto. Ao me afastar para contar a Biddy, ouvi o sargento explicar a minha situação à tripulação.

– Pobre coitado – disse ele –, pensava que ia a Bastogne na carruagem real.

Biddy não conseguiu nem mesmo um sorriso atormentado.

– Paraquedas? Que merda, capitão, meus joelhos viram gelatina quando subo no telhado do nosso prédio. Não sei nada de paraquedas. O senhor fez algum treinamento com paraquedas?

Não fizera nenhum. Entretanto, havia três dias dizia a mim mesmo que faria o que fosse preciso para ganhar aquela guerra. Era um juramento que eu fizera e que agora iria cumprir. Se Martin estava realmente tentando causar complicações para as nossas tropas na Alemanha, eu teria de fazer aquilo.

– Biddy, não há necessidade de irmos nós dois.

– Ora, que diabos, capitão. Sabe que era apenas papo furado. Não há a menor hipótese de eu deixá-lo sozinho agora, portanto não vamos nos aborrecer com conversa mole.

O plano, conforme nos fora explicado, era essencialmente um experimento. Por enquanto, não havia como reabastecer as tropas em

Bastogne. A estrada principal para Neufchâteau fora interrompida e, no "bom tempo de Hitler", aviões não podiam navegar a olho nu para fazer lançamentos de alturas seguras contra fogo antiaéreo. Os pilotos da RAF tinham concordado em fazer uma tentativa de voo noturno a baixa altitude, achando que, se desse certo, mais aviões poderiam fazer a mesma coisa na noite seguinte. Três maletas com suprimentos médicos seriam lançadas de paraquedas com a gente. Se Biddy e eu fôssemos bem-sucedidos, médicos poderiam ir posteriormente.

Havia cerca de duas horas até o momento da partida do avião e, nesse tempo, recebemos o que passaria por uma instrução de salto: dedos dos pés para baixo, joelhos e pés juntos, olhos diretamente para a frente. Fizemos dezenas de tentativas de praticar rolagem para quando as nossas botas batessem no chão. O joelho que cortei quando o depósito explodiu tinha sarado bem e havia semanas não doía, mas agora vinha a sensação de um latejar toda vez que ensaiávamos a aterrissagem. Após a primeira meia hora, ficou óbvio para mim que os nossos instrutores, todos, com apenas uma exceção, nunca haviam saltado. Entretanto, frisaram que, se o paraquedas se soltasse, não teríamos muito o que fazer a não ser nos pendurar nele e tentar não quebrar as pernas. Um treinamento de verdade, que ensinava manobras para o caso de o paraquedas rasgar ou se inverter, ou o cordame ou a guarnição se entrelaçarem, não nos adiantaria mesmo de nada a 150 metros de altura. Nenhum desses problemas poderia ser resolvido antes de atingirmos o solo.

– Vou lhe falar a verdade, capitão, não é com o salto que deve se preocupar. Ficar pendurado numa árvore como uma maçã, e o boche imaginar que está ali... é com isso que deve se preocupar, senhor.

A tripulação empacotou os paraquedas para nós, depois dobrou os nossos sobretudos e os prendeu debaixo de nossas mochilas de lona, que desceriam atrás de nós com os suprimentos médicos. Vestimos macacões de salto sobre nossos uniformes de lã e trocamos os quepes por capacetes de paraquedista, com sua proteção de couro para o queixo, para melhor absorver o choque da abertura do paraquedas. Então esperamos. A cada dez minutos, dava uma saída para urinar. A temperatura do meu corpo era quase a mesma do mármore.

Eu simplesmente não conseguia imaginar as circunstâncias sob as quais poderia estar vivo dentro de mais duas horas.

Perto das 20h30, os comboios de caminhões que levariam os suprimentos das aeronaves que eram esperadas começaram a fazer fila no campo, mas ainda não havia sinal dos aviões. Por volta das 21 horas, comecei a desconfiar de que não chegariam a imaginar se eu conseguiria fingir decepção, visto que só de pensar na possibilidade eu ficava vermelho de alívio.

E então eles chegaram. O ronco inicial poderia passar pelo de um inseto, se estivéssemos em outra estação. A equipe de solo acendeu dezenas de lampiões Coleman e correu com eles para iluminar as margens da pista e os aviões desceram com apenas trinta segundos de intervalo entre si. As turmas dos comboios se apressaram adiante para descarregar.

O sargento-aviador que me assessorava ajudou-me a colocar o restante do equipamento de salto. Primeiro um Mae West, um necessário colete salva-vidas, pois não havia garantias de que não pousaríamos num lago ou numa poça, depois os arneses, uma teia de tiras e fivelas que foram apertadas de cada lado de minha virilha.

– Não é exatamente uma calcinha confortável, mas suas bolas poderão ficar chacoalhando assim que pousar, capitão.

O que eu usava já era suficientemente incômodo, mas descobri que aquilo era só o começo. Já que poderíamos descer em território inimigo, o sargento enfiou debaixo da teia da cintura uma submetralhadora Thompson, e pendurou duas caixas de munição para metralhadora, cada qual pesando mais de 2 quilos, depois amarrou uma faca de combate na minha perna e, por via das dúvidas, prendeu uma pequena mina Hawkins, que parecia uma lata de tíner, na minha bota. Transformou meu cinto trançado numa correia com ferramentas de combate, ao pendurar nele uma pá de trincheira e um cantil, minha pistola no seu coldre, uma meada de corda, um alicate de cortar arame e um canivete. Uma lanterna foi enfiada em uma faixa sobre o meu peito. Então, quando pensei que havia acabado, ele colocou um paraquedas de reserva atravessado sobre minha barriga.

Eu esperava a qualquer momento tombar para a frente. Mesmo Biddy, enorme como era, parecia curvado sob o peso.

– Vocês vão viajar com pouca bagagem, companheiros, porque são novatos. as paraquedistas costumam levar um saco de viagem debaixo do braço.

Biddy e eu fomos levados de jipe até o nosso avião, um bombardeiro leve chamado Hampden. Tinha dois motores, fuselagem prateada e um nariz baixo de vidro que o fazia parecer uma tartaruga voadora. Ficamos de pé com alguma dificuldade sobre o capô e, com dois homens nos segurando por baixo, subimos uma escada até o compartimento de lançamento de bombas na própria barriga de metal exposta do avião.

Havia ali uma tripulação de quatro pessoas, piloto, bombardeador, atirador e radiotelegrafista – mas sua atitude em relação a nós pareceu ligeiramente reservada, mesmo para ingleses. Fiquei imaginando se a RAF teria tentado essa viagem sem a insistência de Teedle – ou do Gabinete – com o Quartel-General Supremo sobre a absoluta importância de Biddy e eu chegarmos a Bastogne. Talvez, concluí, aqueles quatro estivessem apenas demonstrando a relutância natural para criar afeição pelos condenados.

Com todo aquele equipamento, só conseguimos pousar a extremidade de nossos traseiros sobre dois assentos dobráveis aparafusados à fuselagem, mas o radiotelegrafista nos prendeu com a correia que havia firmado a carga agora descarregada. O piloto, um oficial-voador, foi até a traseira para nos fazer um sumário. Chegaríamos a Bastogne em vinte minutos, disse ele. Assim que a latrina, o compartimento para lançamento de bombas à nossa frente, se abrisse, teríamos de enganchar o cordel de abrir o paraquedas na corda acima e saltar rapidamente. Nossa área de salto era em campos a céu aberto um pouco a oeste de Bastogne, perto de uma cidade chamada Savy. Se os alemães percebessem que estávamos no ar, o atirador e o radiotelegrafista dispararіam tiros de cobertura com as metralhadoras Vicker nas torres da artilharia à nossa frente. De qualquer modo, o piloto achava que os nazistas jamais veriam os paraquedas no escuro, pois o ruído do avião atrairia todo o fogo de terra. Ele era do tipo prático, mas deixou claro que, se houvesse ali um concurso de idiotas, eles provavelmente seriam os vencedores. Entendi então por que tínhamos tido aquela recepção tão fria.

Sentado ali nos instantes anteriores à decolagem do avião, me senti completamente desligado de mim mesmo. Achava que desistira da vida, mas, assim que os motores foram acionados, um acentuado chiado de protesto elevou-se diretamente de meu coração. Isto é uma loucura, pensei. Loucura. Pessoas lá embaixo vão tentar me matar, gente que nunca me conheceu, gente a quem nunca tentei fazer mal. De repente, não consegui me lembrar por que aquilo fazia algum sentido.

Ganhamos velocidade, resistindo àquele breve momento de falta de gravidade quando deixamos o solo. Olhei para Biddy, mas ele encarava o chão, tentando claramente se conter. Ao subirmos, lembrei-me de que deixara passar todo o tempo em que estive no solo sem escrever para a minha família ou Grace, mas não consegui imaginar o que diria além de "amo vocês e vou deixá-los por causa da loucura".

Enquanto voávamos, o interior tornava-se insuportavelmente quente, mas eu estava preocupado principalmente em tentar ignorar a urgência de minha bexiga e dos meus intestinos. O bombardeador veio até onde eu estava e acocorou-se a meu lado. Ele era primeiro-aviador, o equivalente britânico a cabo, um belo jovem de cabelos negros.

– Primeiro salto, não? – Ele precisou repetir várias vezes, pois o intenso zumbido latejante dos motores enchia toda a barriga do avião.

Fiz que sim e pedi uma sugestão de última hora.

Ele sorriu.

– Mantenha o cu apertado.

Então, quase como uma deixa, Biddy vomitou à sua frente e permaneceu ali sacudindo a cabeça, visivelmente envergonhado.

– É o calor – berrei. O interior do avião era como um alto-forno, e poluído de vapores enjoativos do escape do avião. Eu mesmo me sentia tonto. O bombardeador agiu como se tivesse visto tudo isso antes.

– Você se sentirá melhor agora – falou para Biddy. Quando o fone ao lado da escotilha piscou, o bombardeador agarrou-o e em seguida fez sinal para prendermos a correia do queixo.

– Muito bem – berrou. – Quem é o primeiro?

Não tínhamos conversado sobre isso, mas Biddy levantou a mão sem muita firmeza, alegando que precisava ir lá fora. Enganchou o cordel, depois rastejou até a beira do compartimento de lançamento de bombas. A porta abriu-se lentamente para fora, deixando entrar um vento gelado. Parte de meu cérebro ainda funcionava, pois me dei conta de que o avião superaquecera prevendo o frio. A porta não parecia totalmente aberta quando Gideon baixou a cabeça e desapareceu rapidamente sem mesmo uma olhadela para trás.

Após me enganchar acima, tentei ficar de pé, mas minhas pernas eram como água, e isso de qualquer modo seria difícil, por causa do equipamento que eu usava e a trepidação do avião. Como Biddy, segui de gatinhas, lembrando tarde demais de evitar a poça que ele deixara para trás. No instante em que ele sumiu, eu estava na beira, inclinado na direção da forte torrente de ar gelado. Meu rosto ficou dormente de imediato, enquanto olhava abaixo para a indefinida forma de terra que corria embaixo na escuridão. Nas luvas de salto de couro branco, minhas mãos apertavam a beira do compartimento. O bombardea dor colocou o rosto ao lado do meu.

– Capitão, receio que deva ir embora. Caso contrário, serei forçado a enfiar a minha bota no seu traseiro.

Mamãe, o que estou fazendo?, pensei. O que estou fazendo? Então pensei, preciso fazer isso, preciso fazer isso, porque é meu dever e, se não fizer o meu dever, não valerá nada.

Contudo, meu corpo não se rendia à minha vontade. Gritei para o bombardeador:

– Eu topo o chute na bunda.

Foi como mergulhar numa piscina, o choque do frio, a repentina distância do som. Executei no ar uma cambalhota completa e fiquei na vertical com o meu coração bombeando nada além de terror, enquanto um pensamento saltava para mim com surpreendente clareza. Quando meu paraquedas se abriu com um estalido e fui arremessado contra o céu, uma límpida dor fez arder meus braços. Eu esquecera de apertar os arneses, e caía com as mãos estendidas à minha frente como uma criança levando um tombo, e temi por um segundo ter deslocado os ombros. Nem isso, porém, foi o bastante para me distrair. Porque, no momento da queda livre, me dei conta de que eu não estava indo realmente procurar Martin. A forma que eu via, enquanto caía pelo espaço, era a de Gita Lodz.

DURANTE METADE da descida não houve nenhum som ou sensação exceto a do frio correndo. Enxergava apenas a terra, preto no preto, uma forma deslizante sem perspectiva. Em seguida foi como se a noite, igual à casca de um ovo chocado, fosse subitamente bicada pela luz. Salvas de fogo antiaéreo vieram de pelo menos três lados e os foguetes irromperam como imensos insetos letais. Então, sem aviso, um guincho de fachos vermelhos levou o dia para o céu. Avistei o paraquedas de Biddy, um cogumelo abaixo de mim, meu coração sentiu um alívio por apenas um segundo, por saber que não estava ali sozinho, mas isso foi substituído imediatamente por outro espasmo de terror quando me dei conta de que os alemães atiravam em nós. O antiaéreo continuava disparando, mas saraivadas menores também rasgavam o ar como estrelas cadentes. No brilho instantâneo, vi realmente uma delas fazer um buraco no velame do paraquedas de Biddy, cuja descida se acelerou. No entanto, seria uma coisa boa para ele, desde que sobrevivesse, sair da área do fogo de barragem.

Eu pagava a entrada nas tardes de sábado e ouvia os tiros passarem assobiando por Tom Mix nos alto-falantes do cinema. Mas o som verdadeiro de um tiro que erra o alvo por pouco é apenas um pequeno chiado sinistro e um rastro de ar turvado, uma abelha peidando ao passar, seguido instantaneamente pelo áspero estampido do rifle de onde a bala partiu. A infantaria alemã, graças a Deus, não havia praticado tiro contra objetos cadentes. Uma dezena de tiros perdidos por apenas poucos centímetros. Mas, enquanto o chão se aproximava, meu ouvido foi perfurado por um intenso formigar.

Minha lembrança seguinte é de estar deitado na neve. Sob o meu nariz, Biddy abanava uma ampola de amônia que retirara de seu estojo de primeiros socorros da frente do capacete. Recuei do forte odor.

– Vamos lá, capitão. Os 88 vão estar sobre nós a qualquer minuto. – Eu continuava deitado ali enquanto arrumava os pensamentos. Em algum momento, percebi que ele já tinha cortado as cordas e me libertado do meu paraquedas. – O senhor desmaiou, capitão. Talvez uma concussão. – Esforçou-se para pôr-me de pé. Estiquei-me para pegar a minha mochila, que ele também recolhera, e então fiquei paralisado, atônito com o que sentia contra a parte de trás de uma das coxas. Recuperei das lembranças da infância a sensação que eu conhecia. Eu havia feito cocô nas calças.

Corri atrás de Bidwell meio agachado, através de um campo de fazenda, com a neve na altura dos joelhos até alcançarmos uma orla arborizada. Toda aquela preocupação com o treinamento para o salto de paraquedas e acabamos pousando numa almofada. Após os fachos, sabíamos que forças americanas estariam à nossa procura, na hipótese de termos descido em uma área que elas controlavam. Enquanto Biddy esforçava-se no escuro para ler a bússola presa em seu pulso, soltei o arnês do meu paraquedas e me enfiei no meio de um arbusto, onde despi as duas calças. Devia estar fazendo 10 graus negativos, mas, ainda assim, preferia ficar parado ali, nu, do que ir em frente com merda escorrendo pelas pernas. Cortei fora a cueca com o canivete do meu cinturão, limpei-me o melhor que pude e arremessei minha roupa de baixo, que acabou presa em um dos arbustos. A essa altura, Biddy já estava observando, mas não pediu nenhuma explicação.

Um grupo de reconhecimento chegou cinco minutos depois. Corremos com eles para recolher os fardos com remédios antes que a artilharia alemã se voltasse para nós, depois trepamos na traseira de um dos caminhões de meia tonelada de uma unidade de artilharia que havia parado. Quando seguimos em frente, Biddy, a meu lado, esticou a mão para tocar no meu capacete. Retirando-o, vi o vestígio de uma pancada acima da minha orelha direita, e uma fenda descendo uns 5 centímetros até sua extremidade. Era do disparo que havia me nocauteado. Sacudi a cabeça, como se pudesse tirar algum sentido da proximidade do erro, mas nada me ocorreu. Havia a vida e havia a morte. Eu não estava morto. Por que ou quão perto não significava realmente nada em comparação com o fato fundamental.

Tínhamos percorrido quase um quilômetro quando captei uma transmissão de rádio bradando na cabina. Alguém não fora encontrado.

– Os ingleses – disse Biddy. – O Hampden foi abatido logo depois que o senhor pousou. – A artilharia antiaérea alemã o atingira direto, uma gigantesca bola de fogo e fumaça, contou, mas na ocasião estava a leste de nós, sobre os alemães. Pensei nos quatro homens com quem havíamos voado, mas o falecimento deles não conseguiu me motivar mais do que a minha própria sobrevivência. Em vez disso, virei-me para Biddy, para reclamar por um segundo do frio.

Os soldados que nos recolheram eram membros do 110º Regimento de Infantaria da 28ª Divisão de Infantaria que foram obstruídos em sua retirada e acabaram ali, alinhados com a 101ª Aerotransportada, a força principal a defender Bastogne. Eles nos levaram ao seu posto de comando montado no povoado de Savy. A cidade consistia em algumas poucas edificações baixas construídas com a pedra cinzenta nativa. Na maior delas, um estábulo, o comandante em exercício do grupo de combate, o tenente-coronel Hamza Algar, instalara seu quartel-general.

Algar trabalhava em uma pequena mesa colocada no centro do chão de terra quando entramos para nos apresentar. Eles haviam feito o melhor possível para varrer o local e deixá-lo limpo, mas continuava sendo um estábulo, com baias de ambos os lados e vigas aparentes acima, e com o fedor residual de seus ex-habitantes. Quatro oficiais do Estado-Maior estavam de pé em volta de Algar, enquanto ele estudava listas e mapas ao lado de um lampião. Vestiam jaquetas de campanha e luvas, os ombros encolhidos por causa do frio. Ali era melhor porque não havia vento, mas tampouco havia aquecimento.

Algar levantou-se para retribuir minha continência e depois ofereceu a mão.

– Quanto treinamento fez para esse salto, doutor? – perguntou-me. – Foi de uma bravura e tanto. Mas, doutor, veio ao lugar certo. Infelizmente. – Essa era a terceira ou quarta vez, desde que havíamos pousado, que me chamavam de "doutor". Talvez fosse a concussão ou o torpor por ter sobrevivido, mas somente então me dei conta de que essa saudação não era a do tipo que o Pernalonga fazia.

– Desculpe-me, coronel, mas receio que esteja enganado. Sou advogado.

Algar era pequeno, 1,65 metro, e talvez, para compensar, era evidentemente cuidadoso com sua boa aparência. Tinha um fino bigode repartido acima do lábio superior, muito bem-aparado, mesmo no campo de batalha, e seu cabelo tinha vaselina. Mas ficou visivelmente aturdido.

– Disseram-me que foi lançado junto com os suprimentos médicos. Sulfa. Ataduras. Plasma. – Algar sentou-se e virou-se para os assistentes. – Recebemos advogados por paraquedas – comentou. – E munição? Ou reforços? Meu Deus. – Um segundo depois, deu meia-volta para perguntar por que eu estava ali. Assim que ouviu a minha explicação, olhou-me ainda mais demoradamente do que quando eu dissera que não era médico.

– Martin? – perguntou. – Bob Martin? Mandaram você prender Bob Martin? Eles não sabem que diabos está acontecendo aqui? Temos todo mundo disparando armas, inclusive os cozinheiros. Tenho três companhias sob o comando de suboficiais. Tenho dois segundos-tenentes que, juntos, têm um total de uma semana de experiência na Europa. E querem que você prenda um dos melhores oficiais de combate que possuo?

– Foi a ordem que recebi, senhor.

– Bem, eu vou lhe dar uma ordem diferente, capitão. Você prende o major Martin ou qualquer um outro fisicamente capaz de atirar de volta contra os alemães e não vou nem me preocupar em prendê-lo. Atirarei em você, capitão Dubin, e não tome isso como um gracejo.

Olhei para o círculo de oficiais, pedindo ajuda.

– Daqui a três dias – disse-me Algar –, quatro, ou seja lá quanto leve para cuidarmos dos boches, poderemos esclarecer isso. McAuliffe pode conversar com Teedle. Eles podem levar a questão até Patton, se desejarem. Ou até mesmo Eisenhower. Podem ir empurrando até o topo. Mas, no momento, todos nós estamos tentando salvar esta maldita cidade. E a nós mesmos. Entendido?

Não respondi. Houve um momento de impasse silencioso antes de Algar voltar a falar.

– Só por curiosidade, Dubin, de que exatamente Martin foi acusado?

Demorei um segundo para avaliar o que eu poderia dizer, então pedi para falar com ele a sós. Estava frio demais para Algar pedir que seus oficiais fossem lá para fora, mas mandou que se retirassem para um canto.

– Coronel – falei cochichando –, trata-se de uma questão de lealdade.

Algar curvou-se para a frente tão rapidamente que pensei que pretendesse me bater.

– Escute, Dubin. Bob Martin tem lutado junto ao 110º há quase uma semana, liderando uma unidade de combate, e fazendo um serviço muitíssimo bom. Como voluntário. Tem passado o diabo, como todos nós, e acaba de aceitar uma nova missão que exige mais coragem do que bom-senso. Aposto minha vida na lealdade dele.

– Mas os Aliados não, senhor. Trata-se de uma questão de quem é o quê.

Algar olhou-me fixamente, mais uma vez tentando me avaliar. Denunciou seu primeiro sinal de nervosismo, mordiscando o bigode sobre o lábio, mas isso, verificou-se, era apenas um meio de controlar sua ira.

– Ah, entendo – exclamou. – Entendo. Outra acusação de comunista. Não é isso? Eu tenho visto os figurões fazerem pouco-caso de um bando de franceses da resistência para cuja política eles não ligam, homens e mulheres que arriscam tudo por seu país, enquanto metade da França se ajoelha em Vichy. Bem, Dubin, isso não tem nenhuma utilidade para mim. Nenhuma.

"Vou lhe falar a verdade, capitão. Sinto pena de você. Mesmo. Porque é preciso coragem para fazer aquele salto. E fez isso por um bando de besteiras. E agora, não pulou apenas da frigideira para o fogo, mas direto para o interior de um vulcão. Os alemães nos cercaram. Temos pouquíssima comida, menos ainda munição e os únicos suprimentos médicos que vi são os tais que foram jogados juntamente com vocês.

Portanto, não sei o que diabos vai fazer consigo mesmo, mas eu lhe garanto isto... você não vai prender Bob Martin. Ralph – chamou –, arrume um lugar para o capitão Dubin e seu sargento dormirem. Cavalheiros, isso é tudo o que posso fazer por vocês. Dispensados.

16
Visita noturna

Biddy e eu fomos transportados cerca de 1,5 quilômetro até a cidade de Hemroulle e uma pequena igreja de pedra que ficava no meio de um amontoado de escuras edificações de fazenda, onde fomos deixados para passar a noite com uma unidade de infantaria que estava sob o comando de Algar. Deitei-me sobre um banco de igreja de carvalho, muito melhor do que o chão frio, mas estreito demais para ser confortável.

Por causa disso e das reverberações do salto e do desviar de balas, não consegui dormir muita coisa e acordei facilmente com o som de dois homens, americanos, gritando um com o outro nos fundos do altar. O radiante mostrador do meu relógio revelou que eram 3 horas da madrugada. Alguém berrou para irem fazer algazarra lá fora. Permaneci ali mais um segundo, determinado a dormir, quando, de repente, reconheci ambas as vozes.

Quando levantei de um salto, Biddy estava visível, à luz de um lampião perto da porta, arrastando Robert Martin pela gola de sua jaqueta de campanha, parecendo um pai com o filho desobediente. Levei um instante a mais para me convencer de que estava acordado, então agarrei minha submetralhadora Thompson e corri para lá. O cinturão de Biddy estava preso em volta das mãos de Martin. O major estava furioso.

– Por que é que, quando se diz até mesmo a um bom homem que ele é um policial, ele se transforma num valentão? – perguntou Martin assim que me viu.

De acordo com Bidwell, Martin chegara havia apenas um momento, quando ele estava voltando da casinha.

– Sorriu como se fosse minha tia vindo me visitar e perguntou pelo senhor – disse Biddy. – A ordem que recebi foi a de prendê-lo e foi isso que fiz.

Eu sabia que Biddy agarrara Martin apenas pelo puro prazer disso, tendo em vista o que passamos. Eu não o censurava. Mas Algar iria encarar isso como insurreição.

– Solte-o, Gideon.

Olhou-me daquele seu modo.

– Diabos, capitão – falou.

– Eu sei, Biddy. Mas desamarre-o. Antes, precisamos ajeitar as coisas.

Um dos soldados do pelotão que dormia atrás de nós sentou-se em seu banco, nos xingou e mandou novamente que fôssemos fazer balbúrdia lá fora.

Atravessamos para a estreita entrada da igreja, logo após o altar. Duas velas haviam sido colocadas nos cantos para orientar quem fosse usar a casinha. Assim que Biddy o desamarrou, Martin saiu batendo a velha porta de madeira. Supus que ele tivesse ido embora, mas voltou no instante seguinte com seu cantil de aço. Aparentemente, ele o perdera após oferecê-lo a Bidwell. Como Martin lutava judô, isso talvez pudesse lhe ter dado uma grande chance, mesmo contra Gideon, mas Biddy caíra sobre ele sem aviso, enquanto Martin lhe oferecia uma bebida.

Eu continuava perplexo por ver Martin. Se ele sabia que estávamos ali, devia saber porquê.

– Veio zombar de nós, major?

– Vim mais para apresentar meus cumprimentos e esclarecer as coisas. Isto é, até topar com o Primo Carnera aqui presente. Soube que foram vocês os dois que vimos cair do céu esta noite. Que tipo de treinamento fizeram para aquilo, Dubin?

Não tinha certeza se queria responder, mas sacudi um pouco a cabeça.

– Bastante heroico – observou Martin. – Espero que, depois de mim, não usem você como modelo. – Achou o comentário engraçado. Martin estava vestido do mesmo modo como em La Saline Royale, uma jaqueta de campanha e farda de serviço, com um colete repleto de equipamentos. Estava sujo, com barba por fazer e esfregava um dos pulsos, que devia ter ficado um pouco machucado após a contenda com Gideon. De vez em quando ele se abaixava para pegar um pouco mais da neve acumulada em sua calça quando Bidwell o dominara nos degraus da igreja.

– Não me imagino como um herói, major. Não é um rótulo que eu mereça. Ou que fosse me alegrar.

– É a expressão de uma opinião pessoal, Dubin?

Era, mas eu não iria admitir.

– Admiro o que tem feito, major.

– É por isso que veio me prender?

Ele disse que soubera de minha ordem através de Ralph Gallagher, o executivo de Algar. Eu ainda tinha uma cópia da ordem oficial de Teedle no bolso interno da minha túnica, agora amassada e úmida de suor. Desdobrando-a, Martin foi para perto de uma das velas para lê-la, sua sombra assomando enormemente na parede atrás dele. Biddy estava acocorado diante da parede revestida do lado oposto. Sua mão estava na submetralhadora e seus olhos não abandonavam Martin.

– Parece que todo mundo está bastante contrariado em relação a mim, Dubin – disse Martin enquanto me devolvia o papel. – Inclusive você.

– Mentiu para mim, major. E saiu às escondidas no meio da noite.

– Quando você chegou naquele dia na casa da condessa, eu lhe disse que estava prestes a partir numa missão, Dubin.

– Estava se referindo à explosão do depósito em La Saline Royale.

– Estava? Você entendeu mal. Lamento. Você já falou com o Gabinete? O que lhe disseram sobre minhas ordens atuais? – Percebi então que era esse o motivo pelo qual Martin tinha vindo. Queria saber o que o Gabinete imaginava a respeito de seu desaparecimento; se achavam que ele enlouquecera, desertara ou, mais perigosamente, haviam deduzido que ele trabalhava para os soviéticos. Eu estava determinado a não lhe dar qualquer resposta sobre isso.

– O Gabinete aprovou a sua prisão, major.

– Bobagem. Eu aposto um bom dinheiro, Dubin, que você não ouviu isso pessoalmente de alguém de lá. Foram eles que me mandaram nesta direção. Não se recorda? Eu lhe disse várias vezes que estava sendo despachado para a Alemanha. – Para se juntar à sua antiga rede e salvar vidas, dissera. Não havia dúvida de que, naquela fase, o Gabinete ia querer partidários alemães.

Da entrada, os olhos de Bidwell haviam pulado de Martin para mim, para se certificar de que eu não iria ser novamente passado para trás, mas não havia motivo para ele se preocupar. O lema do Direito permanecia comigo. *Falsus in uno, falsus in omnibus.* Falso em uma coisa, falso em tudo. Uma mentira era o suficiente para privar de credibilidade qualquer testemunha, e as invenções de Martin estavam além da conta. Qualquer que fosse a ironia, eu agora depositava uma considerável crença na veracidade de Teedle. Ele era direto demais para mentir. Simplesmente sacudi a cabeça para Martin.

– Providencie sua ida a Londres, Dubin, para falar com o coronel Winters. Verá que digo a verdade.

– Pelo seu próprio bem, espero que sim, major. Mas não há ambiguidade na ordem que recebi. É para prendê-lo. Se conseguirmos transporte seguro para oeste, Bidwell e eu o escoltaremos de volta ao Quartel-General do Terceiro Exército. Como é oficial, será mantido sob prisão domiciliar até o julgamento.

– Prisão domiciliar? – Expeliu um pouco de ar junto com as palavras. – Isso parece coisa da minha infância. E Teedle ficará satisfeito? – Esse pensamento o fez esmorecer. Desabou contra a parede do outro lado da entrada, distante de Bidwell, e abriu seu cantil. Ofereceu-me um trago, do qual declinei. Não queria mais nenhuma generosidade de Robert Martin.

– Você leu Nietzsche, Dubin? – perguntou então Martin.

– Li.

– Eu também li. O general Teedle leu Nietzsche, disso você pode ter certeza. "Escola de guerra da vida: o que não mata fortalece." Está tudo podre – afirmou. – E Teedle não é super-homem. Sabe por que o general quer que o mundo pense que ele é um grande homem de ação, com os braços cruzados sobre o peito? Já o viu nessa pose, nos cinejornais? O general é veado – disse Martin. – Você já sabia disso.

Não disse nada.

– Não me importo com as bichas – comentou Martin. – Há muitas que fizeram coisas muitíssimo boas para mim através dos anos. Uma delas foi um garçom em Paris. Você não pode imaginar o que um garçom escuta, Dubin. Mas era uma dessas bichas insignificantes que não tinha dúvidas do que era. O coronel acha que é apenas um homem que dorme com homens.

– Está querendo dizer que isso alimenta o ressentimento dele contra você, major?

– Sei lá. Talvez não. Para Teedle, provavelmente tudo se resume na sua suposição de que sou comunista. Já perguntou a ele sobre isso?

Levei um segundo para refletir sobre o que deveria dizer. Não podia renunciar totalmente à minha curiosidade, agora que ele mencionara o assunto.

– Teedle afirma que você foi membro do Partido, major. Em Paris.

Raramente dado a gargalhar, Martin soltou um cacarejo agudo.

– Bem, sempre gostei de um bom partido – brincou. – E é por isso que estou sendo preso?

– Está sendo preso por insubordinação, major. Mas o general Teedle provavelmente dirá na sua cara que desconfia de que, quando os nossos exércitos se juntam, você segue as ordens dos generais russos e não as dele. – Dada minha experiência com Martin, eu não levava muita fé em suas negativas. Mas me pegou de surpresa o fato de ele não fazer nenhuma. Em vez disso, riu.

– Pode apostar um bom dinheiro nisso, Dubin. Prefiro receber ordens de um papagaio grasnante do que de Teedle. Mas, felizmente, tenho aqui um excelente comandante. Não tenho problemas com Algar, como irá notar.

– O tenente-coronel disse que você está prestes a executar uma nova operação, major.

– Exatamente. Iniciaremos daqui a uma hora.

Esperava que ele invocasse as prerrogativas do necessário sigilo, mas aparentemente a missão era de conhecimento geral. A situação militar em volta de Bastogne era ainda pior do que os mecânicos de voo em Virton deram a entender. No dia anterior, os alemães haviam interrompido as últimas estradas e cercado completamente a área. Agora apertariam o cerco até conseguirem bombardear as tropas americanas e levá-las à submissão. A nossa posição era débil, mas os soldados que encontrara, inclusive aqueles em volta de Algar, e agora Martin, permaneciam calmos. Supostamente, Patton estava a caminho, mas todas as tropas achavam que precisavam de balas e equipamento para poderem romper o cerco por elas mesmas. Era disso que tratava a operação de Martin.

Em 19 de dezembro, ao flanquear Bastogne ao sul e a oeste, os alemães interceptaram, perto de Vaux-les-Rosières, um trem de abastecimento americano, bloqueando os trilhos com tanques e deixando o trem ali, provavelmente esperando para determinar se poderiam usar o que este continha. Com alguns soldados do 110º Regimento a quem comandava já havia uma semana, Martin pretendia alcançar os vagões repletos de munição. A aposta era que, quando suas tropas e seus três veículos blindados Hellcat com canhões antitanque atravessassem as frágeis linhas alemãs, os nazistas recuariam para consolidar sua posição, ao imaginar que aquilo era a ponta de lança de um esforço combinado americano para furar o cerco. Martin e seus homens teriam provavelmente um caminho desimpedido para o trem. Se Martin conseguisse colocar a locomotiva em funcionamento, eles a levariam para Bastogne. Se não, descarregariam o máximo possível de munição para 75 milímetros e balas para armas menores, e correriam de volta antes que os alemães voltassem a fechar o cerco.

A única parte difícil, pensava Martin, era, antes de mais nada, conseguir atravessar as linhas.

– A infantaria é relativamente pequena – observou. – Passaremos direto por eles. A Divisão Panzer-Lehr está vagando por ali em algum lugar, mas até McAuliffe considera o nosso plano sensato – disse ele, referindo-se ao comandante da 101ª que conduzia a defesa de Bastogne. Mesmo se a Panzer-Lehr aparecer, ainda podemos recuar. E, se atravessarmos, nossas chances de sucesso são muito altas.

– Trens e munição – falei. – Parece ser o seu refrão, major.

– Cachorro velho, truques velhos – retrucou. – É um tremendo tédio ser especialista. Quando era menino, nunca quis me especializar em coisa alguma. Mas então me apaixonei por trens.

Perguntei se ele era do tipo que brincava com modelos de locomotiva em uma ferrovia decorada com miniaturas de árvores, estações e torres-d'água.

– Nunca tive paciência para isso. Eu era um tanto frenético. Acho que ainda deve notar isso. Não, trens para mim vieram um pouco mais tarde. Saí de casa por uns tempos, quando tinha 17 anos. Peguei carona num trem cargueiro. O primeiro gosto de liberdade que tive em minha vida foi quando aquele vagão saiu à toda de Poughkeepsie. Concluí, naquela ocasião, que a ferrovia era a maior das invenções humanas. Eu adorava estar nela. Quando fui procurar os parentes de minha mãe em Paris, após largar a faculdade, foi esse o trabalho que quis fazer. Comecei como cabineiro. Acabei como maquinista. A ideia de que eu era um trabalhador comum horrorizava meu pai, mas era muito prazerosa para mim.

– Não creio que tenha ouvido mencionar antes seus pais, major.

– Isso não foi por acaso, Dubin. – Ele tomou outro trago do cantil e olhou para as velas. – Meu pai é professor de línguas românicas na Vassar College. Conheceu minha mãe quando cursava a Sorbonne. Um camarada bastante distinto, meu pai. E o homem menos mesquinho que habita o verde solo de Deus. Concordo com ele em tudo. Política. Música. Não gosto do que ele veste, suponho, não gosto de seus chapéus. Mas isso serve para lhe mostrar que opiniões não são tudo. Ele é um filho da mãe completo.

– É duro com você?

– Muito. E mais duro com minha mãe. Ela não pôde dar o fora pegando carona num trem. Então estourou os miolos com a espingarda dele, quando eu tinha 16 anos.

O vento soprou lá fora, as portas de madeira bateram e as velas derreteram, mas ele não desviou o olhar daquele canto. Transmiti meus sentimentos.

– Bem – disse ele. – Foi duro, é claro. Horrível. Mas, antes disso, a vida não era uma festa. Minha mãe vivia de cama, uma mulher incrivelmente bela, mas melancólica. Mal consigo me lembrar de suas feições porque raramente a vi em outro lugar a não ser em um quarto escuro. – Bebeu e olhou para a parede. – Não são histórias que costumo contar, Dubin.

Eu conseguia entender aquilo. Mas reconhecia que o instinto de Martin era sempre controlar o momento. Seu charme fora minado pelas suas mentiras. Portanto, agora rapinava minha compaixão. Ou desfilava as perversões de Teedle.

– Acho que eu deveria participar dessa sua operação esta noite, major. – Eu estivera pensando nisso havia algum tempo. Na passagem de entrada, Biddy não conseguiu se conter.

– Por Jesus Cristo crucificado – gemeu.

Achei um seixo no chão e joguei nele, depois repeti meu pedido a Martin.

– Está com medo de que eu fuja, Dubin?

– Não seria a primeira vez, major.

– Bem, no momento tem os alemães para ocupar sua mente. Todas as estradas estão interrompidas. E a neve está alta. E tenho um grupo para trazer de volta, Dubin.

Falei que, mesmo assim, queria ir.

– Não seja idiota, Dubin. Você não irá por causa da missão. Você irá para ficar de olho em mim. O que significa que você será um perigo para nós dois. E, tenho toda a certeza, vai atrapalhar.

– Nós não atrapalhamos na salina.

– Na salina, Dubin, você permaneceu em uma posição. Esta operação é móvel. Em veículos blindados para os quais você nunca foi treinado.

– Vou falar com Algar.

– A escolha não é de Algar. É minha. E não quero você lá.

A chance de que Algar desconsiderasse Martin era mínima, mas, em vista da situação, eu precisava tentar. Perguntei se Martin estava disposto a me conduzir de volta ao quartel-general de Algar para que eu pudesse apresentar meu caso ao tenente-coronel. Ele sacudiu a cabeça, incrédulo, mas, como de costume, sorriu abertamente diante da minha obstinação.

– Preciso me aprontar, Dubin, mas deixarei você lá. Venha.

Disse a Biddy que ficasse e dormisse. Ele pareceu hesitante.

– Ele carrega uma submetralhadora, sargento – lembrou Martin. – Creio que terá uma boa chance contra mim. – Martin chamou Gideon de "Brigão", quando Biddy acenou um adeus.

Assim que estávamos a caminho em seu jipe, Martin falou:

– Não vai me perguntar por Gita?

Demorei um segundo.

– Espero que ela esteja bem.

– Eu também.

– Soube que ela está perto de Houffalize.

– Não vai encontrá-la, se procurar por lá, Dubin.

Martin desviou da estrada o olhar mordaz, estreitado, e ficamos nos encarando. Foi o primeiro momento de verdadeira rudeza entre nós, reforçado pela ironia. Ele queria que eu perguntasse onde ela estava, e eu não lhe daria esse prazer. Mesmo assim, esse atrito me lembrou ainda mais uma vez o terrível engano que eu cometera com ela.

– Se tem alguma queixa a meu respeito, em relação a *mademoiselle* Lodz, major, sinta-se livre para fazê-la.

– Não tenho queixas – falou rapidamente. – Ela não ia querer isso. A vida dela é dela. Sempre foi e sempre será. – Foi uma reação disciplinada, como a de um soldado recebendo ordens. – Ela está em Luxemburgo. Pelo menos espero que esteja. Roder. De olho na fronteira alemã. Ambos enviamos relatórios a Middleton informando que os alemães estão concentrando tanques, mas ninguém quis saber disso. Deus proteja o Exército dos Estados Unidos. – Balançou a cabeça com amargura ao parar o veículo diante do estábulo onde Biddy e eu estivéramos com Algar poucas horas antes. Quando a mão de

Martin avançou, levantei a minha, para apertá-la, mas, em vez disso, ele apontou para o meu lado.

– Eu gostaria de usar essa Thompson, Dubin. Não temos nada parecido por aqui. Viria a calhar e você tem minha palavra de que será devolvida. Trocarei a M-1 com você por algumas horas.

Olhei para a submetralhadora. Fiquei contente por Bidwell não estar ali, pois não tive de ouvir os ruídos que ele faria diante da ideia de eu dar qualquer coisa a Martin.

– Promete que se entregará a mim, major, quando formos capazes de seguir em frente?

Martin soltou uma gargalhada.

– Ora, Dubin – disse ele. Na escuridão, ele desviou o olhar para a neve. – Sim, eu me entrego. Com a condição de você contatar pessoalmente o Gabinete antes de me entregar a Teedle.

Apertamos as mãos, entreguei-lhe a arma e a caixa de munição que tinha comigo.

– Você a terá de volta dentro de poucas horas – prometeu Martin antes de sair dirigindo.

Ele estava quase fora de vista quando a sentinela do lado de fora do estábulo disse-me que Algar fora para a área de concentração de tropas para repassar os mapas uma última vez com Martin e seu grupo. Contou que Martin e Algar haviam combinado isso apenas meia hora antes, quando Martin parara ali. Fiquei parado ao vento. Nunca fui esperto o bastante para lidar com Martin. Nem sequer fiquei zangado comigo mesmo. Aquela era simplesmente a natureza das coisas.

COGITEI CAMINHAR DE volta até Hemroulle, mas tinha a leve esperança de que Algar voltasse antes da partida do grupo de Martin. Havia um paiol de feno conjugado ao estábulo, uma área elevada para que o feno pudesse ser jogado para lá da traseira de uma carroça ou caminhão através de uma abertura do lado de fora. A sentinela me disse que os soldados haviam dormido ali nas duas últimas noites. Prometeu me acordar assim que Algar retornasse.

No auge do inverno, restava apenas um pouco de feno, mas seu cheiro agradável perdurava. Meu antecessores haviam reunido o que restava, construindo algumas camas, e me deitei em uma delas e dormi profundamente. Meus sonhos pareciam toscos e desesperados, do tipo que faz uma pessoa gritar no meio da noite, mas permaneci por muitas horas naquele mundo, em vez de naquele círculo sitiado na Bélgica.

Acordei com o meu nome. Hamza Algar, com a aparência cansada e mordiscando o bigode, estava no estábulo a poucos metros abaixo de mim. Empurrou a minha submetralhadora pelo chão do paiol de feno.

– Martin pediu ao seu pessoal para se certificar de que isto fosse devolvido a você – falou e foi embora. Enquanto eu saía dali me arrastando, Algar foi até sua mesa no centro do estábulo. Havia luz do sol visível na junção entre as paredes de pedra e o teto de folha de flandres da edificação. Sentado, Algar descansava o rosto entre as mãos.

– Como eles se saíram? – perguntei a Algar.

Ele suspirou.

– Muito mal. Os boches estavam de olho neles e fizeram a merda voar pelos ares à primeira luz do dia. Os soldados que sobreviveram voltaram a pé.

– E Martin?

– Foi-se – disse Algar.

Foi a mesma expressão usada por Bettjer quando acordei na propriedade da condessa, após explodirmos o depósito de armas. Eu sabia que isso ia acontecer. Revivi em minha mente aquilo pelo que eu passara – o terror do salto, os tiros e a indignidade de sujar a calça – só para que Martin fugisse novamente de mim. Sísifo veio à minha mente.

– Alguma ideia de para onde ele foi?

Recebi outro olhar fixo ininteligível de Algar. Até então, nossas conversas haviam, de algum modo, se resumido a uma competição de mudez exasperante. O tenente-coronel suspirou profundamente outra vez.

– Bem, se é algo de que necessita para a sua ordem de prisão, capitão, ele provavelmente foi para o inferno. Capitão Dubin, você não me entendeu. Bob Martin está morto.

17
Champs

Desde 16 de dezembro, Robert Martin estava no comando de unidades que haviam se separado do 110º Regimento de Infantaria durante sua retirada da autoestrada Skyline em Luxemburgo nas primeiras horas daquele dia. Reagrupando-se ali com o restante do Regimento, as duas unidades de infantaria de Martin e dois canhões de reboque de um batalhão antitanque haviam se juntado com um pelotão de Hellcats M-18. Foram esses soldados que Martin liderara em direção a Vaux-les-Rosières, onde o trem com a carga de munição estava ilhado. A noroeste da cidade de Monty, haviam atravessado as nossas linhas e encontrado as fragilmente guarnecidas posições alemãs, pelas quais eles rapidamente penetraram.

Cerca de um quilômetro adiante, porém, empenharam-se em combate com a Panzer-Lehr, a divisão de tanques formada por unidades nazistas de treinamento especializado. Forças menos atrevidas talvez tivessem recuado para formar uma linha mais forte, como McAuliffe e Algar haviam antecipado, mas a Panzer-Lehr se orgulhava de não recuar para ninguém e espalhou-se para liquidar o grupo de Martin. Durante a prolongada fuzilaria que se seguiu, Martin e seus homens seguiram para o topo de uma colina, o que lhes permitiu destruir certo número de tanques alemães. Perto do raiar do dia, a Panzer-Lehr recuou. Martin e seus líderes de unidade tinham ido para o segundo andar de uma pequena estalagem na colina para avaliar se ainda tinham uma chance de alcançar o trem com a munição. Dali, viram o que havia forçado a retirada dos alemães: um batalhão de tanques americanos emergindo como espectros através da neve que caía. Patton chegara.

Mesmo quando o primeiro foguete seguiu guinchando em direção de Martin, vindo da torre do carro blindado que se aproximava, ninguém de seu comando percebeu que os tanques que viam, da 9ª Divisão Blindada, tinham sido capturados pelos nazistas. Sem poder oferecer defesa, o que restou da unidade de Martin foram apenas sobreviventes isolados. O próprio major foi abatido quando o primeiro projétil voou do tanque em direção à janela onde ele se encontrava. Pelo menos quatro outros projéteis atingiram o prédio, reduzindo-o a uma fogueira.

Tudo isso me foi relatado na manhã seguinte ao nosso salto sobre Savy, por um rapaz chamado Barnes. Ele tinha talvez 1,60 metro e era delgado como uma borboleta. Seu nariz pingou o tempo todo em que conversei com ele, e se retraía toda vez que uma bomba explodia à distância. Naquela ocasião, a luta parecia estar a uns 3 quilômetros dali, para nordeste.

– Capitão, nós viramos um monte de merda na explosão, não tem como exprimir de outra maneira. Isto é, eram tanques americanos. Como poderíamos imaginar que seria diferente?

Algar convocara esse rapaz e um dos outros poucos sobreviventes da turma de Martin, o cabo Dale Edgeworthy, e os dois estavam sentados com Biddy e comigo em quatro cadeiras de madeira em um canto do estábulo vazio.

– Martin foi atingido logo no início do ataque – disse Edgeworthy. – Foi isso que foi transmitido pelo rádio. Todos nós vimos o prédio se acabar, capitão. Era a única coisa de pé por ali. Parecia um melão jogado de um caminhão para a estrada. Pedaços para todos os lados. O segundo-sargento assumiu o comando depois disso. Mas a coisa não deve ter durado mais que 15 minutos. Em pouco tempo, capitão, todo mundo se dispersou e correu como o diabo, foi um salve-se quem puder. Não havia qualquer opção, senhor, a não ser deixar os mortos e feridos para trás.

Foi então que Edgeworthy, um homem alto perto dos 30 anos, começou a chorar. Ficou falando que não havia outra opção a não ser correr.

Eu estava prestes a dispensá-los quando me ocorreu mais uma pergunta. Disse a mim mesmo para não fazê-la, mas a fiz assim mesmo. Aqueles homens tinham estado com Martin durante quase uma semana.

– E a mulher? Eu soube que, originalmente, havia uma mulher com Martin.

Barnes e Edgeworthy se entreolharam.

– Não sei, capitão – afirmou Barnes. – Quando começou a ofensiva, no dia 16, a gente estava perto de Marnach, em Luxemburgo. Na primeira noite, quando o major Martin assumiu, após a morte do coronel Gordon, ele nos trouxe para uma fazenda, quando escureceu. Havia três pessoas lá, o fazendeiro, uma velha boneca gorda e a filha deles. Pareciam conhecer Martin, ou pelo menos achei que conheciam, pois os boches tinham tudo para tomar aquele terreno, mas eles ainda nos deixavam passar, poucos soldados de cada vez, para que a gente pudesse se aquecer enquanto comiam nossas rações. Mas isso foi apenas durante umas duas horas. Naquela noite, os boches não pararam de lutar. Pintaram os tanques deles de branco para se camuflarem na neve e jogaram seus refletores nas nuvens e surgiram de cima daquela colina. Eles agora tinham todo o território.

– Quantos anos tinha a filha?

– Era jovem, acho eu. – Barnes arrastou a manga pelo nariz. – Sabe, capitão, sou uma pessoa como qualquer outra, mas fiquei muito grato por sair do frio, e não ia ficar de olho duro na garota. Ela era pequena – disse Barnes e sorriu pela primeira vez na meia hora em que estivemos com ele. – Sabe, sou do tipo que prefere mulheres miúdas. Isso é tudo o que posso lhe dizer. Eu lembro que ela era do tamanho exato.

Após irem embora, Biddy e eu esperamos Algar retornar, batendo papo com os soldados e oficiais que passavam pelo quartel-general. O bombardeio continuava a meia distância. Principiara ao raiar do dia e começava e parava intermitentemente. Relatos sobre o progresso de Patton eram confusos. Para cada soldado que ouvíamos dizer que o Terceiro Exército avançava, havia dois que tinham ouvido falar que suas divisões estavam paralisadas. Enquanto isso, a deficiência de comida e de munição ultrapassava o estado crítico, sem falar na total carência de artigos médicos. Não era a ocasião de se ferir. O pessoal do posto provisório para recolhimento de feridos da 101ª Divisão e os 18 médicos que ali atendiam tinham sido capturados em 19 de dezembro. No dia anterior, as unidades da artilharia americana ao sul das tropas alemãs haviam tentado atirar as ataduras e o plasma dentro de cápsulas de morteiros, mas os disparos transformaram a carga inteira em mil pedaços. Todos com quem encontrávamos nos agradeciam pelos suprimentos médicos que haviam sido lançados com a gente.

Contudo, o que os soldados mais ansiavam eram poucos graus a mais no termômetro. Deixaram de se referir à cidade como Savy. Todos, inclusive os oficiais, a chamavam de "Salve-me", com a salvação do frio como o desejo principal. Torres de tanques e canalizações de gasolina haviam congelado, e os soldados rotineiramente descobriam que seus M-1 se encontravam inoperantes até as culatras serem liberadas com pancadas de granadas de mão. Alguns dos soldados que começaram a sofrer dois dias antes o enregelamento dos dedos alegaram que sentiam frio havia tanto tempo que a intensa sensação de queimação tinha parado. Os soldados chamavam a si mesmos de "cachorrinhos" e todos faziam a mesma piada: "Este cachorrinho não consegue sentir as patas."

Algar chegou, batendo a neve de suas botas. Perguntou se eu ficara satisfeito com as entrevistas.

– Não quero ser desagradável ou cínico, coronel, mas quero ver os destroços, quando eles forem recuperados. Martin era tremendamente escorregadio e há gente em Londres que vai querer uma prova definitiva. Eu gostaria de ter toda a certeza.

Eu irritara novamente Algar. Ele retrucou dizendo que eu não pediria isso se já tivesse visto um edifício de madeira atingido por quatro projéteis de tanques. Mas prometeu que, assim que o céu clareasse e os suprimentos chegassem, voltaríamos todos à colina, não por minha causa, mas para que os homens que morreram ali, inclusive Martin, tivessem um enterro apropriado. Em sua mesa, Algar levou um minuto colocando fogo no fornilho de seu cachimbo.

– E já teve oportunidade de refletir sobre que tipo de serviço a ordem de Teedle pressupõe agora para você, capitão? – indagou Algar vagamente, como se não fosse uma pergunta ardilosa. Biddy e eu discutíramos demoradamente a resposta, naquela manhã, assim que Gideon chegara ali.

– Bem, senhor, Bidwell e eu chamamos um táxi para podermos voltar a Nancy, mas dizem que haverá uma demora para nos recolher, por isso achamos que, nesse meio-tempo, poderíamos servir sob seu comando.

Biddy ficou irritado quando lhe falei que deveríamos nos oferecer como voluntários para combate, mas agora eu entendia que, para ele, aquilo era simplesmente um prelúdio à coragem. Ele sabia o motivo. Se não nos oferecêssemos como voluntários, Algar daria ordem para que combatêssemos. Portanto, não havia mesmo escolha. A cidade estava cercada. Era uma questão de lutar pela própria sobrevivência.

– Não creio que vocês dois tenham alguma experiência de combate, capitão.

Contei que Bidwell tinha estado na praia de Omaha. Algar também estivera lá.

– Aquilo foi detestável – ele falou para Biddy.

– O inferno na terra, senhor.

– Isso descreve bem. E você, Dubin?

Disse-lhe que tinham atirado em mim duas vezes, incluindo a noite anterior.

– Mas fiz treinamento como oficial de infantaria antes de ir para a escola do Departamento de Justiça Militar, senhor.

Algar praticamente saltou fora da cadeira.

– Um oficial com treinamento de infantaria? Oh, meu Deus – exclamou. Virou-se para seu executivo, Ralph, que acabara de chegar. – Um oficial com treinamento de infantaria caiu do céu, Ralph. O Natal chegou mais cedo.

O 110º Regimento de Infantaria, o pouco que restou dele, fora agrupado em uma unidade de combate à qual Algar e seus oficiais deram o nome de Equipe SNAFU (situação caótica). Estavam agora sob o comando da 101ª Aerotransportada, preenchendo lacunas designadas pelo general McAuliffe e trabalhando em coordenação com o 502º Regimento de Infantaria. Fui posto no comando de um regimento de infantaria reformado, de um batalhão reformado. Dada a minha falta de experiência, eu seria desafiado como líder de pelotão, mas, por outro lado, a companhia G, que, na sua totalidade, teria chegado a 193 soldados, tinha ao todo 98. Eu não tinha tenentes, apenas três sargentos, incluindo Biddy, encarregados de três pelotões, e escasso pessoal de apoio.

Na tarde de 22 de dezembro, a recém-reformada companhia G foi reunida no centro de Savy. À luz do dia, "Salve-me" não parecia muito diferente do que à noite, um bando de edificações de fazenda feitas de pequenas pedras cor de ardósia unidas por grossas juntas de argamassa amarelada. As estruturas dos telhados de folha de flandres haviam ganhado acréscimos ao longo dos séculos, e as janelas e as portas eram todas de tamanhos diferentes e alturas variadas, fazendo-as parecer como se tivessem sido jogadas para cima dos prédios.

Meu primeiro-sargento, Bill Meadows, agia para todos os efeitos como o meu primeiro-tenente. Quando fomos apresentados, Meadows me saudou como se fôssemos sair juntos para uma noitada.

– Como é que vai essa força, capitão? – Ele sorriu largamente e pareceu prestes a me dar uma cutucada de camaradagem no ombro. Era um homem forte, no início dos 40 anos, e usava óculos com armação metálica. Como qualquer outro soldado sob minhas ordens, ele tinha a barba por fazer e seu rosto, após quase uma semana de batalha, estava acinzentado por suor, pólvora e destroços de explosões carregados pelo ar. – Muito bem, pessoal – gritou para os soldados. – Orelha em pé. O capitão Dubin vai nos transmitir suas ordens.

Superada em pessoal e armas por praticamente qualquer um, a Equipe SNAFU fora posicionada ali a oeste de Bastogne porque era o ponto menos passível de ataque. A maioria dos tanques e da artilharia alemães permanecia a norte e leste. Dada a dificuldade de se movimentar sobre as colinas cobertas de neve, particularmente levando-se em conta o solo amolecido que permanecera nas partes mais baixas, era improvável que os alemães organizassem uma grande ofensiva para aquela direção. O fato era que eles não precisariam fazer isso. Em vista da fragilidade das defesas ocidentais, a Equipe SNAFU nada poderia fazer para impedir os alemães de avançarem em volta de nós, flanqueando o sul em direção à cidade.

Por tudo isso, nenhum lugar em volta de Bastogne era seguro. No dia anterior, bem cedo, houvera uma escaramuça nos arredores de Champs, quando uma equipe de granadeiros alemães e um carro blindado meia-lagarta apareceram brevemente por ali. Mas, do mesmo modo como McAuliffe posicionara Algar para ficar menos exposto ao perigo, Algar colocara a companhia G em uma posição menos passível de ataque. Fomos designados para obstruir uma estreita estrada de fazenda que vinha do oeste através de Champs e Hemroulle e se juntava à principal de mão dupla em Savy. Algar queria que a G saísse ao escurecer e se entrincheirasse em um vale arborizado logo ao norte de Champs, em terreno alto que dava vista para a estrada e os trilhos da estrada de ferro e um caminho de gado diretamente a oeste. Os alemães, em teoria, poderiam vir por qualquer um desses acessos. Rendemos a companhia E, que estivera mais próxima a Hemroulle e levava uma surra fragorosa da artilharia alemã, que havia concentrado os ataques em sua posição. A E, que fora reduzida a 72 homens, serviria como companhia de quartel-general, aguardando como reforço no caso de um ataque.

Algar estava certo de que o conflito do dia anterior perto de Champs fora um ataque simulado diversivo. Se os alemães fossem executar um significativo ataque ocidental, seria muito mais provável que seguissem para Savy, que era um dos principais caminhos para Bastogne. Essa estrada, que ia pelo norte para Longchamps, era grande o bastante para torná-la vulnerável aos King Panzer. Por esse motivo, Algar mantinha os poucos blindados que possuía. Naturalmente, se os boches enviassem uma coluna de blindados em direção a Champs, ele usaria seus tanques, carros meia-lagarta e blindados antitanques para nos reforçar. Nosso trabalho seria apenas manter o controle da estrada por um breve espaço de tempo até a chegada da cavalaria, mas era uma missão enormemente complicada pela falta de munição. Algar deu ordem para que não atirássemos, mesmo se atirassem em nós, a não ser que pudéssemos enxergar um alvo humano. Eu estava com ele quando o coronel Hunt, o comandante da

502ª, ligou, e Algar descreveu sua pretendida defesa da estrada de Champs como sendo composta de "um par de mosquetes vazios". Isso foi menos do que um voto de confiança.

Mandei os soldados se prepararem para partir, ordenei que estivessem em formação às 16h15. Meadows apanhou as poucas rações a que tínhamos direito e juntou os mapas. Às 16h15, a noite caía. Fui até a formação em linha para a inspeção, cumprimentei cada soldado pelo nome e chequei o equipamento. Nenhum deles tinha sobretudo. Vestiam apenas jaquetas de campanha, às vezes mais de uma. Todos pareciam sujos, medonhos e com sono atrasado, mas já me orgulhava de ser seu comandante. Eles estavam preparados para lutar, e isso, reconheci, era o que eu queria realmente saber em toda a minha inquietação em relação ao combate – pelo que valia a pena lutar.

Os sentimentos de admiração estavam longe de serem mútuos. A maioria dos soldados me detestou à primeira vista e, na melhor das hipóteses, ficavam emburrados quando eu me dirigia a eles. Pelo menos eu tinha roupas quentes e uma submetralhadora Thompson, e não estava disposto a renunciar a nenhuma das duas, mesmo após saber que a subabastecida 101ª fora instruída a atirar em qualquer um usando sobretudo, pois, teoricamente, seria um impostor alemão. A inveja, contudo, não era o motivo principal do descontentamento da minha tropa. Esta sabia que estava sob o comando de um homem sem experiência de combate, o que daria no mesmo que ser liderada por um cego.

Àquela altura, eu tinha pouca simpatia pelo que aqueles rapazes vinham passando, visto que ninguém jamais comentava a surra que o 110º levara na semana anterior. Após o tempo que passei na sala do Corpo de Sinaleiros da Unidade VIII, eu sabia que a Unidade LVII Panzer varrera literalmente do mapa toda a 28ª Divisão de Infantaria, da qual o 110º fazia parte. Mas o 110º, posicionado com apenas dois de seus três batalhões ao longo da Skyline, a autoestrada pavimentada que corria paralela à fronteira entre Luxemburgo e Alemanha, absorvera o pior dos ataques iniciais, quando as infantarias Panzer atravessaram à noite o rio Our em botes de borracha e, ao amanhecer, subjugaram o 110º.

No desespero das primeiras horas, sem qualquer americano vindo em reforço, o 110º recebera ordem de não se render e forçara os alemães a combates de casa em casa, em cidades como Clervaux, Consthum e Holzthum. A maioria dos homens que eu comandava só estava viva porque havia fugido quando, finalmente, suas linhas foram rompidas e, dada a ordem que haviam recebido, provavelmente não sabiam de que modo deviam encarar sua sobrevivência. A maioria dos meus soldados fazia parte de tropas de reposição, com menos tempo no continente do que eu, mas todos pareciam ter a mesma sensação de negócios inacabados com os alemães, quaisquer que fossem os riscos.

Às 16h30, Meadows berrou: "Larguem os paus e peguem as meias, cavalheiros, pois vamos sair." Marchamos ao sul até perto da encruzilhada, então viramos para noroeste fora da cidade, seguindo pouco mais de 1,5 quilômetro. Apesar do frio, ninguém reclamou, sabendo que estavam mais aquecidos do que estariam viajando na traseira aberta de um caminhão. A meio caminho de nossa posição, passamos pela companhia E, que vinha marchando em sentido contrário. Um sargento estava no comando, pois os demais oficiais estavam mortos, e ele e eu trocamos continências. Os recrutas foram menos formais. Alguns nos desejaram boa sorte. Vários sugeriram que meus soldados escrevessem imediatamente para suas esposas e namoradas e dissessem a elas para desistirem de ter uma família. "A única utilidade que os seus colhões terão será para cubos de gelo." Meadows pôs um fim na brincadeira. Estávamos a pé porque era determinante que chegássemos despercebidos. A escaramuça do dia anterior deixara claro que os boches estavam por perto. Os oficiais da inteligência do G-2 de McAuliffe acreditavam que os granadeiros escondiam-se no bosque a noroeste de nós.

Quando chegamos ao local determinado pelo mapa para nos instalarmos, já encontramos ali uma rede em zigue-zague de trincheiras, cada qual distante 5 metros uma da outra. Com quase toda a certeza, tinham sido cavadas no fim do verão, por forças de retaguarda alemãs, para proteger sua retirada contra os Aliados que vinham do sul. Após conferenciar com Meadows, ordenei que a maioria do pessoal desobstruísse esses buracos em vez de cavar os nossos. Cada um dos três pelotões tinha uma metralhadora Browning refrigerada a água, uma incômoda arma de grosso calibre manejada por uma equipe de três soldados, e mandei que as Browning fossem instaladas em três pontos fortificados em volta da margem curva do bosque. Em seguida, ordenei que dois pelotões patrulhassem posições defensivas em nosso perímetro, dianteiro e traseiro. O pelotão que seguiu para trás descobriu uma velha casa de bomba-d'água, uma boa notícia, já que a estrutura fechada poderia fornecer a um pequeno número de homens, ao mesmo tempo, algum alívio para o vento cortante.

A escavação da neve do interior dos buracos revelou o entulho dos alemães – embalagens de rações e mochilas vazias, munição usada, fuzis e cantis enferrujados. Apesar do frio violento, havia um fedor forte. Aquela área fora libertada em meados de setembro pela Unidade V do Primeiro Exército, e eu não tinha lembrança de ouvir falar em qualquer ação importante em Hemroulle. A companhia alemã que nos precedera ali – provavelmente a 55, dada a dificuldade de sua tarefa – tinha de enfrentar os Aliados e retardá-los, sabendo que não havia reforços a caminho. Duas das trincheiras do conjunto haviam sido atingidas pela artilharia Aliada, reduzidas a semicírculos com duas vezes a profundidade das outras. Desconfiei de que o cheiro que sentíamos era de soldados alemães que estavam ali, literalmente desintegrados em pedaços que apodreceram durante o outono úmido, e agora pulverizados sob vários centímetros de neve.

Quando acabamos a escavação, cortamos galhos dos pinheiros à nossa volta e os depositamos em cada buraco para formar uma base. Alguns foram deixados do lado de fora, a fim de serem usados, quando os soldados tivessem permissão para dormir, como um telhado para conter a neve. Não havia dúvida de que as forças alemãs estavam no meio do bosque, pois, quando o vento rondava do norte, podíamos sentir o cheiro de suas fogueiras, um luxo a que não podíamos nos dar se esperássemos manter o elemento surpresa.

Cada pelotão era responsável por um flanco em nossos três perímetros principais. Estabelecemos um horário de guarda e ordenei que os soldados se recolhessem, o que muitos estavam ansiosos para fazer, porque tinham o corpo quente devido à escavação. Como vim a aprender, era possível que se ficasse frio demais para se conseguir dormir.

Biddy e eu ocupamos a mesma trincheira, que parecia ter sido o antigo abrigo do comando, pois sua arquitetura era um tributo à exatidão alemã. Fora escavada como um perfeito trapezoide, o que permitia que dois homens disparassem lado a lado, porém com mais espaço habitável atrás deles. A fachada era reforçada por um muro de arrimo feito de troncos, no qual fora recortada uma borda para se pôr objetos pessoais. Pus ali meus livros, algumas granadas de mão e minha navalha, não que houvesse muita chance de termos água corrente. Parecia estranho desfazer as mochilas como se aquilo fosse um quarto de hotel, mas esse pensamento foi interrompido pela implacável imprecação de Biddy.

– Deixei minha escova de dentes na cidade – disse ele. – Sem fazer a barba, sem tomar banho. Pelo menos daria para escovar os dentes. Droga. – Entendi imediatamente que a escova de dentes era um emblema da segurança a que havíamos renunciado durante aquela busca por um homem que acabou morrendo, e lhe ofereci a minha.

– Podemos dividi-la – sugeri. – Não será o pior do que dividiremos neste buraco. – Com ordem para ficar fora de vista, não poderíamos fazer qualquer viagem à latrina durante o dia. E Biddy e eu já havíamos passado do ponto de ter vaidade ou privacidade. O que restava disso acabara quando ele me arrastara por aquele campo nevado com aquela carga na minha calça.

Biddy, porém, pareceu comovido com o gesto. Antes de apanhá-la, olhou fixo para a escova como se ela estivesse queimando.

PERTO DAS 21 HORAS, quando a maioria dos soldados já se recolhera, ouvi ronco de motores atrás de nós, e um dos homens da metralhadora em um dos pontos exigindo a senha. Eu fizera sinal para que Biddy e um dos seus pelotões avançassem, mas ele voltou e explicou que se tratava do Corpo de Sinaleiros. Eles dirigiam pela estrada, sem acender as luzes, um artifício bastante arriscado na escuridão cerrada provocada pelas nuvens espessas. Estavam ali para estender as linhas de ligações para o telefone de campanha de mim para Algar, e para cada pelotão. Fiquei aliviado por não ficar sozinho ali fora, mas os sinaleiros lembraram-me de usar frugalmente o telefone e somente em código. Comunicações através de fios por terra estavam sujeitas a interceptações às vezes a 1,5 quilômetro de distância, uma extensão que quase certamente incluía os alemães no bosque. Também tínhamos um rádio-mochila, o SCR-300, para o caso de sermos forçados a mudar de lugar.

Antes de nos recolhermos, Biddy e eu inspecionamos as posições. Ele foi cuidar de seu pelotão, enquanto eu checava os pontos fortificados guarnecidos pelas equipes das metralhadoras Browning.

– Clarão – gritou um atirador.

– Trovão – respondi, a senha que a companhia G usara a semana toda, de acordo com Meadows. As trincheiras do pessoal das Browning eram mais fundas e mais redondas do que as nossas. Na localização mais visível, eles precisavam ficar inteiramente abaixo do nível do solo, mas capazes de girar a metralhadora num círculo completo no caso de um ataque. Encontrei cada uma das três equipes bastante exausta. Os soldados deitavam nas trincheiras e colocavam as solas de suas botas contra as solas das botas dos companheiros, um artifício para evitar que pegassem no sono.

Ao retornar ao nosso buraco antes de Biddy, pude perceber de imediato que a minha mochila não estava no lugar onde eu a deixara. À luz da lanterna, descobri que ela fora saqueada. Uma calça de campanha extra sumira e também as minhas segundas luvas. Eu já decidira abrir mão do que não usava, mas lamentei por ter sido um ladrão o beneficiado. Ele também levara bens pessoais, inclusive três das cartas de Grace que eu carregava. E o postal de Gita.

As trincheiras contíguas, onde eu ouvira vozes quando estava chegando, agora tinham galhos de pinheiros e ponchos estirados sobre elas. Examinei minhas opções e então fui até o sargento Meadows para lhe dizer que alguém havia "ganhado" parte do meu equipamento. Ele disse que isso vinha acontecendo na companhia G desde o início.

– Não me peça para ser sensato, capitão. Sei que é loucura resistir até à morte ao lado de um homem e depois roubar suas coisas. Só estou tentando lhe dizer que não é o primeiro.

– Mas isso não passa despercebido, sargento.

– Provavelmente não, senhor. – Olhou em volta e atrás.

– Eles não gostam de gente nova, capitão, muito menos de novos oficiais.

– Por quê?

– Porque o senhor não entende, capitão. Escute, esses soldados lutarão pelo senhor. Eu já vi isso. São homens bons, cada um deles, e lutarão porque, do contrário, sabem que morrerão. Eles o odeiam porque odeiam estar aqui. A única maneira de sair de um regimento de infantaria é morto ou ferido. É como aqueles torniquetes que só dão passagem numa direção. Eles deixam você entrar, mas você não consegue sair. Não há um homem aqui, senhor, que não comece a rezar a partir de certo momento: Deus, por favor, faça com que eu seja ferido para poder voltar para casa. Muitos deles dariam um braço ou um pé. Estou lhe dizendo o que cada soldado pensa. E é também o que o senhor vai pensar. E posso ver, só de olhar para o senhor, que não acredita nisso. E é por isso que eles o odeiam, capitão. Porque tem melhor opinião de si mesmo do que eles têm deles mesmos, e eles sabem que estão certos. Mas não se preocupe com isso, capitão. Nada disso vai importar muito se não tivermos uma batalha. E, se tivermos, eles serão agradáveis com o senhor posteriormente.

Passei duas horas aborrecido demais para pegar no sono, e então levantei para a vigilância noturna. Como oficial, eu não tinha essa obrigação, mas estávamos com muito pouca gente para nos atermos a formalidades, e eu achava que isso seria bom para o moral. No caminho, parei na casa de bomba, uma caixa de tijolos totalmente escavada na colina que flanqueava a nossa retaguarda, de modo que a terra evitasse que a bomba hidroelétrica congelasse. Não havia janelas na única parede exposta, apenas uma pequena porta de madeira, que meu pessoal havia arrombado. Lá dentro, encontrei a maioria dos soldados da segunda turma do pelotão de Meadows, que optaram por jogar cartas à luz de um lampião Coleman em vez de dormir. Levantaram-se de um salto e mandei que descansassem. A bomba, um velho pedaço preto de ferro, descia pelo buraco de um poço, e os homens haviam se instalado à sua volta. Fiquei ali um instante para perguntar a cada um dos oito soldados de onde eram, mas recebi as mesmas respostas aborrecidas, e me encaminhei para fora.

– Você é um jacó, capitão? – Quando me virei, ninguém na casa de bomba estava olhando para as cartas. O indagador, me encarando mais duramente, era um rapaz do Mississippi, um soldado raso chamado Stocker Collison.

Todo aluno da Escola de Treinamento de Oficiais aprende a mesma coisa. Primeira regra, certifique-se de ser respeitado.

Se eles gostam de você, tudo bem. Caso contrário, o medo fará com que gostem.

– Esse é um termo sulista? – perguntei a Collison.

– Perguntei por perguntar.

– A resposta não lhe interessa, Collison?

Claro que sim. Provavelmente interessava à metade dos soldados da companhia, talvez até mais.

– Não, senhor.

– Ótimo. A que horas entra de guarda, Collison?

– Três horas, senhor.

– Por que não dá uma volta pelo perímetro para ver se está tudo bem?

Ele levou um bom tempo olhando para mim antes de sair. Os outros ficaram em silêncio. Fui melhor nisso do que imaginava, mas sabia de quem eram os modos que eu adotara instintivamente. Os de Teedle. Eu teria de pensar a esse respeito.

Eu montava guarda com o pelotão de Sal Masi, um sujeitinho esperto de Boston que era o meu terceiro-sargento. Ele fora promovido de cabo no campo de batalha e ainda mantinha as divisas na farda. Junto de dois dos soldados de Masi, eu vigiava a retaguarda da colina, uma posição que designara a mim mesmo porque era o ponto mais alto que ocupávamos e, portanto, o mais exposto ao vento.

O meu ponto ficava a cerca de 15 metros da casa de bomba, e a chaminé de lata furava o telhado, projetada para ventilar a bomba que esquentava muito durante o verão, agora conduzia para fora o som do seu interior, como se ele estivesse sendo irradiado. Na primeira noite ali, os soldados lá dentro não perceberam isso claramente. Como resultado, passei a maior parte das minhas duas horas de guarda ouvindo quando o vento norte transportava a conversa do pessoal, incluindo os comentários sobre mim, que começaram quando Collison retornou de seu passeio nevado em volta da área.

– Puta que pariu, Collison. Por que não pediu para ele botar o pau para fora para que você pudesse checar?

– O homem tem obrigação de dizer o que é. Ele não tem motivo para esconder isso.

– Mas que diabos, você é um lixo branco e não vejo você usar uma placa.

– Ora, vá se ferrar, O'Brien. O problema dos malditos judeus é que você nunca sabe quando está lidando com um deles.

– Isso é besteira, Collison – disse mais alguém. – Você percebe logo só de olhar. Você não vê nenhum porque é um merda ignorante do Mississippi.

– Não tem o direito de falar comigo desse modo, Marshall.

– O que foi, Collison, ele feriu seus sentimentos? Vou chorar, não estou brincando. Já estou chorando. Não choro assim desde que li *Minha amiga Flicka*.

A frase, dita por O'Brien, um garoto de Baltimore com um mordaz rosto fino, provocou uma chuva de gargalhadas no interior da casa de bomba. Encorajado, O'Brien voltou-se para Collison.

– Você sabe a diferença entre um zoológico do Norte e um zoológico do Sul?

Collison não respondeu.

– No sul, eles não escrevem apenas o nome do animal na jaula. Botam também uma receita. – As gargalhadas irromperam novamente. – Sabe como chamam um fazendeiro do Mississippi com uma ovelha debaixo do braço? Hein? Um cafetão.

Aparentemente, O'Brien resolveu que Collison já fora aporrinhado o bastante. O pessoal voltou a jogar pôquer, na maior parte do tempo em silêncio, exceto pelas reclamações quando alguém ganhava. Sem essa distração e sem nada para ver no campo da fazenda que se estendia diante de mim, passei a me preocupar. Preocupei-me principalmente com a possibilidade de o medo me paralisar no meio de um combate, como ocorreu quando saltei de paraquedas, e o que aconteceria, então, com os soldados que eu supostamente deveria liderar. O momento que passei no avião permanecera comigo o dia todo, como uma prolongada fraqueza causada por uma febre. Isso tirara alguma coisa de mim, de tudo que via e de todo o ar que respirava. Eu era um covarde. Eu não esperava ser uma pessoa destemida. Mas foi um golpe descobrir que não era capaz de superar isso. O homem que se oferecera para saltar, o americano que acreditava nas coisas certas, não tinha nenhum controle sobre essa outra parte minha. Foi o que Gita tentou dizer quando levantou a saia. Tudo, exceto o instinto, era um fingimento.

Torcendo para pensar em outra coisa, comecei a vasculhar o céu. As nuvens ao sul não pareciam tão densas. Se eu estivesse certo, isso significaria apoio aéreo, suprimentos, talvez até mesmo reforços. Pendi, novamente, para aquela zona incerta, sem saber se queria ser substituído antes do ataque alemão. Pelo menos o rebaixamento para líder de um pelotão me faria executar a missão para a qual eu estaria preparado. Se Meadows fosse abatido, eu literalmente teria de ligar a cada hora para Algar pedindo instruções.

Com a proximidade das 5 horas, mais alguém que levantara para a guarda da noite entrou na casa de bomba, claramente outro membro do pelotão que recebera um relato completo de tudo, inclusive a quantia absurda que Bronko Lukovic havia ganho, e o encontro de Collison comigo.

– Ei, Collison, você sabe mesmo das coisas. Como impressionar o novo comandante.

– Eu preferiria que as ordens viessem de um cristão, só isso – rebateu Collison. – Estamos lutando a porra desta guerra para salvar os judeus.

– Nossa, olha como fala, Collison. Está parecendo o padre Coughlin.

– Olha você. Não foram os nazistas que atacaram Pearl Harbor. O que diabos temos a ver com o que o velho Hitler está fazendo? Estou lhes dizendo, Roosevelt está cercado de judeus. É por isso que estamos aqui lutando.

– Collison, estamos todos lutando pelo mesmo maldito motivo. Porque somos obrigados. Porque ninguém nos deu opção.

– Neste pelotão – retrucou Collison – temos o pior bando de fodidos da linha de frente. Só conseguimos nos ferrar. Não estou brincando. Dois terços de nossos soldados foram mortos e agora, quando estamos cercados, nos mandam esse oficial judeu.

– Porra, Collison. Vá com calma com Dubin. Perdemos cada um dos oficiais que tivemos. E eles sabiam o que diabo estavam fazendo. Quanto tempo você acha que vai levar para esse aí tomar um tiro? Ele ainda deve estar procurando no mato o banheiro dos homens.

Todos caíram na gargalhada. Um minuto depois, ouvi uma voz familiar. Biddy levantara para me render na vigia noturna.

– Calados aí. O som sai por esse buraco no teto como gritos de torcida em jogo de futebol. Dá para ouvir a 50 metros de distância. – Então houve silêncio. Eu apostaria como alguns ficaram imaginando pela primeira vez a distância em que eu me encontrava. – E deixem que eu lhes diga uma coisa. O capitão é gente boa, vocês vão ver.

Pude ouvir O'Brien perguntar:

– Ele é bacana? Não aguento esses oficiais que não sabem nada além do que leram no regulamento.

– Ele é bacana – disse Biddy. Ele chegou à minha posição um minuto depois. Nada disse, mas bateu uma curta continência quando o deixei para ir dormir.

18
Fria verdade

Bill Meadows acordou-me com uma sacudidela um pouco depois das 7 horas, quando uma luz mortiça vazava no céu. Ele queria repassar as ordens do dia. Para ocultar a nossa posição, não podíamos arriscar um contato com o pessoal nas posições ou rendê-los assim que o sol nascesse. Meadows queria substituir as equipes que haviam ficado fora toda a noite congelando e mandei que prosseguisse.

Antes de ele sair, levamos um instante inspecionando o terreno. As ondulantes colinas ao aberto - campos de feno ou gramados em que o gado pastava - estavam agora mergulhadas na neve sem animais à vista. A maioria, imaginei, fora morta ou comida havia muito tempo. A norte de nós, para além dos trilhos da ferrovia e dos flocos flutuantes que já caíam na estrada, vários campos ondulavam, separados apenas por marcos de pedra. Com meus binóculos, vi que aquela terra já conhecera combates. Os alemães que haviam ocupado anteriormente as nossas trincheiras cobraram um preço alto antes de se retirar. Havia ali a forma enegrecida de um Panzer, com neve amontoada nas lagartas e na torre blindada, e também pude distinguir o eixo da roda e os para-lamas de um caminhão. Meu palpite era de que deveria haver mais destroços ali, destroços que os nossos engenheiros haviam utilizado para montar um tosco bloqueio de estrada que agora se encontrava a uns 200 metros de nós. Incluía tratores requisitados para fins militares e dois tanques incendiados, um nosso, um alemão.

Para oeste, a distância, ficava um denso bosque verde de altos pinheiros, onde provavelmente os granadeiros alemães estavam escondidos. Mesmo à luz do dia, a floresta parecia escura e impenetrável. Pensei nos Irmãos Grimm e em seus gnomos e assombrações saindo furtivos das árvores para roubar almas e castigar com maldições.

A última coisa que Meadows mencionou foi o tipo de mata que ocupamos, uma mistura dos mesmos pinheiros mirrados com os galhos finos que havia do outro lado do caminho e as árvores decíduas, a maioria pés de faia que ainda mantinham algumas de suas folhas cor de cobre. Os alemães diariamente descarregavam fogo de barragem através de um amplo setor, onde quer que achassem que os americanos pudessem estar posicionados para proteger as estradas, geralmente utilizando seus canhões antiaéreos de 20 milímetros, que haviam provado ser eficazes como armas ofensivas, ou os 88 de dupla finalidade. Fixados sobre suportes quadrangulares e meias-lagartas, os canhões eram inclinados adiante e disparados nas copas das árvores. O resultado tinha o efeito de uma bomba explodindo em pleno ar, chovendo estilhaços em quem estivesse embaixo. Algar nos enviara ao norte das trincheiras da companhia E na esperança de que os alemães talvez não estivessem atirando ali, mas a parte de cima das árvores estava rota como se tivesse sido comida por traças. Vários dos pés de faia tiveram seus galhos arrancados por explosões, os que sobraram pendendo solitários, amputados, enegrecidos pelos estouros das bombas. Em outras palavras, íamos entrar pelo cano. Os alemães vinham disparando uma hora após o amanhecer e um pouco antes do sol se pôr, períodos durante os quais sabiam que os nossos aviões, que somente poderiam navegar à luz do dia naquele clima, jamais estariam no ar.

– Quero falar para os rapazes se abaixarem quando isso começar – disse Meadows. – Ou então dar o fora e abraçar as árvores.

– Certo.

– Mas os sargentos precisam ficar de guarda. Seria uma boa ocasião para aquela infantaria Panzer sair do bosque, com a gente agachado.

– Certo – repeti. Comandar com Bill Meadows como suboficial era um pouco como dirigir com um motorista. Trocamos continências, mas Meadows voltou à carga.

– Capitão, soube que teve um problema com Collison ontem à noite.

– Foi uma curta conversa, Bill. Nada com que se preocupar.

– Não deixe que Collison o perturbe, capitão. Ele não é um mau soldado, principalmente depois que se acostuma a você. Temos uma porção de rapazes da zona rural como ele neste Exército de Deus, e não importa se são do Mississippi ou de North Woods. A primeira vez que ele viu água encanada foi no treinamento básico. Eles têm passado maus bocados, capitão, esses rapazes. Às vezes, falam algumas bobagens.

Quando Meadows se foi, Gideon enfiou as botas e o casaco para informar ao seu pelotão as ordens do dia. Voltou à trincheira minutos depois e, quando começou o bombardeio, usou a minha escova de dentes pela primeira vez. No mínimo, os boches eram pontuais.

No meio do combate, eu descobriria que certas frases ficavam presas na minha cabeça, como se o meu cérebro fosse um disco arranhado. Naquele dia, o ditado era "mais vale prevenir do que remediar", mas isso se provara completamente incorreto. Os alemães estavam empregando uma técnica, que eu aprendera na escola de infantaria, chamada TSA, Tempo sobre o Alvo. A ideia era varrer com bombas várias áreas ao mesmo tempo, antes que alguém pudesse se arrastar de volta para sua trincheira. Sem saber exatamente onde estávamos, os alemães graduavam cada canhão para distâncias de mais ou menos 30 metros.

As primeiras descargas foram de dar nos nervos, projéteis impulsionados por foguetes que caíam com um constante rangido, de paralisar o coração, como quando os pneus de um carro cantam no asfalto, e isso se mostrou insignificante em comparação ao meu pavor quando as peças de artilharia começaram a desabar. Eu pensava que não poderia ser pior que o bombardeio na propriedade da condessa, mas não havia modo de antecipar o efeito emocional de estar sob bombardeio constante. Eu nunca ouvirei algo mais alto – os ouvidos simplesmente não conseguem absorver qualquer coisa mais alta – e, associado com o modo de a terra balançar, me senti chocalhar com um pânico primitivo, que começou assim que identifiquei o som dos 88. Era inconfundível como a tosse de outra pessoa, com a qual guardava uma trovejante semelhança. Os projéteis explodiam com um esplêndido buquê de fogo e neve e terra, chovendo metralha quente, pedaços de em geral 30 ou 60 centímetros que ricocheteavam nos troncos, enquanto os imensos galhos caíam ruidosamente à nossa volta. O estouro mais perto de mim, a cerca de 50 metros, fez meus olhos palpitarem nas órbitas e pressionou meu peito com tanta força que pensei que algo havia se quebrado. Após cada detonação, eu prometia a mim mesmo que seria a última, como um modo de resistir, e tentava acreditar nisso até ouvir o ressonante ronco dos disparos da artilharia e o silvo do projétil seguinte avançando e fazendo com que nos achatássemos contra o solo.

Então, após quase uma hora em ponto, aquilo parou, deixando o ar enevoado e fedendo a cordite. No súbito silêncio, podia-se ouvir apenas o vento e o baque surdo de galhos que continuavam a cair das árvores. Após os primeiros minutos do bombardeio, entre as explosões, eu ouvira um grito por médico e agora esse grito se repetia. Telefonei para o Segundo Pelotão. Masi disse-me que dois soldados na mesma trincheira haviam sido atingidos pela explosão de uma árvore. Eu não sabia o que um comandante deveria fazer, mas não podia acreditar que se esconder seria a resposta, e me arrastei até lá, costurando entre as árvores. Os boches não conseguiriam mesmo ver muita coisa, com toda a fumaça e poeira no ar.

Ao chegar, encontrei um garoto ruivo chamado Hunt morto por um pedaço de metralha que descera como uma flecha de um deus maligno e penetrara na parte mole ao lado da clavícula, mergulhando direto no coração. Estava deitado no buraco, os olhos abertos e parados. Fiquei bastante impressionado com os seus braços, jogados para trás num ângulo em que ninguém, em vida, poderia ter conseguido.

O outro soldado estava sendo atendido por um paramédico. Sua perna abaixo do joelho era um mingau vermelho. O osso fora despedaçado e ele chorava de dor, mas o paramédico achava que o rapaz viveria. Ele seria removido, assim que caísse a noite, para que se fizesse o pouco que era possível. Naquele estágio, o soldado, Kelly, tinha as mesmas chances de sobreviver que um soldado ferido na Guerra Civil. Havia dias os paramédicos vinham surrupiando a sulfa dos estojos de primeiros socorros dos mortos e a usavam agora na esperança de desinfetar o ferimento. Kelly seria transferido para um posto de primeiros socorros que Algar montara no dia anterior na igreja de Hemroulle onde dormimos. De volta à minha trincheira, recebi relatórios de outros pelotões pelo telefone. Apenas duas baixas. Fazendo as contas, vi que havíamos nos saído bastante bem.

Durante a barragem de fogo, começara a nevar. Eu achara que estava muito frio para nevar – costumávamos dizer isso em casa –, mas, aparentemente, o tempo na Bélgica não seguia as regras do Meio Oeste. Não foi uma tempestade muito intensa. Em vez disso, os grossos flocos flutuavam abaixo quase eventualmente. Como a maioria dos meninos, eu crescera considerando a neve algo emocionante.

Era linda. Era divertida. Mas nunca a enfrentara numa trincheira. A neve desceu dançando por mais de duas horas. Assim que Biddy e eu a sacudimos, ela voltou a cair. Em pouco tempo, estávamos ensopados e gelados. E continuou nevando. Com sobretudos, Biddy e eu estávamos em melhor situação do que a maioria de nossos soldados, sentados em seus buracos e enrolados em ponchos e cobertores, os gelados M-1 mantidos ao lado do corpo para evitar que o mecanismo do gatilho congelasse. Mas eu não sentia as mãos e os pés, e ficava cada vez mais impressionado com o fato de o sangue simplesmente não congelar em minhas veias.

Enfrentar o frio revelou-se uma questão de vontade. Eu estava de sesperado por uma distração e, por puro capricho, resolvi acender um dos cigarros que viera com a minha ração. Cigarro era provavelmente a única coisa de que não havia pouco estoque, embora os soldados não parassem de reclamar que haviam sido enviadas para a linha de frente as marcas mais baratas – Chelsea, Raleigh, Wings.

O céu continuava tão turvo que parecia que a luz era óleo pingando gota a gota. Agora me descobri acompanhando os pássaros. Era difícil acreditar que ainda restara algum. As barragens da artilharia deviam ter matado a maioria e, durante a ocupação alemã, a comida era tão escassa que ouvi falar que, rotineiramente, os habitantes da região comiam pardais. Alguns corvos se alimentavam de carniça na floresta, e algumas velozes pegas de cauda comprida arremessavam-se abaixo. Apontei um falcão para Biddy, mas ele sacudiu a cabeça.

– Não é nenhum falcão, capitão – afirmou. – Aquilo é uma ave de rapina.

Por volta do meio-dia, estávamos certos de que havia pouca chance de surgir um ataque. As ofensivas estavam acontecendo à nossa volta – o ar espasmava-se das salvas da artilharia, do crepitar das metralhadoras e do áspero estalido dos disparos de fuzil a 1,5 quilômetro, transportado inconfundivelmente através do frio, nessa ou naquela direção. Considerando-se tudo, concluí que o nosso mais provável papel seria como reforço se os alemães atacassem Savy. Mas se isso realmente acontecesse, seria amanhã ou depois de amanhã.

Enquanto o sol estava alto, havia pouco a fazer além de ficar fora de vista no buraco e combater o frio.

– Você acha que já fez um frio assim no Condado de Kindle? – perguntei a Bidwell.

– Que eu me lembre, sim, senhor. Ainda tenho na mente, capitão, caminhar oito quarteirões até a escola secundária, e o mercúrio ficar claramente empacado na parte de baixo do termômetro. Uns 28 graus abaixo de zero.

Eu mesmo fizera essas viagens e ri da lembrança. Por causa da insana vaidade adolescente, eu me recusava a usar chapéu. Podia me lembrar de minha mãe gritando para mim lá da varanda dos fundos e da sensação de que, ao chegar ao corredor da escola, se as minhas orelhas roçassem em alguma coisa dura, elas seriam arrancadas da cabeça.

Na metade do dia, surgiram gritos repentinos em meio a nós. Pulei para fora da trincheira, com minha submetralhadora, certo de que os alemães, de algum modo, haviam chegado sorrateiramente, mas resultou que dois homens do pelotão de Biddy haviam encontrado na sua trincheira uma Luger jogada fora – a culatra fora retirada –, e seguiu-se uma briga de socos entre eles para saber quem ficaria com a lembrança. Coloquei ambos sob regime disciplinar – sem sentido agora – e disse às equipes das Browning, que estavam havia horas nos pontos fortificados sem comunicação, que podiam sortear a pistola entre elas depois que fossem rendidas. Tivemos de transferir os dois soldados para outras trincheiras e, mesmo eu tendo exigido silêncio, pude ouvir um chamando ao outro de filho da puta, quando me afastei. Não era uma expressão usada com frequência entre a classe dos oficiais, que normalmente se tratavam com certa gentileza.

– Já soube alguma vez de alguém que realmente tenha tido uma mãe puta? – perguntei para Biddy.

– Eu tive um amigo na escola que fodeu a mãe de um dos meus colegas. Eu ouvi falar.

– Ora, não é a mesma coisa.

– Não, senhor, não é mesmo.

Ficamos em silêncio por algum tempo.

– Biddy, onde diabos foi mesmo que você cursou a escola secundária? – Antes, ele me contara que não havia se formado. Sua família precisava do dinheiro.

– Em nenhum lugar que conhece, senhor.

– Não aposte nisso. Acho que nadei contra todas as escolas do Condado de Kindle.

– Nunca ouviu falar da Thomas More, senhor. Não havia nadadores lá.

– Thomas More? Em North End? Não era de negros? Não sabia que havia homens brancos nessa escola.

– Não havia – disse ele. – Duas garotas brancas. Nenhum homem branco.

Eu estivera olhando o céu, apenas me dando conta de que o azul começava a superar as massas de cinza sujo. Isso significava que os aviões poderiam voar. Quando, finalmente, processei as palavras de Gideon, tive certeza de que tinha um sido mal-entendido. Ele removera o capacete e, grande como era, encontrei-o olhando abaixo para mim, inconscientemente tamborilando com o dedo o PM estampado em branco na frente.

– Você me ouviu, capitão.

– O que diabos está me dizendo, soldado?

– Confiar em você é o que estou fazendo. Contra minha vontade.

Uma porção de coisas se encaixaram. Após a barragem da artilharia, eu estava abalado demais para ficar chocado, mas me sentia perdido de algum modo fundamental.

– No que está pensando agora? – perguntou-me.

– De verdade? Não acho que acredito em você.

– É melhor acreditar. Porque não se trata de papo-furado. – Ele estava carrancudo e provavelmente mais surpreso consigo mesmo do que eu. Sua escolha de palavras, contudo, evidenciava a questão.

Agora que ele tinha falado, claro, agora que eu olhava realmente, avaliando seu nariz, seu cabelo, supunha que conseguia perceber de que modo ele poderia ter ascendência negra. Mas havia soldados na trincheira seguinte, Rapazzalli e Gomez – sem falar de mim –, que eram provavelmente de compleição mais morena, e nenhum de nós tinha olhos tão claros quanto as botucas verdes de Biddy.

– Recebi minha convocação – contou. – E me apresentei. Não falei que era isso ou aquilo. Eles apenas olharam para mim e me mandaram seguir em frente. Sabe, sempre foi assim comigo, as pessoas dizendo que eu poderia passar. Quando eu era menino, na Geórgia, e estávamos longe de casa, eu sempre sabia que podia vagar livre como um pássaro por lugares onde meus irmãos não podiam ir. Isso não pareceu importar muito, depois que fomos para o norte. Mas agora lá estava eu. Voltei para casa e contei aos meus pais.

"'Você mentiu?', meu pai me perguntou.

"'Nem uma só palavra.'

"Minha mãe e ele ficaram chateados. Ela queria que eu voltasse lá imediatamente e contasse a verdade. Se o Exército não queria que eu não lutasse, ela não ia se incomodar em brigar. Mas papai não queria saber de nada disso. 'Que verdade é essa? Embora ele pareça em tudo tão bom quanto qualquer outro homem, embora ele seja tão bom quanto qualquer outro homem, ele não deveria ser tratado assim só porque é de fato negro. É essa a verdade? Ainda não raiou o dia em que deixarei um filho meu dizer isso. Ainda não.' Não tenho certeza se mesmo agora os dois já tenham superado isso.

"Mas a verdade, capitão, é que levei isso adiante principalmente porque era exatamente igual a você. Eu queria lutar. Queria ser como Jesse Owens e esfregar no chão a cara do velho Hitler, com tanta força que arrancaria aquele maldito bigode de sua cara. E eu sabia que eles não veriam o couro de muitos soldados negros perto da linha de frente.

"Quando estava no meio da praia de Omaha, reconsiderei a ideia, isso mesmo. Eu iria me contentar em dizer isso na cara deles e voltar para a Inglaterra. Era uma loucura no que eu tinha me metido. Não passa um dia sem que eu pense uma ou duas vezes que devia ter dado ouvidos à minha mãe. Tem ocasião em que sinto que não estou sendo sincero com os meus, embora nunca tenha dito uma palavra falsa para ninguém. E estou sempre falando para mim mesmo que preciso voltar para casa vivo, só para que ninguém lá diga que foi um erro um homem negro pensar que podia fazer o mesmo que um branco. É mesmo uma confusão dos diabos.

Ele voltou a me espreitar e alcançou a borda para pegar a minha escova de dentes, que ele puxara da boca e jogara ali quando havia começado o bombardeio.

– Vai querer isto de volta?

A palavra "vou" estava a meio caminho de meus lábios, mas a segurei sem vacilar.

– Sim, droga, eu quero isso de volta – falei então, arranquei-a de sua mão e enfiei-a em minha boca. O pó dentifrício estava duro, congelado nas cerdas. – Não tive chance de usá-la esta manhã. E, amanhã, eu serei o primeiro. Você poderá ser o primeiro depois de amanhã.

Ele ficou me olhando por um momento.

– Sim, senhor – falou.

19
Os céus

Naquele dia, mais tarde, os C-47 americanos passaram acima. Olhando para trás em direção a Savy, podíamos ver realmente os paraquedas e os suprimentos flutuando abaixo, saindo dos grandes Douglas DC-3, e os rastros brilhantes do fogo antiaéreo alemão arremessando-se contra eles como uma praga nociva. Os paraquedas, vermelhos, amarelos e azuis, pareciam botões desabrochando, uma vista adorável no céu limpo, mas que não desfrutaríamos por muito tempo. Bombardeiros e cargueiros nazistas surgiram na outra direção, e a impetuosidade da defesa antiaérea logo limpou o céu. Assim que os nossos aviões sumiram, os alemães reposicionaram seus canhões e iniciou-se outra barragem de artilharia. Eles temiam claramente que, com a sua defesa antiaérea ocupada, os americanos pudessem movimentar suas forças de terra, e as novas descargas pareciam ser duas vezes mais demoradas do que as da manhã. Quando nos amontoamos nas trincheiras, senti meus dentes baterem uns contra os outros com tanta força que pensei ter quebrado um dos molares.

Assim que acabou, o telefone de campanha ressoou. Era Algar, que escolhera o codinome Líbano.

– Quais as condições aí, Advogado?

Tínhamos ganhado mais dois feridos com a última barragem, ambos com ferimentos relativamente sem gravidade. Um soldado precisaria ser removido para a cidade, juntamente com o jovem ferido na perna. Algar prometeu que as ambulâncias estariam lá após escurecer.

– Soube que seu comandante do Exército rompeu através do sul – disse Algar. – Abriu um buraco, é o que dizem. Deveremos começar a ver reforços. Providencie para que o seu pessoal saiba disso. Recebemos 160 despejos de suprimentos. Não é suficiente. Mas veio alguma munição. Remédios.

– Sim, senhor. – As notícias sobre Patton eram bem-vindas, mas meu pessoal só acreditaria quando visse. Tudo, até então, era boato.

– Como está o ânimo?

O ânimo, falei, estava bom, apesar dos pesares. Os soldados sabiam que nada podia ser feito contra o frio, mas viviam se queixando por não poderem sair das trincheiras durante o dia, principalmente para se aliviar. A ordem era cagar no chapéu, se fosse preciso, mas já que ninguém iria abandonar seu capacete, por causa das duas explosões diárias de árvores, a orientação oficial colocava os soldados diante de uma escolha ridícula.

O pôr do sol veio logo depois disso, um momento de grande solenidade, como se indicasse uma diminuição dos perigos. Os Panzer não viriam à noite naquelas condições, quando poderiam empacar facilmente se saíssem das estradas. E os alemães, após o enorme empurrão que nos impeliu para longe das Ardenas, estavam com poucos suprimentos para se empenhar no fustigador fogo de artilharia ao qual normalmente se empenhavam à noite. Precisávamos ficar alerta contra os grupos de batedores dos boches, que eram capazes de atravessar sorrateiramente o campo numa tentativa de examinar a nossa posição, mas todos sabíamos que sobrevivêramos e logo seríamos capazes de nos movimentar por aí. O sol, que havia se esgueirado durante horas, despontou à distância, abrindo uma brecha nas nuvens com um intenso feixe acobreado e ardeu na floresta além do campo. Biddy apanhou sua câmera, enxergando de algum modo uma foto preto e branco em toda aquela cor.

Meadows apareceu e fomos cuidar das atribuições noturnas. Bill também tinha um pedido. Os soldados queriam fazer uma fogueira na casa de bomba. Não haveria luz. O problema era a fumaça, que poderia revelar a nossa posição. O vento, porém, continuava vindo do norte, o que levaria o cheiro de volta na direção da cidade. Tratava-se de um risco calculado, mas decidimos que valia a pena. Eu duvidava que, mesmo se o vento rondasse, os alemães seriam capazes de diferenciar a nossa fumaça da deles. Cada pelotão seria admitido na casa de bomba durante meia hora para comer suas rações, além de 15 minutos antes e depois da guarda noturna. Os atiradores que passaram o dia todo nos pontos fortificados sem comunicação teriam períodos dobrados e iriam primeiro.

A ambulância chegou perto das 18 horas, acompanhada de um caminhão com suprimentos. Os intendentes deveriam levar as rações do dia seguinte, mas eles tinham apenas dois recipientes com ração C. Isso significava que, no dia seguinte, eu conseguiria alimentar os soldados apenas uma vez.

– O coronel espera que tenham um Feliz Natal – disse o sargento intendente. Eu sabia que ele estava economizando tudo que podia para um regalo natalino, mas deixar as tropas passarem fome por antecipação parecia um péssimo modo de aumentar o reconhecimento deles. – Mas ele mandou isto. Requisitado de um café em Bastogne. O proprietário reclamou terrivelmente, mas, diabos, ele não tem mesmo feito muitos negócios hoje em dia.

Enfiei minha faca de campanha em uma das finas caixas de pinho e encontrei toalhas de mesa. Levei um momento para entender, e então chamei meus três suboficiais, Meadows, Biddy e Masi, para distribuí-las em seus pelotões.

– Que diabos é isso? – quis saber Meadows. Expliquei que o pessoal podia usar as toalhas brancas como camuflagem, se precisassem deixar a trincheira durante o dia. Estávamos com sorte, pois as toalhas estavam engomadas. Caso contrário, teriam sido retalhadas para servir como ataduras.

Assim que distribuiu as toalhas e os guardanapos, Meadows retornou. Queria que eu soubesse que aquilo fizera subir o meu conceito com os soldados, um efeito que indubitavelmente se perderia no dia seguinte, quando passassem fome. De qualquer modo, fiquei grato pelo fato de Meadows estar também cuidando do meu moral.

– Se Algar tivesse algum bom-senso, Bill, ele teria tornado você o comandante da companhia.

– Vou lhe contar um segredo, capitão, ele me ofereceu isso. Mas não me vejo com jeito de oficial. Segundo-tenente, francamente, é o pior serviço que existe no Exército. Pelo menos na infantaria.

Biddy, do outro lado do buraco, murmurou em concordância. Eu ouvira falar das estatísticas, mas rebati:

– A comida é melhor no quartel-general.

– Pode ser – conciliou Meadows. – Mas não sou do tipo para dar ordens, senhor. Não em combate.

– Por quê?

– Porque, se você sobreviver a elas e os seus soldados não, isso é uma coisa com a qual eu não gostaria de lidar. Com todo o respeito, senhor.

Era um problema que eu nunca levara em conta, porque era inexperiente demais, e permaneci em silêncio enquanto Meadows seguia seu caminho.

Como capitão, designei a mim mesmo o último período na casa de bomba, e resolvi tentar dormir antes disso. Tirei o sobretudo. A neve o deixara duro, congelado, e ficou em pé sozinho, apoiado em uma parede da trincheira. Eu estava gelado demais para cair no sono. Em vez disso, perto do final, esperando a minha vez na casa de bomba, passei a contar os momentos. Quando, finalmente, entrei lá, o calor foi uma das sensações mais agradáveis de minha vida, mesmo com minhas mãos e pés queimando intensamente à medida que derretiam.

Os soldados do Segundo Pelotão de Meadows estavam ali novamente, conversando o máximo que podiam enquanto comiam suas rações. Percebi que eles haviam ficado além do tempo por causa da velocidade com que todos se levantaram de um salto, quando entrei.

– À vontade, cavalheiros.

O'Brien aconselhou-me a me aproximar lentamente do fogo. Esse pessoal estava familiarizado com os riscos do enregelamento.

– Capitão – disse O'Brien –, posso lhe fazer uma pergunta? Já ouviu falar de alguém que tenha ficado com o pau enregelado? Collison está preocupado achando que o pau dele vai cair.

Eu nunca ouvira falar naquilo. Lembrei-me das aulas de biologia da escola secundária e expliquei que o que deixava as extremidades expostas era a sua distância do coração.

– Eu lhe falei, Collison – disse O'Brien. – Você é tão burro, sabe como é que chamam esse espaço entre as suas orelhas? Um túnel. Sabe o que você tem em comum com uma garrafa, Collison? Ambos são vazios do pescoço para cima.

Collison, acocorado, olhava na direção da fogueira enquanto O'Brien implicava com ele. Desconfiei que O'Brien lhe dava esse tratamento por minha causa, por causa da noite anterior.

– Vá com calma, O'Brien. Guarde algumas piadinhas para o resto da guerra.

Salvo por uma fonte inesperada, Collison olhou brevemente na minha direção.

– Como ele consegue se lembrar de tudo isso? Eu nunca consigo me lembrar de nenhuma piada.

– É porque você já é uma piada ambulante, Collison – rebateu O'Brien.

Então Meadows entrou e mandou os soldados de volta para suas trincheiras. O Primeiro Pelotão estava a caminho. Arrastei-me para perto do fogo e Meadows ficou comigo um minuto para aquecer seus óculos com armação de metal, que estavam congelando.

– Diga-me, Bill, o que fazia antes disto começar?

– Eu? Eu andava mal de vida, capitão, se quer saber a verdade. Me criei na Califórnia, perto de Petaluma. Meus pais eram agricultores, mas fui para Frisco trabalhar como estivador e até ganhei uma boa grana. Mas não tinha trabalho quando chegou 1934 ou 1935. Nessa época, as coisas não andavam bem comigo e a minha esposa. Eu bebia. Finalmente, ela se mandou e os meus dois filhos voltaram para Denver, de onde eram os pais dela, e foram morar com os avós. Passei a pegar carona em vagões de carga, à procura de trabalho. Mas, em tudo quanto era cidade, havia uma porção de sujeitos iguais a mim sentados em volta de fogueiras em tudo quanto era estação de trem de carga. Era uma época terrível, capitão. Quando começou a mobilização, em 1940, fui o primeiro da fila de recrutamento do Exército. Esta maldita guerra foi um golpe de sorte para mim. Se eu sobreviver a ela. Minha mulher se casou novamente, mas não deu certo, e agora parece toda amorosa para o meu lado quando me escreve. Eu quero mesmo rever os meninos. O mais velho tem 16 anos. Tenho uma esperança dos diabos que essa guerra acabe antes que ele seja recrutado. Não sei como manteria a lucidez se tivesse que me preocupar com ele metido nesta bagunça. O senhor acha que ela vai acabar logo?

Eu achava que sim, uma semana atrás. No momento, parecia que havia mais resistência por parte dos nazistas do que qualquer um de nós havia esperado. Mesmo assim, parecia importante dizer ao pessoal que eu acreditava que a vitória não estava distante. Meadows olhou-me fixamente para ver se eu realmente acreditava nisso.

Comi um biscoito da ração K e resolvi guardar o restante para a manhã do dia seguinte. Dormi umas duas horas, depois fui me aquecer novamente na casa de bomba, antes da minha guarda. Os soldados da companhia de Masi, pequena demais para ser divida em pelotões, começaram a chegar. Meadows e eu estávamos no mesmo horário e saímos juntos.

– Puxa vida – exclamou Meadows, colocando novamente as luvas –, já pensou tirar um sujeito da Califórnia e mandar para o Teatro de Operações Europeu?

– Rapaz, não está querendo que o Exército faça algum sentido, está, primeiro-sargento? – indagou um dos soldados que entrava.

Gargalhamos todos. Fiquei parado do lado de fora, durante um minuto, ouvindo os meus soldados enquanto sua conversa se elevava na noite através da chaminé.

– Acha que é azar a gente estar aqui em vez do Pacífico?

– É muito mais quente no Pacífico, eu sei disso.

– Toda carta que recebo do meu irmão – disse mais alguém – é sobre como é quente lá. Mas isso não é uma graça de Deus, coisa nenhuma. Eles têm todo tipo de urticária. Ele conta que tem uma coisa aumentando nele, e que nem sabia que a pele da gente podia ficar daquela cor. E um sujeito precisa ter uma sorte tremenda para conseguir um trago. Não é como aqui, na Europa, com todo esse vinho e conhaque, nada disso. O melhor que acontece é alguém bem relacionado com o intendente conseguir alguns pêssegos em lata, montar um alambique e preparar uma coisa que tem gosto de verniz. O pessoal anda bebendo tanta Aqua Velva que o intendente não tem mais nenhuma em estoque. E todos brigam entre si para consegui-la.

– Mas não faz frio lá.

– É, mas eu preferiria ser morto por um branco, isso mesmo.

– Ora, que tipo de porra de sentido há nisso? – perguntou outro.

– É como eu vejo. Não vou pedir para você achar a mesma coisa, Rudzicke.

– Não seja ranzinza.

– É o que eu sinto, só isso. Acho que seria um pouco mais fácil ir embora desse jeito. Eu só não quero que seja marrom o último rosto que eu veja.

– Eu entendo isso – disse outro homem.

– Vou lhe dizer outra coisa – falou o primeiro homem, chamado Garns –, os japas são bárbaros. São como os índios selvagens, comem o coração de um homem. Acham que somos uma espécie inferior, como macacos. Acham mesmo.

– São eles que parecem macacos. Não é mesmo? Os boches pelo menos tratam a gente bem, se fazem você prisioneiro. Um chapa meu me escreveu contando que lutava nessa ilha, e os japas capturaram um dos soldados dele. Eles abriram a faca a espinha dorsal do sujeito enquanto ele ainda estava vivo, depois despejaram pólvora nela e incendiaram o pobre filho da mãe. Já imaginaram? E o resto do pelotão dele, eles ficaram escondidos e ouvindo aquela merda.

Corriam muitas histórias medonhas sobre o Pacífico. Várias vezes, eu ouvira contar que os japas cortavam fora as orelhas de prisioneiros vivos.

– É, mas pelo menos ainda estão quentes – gracejou alguém. Isso arrancou gargalhadas.

– Não entendo que bem pode fazer a guerra, seja você de onde for – comentou outro.

– Já ouviram falar das mulheres polinésias? Um chapa meu escreveu contando que pousaram numa porção de lugares, e as garotas de lá nem mesmo vestiam a camisa quando eles chegavam lá. E, para elas, foder é como dar alô.

– Para nenhuma mulher foder é como dar alô. Não existe mulher que não queira ganhar alguma coisa com isso. Meu pai me disse isso e nunca deixei de ver que ele tinha razão.

– É, mas vivo ouvindo falar dessas mulheres do Pacífico, elas são fora de série. Esse chapa contou de uma dessas beldades, que ela conseguia apanhar um dólar de prata com o você sabe o quê dela. Finalmente, alguém teve a ideia de montar seu próprio negócio e passou a tomar conta dos dólares e da garota. Isso é que é visão.

– Vocês acham que é verdade o que dizem?

– O quê?

– Que os nazistas viajam com prostitutas. Eles trazem elas junto.

– Parece mesmo coisa de nazista.

– É, nós somos uns malditos americanos. Acreditamos na liberdade. A liberdade de não trepar.

Meadows retornou pela neve triturando-a. Deu-me uma piscadela, então abriu a porta para mandar o pessoal falar baixo.

– Os boches continuam aqui – disse ele.

Quando saí, um soldado chamado Coop Bieschke entalhava seu nome em um pé de faia acobreado a meio caminho da minha posição de guarda. Era a segunda noite que se dedicava àquilo, usando seu período de sono para o empreendimento. Pensei em lhe perguntar o que havia de tão importante naquilo, mas não tinha certeza se Coop conseguiria explicar. Talvez planejasse voltar ali, depois que a guerra acabasse, ou talvez quisesse que seus pais conhecessem o lugar onde ele morreu. Talvez simplesmente esperasse deixar uma marca na terra que certamente foi dele. Observei-o trabalhar com o canivete, esquecido de mim e de tudo o mais, então prossegui colina acima.

Após a guarda, retornei à casa de bomba, e então corri de volta para a nossa trincheira antes que as minhas botas congelassem novamente, e coloquei-as debaixo de minhas pernas, na esperança de que o calor evitasse que endurecessem da noite para o dia. Foi um esforço desperdiçado. Quando acordei, as pernas da minha calça haviam congelado juntamente com elas, e foi uma luta para conseguir colocá-las de volta nos pés.

A manhã de 24 de dezembro estava sem nuvens e a nossa Unidade Aérea surgiu no céu não muito depois do raiar do dia. Ao mesmo tempo que as formações de bombardeiros e os P-47 a protegiam, roncando acima, meus soldados acenavam do interior de suas trincheiras. A artilharia antiaérea alemã foi intensa, principalmente quando os nossos aviões penetraram em território alemão. Podíamos ver os rastros vermelhos da artilharia antiaérea se erguendo, e várias vezes uma aeronave virar uma estrela de fogo. Mas as fileiras de bombardeiros e aviões de suprimentos continuaram aparecendo por quase cinco horas, e os rastros de vapor atrás de cada motor faziam o céu parecer um campo arado. As aeronaves que davam cobertura costuravam acima e abaixo, vigiando os caças alemães, enquanto os paraquedas com suprimentos continuavam a se abrir nos céus perto de Savy. Ocasionalmente, quando o vento esmorecia, podíamos ouvir o ressoar dos caminhões recolhendo os medicamentos, os alimentos e a munição, levando-os de volta para Bastogne.

O pessoal permaneceu nas trincheiras, mas agora, com a camuflagem, eu podia me deslocar mais ou menos a cada hora para checar as nossas posições. Disparei por entre o bosque, enrolado em uma toalha de mesa, com um guardanapo de linho amarrado sob o queixo como a babushka da minha avó. Quando corri até suas trincheiras, vários soldados olharam para mim e falaram: "Gostosuras ou travessuras?"

A maior parte do tempo, fiquei na trincheira com Biddy, tentando dizer a mim mesmo que eu conseguira aguentar o frio no dia anterior, e portanto conseguiria neste. Hoje seria mais fácil, disse a mim mesmo, porque agora eu sabia que, depois, haveria uma fogueira na casa de bomba. Mas talvez isso piorasse as coisas, pois agora eu conseguia me lembrar de como era estar aquecido.

A cada hora eu acendia um cigarro. Nos intervalos, ficava sentindo o cheiro do tabaco em minhas luvas. Não conseguia entender o estranho consolo que isso me trazia, até pensar em Gita Lodz e no forte cheiro de seu cabelo e de suas roupas. Perguntei-me se a veria novamente. Ou se isso me interessava. Então fiz a mesma pergunta em relação a Grace. E a meus pais. Se tivesse de escolher apenas um deles no final, quem seria?

– Minha nossa, Biddy – exclamei subitamente –, ficar sem fazer nada neste buraco, só parado e pensando, é o bastante para deixar um homem louco de pedra.

Ele resmungou como uma forma de concordância.

– Imagino se não seria melhor se os alemães viessem logo e a gente acabasse com isso.

– Capitão, o senhor não está falando sério. Vá por mim. Pedi para ele me contar sobre a praia de Omaha.

– Não sei não, capitão. Aquilo não teve nada parecido com o que nos metemos aqui. A coisa do Dia D dá a medida disso. Eu estive lá no dia seguinte ao Dia D. E era guerra para todo o lado, senhor. Os nossos couraçados estavam atrás da gente atirando contra os alemães nos despenhadeiros, e os alemães atiravam para baixo. Os nossos bombardeiros estavam acima e as baterias da artilharia antiaérea dos boches rugiam. E você tinha milhares de soldados correndo por aquela praia, atirando no que havia para atirar. Era combate em tudo quanto era lugar, soldados dando gritos de guerra, e todo aquele gemido e gritaria dos feridos. Quando o transportador de tropas nos lançou e chapinhamos na água, ela estava toda vermelha, como um sinal de trânsito, por causa do sangue, e eu não conseguia ver de que modo chegaríamos ao ponto de encontro. Havia corpos por todos os lados. Não se podia caminhar em linha reta por aquela praia sem tropeçar num morto. E a cada passo eu olhava para eles e pensava: Este é o meu último passo, o próximo serei eu. Quando a minha unidade se juntou, virei de costas e me dei conta de que era exatamente como eu tinha imaginado. Era assim que eu tinha imaginado durante toda a minha vida.

– A guerra, Biddy?

– Não, senhor. O inferno. Era realmente o inferno do diabo. Eu sentava na igreja e ouvia o pastor me dizer onde os pecadores encontrariam seus eus hediondos, e então, pensando bem a respeito, era aquilo mesmo o que eu via. O barulho, os gritos, a dor. Até mesmo o cheiro das bombas e as descargas da artilharia. Sabe, senhor, tem um ditado que diz que a guerra é um inferno, e é verdade. As almas berrando e afundando. Os céus desabando. Quando penso nisso, às vezes me pergunto se não estou morto, afinal de contas. – Ele sacudiu a cabeça, como se para esvaziá-la de pensamentos. – Não gostaria de continuar falando nisso, capitão.

Disse-lhe que entendia. Ele ficou calado por um segundo.

– Sabe Martin, capitão?

– O que tem ele?

– Homens como ele, que estão em guerra há anos. Entendo por que continuam fazendo isso. Porque é a verdade, senhor. É o inferno. E é a verdade, também. Não existe nada mais tão verdadeiro. Consegue imaginar o que estou dizendo?

Não conseguia mesmo. Mas a ideia me apavorava tanto quanto a dos alemães esperando para atacar.

ESTÁVAMOS A UMA HORA do pôr do sol quando, acima, surgiu um pequeno estrondo incerto. Meu primeiro pensamento foi que era uma das bombas voadoras alemãs, as V-1 sobre as quais ouvira falar, mas, quando apanhei meu binóculos, segui o som até um pequeno monomotor. O telefone de campanha troou imediatamente. Era Meadows, informando que a aeronave era um batedor nazista e que deveríamos gritar para os soldados pegarem suas toalhas de mesa e se acocorarem bem no fundo das trincheiras. Cinco minutos depois, porém, o avião fez uma outra volta acima. Quando ouvi o motor se aproximando uma terceira vez, concluí que estávamos sendo observados. Chamei Meadows.

– Há alguma dúvida de que ele nos viu?

– Não, senhor.

– Bem, então vamos tentar derrubá-lo.

– Não temos balas para desperdiçar, capitão.

Concordamos que as equipes das Browning teriam a única chance verdadeira de atingir um alvo a 150 metros, e ambos corremos para os pontos fortificados para transmitir essa ordem. As equipes de três pareceram levar uma eternidade até elevar as desajeitadas metralhadoras, mas, mesmo assim, uma saraivada arrancou o pedaço da asa esquerda do avião, antes de ele ascender para fora da linha de tiro.

Liguei para Algar.

– Merda – exclamou. – Alguma chance de o avião não conseguir voltar?

Havia uma chance, mas ele ainda estava no céu na última vez que o vimos. Se conseguisse voltar, seríamos um alvo fácil para a artilharia boche. Tínhamos que mudar de lugar, mas só após conseguirmos outra posição defensiva tão boa quanto a que deixaríamos. Algar também queria ver se nosso reconhecimento fornecera qualquer pista sobre a localização dos alemães no bosque. Ao desligar o telefone, pensei a mesma coisa que todos os meus soldados pensariam. Outra posição significava abandonar a casa de bomba.

Algar voltou a falar comigo poucos minutos depois. Os setores de inteligência e operações achavam igualmente que os alemães estavam reposicionando a maior parte de sua artilharia baseada nos sobrevoos matinais. Se assim fosse, provavelmente ainda não estariam prontos para atirar contra nós, e tanto o G-2 quanto o G-3 duvidavam que os alemães arriscariam uma barragem de artilharia à noite, o que indicaria com precisão para a vigilância aérea, a nova posição de seus canhões, um convite ao bombardeio ao amanhecer.

– A decisão é sua – disse Algar sobre ficar ali por enquanto. – De qualquer maneira, vamos reposicionar vocês pela manhã.

Essa foi a minha primeira decisão verdadeira como comandante. Por causa da casa de bomba e da fogueira, decidi permanecer ali, mas, nos trinta minutos seguintes, cada rangido das árvores ao vento parecia ser o primeiro som de projéteis se aproximando. Fiquei de pé na trincheira, examinando o céu, esperando farejar a artilharia como um cão de caça. O telefone de campanha tocou assim que a escuridão começou a se assentar à nossa volta. Era Meadows.

– Capitão, uma porção de soldados gostaria de continuar com a fogueira acesa. É véspera de Natal, senhor. Eles querem fazer um pequeno serviço religioso. Eu acho que, se eles imaginam que Deus vai protegê-los, tem que ser esta noite. – Dei a permissão.

Como fora o último a ir à casa de bomba na noite anterior, eu tinha direito a uma ida mais cedo e o aproveitei, antes de se iniciarem as orações. Como Meadows previra, o fornecimento das toalhas de mesa quebrara o gelo entre mim e alguns dos soldados e, de qualquer modo, encontrei lá um do pelotão de Biddy, bem mais predisposto a mim para seu próprio bem. Hovler, um texano magricela, ocupara um lugar sobre uma pedra perto do fogo, e ergueu a vista para mim quando aqueci as mãos a seu lado.

– Capitão, o senhor é casado?

– Noivo – respondi, embora a vida em uma trincheira fizesse aquilo parecer mais quimérico a cada minuto. O lar estava tão distante.

– Bonita – concedeu Hovler, quando peguei minha carteira.

– Esta é a minha Grace – falei.

– Grace. Puxa, é o nome da minha namorada também. – Ficamos maravilhados com a coincidência. Sua Grace era risonha e rechonchuda. No instantâneo, seu cabelo fluía atrás de si numa brisa que também fazia seu vestido marcar o corpo.

– Muito bonita.

– É, com toda certeza – concordou. – Com toda certeza. Só tem uma coisa que perturba a minha mente. Acha que a sua Grace vai esperar você?

Eisley e eu havíamos nos hospedado na casa de Madame em Nancy com dois sujeitos diferentes cujas mulheres lhes tinham dado o bilhete azul. Imaginei como seria, se Grace tivesse alguma insinuação da minha aventura com Gita e me abandonasse. Eu teria como me desculpar, alegando os excessos da guerra, mas e se ela não me perdoasse? Grace tinha dois pretendentes que ficaram em casa, rapazes com quem havia namorado antes de mim, um sujeito incapacitado para o serviço militar por causa de um olho de vidro e outro que dirigia uma fábrica necessária ao esforço de guerra. Às vezes, quando ouvia soldados como Hovler se preocuparem com o fato de as namoradas poderem traí-los, a ideia de que Grace poderia acabar com um desses dois me perfurava como uma flecha, e então, como uma flecha, me atravessava. Não acreditava que ela fizesse isso. Era simples assim. Tédio, desejo, solidão – até mesmo ciúme e raiva – não eram forças capazes de subjugar a virtude de Grace. Até eu conhecer Gita, talvez chamasse isso de princípio. Mas, mesmo pelo ponto de vista de Gita, mesmo se ela estivesse certa em afirmar que todo homem e toda mulher têm uma história que inventaram sobre si mesmos e tentam acreditar nela, essa era a de Grace – a história de uma pessoa de virtude tão inata que nem poderia ser considerada terrena. Ela nunca seria capaz de fazer isso comigo. Porque, no processo, ela destruiria a si mesma.

– Espero que sim – respondi.

– Ao ficar sentado aqui, meto na cabeça que não é possível ela ficar esperando por mim. Se ela tivesse algum juízo, saberia que, cercado aqui, eu já estou mesmo a três quartos do caminho da morte. E com toda a possibilidade de voltar com algum pedaço de mim faltando, se eu sobreviver. Por que ela esperaria? Com todos aqueles incapacitados e espertalhões e destacamentos da USO em casa, ganhando um bom dinheiro porque não restaram muitos homens por lá. Por que motivo ela não arranjaria um namorado?

Eu ainda estava com a foto na mão.

– Ela não parece o tipo de garota que faz isso, Hovler.

– Espero que não. Detestaria sobreviver para ter que passar por isso e voltar para casa com o coração partido. Não saberia o que fazer. Faria alguma besteira, acho. – O pensamento deixou-o tão infeliz que abandonou a fogueira e voltou para sua trincheira.

Às 21 horas, um jipe veio lentamente estrada acima. Eu estava sendo convocado para ver Algar na cidade. Ele estava na mesma mesa onde eu o conhecera, agora enfeitada com galhos de pinheiro. Seu cachimbo estava na mão, mas pude perceber pelo aroma que ele fora obrigado a enchê-lo com tabaco de cigarro.

– Feliz Natal, David.

Ofereceu a mão. Ele e seus assistentes andaram analisando a situação da minha companhia e o modo como ela se encaixava no quadro geral. Aproximando-se ainda mais sorrateiramente, os boches transmitiram nesse dia uma oferta de rendição a McAuliffe e contaram que este, como resposta, disse "endoidou". Havia motivos para achar que ele tomara uma boa decisão. Dizia-se que as forças de Patton haviam avançado pela estrada de Assenois e agora estavam em Bastogne, e que hoje mais de 1.200 carregamentos com suprimentos haviam sido lançados de paraquedas. Como resultado, o Estado-Maior convenceu-se de que os alemães não tinham escolha a não ser preparar um ataque total no dia seguinte. Não poderiam posicionar seus tanques para atacar Patton sem controlar Bastogne. E eles sabiam que, a cada hora, estavam sendo distribuídos suprimentos para as forças periféricas, o que significava que, quanto mais esperassem, mais dura seria a resistência.

Por causa do avião de reconhecimento, Algar avaliou que agora havia alguma chance de que um dos ataques dos boches viesse do oeste, talvez através de Savy. Talvez até mesmo através de Champs. Não havia como prever. E, de todo modo, qualquer que fosse a força que estivesse no bosque avançaria na nossa direção, pelo menos por algum tempo, a fim de manter a companhia em formação. Portanto, Algar e seus assessores ainda nos queriam naquela posição para controlar aquela estrada. Eles a mudariam só um pouco, para dentro do bosque, do lado oriental, a fim de diminuir as chances de os canhões alemães nos escolherem. Se o primeiro ataque viesse em nossa direção, teríamos de nos deslocar para o norte e atacar o inimigo. Com sorte, nós o pegaríamos de surpresa e seríamos capazes de flanquear a divisão Panzer de granadeiros. De qualquer modo, era melhor atacar do que esperar os alemães concentrarem suas tropas e nos imobilizarem. Se recebêssemos o primeiro ataque, Algar enviaria tanques e reforços e, se o tempo se mantivesse firme, até mesmo pediria apoio aéreo. O mais provável era que fôssemos convocados para reforçar Savy. As ordens eram essas.

Ralph, o executivo, entrou para relatar uma conversa com os assessores de McAuliffe em Bastogne, que ficaram subitamente abatidos em relação ao avanço de Patton.

– Ham, não sei o que pensar disso, mas esse sujeito, Murphy, meio que insinuou que talvez Bastogne seja uma isca.

– Isca?

– Que Ike quer atrair o máximo possível de recursos dos alemães em volta da cidade, e então bombardeá-la e mandá-la para o inferno. Providenciar para que não haja mais outra ofensiva como essa. Melhor a longo prazo.

Algar pensou a respeito e então deu uma firme sacudida de cabeça.

– Patton talvez bombardeasse suas próprias tropas. Eisenhower, jamais. Devemos manter isso entre nós, Ralph.

– Sim, senhor.

Depois que Ralph saiu, Algar olhou para mim.

– Eis outra coisa para manter entre nós, David. Duas coisinhas. Não gosto de falar em nenhuma delas, mas é melhor sermos francos. Não deixe seus homens se renderem às forças Panzer. Nome, posto e número de série não os levarão muito longe. Após o serviço que fizemos na Luftwaffe, a maior parte das informações que eles obtêm vem do que conseguem arrancar espancando os nossos soldados. Assim que conseguem o que querem, os patifes não têm condições para manter prisioneiros. E não mantêm. Dizem que simplesmente fuzilaram dezenas dos nossos em Malmédy. Mas entenda o que eu quero dizer. Estive com Fuller em Clervaux, quando Cota não deixou que recuássemos. Nunca darei essa ordem. Não quero perder aquela estrada. Mas não quero um bando de soldados com fuzis tentando deter tanques. Lute como o diabo, o máximo que puder, mas proteja seus soldados. Essas são as suas ordens.

Prestei continência.

Passei pelos nossos pontos fortificados, fornecendo a senha. Continuando a caminhar, encontrei outro membro do pelotão de Masi, Massimo Fortunato, um bonito e imenso rapagão, que estava de guarda. Imigrante, Massimo afirmava morar em Boston "há muito tempo", mas mal falava uma palavra em inglês. Até mesmo Masi, que dizia saber italiano, geralmente comunicava-se com Massimo através de gestos, como todo mundo. Fortunato viera em tropa de reposição, mas uma com experiência de combate, o que significava não estar sujeito ao ridículo habitual. Ele lutara através do norte da África e da Itália, até um comandante compreensivo transferi-lo para a Europa, após um incidente no qual Fortunato acreditava que estava atirando em um rapaz com quem ele crescera.

Perguntei a Fortunato se estava tudo tranquilo.

– Bastante – respondeu.

Voltei para a casa de bomba, atrás de Meadows. O'Brien ajudava Collison em uma carta para casa, escrevendo o que Stocker lhe contava, às vezes exprimindo as palavras por ele. Bill e eu concordamos que ele devia enviar um grupo de reconhecimento até o outro lado da estrada, para determinar nossa nova posição. Bill saiu para cuidar da tarefa, ao mesmo tempo que o pelotão de Biddy entrava.

– Será que algum dia teremos um Natal pior, capitão? perguntou-me o segundo-em-comando de Biddy, um soldado de primeira classe chamado Forrester.

– Espero que não.

– Não. No próximo Natal, ou estaremos mortos ou a guerra terá acabado. Certo?

– Terá acabado. Você estará em casa. Será então o seu melhor Natal.

Ele concordou com a cabeça.

– Será legal. Não sei se já tive um bom Natal. – Eu não disse nada, mas certamente o meu rosto refletiu a minha curiosidade. – Eu fui adotado, capitão. O meu velho morreu em Verdun. Minha mãe, de algum modo, apagou. Uns amigos da minha tia me acolheram. Eles tinham seis outras crianças naquela casa. Não sei o que os levou a fazer isso. Gente boa, acho eu. Irlandeses, sabe. Só no Natal, de algum modo, que era sempre estranho. Eles eram católicos, iam à missa da meia-noite. Minha família era escócio-alemã, presbiteriana. Não era lá grandes coisas, mas o Natal me fazia pensar. Aqueles não eram meus irmãos de verdade. Mamãe e papai não eram minha mãe e meu pai de verdade. Adotado, capitão, e naquela idade, não parecia haver qualquer coisa de verdadeiro em minha vida. Não como era para as outras pessoas. – Voltou a olhar para mim. Não consegui pensar em nada para fazer, a não ser lhe dar um tapinha no braço, mas o gesto extraiu um sorriso.

Quando retornei à nossa posição avançada, escrevi cartas para meus pais e Grace, como fizera horas antes de atacarmos La Saline Royale, contando com a sorte de que as mensagens, de algum modo, conseguissem chegar a eles, se o pior acontecesse. Escrever para Grace era cada vez mais difícil. Eu sabia o que dizer, mas, com o passar dos dias, isso parecia significar cada vez menos. Não era tampouco por causa da minha burrice com Gita Lodz. Em vez disso, havia algo em meus sentimentos por Grace que pareciam me satisfazer cada vez menos. Após ficar parado ali com Hovler, imaginando se Grace poderia me fazer mal, eu agora sentia uma pontada de pesar pelo fato de que trair estava longe dela, visto que isso até teria sido melhor.

Enquanto escrevia, aos poucos me tornava ciente de música. Os alemães estavam no bosque entoando canções natalinas, as vozes viajando pelo vento até nós. Muitas das músicas eram conhecidas, apesar da língua estrangeira, cujas letras consegui identificar aqui e ali por causa do meu limitado iídiche. "Stille Nacht", cantavam, "Heilige Nacht". Rudzicke arrastou-se para o meu buraco.

– Capitão, eu também ia cantar – disse ele. – Uma porção de nós queria. Já que, de qualquer maneira, a gente vai mudar de lugar.

Meditei, ocupando-me com a desconhecida aritmética dos prós e contras que um experiente oficial combatente provavelmente reduziria a instinto. Pela manhã, eu teria iludido os alemães sobre a nossa posição ou teria denunciado algo? Com um ataque iminente, eu poderia negar aos soldados um mísero prazer natalino? E como lidar com o repelente verme da esperança de que essa demonstração de camaradagem talvez tornasse os boches menos selvagens ao romper do dia?

– Cantem – concordei.

E assim, enquanto empacotávamos tudo, a companhia G cantou, até mesmo eu cantei. O Natal não era nada em minha casa, um não evento e, como resultado, eu me sentia um não participante do festival de camaradagem e bons sentimentos que o Natal significava para todo mundo. Mas naquele momento eu cantei. Cantamos com os nossos inimigos. Isso durou quase uma hora, e então houve o silêncio novamente, à espera do ataque que todos os soldados de ambos os lados sabiam que viria.

Parte V

20
Não conte às crianças

Só muito tempo depois de ler o que meu pai escrevera para Barrington Leach uma questão me preocupou: Por que papai disse que esperava desesperadamente que seus filhos nunca ouvissem essa história? Isto admitindo-se que a história terminasse com o que eu considerava um episódio de ingenuidade de cortar o coração, sem falar da irrefutável culpabilidade. Mas houve oceanos de bravura antes disso. De que papai queria nos proteger? Eu pensava que ele aprendera o suficiente para acreditar que qualquer um poderia se proteger do eterno universo da dor humana em mãos humanas. Em vez disso, a decisão de papai de eliminar tudo só poderia ser encarada como produto de seu caráter fechado, e mais uma ocasião para arrependimento. Sabe Deus que o mundo teria sido mil vezes melhor para mim, enquanto eu crescia, se eu tivesse sabido ao menos um pouco do que ele escrevera.

Como qualquer garoto da minha idade, durante os anos 1950, impregnado de épicos sobre a Segunda Guerra Mundial na TV e nos cinemas, eu ansiava saber se meu pai fizera sua parte – bem melhor se ele tivesse sido outro Audie Murphy, mas pelo menos alguém que trouxera para casa a cota de glória que lhe era de direito. Em vez disso, minhas perguntas sobre a guerra eram eternamente rejeitadas por ambos os meus pais.

O silêncio era tão completo que eu nem sequer sabia se papai participara de alguma ação. Acreditava que sim, por causa do profundo silêncio que o dominava quando apareciam cenas de batalha em *The Way It Was*, seu programa favorito. Foi o primeiro programa de TV com gravações históricas, apresentado pelo sério e solene Eric Sevareid. Eu via as imagens em preto e branco percorrerem os olhos imóveis de meu pai. Havia sempre peças de artilharia sendo disparadas com imensos clarões, os canos recuando e lama espirrando quando os enormes armamentos ricocheteavam no chão, enquanto aeronaves circulavam acima à distância. Os soldados, inflexíveis, colhidos pela luz da câmera, conseguiam esboçar rápidos sorrisos. Para mim se tornou uma profissão de fé que papai fora um deles, uma alegação que eu repetia frequentemente quando meus amigos concorriam com histórias de atos de heroísmo de seus pais durante a guerra.

Entretanto, tudo que eu sabia com certeza era que meus pais consideravam a guerra uma calamidade, e frequentemente rezavam para que ela nunca castigasse Sarah ou a mim. Ninguém foi mais determinado do que meu pai e minha mãe para que eu não fosse para o Vietnã, quando o meu número foi sorteado em 1970. Estavam dispostos a contratar advogados e até mesmo deixar o país em vez de permitir que eu fosse convocado. A visão de Richard Nixon na TV provocava em papai uma rara estrepitosa irritação. Ele parecia sentir que se rompia um acordo fundamental que os Estados Unidos haviam feito com ele. Simplesmente, ele fora à guerra para que seus filhos não precisassem ir, e não para que chegasse a vez deles.

Esse período, porém, talvez tivesse sido menos perturbador para mim se eu soubesse um pouco mais sobre as experiências de meu pai durante a guerra. Na universidade, entre tipos contrários à guerra, havia debates eventuais sobre a ética de evitar o recrutamento. A lógica dizia que algum garoto, da classe operária ou pobre, ocuparia o meu lugar. Quatro décadas depois, continuo de acordo com a minha análise racional para saltar fora com a utilização de um atestado médico de dispensa em decorrência de um desvio de septo, uma divisão entre minhas cavidades nasais, a qual, em teoria, poderia me levar a problemas respiratórios no campo de batalha. Minha primeira responsabilidade era para com a defesa de meus próprios atos. Sabendo o quanto havia de enganação sobre o Vietnã, defrontei-me com um claro imperativo moral contra matar – ou mesmo morrer – lá.

Contudo, para aqueles de nós que não foram, havia sempre uma pergunta à espreita. Tudo bem, fomos privilegiados, moralistas e, com frequência, ridiculamente rudes. Mas também fomos covardes? Certamente havíamos fincado a nossa bandeira em um novo solo. Antes do Vietnã, a ideia vinha passando de mão em mão desde a Revolução, como um *chippendale* herdado, de que a morte corajosa em defesa da nação era a derradeira medida de um legítimo americano. Se conhecesse alguns detalhes de como meu pai passara por esse violento teste de patriotismo e energia pessoal, talvez isso tivesse me dado algum consolo de que eu, também, poderia fazer o mesmo, se necessário, e talvez me tivesse deixado mais seguro daquilo que enfrentava, em vez de me esconder.

Pelo contrário, a única história sobre a guerra de meu pai que cheguei a ouvir foi através do pai dele, meu avô, o sapateiro. Vovô era um notável contador de histórias na tradição iídiche e, quando papai não estava por perto, ele me contou mais de uma vez a pitoresca história de como meu pai entrou para o serviço militar. Em 1942, após decidir que não podia esperar mais para fazer a sua parte, apresentou-se para o exame físico e foi prontamente dispensado por causa de um desvio do septo que acabei herdando dele (o qual, quando enfrentei o recrutamento, ele inteligentemente sugeriu que eu pedisse que fosse verificado por um otorrinolaringologista).

Meu pai ficou tão chateado por ser dispensado que, finalmente, convenceu meu avô a ir com ele visitar Punchy Berg, o membro local da delegação Democrata, que era capaz de influenciar o rumo da maior parte dos assuntos governamentais, no Condado de Kindle. Punchy recebia os pedidos no porão de um escritório local, onde havia caixas de arquivo amontoadas em estantes de aço. Ali, sob uma única lâmpada, Punchy ficava sentado, em meio a seus capangas, em uma carteira escolar enquanto deliberava sobre as solicitações. Ele ou dizia não ou não dizia nada. Diante do silêncio, um dos assistentes avançava e cochichava um preço – 5 dólares para permitir que uma criança fosse transferida para uma escola melhor; 15 dólares para conseguir uma carteira de motorista após a reprovação no exame. Veredictos favoráveis nos tribunais do Condado de Kindle também estavam disponíveis, mas a um custo além dos meios de operários.

Meu pai parou diante de Punchy e abriu seu coração sobre a questão de não ter permissão de servir seu país. Punchy esperava algo mais, um pedido, para o qual houvesse um número, que um aviso de recrutamento fosse retardado ou, melhor ainda, esquecido. Meu avô disse que Punchy, um ex-boxeador cujo nariz era achatado no rosto como a colher de uma pá, passou um minuto sacudindo a cabeça.

– Vou lhe dizer uma coisa, garoto. Talvez você queira pensar a respeito. Eu conheço o seu velho há muito tempo. Schmuel, há quanto tempo você conserta meus sapatos?

Meu avô não conseguia se lembrar de algo tão distante no passado.

– Há muito tempo – disse Punchy. – Você é o primogênito. Isso o torna um sujeito importante para seus pais.

Essa observação forneceu o único incentivo de que meu avô precisava para ser deixado com suas próprias opiniões sobre o que meu pai queria. Pelo modo de pensar de vovô, aquilo era pura loucura. Ele fora para os Estados Unidos, como seus irmãos, para não ser coagido pelo Exército do czar, como os judeus costumavam ser. E agora seu filho queria nada menos do que atravessar de volta o mesmo oceano e lutar ao lado dos russos?

– O seu velho tem razão – concedeu Punchy.

Meu pai permanecia inflexível.

– Bem – disse Punchy –, é difícil calcular. Pelo que ouvi dizer, custa às famílias 1.200 dólares para deixar seus filhos de fora. Mas quanto para colocar dentro? – Punchy coçou o queixo. – Está bem, garoto – volveu Punchy. – Vou lhe dizer uma coisa. Eu mesmo sou muito vermelho, branco e azul. Passo a metade do tempo lamentando ser velho demais para ir lá e arrancar um pedaço do pau de Hitler. Se você quer, você terá. – Então Punchy provou que era um verdadeiro patriota. – Garoto – disse ele –, é por conta da casa.

21
Combate

24/12/44 – No front

Querida Grace,

Escrevo para desejar a você e à sua família um excelente Natal. Imagino todos vocês juntos, aconchegados em volta da lareira, mas talvez isso seja apenas para consolar a mim mesmo, porque, no momento, sinto mais frio do que já senti em toda a minha vida. No momento, estou convencido de que devemos passar a nossa lua de mel na Flórida e tento me aquecer imaginando isso.

Suponho que as notícias sobre a ofensiva alemã tenham chegado a vocês, mas os comandantes aqui são só incentivo. Este é um país magnífico, panorâmico, com enormes colinas arborizadas repletas de neve e lindas cidadezinhas aninhadas entre elas, mas as explosões dos combates fizeram muitas delas em pedacinhos. Cheguei aqui para fazer uma investigação que de vez em quando tenho mencionado, e dadas as circunstâncias acabei sendo levado ao combate como líder de uma com-

panhia de infantaria. Finalmente, uma chance de usar aquele tal treinamento! Pelo menos terei uma ou duas histórias para contar a você e aos nossos filhos.

Por favor, transmita os meus calorosos cumprimentos à sua família. Suponho que vocês estarão rezando esta noite. Eu não sou muito de rezar, portanto faça uma prece a mais para mim, intensa. Preciso de toda a ajuda que puder conseguir.

Bem, chega de bla-bla-blá por esta noite. Lembre-se, querida, que eu amo você.

David

ÀS 2 HORAS DA MADRUGADA, pegamos a rota que a turma de reconhecimento traçara ao longo do limite da floresta, seguindo suas pegadas na neve. As ordens percorriam a fila em cochichos. "Sair primeiro um batedor de cada pelotão. Disciplina de patrulha. Silêncio. Seguir depressa e abaixados. Não percam de vista o homem à sua frente."

No total, avançamos cerca de 400 metros até outra inclinação no lado oriental da estrada, abrindo um pequeno entalhe na floresta. Não era uma posição tão boa quanto a que havíamos abandonado. Ali, estávamos a cerca de 30 metros da estrada e, mesmo quando nos espalhamos, não conseguíamos realmente enxergar muito bem ao norte. Um pequeno riacho a leste de nós, no entanto, formava um bom perímetro defensivo. Ele devia ser alimentado por uma fonte subterrânea, pois continuava correndo, mesmo no frio intenso.

Não houvera nenhum acampamento anterior ali, o que significava que o pessoal teria de cavar através da neve e do solo congelado. Era um trabalho pesado e combinamos designar quatro soldados para cada trincheira, e deixá-los dormir em turnos. Bidwell e eu ainda cavávamos com nossas ferramentas de entrincheiramento quando Masi apareceu. Virou sua lanterna para me mostrar uma lata de ração alemã. Não havia ferrugem nela, e as tiras de carne que se grudaram do lado de fora ainda não tinham congelado.

– Havia um monte de merda a não mais de 10 metros de distância dela, capitão. Quente o bastante para ter derretido um pequeno buraco na neve, e ainda mole quando enfiei um graveto.

Dei a lata a Meadows.

– Onde estão eles? – perguntei a Bill.

– Em algum lugar ali atrás – disse ele, apontando para o bosque uns 800 metros distante. – Provavelmente seguindo as informações fornecidas pelo avião de reconhecimento, capitão. Ainda bem que mudamos de posição.

Não me senti tão confiante. Para quem não pretendia seguir por aquela estrada, os boches estavam prestando muita atenção em nós. Concordamos que deveríamos enviar batedores, ao amanhecer, para seguir as pegadas e ter uma visão das forças alemãs. Também dobramos a guarda noturna. De qualquer modo, isso foi melhor, tendo em vista a nossa carência de acomodações de luxo.

Apesar de minhas preocupações, eu estava calmo. Parecia que eu havia simplesmente gasto meu sistema nervoso, cedendo à resignação conquistada por todo verdadeiro soldado. Se acontecer, aconteceu. Dormi mais ou menos uma hora, até um bombardeio pesado me acordar, e vi a luz dançando acima de Bastogne. Os alemães estavam bombardeando lá, dando um presente de Natal ao general McAuliffe após as calorosas saudações que ele lhes enviara. O ataque aéreo durou cerca de vinte minutos.

Caí novamente no sono até Biddy me acordar com uma sacudidela para meu turno de guarda dali a uma hora. Eu estivera sonhando com a minha casa. Ali, havia o caos habitual. Bati na porta da frente, mas não consegui entrar. Mas, pela janela, vi claramente meus pais, minha irmã e meu irmão em volta da mesa da cozinha. Minha mãe, robusta, loquaz, dominadora, despejava conchas de sopa e, através do vidro, de alguma forma pude desfrutar a calidez e a fragrância das tigelas que ela colocava sobre a mesa. Agora, quando essa imagem retornou a mim, gemi por alguns minutos.

– O quê? – indagou Biddy. Ele entrava no seu saco de dormir. Já havia alguma luz no céu, mas todos ficáramos acordados a maior parte da noite. À distância, a artilharia alemã já martelava. Os boches começavam a trabalhar cedo.

Contei-lhe que estivera sonhando com a minha casa.

– Não faça isso – protestou. – Faço todo o possível, senhor, e tento nunca deixar minha mente seguir nessa direção. Isso só faz o corpo se sentir péssimo. – Esse fora o raciocínio que Martin usara com Gita.

– Você imagina voltar para casa, Biddy? Isto é, depois. Sabe como é. Para ficar? – Nos últimos dois dias, eu andara decidindo se faria essa pergunta.

– Quer dizer, voltar para casa e ser eu mesmo? Quem eu era? Ou ir para outro lugar e ser quem sou para o senhor?

Era isso que eu queria dizer. Seu corpanzil inchou e esvaziou com um demorado suspiro.

– Capitão, há tanto tempo ando pensando nisso que estou farto. Verdade, capitão, aqui eu não me importo em ser um negro para todos os brancos. É legal... a maior parte do tempo. Lá na Inglaterra, muitas das moças inglesas preferem os soldados negros, dizem que são mais educados, mas tentei me engraçar com uma e ela me deu um tapa na cara quando eu disse que era negro. Tirando isso, tem sido legal.

"Mas não posso voltar para casa e não afirmar o que sou. Não posso andar pelas ruas fingindo que não conheço os sujeitos que conheço, homens com quem joguei bola e com quem cacei, não posso fazer isso. Aquele rapaz com quem andei conversando semana passada... a questão era essa, e eu quis me enfiar num buraco depois que o senhor me repreendeu. Mal consigo fazer isso. E também não posso virar as costas para as pessoas que me amam. Vou voltar. É isso o que eu acho. Mas, de qualquer modo, capitão, não vou me sentir bem.

– Não fará qualquer diferença, Biddy. Volte, estude mais, para ajudar na sua fotografia. Não fará qualquer diferença.

– Capitão, não acredita nisso de verdade.

– Acredito sim, Biddy. Eu sei como é ser assim. Mas agora não podemos fazer a mesma burrice. Temos aqui sulistas e nortistas, ricos e pobres, imigrantes de todas as partes do mundo, lutando e morrendo por este país. As pessoas não podem voltar para casa e dizer a si mesmas que são diferentes, pois não somos. Seja você mesmo, Biddy, e ninguém jamais irá julgá-lo, seja branco ou de cor.

– Capitão – disse ele. Parou para pensar, e então começou novamente. – Capitão, quero que saiba de uma coisa. O senhor é um homem bom, é sim, de verdade. É o oficial mais franco e honesto que já conheci. E não é metido a besta... não se acha melhor do que todo mundo. Mas, capitão, não sabe do que diabos está falando agora. Esta é a última vez que vamos falar sobre isso.

Não tive chance de argumentar mais um pouco, pois, nesse momento, o primeiro projétil da artilharia veio chiando. Caiu a cerca de 60 metros, sacudindo a terra e produzindo uma coluna de fogo que se irradiou pela quase escuridão. Levantei-me, ainda sem minhas botas, e gritei para todo mundo se abaixar, bem a tempo de testemunhar outra detonação que arremessou, com o ombro à frente, um soldado raso, que se encontrava no perímetro, até uma grossa árvore. Era Hovler, o texano que se preocupava se sua namorada o trairia. A simples força jogou tão duramente seus braços e suas pernas para trás que elas abraçaram o tronco antes de ele escorregar para baixo ruindo mortalmente.

O que se seguiu teve duas vezes a intensidade das barragens da TSA. Não se tratava de bombardeio ao acaso com intervalos de 30 metros de artilharia antiaérea leve ou de morteiros. Eram disparos de canhões alemães maiores, os 88 e até mesmo cargas pesadas de foguetes Nebelwerfer, todos mirados com precisão e aparentemente cobrindo cada centímetro da floresta inclinada que ocupávamos. Com o impacto, os artefatos cuspiam chamas e neve e terra na escuridão como gigantescos pistolões. Ao cair para trás, amarrando minhas botas e ouvindo a gritaria em toda a minha volta, dei-me conta de que os alemães sabiam exatamente onde estávamos, apesar de nossa mudança. A terra sacudia e coisas voavam como faziam nos cinejornais mostrando tornados – fuzis, soldados e três caminhões atravessaram o ar zunindo na luz laranja das explosões e incêndios resultantes. Pedaços de aço chiavam quando mergulhavam nas árvores, das quais, como sangue, vertia fumaça. Mas o ruído, como nunca, era o pior de tudo, o metal sibilante que chovia, o gigantesco estouro dos artefatos, e os segundos entre eles quando as vozes em pânico dos meus soldados me alcançavam, com guinchos angustiados, gritando pelos paramédicos, implorando ajuda. Espreitando do lado de fora, vi disparos atingirem diretamente duas trincheiras do lado mais distante do perímetro, e os soldados, já mortos, voarem na minha direção. Sob a luz irregular, um deles, Bronko Lukovic, o campeão de pôquer, pareceu se despedaçar na descida. Pousou de costas a 20 metros de mim. Os braços e as pernas estavam esticados como se ele flutuasse em uma piscina sob o sol, mas a cabeça havia sumido, uma confusão ensanguentada emergindo do pescoço como a ponta da fita desfiada de uma caixa de presente.

– Vamos embora daqui – comecei a gritar. Arrastei-me para fora da trincheira, agitando os braços, dando ordens a Biddy, Masi e Forrester. Bill Meadows, inexplicavelmente, não estava em lugar algum. Localizei-o engatinhando dentro de sua trincheira.

– Perdi meus óculos, capitão, sou cego sem esses óculos.

Pulei para dentro, tateei à procura durante um instante com ele, então escalei novamente para fora, e saí correndo de buraco em buraco para mandar os soldados de seu pelotão se mexerem. Agora eu já sabia que, se não fôssemos embora, a maioria de nós seria feita em pedaços, e o restante, morto no ataque por terra que certamente se seguiria. Todavia, em meio ao impiedoso bombardeio, dois homens haviam perdido o controle. Em uma trincheira, um soldado raso chamado Parnek estava de joelhos, chorando histericamente, enquanto tentava com os dedos cavar um buraco no solo congelado. Outro homem de sua unidade, Frank Schultz, não queria sair porque não encontrava seu capacete.

– Cadê o meu chapéu – gritava –, cadê o meu chapéu? – Agarrei-o pelos ombros para lhe dizer que estava em sua cabeça. Ele tocou-o e saiu correndo.

Com o riacho atrás de nós, só podíamos ir em direção à estrada, e quando descemos o declive aos trambolhões, pude ouvir o ronco de tanques se aproximando. Meus soldados arremeteram adiante, inclusive os feridos que conseguiam se movimentar. O'Brien, o sabichão de Baltimore, mancava atrás de mim. Toda a sua perna se fora, até mesmo a calça, e ele usava sua M-1 como muleta. Ao sairmos na clareira, eu seguia Biddy e seu pelotão, e seus soldados caíram subitamente de bruços diante de mim. Meu instinto foi ordenar que voltassem a ficar de pé até me descobrir encarando a boca vazia do canhão de 75 milímetros de um tanque apontado para nós a não mais do que 100 metros. Ao esmagar a neve com meu corpo, um foguete passou logo acima de nossas cabeças, explodindo no meio das trincheiras que acabáramos de deixar. A maior parte do pelotão de Meadows ainda estava lá atrás e pude ouvir a gritaria. À nossa esquerda, uma metralhadora começou a pulsar, acompanhada quase que imediatamente pelos disparos de fuzis das trincheiras no meio do caminho que havíamos abandonado na noite anterior. Havia agora dois tanques na estrada, ambos Mark IV pintados de branco, os enormes canhões chamejando e recuando enquanto cuspia projéteis no bosque. Cerca de 15 soldados de infantaria vinham montados em cada tanque e disparando seus fuzis contra nós.

Foi um massacre. Fortunato estava de pé, olhando como um espectador, com o SCR-330 às costas. Quem dera o rádio ao sujeito que não sabia falar inglês? Vários de nossos soldados estavam deitados no chão sem fazer nada. "Atirem", gritei, e ergui a minha Thompson. Tinha certeza de que ninguém conseguia me ouvir, mas em um dos tanques um granadeiro foi atingido e arremessou-se adiante na neve. A 3 metros à minha esquerda, Rudzicke, que queria entoar cânticos natalinos, foi atingido nas costas. A bala deixou um buraco perfeito, como se tivesse sido feito pela broca de uma furadeira. Da maneira como ele deu um arranco para a frente, temi que tivesse sido atingido por um dos meus, mas os alemães haviam caído sobre nós de todas as direções e os soldados não tinham nem mesmo ideia de para onde apontar. Atrás de nós, no bosque, granadas explodiram, e nas chamas que queimavam lá atrás, reconheci Volksgrenadiers, soldados de linha da infantaria que haviam conseguido se aproximar sorrateiramente com seus uniformes brancos de combate. Estavam acabando com os soldados de Meadows que haviam permanecido em suas trincheiras. Em meio aos tiros de metralhadora e disparos de armas de pequeno porte, havia uma grande mixórdia de vozes, companheiros gritando orientações, mas também soldados berrando de dor e de terror. Stocker Collison surgiu cambaleante, as mãos encharcadas de sangue sobre o abdome. Tive a impressão de que ele segurava uma couve-flor dentro da farda, até me dar conta de que o volume azul-esbranquiçado eram seus intestinos.

Biddy mandou sua turma de disparadores de bazucas mirar nos tanques, mas só conseguiram fazer um disparo até uma granada pousar no meio deles. Eu queria que Masi retornasse com seu pelotão para atacar os granadeiros nas árvores em nossa retaguarda, mas ele desabou assim que o alcancei. Era um ferimento na perna, mas muito feio. Sangue preto-azulado escorria com cada batimento cardíaco. Lançou-me um olhar desesperado, mas quando pensei em aplicar um torniquete no ferimento, ele caiu para trás. Seguiram-se dois fracos esguichos finais e então aquilo parou completamente.

Quando se iniciou o fogo cruzado, provavelmente dois terços da companhia emergiram do bosque, enfileirando-se por cerca de 40 metros. Pelo menos a metade foi abatida em não mais que um minuto. Em meio ao enorme tumulto, fiz um círculo completo. O sol nascia e, à primeira luz forte, o mundo foi gravado com uma nova claridade, como se tudo visível estivesse contornado de preto. Foi como aquele momento de impacto que senti uma ou duas vezes num museu, porém mais intenso, pois eu admirava o esplendor de viver.

De algum modo, naquele instante, percebi a nossa única opção. Algar dissera-me para não me render, um ponto provado pela carnificina no bosque atrás de mim. Em vez disso, arremessei-me adiante e corri no meio dos soldados, gritando repetidamente uma ordem: "Finjam-se de mortos, finjam-se de mortos, finjam-se de mortos." Cada um deles caiu quase que imediatamente, e eu também tombei com a cara na neve. Após alguns minutos, a fuzilaria parou. Pude ouvir o ronco do motor, a explosão dos Panzer estrondear, e ordens gritadas em alemão. Não foi surpresa, mas Algar pareceu ter palavra. O sacudir dos morteiros estava próximo. Deduzi que Algar trouxera rapidamente seus blindados e aparentemente enfrentara os Panzer 1,5 quilômetro mais adiante, onde disparos de metralhadoras e o estouro dos foguetes dos tanques eram audíveis. Perto de nós, pude distinguir diferentes motores, provavelmente transportes blindados de tropas, para os quais a unidade que matara a maioria dos meus soldados pareceu subir a fim de se juntar à batalha na estrada. Ainda enquanto os gritos se afastavam, duas granadas explodiram na ampla clareira onde estávamos deitados, chocalhando a terra e levando mais homens aos gritos.

Esse era agora o som principal, homens gemendo e gritando. Stocker Collison berrava "Mamãe, mamãe", um lamento que já vinha durando algum tempo. Naquele clima, os feridos morreriam depressa. Encharcados em seu próprio sangue, eles não demorariam a congelar, um processo que seria acelerado em virtude da perda de sangue. Quando a última voz alemã desapareceu, pensei em encontrar o rádio.

Estava para me levantar quando um único tiro ressoou, um som seco como o de um graveto se quebrando. Os escrotos haviam deixado para trás um franco-atirador, que provavelmente atiraria quando alguém mais se mexesse. Pensei em dar um alerta, mesmo correndo o risco de me denunciar, mas isso revelaria que muitos dos outros deitados ali estavam vivos. Só podia esperar que o pessoal entendesse por si mesmo.

Em vez disso, para não denunciar qualquer sinal de vida, me esforcei para diminuir minha respiração. O cheiro, agora que ficara ciente dele, era repulsivo. Ninguém nunca me dissera que havia um fedor de batalha, de cordite e sangue, de dejetos humanos e, com o passar do tempo, de morte. Eu havia escolhido uma péssima posição – estava deitado sobre a submetralhadora e, após apenas alguns minutos, a coronha começou a penetrar na minha coxa; portanto, eu estava sendo machucado pelo meu próprio peso. Mas teria de aguentar aquilo. De certo modo, eu recebia com agrado a dor como sendo o meu justo castigo, pois fracassara como comandante. Fiquei imaginando como os alemães nos haviam descoberto. Os batedores deles deviam ter saído no escuro e seguido as nossas pegadas pela neve. Deviam até mesmo ter nos visto atravessando a estrada. Repassava repetidamente as minhas decisões. Eu deveria ter identificado que havia uma força tão grande assim lá fora? Teríamos nos saído melhor, no fim das contas, permanecendo nas primeiras trincheiras e combatendo dali? Teríamos resistido mais tempo aos boches e infligido mais baixas?

Após dias de sofrimento no frio, não havíamos conseguido deter os alemães mais do que poucos minutos quando seguiram pela estrada.

Eu estava congelando, é claro. Eu andava congelando havia dias, mas ficar deitado na neve sem me mexer era pior. Meus membros queimavam como se a minha pele tivesse se incendiado pelo lado de dentro. Perto de mim, alguém gemia de vez em quando, pedindo água, e Collison continuava chamando pela mãe. Ele continuou pelo menos mais uma hora, e então uma única bala do franco-atirador tiniu e o chamado parou. Fiquei imaginando se tinham atirado nele por piedade ou desprezo. No segundo seguinte, porém, houve muito mais balas e um perfurante som fantasmagórico emergia de cada homem que atingiam. Os franco-atiradores – eu agora achava que eram dois – pareciam escolher sistematicamente os nossos feridos. Esperei a minha vez. Eu passara toda a batalha, os poucos minutos que havia durado, sem nenhum medo consciente, mas agora que me dei conta de que matavam qualquer homem que revelasse sinais de vida, senti a descarga total do terror. Um pensamento atingiu o meu âmago como um machado: Eu ia descobrir sobre Deus.

Mas não morri. Após cinco ou seis disparos, o tiroteio cessou. Os feridos, pelo menos os que gemiam ou imploravam por água ou ajuda, tinham ficado imóveis, e havia agora na clareira um silêncio angustiante. Eu podia escutar os ruídos da manhã, o vento nas árvores e corvos crocitando. A submetralhadora continuava debaixo de mim. Pelos últimos disparos, eu acreditava que os atiradores estivessem do outro lado da estrada, no mesmo bosque do qual havíamos saído. Não fazia ideia de quantos soldados que estavam ali deitados continuavam vivos. Dez talvez. Mas, se todos nós nos levantássemos e atirássemos, teríamos uma chance de matar os atiradores antes que eles nos matassem. Essa seria a minha ordem, se os tiros de precisão recomeçassem.

Sem vozes ali, o combate além da estrada era agora mais audível. As estrondosas explosões ecoavam e reecoavam entre as colinas. No fim da manhã, o ronco de aeronaves juntou-se a elas e bombas sacudiram o ar. Esperava que estivéssemos despejando-as sobre os Panzer, mas não podia ter certeza.

Várias horas depois, abri os olhos brevemente. Perto de mim, Forrester, que fora abandonado por sua mãe viúva, estava dobrado ao meio. Um imperfeito buraco de bala lhe rasgara a nuca. Suas carótidas haviam se esvaziado, manchando a jaqueta, e ele sujara a calça enquanto morria, um fedor que senti por algum tempo. Mas eu não olhei em volta para contar os mortos que havia ali, ou mesmo os vivos. Com os aviões nas alturas, eu sabia que o céu estava limpo, e ansiava por uma última olhada naquele azul viçoso, tão repleto de promessas. Olhei enquanto tive coragem, depois fechei os olhos. Eu já sentia saudades do mundo.

A essa altura, minha bexiga doía. A urina, entretanto, derreteria a neve e potencialmente me denunciaria aos atiradores. Mais importante, eu provavelmente me encharcaria e morreria congelado. Por algum tempo, resolvi contar, só para saber que o tempo passava. Finalmente, pensei no pessoal em casa. Deitado ali, me enchi de remorso por causa de Gita. Durante semanas, estive confuso demais para sentir na íntegra a extensão da vergonha que agora me castigava. Eram as imagens do meu sonho matinal que me perseguiam, uma afável repreensão. Eu queria a minha casa. Eu queria um lugar quente que fosse meu, uma mulher nele, e crianças também. Eu vi esse local, um belo bangalô, pelo lado de fora, de um modo tão claro como se estivesse assistindo a um filme. A luz, tão brilhante pela ampla janela da frente, me chamava. Eu podia sentir o calor da casa, da lareira que queimava ali, da vida que habitava ali.

Alguém irrompeu através das árvores. Teriam vindo os alemães acabar conosco? Mas os passos eram leves, e ligeiros demais. Finalmente concluí que um animal estava hesitando entre nós, algum comedor de carniça, temi, e achei que teria de ficar deitado ali enquanto ele devorava os mortos. Pelo menos o som de passos chegava a mim. Identifiquei instantaneamente calor e bafo no meu rosto e dei duro para conter um sorriso quando o cachorro pousou o focinho gelado na minha bochecha. Minha alegria, porém, rapidamente transfigurou-se em medo. Imaginei que os boches estavam usando o animal para reconhecimento. Conseguiria o cachorro distinguir rapidamente um morto ou fora enviado para testar nossas reações? Recusei-me a me mexer, embora sentisse o vira-lata andar em volta de mim. Baixou novamente o focinho para umas duas respiradas, e então subitamente gemeu daquele modo de partir o coração como o fazem os cachorros. Consegui ouvir seus passos abafados percorrerem em volta, xeretando entre os soldados. Ganiu mais uma vez, e então foi embora.

No fim da tarde, a batalha parecia desviar para a nossa direção. Cheguei a uma conclusão. Estávamos vencendo. Tínhamos de estar vencendo. Havia disparos a apenas poucos metros de distância, no lado oeste da estrada, onde estivéramos no dia anterior. Isso significava que os americanos estavam nas proximidades. Uma hora depois, ouvi inglês ao vento e fiquei em dúvida se devia ou não gritar. Assim que escurecesse, decidi, avançaríamos.

Quando voltei a abrir os olhos, anoitecia. Quarenta minutos depois, a luz sumiu e comecei a me arrastar pela clareira apoiado sobre os cotovelos. Queria rastejar na direção dos americanos, mas os disparos dos franco-atiradores tinham vindo de lá, portanto me arrastei de volta para o bosque onde tantos membros da companhia G haviam sido massacrados naquela manhã. Escorreguei de barriga para um labirinto negro, através de neve e sangue e merda e sabe Deus o que mais, pensando com meu cérebro perplexo na serpente do Éden.

Toquei em cada corpo por que passava. Era fácil distinguir os vivos, mesmo com uma mão enluvada que parecia de chumbo. Na escuridão, pude ver olhos abertos espiando, e apontei para o bosque. Aproximei-me de uma forma que reconheci como sendo a de Biddy e hesitei. Por favor, pensei. Ele estava vivo.

Arrastei-me por ali por cerca de uma hora, reunindo os homens capazes de se movimentar, e mandando que rastejassem na direção do bosque, como em uma migração noturna de tartarugas. Agora coberto de suor, eu tinha esfolado a pele dos cotovelos e joelhos. Consegui chegar às árvores adiante de mim, mas parei quando, de repente, ouvi vozes. Alemães? Contudo, eu estava por demais desgraçado para imaginar alternativas. Aproximando-me da beira do bosque, dei-me conta de que alguém rastejava na minha direção. Segurei minha arma enquanto a outra forma continuava avançando de barriga. Então vi a Cruz Vermelha em seu capacete.

– Você consegue chegar? – cochichou ele.

Quando alcancei as árvores, mais dois membros da unidade médica avançaram rapidamente para me segurar. Ao me levantar, a premência de minha bexiga me subjugou e mal consegui chegar a um pé de faia para me aliviar, desfrutando a cálida bruma que se erguia no frio. Estava com uma cãibra terrível em uma perna, e receei cair e ficar parecendo um chafariz.

Os paramédicos explicaram a situação. Os alemães que haviam passado por ali tinham sido despachados. McAuliffe trouxera reforços e a troca de tiros durara o bastante para os bombardeiros americanos chegarem ali e tirarem a bombas todos os Panzer da estrada. Mais de uma centena de granadeiros haviam se rendido, mas um grupo retornara para o meio das árvores do outro lado da estrada. Algar ia chamar a artilharia, mas exigiu que antes os paramédicos tentassem recolher os sobreviventes da companhia G. O pessoal da equipe médica viera do oeste em jipes pela trilha do gado, e depois caminhara quase meio quilômetro até alcançar a dúzia ou mais de nós que se arrastavam de barriga pela neve.

Ali, no que restava das trincheiras em que estivéramos naquela manhã, a equipe médica movimentou-se entre os mortos com horrível eficiência, verificando punhos e pescoços atrás de sinal de pulsação, e quando não o encontravam, como na maioria dos casos, arrancavam do peitilho da camisa as placas de identificação para facilitar o trabalho do Quarter-Master Corps Graves Registration Detail, o setor responsável pelo recolhimento e registro de soldados mortos. Com os paramédicos, discuti como trazer os feridos que ainda estavam a céu aberto. Precisávamos lembrar que havia alemães no bosque do outro lado da estrada, mas os paramédicos entenderam que eu não podia ir embora sem os oito homens que eu encontrara na clareira, ainda respirando mas incapazes de se mexer. Biddy e eu rastejamos de volta com dois membros da equipe médica. Fizemos padiolas amarrando o cinturão de cada soldado sob seus braços e depois despindo a jaqueta de campanha por cima da cabeça e prendendo o rifle por dentro do tecido. Um dos paramédicos deu um sinal e eu me levantei primeiro e comecei a arrastar o homem que estava comigo, O'Brien, em direção às árvores. Esperava morrer, novamente, mas, após alguns metros, ficou claro que agora não havia ninguém do outro lado, pelo menos ninguém disposto a atirar e se denunciar. Ao arrastar O'Brien, o cachorro veio atrás.

No bosque, a equipe médica pediu pelo rádio um comboio e ambulâncias, que nos encontraram do outro lado do riacho onde a trilha de gado penetrava no bosque. Sob a luz dos veículos, avistei caído incólume na neve um biscoito de ração C envolto em celofane. Quebrei-o em pedaços e entreguei-o aos três outros homens que esperavam comigo. Comemos aquela migalha em completo silêncio.

– Droga – um deles, Hank Garns, disse finalmente.

Em questão de minutos estávamos de volta ao quartel-general de Algar e fomos conduzidos ao frio estábulo. Éramos 13. Contando os feridos, 22 homens da companhia G conseguiram sobreviver, dos 92 que havia no início do dia. Meadows e Masi estavam mortos.

– Nossa, como foi duro – comentou um soldado moreno chamado Jesse Tornillo. – Viemos com as nossas correias do capacete presas.

– É – concordou Garns. – Você tem razão. Não tinha me dado conta até você mencionar isso. – Garns sorria e parecia não notar que todo o seu corpo chacoalhava como se sentisse um frio mortal.

– Capitão – disse Tornillo –, talvez aquele seu vira-lata tenha salvo as nossas vidas. – Eu não percebera que o animal me seguira para o interior, mas ele olhava o círculo em sua volta como se fosse capaz de acompanhar a conversa, um mestiço preto com uma estrela marrom no peito e uma pata marrom. – Quando ele começou a ganir, talvez tenha feito os atiradores pensarem que estávamos todos mortos. – Tornillo curvou-se para coçar as orelhas do cachorro. – Salvou as nossas vidas – disse ele. – Escutem só isso. Eu estava deitado ali e o ouvi roçar por perto. Assim que percebi que era um cachorro, *hombre*, fiquei rezando para apenas uma coisa, "Oh, Deus", não parava de pedir, "se os boches têm que atirar em mim, por favor, não deixe que, depois disso, esse maldito cão mije na minha cabeça".

Todos nós gargalhamos, foi um estouro de gargalhadas repletas daquele doce hálito de vida. Quanto aos mortos, não houve menção a eles. Tinham, em uma palavra, partido. Não duvidava que aqueles homens, alguns dos quais estavam juntos havia meses, se condoessem. Em nossa conversa, porém, não havia lugar para isso. Eles estavam mortos. Nós estávamos vivos. Não foi sorte ou disposição do universo. Foi simplesmente o que acontecera.

Algar chegou e transmiti a ele o meu relatório.

– Bem pensado, bem pensado – Algar não parou de dizer quando admiti que havíamos sobrevivido nos fingindo de mortos.

– Foi uma emboscada, coronel.

Àquela altura, ambos sabíamos que fora dada à companhia G uma missão suicida. Não tínhamos homens nem poder de fogo suficientes para defender aquela estrada, não importava qual fosse a nossa posição. Eu não disse isso, mas não foi preciso.

– Dubin – disse Algar –, desculpe. Sou o filho da puta mais arrependido que há no Exército.

Fui ao posto médico de campanha do batalhão para checar os feridos da G, mas eles já estavam a caminho de volta, em ambulância, para o hospital de campanha. Havia agora médicos em Bastogne, quatro cirurgiões que tinham pousado em um planador naquela manhã.

Quando retornei, Algar havia encontrado os cozinheiros e ordenara que eles reabrissem o refeitório e nos servissem um jantar de Natal. Tivemos apresuntado frito e batata desidratada, com maçã desidratada de sobremesa. Como petisco, houve algumas beterrabas frescas. Havíamos feito uma única refeição nos últimos dois dias, e senti a total dimensão de minha fome quando o calor e o aroma da comida subiram para o meu rosto. Reputo essa refeição de Natal, naquele refeitório gelado com comida servida em pratos de estanho, como um dos destaques culinários de minha vida.

Biddy sentou-se a meu lado. Não falamos muito enquanto comíamos, mas, assim que acabamos, ele se virou para mim.

– Sem querer desrespeitar o cachorro, capitão, mas foi o senhor que salvou as nossas vidas.

Mais uns dois soldados murmuraram concordando. Mas eu não queria essa coisa de ser tratado como herói. Houve instantes isolados quando realmente liderei meus soldados, engatinhando de trincheira em trincheira em meio à barragem inicial da artilharia, e mesmo quando acenei tão desastrosamente para que se enfiassem na clareira. Nesses momentos, uma vozinha presa em algum lugar de meu coração falara completamente pasmada. Olhem só para mim, disse ela, estou comandando. Ou mais frequentemente: Olhem só para mim, não me atingiram. Mas não tive nenhuma ilusão de que, fundamentalmente, era eu. Todos nós somos capazes de desempenhar um papel por alguns minutos. Mas eu não era como Martin – e era nele que eu pensava –, capaz de fazer isso repetidas vezes.

O verdadeiro David Dubin deitara na terra e bancara o morto, quando finalmente se rendera ao terror. Eu dera um sábio conselho aos meus soldados principalmente porque era isso que eu queria fazer, deitar como uma criança e esperar que o ataque – a guerra – acabasse logo. Sim, foi a solução mais sensata. Mas eu a adotara porque, no âmago de minha alma, eu era um covarde. E por isso eu era agora elogiado. Sentia-me grato apenas por não ter ficado chocado comigo mesmo ou esmagado pela vergonha. Eu sabia quem eu era.

Os homens começaram a falar um pouco do que acontecera, principalmente sobre as oito ou nove horas que ficamos deitados na neve.

– Graças a Deus, rapaz, que estes são os dias mais curtos do ano.

– Puxa, coitado do fodido do Collison, não? Não vou dormir durante três noites ouvindo aquilo.

Entretanto, enquanto permanecia sentado ali, terminando o meu jantar, minha vontade, aliás tudo o que restara de meu ser, reclamava um único desejo: Eu providenciaria para nunca mais pisar em um campo de batalha.

22
Os restos

Meu desejo de evitar combate, como tantos outros desejos que eu tinha, não se concretizou. Houve mais batalhas, mas nunca outro dia como o do Natal. As forças de Patton continuaram avançando para Bastogne, do sul, e mais e mais suprimentos conseguiram chegar. Como uma plateia ávida, aplaudíamos a visão de cada caminhão transportando caixotes de ração C presos com arame de enfardar, as caixas marrom-esverdeadas de munição, ou os tubos cinzentos de papelão contendo salvas de morteiro e bazuca.

No dia 27 de dezembro, o 110º foi reformado com elementos do 502º Regimento de Infantaria Paraquedista. Algar tornou-se comandante de batalhão. A companhia G agora era a companhia E, mas eu permanecia como encarregado. Com seis dias de combate, eu era um dos mais experientes oficiais de campanha sob as ordens de Algar. Um segundo-tenente chamado Luke Chester, saído literalmente havia um mês da escola de oficiais, tornou-se o meu segundo-em-comando. Ele era um bom jovem soldado, um homem sério, que passava todo o seu tempo livre lendo a Bíblia. Mas ele não era Bill Meadows.

Avançamos pela estrada através de Champs, onde tantos dos meus soldados haviam morrido, e então viramos a nordeste para Longchamps. Apesar de não parecer possível, o tempo estava pior, com menos neve, mas fazia o tipo de frio cortante, devastador, igual àquele que, na época da escola secundária, parecia disposto a cortar minhas orelhas e arrancá-las da cabeça. Entretanto, nossas tarefas nos permitiam, na maioria das noites, um aquartelamento interno. Algar protegia a minha companhia. Não éramos o elemento avançado na maioria das operações. Em vez disso, costumávamos seguir a infantaria blindada, protegendo os flancos. Travávamos breves batalhas, duas ou três vezes por dia, batendo em retirada pequenas uni dades alemãs, repelindo comandos, garantindo posições que outras forças já haviam tomado, e frequentemente fazendo prisioneiros, os quais mantínhamos detidos até a chegada da PM.

Mas era guerra. Continuávamos testemunhando cenas que, como Biddy as denominava, pareciam ter saído do inferno: os mortos com os rostos contorcidos em agonia, soldados imobilizados pelo medo e chorando, veículos em chamas com os ocupantes às vezes ainda gritando no interior, soldados sem membros deitados no interior da imensa auréola raiada de lama de seu próprio sangue, e outros andando sem rumo, cegos por ferimentos ou dor.

A cada manhã eu acordava no mesmo momento nauseante quando me dava conta de que estava ali lutando. Pensava nas mesmas coisas com tanta frequência que já não eram mais pensamentos. As perguntas simplesmente circulavam pelo cérebro com o sangue.

Por que nasci?

Por que os homens guerreiam?

Por que devo morrer agora, antes de viver a minha vida?

Essas perguntas não tinham respostas e esse fato sempre causava dor. Era como abalroar repetidamente uma parede. O único consolo – e bem pequeno – era que eu percebia esses pensamentos passarem por trás dos olhos de cada pessoa que via. Eles dançavam, como bailarinas magricelas, pela fina membrana que separava tudo de uma superfície derretida, que era o meu medo constante.

Quase não chego a 1945. Estávamos fazendo os alemães recuarem, centímetro por centímetro, mas o controle do terreno permanecia extremamente confuso. As linhas nazistas, outrora traçadas tão firmes em volta de Bastogne, vinham sendo feitas em pedaços, mas nem sempre com força o bastante para subjugar totalmente os boches. Nos mapas, as posições misturadas de americanos e alemães pareciam os dedos entrelaçados de duas mãos unidas.

No dia 31 de dezembro, Algar mandou-nos defender uma colina do outro lado de Longchamps. A nossa artilharia já havia despejado sua carga, e o inimigo, aparentemente, recuado, mas quando o primeiro pelotão iniciou a subida, vieram tiros lá de cima. Dois homens morreram e dois ficaram feridos. Eu estava na retaguarda, mas rastejei adiante para ordenar que todos se protegessem. Um tiro ricocheteou numa pedra perto do meu pé. Avistei o alemão que havia atirado. Estava no topo da colina, talvez a 200 metros de mim, espreitando detrás de uma casinha, trajado com seu enorme casaco verde de colarinho alto e o capacete, que continuo achando que faz cada boche parecer meio cômico, como se estivesse usando um balde de carvão. Enquanto me observava através da mira do fuzil, pude perceber que me matar era um momento de crise para ele. De algum modo, tive a coragem de fazer um sinal com a cabeça em sua direção, e então mandei todos avançarem rapidamente de gatinhas, deixando ao soldado de infantaria alemão pouco tempo para pensar. Quando olhei para trás, ele havia sumido. Prometi a mim mesmo que pouparia um deles quando houvesse uma situação inversa. Tentei imaginar quão depressa o fenômeno de um soldado conceder uma graça a outro se alastraria até os combatentes fazerem um armistício por conta própria.

Eu matei, é claro. Lembro-me de um ninho de metralhadoras que cercamos e no qual despejamos fogo. Um soldado alemão literalmente quicava no chão cada vez que minhas balas o atingiam, quase como se eu estivesse atirando numa lata. Cada uma dessas mortes parecia aumentar o poder da submetralhadora Thompson.45 com a qual descera de paraquedas, e que Robert Martin pegara emprestada, de tal modo que às vezes eu sentia como se erguesse uma varinha mágica ao levantar a arma.

Àquela altura, eu também achava que desenvolvia um sentido animal. Sabia que os alemães estavam por perto mesmo quando não podiam ser vistos ou ouvidos. Naquele instante antes do início de um combate, eu seguia por um bizarro passadiço. A vida, que parecia tão duradoura, tão completamente ao meu alcance, teria de ser abandonada. Eu agora seguia meu caminho disparado por uma ponte entre a existência e a não-existência. Isso, dei-me conta pesarosamente, era o que a guerra era. Não uma qualidade da vida, como de certo modo acreditava, mas uma zona de caos entre viver e morrer. E então as balas voavam na minha direção e eu atirava de volta.

NO DIA DE ANO-NOVO, após virarmos a leste em direção a Recogne, topamos com alguns batedores avançados, uma divisão da Waffen. Eram apenas quatro. Estavam escondidos atrás de um emaranhado de pinheiros caídos na floresta, e deveriam ter nos deixado passar, fosse qual fosse sua intenção, nos emboscar ou simplesmente informar nosso paradeiro. Em vez disso, um deles se assustou e atirou à primeira vista de nossas fardas. Os quatro não eram páreo para uma companhia. Três morreram após menos de um minuto de luta, e vários dos meus soldados viram o quarto penetrar na mata aos tropeções. Aproximando-nos dos três cadáveres, pudemos ver a trilha de sangue que o alemão fugitivo deixara, e mandei o pelotão de Biddy encontrá-lo antes que ele retornasse à sua unidade.

Quando Biddy voltou, meia hora depois, estava tristonho.

– Sangrou até a morte, capitão. Estava simplesmente caído na neve, com os olhos azuis abertos, olhando para isto aqui em sua mão. – Biddy mostrou-me uma pequena foto do tamanho das que ele tirava, só que esta era da família do soldado alemão, sua magra esposa e dois meninos pequenos, para quem ele olhava enquanto morria.

No dia 2 de janeiro de 1945, a companhia E recebeu reforços, perto de trinta homens, todos de tropas de reposição recém-chegadas. Eu os odiei, com a mesma intensidade com que meus soldados tinham me odiado apenas poucos dias atrás. Mal conseguia suportar a ideia de comandar esses recrutas. Detestava ser responsável por eles por saber a quanto perigo eles estavam destinados a nos expor. Um deles, Teddy Wallace, de Chicago, dizia a todos que quisessem ouvir que tinha deixado família em casa. Os últimos convocados eram pais de família e, em voz alta, declaravam sua preocupação sobre o que seria de seus filhos se algo lhes acontecesse, como se o resto de nós não tivéssemos pessoas que nos amavam e que também precisavam de nós. A primeira ação de que participou exigia que seu pelotão desalojasse um grupo de soldados alemães com morteiros. Duas unidades tinham cercado a posição e então jogaram uma granada neles. Quando cheguei, encontrei Wallace sentado no chão. Após cair de uma pedra, ele levantara a perna da calça para examinar o machucado, e o esfregava repetidamente, enquanto dois homens com ferimentos gemiam ali perto.

Ele morreu no dia seguinte. Estávamos bloqueados no mato, enquanto avançávamos centímetro por centímetro, o nosso caminho para noroeste em direção a Noville. Novamente a artilharia devastara a posição alemã, mas dois franco-atiradores haviam subido nas árvores, tentando nos atingir lá de cima como se estivessem caçando veados. No processo, eles tornaram-se loucamente vulneráveis, mas em vez de tentar disparar bazucas em volta deles, pedi apoio de tanques pelo rádio, e ordenei que meus soldados se protegessem do outro lado de uma daquelas fazendas belgas cercadas de muros grossos. De repente, Wallace levantou-se, como se fosse um novo dia e estivesse saindo da cama. Não sei o que ele imaginou, que os atiradores haviam sido eliminados, ou talvez o campo de batalha tenha simplesmente sido demais para ele. No instante em que o vi, ele parecia ter uma pergunta a fazer, mas um tiro arrancou todas as feições de seu rosto. Um colega puxou-o para o chão. Creio que agora Wallace está de volta à sua família, ainda que sem nariz ou boca, mas, depois, quando rastejei até lá, ele não estava mais. Naquela noite, escrevi para sua mulher e filhos, descrevendo a sua bravura.

No rastro da batalha, uma das principais preocupações da minha companhia, como todo grupo combatente, era juntar lembranças. Armas alemãs, pistolas Luger e fuzis Mauser eram as mais cobiçadas, e todos, inclusive eu, acabavam conseguindo uma. Um dos homens achou uma lente fotográfica Zeiss em perfeito estado e deu-a para Biddy. Meus soldados também arrancavam relógios, emblemas, flâmulas, braçadeiras – e cortavam orelhas, até eu pôr um fim nisso. Eu entendia essa caça por troféus, o desejo de ter algum benefício palpável por aquilo que eles enfrentavam.

No dia em que Wallace foi abatido, após dois tanques Sherman terem chegado e explodido as árvores onde os atiradores alemães haviam se empoleirado, observei um outro soldado de reposição, Alvin Liebowitz, aproximar-se do corpo de Wallace. Dentre os meus novos soldados, o que eu mais odiava era Liebowitz. Era um rapaz esbelto, cabelo ruivo, com aquele ar nova-iorquino de quem sabe tudo. Durante os vários breves combates que tivemos, ele parecia desaparecer. Wallace e ele tinham vindo juntos, e pensei que Liebowitz se abaixara para fazer algum tipo de oração. Fiquei chocado quando vi a mão dele reluzir ao sol antes de desaparecer no seu bolso.

Aproximei-me furioso.

– O que foi? – disse Liebowitz, com um ridículo fingimento de inocência.

– Quero ver seu bolso direito, Liebowitz.

– O que foi? – repetiu, mas puxou para fora o relógio de Wallace. Ele poderia ter me dito que era para enviar para a família de Wallace, mas, nesse caso, talvez tivesse de entregá-lo. Alvin Liebowitz não era do tipo que desistia facilmente.

– O que, diabos, está fazendo, Liebowitz?

– Capitão, não acredito que Wallace vá se importar muito com as horas.

– Ponha de volta, Liebowitz.

– Droga, capitão, neste exato momento há gente no mato revistando os corpos dos boches. Alemães, americanos, qual é a diferença?

– Eles são seus mortos, Liebowitz. Essa faz toda a diferença do mundo. Esse relógio pode ser a única coisa que os filhos de Wallace jamais terão do pai deles.

– Diabos, é um excelente relógio, capitão. Ele vai desaparecer muito antes desse corpo achar o caminho de casa.

Assim era Liebowitz. Respostas de sabichão para tudo. O Exército estava repleto de homens como Liebowitz, mas ele me irritava mais do que eu podia suportar, mais do que qualquer outro homem que eu tenha comandado, e senti uma fúria repentina que não me afetava nem mesmo numa batalha. Investi para ele com a minha baioneta, e ele mal conseguiu se desviar com um salto e ganir.

– Que porra há de errado com você? – perguntou, mas largou o relógio. Foi embora, olhando por cima do ombro como se fosse a parte ofendida.

Biddy presenciara o incidente. Quando nos instalamos no vagão de trem vazio onde nos aquartelamos naquela noite, ele comentou:

– Aquilo foi danado de bom, capitão. Muitos dos homens gostaram de ver o senhor colocar Liebowitz em seu lugar, mas pareceu para todo mundo que ia mesmo furar ele.

– Eu tive essa intenção, Biddy. Só que errei.

Ele me deu um olhar demorado.

– Acho que todos nós endurecemos sozinhos, capitão.

Em 8 de janeiro, a batalha inverteu. Todos os dias garantíamos grandes áreas de terreno que os alemães haviam tomado de volta com sua ofensiva. Acordei naquela manhã de um sonho que já tivera uma ou duas vezes, em que eu estava morto. O ferimento, a arma, o momento – senti a bala invadir meu peito e depois a minha alma pairar sobre o meu corpo. Vi o pessoal da Graves Detail se aproximar e me levar. Completamente desperto, só conseguia dizer o que todos os demais diziam: Então é assim que acontecerá.

Foi Bidwell quem, inadvertidamente, me acordou. Tinha minha escova de dentes enfiada no canto da boca. Estávamos aquartelados na escola de uma igreja e Biddy, sem justificativa, apanhara um pouco de água da pia batismal.

– Sonhei que estava morto, Biddy. Já lhe aconteceu isso?

– Capitão, não tem outro modo de se ir para o outro lado, a não ser esse. – Então apontou para a porta, onde se encontrava parado um jovem soldado raso. Ele viera me dizer que o tenente-coronel Algar queria me ver do outro lado de Noville.

Algar, como sempre, estava em sua mesa, estudando mapas. Ele conseguira um suprimento de finos charutos pretos com as pontas cortadas, e atualmente, sempre que o via, tinha um deles enfiado na boca. Retribuiu minha continência, e então apontou para uma cadeira dobrável de lona.

– David, recebi esta manhã um teletipo de um certo major Camello. Ele é ajudante do general Teedle, ou auxiliar de ajudante. Queriam saber seu paradeiro. Respondi dizendo que você estava aqui, ele escreveu de volta querendo saber quando pode retomar suas atribuições. Estão preocupados com o seu bem-estar.

Estavam preocupados com Martin, pelo menos Teedle. Perguntei se ele os tinha informado de que Martin estava morto.

– Pensei que deixaria isso com você. Além do mais, você disse que precisava ver o corpo. Pedi ao general Teedle que você me prestasse serviços por mais uma semana. Até lá será um longo caminho em direção à expulsão de Dietrich das Ardenas. Se as coisas forem bem, espero poder liberar toda a sua unidade.

Achei a ideia de Teedle, ainda acordando no meio da noite, ainda se enfurecendo ao pensar em Martin, esplendidamente cômica. Eu teria rido, só que sabia que seria morto nos próximos sete dias. Era uma certeza. Se não morresse, então seria Biddy. Mas disse:

– Sim, senhor.

– Você já fez sua parte. Há um primeiro-tenente na A que está pronto para assumir uma companhia. Portanto, vou liberar você com efeito a partir de 15 de janeiro. Você e Bidwell. Precisa cumprir suas ordens anteriores e, assim que forem cumpridas, apresentar-se ao general Teedle. – A 18ª Blindada enfrentara e imobilizara a 6ª Panzer e agora estava forçando seu recuo. Estavam a sul de nós, em Luxemburgo.

Algar disse que teria ordens por escrito pela manhã. Com elas, saberíamos que ele havia indicado Bidwell e a mim para medalhas. A Estrela de Prata, disse ele. Pelo nosso salto e por termos nos oferecido para combater.

– Uma dispensa do serviço militar seria mais apropriada – falei.

Ele disse que seria melhor uma medalha por serviços notáveis, mas isso exigiria uma investigação que talvez revelasse a condição de minha calça quando atingi o chão em Savy.

Rimos e nos cumprimentamos. Disse-lhe que fora um privilégio servir com ele.

– Vou cuidar de você, David, se eu conseguir voltar ao Condado de Kindle.

Prometi fazer o mesmo quando estivesse em Nova Jersey, outro desejo não cumprido. Hamza Algar foi morto em julho de 1945, na Alemanha, após a rendição, quando seu jipe passou sobre uma mina. A essa altura, 4.500 soldados dos cinco mil do 110º Regimento que enfrentaram a primeira investida alemã na campanha das Ardenas ao longo da auto-estrada Skyline estavam mortos ou feridos. Pelo que sei, Hamza Algar foi a última baixa.

NA MANHÃ DE 15 DE JANEIRO, Luke Chester reuniu a companhia E e o primeiro-tenente Mike Como assumiu formalmente o seu comando. Fora uma semana difícil. Os alemães pareciam resistir a Patton e à 11ª Divisão Blindada, atrás da qual lutávamos, com muito maior ferocidade do que aos exércitos de Montgomery e Hodges que desciam do norte. Creio que Dietrich relutava em abandonar seu sonho de capturar Bastogne, ou talvez simplesmente quisesse gastar sua última fúria nas forças que o haviam detido. Minha companhia perdeu mais seis homens naquela semana, e teve 13 feridos, mas apenas quatro com gravidade. Entretanto, agora, por alguns dias, não haveria baixas. A maioria dos membros da infantaria da 502ª, incluindo a companhia E, estava sendo rendida pela 75ª Divisão de Infantaria. Meus soldados seguiriam para Theux, para uma semana de descanso e convalescença, à moda da frente de batalha, o que significava apenas alojamentos aquecidos e água corrente. Mesmo assim, disse-lhes que sentiria uma eterna inveja deles, pois cada qual tinha a garantia de um banho. Havia um mês desde que qualquer um de nós se banhara além do que era possível, derretendo neve em um capacete sobre um fogareiro de campanha, o que geralmente significava fazer uma barba rápida uma vez por semana quando tínhamos um alojamento interno. A fumaça e a graxa de nossas armas já haviam mais ou menos grudado em nossa pele, deixando-nos com uma cor preta oleosa. Parecíamos uma trupe de menestréis, o que dava vazão a algumas piadas particulares entre Bidwell e mim. Agora parado ao lado de Como, disse aos soldados que fora a maior honra de minha vida comandá-los e que lembraria deles enquanto vivesse. Nunca pronunciei palavras que significassem mais para mim.

O cachorro, que o pessoal batizara de Hércules, revelou-se um problema. Hércules era surdo, provavelmente por ter estado perto demais de uma explosão. Fugia ao primeiro sinal de clarão no campo de batalha, e concluímos que foi por isso que foi abandonado pelos seus donos anteriores. Apesar de sua deficiência, ele se tornou cada vez mais popular nas duas últimas semanas, ao provar que era um hábil caçador. Várias vezes por dia, pegava coelhos na mata e os depositava a meus pés. Nós os envolvíamos com neve até ele apanhar o suficiente para os cozinheiros darem uma tira de carne a cada homem, como um mimo, junto com sua ração. Hércules sentava-se à beira da fogueira e fazia uma refeição com as vísceras, e, assim que terminava, os soldados vinham coçar suas orelhas e elogiá-lo. Eu o considerava o mascote da companhia, mas, porque Biddy e eu o alimentávamos, ele pulou para o nosso jipe após eu ter transferido o comando. Nós o expulsamos pelo menos três vezes, mas ele pulou de volta e, finalmente, desistimos. Metade da companhia veio dar adeus a Hércules, exibindo mais afeto do que demonstraram a Gideon e a mim.

Então dirigimos para sudoeste, além de Monty, para descobrir o que acontecera a Robert Martin e sua turma. A colina onde tinham caído fora retomada havia apenas 36 horas e os corpos dos homens que haviam morrido ainda estavam ali para serem removidos. A Graves Registration Detail chegara, mas a maioria de seus soldados estava trabalhando em um outeiro a oeste. Com suas luvas, arrancavam placas de identificação nos peitilhos dos mortos, ensacavam quaisquer posses que encontravam no corpo e amarravam o saco no tornozelo do soldado. Em seguida, arrumavam os cadáveres por tamanho, para que a corda que os uniria ficasse firme. O Quartermaster Salvage (intendência de resgate) estava com eles, recolhendo os restos inanimados. Durante a parte da guerra fadada ao fracasso em setembro, a Salvage vasculhou alguns campos de batalha com tanta minúcia que, posteriormente, não se conseguia encontrar um pedaço de arame farpado ou cápsula. No momento, porém, estava interessada em armas, munição e suprimentos médicos não utilizados. Mesmo antes da Graves recolher a maioria dos corpos, notei que estes tinham sido despidos de suas jaquetas e botas. Provavelmente tinham sido os alemães que fizeram isso, mas poderiam ter sido soldados nossos ou mesmo habitantes da localidade. Não censuraria nenhum deles por fazer o que era preciso para sobreviver ao frio.

Biddy e eu subimos a colina a pé. A maioria dos homens do grupo de Martin havia seguido por ali e, enquanto fugia, foi ceifada pelas metralhadoras montadas nos Panzer. Os corpos congelados estavam maciços como estátuas. Um deles, de joelhos, numa atitude de oração, devia ter morrido provavelmente implorando pela vida. Caminhei entre os mortos, e usei o capacete para limpar a neve que caíra sobre eles para poder ver suas feições, dedicando a cada homem um momento de respeito. Agora a pele deles tinha uma cor amarelada, mas limpei a neve de um soldado cuja cabeça havia explodido. A massa encefálica congelada, parecida com coágulos de carne cozida demais, estava por toda a sua volta. De algum modo, a parte de trás de seu crânio permaneceu intacta, lembrando uma tigela de porcelana, através da qual sobressaía a ponta de sua espinha dorsal.

Biddy e eu passamos vários minutos à procura de Martin. Quatro semanas atrás eu não vira nada parecido. Agora era algo medonho, mas rotina. Mesmo assim, todas as vezes que via, me descobria em conversa com Deus. Por que estou vivo? Quando será a minha vez? E, então, constantemente: E por que deseja que qualquer de suas criaturas seja tratada dessa maneira?

O alojamento que fora o posto de observação de Martin ficava cerca de 50 metros a oeste. De acordo com Barnes e Edgeworthy, ele caíra como um castelo de cartas. Tudo desabara, exceto a parte de baixo da parede dos fundos. A cratera provocada pelos projéteis dos tanques chegava quase até a base de tijolos e estava cheia com os restos queimados do prédio – cinzas, vidro, grandes pedaços de madeira e as pedras enegrecidas das paredes externas. Pudemos observar a vista que Martin tinha ao olhar a oeste onde os tanques americanos haviam emergido como fantasmas na nevasca matinal. Ele morrera num lugar lindo, com uma esplêndida vista ondulante das colinas gordas de neve.

Chamei o oficial da Graves e ele trouxe uma pá mecânica para cavar entre o pedregulho, mas, após uma hora, foi incapaz de encontrar um corpo inteiro. Nos filmes, os mortos morrem de forma muito conveniente – ficam imóveis e caem de lado. Ali os homens tinham sido explodidos. A carne e os ossos, a merda e o sangue de colegas choveram uns nos outros. Homens da minha companhia morreram desse modo no dia de Natal, e entre os fardos que eu carregava, juntamente com a perturbada lembrança da gratidão que senti por terem sido eles e não eu, estava a vergonha menor de me sentir revoltado quando os últimos pedacinhos de homens bons respingaram em mim. Ali, é claro, se restara algo de Robert Martin, provavelmente fora incinerado nos destroços incendiados. Biddy fez sinal na direção de uma árvore a cerca de 20 metros dali. Uma tira de víscera humana estava pendurada nela, orlada de gelo, mas literalmente sacudindo-se ao vento como uma rabiola de pipa.

Edgeworthye Barnes haviam localizado Martin na janela do segundo andar, inspecionando o recuo dos alemães, quando o primeiro petardo de um tanque saiu voando para lá. Examinando a partir do alicerce, não foi difícil imaginar o lugar, mas os restos dele poderiam ter sido espalhados para qualquer extensão de terreno num raio de 200 metros. Havia quase uma hora, o sargento fazia seu pessoal escavar a área da parede oeste. Surgiram duas plaquetas de identificação, mas nenhuma delas era de Martin.

– O fogo não costuma destruí-las – comentou o sargento, referindo-se às placas de identificação. Esperava, eventualmente, de alguma maneira, identificar Martin. Arcada dentária, impressões digitais, etiquetas de lavanderia, anel de colégio. Mas isso poderia levar semanas. Ao nos prepararmos para partir, foi descoberto um braço com mão, mas havia um anel de casamento no terceiro dedo. Não era de Martin.

– Divisões Panzer não fazem prisioneiros – disse o sargento –, mas os boches são os boches. Eles tratariam muito bem um oficial, se o encontrassem vivo. O único problema é que, quem passa por isso, não vive muito. Vai para o hospital dos prisioneiros de guerra, não é mesmo? Mas os boches não têm remédios nem mesmo para eles. Sou levado a pensar que o homem que procura não se saiu bem.

Enviei uma mensagem a Camello relatando nossas descobertas e pedindo que o Terceiro Exército entrasse em contato com a Cruz Vermelha para que informasse sobre prisioneiros de guerra. Naquela fase, poderia levar pelo menos um mês para se ter certeza de que os alemães não estavam com Martin, e mesmo isso não seria definitivo. O general Teedle deu uma outra sugestão de como se investigar em definitivo o paradeiro de Martin. A ideia me ocorrera, mas eu ficara relutante. Ficar deitado naquele campo nevado, no dia de Natal, aparentemente colocara um fim na minha curiosidade. Agora eu tinha uma ordem direta, uma resposta telegráfica com três palavras.

Encontre a garota

23
Reunião

Eu não dera crédito ao que Martin me dissera em Savy sobre o paradeiro de Gita, embora isso tivesse sido vagamente corroborado pelo soldadinho raso Barnes e sua recordação da garota com a família de lavradores com a qual Martin entrara em contato próximo à autoestrada Skyline. Em vez disso, decidimos repassar as informações iniciais da inteligência que colocara Gita perto de Houffalize. Após vários indícios, fomos aconselhados a procurar a líder local da resistência belga, o Geheim Leger, o Exército Secreto, uma mulher chamada Marthe Trausch.

A viagem levou dois dias, porque Houffalize só foi totalmente libertada em 16 de janeiro, quando a 84ª Infantaria do Primeiro Exército e a 11ª Blindada de Patton se encontraram na cidade e começaram a avançar para leste. Como grande parte das Ardenas, Houffalize assentara-se elegantemente em um vale nevado de uma floresta cortada pelo rio Ourthe, um estreito tributário do Mosa, mas a cidade em si estava agora quase toda destruída. Os bombardeiros americanos haviam demolido toda estrutura grande o bastante para ser usada pelos alemães como centro de comando, matando centenas de nazistas, mas também dezenas de residentes de Houffalize. Chegamos e fomos recebidos com cumprimentos indiferentes. Para aquela gente, quando se tratava de guerra e guerreiros, os lados eram cada vez menos importantes.

Madame Trausch revelou-se uma taberneira com 70 anos de idade, uma gorda viúva usando uma radiante saia que arrastava pelo chão. Ela assumiu o papel do marido na resistência quando ele morrera, sua taverna fornecendo um excelente local tanto para espreitar os nazistas como para passar informações. Cerca de metade da antiga taverna de pedra sobrevivera e eu a encontrei limpando calmamente os destroços com seus dois netos. Sua língua nativa era o luxemburguês, uma espécie de alemão vulgar, e o sotaque dela tornava difícil para mim acompanhar o seu francês, mas reagiu prontamente quando mencionei Martin e Gita.

Pela primeira vez, parecia que Robert Martin falara a verdade. madame Trausch disse que Martin tentara penetrar no sul da Alemanha, e pedira ajuda para instalar Gita em Luxemburgo perto da fronteira alemã. Os luxemburgueses não reagiam tão violentamente aos nazistas quanto os belgas, mas lá existia uma tênue rede de residentes que ajudava o Geheim Leger quando podia. Mais de um mês atrás, Gita fora instalada com uma dessas famílias em uma pequena fazenda que dava vista para o rio Ourthe, nas íngremes colinas além de Marnach. Gita se fazia passar por ordenhadora e, todos os dias, levava para passear e trazia de volta as vacas da família. Essas perambulações pelas alturas acima do rio lhe permitiam observar o movimento das tropas alemãs, o que levou a seus alertas ignorados sobre a atividade de tanques perto da cidade alemã de Dasburg.

– Na guerra, tudo é barulho, e ninguém escuta – disse madame Trausch. Ela não fazia ideia se Gita ou os lavradores ou a casa deles haviam sobrevivido às batalhas. Ninguém ainda tivera notícias, mas era incerto se os alemães já haviam sido forçados a recuar lá. Começamos pelo leste, cujas estradas estavam bloqueadas pelos combates, e só conseguimos nos aproximar da aldeia de Roder na tarde de 19 de janeiro. Àquela altura, a luta estava cerca de 3 quilômetros a leste.

Ali, como na Bélgica, as casas de fazenda e celeiros ocres, em vez de ficarem espalhados pela paisagem, eram arrumados de maneira feudal em volta de um pátio comum, com a terra de cada família se estendendo atrás de sua residência. O conceito medieval era a proteção comum, mas agora esse agrupamento tornara todas as estruturas igualmente vulneráveis aos explosivos modernos. Cada casa fora danificada, e uma desabara inteiramente, com apenas duas paredes de pedra de cantaria parcialmente de pé, em formas despedaçadas, como dentes de dragão. As vigas entrecruzadas do teto pousavam corcovadas entre elas, ao lado de uma pilha de tábuas e pedras sobre a qual uma família e vários de seus vizinhos subiam. Aparentemente à procura de restos úteis, eles agiam de modo determinado e absolutamente estoico. No topo da colina de entulho um homem recolhia pedaços de papel, separando-os de acordo com o tipo, e guardando alguns nos bolsos da calça, outros no paletó. Outro sujeito já trabalhava com um martelo, retirando os pedaços soltos de argamassa das pedras, provavelmente lavradas um século atrás, e empilhando-os a fim de que pudessem ser reutilizados na reconstrução.

Entretanto, senti que aquele era o lugar que procurava, não tanto devido à informação de madame Trausch como também pelo que ouvira do soldado Barnes. Ele descrevera a dona da casa como uma "velha boneca gorda" e não havia palavras melhores para descrever a mulher bamboleante perto do topo da pilha.

Eu começava a ir em sua direção quando ouvi o meu nome. No lado mais distante da pilha, Gita mantinha a mão sobre os olhos. Usava uma roupa improvisada – lenço de cabeça, um sobretudo de tecido com enfeite de pele nas bordas das mangas, e uma esfarrapada calça de obra.

– Du-biin? – Ela pareceu apenas ligeiramente surpresa em me ver, como se presumisse que eu estivera havia semanas à sua procura. Escalou o monte com um sorriso largo e me deu uma pancadinha no ombro, falando em inglês. Foi apenas minha aparência física que pareceu inspirar seu espanto. – Seu soldado! – exclamou.

A despeito das promessas que fizera no campo de batalha, descobri-me adorando a admiração dela. Ofereci-lhe um cigarro. Ela soltou um gritinho ao ver o maço e puxou a fumaça com tanta avidez que pensei que consumiria o cigarro até a bagana com uma só tragada. Disse-lhe para ficar com o maço, o qual ela literalmente esmagou contra o peito, em gratidão.

Voltamos ao francês. Falei que estava à procura de Martin.

– *Pourquoi?* Ainda essa coisa com Teedle?

– Há algumas perguntas. Você o tem visto?

– *Moi?*

Ela gargalhou, surpresa. A velha boneca gorda se esticou lá de cima para me observar. Em pouco tempo, toda a família descrevia o mês anterior. Em Marnach, como em toda parte, os colaboradores dos alemães foram severamente castigados quando os Aliados assumiram o controle e, por isso, assim que os alemães retomaram, aqueles que se sabia terem ajudado os americanos correram perigo, menos pela SS do que pelos vizinhos vingativos. Gita e os Hurle escaparam muitas vezes por um triz. Por vários dias, foram caçados como ratos do mato pela floresta, às vezes voltando ali às escondidas e permanecendo no depósito de lenha de amigos da família. Ninguém tinha comida, e havia poucos meios de se saber que lado iria bombardeá-los ou atirar neles primeiro. Os Hurle continuavam sem fazer ideia de quem destruíra a casa deles, não que isso interessasse. Tudo se perdeu, exceto duas de suas 12 vacas. Mas o pai, a mãe e suas duas filhas casadas estavam vivos, e todos continuavam a manter a esperança em relação aos filhos, que, como a maioria dos jovens de Luxemburgo, foram forçados a entrar para o Exército alemão e enviados para a linha de frente oriental. Madame Hurle permaneceu do lado americano, mas gostaria que eles apressassem a guerra.

– *Qu'est-ce qu'ils nous ont mis!* – Os alemães, disse ela, os tinham arrasado.

– Mas nenhum sinal de Martin? – perguntei a Gita. Ela não respondera realmente a pergunta.

– *Quelle mouche t'a piqué?* – rebateu. O que está preocupando você? – Está zangado com Martin, não? Porque ele pregou uma peça. E eu também, suponho.

– Recebi seu postal – retruquei.

– Robert ficou uma fera quando lhe contei que havia escrito. Mas eu lhe devia uma palavrinha. Receava que ficasse magoado quando acordasse.

– E fiquei.

– Foi coisa de momento, Dubin. Um impulso. A guerra não é uma ocasião para se conter um impulso.

– Tenho pensado a mesma coisa desde então.

– Ah – fez ela. – Então entre nós está declarada a paz.

– Claro – afirmei. Ambos estávamos sorrindo, se bem que um tanto timidamente. – Mas preciso saber sobre Martin. Diga-me quando o viu pela última vez.

– Um mês, eu diria. Mais. Desde que estou com os Hurle. Quando terminar a batalha, ele me encontrará aqui. Ele sempre me encontra.

– Ela estava alegre, até mesmo infantil em sua convicção. Analisando suas reações, a pergunta que me mandaram fazer ali parecia respondida. Martin não executara nenhuma fuga miraculosa, não enviara nenhum emissário secreto.

– Então receio que Martin esteja morto – falei.

– *Qu'est-ce que tu dis?*

Repeti. Um tremor percorreu seu pequeno rosto, apagando brevemente o ar indomável que sempre estava ali. Então deu uma decidida sacudida em seus cachos curtos e dirigiu-se a mim em inglês para deixar claro o que queria dizer.

– Já disse antes. Muitas vezes. Não está morto.

– Os homens de sua companhia o viram cair, Gita. Disparos de tanques atingiram o prédio onde ele estava. Ele morreu corajosamente.

– *Non!* – exclamou, à maneira francesa, pelo nariz.

Eu ficara atento, por assim dizer, do começo ao fim desse diálogo. Mesmo agora não consegui conter completamente dentro de mim o estilhaço que me atingiu por ela contar tanto com Martin. Contudo, também senti por ela. Quando pensava aonde ela iria a seguir, reconhecia grande parte do motivo desse vínculo com ele. Gita era novamente uma órfã polonesa em um país destroçado. Sem Martin, até mesmo sua fase de guerreira terminara.

– Tive várias débeis esperanças. Esperanças vãs, como dizemos. Foi por isso que vim. Se ele tivesse sobrevivido, sei que já teria entrado em contato com você.

Ela concordou com um murmúrio. Eu brincara com a verdade no meu papel de interrogador, e ela poderia muito bem ter enevoado algumas de suas respostas a mim. Afinal de contas, ela queria ser Bernhardt. Sua dor, porém, parecia verdadeira. Ela desceu o monte sem ajuda. Mas não chorava. Novamente, me perguntei se alguma vez Gita havia chorado. Ficou sozinha, olhando o campo adiante onde havia uma vaca morta congelada na neve.

Perguntei a Biddy o que ele achava dela.

– Está muito mal – respondeu. – Acho que não está para brincadeira.

Poucos minutos depois, dei a volta no monte para procurá-la.

– Devia vir com a gente – sugeri. Ela não tinha nenhum outro lugar para onde ir. – Até mesmo as vacas que você tocava não existem mais. E meus superiores talvez tenham perguntas a lhe fazer. É melhor enfrentá-los logo. – Eu desconfiava de que o Gabinete ia querer reunir tudo o que podia sobre Martin.

Ela fez que sim.

– Sou uma boca a mais para eles – disse, olhando para trás para a família Hurle.

SEGUIMOS PARA BASTOGNE. Biddy dirigia e Gita e eu íamos sentados no banco traseiro do jipe, fumando cigarros e batendo papo enquanto ela afagava Hércules, que a aceitou rapidamente. Concordamos que anteriormente ele devia ter pertencido a uma mulher.

Em grande parte, conversamos sobre o que havíamos passado nas últimas semanas. Descrevi nossa chegada pelo ar em Savy, incluindo o estado de minha calça. Toda história com final feliz é uma comédia, dissera um dos meus professores da faculdade, e o nosso salto de paraquedas sem treinamento no meio de uma batalha intensa fez com que nós três rolássemos de rir, assim que terminamos de contá-la.

– Mas por que tanto desespero para alcançar Bastogne? – quis saber ela. Eu revelara mais do que queria, porém não havia outra saída a não ser a verdade. – Prender Martin – respondeu ela então. – É uma ordem idiota, Dubin. Martin pregou uma peça. Esse não é um crime terrível. Ele nada fez para prejudicar o Exército americano.

Disse-lhe que Teedle achava o contrário.

– *Merde. Teedle est fou. Martin est un patriote.* – Teedle é maluco. Martin é um patriota.

– Isso não importa agora – declarei sombriamente.

Com isso, seus olhos se fecharam por um instante. Ofereci-lhe outro cigarro. No caminho, eu conseguira um isqueiro Zippo e acendi o dela antes do meu. Apontou para mim, ao me ver fumar.

– Agora tenho certeza de que você é um soldado.

Mostrei-lhe o calo que desenvolvera, durante o último mês, do lado do polegar de tanto girar a rodinha da pedra do isqueiro.

– Como vê, no fim das contas, Martin foi bom para você, Dubin. Devia ser grato a ele, não? Lutar era o que você desejava.

Fiquei surpreso por ter sido tão transparente. Essa ilusão, porém, estava toda ela no passado. Ainda não encontrara um modo de escrever a Grace ou a meus pais sobre o dia de Natal, mas contei a história a Gita, com toda a tranquilidade. Biddy parou e saiu do jipe. Disse que precisava de direções para Bastogne, mas desconfiei que não queria compartilhar as lembranças. Falei a Gita como fiquei deitado na neve, naquela clareira, esperando a morte, enquanto os soldados ali perto me precediam, e o quanto me senti tão envergonhado pelo meu desespero em viver.

– Pensei pela última vez em tudo que me importava – disse-lhe. – Inclusive, devo confessar, em você.

Suas grossas sobrancelhas se ergueram e me apressei em esclarecer.

– Não com desejo – acrescentei.

– É? Com o quê, então? Remorso? – Ela caçoava, mas permanecia atenta.

– Eu diria com lucidez – falei finalmente. – O nosso momento juntos me deu lucidez. Eu ansiava por um lar e uma família. Uma vida normal. Reunir a família em volta da lareira. Ter filhos.

Ela apanhou o Zippo e colocou durante muito tempo sua chama na ponta de um novo cigarro. Através do clarão azulado, fixou em mim um olhar perfurante, tão intenso que o meu coração pareceu que ia saltar.

– E eu sou o quê, Dubin? Uma vagabunda? Você acha que não ligo a mínima para essas coisas? A lareira, a refeição quente, as crianças no caminho?

– Você liga? – rebati burramente.

– Você acha que não desejo um lugar no mundo, como outras pessoas têm? Que não quero o que qualquer outra pessoa quer? Ter uma vida e não simplesmente sobreviver? Você acha que não tenho o direito de me cansar disso tanto quanto qualquer outro?

– Eu não quis dizer isso.

– Não – rebateu. – Eu ouvi. Não sou digna de uma vida decente.

De repente, ela não aguentou olhar para mim. Soltou a porta do veículo e pulou para fora, e senti que não tinha outra opção a não ser persegui-la. Seus olhos negros pareciam líquidos quando a alcancei, mas seu olhar era selvagem. Xingou-me em francês, e então, como um surpreendente ponto de exclamação, jogou o maço de cigarros em mim.

Eu estava perplexo. Os homens sempre ficam assim quando ferem os sentimentos de uma mulher. Mas eu havia aprendido. Eu vislumbrara a verdade essencial de Gita no instante em que ela levantara a saia naquele estábulo. Ela sempre seria o fruto rejeitado do pária da cidade. Tudo em sua personalidade fora edificado sobre um abismo de dor.

Segui-a bem distante pela neve. Ela já atraía a atenção de alguns soldados no posto de sentinela próximo. Seu rosto estava espremido nas luvas quando toquei no ombro dela.

– Eu choro por causa de Martin – disse ela. – Não pense que foi sua conversa sobre si mesmo que me aborreceu.

– Nem pensei nisso. – Eu sabia que não devia lhe dizer que ela chorava por si mesma. – Mas lamento. Não devia ter dito aquilo. Sobre o que pensei. Que não senti nenhum desejo. Desculpe.

– Nenhum desejo? – Ela deu meia-volta. Se era possível, estava ainda mais furiosa. – Você acha que liguei para aquilo? Que aquilo afetou meu orgulho? – Esmagou a ponta do cigarro com o pé e veio para junto de mim, baixando a voz. – É a péssima opinião que faz de mim que me insulta, e não os seus desejos. Você não sabe de nada, Dubin. Você é um idiota. Nenhum desejo – bufou. – Eu nem mesmo acredito nisso, Dubin. – Então ergueu o rosto para o meu, a fim de que houvesse apenas o espaço de um fio de cabelo entre nós. – Nem você – sussurrou.

Ela foi um iceberg, é claro, durante o restante da viagem, um túmulo silencioso, exceto com o cachorro, com quem falava em cochichos que ele não podia escutar. Sentei-me na frente com Biddy, mas ele percebeu que houvera uma explosão pessoal e nada disse. Ao nos aproximarmos de Bastogne, Gita anunciou que queria ser levada ao hospital militar onde conseguiria trabalho como enfermeira. A ajuda experiente nunca era desprezada em uma zona de guerra. Em outras palavras, ela dizia que não precisava da minha ajuda.

Chegando a Bastogne, fiquei surpreso com o tamanho da cidade. Era difícil de acreditar que milhares de homens haviam morrido por causa de um lugar tão pequeno. A cidade tinha apenas a rua principal, a rue Sablon, embora ostentasse vários prédios de bom tamanho, cujas luxuosas fachadas de pedra eram agora frequentemente destroçadas ou perfuradas por estilhaços de metralha e tiros. Portões de ferro emolduravam minúsculas sacadas sob janelas, as quais, em grande parte, tinham virado negros buracos vazios. Aqui e ali, um dos íngremes telhados pontiagudos, característicos da região, desabara completamente como resultado de um ataque de artilharia, mas, em geral, o tempo ruim evitara que Bastogne sofresse uma destruição mais violenta pelo ar. A catedral fora bombardeada como parte do presente de véspera de Natal dos alemães, um gesto rude destinado a privar os cidadãos de Bastogne até mesmo do escasso consolo de uma oração de dia de festa, mas os escombros dos prédios atingidos já haviam sido juntados em montes nas ruas e eram removidos pelos habitantes em carroças puxadas a cavalo. Na noite anterior, caíra outra intensa nevada, e soldados a pé avançavam com dificuldade enquanto os jipes e os comboios, abundantes na rue Sablon, deslizavam lentamente pela via íngreme.

Eu não tinha como contemporizar com Gita. Em vez disso, nós simplesmente perguntamos a direção do hospital americano de campanha, que ocupava uma das maiores edificações da cidade, um convento com quatro andares, L'Établissement des Soeurs de Notre Dame de Bastogne. A despeito do fato de o telhado ter sumido, os dois primeiros andares permaneciam habitados, e as irmãs haviam cedido a enorme escola de tijolos vermelhos dos fundos de seu complexo para o cuidado dos doentes e feridos. A neve da rua fora empurrada para as calçadas e permanecia em dunas congeladas, algumas da altura de um homem. Entre elas, havia várias ambulâncias estacionadas, os mesmos furgões Ford que em casa serviam como camburões e aqui ostentavam enormes cruzes vermelhas. Gita apanhou o pequeno embrulho com os restos da casa dos Hurle que ela recolhera e entrou. Eu a segui para o caso de precisar de alguém que a afiançasse.

Na recepção, estava sentada uma enfermeira cujo rosto, em meio a um enorme capuz engomado, parecia um pêssego maduro numa tigela branca. Compunha uma figura estranhamente serena na passagem de entrada, que fora bombardeada. Havia buracos de bala nas paredes e nos corrimãos rococós de madeira um tanto imponentes que conduziam aos andares superiores, enquanto uma espécie de artilharia abrira uma pequena cratera no parquete, deixando um buraco por todo o caminho até o porão. Após alguns minutos de conversa, Gita e a freira pareceram chegar a um acordo.

Observando à distância, fiquei surpreso ao ouvir chamar o meu nome atrás de mim.

– David?

Um médico com jaleco e touca verdes de cirurgia vinha com ambos os braços erguidos na minha direção, um homem baixo e moreno que parecia um pouco com Algar. Assim que retirou a touca, reconheci Cal Echols, que fora namorado de minha irmã em seus primeiros dois anos na escola de medicina. Todos da minha família adoravam Cal, que era inteligente e sociável, mas perdera a mãe com 4 anos de idade, e Dorothy dizia que, em última análise, sua carência a deixava louca. Nunca vimos esse lado dele, é claro. Agora Cal e eu nos abraçamos como irmãos.

– Caramba – disse ele, ao me empurrar para trás para me olhar melhor –, quanto mais eu rezo, mais assombração me aparece. Pensei que vocês, advogados, soubessem como sair de fininho dessas coisas.

– Péssimo *timing* – aleguei.

Ele achava que eu fora ao hospital visitar um soldado, e fiquei imediatamente sem jeito por minha preocupação com Gita ter evitado que eu me desse conta de que vários dos feridos da minha companhia provavelmente estariam ali. Cal terminara seu turno cirúrgico e se ofereceu para me ajudar a localizá-los. Quando voltei à recepção, para tentar algum adeus desajeitado com Gita, ela havia sumido.

Assim que Biddy encontrou um lugar para o jipe, ele e eu fomos dar uma olhada na lista dos internados com Cal. Quatro de nossos soldados continuavam ali. Um cabo chamado Jim Harzer fora ferido pelo disparo de um morteiro durante uma batalha em uma colina perto de Noville. Ele era outro das tropas de reposição, pai de duas menininhas, e a última vez que o vi ele estava caído ao chão com paramédicos o atendendo. Eles pressionavam um torniquete acima de seu joelho; abaixo, onde estaria a sua bota, havia principalmente uma pasta de sangue. Apesar disso, Harzer estava radiante. "Acabou-se, capitão", disse. "Vou para casa. Vou beijar as minhas meninas." Encontrei-o naquele dia com a mesma disposição de ânimo. Ele perdera o pé direito, mas disse que encontrara vários colegas que haviam perdido o esquerdo, e eles combinaram ficar em contato para poderem economizar um bom dinheiro em sapatos.

No convento, todos os espaços reservados a aulas haviam sido convertidos em enfermarias. As compridas carteiras de madeira, nas quais outrora os alunos se sentaram encarando o quadro negro, eram usadas como camas, com mais camas dobráveis de lona armadas nos intervalos. O valioso equipamento de classe, exposições de pássaros para aulas de ciências, provetas de laboratório e microscópios, foi preservado nos armários.

Praticamente todos os pacientes tinham feito algum tipo de cirurgia, na melhor das hipóteses apenas a retirada de estilhaços de ferimentos sem gravidade. Mas, nas enfermarias, também havia os sem membros, os sem face, os destripados, que em geral estavam apenas a alguns dias da morte. O porão, que percorria toda a extensão do prédio, agora servia de necrotério.

Na extremidade mais distante do segundo andar, um PM vigiava o exterior de uma enfermaria inteira de prisioneiros de guerra alemães internados ali como pacientes.

– Damos a eles muito mais do que os nossos rapazes recebem, isso é certo – observou Cal. De fato, vários alemães acenaram ao reconhecer Cal no vão da porta. – Um rapaz boa-praça de Munique – disse Cal sobre um deles. – Fala bem inglês, mas ambos os pais são membros do partido nazista.

– Ele sabe que você é judeu?

– Foi a primeira coisa que lhe disse. Claro, todos os seus melhores amigos em casa eram judeus. Todos. Me forneceu o serviço completo. – Ele sorriu um pouco.

Cal estava ali desde o dia seguinte ao Natal, e comecei a lhe perguntar sobre os outros homens da minha companhia que haviam deixado a linha de frente em ambulâncias. Ele se lembrava de alguns. Muitos tinham morrido, mas havia algumas boas notícias. O próprio Cal operara Mike O'Brien – o brincalhão que adorava aborrecer Stocker Collison –, que eu arrastara da clareira no dia de Natal. Ele sobrevivera. E também Massimo Fortunato, de cuja coxa Cal retirara um fragmento de metralha do tamanho de uma bola de beisebol. Ele fora transferido para um hospital geral da cidade de Luxemburgo, mas Massimo se recuperara tão bem que Cal achava que, dentro de um ou dois meses, ele seria mandado de volta para a minha ex-unidade.

Cal nos ofereceu alojamento no convento, o qual aceitamos avidamente, visto que isso me evitaria um problemático reconhecimento na cidade superlotada. Os soldados rasos, na maior parte trabalhando com a unidade médica, estavam abrigados em uma enorme sala de aula transformada em dormitório. Ficavam agrupados muito perto uns dos outros, mas não reclamavam, segundo Cal. O prédio tinha eletricidade fornecida por um gerador de campanha e aquecimento central, alimentado a carvão, mas ainda não havia água corrente nos banheiros revestidos de azulejos. Melhor ainda, os soldados rasos ficavam bem ao lado do refeitório e no mesmo andar das freiras e das enfermeiras, algumas das quais, segundo se dizia, ofereciam tratamentos de uma espécie não medicinal. Verdade ou mentira, a simples ideia revigorava os homens.

Os médicos ficavam alojados no segundo andar, nos antigos quartos das freiras, os quais as irmãs insistiram em ceder. Eram cubículos simples, 2 por 3 metros, cada qual contendo um colchão de penas, uma mesinha e um crucifixo na parede, mas seria a primeira vez em um mês que eu teria privacidade. O quarto de Cal ficava duas portas adiante. Ele recebera uma encomenda de casa apenas um dia antes e me ofereceu um chocolate, rindo alto de minha expressão após a primeira mordida.

– Cuidado – disse ele. – Você parece prestes a ter um ataque cardíaco.

Posteriormente, no refeitório dos oficiais onde jantamos, contei novamente o ocorrido no dia de Natal. Apesar de todos os combates que presenciei depois daquilo, minha história nunca parecia ir mais adiante.

– Esta guerra – começou Cal. – Quero dizer, sendo médico... é um paradoxo, David, é o que eu lhe digo. Você tenta como os diabos salvá-los, e faz um trabalho realmente genial apenas para que eles tenham uma outra chance de morrer. Tivemos aqui um jovem paramédico que foi internado ontem. A terceira vez em um mês. Ferimentos leves, nas duas primeiras vezes, mas, ontem, quase todo o seu lado direito foi arrancado numa explosão. Que garoto! Mesmo delirando, respondia a todas as minhas perguntas com um "sim, senhor" ou "não, senhor". Passei o dia todo acordado ao lado dele, apenas tentando convencê-lo a viver, e ele morreu nem dez minutos após eu finalmente adormecer. – Cal encarou o vazio, reassimilando a perda. – Uma porção desses rapazes acaba nos odiando quando se dão conta de que vão voltar. Conhece o ditado. A única coisa que um médico pode lhe dar é um comprimido e um tapinha nas costas, e um médico do Exército pula o tapinha nas costas.

Agora eram quase 20 horas, e o turno cirúrgico de Cal estava para começar. Ele iria operar até 4 horas da madrugada. O centro cirúrgico nunca ficava vazio. Antes de voltar a trabalhar, ele levou uma garrafa de Pernod para o meu quarto. Após duas doses, caí duro na cama ainda com as botas calçadas.

Acordei no meio da noite quando a minha porta se abriu com um rangido. A princípio, achei que era o vento, mas então apareceu uma silhueta, iluminada por trás pela claridade do corredor.

– *Ton chien te cherche* – disse Gita. Ela deslizou pela porta, fechou-a e acendeu a luz. Trazia Hércules por um cinturão que um dos soldados da minha companhia lhe dera como coleira. O cabelo estava preso para cima sob uma touca branca de enfermeira, e ela vestia um folgado uniforme cinzento. O cachorro, que Biddy deixara do lado de fora da garagem do convento com apenas uma vaga, fora encontrado vagando pelas enfermarias. Harzer e mais uns dois o reconheceram e juraram que Hércules fora visitá-los antes de prosseguir em sua aparente busca por Biddy ou por mim. Quando ela o soltou, o cão saltou para meu lado. Cocei suas orelhas antes de encará-la.

As histórias de Cal sobre enfermeiras seguindo apressadas pelos corredores à noite acendera brevemente a centelha de pensamento de que Gita poderia ir até ali. Isso pareceu improvável, dado o seu estado de ânimo quando nos separamos, mas, antes de desabar na cama, tive a ideia bem nítida de que havia de fato meditado por um instante sobre se lhe diria para ficar ou ir embora. Entretanto, naquele momento, não havia escolha. Como sempre, ela se apresentou como um desafio. Duvidei, porém, que sua ousadia fosse apenas para provar sua questão sobre o meu desejo. Sua necessidade era tão óbvia quanto a minha ânsia por ela, a qual, do mesmo modo que meu medo paralisante no espaço sobre Savy, não estava sujeita ao controle da preparação ou da razão. Fiz um gesto com as mãos, as luzes se apagaram e ela estava a meu lado.

Ao abraçá-la, desculpei-me pela minha sujeira e pelo meu cheiro, mas nos juntamos com toda a delicadeza que faltara na nossa primeira vez, abrandados pelo que cada um de nós suportou no intervalo. Mesmo enquanto saboreava a notável maciez de sua barriga e suas costas, a emoção de tocar um ser humano tão gracioso e firme, algo dentro de mim continuava a se perguntar se aquele romance era uma farsa, meramente um corpo a corpo superaquecido da frente de batalha. Talvez fosse exatamente o que Teedle me dissera. Quando um ser humano é reduzido ao animalesco, o desejo passa a ser o principal. Mas isso não importava agora enquanto estávamos deitados juntos no minúsculo quarto do convento. No tumulto de emoções que Gita persistentemente provocava em mim, surgiu um novo elemento naquela noite. Desde o início eu ficara fascinado pela sua inteligência e sua ousadia; e minha atração física por ela era maior do que eu sentia por qualquer outra mulher. Mas, naquela noite, meu coração também intumesceu com abundante gratidão. Eu a apertava tanto que parecia querer espremê-la para dentro de minha pele. Beijei-a repetidas vezes, desejando que meu reconhecimento pudesse verter para fora de mim, enquanto eu, David Dubin, recuperava, ao menos por um fragmento de tempo, a alegria essencial de ser David Dubin.

24
Vivo

Permanecemos mais dois dias em Bastogne. Eu informara a Teedle que Gita estava lá, para o caso do Gabinete querer entrevistá-la, e fiquei à espera de sua ordem para abandonar formalmente a tentativa de prender Martin. No aguardo de uma resposta, redigi um longo relatório sobre o último mês para o coronel Maples, que se mudara para o novo Quartel-General do Terceiro Exército na cidade de Luxemburgo. Nos dois dias também passei algumas horas com os soldados do meu antigo comando que estavam hospitalizados em Bastogne. Cada minuto, porém, era um longo e doloroso intervalo, à espera da noite e do fim do turno de Gita, quando ela entraria sorrateiramente no meu quarto.

– Você é uma mulher incomum – dissera-lhe novamente naquela primeira noite após ela ter ido me ver, enquanto permanecíamos deitados na cama estreita, cochichando.

– Só agora percebeu isso? – Ela ria. – Mas não acho que sua pretensão seja me elogiar, Dubin. O que acha de tão incomum?

– Que você chore por Martin e fique comigo.

Ela pensou por um momento.

– Nenhum soldado na Europa procurou a morte com mais avidez, Dubin. Eu sabia disso, por mais que frequentemente eu tentasse dizer o contrário. Além do mais, se meu pai ou meu irmão morressem, seria incomum, como você diz, procurar consolo na vida?

– Martin não era seu pai ou seu irmão.

– Não – concordou e ficou calada novamente. – Era ambas as coisas. E a minha salvação. Ele me salvou, Dubin. Quando o conheci, eu vivia em ebulição, furiosa o tempo todo exceto nos momentos em que desejava morrer. Ele disse: "Se você está com raiva, lute. E se deseja morrer, então espere até amanhã. Hoje você pode fazer algum bem para mais alguém."

Ele sabia dizer as coisas certas. Porque ele as dizia a si mesmo.

– Mas não chora por ele como seu amante?

– *Qu'est-ce qui te prend?* – Ela levantou a cabeça, que estava sobre meu peito. – Por que isso importa tanto para você... eu e Martin? Receia que eu goste mais desse jeito de Martin do que de você?

– Acha que é essa a questão?

– Essa é sempre a questão com todos os homens. E é uma estupidez. Com cada pessoa é diferente, Dubin. Nem melhor nem pior. É como uma voz, não é? Nenhuma voz é igual a outra. Mas sempre há a conversa. A gente prefere uma pessoa pela voz ou pelas palavras? O que é dito é o que mais importa. Não?

Concordei, mas meditei no escuro.

– Du-biin – disse ela finalmente, com mais ênfase do que o habitual –, eu já lhe disse. Com Martin e eu essa coisa já tinha acabado há muito tempo. Tornou-se impossível.

– Por quê?

– Porque não era mais uma atividade para ele.

Finalmente entendi.

– Ele se feriu?

– Na mente. Há muito tempo não vinha sendo bom nessa coisa. Talvez se castigasse porque gostava muito de matar. Ele era apegado a mim, mas só porque acreditava que não haveria outra mulher depois de mim. *Comprends-tu?*

Surpreendentemente, algo permanecia fora de ordem. Olhei a escuridão à procura de palavras, como se tentasse segurar um nervo que corria pelo meu peito.

– Quando penso em Martin – falei então –, imagino que interesse eu poderia ter para você. Sou tão maçante. Minha vida é insignificante e a sua com ele foi tão imensa.

– *Tu ne me comprends pas bien.* – Você não me entende direito.

– "Direito"? Você é a pessoa mais misteriosa que já conheci.

– Sou uma moça simples, com pouca educação. Você é instruído, Dubin. Ocasionalmente bem-humorado. Bastante corajoso. É um tipo sensato, Dubin. Você seria capaz de beber e bater numa mulher?

– Não ao mesmo tempo.

– *Tu m'as fait craquer.* – Eu cedi, isto é, não consegui resistir. – Além do mais, você é um americano rico.

– Meu pai é sapateiro.

– *Evidemment! Les cordonniers sont toujours les plus mal chaussés.* – O filho do sapateiro vive descalço. – Avaliei mal. – Após rirmos por algum tempo, ela acrescentou: – Você é honesto, Dubin. Em tempos de guerra, é uma qualidade atraente num homem.

– Honesto? Deitado aqui com você quando estou prometido para outra?

– É? – rebateu. – Se você e ela fossem destinados um ao outro, teriam se casado antes de você partir. Que mulher ama um homem e permite que ele parta para a guerra sem tê-lo levado para a sua cama?

– Não foi uma escolha só dela.

– Pior ainda. Aqui, quando não há expectativas, não se é tão escrupuloso. – Pousou a ponta do dedo exatamente na extremidade do meu pênis para salientar sua questão. – Você escolhe ser livre, Dubin, não? *Qui se marie à la hâte se repent à loisir.* – Quem casa com pressa se arrepende do ócio.

A observação de Gita, feita de seu costumeiro modo assertivo, parecia perfeita demais para ser verdadeira, mas não havia como evitá-la. Eu ansiava pela aura que envolvia Grace como uma nuvem – suas boas maneiras, seu cabelo louro e seus suéteres macios, o modo como planava pela vida, sua imaculada beleza americana. Mas não o suficiente para me separar dos meus pais da maneira irrevogável que o nosso casamento exigia. Minha repentina decisão de me alistar, em vez de esperar a minha ventura na convocação por sorteio, pareceu altamente suspeita vista da distância de uma cama em um convento na Bélgica. Assim como o alívio que essas conclusões davam à minha consciência.

– De qualquer maneira, Dubin, você agora está aqui comigo. Mesmo que não sinta desejo. – Ela então acariciou onde deixara o dedo, e minha reação foi instantânea. – Arrá – fez ela. – Mais uma vez, Dubin, você foi traído.

– Não, não, isso é apenas para não ferir seus sentimentos.

– Então talvez eu deva parar – disse ela.

– Não, não, eu estou preocupado demais com você para permitir isso.

Depois, adormecemos, mas logo em seguida fui acordado por um rosnado. Eu o ouvi por algum tempo em meu sonho, mas ele aumentou insistentemente e me sacudi, pronto para repreender Hércules. Em vez disso, encontrei Gita roncando. Aparentemente, o fato de fumar muito havia feito seu serviço nos pulmões dela. Bem de perto, examinei-a sob a luz que vinha do corredor. Deitada ali, ela parecia inocente, como todos nós quando dormimos, seu pequeno rosto agitado no sono. Ela sorveu brevemente; um braço agitou-se de modo defensivo, e os olhos saltaram sob as pálpebras. Fiquei impressionado com o quanto ela parecia pequena após a corrente, por assim dizer, de sua imponente personalidade ser desligada. Observei por vários minutos. Como tentara me dizer, ela era, no fundo, uma pessoa muito mais simples do que eu supunha.

Após Gita descer furtivamente para o andar de baixo na primeira noite em que chegamos a Bastogne, encontrei Cal para o café da manhã no refeitório dos oficiais, como combinado. Ele fizera cirurgias até as 4 horas da madrugada, seguidas de rondas para ver seus pacientes. Ainda estava com as roupas sujas de sangue, devorando algo antes de dormir poucas horas de sono. Aparentemente, fora ele quem conduzira Gita e o cachorro até meu quarto, e deixou-me entender prontamente que adivinhara o resultado.

– Que tal seus aposentos? A cama é um pouco estreita?

Senti-me enrubescer, e então, como uma telefonista operando ramais, fiz uma série de ligações que, uma vez completadas, formaram o cenário completo. Cal escreveria para casa, contando que me vira. Diria que eu tinha uma mulher aqui. Grace, no devido tempo, acabaria sabendo.

– Ora, não se preocupe – disse ele, ao ver a minha expressão. Fez aquele gesto de zíper percorrendo os lábios.

De algum modo, porém, fui enredado pela visão de Grace reagindo àquela notícia. Recorreria ao lugar-comum de que os homens não têm jeito? Ou buscaria consolo nos extremos da guerra? Minha mente continuou aos trambolhões escada abaixo, desencadeando várias imagens do que poderia acontecer quando a notícia chegasse a Grace, até eu finalmente colidir e ficar imóvel no degrau mais baixo. Como um amontoado figurativo, dei uma conferida em mim mesmo e fiquei chocado ao descobrir que estava apavorado mas ileso – nada de contusões, nada de ossos quebrados – e, desse modo, soube naquele momento, absoluta e irrevogavelmente, que não me casaria com Grace Morton. Eu me importava intensamente com Grace. Ainda não conseguia me imaginar o brutal assassino de seus sentimentos. Mas ela não era uma parte vital minha. O papel de Gita naquilo parecia circunstancial. Não era uma questão de escolher uma mulher em detrimento da outra, porque ainda agora eu continuava a duvidar de que o interesse de Gita durasse. Mas, à luz do dia, o que eu reconheci deitado ao lado de Gita perdurava. Grace era um ídolo. Um sonho. Mas não o meu destino.

Com certa perplexidade, Cal observara tudo isso abrir caminho até minhas feições.

– David, quem é essa moça, afinal? Perguntei às freiras a seu respeito. Disseram que ela sabe seu ofício, é inteligente, trabalha duro. É bem atraente – comentou Cal –, se é que me permite. Cada homem neste hospital anda verde de inveja, mesmo aqueles gelados lá embaixo, no necrotério.

Sorri e contei-lhe um pouco sobre Gita. Fuga. Exílio. Comando.

– Isso é sério?

Sacudi a cabeça, como se não soubesse, mas dentro uma voz inconfundível dizia-me que a resposta correta era sim. Era extremamente sério. Não do modo como Cal imaginara. Era sério do mesmo modo que um combate é sério, pois era impossível saber se você sobreviveria.

As OBRIGAÇÕES DE ENFERMEIRA de Gita incluíam dar banho em pacientes acamados. Imaginá-la fazendo isso quase me deixava fora de mim de inveja, embora eu lhe confessasse que não sabia ao certo se sentia ciúmes de seu toque ou da oportunidade de tomar um banho. Quando ela chegou, na segunda noite, esgueirou-se pela porta com um pesado balde de metal cheio de água quente. Fora fervida no fogão da cozinha, o único meio disponível na ausência de encanamento funcionando.

– Você é um anjo.

– Um anjo molhado. – As mangas de seu uniforme disforme estavam pretas.

– Quer dizer que não consegue mais aguentar o meu cheiro?

– Você cheira como alguém que vive, Dubin. São suas reclamações que eu não aguento. Levante-se, por favor. Não vou lhe dar banho na cama, como um inválido.

Ela trouxera um pano, uma toalha e outro recipiente. Despi as roupas e fiquei diante dela, enquanto me esfregava e me secava parte por parte. A barriga da perna, a coxa. Houve um esplêndido intervalo antes de subir para a minha barriga.

– Fale-me dos Estados Unidos – pediu, assim que recomeçou.

– Quer saber se as ruas são revestidas de ouro? Ou se King Kong vive pendurado no Empire State?

– Não, mas me conte a verdade. Você ama os Estados Unidos?

– Sim, muito. A terra. O povo. E mais do que tudo, seu conceito. De cada homem ser igual. E livre.

– Esse também é o conceito da França. Mas é verdadeiro nos Estados Unidos?

– Verdadeiro? Nos Estados Unidos nunca houve realeza. Nunca houve um Napoleão. Mesmo assim, é muito melhor ser rico do que pobre. Mas é verdade, creio, que a maioria dos americanos nutre os ideais. Meu pai e minha mãe vieram de uma cidade muito parecida com Pilzkoba. Agora vivem livre do medo com o qual cresceram. Podem falar o que lhes passa pela cabeça. Podem votar. Podem até mesmo ter uma propriedade. Mandaram seus filhos para uma escola pública. E agora podem esperar, com todo o motivo, que minha irmã, meu irmão e eu tenhamos uma vida ainda melhor do que a deles.

– Mas os americanos não odeiam os judeus?

– Odeiam. Mas não tanto quanto aos negros. – Era uma piada cáustica e o humor cruel a divertia muito menos do que a mim. – Não é como Hitler – aleguei. – Cada americano veio de um outro lugar.

Cada qual é odiado pelo que traz de diferente do resto. Vivemos em uma paz inquietante. Mas, em grande parte, é uma paz.

– E os Estados Unidos, é um país bonito?

– *Magnifique.* – Contei-lhe sobre o Oeste como o vislumbrara do trem a caminho de Fort Barkley.

– E a sua cidade?

– Tivemos que construir a nossa própria paisagem. Há prédios gigantescos.

– Como King Kong?

– Quase tão altos.

– Sim – disse ela. – Quero ir para os Estados Unidos. A Europa é velha. Os Estados Unidos ainda são novos. Os americanos são espertos em lutar no solo dos outros. A Europa vai precisar de quase um século para se recuperar de tudo isso. E aí, pode ser que haja outra guerra em breve. *Après la guerre*, irei para os Estados Unidos, Dubin. Você precisa me ajudar.

– Claro – afirmei. – Claro.

NA MANHÃ SEGUINTE, parecia que cada pessoa em Bastogne sabia o que acontecia à noite nos meus aposentos. Gita fizera uma ruidosa confusão ao arrastar seus baldes pela escada. Fiquei preocupado que as freiras pudessem expulsar nós dois, mas elas mantiveram um silêncio digno. Foram os soldados que não conseguiram se conter, prestando continência com sussurros do tipo "garanhão" quando eu passava.

O Terceiro Exército estabelecera um centro de comando em Bastogne, e Biddy e eu caminhávamos até lá, em intervalos de algumas horas, para ver se as ordens de Teedle haviam chegado. Já havia dois dias que não caíam bombas na cidade e os civis andavam pelas ruas, animadamente cuidando de seus assuntos. Eram corteses mas apressados, relutantes em repetir o erro anterior de acreditar que aquela pasmaceira era na verdade a paz.

Ao subirmos as ruas íngremes, comentei:

– Acho que sou o assunto da cidade, Gideon.

Ele não respondeu de imediato.

– Bem, senhor – disse finalmente –, é que um bando de coisas parecem andar se movimentando no meio da noite.

Compartilhamos uma demorada gargalhada.

– Ela é uma pessoa notável, Biddy.

– Sim, senhor. Essa coisa tem futuro, capitão?

Parei completamente na calçada. A consciência de mim mesmo vinha crescendo desde a conversa que tive com Cal, no café da manhã do dia anterior; porém, por confiar mais em Biddy do que em qualquer um outro, as coisas ficavam muito claras em sua companhia. Segurei seu braço.

- Biddy, pareceria muita loucura eu dizer que amo essa mulher?

– Ora, que bom para você, capitão.

– Não – exclamei de imediato, pois tinha uma visão mais clara das complicações –, não é bom. Não é bom por mil razões. Provavelmente vai estar em desacordo com o meu dever. E isso não acabará bem. – Eu mantinha uma absoluta convicção a esse respeito. Eu sabia que meu coração seria esmagado.

– Capitão – disse ele –, isso não faz nenhum sentido. Qualquer um pode lhe dizer com mais certeza que tempo vai fazer amanhã do que o que vai acontecer com o amor. Não se tem nada a fazer a não ser aproveitar o passeio.

Meus pensamentos, porém, eram muitos parecidos quando Gita foi para a minha cama naquela noite.

– Sua frase me perseguiu o dia todo – disse-lhe.

– *Laquelle?*

– *Après la guerre*. Passei o dia todo pensando no que acontecerá após a guerra.

– Se a guerra acabar, haverá paz, não? Pelo menos por enquanto.

– Não, refiro-me a você. E a mim. Passei o dia imaginando o que será de nós dois. Isso a surpreende ou deixa espantada?

– Eu sei quem você é, Dubin. Ficaria surpresa se seus pensamentos fossem diferentes. Gostaria muito menos de você.

Esperei um momento.

– Quer dizer então que gosta de mim?

– *Je suis là*. – Eu estou aqui.

– E no futuro?

– Quando a guerra começou – disse ela –, ninguém pensava no futuro. Seria terrível demais imaginar os nazistas aqui por muito tempo. Todos do movimento de resistência viviam apenas para o presente. Para lutar agora. O único futuro era o combate seguinte e a esperança de que você e seus camaradas sobrevivessem. Mas, desde a Normandia, é diferente. Entre os *maquisards*, só há uma frase em seus lábios: *Après la guerre*. Também ouço essas palavras na minha mente. Você não é o único.

– E o que prevê?

– Ainda é guerra, Dubin. Alguém trepa sorrateiramente num muro e espreita em volta, eu sei disso, mas permanecemos aqui. Se alguém olhar adiante, talvez deixemos de enxergar os perigos que estão próximos. Mas tenho visto muitas almas boas morrerem. Prometi a mim mesma viver para elas. E agora, sinceramente, acho que penso em viver também para mim.

– Isso é bom.

– Mas você me disse o que vê, não? A lareira, o lar. Não é?

– É. – Isso era definitivo. – *Et toi?*

– *Je ne sais pas*. Mas, se eu sobreviver a esta guerra, terei mais sorte do que a maioria. Aprendi o que talvez eu mais precisava aprender.

– O que é?

– Dar valor às coisas comuns, Du-biin. Na guerra, a gente sente perder a acuidade. A monotonia. A rotina. Mesmo eu, que nunca tolerei isso, me pego ansiando por uma vida sossegada.

– E isso vai satisfazê-la? Será para você o mesmo que é para mim? A casa, o lar, ser uma esposa respeitável com filhos em volta de seus joelhos sob sua saia? Ou você será como Martin, que me disse que logo procuraria outra guerra?

– Nunca haverá outra guerra. Não para mim. Certa vez você me disse que a mulher tem essa escolha, e essa é a escolha que farei. "Uma esposa respeitável", não sei dizer. Diga-me, Dubin – sorriu de modo atraente –, o que está perguntando?

Por mais levianamente que aquilo fosse dito, eu a conhecia o bastante para reconhecer os riscos. Ela daria risadas diante de uma proposta, mas ficaria furiosa se eu fosse rápido em rejeitá-la. E, ao mesmo tempo, por ser quem era, ela me faria em pedaços por causa de qualquer insinceridade. Contudo, por ter deixado para trás uma noiva há pouco mais de um dia, eu ainda não estava pronto para novas promessas, mesmo de brincadeira.

– Bem, digamos que eu apenas pretendo prestar uma atenção muito cuidadosa à sua resposta.

– Está parecendo um advogado.

Nós rimos.

– Certa vez, Martin disse que você nunca se contentará com apenas um homem.

– Ora, ele estava consolando a si mesmo. Acredite em mim, Dubin, eu sei o que preciso sobre os homens. E sobre eu com eles. Mas uma pessoa para sempre? Por muitos anos isso me soou como uma sentença de prisão perpétua.

– Posso fazer uma pergunta? Isso talvez não seja influência de sua mãe?

– Não creio. Minha mãe, se tivesse tido qualquer influência, teria me dito para encontrar um sujeito como você, decente e estável, e ficar com ele. "Devemos almejar a paz", vivia dizendo. – Ela sentou-se iluminada pela luz que vinha de fora. Gita era mais acanhada fisicamente do que eu poderia ter esperado, e adorei a visão dela, seus pequenos seios erguendo-se perfeitos até seus bicos escuros.

– Mas ela mesma não conseguiu.

– Tentou, Dubin. Quando ela tinha 17 anos, seu aspecto atraiu o filho de um comerciante, um vendedor de lã da cidade. Ela achava que ele era rico, bonito e sofisticado e casou-se com ele por impulso.

– Foi o tal de Lodzka? – tentei pronunciar corretamente. – Lodzki, sim. Ele era um grosseirão, é claro. Bebia, tinha outras mulheres e era pão-duro com ela. Brigavam feito martas, e até mesmo lutavam com socos e, naturalmente, ela levava a pior. Certo dia, ela o deixou. Voltou pata Pilzkoba e anunciou que o marido havia morrido de gripe. Logo apareceram pretendentes. Ela ficou casada novamente durante um mês, quando se descobriu que Lodzki continuava vivo. Foi um escândalo terrível. Mamãe teve sorte de não ser enforcada. Ela sempre dizia que iria embora, mas isso daria muita satisfação a todos de Pilzkoba. – Gita parou com um sorriso tristonho. – Pois é – disse ela.

– Pois é – retruquei e puxei-a novamente para perto de mim. Devemos almejar a paz.

No dia seguinte, no final da tarde, enquanto eu estava nas enfermarias fazendo as minhas visitas, um soldado raso da sala dos sinaleiros me encontrou para me entregar um telegrama. Finalmente, Teedle havia respondido.

> Sétima Divisão Blindada tomou o Oflag (campo de prisioneiros alemão) XII-D arredores Saint-Vith ontem durante dia PONTO Confirmado major Martin vivo em hospital prisão PONTO Siga imediatamente PONTO Prenda

Eu estava com o cabo Harzer, o soldado que perdera o pé, quando o mensageiro colocou o envelope amarelo em minhas mãos.

– Capitão, não parece estar nada bem – observou.

– Não, Harzer. É que vi o proverbial fantasma.

Localizei Bidwell. Partiríamos assim que amanhecesse. Então caminhei por toda Bastogne, de cima a baixo pelas ruas e galerias cobertas de neve. Eu sabia que contaria a Gita. Como poderia não contar? Antes, porém, queria convencer a mim mesmo. Não tinha dúvidas a respeito de sua lealdade. Ela me abandonaria. Se ela fizesse isso, paciência, disse repetidas vezes a mim mesmo, mas já me conformava com a perspectiva. Concentrei-me por algum tempo em como lhe dizer isso, mas, como consequência, descobri que me enfiara num daqueles estados de aflição nos quais o meu único objetivo era superá-lo. Esperei que ela saísse da enfermaria onde estava trabalhando e simplesmente lhe mostrei o telegrama.

Observei-a examiná-lo. Ela deixara a enfermaria fumando e, enquanto a mão que segurava o cigarro debulhava repetidamente seus cachos, pensei por um breve espaço de tempo que ela ia tocar fogo na touca em sua cabeça. Seus lábios se moviam enquanto se esforçava para ler o inglês. Mas ela entendeu o suficiente. Seus olhos cor de café, quando me encontraram, continham uma nesga de sobressalto.

– *Il est vivant?*

Fiz que sim com a cabeça.

– Essas são as suas ordens?

Repeti o gesto.

– Conversaremos esta noite – murmurou.

E fiz que sim mais uma vez.

Já passava bastante da meia-noite quando me dei conta de que ela não viria, e então fiquei deitado ali com a luz acesa acima de mim, tentando enfrentar aquilo. Minha dor era imensurável. Com Martin vivo, ela não conseguiria se persuadir a ficar comigo. Isso era transparente. O vínculo deles, fosse qual fosse sua relação, era mais forte do que o nosso.

Pela manhã, enquanto Bidwell carregava o jipe, procurei-a para me despedir. Não fazia ideia se conseguiria conter a minha amargura, ou se, em vez disso, ficaria fora de controle e imploraria para que ela ficasse comigo.

– Gita? – perguntou *Soeur* Marie, a enfermeira encarregada, quando indaguei sobre seu paradeiro. – *Elle est partie.*

– Há quanto tempo? – perguntei.

– Partiu ontem à noite – informou-me a irmã.

Demorava nove horas para se chegar a Saint-Vith e eu já sabia com muita antecedência o que encontraríamos. O PM no campo de prisioneiros XII-D disse que uma enfermeira da Cruz Vermelha, acompanhada por dois atendentes franceses, havia chegado horas antes a fim de transportar o major Martin para um hospital local. Seguimos suas indicações até onde, como eu antecipara, ninguém sabia nada sobre a enfermeira, os atendentes ou Robert Martin.

Parte VI

25
Prato errado

Quando eu cursava o último ano da escola secundária, estava desesperadamente apaixonado por Nona Katz, a mulher com quem finalmente me casei seis anos depois. A simples ideia de me separar dela para ir para a universidade me deixava desolado. Eu fora admitido no Programa de Distinção Universitária do Condado de Kindle. Nona, por outro lado, nunca foi muito de estudar. Só por sorte ela ingressara na Estadual, originalmente chamada de Faculdade Agrícola Estadual, que não era uma instituição com o mesmo prestígio das universidades do norte, mais famosas. Não devemos, também, esquecer o fato de que o meu ingresso no Programa de Distinção Universitária incluía a gratuidade do curso, além de uma bolsa de 1.500 dólares, para despesas de moradia e alimentação. Meus pais utilizaram incontáveis manobras para que eu fosse para lá. Do Condado de Kindle para a Estadual não eram mais do que cinco horas de estrada, diziam, mesmo durante o inverno. Prometeram me ajudar a comprar um carro usado e pagar a minha conta de telefone.

– Vocês não entendem – disse-lhes. – Não entendem esse sentimento.

– Claro que não – rebateu minha mãe. – Como poderíamos entender? O nosso casamento deve ter sido arranjado!

– Mãe, não seja sarcástica.

– É você, Stewart, quem não entende. Conheci seu pai talvez no período mais negro pelo qual a humanidade já passou. Entendemos plenamente a maravilha desse sentimento. Porém, não é a única coisa importante.

– Mãe, o que mais importa? O que é mais importante do que o amor?

Meu pai pigarreou e, fato raro, tomou parte em nossa discussão.

– O amor, do tipo que você fala, Stewart, não permanece inalterado para sempre. Não pode levar sua vida como se não tivesse outras preocupações.

Fiquei atônito com seu comentário. Primeiro, porque minha mãe parecia aprovar. E segundo, pelo simples fato de papai afirmar isso com tanta frieza. Nona – a descoberta de que havia algum princípio complementar no mundo – levantara a fedorenta névoa de minha mórbida adolescência. A declaração *blasé* de meu pai de que o amor de alguma forma evapora foi como me dizer que eu seria jogado de volta numa masmorra.

– Você está enganado – disse-lhe.

– Bem, digamos que eu possa estar certo. Por favor, Stewart. O amor, com o tempo, assume uma forma mais sólida porém menos ardente. E graças a Deus! Ninguém jamais deixaria o quarto. Há trabalho a se fazer, famílias a se criar. Ele muda, Stewart, e você deve estar preparado para o que acontece a seguir na vida.

Não ouvi muito, depois disso. Foi o "graças a Deus" que sempre ficou comigo, a indicação do sincero alívio de meu pai por conseguir escapar de algo bagunçado e exigente como a paixão.

No entanto, foi exatamente esse mesmo sujeito que precisei imaginar nos braços de Gita Lodz, tão louco de luxúria que ficou num estábulo como os animais da fazenda durante o cio, e, em seguida, ainda mais sensacionalmente, fez aquilo na cama de uma freira. Contudo, não senti tanto desconforto com essas cenas como poderia ter esperado. Principalmente porque, nos dias ruins, quando se está gordo o bastante para pensar em trocar a balança do banheiro por uma daquelas que usam em postos de pesagem rodoviários, você aceita uma das verdades mais desagradáveis da vida. Todo mundo fode. Ou pelo menos quer fazê-lo. Não obstante os anunciantes americanos, é uma franquia universal. A pura verdade é que, após vários meses de separação, Gita Lodz me pareceu um quitute. Como meu pai, sempre senti atração por mulheres miúdas – Nona tem pouco mais de 1,50 metro.

Indo mais direto ao assunto, eu sabia o fim da história. *Mademoiselle* Lodz foi apenas um *pit stop* na viagem de papai entre Grace Morton e minha mãe. Visto que a ironia era a canção-tema da vida, o Stewart de meia-idade estava sentado no salão de passageiros do aeroporto de Tri-Cities lendo o final da narrativa de papai e aconselhando o jovem David a pensar duas vezes. Isso só pode acabar mal, falei para ele. Antecipando um desastre de trem, não fiquei surpreso quando vi um ao final.

Quando fiz minha segunda visita a Urso Leach, em novembro de 2003, cinco semanas após o nosso primeiro encontro no Solar Northumberland, quis saber o destino de todos os personagens da história de papai. Isso levou a uma região à qual Urso me dissera que não tinha liberdade para ir, e em alguns momentos escolhia cuidadosamente suas palavras. Como se verificou, havia muita coisa que ele podia falar sobre o destino de Robert Martin, e até mesmo um pouco sobre o general Teedle. Contudo, a pergunta sobre o que acontecera com Gita Lodz fez com que parasse repentinamente. Eu levara comigo o original de papai para ilustrar as minhas perguntas, e Urso até mesmo folheou brevemente suas páginas sobre o colo, como se tentasse refrescar a memória quando mencionei o nome dela.

– Bem – disse ele finalmente –, talvez seja mais útil se eu lhe der a sequência, Stewart. Inicialmente, fiz uma tentativa para localizar a Srta. Lodz, na esperança de que pudesse ser uma importante testemunha para abrandar a pena de seu pai. Essa foi, é claro, a questão principal do julgamento, diante da alegação de culpa feita pelo seu pai. A atuação de seu pai nas proximidades de Bastogne restava como o meu ás na manga; o serviço que prestou estava amplamente registrado, principalmente nos documentos recomendando-o à Estrela de Prata, que, a propósito, foi aprovada no Departamento de Guerra, mas nunca concedida, como resultado da corte marcial. Entretanto, eu também queria mostrar, se pudesse, que David lutara ao lado de Martin. Não seria uma desculpa para deixar Martin ir embora, mas qualquer soldado digno de seu soldo que estivesse no corpo de jurados da corte marcial entenderia isso como um ato de piedade para com um camarada-em-armas.

"Com isso, eu esperava oferecer um relato na primeira pessoa sobre o incidente no qual seu pai ajudou a destruir o depósito de munição na Salina Real, sobre o qual fiquei sabendo ao entrevistar Agnes de Lemolland. Pressionei o Exército para saber o paradeiro de todas as pessoas que atuaram nessa operação.

"Quando informei isso a seu pai, ele ficou extremamente perturbado. 'A moça não', disse ele. Como continuava se recusando a me contar qualquer coisa sobre o que acontecera realmente, me frustrou terrivelmente, e eu lhe disse isso.

"'Está fora de discussão', disse ele. 'Seria um desastre completo.'

"'Para o seu caso?', perguntei.

"'Certamente para o meu caso. E também pessoalmente.'

"'E o que está em jogo, pessoalmente?', quis saber.

"Cedeu ligeiramente ao seu inflexível silêncio habitual e disse apenas: 'Minha noiva.'

Interrompi Urso.

– Grace Morton?

– Claro que não. Na ocasião, já havia acabado há muito tempo.

– Minha mãe?

Leach gastou algum tempo para encontrar um modo de dar um sorriso mordaz.

– Bem, Stewart, eu não estava presente quando você nasceu, mas diz que sua mãe foi prisioneira do campo de concentração de Balingen, e essa era com certeza a residência da mulher com quem, na ocasião, seu pai pretendia se casar.

Ele me examinou com seu perpétuo olhar generoso para ver o quanto eu havia colocado em ordem essa informação.

– Então ele disse, meu pai disse, que seria um desastre se mamãe conhecesse Gita Lodz? Ou descobrisse a seu respeito?

Num típico gesto de idoso, a boca de Urso movimentou-se algumas vezes para lá e para cá durante algum tempo, como se tentasse querer descobrir o sabor das palavras certas.

– David nada mais disse do que declarei. Na época, tirei as minhas próprias conclusões. Naturalmente, obtive um quadro mais completo quando, finalmente, li o que seu pai escrevera, o que agora você também fez. Os aspectos pessoais, enfim decidi, era melhor serem deixados sem mais indagações. Mas, como advogado, fiquei contente por seu pai ter prevalecido nessa questão. Como já disse, seu critério como advogado de tribunal era de primeira classe. Chamar a Srta. Lodz para testemunhar e sujeitá-la a uma inquirição causaria bastante dano à causa dele.

Como, por essa ocasião, eu já tinha lido toda a história, compreendi. Se *mademoiselle* Lodz tivesse contado sua história, a decisão de papai de deixar Martin ir embora poderia não ser encarada como um ato de caridade para com um colega de combate, nem mesmo para um advogado tão habilidoso quanto Leach. De fato, como Urso dissera no mês anterior, isso poderia fazer surgir o espectro do assassinato na mente de um promotor imaginativo.

Isso, porém, concluí, era o mínimo. Papai talvez quisesse proteger minha mãe dos detalhes de seu recente caso amoroso. Mas eu tinha certeza de que a pessoa a quem mais queria proteger era ele mesmo. Após ter seguido em frente com sua vida, a última coisa de que papai precisava era encontrar Gita Lodz. Teria sido um momento de inigualável amargura, sentar-se ali, sabendo que estava no expresso para Leavenworth, enquanto olhava através da sala do tribunal para a mulher que usara todos os truques para incitar as incontáveis fugas de Martin, inclusive, como se verificou, partir o coração de meu pai.

Eu estava ciente de que Urso me observava com atenção, mas me encontrava totalmente nas garras da ilusão de que finalmente tinha uma introspecção sobre meu pai, e subitamente voltei ao conselho dele quando eu tinha 18 anos. Ao me dizer para escolher a universidade baseado em algo mais do que a protuberância que se formava em minha calça assim que eu pensava em Nona, papai, compreendi, falava por experiência própria, e por causa de sua cautela natural. Ele queria que eu evitasse ser servido de um prato que, décadas atrás, fora servido a ele por Gita Lodz.

26
Capturado

Do lado de fora do antigo prédio da guarnição do Exército francês que fora usado como hospital civil em Saint-Vith, Biddy e eu esperamos a organização de um destacamento de PMs, enquanto eu fumava no frio. A guerra também cobrara um alto preço daquela cidade. Quase nada permanecia de pé. O hospital só sobrevivera por causa da imensa cruz vermelha pintada no seu telhado.

O tenente chefe da polícia militar que entregara Martin à bela enfermeirinha ficou passado ao saber que o major era um homem procurado, mas insistiu que eles não deviam estar muito longe. A explosão em dezembro que demolira o alojamento também arrancara a mão esquerda de Martin e um pedaço da sua coxa, bem como camadas de cabelo e pele da lateral de sua cabeça. Passado um mês, ele ainda tinha ferimentos de queimadura abertos e deixara o hospital em uma cadeira de rodas.

– Se eu não encontrá-lo – falei para Biddy –, Teedle vai me mandar para a corte marcial. Escreva o que eu digo. Mostrar minhas ordens para uma conhecida consorte de um espião... o que eu estava pensando?

Biddy franziu a testa diante da palavra "consorte".

– Capitão – disse ele finalmente –, vamos apenas pegá-los.

Meu pesar por causa dos fracassos profissionais pareciam triviais, porém, comparado à ruína pessoal. Eu havia suposto que Gita me decepcionaria, mas nunca imaginei que ela fosse bancar inteiramente a falsa comigo. Uma pergunta parecia bicar a minha mente como um corvo furioso. Seria ela realmente a nova Bernhardt? Tudo que ela revelara para mim fazia parte de um papel que desempenhava? Mesmo enquanto o meu coração esforçava-se em encontrar outra hipótese, eu não conseguia persuadir a mim mesmo de qualquer outra resposta a não ser sim. Martin e ela eram o pior tipo de pessoa, concluí, manipuladores dispostos a rapinar os sentimentos mais afáveis. Se avistasse qualquer um dos dois, provavelmente sacaria a minha pistola.

De acordo com a guarnição dos Estados Unidos que tomara o Oflag XII-D, Martin fora levado numa carroça puxada a cavalo com uma cigana de cabelos longos nas rédeas. Um grupo de seis PMs foi reunido para vasculhar a cidade. Biddy e eu fomos à estação ferroviária, mas ainda não havia trens em movimento, nem mesmo os militares, e parecia impossível que Martin pudesse ter escapado via sua rota favorita. Raciocinei a partir disso. Ali na Bélgica, as alianças de Martin eram frágeis. Suas chances eram melhores na França – ou Alemanha, onde podia confiar no que restara de sua antiga rede. Seguir esse caminho também permitiria que Martin continuasse a fazer seu trabalho para os soviéticos. Em qualquer direção que fosse, ele precisaria de cuidados médicos – ou pelo menos de suprimentos médicos. E a única fonte confiável para isso era o Exército dos Estados Unidos. Em especial, ele imaginava seguir os soldados de Patton, alguns dos quais lhe permaneceriam fiéis, principalmente porque, em vista da insistência do Gabinete, o fato de Martin estar sendo procurado não era do conhecimento geral.

Enviei um cabograma a Camello, informando que Martin escapara e que queríamos jurisdição para persegui-lo e prendê-lo. Recebemos a resposta monossilábica de Teedle: "Prossiga." Ainda não tinha certeza de qual dos dois eu estava realmente procurando.

EMBORA FOSSE UM POUCO como brincar de pregar o rabo no burro, Biddy e eu optamos por seguir o 87º Regimento de Infantaria quando este se deslocou de Saint-Vith em direção a Prüm. Tínhamos encontrado comandantes de batalhões do 347º Regimento de Infantaria e eles concordaram em nos deixar acompanhá-los.

Praticamente todo o território perdido na ofensiva das Ardenas fora recuperado, e parte do pessoal de Patton agora preparava ataques contra as maciças fortificações de concreto da linha Siegfried na fronteira alemã. A batalha progredia centímetro por centímetro, uma vantagem para Biddy e para mim, já que tornaria difícil para Martin ir tão longe. Biddy e eu seguíamos dirigindo logo atrás do combate, indo de um a outro posto médico. No terceiro dia, já havíamos recebido duas vezes notícias de uma miúda enfermeira da Cruz Vermelha que se apresentara nos prontos-socorros dos batalhões. Ajudava brevemente no atendimento aos feridos e então desaparecia com um punhado de suprimentos.

Na frente, as linhas de batalha mudavam constantemente, com cada lado fazendo rápidas incursões e recuando em seguida. Por várias vezes, Biddy e eu nos descobrimos dirigindo no meio dos tiroteios. Apesar de lentamente, os americanos ganhavam posições e os nossos soldados estavam com um ânimo bem diferente daquele durante a Batalha das Ardenas. Não apenas mais confiantes, mas também endurecidos por estar em território inimigo. No final do nosso terceiro dia, Biddy e eu encontramos um pelotão de infantaria que acabara de tomar um ponto elevado dominado pela casa de um próspero cidadão da era feudal.

Um sargento aproximou-se para nos cumprimentar.

– Você acha que isto aqui é Alemanha? – perguntou.

Eu não sabia, a cada momento, se estávamos na Bélgica, na Alemanha ou em Luxemburgo, mas comparamos mapas e concordamos com sua avaliação. Ele então fez um sinal com a mão para seus soldados e estes correram para o interior da casa, emergindo depois com tudo de valor que conseguiram encontrar. Porcelanas. Castiçais. Quadros. Roupas de cama e mesa. Dois soldados esforçavam-se para passar pela porta com uma tapeçaria antiga. Não fazia ideia de que modo imaginavam levar aquilo para os Estados Unidos. Os donos da casa saíram de perto, mas uma velha criada ficou ali e seguiu os soldados, falando aos gritos sobre cada objeto, e uma ou duas vezes tentou arrancá-los das mãos dos homens. Como ela não desistia, um soldado raso magricela empurrou-a para o chão, onde permaneceu chorando. Um cabo entregou um conjunto de taças de vinho de prata ao sargento, que ofereceu uma para mim e outra para Biddy.

– Não bebo vinho – alegou Biddy, o que era mentira.

– Aprenda – disse-lhe o sargento, e insistiu em levá-las para o nosso jipe.

Passamos a noite na casa, onde cada homem do pelotão parecia determinado a consumir todo o estoque de bebida encontrado no porão. Um deles entrou literalmente em coma de tanto beber. Quando um colega tentou reanimá-lo jogando aguardente em seu rosto, o líquido espirrou no fogão a lenha instalado no meio da sala e a chama saltou para a garrafa, que explodiu. Vários homens foram perfurados pelos cacos voadores, e o sofá e o tapete pegaram fogo. Os soldados estavam tão bêbados que uivavam de felicidade enquanto pisoteavam as chamas, mas o tenente encarregado ficou possesso, visto que quatro homens tiveram de ser levados para o pronto-socorro.

Pela manhã, Biddy e eu seguimos para o sul. Estávamos em território ocupado pelos americanos, a menos de um quilômetro da casa, quando meia dúzia de alemães, vestidos com casacos de couro negro e armados com pistolas automáticas Schmeisser, saltaram de valas de ambos os lados da estrada e cercaram o jipe. Pude ver que eram da SS, e não da Wehrmacht, por causa das caveiras de prata acima das palas dos quepes e das runas nazistas em seus casacos.

Meu instinto foi gritar um comentário estupidamente casual do tipo "Falha nossa" e seguir para o outro lado, mas, quando os seis avançaram para nos desarmar, dei-me conta da total gravidade da situação. Já fazia dez dias que me mantinha fora do campo de batalha, mas descobri que essa sensação não me abandonara, como suponho que nunca me abandonará. Interiormente, meu espírito encolheu para algo tão pequeno e duro como uma noz e pipilou sua familiar mensagem de resignação: Se tiver de morrer, morra.

MANDARAM QUE SAÍSSEMOS do jipe e o dirigiram através dos arbustos cerrados que margeavam a estrada, eu e Biddy marchando atrás. Enquanto caminhávamos pela neve, Hércules continuava instalado na traseira do veículo, Cleópatra em sua barcaça, supervisionando a cena com uma vigorosa curiosidade.

– Olhe só o cachorro – cochichou Biddy, e conseguimos dar uma risada.

Assim que o jipe ficou fora de vista, os alemães nos revistaram, tomando tudo de útil que possuíamos. Bússola. Facões. Granadas. Relógios. E, claro, a câmera de Bidwell. Um dos soldados olhou a lente e viu que era alemã.

– *Woher hast du die?* – perguntou a Biddy.

Biddy agiu como se não tivesse entendido, e o homem da SS ergueu sua Schmeisser e fez novamente a pergunta. Felizmente, foi distraído pelos outros, quando encontraram as nossas rações K. Rasgaram várias caixas, jogando para os lados as tampas de papelão com seus desenhos ondulados, enquanto comiam com selvagem abandono.

– Será que se separaram da unidade deles? – perguntei a Biddy.

Ele fez que sim. Evidentemente, não viam comida havia dias.

– Vamos correr? – perguntou ele. Eu ainda me decidia quando o tenente alemão voltou aonde estávamos e começou a me interrogar num terrível inglês.

– Onde americano? Onde *Deutsch*? – Obviamente, queriam voltar para o lado deles.

Respondi com meu nome, posto e número de série. Os alemães estavam desesperados demais para se preocupar com a Convenção de Genebra. O tenente sinalizou para dois de seus soldados, que me seguraram pelos ombros enquanto o tenente me dava três chutes na barriga. Fui imediatamente transportado de volta ao pátio da escola, a última vez em que sobrevivi a esse momento de pânico sufocante, quando o diafragma para de funcionar após um soco na pança. Para piorar as coisas, quando o ar finalmente voltou pesadamente aos meus pulmões, vomitei o café da manhã na bota do tenente. Em retaliação, atingiu-me no rosto com a enluvada mão fechada.

Meu vômito pareceu chamar a atenção de Hércules. Até então, o cachorro surdo estivera mais interessado nas latas de ração jogadas fora, mas quando fui atingido dessa vez, ele saltou adiante e iniciou a maior barulheira. Não atacou o tenente alemão, mas chegou a poucos metros, sacudindo-se para trás sobre as patas, com o bafo quente erguendo-se em baforadas, quase como uma pontuação, enquanto latia. Imediatamente, os alemães começaram a olhar estrada abaixo, enquanto tentavam futilmente calar o animal colocando o dedo sobre os lábios, e finalmente se aproximando para subjugá-lo. Quando os soldados foram atrás dele, Hércules avançou para um deles e abocanhou sua mão, mordendo através da luva de couro enquanto o alemão gania um tanto pateticamente.

Seguiu-se então apenas um tiro. O mesmo homem da SS que interrogara Biddy tinha a pistola na mão. Um pequeno bafejo de fumaça se encaracolava para fora do cano e o cachorro jazia imóvel na estrada coberta de neve, com um oval sangrento como um caroço de pêssego onde havia sido seu olho. Vários de seus colegas começaram a gritar com o soldado que disparara, temendo a atenção que o tiro atrairia. Na confusão, Bidwell se juntou a eles.

– Por que diabos você foi fazer isso? – reclamou. O soldado alemão com a Schmeisser sacada parecia não ter ideia de como reagir à repreensão que recebia de todos os lados. Quando Biddy caminhou adiante, com a intenção de cuidar do cachorro, o alemão recuou ligeiramente e sua pistola incandesceu novamente com uma curta explosão automática. Gideon tombou e rolou de costas com três claros buracos de bala na barriga. Acontecera de modo tão simples, sem qualquer preparação, e tão fora proposital que a minha primeira reação foi a de que aquilo não podia ser verdade. Como podia o mundo, que sempre esteve ali presente, passar por uma transformação tão fundamental em dois ou três segundos?

– Oh, meu Deus – bradei. Berrei novamente, um longo lamento, e, por um instante, livrei-me dos dois homens que me seguravam, mas eles, junto com o tenente, me arrastaram para dentro da vala. Virei-me e xinguei-os até o tenente colocar o cano da pistola diretamente na minha testa.

– *Schrei nicht. Schweigen Sie. Wir helfen deinem Freund.* Nós ajuda. – Calei-me para ver se ajudariam Biddy como o prometido, e um deles correu pela estrada. Em um segundo estava de volta.

– *Er ist tot* – disse ele.

O tenente pôde perceber que eu entendi e de imediato colocou novamente o cano gelado da pistola na minha testa. A ideia de um inútil ato de resistência atravessou minha mente como uma fraca corrente. Mas eu já aprendera no campo de batalha o desesperado, humilhante segredo do quão tremendamente eu queria viver, e nada disse, permitindo, em desespero, que os alemães me arrastassem dali.

COM UM POUCO de sorte, teríamos encontrado tropas americanas, mas, falando francamente, não era um dia de sorte. Os alemães nas proximidades prepararam uma ação ofensiva e meus captores avançaram na direção dos sons da batalha. Próximo ao cair da noite, juntaram-se a uma unidade alemã antitanque, a qual se verificou ter feito um certo número de prisioneiros aliados. A unidade estava sendo reorganizada para entrar em combate, e marchamos até o final da fileira deles, com as nossas mãos atrás da cabeça. Como único oficial, fiquei separado da dúzia ou mais de soldados pelo casaco de um único guarda.

Estávamos claramente dentro da Alemanha, pois, em determinado momento, passamos por uma pequena aldeia onde vários habitantes vieram nos ver. Uma velha saiu correndo de sua casinha e cuspiu no primeiro americano da fila. Foi acompanhada por outra, uma jovem mulher que começou a gritar, enquanto várias outras pessoas saíam de suas casas. Talvez para apaziguá-las, um dos oficiais alemães ordenou que entregássemos os nossos casacos aos habitantes. Não pude ver o que acontecera exatamente naquela cidade. Provavelmente nada diferente do que em qualquer outra cidade.

Ainda havia corpos de soldados americanos e alemães empurrados para ambos os lados da estrada.

Dormimos naquela noite a céu aberto. Outro prisioneiro achava que estávamos em algum lugar perto de Prüm. Cada um de nós recebeu um puído cobertor do Exército, mas nada de comida. Um dos soldados, um inglês, já estava preso havia dois dias. Disse que era a segunda vez que era capturado. A primeira fora durante a Operação Market Garden, a invasão dos Países Baixos, e ele fora embarcado de volta para um *stalag* (campo alemão para prisioneiros militares) na Bélgica, não muito longe dali, do qual ele e todos os demais escaparam quando foi bombardeado. Como o único veterano em matéria de cativeiro, ele fazia o possível para se manter alegre. Se eu estivesse com disposição de gostar de qualquer ser humano, provavelmente teria gostado dele.

– Prisioneiro de guerra não é o fim do mundo, camarada, não pelo meu ponto de vista. A cozinha não é a do Savoy, mas houve dias em que eu não comeria igual no meu próprio Exército. Se quiser a minha opinião, aqueles sujeitos lá fora, em quem estão atirando, é que estão passando maus bocados. Por aqui há apenas tédio.

Um dos soldados perguntou como era o antigo campo de prisioneiros.

– Os chucrutes são completamente desvairados. Passavam o dia todo contando a gente, camarada. Levantem. Sentem-se. *Eins, zwei, drei.* Não que eles fossem fazer algo conosco. A comida era pão uma vez por dia, e algumas vezes aquele horroroso ensopado de batata. Certo dia, o comandante veio até nós. "Tenho uma notícia boa e uma ruim. A boa: Hoje, cada um receberá roupa de baixo para troca. A ruim: A troca será feita com a do sujeito do lado." Era apenas uma piada – acrescentou.

Nossas gargalhadas atraíram os guardas alemães, que pisaram duro entre nós e exigiram silêncio. Mesmo assim, a conversa foi retomada pouco depois. Mais cedo ou mais tarde, seríamos entregues aos boches equivalentes aos PMs. O inglês não acreditava que iríamos para um *stalag*. Antes de sua captura, ele ouvira dizer que estavam alojando prisioneiros nas cidades alemãs que os Aliados tinham começado a bombardear.

Dessa vez, quando os guardas nos ouviram conversando, não se importaram com mais advertências. Avançaram batendo em cabeças com as coronhas dos seus rifles. Consegui me desviar um pouco, quando um soldado se aproximou de mim, e absorvi o golpe com uma leve reação. A dor espalhou-se. Mas não liguei muito. Mais cedo ou mais tarde, imaginei, fariam o inventário apropriado dos prisioneiros e notariam o "H" (de hebreu) na minha plaqueta. Àquela altura, as coisas para mim tinham toda a probabilidade de ficar consideravelmente piores. Eu não me sentia mais como parte deste mundo. Era como se tivesse encolhido uns 30 centímetros dentro de mim mesmo. Frequentemente me perguntava se ainda voltaria à plenitude.

Os alemães nos acordaram um pouco antes do romper do dia. Recebemos a nossa ração do dia, um pãozinho para ser dividido por dois homens.

– Coma logo – sugeriu o inglês. – Alguém vai roubá-lo, se tentar guardar.

Enquanto os guardas nos punham de pé, o tenente da SS que colocara o revólver na minha cabeça passou por ali. Olhou para mim e então se aproximou.

– *Wie geht's?* – indagou, visivelmente mais calmo agora que estava de volta entre os seus. Ele pensava que eu falava mais alemão do que era verdade. Eu sabia alguma coisa do iídiche falado pelos meus pais, e respondi apenas com um dar de ombros. Mesmo naquela situação, senti que eu era um covarde. Ele tinha olhos azuis perfeitos e ficou me olhando ainda mais um pouco. – *Bald schiessen wir nicht mehr* – cochichou e me deu um sorriso enfadado. Ele disse que o tiroteio acabaria em breve, e não parecia haver qualquer ilusão sobre qual seria o lado vencedor.

Marchamos quase a manhã toda. Não sei para onde os alemães achavam que estavam rumando, provavelmente para animar mais os soldados que ouvíamos lutar, mas não chegaram lá. Ao passarmos por um bosque, uma unidade de cavalaria blindada americana surgiu do nada. Seis tanques Sherman vieram literalmente de todas as direções com seus enormes canhões apontados. O comandante alemão rendeu-se sem o disparo de um tiro. Aparentemente, ele tinha a mesma opinião que o tenente sobre o progresso da guerra.

As unidades americanas avançaram. Os alemães que nos haviam capturado foram forçados a se ajoelhar com as mãos na nuca, enquanto nós éramos saudados como heróis. Dois dos soldados que haviam sido feitos prisioneiros tinham ferimentos leves e foram despachados para atendimento médico. O restante de nós foi embarcado em um caminhão e transportado para o quartel-general do regimento, enquanto os alemães marchavam atrás sob a mira de armas. Aquele era o 66º Regimento de Tanques da 4ª Divisão Blindada. Enquanto a maioria da divisão tivera a permissão de um repouso em Luxemburgo, após Bastogne, esses tanques haviam sido enviados para flanquear a 87ª Divisão de Infantaria. No meu entender, eles estavam fazendo um baita serviço.

O quartel-general móvel deles, cerca de 3 quilômetros atrás das linhas onde fomos capturados, consistia em uma porção de barracas de campanha em um campo coberto de neve. Cada um dos americanos libertado foi entrevistado por um G-2 do regimento. Visto que eu era o único oficial no cativeiro, o oficial do G-2, major Golsby, entrevistou-me pessoalmente em sua barraca. Ele ficou confuso em relação à minha ordem, que continuava em meu bolso, a única coisa que os alemães não haviam tomado.

– Preciso voltar ao Departamento de Justiça Militar do Terceiro Exército – disse-lhe. Se até então os PMs não tinham encontrado Martin e Gita, não faria sentido persegui-los, pois agora eles já teriam dois dias de dianteira. Mais importante ainda, eu perdera todo o interesse na missão. Eu sabia, como se fosse um fato histórico, que Bidwell fora morto por minha causa. Meu fascínio adolescente por Martin e Gita levara, como sempre levam os erros trágicos, à tragédia; ao combate, à captura, e agora, à sepultura de Biddy.

Quando contei a Golsby o que acontecera a ele, dei-me conta de que eu soava remoto.

– Ontem, chorei de secar os olhos – acrescentei. Era uma mentira completa. Não derramei uma lágrima. Em vez disso, todo o meu pranto por Biddy energizara outro daqueles pensamentos circulantes, o tal sobre eu nunca ter me aproximado dele para dizer que me chamasse de David.

– Mataram um prisioneiro de guerra? – perguntou-me ele, e repetiu a pergunta algumas vezes. – Desarmado? Espere aqui. – Retornou com o tenente-coronel Coleman, o subcomandante do regimento. Ele parecia um jogador de futebol americano, grande, parrudo e fácil de irritar, e, no momento, estava irritado, como só podia estar, por causa do meu relato sobre como Biddy morrera.

– Quem fez isso com o seu sargento? Os homens que fizeram isso estão aqui? Nós os capturamos?

Coleman ordenou que um segundo-tenente e um sargento me acompanhassem pelo acampamento para achar os homens da SS. O sargento carregava uma submetralhadora Thompson. A arma era tão incomum que achei que fosse a minha, retomada dos alemães que a tomaram de mim. Os boches capturados tinham acabado de chegar a pé e estavam sentados em fileiras com as mãos presas atrás da cabeça. Os PMs tinham feito com que tirassem as botas para garantir que não haveria qualquer tentativa de alguém sair correndo. Percorri as fileiras de um lado a outro. Não tinha ilusões sobre o que aconteceria.

O homem da SS que matara Bidwell viu-me chegando. Nos últimos dois dias, nossos olhos haviam se encontrado quase que mecanicamente. Eu lhe lançava olhares de ódio, mas quando ele me encarava eu desviava a vista apressadamente, pois sabia que se deixava provocar facilmente. Agora foi ele quem desviou a vista. Não era muito velho, dei-me conta, talvez 21 anos.

– Este – apontei-o para o segundo-tenente.

– Levante-se. – O segundo-tenente chutou o pé do alemão.

– Levante-se.

O alemão não ia morrer direito.

– *Ich habe nichts getan.* – Eu não fiz nada. Gritou várias e várias vezes.

O segundo-tenente mandou que ele calasse a boca.

– Os outros estavam com ele? – Procurei pelas fileiras. Encontrei mais três, inclusive o tenente alemão que me dissera que o tiroteio acabaria em breve. Ergueu para mim seus perfeitos olhos azuis, um simples olhar de súplica cheia de dignidade, e então baixou a vista. Ele estava na guerra havia tempo demais para acreditar em muita coisa.

Os quatro foram marchando, sem sapatos, na neve, de volta ao tenente-coronel. Dois dos alemães estavam praticamente descalços, suas meias gastas nas pontas.

– Quem foi que fez aquilo? – exigiu Coleman.

Apontei.

Coleman olhou para o homem, então sacou sua pistola e colocou-a na têmpora do alemão. O jovem soldado da SS chorou e novamente berrou na sua própria língua que não fizera nada. Mas estava apavorado demais para afastar a cabeça mesmo que fosse um centímetro do cano do revólver.

Com alguma satisfação, Coleman observou-o se debulhar em lágrimas, e então enfiou sua arma no coldre. O alemão continuou chorando, prosseguindo com seus protestos, se bem que numa voz mais baixa.

– Leve-os lá para trás – ordenou Coleman ao segundo-tenente. Eu os segui, inteiramente como espectador, subitamente incerto sobre o que iria ocorrer. Estava com medo de que o tenente-coronel me oferecesse o revólver, mas fiquei decepcionado quando ele decidiu não puxar o gatilho. Agora me parece que foi melhor assim.

O segundo-tenente conduziu os homens para trás da barraca de Coleman nos limites do campo e ordenou que os quatro se virassem com as mãos atrás da cabeça. Ele olhou para mim, não muito demoradamente para permitir uma reação, então apontou para o sargento com a submetralhadora, que pareceu ter começado a disparar antes mesmo de a arma ser apontada. Posteriormente, concluí que o sargento simplesmente quisera acabar logo com aquilo. Pensei em dizer alguma coisa para o alemão, mas não o fiz. O espasmódico matraquear da metralhadora ressoou no campo silencioso e os quatro alemães desabaram como marionetes cujos cordões tivessem sido cortados.

Com esse som, o tenente-coronel deu a volta na barraca. Coleman caminhou por ali, examinando os quatro corpos.

– Apodreçam no inferno – disse para eles.

Eu observara tudo isso ali e distante. Ficara incapaz de me mexer desde que os alemães caíram ao chão. Ficara tão satisfeito com o terror do homem da SS! Agora era como se estivesse apalpando a mim mesmo, tentando encontrar meu coração.

27
Londres

5 de fevereiro de 1945

Queridos pais,

Descanso e convalescença em Londres. Finalmente tenho a chance de descrever o que passei, mas no momento não estou disposto a reviver nada disso. A guerra vai bem, e tenho feito a minha parte. Mas, ao pensar em tudo que tenho visto, não consigo imaginar que volte para casa como outra coisa a não ser um pacifista. Os cálculos dos militares são tão realistas – precisam ser, definições exatas de como vencer e quem deve morrer. Mas, utilizando o mesmo tipo de raciocínio impassível, é difícil entender como a guerra – pelo menos esta guerra – tem sido vantajosa. O preço da opressão diária de Hitler, que quebraria várias nações, mesmo durante anos, não chega perto da dor e da destruição que isso está causando para se detê-lo. Sim, a Europa ficaria numa prisão. Mas, em vez disso, virou entulho. E é uma questão de governo o valor de milhões e milhões de vidas gastas nessa carnificina? Eu pensava que a liberdade não tinha preço. Mas sei agora que é só em relação à vida que isso pode ser dito verdadeiramente.

Envio o meu amor a todos. Mal posso esperar para estar novamente com vocês.

David

Retornei ao quartel-general do Terceiro Exército na Cidade de Luxemburgo em 1º de fevereiro de 1945. Porque se considerava que os luxemburgueses tinham acomodado os alemães de maneira inadequada, Patton os tratara com pouca simpatia e literalmente expulsara os residentes idosos do abrigo nacional de anciãos, a Fundação Pescatore, transformando-a em seu quartel-general. Tratava-se de uma construção com as dimensões de um castelo de quadrados de pedra calcária alaranjada, com suas duas alas salientes, vastas o bastante para acomodar igualmente os oficiais dos escalões avançados e de retaguarda. O coronel Maples fora favorecido com um salão no terceiro andar, onde outrora os inválidos tomavam sol à beira das janelas altas, e estava extremamente contente com seus arredores. Conduziu-me até a vidraça para se assegurar de que eu via sua vista da expressiva garganta que mergulhava algumas centenas de metros, dividindo em duas partes a Cidade de Luxemburgo. A mobília de seu gabinete, como a dos demais oficiais superiores, fora fornecida por um primo do grão-duque, cuja generosidade apenas aumentou a suspeita de que havia colaborado com os alemães. O coronel dedicou um momento para mostrar o marchetado de casco de tartaruga e ouro de sua escrivaninha e seus aparadores, heranças de valor incalculável criadas no tempo de Luís XIV pelo marceneiro Boulle. Toras queimavam na lareira de mármore, para perto da qual o coronel e eu arrastamos duas poltronas com revestimento de damasco. O contraste com os buracos gelados que eu habitara apenas semanas atrás era inevitável, mas minha mente parecia incapaz de deduzir qualquer coisa disso. Não havia conclusões, exceto que a vida e, certamente, a guerra eram absurdas, algo que eu já sentia tão palpável quanto os ossos dentro do meu corpo.

O coronel inclinou-se adiante para segurar meu ombro.

– Você está parecendo um pouco esgotado, David. Mais magro, e talvez não haja o mesmo brilho em seus olhos.

– Não, senhor.

– Vi uma papelada sugerindo medalhas. Você tem se saído notavelmente bem.

Contei meus fracassos ao coronel. Perdi o melhor homem que conhecera no serviço militar e deixei Martin fugir como resultado de minha própria lubricidade. Essa sinceridade era uma característica dos meus diálogos com praticamente qualquer um. Firmemente, eu rejeitava a adulação de colegas como Tony Eisley, mesmo quando me tornava silenciosamente furioso com uma ou duas pessoas que me tratavam como se eu tivesse estado ausente sem permissão ou, pior, de férias. A verdade era que as reações de ninguém me agradavam. Mas porque, um quarto de século atrás, o coronel Maples lutara entre as trincheiras, a minha perpétua amargura diminuía um pouco em sua presença. No mínimo, meu respeito por ele, nunca substancial, crescera ao saber que ele se apresentara como voluntário para voltar à guerra. Eu nunca faria isso. Nem conseguia imaginar adquirir sua boa vontade avuncular. No entanto, só conseguia me imaginar como um velho irascível.

O coronel, com seus suaves olhos cinzentos, escutou por um momento.

– Você está angustiado, David. Ninguém jamais menciona isso como uma parte da guerra que se deve suportar. Você precisa de um tempo.

Ganhei duas semanas de descanso e convalescença. A maioria dos oficiais de licença retirou-se para Paris, onde a alegria da libertação se mantinha conservada como uma relíquia em uma atmosfera de falta de culpa e depravação, mas esse dificilmente seria o meu estado de espírito. Escolhi Londres, onde consegui um pequenino quarto de hotel afastado da Grosvenor Square. Não fiz qualquer plano a não ser deitar durante horas numa banheira com água quente, e repassar os 30 centímetros de altura de correspondência que me esperara na Cidade de Luxemburgo. Queria dormir, ler alguns romances e, quando me sentisse capaz, escrever várias cartas.

Em retrospecto, creio que atravessei o canal da Mancha com o pensamento não revelado de novamente voltar a ser quem quer que eu fosse antes de pisar no continente europeu. A guerra, porém, me seguiu. Mal conseguira dormir mais do que duas ou três horas seguidas desde que Biddy e eu fomos despachados pela primeira vez para prender Martin. Agora fiquei alarmado por descobrir que não conseguia absolutamente dormir. Havia meses eu não dormia inteiramente sozinho dentro de quatro paredes maciças, e tinha a sensação de que elas estavam avançando contra mim. Muitas vezes não conseguia nem mesmo aguentar fechar os olhos. Na segunda noite, levei uma garrafa de uísque. Várias talagadas, porém, não melhoraram nem um pouco as coisas. Os fantasmas da guerra assumiram o controle. Sempre que eu cochilava, alguma recordação sensorial de pânico corria na minha direção – o cântico da artilharia que se aproximava, a visão de Collison com seus intestinos nas mãos sujas de sangue, os três buracos na barriga de Biddy, o terremoto e o trovão dos 88, ou o frio insuportável de Champs. E, sempre presentes, os mortos e, pior, os moribundos, berrando para serem salvos.

Como resultado de tudo isso, acho que eu esperava sentir alguma gratidão por estar vivo. Mas a vida havia sido uma questão muito mais agradável antes de enfrentar o temor da extinção. Eu ficara tão acostumado a sentir medo que agora o medo era uma segunda pele, mesmo na relativa segurança de Londres. Eu esperava disparos de artilharia nos parques, franco-atiradores em cada árvore. Sentia vergonha do meu medo e, frequentemente, raiva. Queria ficar só, pois não tinha certeza se conseguiria tratar alguém decentemente.

As cartas que pensei em escrever saíram com dificuldade. Muitas pareceram além das palavras. Passei mais de dois dias escrevendo para a família de Biddy, rascunho após rascunho, e acabei com algo um pouco maior do que um bilhete. Achei impossível descrever o anticlímax de sua morte, ao tentar confortar um cachorro, após agir com tanta coragem em várias ocasiões anteriores. O único consolo que pude oferecer foi incluir centenas de suas fotografias que eu apanhara em seus pertences. Prometi visitar a família Bidwell se tivesse sorte suficiente de voltar vivo. Nos dias em que compus e recompus essa carta, finalmente solucei. Contudo, eu nunca fora um chorão, mesmo na época da infância, e as lágrimas não vieram, deixando-me num estado de tolhida comoção.

Então foi a vez de Grace. Nos meus dois dias de cativeiro na Alemanha, quando a combinação da morte de Biddy e a deserção de Gita me deixaram sentindo a certeza de que eu morreria de mágoa, pensei melhor a respeito de Grace. Ela era bonita, brilhante e segura. A única coisa que podia dizer com extrema sinceridade era que desejava poder vê-la, pois eu aprendera que a presença significava tudo. Mas, sem uma foto em minha mão, mal conseguia trazê-la à mente. Se estivéssemos juntos, se Grace estivesse em meus braços, então talvez eu tivesse alguma chance de recuperar a nossa vida. "Aqui, aqui, aqui", continuava repetindo para mim mesmo sempre que pensava nela, sentindo-me imensamente enfurecido que algo tão sublime como o amor pudesse ser derrotado pela distância. Contudo, a lembrança de Gita, de sua pele nua e dos momentos em que parecemos fundir almas, facilmente resistia ao que quer que fosse que tivesse sido deixado para trás por milhares de quilômetros e muitos meses. Por enquanto, eu estava disposto a dizer apenas ao meu eu mais íntimo que não me arrependia totalmente por causa de Gita. Eu dissera a Biddy que estava apaixonado por ela. Isso parecia risível. Eu fora o tipo de homem idiota que costumava ser atraído pelo sexo. Mas, mesmo assim, encontrei certas imagens dela recorrentes e fabulosamente estimulantes. Repetidas vezes, eu a via assomando acima de mim, nua, me estimulando com desavergonhada intensidade. Fantasias de como poderia encontrá-la novamente nas ruínas em chamas da Europa giravam à minha volta, mesmo quando, às vezes, implorava a mim mesmo para não abandonar a vida decente que eu sabia que poderia levar com Grace. Não era, porém, ocasião para lógica. Eu desejava Gita contra todo o bom-senso, e a minha incapacidade de controlar a minha paixão parecia parte do duro período que vivenciava nos estreitos e frios confins do meu quarto.

Tornei um objetivo caminhar o máximo possível, mas, mesmo nas ruas de Londres, notava minhas reflexões um pouco mais do que um desfile de cenas teatrais realçadas por refletores, nas quais várias figuras, as queridas, as mortas e as medonhas, davam saltos imprevisíveis para o centro do palco. Frequentemente eu via ali Robert Martin e Roland Teedle. Qualquer que fosse o meu ânimo, eu odiava ambos por terem aberto a torrente de acontecimentos na qual eu agora me afogava. Nos melhores momentos, me dava conta de que uma das barreiras que me colocava de pé era o fato de que ainda não sabia em qual deles acreditar. Eu desprezava Martin por seus ardis, mas continuava duvidoso no nível mais profundo de que o homem que eu vira nadar pelo Seille como um verdadeiro Jack Armstrong tinha inclinação para a espionagem. Mesmo naquela ocasião, parte do que me haviam dito parecia falso, e isso, por sua vez, parecia emanar de certa forma do âmago do excesso incontrolável que sempre percebera em Teedle. Em meio a todas as desgraças que eu sofrera, as minhas dúvidas sobre a legitimidade das ordens que me conduziram ao perigo e à ruína pareciam intoleráveis.

Minhas voltas pelo West End levaram-me várias vezes à Brook Street. Recordava o endereço da ordem de Teedle para que Martin voltasse à Londres. O que encontrei no número 68, a um quarteirão da embaixada dos Estados Unidos e do outro lado da rua da Claridge's, foi uma casa geminada comum do West End, com uma água-furtada no quarto andar, um exterior de pedra calcária ao nível do chão e uma passagem de entrada telhada. Era, presumivelmente, o Gabinete, ou pelo menos um braço dele. Não havia placa identificando os ocupantes do prédio, mas, após passar várias vezes, notei bastante movimento a pé de entrada e saída para me convencer de que, de um modo ou de outro, uma organização de algum tipo estava alojada ali, e na minha quinta ou sexta manhã em Londres, levantei o trinco do portão de ferro e caminhei até a porta. Lá dentro, perguntei à bem-arrumada recepcionista de meia-idade se eu podia falar com o coronel Bryant Winters. Dei-lhe o meu nome.

– Assunto?

– Major Robert Martin. – Um levíssimo vestígio de reação percorreu seu rosto impassível. Fui direcionado a uma cadeira de madeira do outro lado. Ela tinha outros assuntos a tratar, mas, finalmente, falou no seu telefone.

Eu fazia pouca ideia do que era o Gabinete de Serviços Estratégicos antes de ser designado para o caso de Martin, mas sua mitologia crescera em minha mente e na da maioria dos outros soldados no Teatro de Operações Europeu. As histórias de bravura na França, Itália e África eram, ainda que não verdadeiras, bastante divertidas, e haviam se tornado artigo principal nas constantes fofocas e histórias duvidosas que forneciam importante distração no dia a dia da vida de um soldado: o Gabinete dizimara um batalhão da artilharia alemã, até o último homem, ao envenenar suas rações. Agentes do Serviços Especiais foram lançados do espaço, cercaram a barraca de Rommel e o carregaram de volta a Roma, onde foi interrogado.

No interior do santuário, contudo, a atmosfera era qualquer coisa menos de fanfarrice. Era, aliás, muito parecida com o Yale Club, que eu visitara certa vez em Manhattan, onde todo mundo parecia falar com as mandíbulas apertadas e onde senti que judeus ou católicos sempre seriam tratados com uma cortesia que jamais envolveria total hospitalidade. NC, como diriam alguns dos mais distintos rapazes das irmandades da Easton – não de nossa classe. Os homens ali tinham bons nomes americanos e muitos haviam evitado o traje militar em favor dos paletós de *tweed*. Algo naquele ambiente social me intimidava, especialmente por causa da proporção, eu sabia, com a qual ansiara outrora por aquilo, como um cão empoleirado ao lado de uma mesa. Não importava o que acontecera comigo, eu agora estava muito além disso.

Estava absorto com essas considerações quando um homem alto de farda se apresentou. Pulei para bater continência. Era o coronel Winters. Ele sorria como um amável fantasma.

– Capitão, não sabíamos que viria. Meu assistente está lá atrás, folheando os cabogramas, mas reconheci seu nome. Justiça Militar, certo? Creio que se trata da costumeira falha de comunicação.

Dei de ombros, o conhecido gesto de eterna incompetência que fazia parte da vida no Exército.

– Bem, venha comigo. – Ele tinha uma pequena sala cheia de estantes entre as recém-pintadas pilastras brancas, e espaço apenas para duas pequenas poltronas pretas, nas quais nos sentamos encarando um ao outro. Sua enorme escrivaninha estava colunada com relatórios encapados. Quando fechou a porta, permitiu-se dar uma risada bem-educada. – Você criou uma agitação e tanto. Não costumamos ter soldados entrando aqui para falar sobre os nossos agentes.

– Não, claro que não. Mas se trata de assunto oficial. Tentei evitar uma mentira descarada, mas nada disse para afastar a ideia de que fora antes informado por Maples. Simplesmente dei a entender que, já que estava em Londres, decidira que seria melhor formalizar certas questões de minha investigação, que seria encerrada se algum dia viesse a ser realizada a corte marcial de Martin.

– Claro, claro – retrucou Winters. Ele era impecável, com um belo rosto comprido e cabelo brilhantinado partido exatamente ao meio. Tinha, porém, um ar natural. Apesar da farda de Winters, eu não sentia como se estivesse em um ambiente militar. Nenhum coronel, nem mesmo Maples, teria vindo me cumprimentar, e batemos um papo cordial sobre Londres e depois sobre a guerra. Ele quis saber o que eu poderia lhe contar sobre a linha de frente. Íamos ganhar, afirmei. Essa convicção havia retornado a mim. Contei-lhe sobre o tenente alemão que esperava em breve um final para o tiroteio, mas não fiz qualquer menção à sua morte.

– Ótimo, ótimo – disse Winters. – E diga-me, então, capitão, que informação deseja de nós?

Citei diversos pontos nos quais ainda era necessária uma confirmação direta do Gabinete, enumerando-os num tom monótono com a intenção de sugerir meu pesar pela meticulosidade do Direito do qual eu era um escravo. Primeiro, precisávamos confirmar se Martin recebera ordem do Gabinete de voltar para Londres. Segundo, que não recebera ordem direta do Gabinete para explodir o depósito de munição da Saline Royale, como fizemos. Terceiro, que o major Martin era um espião soviético.

Diante da última solicitação, Winters franziu visivelmente a testa.

– É isso então que afirma Teedle. Que ele é um espião soviético?

Quando confirmei, Winters curvou-se para ajeitar a bainha de sua calça.

– Posso lhe dizer – afirmou – que Martin é insubordinado. Que tem desobedecido a ordens diretas, e realizado importantes operações militares sem autorização final. E que o Gabinete confirma a apreensão de Teedle.

– E sua corte marcial?

– Há toda probabilidade. Após falarmos com ele.

– Mas sem a acusação de espião?

Winters ergueu a vista para a janela e as árvores da Brook Street.

– Corrija-me, capitão. Foi você a quem lançaram de paraquedas em Bastogne?

– Na verdade, fomos dois – falei. – Meu sargento e eu. E ninguém precisou dar um chute no traseiro de Bidwell para tirá-lo do avião.

Winters sorriu. Durante toda a guerra, os agentes do Gabinete haviam feito coisas que fizemos. Essas ações, aliás, eram o cartão de visita da agência, e achei uma amarga ironia o fato de tantos daqueles tipos amáveis e livrescos definirem a si mesmos por essas façanhas. Se eu não tivesse feito aquele salto, Winters provavelmente teria me deixado na recepção, e não se importaria em me receber. Contudo, não me sentia um membro do clube deles. Os soldados na linha de frente tinham poucas ilusões sobre o que eles haviam suportado. Esses homens, com suas autofelicitações e senso de *noblesse obligé*, viviam de seus próprios mitos e provavelmente se recusariam a compartilhar entre si a informação essencial de que aqueles que executaram suas operações o fizeram aterrorizados. Nisso, Winters parecia ligeiramente diferente, e contente por eu não tentar impressioná-lo.

– E você saltou porque Teedle lhe disse que Martin era um espião soviético?

Eu não me lembrava mais por que fizera aquilo. Provavelmente, porque ainda não entendia o quão terrível era morrer. Mas sabia reconhecer uma pergunta que sugere uma determinada resposta, e fiz que sim com a cabeça. O coronel Winters passou a mão pela boca.

– Tenho um grande respeito por Rollie Teedle. É um comandante magnífico. Não há outro general de brigada no Exército com aquele tipo de responsabilidade. Ele deveria ter recebido a sua segunda estrela há muito mais tempo, mas havia aqueles boatos infames.

Não me importei em perguntar que boatos eram.

– Não tenho dúvidas de que alguém aqui transmitiu essa suspeita para Teedle – propôs Winters. – Essa, com certeza, é a opinião prevalecente. Mas se trata apenas de uma opinião. Francamente, capitão, ninguém sabe exatamente o que Martin pretende. Com certeza não é algo que mandamos que ele fizesse. O que, por si só, leva à ideia de que ele está servindo às ordens de mais alguém. E aos russos, tendo em vista o passado dele... essa é a conclusão lógica. Claramente, não podemos deixá-lo à solta por aí. É uma situação muito perigosa.

Até mesmo eu podia ver isso.

– Houve sinais anteriores de sua deslealdade?

– Não, mas a verdade é que ele nunca foi testado. Neste outono, Martin recebeu aqui em Londres instruções altamente secretas relacionadas a um projeto na Alemanha do qual queríamos que ele se encarregasse. Sabíamos na época que a informação seria de especial importância para os soviéticos. Na ocasião, ele fez alguns comentários que deixaram o pessoal daqui perturbado. Foi por isso que, após pensarmos melhor, ele recebeu ordem para retornar. Decidimos que era o homem errado para o serviço. Antes de sua fuga, não ocorrera a ninguém que ele havia passado para o lado dos russos. Mas, se conhecesse os detalhes, concordaria que se trata da conclusão mais razoável. Lamento, Dubin, por ser tão enigmático. Não posso dizer mais nada.

Disse-lhe que entendia.

– Pessoalmente – observou Winters –, mantenho uma crença sentimental de que essas conclusões são errôneas. Mas é um ponto de vista que guardo para mim mesmo, porque, francamente, não tenho outra explicação para o comportamento dele.

– Alguém teve melhor sorte do que eu em encontrá-lo? – Eu desistira da busca por Martin quando voltei para a Cidade de Luxemburgo e, desde então, não tivera mais notícias. Robert Martin não fizera nada para mim a não ser causar sofrimento. Por vingança, eu talvez tivesse prazer em vê-lo de algemas. Senti, porém, que a melhor homenagem que poderia fazer a Biddy era desistir da busca, sem a qual ele estaria vivo.

– Nós acabaremos por pegá-lo. Não queremos o chefe da polícia militar divulgando no boletim de alerta geral que ele poderia estar dando informações secretas aos russos. Gostaríamos de capturar Martin discretamente. Mas ele recrutou muitos dos contatos que temos na Alemanha, e uma porção deles é composta de esquerdistas, gente de sindicato, cuja tendência atual entre os soviéticos e os outros Aliados é uma dúvida. E, além disso, é uma tarefa difícil dizer a eles que virem as costas para o homem que viram sempre como sendo o rosto desta organização. É tudo muito delicado. Temos recebido vários relatos após o ocorrido. Martin anda contatando algumas das suas antigas conexões, mas pede apenas ajuda para seguir em frente. Alega que está numa missão altamente delicada. Uma ou duas vezes pediu para ser escondido. Ele e a garota.

– A garota está com ele?

– Creio que você a conheceu. É encantadora como dizem?

– A seu modo – respondi.

– Nunca tive o prazer. Por aqui, ela é uma lenda por si só. Martin recrutou-a em um hospital de Marselha onde ela trabalhava como atendente. Um gênio, ao executar sua parte, seja qual for, e disposta a fazer qualquer coisa. Há poucos anos, fez o derradeiro sacrifício, se é que me entende, para conseguir informação de um oficial alemão, um sujeito que fora paciente do hospital e continuava a persegui-la. Foi uma informação crucial sobre o bombardeio de Londres. Ela merece uma medalha, se quer a minha opinião, mas as pessoas neste prédio ficam cheias de escrúpulos para reconhecer esse tipo de atividade. Na verdade, o truque mais velho da espionagem é dormir com o inimigo, mas isso é um dos nossos pequeninos segredos sujos. – Ele sorriu, desfrutando o seu duplo sentido.

Prosseguiu contando a história que eu ouvira antes sobre Gita salvar Martin da Gestapo, ao fingir uma gravidez. Foi uma sorte Winters continuar falando, pois eu não conseguia. Dormir com o inimigo. Encarei o intrincado entrelaçado do tapete do coronel, que provavelmente era pisado há um século, tentando avaliar o que isso tudo significava para mim. Toda vez que eu achava ter absorvido a última novidade sobre essa mulher, havia mais.

– E ela, a garota... ela também está do lado dos soviéticos? – perguntei.

Winters deu de ombros.

– É incerto. Se Martin está mesmo nesse jogo, talvez não divida seus pontos com ninguém. Mas, por outro lado... – Ergueu a mão interrompendo elegantemente o pensamento. – De qualquer modo, estamos meio perdidos.

Levantei-me. Ofereceu-se para pagar o meu jantar uma noite enquanto eu estivesse na cidade, mas duvidava muito, após ouvir aquela informação, de que teria coragem de voltar a vê-lo. Deixei o convite no ar e disse que telefonaria se encontrasse uma brecha na minha agenda.

Tão ruim quanto fora o período anterior, a notícia de Winters sobre Gita deixou-me numa confusão ainda mais intensa, tornando cada vez mais tênues os meus esforços de me concentrar no mundo exterior. Caminhei em direção ao Green Park e descobri, meia hora depois, que continuava parado na beira de uma das veredas, com a mão no frio corrimão de ferro, assediado pelo que se revirava dentro de mim. Quando me olhava no espelho, via um homem de aparência normal, mas era como se aquele ser externo fosse a parte de trás de uma tela de cinema. No reverso, passava um filme de ação, um espirrar sem fim de imagens e sons, todos torturantes. Geralmente, quando mergulhava ao longo das ruas, eu pensava, estou tendo um esgotamento nervoso, e era impelido de volta ao presente apenas pelo pânico que acompanhava o pensamento.

Faltando três dias para acabar a minha licença, fiz as malas. Antes de partir, escrevi rapidamente para Grace. Decepcionado com Gita, mesmo assim eu não podia voltar novamente na direção de Grace. Jamais conseguiria explicar por que me iludir com uma mulher significara a morte do meu amor por outra, mas esse era claramente o caso. Grace era estimável em todos os aspectos. Mas ela era uma parte da vida à qual eu jamais retornaria. Tudo isso chegara ao fim. E também meu tempo afastado do serviço militar. Eu apodreceria com qualquer ócio a mais. Precisava trabalhar. Voltaria para a Cidade de Luxemburgo. Lá haveria casos para julgar. Homens para enforcar.

Contudo, senti que mesmo o drama do Direito talvez fracassasse em me deixar ocupado. Se eu permanecesse naquele abismo, haveria apenas uma opção. Soube disso instantaneamente e não encontrei a menor ironia em minha decisão. Solicitaria uma transferência para a infantaria e voltaria ao combate. O desespero de continuar vivo, de matar em vez de morrer, era o único despiste confiável daquilo que percorria veloz em volta de minha mente.

Somente quando fechei a porta do quarto do hotel, com o saco de equipamento a tiracolo, me dei conta do significado total de meus planos, e de algum modo foi Gita quem se dirigiu a mim. Ouvi sua voz no mesmo tom de fúria e resignação que me atormentara por dias, sem querer ouvi-la e, mesmo assim, ouvindo-a.

– Você é Martin – disse ela.

11 de fevereiro de 1945

Querida Grace,

Passei a última semana em Londres, tentando me recuperar do que já transpirou. Após meses dividindo com você tantas impressões, percebo o quanto tenho sido escasso com detalhes da luta. Porém não há sentido em dizer algo mais. Imagine o pior. É mais terrível do que isso. Atravessei o oceano lamentando que seria nada além da imitação de um soldado. Nos últimos meses, fui um soldado de fato, e lamentei isso muito mais ainda.

Eu sei agora, Grace, que não serei capaz de voltar para casa para você. Sinto-me danificado de algum modo essencial e jamais poderei ser consertado totalmente. Ao chegar aqui eu pensava que o amor sobreviveria a qualquer coisa. Mas essa era uma das muitas invenções que trouxe comigo. Por mim, o nosso gracioso mundo acabou.

Sei que choque esta carta causará. E sinto-me mutilado pela culpa e pela vergonha quando imagino você lendo isto. Mas estou num estado de ânimo que exige que eu perca todas as ilusões, e isso inclui a ideia de que eu poderia voltar para ser um marido amoroso para você.

Carregarei você comigo eternamente. Minha estima e admiração são para sempre.

Por favor perdoe-me,

David

Parte VII

28
Fazendo uma visita

Por vários anos, quando Sarah e eu éramos pequenos, uma vez em cada verão, minha mãe nos vestia uma roupa formal e nos colocava no nosso Chevy com o meu pai. Havia um certo quê de agouro nessas viagens, provavelmente porque papai não nos levava a muitos lugares sem mamãe, exceto jogos de beisebol, que ela sempre considerou incompreensíveis. Era verão e Sarah e eu estávamos de férias, e aquela pequena viagem de carro era a última coisa que tanto minha irmã quanto eu queríamos fazer. Antes de irmos muito longe, Sarah ou eu começávamos a reclamar de enjoo pela viagem. Mas papai continuava, dirigia por quase vinte minutos pelo coração do cinturão negro, seguia pelas ruas mais insalubres até chegar a um bem-cuidado bloco de três apartamentos. Ali, ele retirava minha irmã e a mim do carro, não obstante as nossas reclamações.

Lá dentro, visitávamos brevemente uma senhora de fala mansa com a pele de um leve tom negro chamada Sra. Bidwell. Esses encontros eram visivelmente dolorosos para todos. Após fazermos todo aquele caminho, nem papai nem a Sra. Bidwell pareciam ter alguma ideia do que dizer. Aliás, ainda em criança me dei conta de que minha irmã e eu éramos arrastados para lá principalmente como assunto de conversa, para que a velha senhora pudesse exclamar o quanto tínhamos crescido e papai pudesse concordar. A diferença de cor não era problema. Meus pais viviam em University Park, um dos mais antigos e mais bem-sucedidos bairros integrados dos Estados Unidos, e convivíamos muito bem socialmente com vizinhos negros.

Na sala de visitas da Sra. Bidwell, bebíamos um copo de excelente limonada, depois íamos embora. Sempre que eu perguntava por que tínhamos de passar ali, meu pai dizia que a Sra. Bidwell era a mãe de um rapaz que ele conhecera. Ponto final. Nem mesmo pensei nela quando comecei a ler o relato de papai, pois ela era negra, diferente de Gideon Bidwell – mais um barco ainda que perdi.

Anos atrás, revelei a história de um dos advogados supervisores do Gabinete da Promotoria Pública do Condado de Kindle, cujo vício de jogo deixou-o endividado com os agiotas locais. Minha fonte foi um agente do FBI, que, compreensivelmente, se preocupava com o perigo de criminosos terem um assistente do promotor público no bolso, e o tal sujeito até mesmo me mostrou transcrições de grandes júris federais para que eu pudesse tranquilizar os meus editores antes de publicarmos a matéria.

Foi um golpe de mestre para mim. O único problema foi que o promotor envolvido, Rudy Patel, era um grande amigo meu. Fanáticos torcedores de beisebol, Rudy e eu fazíamos parte de um grupo que comprava ingressos para todas as temporadas dos Trappers. Costumávamos sentar lado a lado e lamentar os infortúnios dos Trappers, bater as mãos erguidas na conquista de um ponto como se tivéssemos rebatido as bolas, e xingar os jogadores por *strikeouts* e erros. Sofrer pelos Trappers é um ritual no Condado de Kindle, e isso criou um vínculo entre Rudy e mim. Fiz uma boa cobertura de seus julgamentos. E isso lhe custou o emprego.

Felizmente para Rudy, ele entrou em um programa para advogados prejudicados, inscreveu-se no Jogadores Anônimos e evitou ser expulso da Ordem ou processado. Naturalmente, entretanto, ele teve de ser demitido e precisou viver com a ignomínia de ser colocado para fora por mim. Acabou como professor numa excelente escola local de Direito e seguiu com sua vida, ainda que sem nada da promessa que anteriormente irradiava à sua volta. Eu cuidei disso.

Rudy e eu ainda vivemos na linha de ônibus para Nearing e nos vemos de vez em quando na estação. Sempre que faço isso, posso sentir-me instintivamente iluminar com o afeto de nossa antiga amizade, e até mesmo vejo-o se iluminar, até sua lembrança retornar e ele se refugiar na aversão. Ao longo dos anos, seu olhar de puro ódio tem moderado um pouco. Ele deve saber que eu estava fazendo o meu trabalho. Mas o fato é que não há saída. Ainda que ele me perdoasse sinceramente, a nossa amizade seria parte de um passado que ele igualmente colocou de lado e superou.

Menciono isso porque me lembra um pouco as visitas de meu pai à Sra. Bidwell. Esses breves encontros claramente perturbavam papai. Dirigindo de volta para casa, ele tinha um ar de aguda abstração, apertando e voltando a apertar o volante. Não sei qual era a ilusão que o levava a North End. A de que era obrigado a guardar fidelidade e memória? A de que, por nos exibir, ele podia recuperar apenas um pedaço do direito ao futuro que a Sra. Bidwell perdera com a morte do filho? Mas, após a última dessas viagens, quando eu tinha uns 10 anos, papai olhou para minha mãe, assim que chegamos de volta em casa, e declarou: "Não consigo mais fazer isso." A expressão de minha mãe foi branda e solidária.

Tenho certeza de que papai manteve sua promessa e não voltou. Como já disse, nunca houve um lugar habitável para a guerra na vida de meu pai. Não era vida. Era guerra. Lealdade não podia superar isso.

Nem, francamente, imagino que a Sra. Bidwell tentou entrar novamente em contato com ele. Olhando para trás, surpreendo-me por nem o Sr. Bidwell ou os irmãos de Biddy jamais estarem presentes. Para eles, provavelmente nunca houve qualquer modo de se adaptar à intolerável ironia de perder um filho e um irmão cuja única oportunidade de ser igual envolvera a morte.

No final das contas, a Sra. Bidwell e papai eram bem parecidos com Rudy e comigo. Havia uma história compartilhada, mas era uma história que eles eram impotentes para mudar. O destino, inexplicavelmente, favorecera a um e não ao outro. Não havia como apagar aquela iniquidade, ou qualquer outra. E como eram impotentes para fazer isso, tudo o que podiam era apenas observar com grande tristeza o que fora perdido no passado e então levar adiante as próprias vidas separadas que permaneceram.

29
Vencendo

De "Não seja um otário na Alemanha!", um panfleto publicado pelo 12º Agrupamento do Exército, encontrado entre as coisas de meu pai:

> Os fatos contidos neste folheto foram compilados pelo Chefe da Polícia Militar do Nono Exército dos Estados Unidos como um guia para os soldados na Alemanha. Nada aqui foi "inventado" por alguém sentado atrás de uma escrivaninha. Este folheto é um resumo das experiências de membros dos movimentos de resistência francês, holandês e belga que agora servem nas forças armadas americanas. Eles conhecem os truques e as soluções. É por isso que continuam vivos para transmitir essas informações a vocês.
>
> **NÃO ACREDITE**
>
> Não acredite que exista qualquer alemão "bom" na Alemanha. Claro que vocês conhecem alemães em nossa terra. Eles tiveram bastante coragem e bom-senso para fugir há muito tempo da Alemanha.
>
> Não acredite que foi apenas o governo nazista que causou esta guerra. Qualquer pessoa tem o tipo de governo que quer

> e merece. Só poucas pessoas resistiram aos nazistas. Você não as encontrará; os nazistas as eliminaram muito tempo atrás.
>
> Um major belga, ferido duas vezes em duas guerras contra a Alemanha, esteve alojado no país de 1918 a 1929. Ele diz:
>
> "O alemão é mentiroso por natureza. Individualmente, ele é bastante pacífico, mas, coletivamente, os alemães se tornam cruéis."
>
> Se irromper um movimento subterrâneo alemão, ele será impiedoso. Será conduzido por membros da 55 e da Gestapo que não pestanejam em matar. Eles terão agentes em toda parte. Cada alemão, homem, mulher e criança será suspeito. O castigo será rápido e violento. Isso não é o mesmo que brutalidade. As forças aliadas precisam mostrar sua força, mas devem usá-la apenas quando necessário.

Nós ganhamos a guerra. Em fevereiro e março, os Aliados conquistaram terreno. Os alemães finalmente pareceram se dar conta de que foram subjugados – exauridos pela Batalha do Bulge (como as pessoas chamavam agora o que acontecera nas Ardenas), superados em número nos céus, e enfrentando compactas forças russas atacando em sua linha de frente oriental. "*Bald schiessen wir nicht mehr.*"

Para o Terceiro Exército, os principais problemas eram o tempo e o terreno. O pior inverno em cinquenta anos abateu-se com um derretimento antecipado, inchando os rios e córregos na paisagem montanhosa na qual a linha Siegfried fora erguida. Cursos de água, que outrora as nossas forças conseguiam vadear a pé, agora exigiam a construção de pontes por engenheiros enquanto os soldados esperavam. Mas Patton, como sempre, avançava. O Décimo Nono Comando Tático Aéreo fornecia apoio abrangente às colunas avançadas. Em 22 de março, Patton desafiou o Quartel-General Supremo e secretamente preparou um pesado ataque através do Reno, desse modo privando Montgomery da pretendida honra de ser o primeiro general na área central da Alemanha. A confusão envolveu o Q.G. semana após semana, e não tenho dúvida de que o pequeno motim de Patton foi em grande parte responsável pelo impulso que o levou, em maio, a ser destituído do comando como general do Terceiro Exército.

Mesmo com o fim à vista, o nosso progresso nada trouxe do júbilo que acompanhara a libertação da França. Nossos homens estavam havia tempo demais guerreando para festejar o combate, e, muito mais importante, havia a evidência diária do que a nossa vitória significava para as populações locais. Um incansável desfile de alemães forçados a deixar suas casas por causa da luta fluía para o nosso caminho, marchando ao lado com suas posses mais valiosas nas costas. Eles viviam a céu aberto em bandos miseráveis que logo abririam caminho para o tifo. Alguns acenavam para a bandeira americana quando passávamos, mas havíamos matado seus filhos e seus pais, e explodido e saqueado suas casas. Em grande parte, havia uma triste desconfiança ofendida entre eles e nós, principalmente porque sabíamos que muitos soldados alemães haviam enterrado suas fardas para se esconder em meio às multidões de refugiados.

Apesar das deserções em massa de alemães, o Terceiro Exército sozinho fez trezentos mil prisioneiros de guerra alemães naquelas semanas. Eram enfiados nas traseiras dos caminhões, sujos, famintos, homens derrotados, arrebanhados em jaulas e arame farpado, muitos dos quais, quando interrogados, rezavam pelo fim dos combates, o que, pela Convenção de Genebra, permitiria que voltassem para casa.

Quanto a mim, permanecia desolado e ocasionalmente temperamental. Não levei adiante minha ameaça de me oferecer como voluntário para o combate. Em vez disso, percorria as rotinas de um advogado militar com competência e indiferença. Relatórios descrevendo roubos, estupros e assassinatos de alemães chegavam às nossas mesas em ondas e eram geralmente ignorados. Instaurávamos processos apenas para crimes graves contra os nossos próprios soldados. Não era simplesmente porque os alemães eram nossos inimigos. Muitos comandantes militares, inclusive o general Maples – ele foi promovido em 10 de abril –, manifestavam a opinião de que era justificada uma ocupação sórdida da Alemanha, nem tanto em nome da vingança, mas para que os alemães vissem em primeira mão a fúria que eles haviam desencadeado no resto do mundo. Nunca contestei esse ponto de vista.

Mas eu contestava pouco. Para mim, a guerra acabara. Como nos municípios e nas cidades da Europa ocidental, as torres das minhas igrejas estavam em ruínas. Eu só queria voltar para casa e encontrar tempo para esmiuçar o entulho. Era com os civis abatidos, e não com nossos próprios soldados, que eu geralmente sentia um vínculo.

De casa, continuei a receber súplicas magoadas de Grace Morton, que se recusava a aceitar a minha sentença de que o nosso casamento jamais ocorreria. "Meu querido", escreveu ela, "eu sei o quanto este período tem sido terrível para você, e as tragédias que presenciou. Em breve, estaremos juntos novamente, essa loucura será esquecida e seremos um só".

Escrevi de volta com o máximo de afabilidade que consegui reunir, e disse-lhe que ela poderia nos poupar dessa contínua aflição aceitando a minha decisão. Em resposta, suas cartas se tornaram cada vez mais abertamente suplicantes. Quando ficaram sem resposta, sua ostentosa decência esgotou-se. Num dia recebi uma diatribe sobre a minha deslealdade, no outro uma reflexão arrependida e lasciva sobre o quanto fomos errados em não dormir juntos antes da minha partida. Eu me forçava a ler cada bilhete, sempre com dor. Fiquei aturdido com o extraordinário contágio provocado pela guerra, a qual de algum modo transportou a minha loucura através do oceano e a contaminou.

O Terceiro Exército avançou duas vezes o seu Q.G. no espaço de uma semana, acabando, no início de abril, em Frankfurt am Main, que fora bombardeada incessantemente antes de nossa chegada. Quarteirões da cidade eram nada além de outeiros de pedras e tijolos acima dos quais pairava uma aura de poeira sempre que o vento circulava. Na área próxima à estação de trem principal, um certo número de prédios velhos permanecia de pé, e a Justiça Militar instalou-se num antigo edifício comercial na Poststrasse. Ganhei um espaçoso escritório que pertencera a um importante executivo, e ainda desempacotava as coisas, no dia 6 de abril, quando um jovem e rechonchudo oficial entrou, girando o quepe na mão. Era Herbert Diller, um ajudante do assistente-chefe do Estado-Maior do Terceiro Exército, que queria falar comigo. Fui por ele conduzido às pressas pelo quarteirão, na direção do quartel-general da assessoria do general, antes de ele mencionar o nome Teedle.

Não via o general em pessoa desde o dia em que eu voltara envergonhado da propriedade da condessa de Lemolland para informar o primeiro desaparecimento de Martin. Pelo que me constava, Teedle recebera meus relatórios escritos, embora eu não tivesse recebido resposta. Agora, por Diller, soube que, em 1º de abril, o general Teedle fora substituído no comando da 18ª Blindada, que assumia uma posição de reserva por causa do equilíbrio da guerra. Com isso, Roland Teedle tornara-se assistente-chefe do Estado-Maior de Patton. Enquanto Diller e eu nos apressávamos pelos amplos corredores daquele ex-ministério de governo, conseguia ouvir Teedle berrar. O alvo dele, verificou-se, era o cabo Frank, que fora transferido com ele.

O general Teedle parecia menor e mais velho no gabinete onde o encontrei, uma sala escura com pé-direito alto e janelas compridas. Estava de pé, encarando, com evidente espanto, uma mesa na qual os papéis pareciam ter sido simplesmente despejados. Fiquei surpreso em sentir uma certa simpatia pelo general, assim que o vi, mas suponho que, após a minha visita ao Gabinete em Londres, passei a concordar que ele estivera certo na maioria das coisas. Acima de tudo, Robert Martin era uma força igualmente insincera e subversiva no Exército. Não que eu tivesse esquecido completamente a acusação de Bonner. Ocorreu-me por um segundo que Teedle podia ter sido transferido para o Q.G. a fim de que alguém pudesse ficar de olho nele. Mas eu nunca saberia ao certo se Bonner falara a verdade, se entendera mal uma outra conduta ou, mesmo se estivesse certo, onde o mau comportamento de Teedle deveria figurar entre as muitas outras coisas grotescas da guerra.

Parabenizei o general pelo seu novo posto. Outra estrela viera junto. Como sempre, ele não se interessou por lisonjas.

– Já estão substituindo os cavalos de guerra, Dubin. Acham que os diplomatas deveriam estar no controle. A próxima fase da guerra será política. Eu preferiria alimentar gado do que sentar atrás de uma escrivaninha, mas pelo menos ainda restou algum trabalho a se fazer.

Patton quer estar em Berlim antes do fim do mês, e acredito que estará. E então, Dubin, o que achou da guerra? Uma cadela, não é mesmo?

Devo ter denunciado algo em resposta à sua zombaria, pois Teedle fitou-me preocupado.

– Sei que você passou maus bocados, Dubin. Não pretendo fazer pouco-caso disso.

– Não creio que eu seja o único com histórias tristes para contar.

– Há três milhões de homens aqui com pesadelos para levar para casa com eles, e cerca de um milhão a mais de meio mundo de distância. Faz a gente imaginar que tipo de país teremos. Muito da civilização, Dubin, se resume meramente aos períodos de recuperação entre guerras. Construímos as coisas e em seguida as destruímos. Veja a pobre Europa. Em alguns momentos, me pego pensando em toda essa batalha que aconteceu aqui e espero que sangue brote do chão.

– Está parecendo Martin, general. – Como sempre, surpreendi-me com minha audácia com Teedle. Mas ele pareceu esperar por isso.

– Ah, dificilmente, Dubin. Tenho certeza de que Martin quer pôr um fim na guerra. Vejo isso como parte da condição humana.

Minha expressão, em reação, foi incontestavelmente aflita, mas, em retrospecto, não tenho certeza se foi porque resisti à opinião de Teedle ou a considerei uma verdade cruciante. Observando-me, Teedle recostou-se e tamborilou um lápis na coxa de sua calça de lã.

– Sabe qual é a finalidade desta guerra, Dubin?

Teedle mandara Diller esperar lá fora e pude ouvir vozes chegando, o que significava que estava para acontecer outra reunião, provavelmente envolvendo oficiais superiores a mim. Mas não me surpreendi pelo general querer gastar tempo com aquela conversa. Nunca houve qualquer dúvida de que Teedle achara algo essencial em sua disputa com Martin. Opunha-se a tudo que Martin representava – o aventureiro solitário que pensava poder superar em esperteza as máquinas da guerra; um espião que favorecia a artimanha em detrimento do ataque corpo a corpo; e, é claro, um comunista que proveria a cada homem de acordo com sua necessidade, em oposição à insondável vontade de Deus.

Perguntei se ele se referia ao Tratado de Versalhes.

– Que se fodam os tratados – exclamou. – Refiro-me ao que está em jogo. Nos termos mais amplos.

Eu sabia que Teedle estimava a minha seriedade, e tentei não ser loquaz, mas o fato era que já não fazia mais ideia do que dizer. Teedle, naturalmente, tinha uma opinião.

– Creio que lutamos por aquilo que unirá as pessoas. Creio que todas essas máquinas pelas quais nos apaixonamos nesta época... o trem, o telégrafo e o telefone, o automóvel, o rádio, a filmadora, o avião, sabe Deus o que mais... mudaram o limite da vida. Um pastor que cuidava do seu rebanho ou um ferreiro com a sua forja, pessoas que conheciam apenas seus concidadãos agora debatem com pessoas a milhares de quilômetros de distância como se fossem presenças imediatas em suas vidas. E não sabem exatamente o que têm em comum com todos esses colegas distantes.

"Agora vêm os comunistas, que dizem ao pastor que o interesse comum é o bem do homem, e talvez ele deva ceder algumas ovelhas para os pobres de algumas cidades além. E depois temos o Sr. Hitler, que diz aos seus cidadãos que devem se unir no desejo de matar ou conquistar qualquer um que não se pareça com eles. E então há nós... os Aliados. Qual é o nosso modo de ver para competir com o Sr. Stalin e o Sr. Hitler? O que estamos oferecendo?

– Bem, Roosevelt e Churchill diriam "liberdade"

– Que significa?

– Liberdade pessoal. A Declaração de Direitos. O voto. Liberdade e igualdade.

– Para que finalidade?

– General, devo lhe dizer que me sinto como se estivesse de volta à escola de Direito.

– Está bem, Dubin. Entendi você. Creio que estamos lutando por Deus, Dubin. Não por Cristo ou Jeová ou duendes, nenhum Deus em particular. Mas o direito de acreditar. Dizer que há um limite para essa grande sociedade coletiva, eis algo mais importante para cada ser humano, e ele o encontrará por conta própria. Mas estamos tentando obtê-lo de duas maneiras, Dubin, sendo coletivos e individuais ao mesmo tempo, e isso vai nos meter numa encrenca. Não podemos tolerar fascistas ou comunistas, que querem a mesma resposta para cada pessoa. Ou tampouco os capitalistas, se quer saber a verdade. Eles querem que todos apoiem o materialismo. E isso é o próprio coletivismo e temos de reconhecê-lo como tal.

– Há bastante coletivismo em religião, general, pessoas que querem que o senhor ou eu façamos exatamente o que eles acreditam.

– Essa é a natureza da homem, Dubin. E bastante, acredito, o que Deus espera. Mas é a missão humana acolher todos os competidores racionais.

Eu não estava entendendo e disse-lhe isso. Teedle deu a volta em sua mesa e se aproximou de uma maneira que achei estranhamente descuidada para ele.

– Eu acredito na democracia – afirmou – exatamente pelo mesmo motivo de Jefferson. Porque Deus fez cada um de nós, por mais diferentes que possamos ser. A variedade humana expressa Sua infinidade. Mas Seu mundo continua pertencendo àqueles que lutarão para realizar a missão que Ele escolheu para eles, seja o trapista contemplando Sua vontade em silêncio, ou o titã montado sobre o globo. Se Deus fez um mundo com um bilhão de planos humanos diferentes, Ele devia esperar conflito. Mas Ele não poderia ter planejado um mundo onde um ponto de vista prevalece, porque isso significaria apenas uma única visão Dele, Dubin.

– A guerra, então, general, é o que Deus deseja?

– Nós todos pensamos sobre isso, Dubin. Não posso lhe dar a resposta. Tudo que sei é que Ele quer que nós perseveremos. – Apanhou um papel em sua mesa. – Desde ontem recebo relatórios de um lugar chamado Ohrdruf. Já ouviu falar?

– Não, senhor.

– Três mil prisioneiros políticos de um tipo ou de outro jazem em covas rasas, mortos a fome pelos nazistas. Os poucos que permanecem vivos sobrevivem com uma esqualidez inimaginável. Os comunicados repetem sempre que palavras não conseguem descrever isso. Deus deve querer que lutemos contra isso, Dubin.

Dei de ombros, sem vontade de me aventurar nesse terreno, ao mesmo tempo em que o general continuava me examinando. Só então entendi o porquê da minha atração desde o início por Teedle. Ele se importava com a minha alma.

– Muito bem, Dubin. Chega dessa conversa inteligente. Tenho uma missão para você, mas achei que, antes, deveríamos trocar algumas palavras. Soube de sua visita a Londres, onde foi saber a meu respeito.

– Eu fiz o que sempre lhe disse que precisava fazer, general. Confirmar os detalhes.

– Você andou me checando. Não me importa, Dubin. Desconfio que, agora, você odeia Robert Martin mais do que eu.

– Para lhe dizer a verdade, senhor, passei a me sentir bastante neutro. Não consigo mesmo entender qual é o jogo dele. Pode apenas estar louco à sua maneira.

– Ele é um espião, Dubin. Nada mais complicado do que isso. Ele está do outro lado.

Não havia dúvida de que Martin e o general estavam em lados diferentes. Mas Teedle e eu também estávamos. Não que eu conseguisse designar qualquer um desses lados.

– Como queira, general, mas não tentei ser insubordinado. Eu simplesmente quis ver a questão de um ponto de vista lógico.

– Bem, ainda não fez isso, fez, Dubin? O filho da puta continua saltitando por aí.

– Por tudo que sei, ele poderia estar morto, senhor.

– Isso, infelizmente, ele não está. – Teedle folheou a papelada sobre sua mesa, finalmente cedeu à irritação e gritou por Frank, que aparentemente estava fora. – Ao diabo com isso – anunciou Teedle. – Há cerca de 48 horas, um batalhão reserva da 100ª Divisão de Infantaria encontrou um homem com apenas uma mão que alegou ser oficial do Gabinete.

"Isso foi perto da cidade de Pforzheim. Ele disse que estava em uma operação especial e precisava de suprimentos. Um oficial de lá, dotado de bom-senso, entrou em contato com o Gabinete, mas quando este alertou os PMs, Martin tinha dado no pé.

"Portanto, ele sumiu novamente. Espantoso. Você tem alguma ideia de como, diabos, a garota descobriu da última vez que ele estava no hospital? Há meses venho pensando nisso.

– Eu contei a ela. Foi uma grande burrice.

Ele fez uma careta.

– Achei que isso fosse possível. Foi mais do que burrice, Dubin. Passou ela na cara, hein?

Não respondi.

– Você também devia ter sido mais esperto nesse campo, Dubin. – Mas seus olhos apertados continham um indício de divertimento por causa de minha insensatez. Fosse qual fosse sua complexa moralidade, Teedle tinha a palavra fácil. Sexo, como guerra, era algo a que Deus esperava que os seres humanos sucumbissem.

– Não me saí muito bem, general. Estou ciente. Isso custou a vida de um homem muito bom. Vou lamentar isso até o fim dos meus dias.

Deu-me um olhar mais complacente do que eu esperava e disse:

– Se você tiver o prazer de vir a ser general, Dubin, vai dizer isso dez mil vezes. Não é bem um trabalho que requeira que outro homem morra por causa de seus erros, é?

– Não, senhor.

– Mas é isso que ele impõe.

– Sim, senhor.

Esperou um instante.

– Estamos assim. Já faz dois meses que ando executando a dança dos sete véus com o Gabinete. Donovan não quis que o Exército todo tivesse amplo conhecimento de que um dos seus membros se transviou. Dizem que isso é para que tenham uma chance de usar Martin contra os russos, mas, se quer a minha opinião, é apenas política, e já entrei de dois pés. Está seguindo um comunicado para todas as PMs, Terceiro Exército, Sétimo Exército, os ingleses, todos que estão na Europa. E gostaria de você como encarregado, Dubin. Tem uma experiência que não pode ser desperdiçada. Você conhece Martin, pode identificá-lo. E, mais importante, conhece seus truques. Então conseguiria dizer a uma outra pessoa o quanto deveria tomar cuidado. Além disso, lhe dará a chance de limpar qualquer que tenha sido a bagunça que fez. É um acordo que faz justiça, não?

Não respondi. Justiça não tinha nada a ver com isso e nós dois sabíamos.

– Sei que anda farto dessa missão, Dubin. E pelo que você disse... ou não disse... posso entender por quê. Fez a coisa certa em dar o fora. Mas estamos numa guerra e precisamos de você. Já discuti isso com Maples. E concordamos. Essa é a sua ordem, Dubin. Pegue Martin. – O general pronunciou seu édito com a cabeça abaixada, realçando o brilho de advertência de seus olhos claros. Não havia dúvida de que o general pretendia me dar uma lição. Derrubar Martin iria me converter inteiramente a seu ponto de vista. E até mesmo nisso eu desconfiava de que ele poderia estar certo. – Suponho que não preciso acrescentar qualquer advertência sobre manter guardada a sua outra pistola, não é? Macaco velho não mete a mão em cumbuca, correto?

Fiz que sim com a cabeça.

– Dispensado – disse ele.

30
Balingen

Dirigi em direção ao sul para entrevistar o oficial de infantaria que detivera Martin em Pforzheim. As cidadezinhas pelas quais passei me fizeram lembrar cucos, com pequenos prédios estreitos agrupados juntinhos como dentes nas encostas, todos com decorações em madeira pintada por todos os telhados íngremes. O oficial que detivera Martin, o major Farell Beasley, descreveu-o como robusto apesar de seus ferimentos visíveis e insistiu que, em Operações Especiais, ele ainda podia ser útil mesmo com apenas uma das mãos. Beasley, como tantos outros antes dele, ficara atraído pela centelha de Martin e parecia intrigado em pensar que um excepcional soldado como ele pudesse ter feito algo de errado. Aliás, Martin fornecera excelente inteligência sobre as unidades alemãs a 1,5 quilômetro adiante, que tentavam evitar que a 100ª atravessasse o rio Neckar. Quanto aos seus próprios objetivos, Martin recusara-se a discuti-los, dizendo apenas que desencadearia uma pequena operação nas vizinhanças. Não perguntei se havia algum sinal de que Martin viajava com uma mulher.

Permaneci perto de Pforzheim por 24 horas para coordenar a busca dos PMs. Os alemães locais colaboravam apenas superficialmente e supunha-se que Martin se misturara às colinas em volta, avançando atrás do combate.

Ao voltar a Frankfurt, descobri nos vários dias que se seguiram que o teletipo transmitido por Teedle às PMs de todo o Teatro Europeu traziam inúmeros relatos sobre avistamento de homens manetas. Nenhum, contudo, tinha as vastas queimaduras do lado esquerdo como as que o major Beasley vira em Martin. Então, no final do dia 11 de abril, recebi um telegrama do coronel Winters do Gabinete, de Londres, a quem eu visitara.

Nosso homem capturado PONTO
Comunicado 0600 amanhã por canais seguros PONTO

Ele telefonou pontualmente. Durante os últimos três ou quatro dias, informou, tropas do Sétimo Exército nos arredores de Balingen, no sudoeste da Alemanha, tinham estado negociando com o comandante de um campo alemão que detinha presos políticos. Os nazistas esperavam trocá-los pelos seus prisioneiros de guerra, mas os americanos simplesmente ficaram à espera dos boches e estes finalmente haviam se rendido no dia anterior. Ao entrar no campo, os americanos encontraram uma cena infernal de doença e inanição.

– Dizem que é terrível. A maioria dos membros da SS escapou, é claro. Mas quando os oficiais de inteligência foram bisbilhotar, os reclusos denunciaram um sujeito com apenas uma das mãos que surgira no meio deles fazia poucos dias. Todos achavam que era um guarda alemão que não conseguira fugir por causa de seu ferimento. Ele alegou ser também prisioneiro, um judeu espanhol que trabalhava na Alemanha, e foi deportado para outro campo de escravos, mas isso claramente era uma mentira. Principalmente porque ele era bem-nutrido e falava um péssimo alemão. E quando mandaram que arriasse a calça ficou claro que não era judeu. Ele contou várias outras histórias, a última das quais foi que era um oficial americano do Gabinete chamado Robert Martin. Esta só foi arrancada dele quando seus interrogadores ameaçaram entregá-lo aos prisioneiros, que já haviam dilacerado vários guardas com as mãos vazias. Literalmente, Dubin. Literalmente. Nem consigo imaginar que inferno está havendo por lá. Mas eu lhe garanto uma coisa: Martin não vai escapar. Foi acorrentado à parede. Só será entregue a você.

Perguntei se Winters tinha alguma ideia do que levara Martin até lá.

– Só sei lhe dizer, Dubin, que as pessoas por aqui, que acham que Martin é um traidor, são as que estão com o sorriso mais largo. Assim que o trouxer de volta a Frankfurt, gostaríamos de mandar o nosso pessoal interrogá-lo minuciosamente. – Encerrou a conversa com as conhecidas desculpas de não poder falar mais nada.

Pedi um comboio armado para transportar o prisioneiro e segui imediatamente para o sul a fim de prender Robert Martin.

E ASSIM, LEVADO POR um novo sargento PM com o qual mal tinha coragem de conversar, viajei para Balingen. Era 12 de abril de 1945, uma graciosa manhã com um céu imaculado e um túrgido aroma vital no ar. Houvera muitos relatos sobre os campos de concentração alemães, inclusive uma ou duas narrativas impressas feitas por fugitivos. Os autores, porém, haviam escapado meses atrás, antes de as coisas se tornarem terríveis para o regime de Hitler. E mesmo as afirmações feitas pelos poucos sobreviventes do campo de escravos em Natzweiler, na França, as quais vários de nós tínhamos ouvido, tendiam a ser descartadas como propaganda ou ainda outra improbabilidade, basicamente boatos infundados de desastres que rotineiramente circulavam entre as tropas dos Estados Unidos: os russos haviam se entregado e Stalin se suicidara. Duzentos pilotos camicases tinham assolado grandes extensões de Los Angeles. Montgomery e Bradley tinham trocado socos na frente dos soldados. Os nazistas estavam exterminando os presos políticos aos milhares. A última dessas histórias surgira após os soviéticos na Polônia terem capturado no final de janeiro um suposto campo de extermínio nazista chamado Auschwitz, mas naqueles dias ninguém punha muita fé no que os russos diziam.

Do lado de fora, o campo de Balingen era imperceptível, um ex-posto militar de bom tamanho na margem da cidade, instalado em um elevado outeiro em meio a larícios e pinheiros da Floresta Negra. O local inteiro era rodeado por uma alta cerca de arame farpado encimada por conectores marrons de eletrificação, com os prédios de tijolos amarelos da administração à vista da entrada. Ali, o portão de vaivém era aberto e havia uma solitária macieira em flor ao lado de um jovem soldado, talvez um guarda da SS, que jazia morto, a cara no chão, debaixo de um cartaz onde se lia ARBEIT MACHT FREI. O trabalho liberta. Nossos soldados simplesmente contornaram o corpo – podíamos ver lá dentro os tanques e as meias-lagartas – e nós seguimos.

Não tínhamos ido muito longe quando o meu motorista pisou no freio, subitamente subjugado pelo fedor – excremento, cal viva, carne decomposta. Era debilitante, e simplesmente aumentou quando finalmente seguimos adiante. Aquele cheiro ainda me aflige de modo inesperado, acionado normalmente por algum tipo de choque. Nesses instantes, imagino que o odor era tão forte que de algum modo ficou cauterizado permanentemente em meus nervos olfativos.

Os primeiros soldados a entrar no campo no dia anterior tinham vindo da 100ª Divisão de Infantaria, o mesmo agrupamento cujos batalhões reservas haviam capturado Martin em Pforzheim e o mantido por um curto espaço de tempo. Agora estavam presentes alguns oficiais da divisional G-3, porém a maioria dos soldados que vi era ligada a unidades de cavalaria blindada e, um dia depois, ainda parecia estar perdida naquele cenário. Ficavam ao lado de seus veículos enquanto talvez uma dúzia de ex-prisioneiros em seus surrados uniformes listrados caminhavam em círculos vacilantes perto deles, criaturas pavorosas, sobrenaturais. Muitos estavam mais macilentos do que eu acreditava que seres humanos pudessem se tornar, verdadeiros esqueletos cobertos de pele, cujos punhos e nós dos dedos salientavam-se enormemente das mãos, e cujos olhos estavam tão afundados no crânio que pareciam cegos. Vários estavam descalços, e muitos tinham grandes manchas de fezes e urina em suas roupas. Todos se movimentavam com uma lentidão quase inanimada, cambaleando centímetros de cada vez, sem destino aparente. Um deles, um homem com braços parecendo cabos de esfregões, virou-se para mim, assim que apeei do jipe, e ergueu ambas as mãos em uma súplica despudorada.

Continuo sem saber o que ele queria, comida ou apenas compaixão, mas fiquei ali congelado, novamente chocado em meu âmago quebrantado, e tomado pela repugnância. Esse homem e os que se encontravam em volta dele me aterrorizaram mais fundamentalmente do que a morte no campo de batalha, porque os reconheci instantaneamente como símbolos inconfundíveis da ilimitada degradação que um ser humano é capaz de suportar para viver.

Algum tempo depois foi que notei um tenente que se aproximara para me receber. Um jovem alto de cabelos arenosos da divisional G-3, que disse se chamar Grove e que recebera um comunicado de que eu estava a caminho. Gesticulou na direção em que eu olhava.

– Esses tiveram sorte – comentou. – Ainda estão de pé.

– Quem são? – perguntei.

– Judeus – respondeu. – A maioria. Há trabalhadores escravos poloneses e franceses em um subcampo. E alguns alemães que Hitler odiava em outro, na maioria ciganos e desviados. Mas o maior número de gente aqui parece ser de judeus. Ainda nem conseguimos fazer um levantamento completo. Há muitos casos de tifo, e receamos não poder fazer muita coisa.

Então engoli em seco, quase sufocando, pois subitamente reconheci a natureza de um monte perlado 100 metros atrás do tenente. Era feito de cadáveres, um ninho de corpos nus abatidos pela fome, devastados e retorcidos na morte. Instintivamente, avancei alguns passos naquela direção. Grove segurou-me pela manga.

– O senhor verá muito disso, se quiser.

Veria mesmo?

– Eu daria uma olhada – sugeriu Grove. – O senhor vai querer contar às pessoas sobre isso.

Começamos a caminhar. Grove disse que havia provavelmente vinte mil pessoas mantidas naquele momento, muitas tendo chegado nos últimos dias. Algumas tinham vindo de outros campos de concentração a pé, com milhares morrendo no caminho. Outros, principalmente os doentes, foram despejados ali por um trem de carga. Estavam todos apinhados em barracões de madeira malfeitos, cada qual com cerca de 45 metros de comprimento, nos quais havia apenas buracos nos lugares das janelas e portas. Eu não consegui imaginar o quanto fora brutal o inverno para as pessoas que já se encontravam ali, a maioria sem nada mais além do uniforme para se proteger do frio.

Do lado de fora dos barracos, havia latrinas a céu aberto, todas transbordando com dejetos humanos porque eram intermitentemente entupidas por cadáveres. Um bombardeio americano a uma estação de bombeamento, semanas antes, colocara fim na água corrente, e os prisioneiros não vinham sendo alimentados regularmente desde o início de março, quando o comandante alemão suspendera a maioria das refeições como um método cruel de controlar as epidemias de disenteria e tifo que haviam surgido. Durante a última semana, enquanto o campo esteve cercado, os prisioneiros não receberam coisa alguma. Alguns daqueles por quem passamos, com seus trapos de roupas e inacreditáveis olhares vazios, imploravam migalhas. Grove me alertou a não obsequiá-los. Os soldados que haviam chegado no dia anterior deram balas e rações enlatadas aos primeiros internos que viram. Irrompeu um tumulto, e vários dos prisioneiros que venceram a horrível contenda que se seguiu morreram após seus sistemas intestinais se irritarem como resultado da avidez com que comeram.

Os barracões que abrigaram essas pessoas eram miseráveis, escuros e fedorentos. Pilhas de fezes se amontoavam aqui e ali no chão coberto de palha e, nos catres de madeira, empilhados como prateleiras, os doentes e famintos ficavam lado a lado com os mortos. Só se conseguia distinguir os vivos pelos gemidos ocasionais e porque os piolhos eram tão numerosos nos falecidos que os insetos pareciam uma onda se movendo. Centenas de internos haviam morrido desde o dia anterior, segundo Grove. Os médicos da divisão chegaram naquela manhã, mas estavam perdidos, sem um plano de tratamento que tivesse qualquer chance de sucesso para os que já estavam doentes demais ou que fornecesse recursos sanitários para evitar que o tifo se espalhasse, principalmente entre os soldados americanos.

Como resultado, explicou Grove, tínhamos apenas o controle periférico da situação. Como um caso em questão, chegamos aos restos mortais de uma sentinela feminina que Grove vira ser morta naquela manhã. Um grupo de internas a descobrira escondida debaixo de um dos prédios e a puxara pelos cabelos. A sentinela gritou e chamou as prisioneiras de nomes sujos, enquanto estas a pisoteavam e cuspiam nela. Finalmente, chegaram vários homens com pedaços de paus jogados fora e a surraram até a morte. A morte dos kapos – a maioria criminosos enviados para ali vindos de penitenciárias alemãs – e dos guardas da Wehrmacht que a SS havia desertado já completara um dia, contou Grove. No dia anterior, uma torre-d'água fora transformada em um patíbulo improvisado, e vários de nossos soldados haviam se oferecido como voluntários para ajudar nos enforcamentos.

Mais atrás, perto do grupo do aglomerado administrativo de tijolos amarelos, fora da vista dos barracos, havia uma construção quadrada que continha em seu centro uma enorme fornalha feita de tijolos. Usando ambas as mãos, Grove abriu com dificuldade as gigantescas portas de ferro fundido, revelando dois corpos semiqueimados. As órbitas dos olhos de um rosto esquelético estavam bem na minha direção, e recuei diante da cena. Em frente ao forno havia um imenso cepo de açougueiro, o qual alguns guardas que haviam sido interrogados admitiram que era usado para despedaçar as obturações de ouro dos dentes dos mortos.

A morte, porém, chegara tarde mas muito depressa para muitos em Balingen serem refugados por apenas uma fornalha. Por toda parte – entre os barracões, ao longo das ruas do campo, em todos os cantos aonde íamos – estavam corpos, medonhos montes branco-acinzentados de seres humanos em várias etapas de decomposição, cada corpo despido e esburacado pelo apetite dos vermes. As pilhas ali não eram nada, afirmou Grove. Na extremidade do campo, havia um imenso buraco repleto de restos humanos que os internos que ainda tinham forças eram obrigados nos últimos dias a arrastar até lá. Alguém do G-3, ao tentar achar um meio de comunicar a cena aos seus superiores, começara a contar os corpos amontoados pelo campo e desistira ao chegar a 8 mil. No meu caso, repetidamente, ao olhar aquelas colinas de seres humanos, tão patéticos em sua nudez, com seus membros iguais a gravetos e genitálias expostas, eu vivenciava o mesmo pânico, pois não conseguia saber onde uma pessoa começava e terminava na pilha.

Várias vezes notei que os corpos mais acima dos montes tinham marcas de talhos sangrentos nos abdomes.

– Por quê? – perguntei a Grove. – O que havia nos estômagos deles para alguém querer?

O tenente olhou para mim.

– Comida – disse.

A MINHA GUERRA sem lágrimas acabou em Balingen. Um momento após entrar no único barracão que visitei, corri para trás do prédio e vomitei. Depois, descobri que estava chorando. Tentei por vários minutos me controlar, finalmente desisti e continuei caminhando ao lado de tenente, chorando em silêncio, o que fez meus olhos incharem sob o sol forte.

– Eu também chorei como um bebê – disse ele em certo momento. – E não sei se foi pior eu ter parado.

Não foi, porém, simplesmente o sofrimento que me levou às lágrimas, ou a inacreditável magnitude da crueldade. Foi um simples pensamento que me ocorreu após os meus primeiros minutos no campo, outra daquelas frases que percorriam enlouquecedoramente o meu cérebro. As palavras eram "Não houve escolha".

Eu já estava havia seis meses no continente, metade de um ano, não muito mais do que um semestre em uma escola, mas era impossível lembrar a pessoa que eu fora antes. Lutara aterrorizado e aprendera a desprezar a guerra. Não havia glória na selvageria que vi. Nem racionalidade. E, certamente, nenhuma lei. Era apenas brutalidade, aperfeiçoada cientificamente em ambos os lados, nos quais uma enorme habilidade fora empregada na criação de gigantescas máquinas de matar. Nada havia nisso a que devesse lealdade e certamente nenhum motivo de orgulho. Mas ali em Balingen eu chorei pela humanidade. Porque não houvera escolha. Porque agora, sabendo de tudo, percebi que essa guerra tinha de acontecer, com toda a sua sanguinolência e descerebrada destruição, e era bem provável que acontecesse novamente. Se os seres humanos eram capazes de fazer isso, parecia insondável o modo como algum dia poderíamos nos salvar. Em Balingen, tornou-se incontestável que a crueldade era a lei do universo.

Em meio a tudo isso, eu perdera qualquer noção de por que estava ali. Quando Grove entrou em um dos prédios amarelos perto do portão, esperava que ele fosse exibir outro horror. Em vez disso, me conduziu abaixo por uma fria escada de pedra até um porão de pedra onde um PM vigiava uma porta de ferro. Não consegui imaginar por que os alemães haviam precisado de uma prisão num lugar como aquele, até me lembrar que o campo fora originalmente um posto militar. Aquilo, aparentemente, era a cadeia militar. Havia ali oito celas, cada qual com paredes de pedra e frente gradeada. Josef Kandel, o ex-comandante do campo, então conhecido como a Besta de Balingen, estava sentado em uma delas, ereto, metido em uma farda impecável, mas sem usar sapatos, as pernas acorrentadas. Havia dois oficiais da SS, nas celas contíguas, que foram submetidos a um violento interrogatório. Um deles era um monte caído no chão; o outro estava praticamente sem dentes, com sangue fresco ainda escorrendo pelo queixo. E, na cela mais distante, sobre um banquinho, estava sentado o major do Exército dos Estados Unidos Robert Martin, do Gabinete de Serviços Estratégicos. As roupas nojentas que ele despira de um dos cadáveres para usar como disfarce haviam sido queimadas logo após sua captura e substituídas por uma limpa farda de oficial e uma camisa de lã avermelhada por baixo de um suéter de lã sem mangas, seu emblema com as folhas de carvalho ainda na ponta da gola direita.

Ao confrontá-lo, sabia que minhas feições estavam inchadas por ter chorado, mas ele certamente estava muito mais mudado do que eu. Do lado esquerdo de seu rosto, a pele brilhava, rosa como o pôr do sol, e a orelha era um resto deformado fundido à lateral da cabeça, acima da qual, por vários centímetros, não crescia cabelo. A extremidade de sua manga estava vazia.

– Major – falei –, por ordem do general Roland Teedle, está preso e será levado perante uma corte marcial assim que ela possa ser convocada.

Ele sorriu em resposta e gesticulou com a mão boa que lhe restava.

– Ora, pare com isso, Dubin. Entre aqui e converse comigo.

Seu poder de atração continuava sólido o bastante e quase fiz isso antes de pensar. Mesmo com uma só mão, Martin provavelmente seria capaz de me dominar e maquinar outra fuga.

– Penso que não.

Ele soltou uma gargalhada, sacudindo a cabeça à vontade.

– Então puxe uma cadeira aí fora, se quiser. Mas precisamos bater um papo.

Olhei para o tenente Grove, que pediu para falar comigo. Ao caminharmos pelo corredor escuro, ele me cochichou o que fora revelado pelo destacamento que prendera Martin no dia anterior. Enquanto era escoltado para a cela, ele informara aos seus carcereiros sobre uma montanha a cerca de 300 quilômetros dali, onde, segundo afirmou, os alemães haviam armazenado todos os tesouros roubados da Europa. Milhares de barras de ouro e joias estavam amontoadas em cavernas, inclusive peças de ouro americanas de 10 e 20 dólares. Um destacamento do Exército dos Estados Unidos, segundo ele, poderia ir lá, usando como desculpa a proteção de moeda corrente americana, e depois seguir para casa, cada qual como um milionário. Martin se oferecera para mostrar o caminho. Informado dessa história, Grove considerou-a ridícula. Entretanto, ao entrar em contato com o Gabinete, Winters confirmara que apenas poucos dias antes o 358º Regimento de Infantaria havia tomado uma mina de sal em Kaiseroda nas montanhas Harz, onde descobriu um imenso butim acumulado nos canais subterrâneos. Quadros, pedras preciosas, aposentos repletos de cédulas e moedas. No valor de bilhões. A teoria de Grove era a de que Kaiseroda fora o tempo todo o objetivo de Martin.

– O que o Gabinete pensa?

– Esse pessoal nunca diz o que pensa.

Avaliei a possibilidade. Eu continuava atraído pela crença de que Martin nunca tivera a intenção de espionar. Antes, deixar a guerra de lado e se tornar rico para sempre. Talvez. Mas eu me conformara com o fato de que nunca entenderia realmente os motivos de Martin. Somente ele seria capaz de explicá-los, e ninguém conseguia aceitar uma palavra do que dizia.

Poucos minutos depois, por ordem de Grove, um PM arrastou pelo corredor de pedra uma pesada cadeira de carvalho para mim. Sentei-me do lado de fora da cela de Martin, e ele trouxe seu banquinho para perto da grade. Ainda parecia ágil, embora os passos fossem afetados pelos ferros em suas pernas.

– Bem – disse Martin. – Como há muito desejava. Você me tem acorrentado. Eu sabia que era conversa fiada essa história de prisão domiciliar.

– Está bem melhor do que qualquer outro prisioneiro daqui, major.

Ele aceitou minha censura com um sorriso reticente.

– Mesmo aqui embaixo, há o cheiro. – Ele tinha razão, embora fosse bastante remoto para eu poder também detectar o familiar fedor de putrefação gerado pela umidade do porão. – Eu não tinha ideia de para onde ir. Mas os seus cães estavam no meu encalço, Dubin. E com o campo prestes a se render, achei que conseguiria me misturar e fugir. Assim que entrei aqui, é claro, ficou óbvio que eu não poderia me fazer passar por prisioneiro, mesmo com os meus ferimentos. Mas não aguentei ir embora. Em três noites, Dubin, matei quatro SS. Foram alvos fáceis, tentando se esgueirar no meio da noite pelo portão traseiro. Apenas estendi um arame para eles tropeçarem. – Deu uma espécie de bufada descrente. – Não haverá mortes que pesarão menos em minha consciência.

Como sempre, não fiz a menor ideia se devia acreditar nele.

– E o seu plano de se tornar o novo Creso? – indaguei. – Vai abandoná-lo?

– Você não acredita nisso, não é, Dubin? Foi uma manobra, admito. Fiquei feliz em fazer aqueles rapazes pensarem que eu poderia transformar cada um deles num Rockfeller. Mas estamos a 300 quilômetros de distância. Se eu tivesse seguindo para Kaiseroda, já estaria lá.

– Para onde então estava seguindo, Martin?

– Quer conhecer o meu plano? É por isso que está sentado aí? Bem, vou lhe contar, Dubin. Gita conhece, e ela vai mesmo lhe contar quando encontrá-la. Você quer encontrá-la, não é mesmo? – Sua hostilidade em relação a Gita o dominou, e ele exibiu um rápido sorriso manhoso. Fiquei surpreso e de certo modo aliviado com a mesquinhez de Martin, era uma rachadura no seu edifício perfeito, mas senti pouca reação de um outro tipo quando ele mencionou o nome dela. Não naquele dia. – Pode dizer aos meus amigos do Gabinete que estou disposto a poupar o tempo deles. De qualquer modo, prefiro mesmo falar com você.

Não respondi.

– Olhe, Dubin, não precisa ficar tão aborrecido comigo. Eu teria mantido a palavra que lhe dei em Savy. Sobre a rendição. Eu tinha toda a intenção. Não acha que eu preferia isto, acha? – Ergueu o braço sem a mão, a fim de que o toco vermelho brilhante, uma distorcida forma calombenta, se esgueirasse para fora da manga.

Eu poderia ter argumentado com ele sobre ter me largado, sabendo que eu não encontraria Algar no seu quartel-general, ou nos últimos dois meses e meio em que ele passara fugindo desde que Gita o ajudou a escapar do Oflag XII-D. Descobri, entretanto, que uma de minhas queixas a respeito de Robert Martin era maior que todas as outras.

– Você se aproveitou do meu respeito por você, major. Me fez pensar que era um herói resplandecente e usou a minha admiração como um meio para fugir.

– Tudo pelos motivos justos, Dubin.

– Quais foram?

– Eu fazia uma coisa boa, Dubin. Você vai entender. Os nazistas, Dubin, trabalham em uma arma secreta que pode destruir o mundo...

Irrompi numa gargalhada. Foi um som totalmente inapropriado ao lugar onde estávamos, e o ruído saiu rasgando o corredor de pedra.

– Pode rir, Dubin. Mas é a verdade. É a única maneira de os alemães poderem ganhar a guerra, pois ainda pode haver uma esperança. Há muito tempo os Aliados sabem disso. Os alemães mantêm seus melhores físicos trabalhando febrilmente. Gerlach. Diebner. Heisenberg. Nos últimos meses, o principal local de trabalho deles tem sido uma cidade chamada Hechingen, que fica a poucos quilômetros da estrada. As tentativas deles são baseadas nos teoremas de Einstein e outros. Querem construir uma arma, Dubin, que vai fragmentar um átomo. Há nisso potência suficiente para uma explosão capaz de arrancar uma cidade do mapa.

Como sempre, Martin parecia totalmente escravizado por seu próprio divertido contrassenso. Eu não entendia muito de ciência, mas sabia o que era um átomo e compreendia seu tamanho infinitesimal. Era inconcebível que algo de dimensão tão diminuta pudesse ter a força pretendida por Martin.

– No momento, desenrola-se uma corrida, Dubin. Entre a inteligência americana e os soviéticos. Ambos querem encontrar os cientistas alemães, sua papelada, seu equipamento. Pois quem tiver essa arma, Dubin, governará o mundo. Pergunte aos seus chapas do Gabinete. Pergunte se não é verdade. Pergunte se não há um grupo de físicos na Alemanha, neste momento, trabalhando de mãos dadas com o Gabinete. O codinome é Alsos. Pergunte. Eles lhe dirão que estão indo atrás desses físicos agora mesmo enquanto conversamos.

– Era para lá que você ia? Hechingen?

– Era. Era.

Recostei-me na cadeira dura. O cabelo negro de Martin estava desgrenhado sobre a testa e ele tinha um ansioso ar infantil, apesar da relativa imobilidade das feições do lado rosado do rosto. Fiquei espantado com a magnitude do que ele confessava, talvez involuntariamente.

– Se o que diz é verdade, se toda essa conversa de Buck Rogers sobre uma arma secreta tiver alguma partícula de verdade, eles vão enforcá-lo, major. E deveriam mesmo.

– Me enforcar?

– Claro, você não está trabalhando para o Gabinete. Disso eu tenho certeza. Portanto, é bastante óbvio que ia a Hechingen para capturar esses cientistas para os soviéticos e levá-los secretamente para os russos.

– Isso é falso, Dubin. Totalmente falso! Não quero que nenhum dos lados vença. Não quero nem comunistas nem capitalistas montados sobre o globo.

– E como é que sabe disso tudo, major? Os planos dos americanos? E os dos soviéticos? Se não trabalha para os russos, como é que sabe as intenções deles?

– Por favor, Dubin. Fui informado disso tudo pelo Gabinete em setembro passado. Quando voltei a Londres. Mas certamente não pelos soviéticos. Eu já lhe disse, Dubin. Não pertenço a nenhum dos dois lados.

– Os soviéticos diriam isso?

– Não faço ideia do que eles diriam. Mas me ouça. Ouça. Eu ia a Hechingen. Mas não por nenhum país. Meu objetivo era destruir. Todo o conjunto. O equipamento. A papelada. E os homens. Que seu segredo terrível morra com eles. Não percebe? Essa é uma segunda chance de conter toda a dor na caixa de Pandora. Se essa arma sobreviver, não importa quem a possua, haverá uma luta constante, o vencedor governará o vencido, o vencido irá tramar para obtê-la e, no final, não importa que lado a possua, porque, se ela existir, será usada. Nunca antes foi inventada uma arma que não tenha sido usada. Os homens podem chamar como quiserem, até curiosidade, mas esse invento será jogado no globo. Permita que o mundo fique seguro, Dubin.

Ele era esperto. Mas havia muito eu sabia disso. Ninguém – nem Teedle, nem eu – jamais seria capaz de provar que ele trabalhava para os soviéticos, em vez de em prol da paz mundial. Ele e Wendell Willkie. Era, como eu previra, uma perfeita história de disfarce.

– Dubin, procure Gita. Procure Gita. Ela lhe dirá que o que eu digo é verdade. Esse é o meu plano. E ainda há tempo de colocá-lo em prática. Restam poucos dias. As forças americanas atingirão Hechingen em breve, dependendo de como vai a batalha. Fica a poucos quilômetros da estrada. Encontre Gita, Dubin.

Quanta astúcia. Quanta inevitabilidade. Procure Gita. Ela convencerá você a se juntar à minha causa. E a abrir a porta para mais uma fuga.

– Ela está aqui, Dubin. No subcampo polonês. Ali há judeus da cidade dela. Gita está cuidando deles. Vá ao campo polonês. Você a encontrará. Ela lhe dirá que isso é verdade.

– Não. – Levantei-me. – Chega de mentiras. Chega de fantasias. Chega de fugir. Vamos para Frankfurt. Assim que os veículos blindados chegarem. Conte lá a sua história, Martino. Você deve achar que sou uma criança.

– Eu falo a verdade para você, Dubin. Cada palavra. Cada palavra Pergunte a Gita. Por favor.

Virei as costas para ele, enquanto ainda me atirava o nome dela.

31
Gita Lodz, é claro

Essa mulher, Gita Lodz, é, claro, minha mãe.

Não tenho nenhuma desculpa pretensiosa pelos meses que levei para compreender, nem para as histórias complicadas que contei a mim mesmo durante esse período, a fim de manter a verdade ao largo. Creio que as pessoas inevitavelmente se agarram ao mundo que conhecem. A eventual explicação de Urso Leach foi mais generosa: "Sempre somos os filhos de nossos pais."

Entretanto, sentado no aeroporto de Tri-Cities, lendo o restante do que meu pai escrevera, entendi a conclusão de seu relato deste modo: Mais uma vez ludibriado por Gita Lodz, papai seguiu em direção à sua ruína final e deixou Martin ir embora.

Então, de algum modo, mesmo enquanto o meu pai ainda absorvia a desolação de seu erro mais catastrófico, ele deve ter encontrado essa outra mulher em Balingen, Gella Rosner, e se transformou. Foi a salvação pelo amor, uma corda de seguran ça a um homem se afogando.

Em retrospecto, tudo isso parece risível. Por meses, contudo, eu aceitei, e fiquei frustrado e confuso por causa de apenas uma omissão: papai nunca mencionou a jovem e corajosa judia por quem, cresci acreditando, ele se apaixonara instantaneamente no campo de concentração.

Quanto a Barrington Leach, no momento em que lhe perguntei que fim levara Gita Lodz, ele percebeu o quanto eu estava enganado. Contudo não fez nenhuma tentativa de me corrigir, embora o visitasse frequentemente, tentando catar qualquer detalhe que ele lembrasse da história de meu pai. Urso era a personificação da gentileza e do bom-senso e, por causa de sua advertência inicial, ele claramente prometera a si mesmo contar-me somente tanto quanto eu parecia disposto a conhecer. Presenteou-me com fatos documentados. Cabia a mim chegar às conclusões óbvias. Urso manteve a boca fechada, não tanto por causa de meus pais, mas por minha causa.

Certo dia de abril de 2004, minha irmã telefonou para minha casa para conversarmos sobre a saúde de nossa mãe, que se deteriorava. Sarah queria a minha opinião sobre se devia antecipar seus planos de visitá-la em junho, por ocasião do aniversário de casamento de meus pais, que fora um período especialmente difícil para mamãe, em 2003, como resultado da morte de papai. Eu sabia que o casamento deles durara quase 58 anos. Não faziam segredo da data de seu matrimônio, 16 de junho de 1945. No entanto, até aquele momento eu nunca ligara os pontos. Fiquei parado com o telefone na mão, boquiaberto, enquanto Sarah gritava meu nome e perguntava se eu ainda a estava ouvindo.

Por essa ocasião, tornara-se um hábito meu visitar Barrington uma vez por mês. Ia principalmente pelo prazer de sua companhia, mas minha desculpa para justificar as despesas era que Urso me ajudava a editar o original de papai para ser publicado. (Por causa da trapaça que fiz com minha mãe e irmã, meu plano, naquela ocasião, era dizer a elas que o relato de papai, na verdade, era obra minha, baseada em uma detalhada pesquisa.) Quando encontrei Urso, entreguei as páginas mais recentes e ouvi seus comentários sobre o que fizera no mês anterior. Não muito tempo após ter rodado sua cadeira até o aposento da frente para a nossa visita do final de abril, contei-lhe o que me ocorrera ao falar ao telefone com minha irmã, na semana anterior.

– Acabei de me dar conta, poucos dias atrás, que meus pais se casaram imediatamente antes da corte marcial de papai. Você sabia disso?

– Eu diria que sim – respondeu Urso. – Fui eu quem providenciou tudo.

– Providenciou o casamento?

– Não o encontro deles – observou Urso. – Mas consegui que as autoridades militares dessem permissão para que se casassem, isso sim foi coisa minha. Seu pai estava preocupado, com toda a razão, que, quando fosse condenado, como era inevitável, fosse imediatamente transferido para uma prisão militar nos Estados Unidos. Ficou, portanto, desesperado para se casar antes do processo, para que sua mãe, como esposa de guerra, tivesse o direito de imigrar para os Estados Unidos. Ela permanecera como interna de um campo de pessoas desalojadas que fora construído após os barracos de Balingen terem sido queimados. As condições ali eram bem melhores, é claro, mas ela era tudo menos livre. Foram necessárias incontáveis petições para o Exército e as autoridades da ocupação, mas finalmente sua mãe e um rabino, também mantido em Balingen, tiveram permissão para visitar seu pai, por meia hora, no castelo de Regensburg, para seu casamento. Eu fui o padrinho. Apesar das circunstâncias, foi muito comovente. Eles pareciam muito apaixonados.

Urso disse apenas isso e olhou de relance para as páginas que eu lhe entregara, deixando que eu absorvesse essa informação em relativa privacidade. A despeito dos horrores do campo de concentração, ou pela falta de familiaridade de mamãe com os militares, ou mesmo seu inglês limitado naquela época, alguém de natureza tão perspicaz quanto ela não poderia de modo algum ter deixado de compreender a essência da situação de papai. Ela sabia que ele estava detido e, portanto, devia estar profundamente preocupada com seu novo marido. Então, claramente, mamãe se recordava de muito mais sobre a corte marcial de papai do que estava disposta a reconhecer para mim. Mesmo naquele momento, contudo, meu primeiro impulso foi aceitar sua relutância como uma maneira de honrar o desejo de papai por silêncio.

De algum modo, porém, minha mente vagou de volta até a pergunta que me deixara perplexo já fazia meio ano. Por que papai disse que esperava desesperadamente que seus filhos nunca soubessem de sua história? Do lado de fora das janelas envidraçadas da sala de visitas do Solar Northumberland, havia uma luz perfeita sobre os botões vermelhos de flores de bordo apenas revelando o primeiro sinal de amadurecimento e, observando-os com a intensa atenção de museu com que papai escreveu, um momento de concentrada percepção, eu descobri também a verdade pendurada lá fora. Era simples. A observação de papai sobre manter isso oculto de seus filhos não foi filosófica. Foi prática. Papai não quisera que a verdade emergisse no seu julgamento, ou sobrevivesse a este, porque isso teria colocado em risco sua esposa e as mentiras com as quais ela foi obrigada a viver. Era por isso que teria sido um desastre chamar Gita Lodz como testemunha. Era por isso que ele esperava que jamais ouvíssemos a história – porque esse silêncio teria significado que eles haviam construído uma vida como marido e mulher.

A cabeça de Urso estava curvada em sua cadeira de rodas enquanto ele lia, e me estiquei para apertar delicadamente sua mão cheia de manchas e os dedos arqueados pela doença.

– Ela é minha mãe. Correto? Gita Lodz.

Urso sobressaltou-se, como se eu o tivesse acordado. Seus olhos enevoados, que ainda refletiam as profundezas das eras, se assentaram em mim, e seu queixo escorregou para o lado com o seu sorriso assimétrico. Então, ele deliberou, num momento de frieza como advogado.

– Como já disse, Stewart, eu não estava presente quando você nasceu.

– Mas a mulher com a qual você viu o meu pai se casar... era Gita Lodz?

– Seu pai nunca falou isso para mim – respondeu. – Tudo menos isso. Saber disso teria me comprometido seriamente, visto que eu passara meses implorando às autoridades militares pela permissão para David se casar com uma sobrevivente de um campo de concentração com outro nome. Eu teria sido forçado a corrigir a fraude que fora perpetrada. Acredito que é por isso que ele nunca entrou em contato comigo após voltarmos aos EUA... para que eu não tivesse de enfrentar a possibilidade de mudar de ideia.

Apesar de me faltar a compreensão durante meses, eu agora pulava rapidamente pelo caminho das conclusões óbvias. Compreendi instantaneamente por que Gita Lodz, heroína da resistência francesa, foi para os Estados Unidos fingindo ser a outrora Gella Rosner (cujo nome foi americanizado para Gilda), a esposa de guerra de David Dubin, supostamente salva do inferno nazista chamado Balingen. Na primavera de 1945, meus pais tinham todos os motivos para acreditar que o Gabinete jamais permitiria que a parceira de Robert Martin, suspeito de ser espião soviético, entrasse nos Estados Unidos. De fato, como alguém que repetidamente facilitara as fugas de Martin, Gita tinha uma boa chance de ser processada se o Gabinete e Teedle colocassem as mãos nela. Uma nova identidade era o único caminho seguro. Uma que jamais pudesse ser contestada em meio àquele oceano de cadáveres. Mais um papel a ser acrescentado aos muitos que a pretensa Bernhardt já desempenhara com perfeição. E um que garantisse que Gilda seria bem aceita na família de David. Uma esposa judia. Como seus pais desejavam. E como a própria Gita, quando mais jovem, quisera ser.

E, provavelmente nada insignificante, havia também uma importante manifestação a favor de meu pai. Quando mudei o meu sobrenome, em 1970, papai não reagiu à minha insinuação de que eu revertia um ato de renúncia feito décadas atrás. Houve apenas uma coisa que ele quis deixar clara.

– Não duvide, Stewart – disse-me ele certa vez –, que Balingen fez de mim um judeu.

Como eu sabia que ele jamais descreveria o que testemunhou ali, não assimilei o comentário. Ao refletir a respeito, admiti isso como mais uma maneira de ele me dizer o quanto era dedicado à minha mãe. E mesmo agora não tenho total certeza da natureza exata da transformação a que ele se referiu. Não sei se ele quis dizer que percebera, como fora verdade para muitos na Alemanha, que não havia escapatória dessa identidade, ou, melhor, como inclino-me a suspeitar, que devesse aos milhares aniquilados ali a consideração de não se esquivar da herança que os havia condenado. Seguramente houve uma comovente homenagem na nova persona de Gita, que permitiu a um dos milhões que pereceram não ser apenas lembrado, mas renascido. Contudo, percebo também que papai fez igualmente uma enfática afirmação sobre si mesmo, sobre a que um indivíduo é capaz de resistir, ou ter esperança, contra as forças da história

Eu, por outro lado, que orgulhosamente recuperara o Dubinsky, que mandei as minhas filhas para uma escola hebraica e insistia para que tivéssemos jantares de sabá nas noites de sexta-feira, estava agora tranquilamente na sala de visitas estilo nouveau-Federal de uma clínica de repouso de Connecticut dando-me conta de que, pelas rigorosas tradições de uma religião que sempre determinou a fé de um filho pela de sua mãe, eu não sou realmente judeu.

Estas são as últimas páginas do relato de meu pai:

Emergi novamente da escuridão do calabouço para o dia luminoso e o fedor terrível de Balingen. Suponho que seres humanos se retraem instintivamente diante do cheiro rançoso de carne decomposta, e tive de gastar um momento para combater de novo o meu enjoo.

Grove estava à minha espera. Achei que ele queria saber como tinha sido com Martin, mas ele tinha outra notícia.

– Roosevelt morreu – anunciou. – Truman é o presidente.

– Não brinque comigo.

– Acabou de dar no Serviço de Rádio das Forças Armadas. Dizem que ele teve um derrame. Não estou brincando.

Fui criado venerando Roosevelt. Minha mãe, que considerava o presidente como um parente próximo, devia estar arrasada. E então, olhei para o monte de defuntos humilhados mais próximo. Em cada um desses momentos de paradoxo, eu esperava reflexivamente que a minha compreensão do mundo se tornasse mais profunda, só para me descobrir ainda mais confuso.

Perguntei ao PM que me acompanhava se tínhamos uma hora estimada da chegada da meia-lagarta que transportaria Martin de volta, mas a notícia sobre a morte de Roosevelt parecia ter paralisado tudo por enquanto. Entretanto, eu não tolerava a ideia de passar a noite no interior de Balingen. Qualquer que fosse a hora da chegada do comboio, falei, queria que Martin fosse transferido. Poderíamos acampar com a 406ª Cavalaria Blindada, a 2 ou 3 quilômetros dali, mais perto de Hechingen.

Mais ou menos uma hora depois, chegaram veículos ao campo, mas não eram os que eu esperava. Eles transportavam os primeiros funcionários da Cruz Vermelha. Observei com uma certa distância de veterano aqueles homens e mulheres, acostumados a trabalhar incansavelmente para salvar vidas, começarem a absorver a enormidade do que enfrentavam. Um jovem médico francês desmaiou ao ver a primeira colina de corpos. Inexplicavelmente, uma das almas penadas que perambulava ociosamente pelo campo de concentração, um senhor idoso que de algum modo sobrevivera para ver a libertação, caiu morto a apenas poucos centímetros do médico inconsciente. Como em relação a tudo o mais, todos nós parecíamos privados do poder de reação. Se o céu desabasse, como temia Henny Penny, talvez tivéssemos tido mais a dizer.

Muitos dos soldados de infantaria permaneciam parados em pequenos grupos, especulando sobre o que a morte do presidente poderia significar em relação à rendição final dos nazistas e à guerra no Pacífico. Pude perceber que o choque da notícia fora de certo modo bem-vindo, uma chance de afastar um pouco o que havia em suas mentes.

A meia-lagarta que eu esperava, um blindado 251 alemão capturado e repintado, finalmente apareceu às 14h30. Apenas cerca de um minuto depois disso, Grove veio me procurar. Íamos nos preparar para embarcar Martin. Ele ficaria o tempo todo com grilhões nas pernas e sob a mira de pelo menos duas armas.

– Há uma interna à sua procura – avisou Grove. – Ela perguntou pelo senhor pelo nome.

Eu sabia quem era. Uma envergonhada e exausta fantasia de que Gita poderia aparecer percorrera minha mente, do mesmo modo como acontecera havia meses, apesar de minhas tentativas de apagá-la.

– Polaca? – perguntei.

– Sim, do campo polonês. Ela parece bastante bem – acrescentou –, mas há várias jovens aqui que estão com uma boa aparência. – Ele não fez mais nenhum comentário sobre como essas moças haviam se arranjado.

Ela estava no escritório regimental que fora instalado no maior dos edifícios amarelos que a SS abandonara no início da semana. O aposento estava vazio, revestido a meia altura com painéis envernizados tipo macho e fêmea, com uma luminária de prédio escolar quebrada pendendo acima de um fio desencapado. Debaixo dela, Gita Lodz estava sentada em uma cadeira de madeira, a única mobília da sala. Ficou de pé de um salto assim que me viu. Ainda vestia o uniforme cinzento que as freiras haviam lhe dado em Bastogne, se bem que puído em ambas as mangas e sujo, e exibia uma estrela amarela presa acima do peito.

– Du-biin – disse ela e, com o nome, mais do que a visão dela, meu pobre coração pareceu que ia explodir. Não precisei perguntar como sabia que eu estava ali. Ela devia manter sua própria vigilância sobre o prédio onde Martin estava encarcerado.

Arrastei do corredor outra cadeira de madeira e sentei-me pelo menos a uns 4 metros dela. Ficamos assim nos encarando, sem nenhuma barreira entre nós além da distância, ambos com os pés plantados no chão gasto. Eu era orgulhoso demais para perder a compostura, e esperei, o rosto trêmulo, até conseguir extrair algumas palavras.

– Então nos encontramos novamente no inferno – disse-lhe em francês. Senti outra vez o coração e a mente executarem piruetas com os inexplicáveis extremos da vida. Ali estava eu com aquela mulher heroica e enganadora, repleto de ira e angústia, enquanto continuava tonto com o fedor da atrocidade, sentado onde alguns dos maiores monstros da história mandavam apenas uma semana atrás. Roosevelt estava morto. Eu estava vivo.

Embora eu não tivesse perguntado, ela me contou sobre os últimos dias. Martin e ela haviam entrado sorrateiramente pela mesma brecha na cerca traseira que os guardas da SS usaram para fugir. Após apenas uma questão de horas, ela identificou quatro pessoas que conhecera em Pilzkoba e que havia visto pela última vez nos caminhões que os nazistas haviam carregado de pessoas para deportação para Lublin. Uma delas era uma menina um ano mais nova do que Gita, uma colega de brincadeiras, a última de uma família de seis. Dois irmãos mais novos, um menino e uma menina, haviam sido arrancados dos braços dos pais e imediatamente intoxicados com gás ao chegarem a um campo de concentração chamado Buchenwald. Ali, no ano seguinte, seu pai fora espancado até a morte por um kapo bem diante dela, poucas semanas depois de sua mãe ter sucumbido à pneumonia. Apesar de tudo, porém, aquela menina de Pilzkoba sobrevivera. Marchara centenas de quilômetros até ali sem comida, os pés envoltos em trapos, uma viagem na qual outro de seus irmãos falecera. Mesmo assim, chegara a Balingen num razoável estado de saúde. E então, no dia anterior, ela morrera de uma das pestes que assolavam o campo de concentração.

– Na Normandia, Dubin, quando ajudamos a orientar as tropas dos Aliados através das fileiras de cercas vivas, vi campos de batalha tão densos de cadáveres que ninguém conseguia atravessar sem caminhar sobre os corpos. Disse a mim mesma que nunca veria nada pior, e agora vejo isto. E há gente aqui, Dubin, que diz que os alemães criaram lugares ainda piores. Isso é possível? *N'y a-t-il jamais un fond, même dans les océans les plus profonds?* – Não há fundo, mesmo no oceano mais escuro?

Com isso, ela chorou, e suas lágrimas, é claro, desencadearam as minhas. Sentados a 4 metros de distância, nós dois choramos, eu com as mãos sobre o rosto.

– Há tanta coisa que não entendo – falei finalmente – e nunca entenderei. Aqui, olhando para você, pergunto a mim mesmo, como é possível que, em meio a este sofrimento, a pior dor de todas seja a do coração?

– Você me critica, Dubin?

– E preciso? – Respondi com um daqueles provérbios franceses que ela adorava citar. – *Conscience coupable n'a pas besoin d'accusateur.* – Uma consciência culpada não precisa de acusador. – Mas tenho certeza de que não sente vergonha.

Ela sacudiu seus cachos cor de bronze. Estava magra e pálida. No entanto, de um modo inimaginável, continuava bela. Como as duas coisas eram possíveis?

– Está amargurado comigo – disse ela.

– Você me dizimou com suas mentiras.

– Nunca menti para você, Dubin.

– Chame isso como quiser. Eu lhe revelei segredos e você os usou contra mim, contra meu país. Tudo por Martin.

– *Entre l'arbre et l'écorce il faut ne pas mettre le doigt.* – Não se deve meter o dedo entre a casca e a árvore. No nosso modo de falar, ela quis dizer que estava entre a cruz e a espada. – Isso não é justiça. O que está para fazer... o que vai fazer agora. Martin colocado na cadeia pela sua nação? Ele arriscou a vida pelos Estados Unidos, pelos Aliados, pela liberdade, milhares de vezes. É o homem mais corajoso da Europa.

– Os americanos acreditam que ele é um espião dos soviéticos.

Aflita, ela apertou os olhos com toda a força.

– As coisas que eles pediram para você aceitar – murmurou. – *C'est impossible*. Martin despreza Stalin. Nunca foi stalinista, e depois do pacto de Stalin com Hitler, Martin passou a considerá-lo como o pior dos dois. Ele chama Stalin e Hitler de crias do mesmo demônio.

– E o que ele andou então fazendo todos esses meses, desafiando suas ordens, fugindo do Gabinete, de Teedle, e de mim? Ele lhe contou qual é seu objetivo?

– Agora? Ultimamente, sim. Na época das Ardenas, creio que era o que ele lhe contou... que estava em uma missão para o Gabinete, como sempre esteve. Ele não dizia aonde ia, mas isso não era incomum.

– E você acredita nele agora?

– Creio que ele diz o que acredita.

Quando lhe pedi para dizer o que era isso, ela olhou abaixo para as pequenas mãos cruzadas sobre o colo, claramente relutante, mesmo agora, em revelar os segredos de Martin. Entretanto, precavi-me para o caso de que a reação que vi pudesse ser outro fingimento.

– Desde que o tirei do hospital em Saint-Vith – disse ela finalmente –, ele sustenta a mesma coisa. Martin diz que os nazistas estão fazendo uma máquina que pode destruir o mundo. Ele quer matar todos que entendem seu funcionamento e enterrar para sempre o segredo com eles. Trata-se de uma loucura, mas é uma loucura ao estilo de Martin. Magnífica. Ele alega que esse é o seu destino. Em grande parte, tenho me sentido como, como é o nome dele, do baixote que anda com Dom Quixote?

– Sancho Pança.

– Sim, sou Sancho Pança. Não há meio de convencer Martin de que isso é uma loucura. E parei de tentar, Dubin. Os cientistas estão em Hechingen. Martin descobriu até aí. Mas um simples artefato capaz de reduzir Londres a cinzas? É fantasia, como muitas das coisas que Martin diz a si mesmo. Mas essa certamente será a última.

– Por quê?

– Porque ele morrerá tentando fazer isso. Um homem maneta? Sua perna esquerda mal consegue ser útil. À noite, a dor dos nervos queimados é tão forte que ele derrama lágrimas dormindo. E não tem ninguém para ajudá-lo.

– Exceto você.

– Eu não. Não tomarei parte nisso, Dubin. Ele não pede isso. E eu não iria. Sou membro da resistência, e não uma justiceira. Ele não tem aliados nisso, qualquer organização. Mas, mesmo assim, é o mais importante para ele.

– Mas não por causa dos soviéticos?

– Dubin, é como ele deseja morrer. Queira ou não admitir a si mesmo, a morte é claramente o seu objetivo. Ele está mutilado e sofrendo uma dor incessante. Mas agora, quando morrer, como certamente morrerá, ele vai acreditar que está fazendo nada menos do que garantir a segurança do mundo. É uma glória tão grande quanto qualquer outra que sempre desejou. É isso que você negaria a ele. Martin disse que, em vez disso, os americanos vão enforcá-lo. Verdade?

Eu havia falado com Martin poucas horas atrás e, com tempo para avaliar, concluí que não era exagero. A história que ele me contara seria o suficiente para enviá-lo para a forca. Se estava trabalhando para os soviéticos, como a maioria de seus superiores acreditava, ou como o novo Flash Gordon, ele admitira que era um soldado americano tentando solapar as forças americanas e negar a elas uma arma tida como essencial à segurança dos Estados Unidos. Isso, no mínimo, tornava-o traidor e insurgente. A lei não precisaria analisar profundamente.

– E isso é justo, Dubin? – perguntou ela, assim que confirmei com a cabeça.

– Justo? Comparado com qualquer coisa que aconteceu neste lugar, é justo. Martin desobedeceu a ordens. Ele mesmo atraiu isso para si.

– Mas é isso que você deseja ver, Dubin? Martin tremendo na ponta de uma corda?

– Não cabe a mim escolher, Gita. Preciso cumprir meu dever.

– Era o que alegavam os guardas daqui. Cumpriam ordens.

– Por favor.

– Pergunto novamente se é isso que você escolheria para ele.

– Não ouso escolher um destino para Martin, Gita. A lei não permite. Ela diria que o ciúme me torna irremediavelmente tendencioso. E, nisso, a lei é certamente sábia.

– Ciúme? – Olhou-me inexpressiva até entender o significado do que eu disse. – Dubin, já lhe disse uma porção de vezes, não precisa ter ciúme de Martin.

– E isso revelou-se outra mentira. Você dormiu comigo para ver o que poderia descobrir sobre Martin e depois me abandonou para socorrê-lo. Ciúme é o mínimo.

Ela empertigou-se. Os olhos negros agora eram os de uma boneca, duros como vidro.

– Acha que foi por isso que dormi com você?

– Acho.

Olhou-me com desconfiança e fingiu cuspir no chão.

– Eu o julguei mal, Dubin.

– Porque achou que eu fosse mais crédulo?

Ela então ergueu a mão na direção do coração, não distante de onde a estrela estava presa.

– No que você acredita, Dubin? Que sou uma estátua e não posso ser magoada? Eu prezo sua estima, Dubin. Mais, aparentemente, do que é capaz de entender. Não tolero seu desprezo.

– Eu admiro sua coragem, Gita. Continuo admirando.

Ela fechou os olhos por um momento.

– Fique zangado, Dubin. Sinta-se magoado. Pense que fui descuidada demais com os seus sentimentos. Mas por favor não acredite que eu faria amor com você com intenções tão torpes. Você me vê como uma prostituta? Porque sou filha de uma prostituta?

– Eu a vejo como é, Gita. Como alguém que sabe como fazer o que precisa fazer. – Repeti a história de Winters sobre o oficial alemão em Marselha ao qual ela se entregou para conhecer os detalhes do bombardeio de Londres. E, quando falei que era objeto de escárnio do Gabinete por ter dormido com o inimigo, dei-me conta de que havia esperado esse momento durante meses para que ela pudesse me dizer que era mentira. Ela não disse.

– *Qui n'entend qu'une cloche n'entend qu'un son.* – Quem ouve um sino ouve apenas um som. Ela quis dizer que havia dois lados na história. – Algo assim, Dubin, é fácil demais julgar a distância.

Imitei-a com outro provérbio.

– *Qui veut la fin veut les moyens?* – Quem quer o resultado quer os meios.

– Isso não é verdade? Neste lugar, Dubin, há milhares que fizeram muito pior para salvar apenas suas próprias vidas, quanto mais centenas de outras. Provavelmente milhares foram salvos pelo que fiz. Há muitos erros que tenho cometido, Dubin, pelos quais me perdoo com menos generosidade. Eu era jovem. Foi uma péssima ideia só porque, na ocasião, eu não sabia que, mesmo quando a alma usa armadura, continua frágil. Eu pensei, um pau é apenas mais uma coisa, Dubin. E Martin, a propósito, não soube disso antecipadamente e implorou para que eu nunca mais pensasse em recorrer a isso, para o meu próprio bem tanto quanto para o dele. Mas deixe-me lhe dizer uma coisa, Dubin, que é a parte mais desconcertante. Esse homem, esse nazista, esse oficial, foi gentil comigo. Era um homem que tinha alguma bondade dentro dele. E descobrir a informação através dele usando de fingimento... essa foi a parte mais difícil.

– Estou certo de que disse o mesmo de mim.

– Não é a mesma coisa, Dubin! Não sairei deste lugar com você acreditando nisso. – Ela continuou sentada ereta, o rosto envolto em fúria. – Eu gosto de você, Dubin. Demais. Você sabe disso. Olhe para mim aqui. Não vai me dizer que, mesmo a 4 metros de distância de mim, não consegue sentir isso? Eu sei que consegue.

– E foi por isso que partiu meu coração. Porque gosta de mim?

– Minha única desculpa é a que você deve reconhecer como verdadeira. Eu deixei você antes de você me deixar.

– É como você diz. Trata-se de uma desculpa. Eu acreditava que amava você.

– Você nunca me falou de amor.

– Você foi embora antes que eu pudesse falar. Mas, por favor, não finja que isso teria feito qualquer diferença. O que senti e o que demonstrei não poderia ser mais claro se tivesse um rótulo. Você recompensou o meu amor com mentiras. Até eu chegar a este lugar, achava que essa era a coisa mais cruel que existia.

– Sim – disse ela. – Foi algo indelicado. Mas entenda, Dubin, por favor, entenda. Eu conseguiria ficar e amar você e vê-lo levar Martin acorrentado para ser enforcado? Ele me devolveu a minha vida, Dubin. Eu deveria condená-lo calmamente no interesse de minha felicidade?

– Não creio que você tenha pensado nisso.

– O que eu pensei, Dubin, foi que um homem como você, o próprio cavalheiro burguês, nunca viveria uma vida com uma camponesa polonesa sem instrução. Foi isso que pensei. Você voltaria para os seus Estados Unidos, para seus livros de Direito, para a sua prometida. Foi isso que pensei. Eu sonho com filhos, como você sonha. Sonho em ficar o mais longe da guerra como fica um lar feliz. Para mim é um sonho que provavelmente jamais se tornará realidade.

– Isso é desculpa.

– Isso é a verdade, Dubin! – Enfurecida, ela sacudiu as mãos pequenas na minha direção, novamente em prantos. – Você diz que eu não renunciaria a Martin por você. Mas você seguramente tem os seus ídolos. Se eu tivesse ficado e lhe implorado para não cumprir o seu dever com Martin, você teria recusado?

– Eu gostaria de acreditar que a minha resposta é "sim". Mas duvido. Receio, Gita, que eu teria feito qualquer coisa por você.

– E quem seria você depois disso, Dubin, sem os seus preciosos princípios?

– Não sei. Mas seria quem eu teria escolhido me tornar. Poderia dizer isso a mim mesmo. Poderia dizer a mim mesmo que escolhera o amor e que, numa vida dura como a nossa, ele deve vir em primeiro lugar.

Ela ficou imóvel, me olhando daquele seu modo, um olhar tão intenso que pensei que poderia me transformar em chama. Então ela perguntou se eu tinha um pano, querendo se referir a um lenço. Pegou-o comigo e voltou para o seu lugar para limpar o nariz. Finalmente, inclinou-se à frente e apertou as mãos.

– Você falou sério? Isso que acabou de dizer? Fala de coração, Dubin, ou isso é meramente um argumento de advogado?

– É a verdade, Gita. Ou era. Está no passado.

– Precisa estar? Nós temos o nosso momento, Dubin. Aqui. Agora. Ele pode ser do jeito que você gostaria que fosse. Como gostaria que fosse. Teremos amor. Teremos um ao outro. Mas deixe-o ir embora, Dubin. Deixe Martin ir embora e ficarei com você. Cuidarei do seu lar e cozinharei para você e darei à luz os seus pestinhas, Dubin. Eu farei isso. Quero fazer. Mas deixe-o ir.

– Deixá-lo ir?

– Deixá-lo ir.

– Não consigo nem imaginar como eu faria isso.

– Ora, Dubin, você é esperto demais para dizer isso. Não precisará pensar nem uma hora para imaginar um plano que funcione. Dubin, por favor. Por favor. – Ela caminhou até a minha cadeira e então pousou um joelho no chão. – Por favor, Dubin. Dubin, escolha isso. Escolha o amor. Escolha a mim.

"Se mandar Robert para o carrasco, ele ficará entre nós para sempre. Aqui no inferno, Dubin, você pode escolher essa coisa boa. Deixe o Quixote lutar contra seu moinho de vento. Não deixe que ele morra em desgraça. Ele viveu como um herói. Para ele, será pior do que tortura morrer tachado de traidor.

– Você faria qualquer coisa por ele, não é mesmo?

– Ele salvou a minha vida, Dubin. Mostrou-me o caminho para cada coisa boa em que acredito. Até mesmo o meu amor por você, Dubin.

– Você se comprometeria a me amar, desistiria de sua vida, só para vê-lo morrer de um modo em vez de outro?

– Dubin, por favor. Por favor. É a minha vida também. Você é precioso para mim. Dubin. Por favor, Dubin. – Lentamente, alcançou a minha mão. Todo o meu corpo estremeceu ao seu toque e, mesmo assim, pensei: Mais uma vez, ela vai maquinar a fuga dele. Mas eu a amo. Como dissera Biddy, era inútil tentar argumentar com isso.

Com minha mão na sua, ela chorou.

– Por favor, Dubin – repetiu. – Por favor.

– Você tem a personalidade de uma tirana, Gita. Quer me tornar um suplicante para poder pensar melhor de si mesma.

Apesar das lágrimas, ela conseguiu esboçar um sorriso.

– Então agora conhece o meu segredo, Dubin.

– Vai zombar de mim por ser burguês.

– Vou mesmo – frisou. – Prometo. Mas serei feliz, não conseguirei evitar. – Ergueu seu rosto para mim. – Leve-me para os Estados Unidos, Dubin. Faça de mim sua esposa. Deixe Martin ir. Deixe Martin ser o passado. Deixe-me ser o futuro. Por favor. – Agora beijou a minha mão, uma centena de vezes, presa entre as suas, e contornou cada nó dos dedos. O que ela propunha era loucura, claro. Mas uma loucura não maior do que aquela que havia meses eu vinha observando os soldados fazerem rotineiramente. Não maior do que saltar de paraquedas em uma cidade sitiada. Não maior do que o combate, no qual soldados dão a vida por centímetros de terreno, e dos rancores de generais e ditadores. Naquele lugar, o amor, mesmo em sua chance mais remota, era a única escolha sã. Puxei suas mãos para minha boca e beijei-as uma vez. Então levantei-me e olhei para baixo, para ela.

– Quando me trair, Gita, como sei que o fará, eu nada terei. Terei virado as costas para o meu país, e você terá sumido. Não terei honra. Não acreditarei em nada. Não serei nada.

– Você me terá, Dubin. Juro. Terá amor. Juro, Dubin. Você não será traído. Juro. Juro.

Gita Lodz é minha mãe.

32
Urso: Fim

Quando li o relato de papai pela primeira vez, o fim me parecera decepcionantemente abrupto. Não apenas achei que não havia menção à minha mãe, como também não havia o relato do que acontecera com Martin. Supostamente escrevendo para explicar as coisas para seu advogado, papai emudeceu sobre como Martin fugira, como ele alegava, ou fora assassinado, como temia Urso.

De acordo com o testemunho à corte marcial, em 12 de abril de 1945, Martin foi levado ao veículo blindado, sob a mira de uma arma, onde papai o esperava. Escoltados por PMs, viajaram apenas 2 ou 3 quilômetros além do perímetro de Balingen em direção a Hechingen, para o acampamento da 406ª Cavalaria Blindada. Ali Martin foi acorrentado a uma estaca de cerca, antes de uma barraca ser montada em sua volta. Mais ou menos às 3 da madrugada, meu pai apareceu e disse aos dois PMs que vigiavam o major que não conseguia dormir e os substituiria por duas horas. Quando voltaram, papai estava lá e Martin havia sumido. Meu pai disse aos guardas, sem maiores explicações, que deixara Martin ir embora. Um dia depois, ele estava de volta a Frankfurt para admitir a mesma coisa a Teedle.

Na primeira vez que voltei para visitar Leach em Hartford, em novembro de 2003, fui direto ao assunto.

– O que papai escreveu não responde à sua dúvida.

– Minha "dúvida"?

– Se meu pai assassinou Martin assim que o soltou.

– Ah, isso. – Urso soltou sua gargalhada seca, ofegante. – Bem, o que você acha, Stewart?

Antes de ter lido as páginas que Urso me deu, suas suspeitas eram surpreendentes, mas assim que percebi que papai abandonara tudo por Gita Lodz, entendi a lógica de Leach.

Como meu pai lhe dissera, se ela o traísse novamente, ele nada teria. Com Martin morto, por outro lado, ela poderia jamais ficar com ele. Seguramente, papai não tinha qualquer necessidade de temer ser descoberto se matasse Martin. Praticamente não havia nenhuma chance de mais um corpo jamais ser identificado no meio de milhares em decomposição, no enorme buraco às margens de Balingen. Papai estava armado, é claro. E, após os combates, tornara-se tristemente calejado em matar.

Em outras palavras, papai teve motivo e oportunidade, coisas que, segundo os promotores que ouvi durante anos, eram os principais cartões de visita de um forte caso circunstancial de assassinato. Contudo, minha crença na decência de meu pai, que ainda agora me parece tão tangível quanto seu corpo, permanecia imutável. Constatando tudo que eu não soubera sobre sua vida, cometer um assassinato ainda parecia distante dele, e falei isso para Leach. Urso ficou muito contente, e me obsequiou com seu esquisito sorriso oblíquo.

– Bom para você, Stewart.

– Mas estou certo?

– Claro. Tornou-se difícil, para mim, estabelecer a resposta à minha própria pergunta, principalmente após o veredicto e a sentença. Falando francamente, Stewart, se houvesse um crime pior a ser descoberto, talvez eu tivesse pensado duas vezes ao entrar com apelações. Cinco anos pelo assassinato de outro oficial, mesmo um oficial procurado, não foi um resultado decepcionante, se é que é verdade o que ocorrera.

– Mas aconteceu que Martin estava vivo?

– Quando o seu pai o viu pela última vez? Sem dúvida. Cadê os meus papéis? – A pasta-sanfona, a arca do tesouro de Urso, como eu a via, repousava contra os raios de cromo da roda de sua cadeira, e passei-a para ele. Os dedos curvos de Leach cambalearam pelas folhas. Tocou várias vezes em um papel até conseguir segurá-lo e então levou-o quase até o nariz para ler. – Não – disse ele, e o processo foi reiniciado, com seus pedidos de desculpa a mim pelo ritmo agonizante. – Este! – exclamou finalmente.

LABORATÓRIO
60º HOSPITAL DE RETIRADA
CORREIO MILITAR Nº 758, EXÉRCITO DOS ESTADOS UNIDOS
CORREIO MILITAR

16 de maio de 1945

RELATÓRIO DE AUTÓPSIA
C-1145

NOME: (Nome, Posto, Unidade & Organização Desconhecida)
IDADE: Aprox. 42
RAÇA: Branca
SEXO: Masculino
NACIONALIDADE: Desconhecida
ADMISSÃO: Não foi internado neste hospital
MORTE: Aprox. 9 de maio de 1945
AUTÓPSIA: 1230, 13 de maio de 1945

DIAGNÓSTICO CLÍNICO

1. Desnutrição, desidratação, graves

DIAGNÓSTICO PATOLÓGICO

GERAL: Desnutrição, desidratação, queimaduras graves, terceiro grau, parcialmente saradas

DOENÇA ATUAL: O paciente foi encontrado morto sentado em um divã do Hotel Hochshaus, em Berlim, Alemanha (Área Q-333690), após a chegada de tropas americanas àquele setor por volta de 11 de maio de 1945. Ele estava vestido com farda de oficial do Exército dos Estados Unidos, com um cacho de folhas de carvalho na gola direita de sua camisa, mas, fora isso, sem qualquer insígnia ou plaqueta de identificação.

Evidentemente, fora mantido prisioneiro por um período de tempo e morrera de fome.

EXAME FÍSICO: Exame realizado no cemitério revelou não haver quaisquer ferimentos externos recentes. paciente evidenciava ter se recuperado de queimaduras de terceiro grau de vários meses atrás; faltava-lhe a mão esquerda.

CONSTATAÇÕES DA AUTÓPSIA

O corpo é de um macho bem desenvolvido mas notadamente emaciado, com cerca de 40 anos de idade, medindo 1,78 metro de altura e pesando aproximadamente 47 quilos. Rigor e *livor mortis* ausentes. A cabeça está coberta por longos cabelos negros, exceto por uma área cicatrizada acima da orelha esquerda, acima da qual a maior parte do rebordo externo se perdeu, aparentemente devido à queimadura. A porção anterior de seus olhos fortemente afundados está abaixo da porção lateral da margem orbital. Uma barba de várias semanas cobre seu rosto e contém alguns pelos grisalhos ao lado de cada orelha. Todos os seus dentes estão presentes. As marcas das costelas são muito salientes e a fina parede abdominal anterior repousa apenas ligeiramente sobre sua espinha.

Indícios de queimaduras recentes de terceiro grau também aparecem na porção distal da perna e do tórax; tecidos conectivos formando cicatrizes permanecem arroxeados e tesos, e parecem esfolados em vários lugares. A mão esquerda está ausente abaixo do pulso. O toco irregular revela semelhante cicatrização de queimadura, sugerindo que a mão pode ter sido perdida em uma explosão ou consequente amputação. Cicatrizes suturadas indicam recente restauração cirúrgica.

INCISÃO PRINCIPAL: A incisão habitual revela um milímetro de tecidos adiposos subcutâneos, músculos adelgaçados, órgãos dispostos normalmente na cavidade abdominal costumeira, e cavidades pericardial e pleural normais.

TRATO GASTROINTESTINAL: O estômago contém apenas uma pequena quantidade de um leve muco, o intestino está vazio, e há apenas uma quantidade mínima de material fecal no cólon. Todos os vasos mesentéricos são proeminentes no cólon.

NOTA: Praticamente todo o tecido adiposo do corpo desapareceu, e é diminuto mesmo em volta dos rins e do coração. Os tecidos exibem carência de turgidez indicativa de grave desidratação. A ausência de trauma externo recente e apenas muco no trato gastrointestinal parece indicar que esse homem morreu de subnutrição e desidratação.

s/Nelson C. Kell
Capitão,
Unidade Médica
Oficial de Laboratório

– Recebi isso em junho de 1945 – disse Urso –, do amigo e médico de seu pai, Cal Echols, apenas alguns dias depois de concluída a corte marcial. Cal fora transferido para o hospital do quartel-general em Regensburg e visitou muitas vezes seu pai antes e depois do julgamento. Como eu estava atento em relação a Martin desde o início, pedi a Cal que me informasse discretamente se ele tivesse notícia de um maneta vítima de queimaduras. Minha ideia era que Martin poderia procurar tratamento médico. Em vez disso, sua autópsia chegou por acaso à mesa de Cal como objeto de grande curiosidade.

"Quando as tropas dos EUA entraram em Berlim, em 11 de maio, os soviéticos haviam encaminhado os americanos a esse corpo, citando-o como outra atrocidade alemã. Mas notará, pelas conclusões do patologista, que a morte ocorrera nas últimas 72 horas. Os alemães renderam Berlim aos russos em 2 de maio. Esse homem só morreu uma semana depois. Os médicos americanos suspeitaram que os russos, e não os alemães, o tinham mantido preso.

– Os russos mataram Martin?

– Bem, foi certamente isso que pareceu. Após várias semanas, a Graves Registration ainda não tivera sucesso em identificar os restos mortais. Mas as circunstâncias da morte, particularmente o envolvimento dos soviéticos, despertaram o contínuo interesse e, finalmente, levaram a autópsia a cruzar a fronteira da Unidade Médica. Após meditar bastante, resolvi comunicar o fato ao general Teedle.

– Teedle?

– Eu mantinha contato com ele de vez em quando. Não começamos exatamente com o pé direito. Durante o interrogatório, eu achava que ele ia pular da cadeira e tentar me esganar. Mas Teedle continuou preocupado com o caso de seu pai, considerando-o totalmente enigmático. Deu a entender que sempre me daria ouvidos se eu surgisse com qualquer prova atenuante. E dou crédito a Teedle. Ele reconheceu de imediato a importância primordial da autópsia.

– E qual foi?

– Bem, era difícil acreditar que os soviéticos assassinassem um agente leal, principalmente matando-o de fome. Havia muitas alternativas... talvez Martin tivesse caído em desgraça com os seus amos soviéticos... mas com seu pai agora sentenciado à prisão, Teedle reconheceu que a autópsia levantava dúvidas plausíveis de que Martin era um espião. Após ele informar isso ao Gabinete, eles enviaram uma equipe para identificar o corpo. Como sempre, o Gabinete quis manter para si os resultados dessa investigação posterior, mas Teedle não permitiu.

"Como se revelou, tudo o que Martin dissera a seu pai sobre a Missão Alsos era essencialmente verdade. O Gabinete recrutara equipes de físicos que competiam por toda a Alemanha, na esperança de chegar aos cientistas atômicos alemães antes dos soviéticos. E Hechingen, para onde foram enviados por Berlim os maiores cientistas alemães, era de fato o alvo principal da Alsos. Já se escreveu muita coisa a respeito disso.

De dentro de sua pasta, Urso me passou fotocópias de recortes de várias matérias explicando a Missão Alsos, que eu escaneei. Hechingen ficava no setor alemão onde os franceses Livres lideravam uma tentativa de combate, mas, por causa dos segredos atômicos que continuavam com os cientistas alemães, uma grande tropa de soldados americanos passou à frente dos franceses e entrou em Hechingen em 24 de abril de 1945. Tomaram o laboratório de Werner Heisenberg, oculto em uma antiga tecelagem em Haigerlocherstrasse, mais além do centro da cidade, onde encontraram vários dos mais ilustres cientistas alemães, inclusive Otto Hahn, Carl von Weizsackere Maxvon Laue, juntamente com duas toneladas de urânio, duas toneladas de água pesada e dez toneladas de carbono. Após algumas buscas, os americanos também localizaram os registros da pesquisa dos cientistas escondidos em uma fossa atrás da casa de Weizsacker.

– Heisenberg – disse Urso –, o mais ilustre físico do grupo, e Gerlach, estavam desaparecidos. Com o interrogatório do Gabinete, seus colegas logo explicaram que Heisenberg e Gerlach haviam fugido dez dias antes, em consequência de um estranho incidente. Um maneta solitário fora detido prestes a detonar uma enorme carga explosiva, que teria demolido o prédio de tijolos da tecelagem, matando todos em seu interior. O pretenso bombardeador se livrara de suas chapas de identificação e alegou a princípio ser francês, mas, quando chegou, a SS identificou sua farda, que não tinha qualquer insígnia, exceto um cacho de folhas de carvalho, como sendo a de um oficial americano.

"Tendo em vista sua missão e o fato de que entrara sorrateiramente na cidade bem antes das forças americanas, a SS concluiu que ele só poderia ser do Gabinete.

"Os cientistas alemães em Hechingen previam que os Aliados, incluindo os soviéticos, iam querer capturá-los para descobrir sobre sua pesquisa. Isso era desanimador por um lado, pois eles sabiam que estavam destinados a um prolongado cativeiro, mas tomaram por certo que, quem quer que os prendesse – e preferiam que fossem os americanos em vez dos ingleses – com certeza os manteria vivos a fim de absorver seu conhecimento. A conclusão dessa tentativa de bombardeio foi muito mais desoladora, visto que sugeria que, em vez disso, eram os americanos que tentavam matar todos eles. Hahn, Weizsäcker e Laue decidiram permanecer com suas famílias e aceitar seu destino. Mas Heisenberg e Gerlach e um ou dois dos outros literalmente fugiram para salvar suas vidas, só que num espaço de dez dias foram localizados pelos americanos.

As fotocópias de Urso descreviam a detenção de Heisenberg. Naturalmente, nenhum dos cientistas foi assassinado. Em vez disso, como haviam antecipado originalmente, todos foram transferidos para uma instalação da inteligência britânica em Farm Hall, na Inglaterra, onde um demorado depoimento determinou que o grupo de Heisenberg estava bem atrasado em relação ao Projeto Manhattan.

– E o Gabinete se deu conta de que o soldado maneta era Martin? – perguntei.

– Imediatamente.

– Foi, portanto, no final de abril, certo? Antes da audiência da corte marcial. E eles lhe falaram sobre a tentativa de explosão?

– Nem uma só palavra. Não se esqueça, Stewart, que a bomba atômica permanecia como o maior segredo dos Estados Unidos. O Gabinete não diria nada em relação a ela ou à Alsos... não para Teedle, para o promotor da corte marcial, muito menos para mim. Mas a mania de eliminar todo conhecimento sobre qualquer coisa relacionada com a bomba funcionou como vantagem para nós. O promotor do caso de David era um advogado chamado Meyer Brillstein, que parecia muito mais furioso com seu pai do que Teedle. Pode-se imaginar por quê. Antes, porém, certamente por insistência do Gabinete, Brillstein propôs recusar a pena capital contra seu pai em troca da alegação de culpa de David e um acordo mútuo para não se procurar descobrir ou oferecer prova de qualquer atividade de Martin relacionada ao Gabinete além daquelas que David testemunhara em primeira mão. Tanto seu pai quanto eu vimos essa oferta como o proverbial cavalo dado, visto que significava que os jurados da corte marcial não tomariam conhecimento de que David libertara de propósito um suspeito de espionar para os soviéticos. Se ficassem sabendo, não há como imaginar o quanto mais extensa teria sido a sentença de seu pai.

"Claro que podemos ver agora que Martin sabia muito menos do que pensava. Fora informado sobre a Alsos em Londres, em setembro de 1944, com a ideia de que levaria um grupo de físicos americanos para a Alemanha. Embora Martin fosse necessariamente informado sobre o programa atômico alemão, naquele mundo sigiloso ninguém lhe falou sobre o Projeto Manhattan. Ele não tinha a menor desconfiança de que os Estados Unidos estavam perto de aperfeiçoar sua própria bomba e, desse modo, não previu que, em menos de quatro meses, a caixa de Pandora, como ele a chamava, seria aberta sobre Hiroshima e Nagasaki. Claro que os superiores de Martin no Gabinete se tornaram ainda mais determinados a mantê-lo no escuro, assim que ele passou a expressar abertamente dúvidas sobre se uma arma como a Bomba deveria ficar nas mãos de qualquer nação. Em outubro de 1944, ele exagerou nos comentários. Londres decidiu chamá-lo de volta. E Martin decidiu desafiá-los.

"No Gabinete, quando souberam, em abril de 1945, do atentado de Martin em Hechingen, o significado ficou patente:

os soviéticos reconheceram que não chegariam primeiro a Hechingen e despacharam Martin para destruir a instalação a fim de evitar que os cientistas e sua pesquisa caíssem em mãos americanas. Barba, cabelo e bigode no quesito se Martin era um espião. Dentro da agência, uma pequena facção liderada pelo coronel Winters sustentava que era questionável acreditar que os soviéticos tivessem apoiado tal tentativa improvável. De acordo com os físicos em Hechingen, Martin montara um dispositivo improvisado feito de projéteis de artilharia que não explodiram, viajava num jipe americano acionado por ligação direta, não teve colaboradores visíveis, e foi traído porque ainda não havia dominado a técnica de acender um fósforo com uma só mão.

"Quando surgiu a autópsia em junho, mostrando que Martin sofrera uma morte cruel sob a tutela dos soviéticos, renovou-se a controvérsia no Gabinete em relação à lealdade de Martin. Winters começou a teorizar que Martin talvez estivesse em uma cruzada solitária para impor sua crença expressada de que essa nova arma não deveria pertencer a qualquer nação. Como resultado, a agência redobrou sua busca pelos oficiais da SS que tiveram a custódia de Martin em Hechingen. No início de julho, dois deles foram localizados em suas cidades natais em lados opostos da Alemanha, ambos com suas fardas queimadas e minuciosos contos da carochinha sobre nunca terem servido no Exército alemão. Os americanos rapidamente fizeram com que soltassem a língua, e os dois oficiais contaram histórias mais ou menos parecidas.

"O pessoal da base da SS que protegia Hechingen adorou pôr as mãos em Martin, mas não pelo valor de sua inteligência. Em meados de abril, eles souberam que a guerra acabara. Contudo, um oficial americano do Gabinete lhes pareceu uma ficha valiosa de barganha para assegurar a liberdade dos homens da SS assim que os americanos chegassem lá.

"Por esse motivo, segundo alegaram, eles não interrogaram Martin. As rações eram insuficientes e, no início, quando ele recusou comida e água, eles não desconfiaram de nada. Martin alegou que estava com uma grave infecção intestinal e aceitaram o fato como verdadeiro, pois não fazia sentido achar que o homem preferia morrer de fome a ser devolvido ao seu exército.

– Mas Martin sabia que o enforcaríamos, não? – perguntei.

– Certamente foi isso que seu pai disse a ele. De qualquer modo, a SS abandonou Hechingen um dia antes da chegada dos americanos, e levou Martin com ela. As forças alemãs estavam recuando para o Oder na esperança de romper o cerco soviético a Berlim que havia começado. Os homens da SS seguiram para lá e, assim que foram cercados pelos soviéticos, decidiram ver se conseguiam comprar sua liberdade com o mesmo troféu que iriam oferecer aos americanos: o oficial americano do Gabinete.

"Muitos historiadores ainda ficam intrigados por que Stalin se dispôs a perder milhares e milhares de soldados no cerco e na conquista de Berlim sem a ajuda dos Aliados, sobretudo visto que, posteriormente, cumpriu sua promessa de dividir a cidade após a queda. Alguns especulam que os soviéticos queriam o direito irrestrito de descarregar sua vingança contra os alemães, o que certamente fizeram. Cem mil mulheres alemãs foram estupradas durante a primeira semana de permanência dos russos em Berlim, Stewart.

Urso deu uma segunda sacudida em sua velha cabeça diante de mais um fato vergonhoso da guerra.

– A principal teoria atualmente, porém, amparada por documentos encontrados nos arquivos do KGB, é a de que Stalin queria alcançar Berlim sozinho porque o Instituto Kaiser Wilhelm de lá guardava as únicas peças do programa nuclear alemão em que os americanos ainda não tinham colocado as mãos. De fato, os soviéticos descobriram estoques de óxido de urânio no Instituto, o qual acabou por ressuscitar o debilitado programa atômico deles.

"Assim que os oficiais da SS fizeram contato com os soviéticos, e revelaram as circunstâncias em que capturaram Martin, encontraram a inteligência do exército soviético com grande disposição em soltar os homens da SS em troca de contarem tudo que sabiam sobre Hechingen e entregarem o americano. Ao saber que seria entregue aos soviéticos, Martin, que agora estava muito fraco, pediu aos alemães, como cavalheiros, que atirassem nele. Quando se recusaram, ele tentou fugir, apesar de seu estado. Nem passou pela porta. Essa foi a última vez que os oficiais da SS viram Martin. Sob a custódia dos soviéticos, a cerca de 100 quilômetros de Berlim.

– E por que Martin preferiu morrer na Alemanha em vez de nas mãos dos soviéticos?

– Podemos apenas supor. Em vista do que ele falara ao seu pai, é claro que Martin imaginava que os soviéticos estariam desesperados para saber o que pudessem sobre o que os americanos sabiam e suspeitavam em relação à bomba atômica. Para Martin, não seria uma perspectiva atraente morrer após terem extraído sob tortura todos os segredos americanos que ele conhecia – Urso e eu ficamos calados por um segundo, meditando sobre isso.

A outra coisa que me intrigou naquele momento foi como Urso soubera de tudo isso. Uma parte, explicou, veio através de Teedle. A maior parte do que sabia foi o produto de sua constante curiosidade pela causa judicial de meu pai. Ele lia as histórias à medida que emergiam através dos anos. Mas também manteve contato com o coronel Winters, o comandante de Martin no Gabinete, que acabou se tornando um oficial superior de inteligência na CIA.

– Após Bryant se aposentar da Agência no início dos anos 1970, nos encontramos para um drinque no Mayflower. Winters contou-me que, poucos anos antes, tivera uma curiosa conversa com um correspondente soviético ao seu cargo, que revelou que tomara parte no interrogatório de

Martin em Berlim, um acontecimento que os russos oficialmente negam até hoje.

"Martin recusou-se a falar, é claro. O oficial soviético reconheceu que o torturaram, mas Martin estava tão fraco por causa da fome que suspeitaram que seu coração iria parar. O único modo que descobriram para arrancar mais do que nome, patente e número de série dele foi puramente acidental, quando chamaram um médico, que propôs alimentá-lo por via intravenosa. Nesse momento, o major concordou em responder a perguntas, se o deixassem morrer. Eles interrogaram Martin durante uma tarde inteira. Dois dias depois, ele morreu. E, é claro, aconteceu que cada palavra que Martin dissera, embora sedutora, revelou-se uma completa mentira.

Urso fez uma pausa para limpar os lábios. Achei que ele tivesse falado demais, mas insistiu em prosseguir. Urso dera muito duro para descobrir aquilo tudo para não poder passar à frente.

– Através dos anos – disse ele –, pensei muito no fim de Martin. Estava desfigurado e com muitas dores por causa de suas queimaduras, enquanto a nação a cujo serviço ele sofrera esses ferimentos tentava enforcá-lo. No entanto, ele não nos traiu. Em vez disso, aceitou a morte como sua única honrosa opção. Por morrer nas mãos dos soviéticos, ironicamente, isso acabou restabelecendo sua boa-fé diante do Gabinete, principalmente após terem ouvido os oficiais da SS. Viam, então, Martin como alguém perdido e agindo por conta própria, mas não um espião soviético, um dos muitos soldados que foram arruinados pela pressão da guerra em vez de um verdadeiro vira-casaca determinado a ajudar os inimigos dos Estados Unidos.

Fiquei sentado por algum tempo digerindo o que Urso me dissera. Era interessante por si só, mas tive dificuldade em relacionar qualquer coisa disso à minha principal curiosidade remanescente, ou seja, como meu pai escapou de sua sentença de prisão. Comentei isso com Urso, que respondeu com o seu breve assentir de cabeça desengonçado.

– Entendo que isso está longe de ser óbvio, mas esses acontecimentos de fato pavimentaram o caminho para a soltura de seu pai. O Gabinete soubera de tudo isso... a autópsia e o relato da SS sobre Martin ter sido entregue aos soviéticos... em julho de 1945, apenas poucos dias antes de Truman, Stalin, Churchill e Attlee se encontrarem para discutir os acordos de pós-guerra em Potsdam. Robert Martin acabou surgindo nessas conversas, porque os nossos diplomatas haviam se dado conta de que poderiam usar o destino dele como uma vantagem para nós. Era uma ideia incendiária o fato de nossos aliados soviéticos terem detido um oficial americano do Gabinete e, em vez de repatriá-lo, interrogarem-no sobre os nossos segredos e deixarem-no morrer de fome. Isso mostrava que Stalin não era de modo algum um aliado, mas, antes, estava de fato preparando-se para guerrear contra nós. Os russos continuaram a negar oficialmente que Martin morrera em suas mãos, mas as provas médicas eram claras e as circunstâncias da morte do major mantiveram os soviéticos na defensiva. Além do mais, a prova de seu desejo em obter a bomba atômica apontou o caminho para a derradeira revelação feita em Potsdam, o anúncio de Truman para Stalin de que os Estados Unidos haviam de fato aperfeiçoado a arma. Não quero exagerar a importância da morte de Martin, mas foi uma nota límpida num coro Aliado destinado a forçar Stalin a cumprir o acordo de Yalta sobre as fronteiras nacionais e a demarcação de tropas... e, desse modo, ironicamente, evitando outra guerra.

"Entretanto, a fim de entrar numa dança diplomática na qual a música era a nossa indignação pelo destino de Martin, era essencial que Robert Martin fosse retratado como um grande herói americano, e certamente não um agente velhaco. Os detalhes inconvenientes da insubordinação de Martin, a ordem para sua prisão e suas muitas evasões das mãos americanas tinham de ser rapidamente apagadas da memória da comunidade, o que significava necessariamente que a corte marcial de David Dubin fosse rapidamente transformada em um não acontecimento histórico.

"Em 26 de julho de 1945, fui chamado ao Quartel-General do Terceiro Exército por Teedle, que me informou que o caso fora suspenso. Ele revelou o pouco que sabia, pois ao próprio general foram fornecidos apenas parcos detalhes. No entanto, em absoluto ele se dispunha a fornecer uma vantagem sobre os soviéticos. E, de sua perspectiva, o caso contra seu pai era muito menos significativo agora que o Gabinete dizia que Martin não trabalhara para os russos. Teedle ficou realmente mortificado com a reviravolta, e parecia sentir que fora seriamente iludido.

"No tribunal, eu aprendera a nunca questionar uma decisão favorável. Agradeci a Teedle de coração e me preparei para sair levando em mãos o documento que anulava as acusações, mas Teedle não me dispensou. Em vez disso, deu a volta em sua escrivaninha e aproximou-se de mim.

"'Por que diabos ele fez isso, Leach?', perguntou, referindo-se a seu pai. Havia uma tremenda ferocidade em Teedle. Ele não era um homem grande, mas, quando o general se concentrava em algo, era aterrador, pois você sentia que ele estava prestes a atacar. Foi um momento desconfortável quando tive de traçar os limites da confidencialidade de advogado-cliente. Mas acontece que o general tinha uma teoria.

"'Creio que Dubin estava convencido de que Martin não era um espião soviético, e temia tanto o Gabinete quanto a mim, o homem que iria enforcá-lo por isso. Cheguei perto?'

"Eu sabia que não sairia dali sem dizer algo ao general e, no todo, o que ele pressupunha era verdade. Achei que ele ficaria satisfeito ao lhe dizer que seu palpite era correto, mas, em vez disso, ele tornou-se solene.

"'Há muito que eu desconfiava que essa maldita coisa com Dubin era culpa minha', afirmou. Ele era um homem muito triste, Roland Teedle, ardoroso e zeloso, mas, no fundo, melancólico e consciente de suas próprias deficiências, as quais ele achava que o levaram a aceitar avidamente uma falsa opinião sobre Martin. Não sei se você sabe disso, Stewart, mas, após a guerra, Teedle colou grau em teologia e conquistou bastante renome nesses círculos. Publicou vários livros. Sua teoria principal, de acordo com o tanto que conheço dessas coisas, era de que a fé era o objetivo da existência, enquanto o pecado era a realidade irresistível da vida. O objetivo da sociedade era reduzir as barreiras da fé, visto que só a fé era capaz de nos redimir. Muito complexo. Como teólogo guerreiro, Teedle até mesmo interessou dois biógrafos após sua morte. Um livro foi totalmente impiedoso... alcoolismo, surras na mulher, brigas em bar até os 70, mas nem um bafejo do tipo de escândalo que seu pai ouvira de Billy Bonner. Eu não ficaria surpreso se você verificasse as estantes de seu pai e encontrasse lá uma ou duas obras de Teedle.

De fato, quando verifiquei, cada livro escrito por ou sobre Teedle constava da biblioteca de papai, todos, pelo estado das páginas, bem folheados.

– Não houve muita coisa que eu pudesse dizer a Teedle – observou Urso –, quando ele alegou que todo o episódio fora culpa dele. Isso era o perfeito Teedle. A disposição de aceitar responsabilidade era admirável, ao mesmo tempo em que, no mínimo, era irônico o egotismo que o fazia pensar que era a força motivadora de tudo que ocorrera. Mas, por outro lado, a rixa fundamental entre seu pai e Teedle sempre fora a respeito das preocupações principais de Martin, se Martin, em poucas palavras, era mocinho ou bandido. No final, o general pareceu disposto a conceder a razão a seu pai e, com isso, finalmente, deixar que eu transmitisse essa notícia ao meu cliente.

– Que ficou feliz, creio? – perguntei.

– Muito. Houve tanta e intensa correria, depois que surgiu a autópsia, que sabíamos que houvera mudança nos ventos, mas nem seu pai nem eu jamais teríamos ousado pensar que todo o processo fosse cancelado. David reagiu adequadamente. Ficou de pé num salto e apertou minha mão, leu várias vezes para si mesmo o documento de dispensa e, assim que se deu conta de que a prisão domiciliar acabara, insistiu em me pagar uma bebida. Esperava que ele fosse perguntar sobre o seu original, que eu ainda teria de devolver, mas nunca perguntou. Talvez, de certo modo, se dispusesse a me ver fazer aquilo em que eu insistira, ou seja, preservá-lo para seus filhos. Essa, pelo menos, é a desculpa que tenho dado a mim mesmo, Stewart, ao compartilhar tudo isso com você.

"Seu pai adorou a atmosfera de verão no caminho até o café, mas, depois que duas taças de champanhe foram colocadas à nossa frente, ele ficou bastante melancólico. Tenho certeza de que era remorso pelas muitas perdas que sofrera ao caçar Martin, mas que, na ocasião, não o preocupavam.

"'Brindo a você, Urso', disse ele, 'e você deve brindar mim. Deseje-me sorte.'

"Claro que brindei, mas ele me fez ver que eu errara o alvo.

"'Preciso ir a Balingen', falou, 'para ver como a minha esposa vai reagir quando eu lhe contar que estou livre para ser seu marido'.

33
Heróis comuns

Se você perguntasse à minha mãe, como eu fazia de vez em quando durante a minha infância, ela descreveria meu pai como o amor de sua vida, o herói que, como Orfeu, a resgatara do Hades e cuja paixão a levara de volta ao reino dos vivos. Essa era a sua história, como dizem, e se mantinha fiel a ela. E creio, de coração, que era verdade. Apesar das dúvidas que meu pai expressara para Leach quando foi solto, minha mãe sempre permaneceu fiel a ele, e ele a ela. Havia os atritos diários normais, mas meus pais tratavam um ao outro com estima e gentileza. Quaisquer que fossem as outras improvisações em suas histórias, a intensidade do vínculo deles, para mim, permanece como uma realidade concreta. Era como as forças místicas que unem átomos e era o próprio centro do lar no qual fui criado. Eles sempre tiveram um ao outro.

Minha descoberta milímetro a milímetro das labutas do jovem Dubin durante a guerra, tão resoluto, magnânimo, e frequentemente insensato, eventualmente fizeram suas deficiências como pai mais fáceis de aguentar. Era difícil a ternura dominar papai, como em muitos outros homens de sua geração, mas entendo agora que, muito simplesmente, ele exaurira na Europa a sua capacidade de ousar. Apostou tudo em minha mãe e, após vencer, nunca mais botou suas fichas em nada. O terror do campo de batalha, a crueldade que testemunhara e o dano às suas crenças mais valiosas eram um peso que sempre o mantinha um passo atrás da vida. No entanto, concedo-lhe a única graça que podemos querer como seres humanos: ele fez o melhor que pôde.

Mas a revelação da identidade de minha mãe me abalou até o âmago. Como ela pôde fazer isso? Como pôde enganar minha irmã e a mim sobre a nossa herança? Como pôde ter negado o próprio passado? Eu mal dormia havia semanas. O mundo, como eu o conhecia, parecia dramaticamente mudado como se eu tivesse descoberto que era o rebento de um anfíbio.

Sempre acreditei que havia um elemento de leve fingimento no caráter de minha mãe. Ela era essencialmente uma pessoa direta, mas, se necessário, seria capaz de mentir como um campeão. Eu já era um tanto quanto velho quando me dei conta de que o meu periquito, cuja gaiola eu vivia deixando de limpar, não saiu voando e fugiu simplesmente, quando eu tinha 7 anos. E ela era muito boa em se ater a totais improbabilidades que achava serem boas para nós – como a suposta pneumonia infantil que contraíra por ter saído para a rua sem um casaco.

Entretanto, a autobiografia que ela passou adiante não foi nenhuma mentirinha deslavada, principalmente a alegação da sagrada condição de sobrevivente. Como ela pôde fazer isso? Por meses as palavras zuniam em minha cabeça em momentos inesperados.

O tempo, porém, lentamente começou a dissolver a minha raiva. Todos os pais guardam segredos dos filhos. Enfim, percebi que nem ela nem meu pai poderiam ter antecipado a duradoura reverência que a comunidade judaica acabaria por prestar àqueles que sofreram em seu nome. É verdade que o pretendido legado às vezes permitia que minha mãe exercesse considerável influência emotiva sobre minha irmã e sobre mim, como também sobre a família de meu pai, mas, explicitamente, rejeitava qualquer tentativa de celebrá-la pelo que ela supostamente sofrera, sempre insistindo, sem entrar em detalhes, que tivera muito, muito mais sorte do que a maioria.

Mais importante, eu aceito agora que meus pais realmente não tiveram escolha. Eles vinham trilhando esse caminho antes das revelações da morte de Martin nas mãos dos soviéticos e se mantiveram nele após papai ser solto. Admitir que eles haviam falsificado a identidade de Gita seria imprudente; ele corria o risco de ser processado novamente, e ela, com toda a probabilidade, jamais teria sido admitida nos Estados Unidos. Uma vez no país, os perigos jurídicos permaneceram verdadeiros, tanto para ele, como advogado diplomado, quanto para ela. Ironicamente, todas as vezes que o nosso governo capturava um ex-nazista e o expulsava do país por ter mentido ao entrar, tenho certeza de que aumentava o temor deles. Certamente ninguém decidiria revelar um segredo tão perigoso a criaturas de língua solta como crianças. Os anos se passaram. E a recusa em comum de falar sobre a guerra reforçou a decisão deles de não contar nada a Sarah ou a mim. A aflição e a desorientação que senti quando descobri a verdade foi, estranhamente, a prova de que eles estiveram nos poupando da dor.

Tampouco penso que tornaram qualquer coisa mais fácil para eles mesmos. Todos que seguiram em direção da terapia sabem que o tumulto do passado nunca é totalmente esquecido. Sem solução, ele penetra até mesmo no mais resistente alicerce. Minha mãe era afetuosa, forte e corajosa. Era uma respeitada defensora dos necessitados, capaz de contar centenas de pessoas salvas pelo Refúgio, o serviço de assistência social que dirigia. Nunca tive, porém, a ilusão de que ela fosse feliz. Quanto mais o passado recuava, mais ela ficava irritadiça e se detinha mais perto de sua raiva. Parte dessa fúria, penso agora, talvez tivesse sido mais fácil de colocar de lado se ela tivesse sido livre para reconhecer a vergonha de ser a bastarda da cidade, em vez de fingir ser o fruto de uma trágica mas amorosa família judia. Contudo, meus pais aprenderam a lição de Orfeu e puderam retornar ao mundo da luz apenas por nunca olhar para trás.

Não faço julgamentos. Continuo sem conseguir me imaginar sofrendo ou testemunhando o que eles e milhões sofreram ou testemunharam. Minha mãe se referia com tanta frequência ao "período mais sombrio que a humanidade já conheceu" que a frase perdeu qualquer força para mim – seria o mesmo se ela dissesse "Tudo fica melhor com Coca-Cola". Mas minhas escavações finalmente me puseram cara a cara com a inacreditável verdade que ela tentava comunicar. Foram mortos mais seres humanos na Europa entre 1937 e 1945 do que em qualquer época anterior ou desde então. Sim, seis milhões de judeus. E também vinte milhões de russos. Mais três milhões de poloneses. Um milhão e meio na Iugoslávia. Trezentos e cinquenta mil ingleses. Duzentos mil americanos. E, que um Deus piedoso também se lembre deles, mais de seis milhões de alemães. Quarenta milhões de pessoas no total. Mamãe tinha razão. Não apenas sombrio. Negro.

Em junho de 2004, minha irmã fez sua viagem habitual para dar uma olhada em mamãe. Enjaulado por minhas próprias mentiras, eu debatera por meses o que diria a Sarah. Por direito, a história de nossos pais era tanto dela quanto minha. Só que eu não acreditava que receberia muito crédito por compartilhá-la. Contudo, no dia em que ela ia partir, pressionei minha coragem e lhe dei uma cópia do texto datilografado de papai e um resumo escrito a mão do que Leach acrescentara. Ela leu a tal carta na minha presença e, a despeito da cuidadosa justificativa que continha, reagiu de acordo com o espírito de nossa época.

– Vou processar você – disse minha irmã.

– E de que isso vai adiantar?

– Contrate um advogado, Stewart.

Foi o que fiz, na figura do meu colega de faculdade Hobie Tuttle, mas nenhuma papelada foi preenchida. Sarah ligou duas semanas depois. Ainda estava irritada – eu podia ouvi-la literalmente ofegando ao telefone – mas admitiu que ficara comovida ao ler o relato de papai.

– Mas o resto, Stewart? Sobre mamãe ser outra mulher? Você está inventando. Como sempre inventou coisas. A realidade nunca foi boa o bastante para você. Papai não escreveu uma só palavra afirmando isso.

Raciocinei com ela por apenas um momento. Deixei Leach de lado, a quem ela rejeitou por ser um velho confuso de noventa-e-seis-anos-de-idade. Por que outro motivo papai deixaria Martin ir embora? Com que outra mulher papai poderia ter se casado, se Teedle o havia prendido um ou dois dias após ele ter libertado Robert Martin? Por essa ocasião, eu já havia vasculhado as dezenas de 5x5 de Gideon Bidwell, cópias de fotos que papai guardara após enviar tudo o mais para a família de Biddy. Encontrei uma mostrando meu pai de farda, conversando com uma mulher que era indubitavelmente a minha mãe. Estavam parados em um pátio diante de um pequeno *château* construído em volta de uma torre medieval, um "castelinho", se é que já existiu algum. Sarah tinha uma cópia da foto, mas alegou que podia ter sido tirada em outra época e outro local.

– Acredite no que quiser – falei.

– É o que farei – retrucou. – É o que farei. Mas eis o que eu desejo. Deixe mamãe em paz. Se você lhe mostrar uma só página disso, nunca mais falo com você. E, se falar com mais alguém sobre isso, enquanto ela estiver viva, juro por Deus que processo você de verdade.

Mamãe, por essa ocasião, sofria. Um ano após a morte de meu pai, como em uma sinistra reprise, ela começou a sofrer os mesmos sintomas das doenças que o haviam matado. Havia uma mancha em seu pulmão e várias artérias seriamente danificadas em volta do coração. O corpo contém seus próprios mistérios brutais. Como seria possível uma doença orgânica ser agravada, como o foi claramente, pela ausência de papai? Os cirurgiões retiraram um lóbulo de seu pulmão esquerdo. O câncer apareceu novamente nos exames, dois meses depois. Já havíamos percorrido esse caminho com papai. Ela foi corajosa e filosófica – como sempre fora. Mas seu tempo estava minguando. Tinha dias bons e dias ruins. Entretanto, por ter visto papai deslizar despenhadeiro abaixo, eu sabia que, se tivesse de dizer algo a ela, teria de ser logo.

Visitava-a diariamente, levando mantimentos e outras necessidades. Ela resistia em ter uma empregada, mas contratamos uma pessoa para passar algumas horas em sua casa todas as tardes. Certa manhã, quando mamãe e eu estávamos sozinhos na cozinha, tendo a nossa conversa diária, que ia de fofocas familiares a temas internacionais, citei o assunto do meu livro sobre papai.

– Resolvi deixá-lo de lado por uns tempos – disse-lhe.

Ela estava perto do fogão branco, onde estivera preparando chá, e me encarou lentamente.

– Ah, é mesmo?

– Acho que consegui o que queria. Talvez eu o retome qualquer dia desses. Mas agora ando fazendo muito serviço de *freelance* e não tenho mesmo tempo de terminá-lo.

– Isso, creio eu, é prudente, Stewart.

– Talvez. Mas há uma coisa que me deixou curioso. Talvez você não se lembre.

Ela já sacudia os cachos grisalhos, a mesma inflexível recusa de ser interrogada com a qual eu lidava já fazia quase dois anos.

– Bem, apenas escute, mamãe. Pode ser algo que você queira saber.

Suspirando, ela se sentou à velha mesa de cozinha de carvalho, onde a história de nossa família estava escrita nas manchas e arranhões. Ela estava sumindo, encolhendo dentro da pele, agora uma pequena pessoa reduzida ao minúsculo. Recitei o único parágrafo que a minha irmã, após eu passar meses implorando, me dera permissão para proferir, minha argumentação preparatória, por assim dizer.

– Houve uma mulher que papai conheceu – falei – chamada Gita Lodz. Ela era maravilhosa, mamãe. Brilhante, bonita, uma combatente que agia clandestinamente com o Gabinete. Ficou órfã na Polônia e foi para Marselha. Era uma espécie de Mulher Maravilha. Era dez vezes mais corajosa do que a maioria dos soldados que ganharam medalhas. Acho que ela foi a pessoa mais notável das que tive conhecimento.

Mamãe olhou atentamente para o outro lado da mesa, com os mesmos olhos de obsidiana que meu pai costumava descrever.

– Sim? – indagou. – Qual é a sua pergunta?

– Eu queria saber, papai alguma vez falou nela?

– Deve ter sido alguém que ele conheceu antes de ir a Balingen. Nunca o ouvi pronunciar uma só vez esse nome desde que ficamos juntos lá.

Ao renegar a si mesma, ela permaneceu profundamente serena, a mesma suposta Bernhardt que salvara Martin uma centena de vezes. Mas a verdade, eu reconhecia, era que a vida que ela alegava foi a vida que ela viveu. Quem somos nós, perguntara ela certa vez, a não ser as histórias que contamos sobre nós mesmos e em que acreditamos? Ela fora Gilda Dubin desde 1945, havia quase sessenta anos, muito mais tempo do que fora Gita Lodz, a ativista política e moça inocente que enfeitiçara o meu pai. Gita, como milhões de outros, fora incinerada na Europa. Como a Sra. David Dubin, ela me criara e me amara. Participara de centenas de homenagens às vítimas do Holocausto e de serviços religiosos em sinagogas, trabalhara incansavelmente no Refúgio para ajudar judeus necessitados, a maioria sobreviventes de campos de concentração ou imigrantes russos. Sua identidade foi adotada como uma questão de necessidade, mas ela lhe foi leal, como fora a meu pai.

Fiel ao que Sarah e eu decidíramos antecipadamente, em seguida àquela breve digressão, deixei o assunto morrer. Falei o que pretendia falar. Verifiquei seu estojo de pílulas, para me certificar de que tomara os remédios, e me preparei para sair. Como de hábito, ela perguntou por Nona, cuja condição de "tempo passado" ela se recusava a aceitar, apesar de eu estar saindo com outra pessoa.

Quando me movimentei em direção à porta, ela voltou a falar pelas minhas costas.

– Stewart – chamou-me. – Você conhece Emma Lazar?

– Claro, mamãe. – Emma era a amiga mais íntima de mamãe, uma sobrevivente de Dachau.

– Emma se lembra de cada dia. Cada dia ela conta uma história. Caminha pela rua, e se lembra... de alguém que foi violentada por um guarda, de um homem que morreu após comer um pedaço de carne podre que encontrara, do momento em que tocou pela última vez a mão do pai dela, quando foram separados. É disso que ela vive. Necessita disso, claro. Não a censuro. Mas essa é uma vida aleijada. Não segue em frente. Essa foi a cicatriz brutal que os nazistas deixaram nela.

"Quando vim para cá, prometi a mim mesma uma nova vida. Uma vida que não olhasse para trás. Isto é vida.

Bateu na madeira da mesa e então estendeu a mão para uma laranja perfeita no topo do monte da tigela de frutas que havia sempre ali.

– O agora. Isto é vida. Conhece os filósofos? O presente nunca para. Só existe o presente. Vivendo no passado, você engana a vida. Não é mesmo?

– Claro.

– O passado está além da mudança. Bom ou mau. Eu sou sua mãe, Stewart. Isso é o presente e a verdade. E seu pai foi seu pai. Isso, também, é verdade. A quem ele conheceu, ou não conheceu, nunca dei importância. Ele me salvou. Escolheu me amar quando isso era a opção mais corajosa possível. Dali, ambos juramos seguir em frente. Para mim, ele foi um herói.

– Para mim também, mamãe. Hoje mais do que nunca. Eu o vejo como um herói. Mas você também foi uma heroína, mamãe. Uma heroína formidável. Vocês são ambos os meus heróis. Quero que saiba disso.

Quando a palavra "heroína" era aplicada à minha mãe como uma sobrevivente de campo de concentração, ela se recusava terminantemente a ouvi-la, citando a bravura maior de milhões. E agora, novamente, rejeitou o título.

– Eu conheci pessoas, Stewart, que aspiravam ao heroísmo, para viver além dos limites humanos porque achavam a vida rotineira uma penúria e, portanto, estavam fadadas à decepção. Mas eu sou uma pessoa comum, que teve sorte suficiente para realizar o que queria numa vida comum. Seu pai também. Em circunstâncias anormais fizemos o que tivemos de fazer para preservar as nossas chances de voltar a viver normalmente. Todos nós temos muito mais coragem do que comumente imaginamos. Todos os dias, Stewart, enquanto envelheço, eu me admiro com a quantidade de coragem necessária para seguir em frente, resistir aos golpes que a existência costuma desferir. Resisti aos meus e tive sorte suficiente de sobreviver para ter a vida comum que eu desejava ter com seu pai, Sarah e você, uma vida que significa muito mais para mim do que qualquer coisa que aconteceu antes. Isso – perguntou, de um modo que me fez pensar que ela realmente esperava uma resposta – não me torna uma heroína?

Os dois agora já se foram. Para citar um autor favorito: "A morte intensifica o assombro."

Como tenho admitido, por muitos meses editei, reformulei e ocasionalmente reescrevi muitas das passagens do relato de papai, com vistas à publicação. Nessa fase, com o original posto de lado enquanto eu esperava minha mãe fazer sua difícil passagem para além deste mundo, com frequência, ao virar as páginas, não consigo me lembrar que frases são de quem.

Posso voltar ao original de meu pai para verificar, mas, francamente, não ligo para isso. Fiz o máximo que pude. Isto é tão real quanto consigo reproduzir meus pais, tão na íntegra quanto consigo imaginá-los, tão honesto quanto posso enfrentar os outros, ou a mim mesmo. Inevitavelmente, há limites. Quando os nossos pais falam sobre suas vidas, eles transmitem o que pensam ser o melhor, para seu próprio bem ou o nosso. E, como seus filhos, ouvimos o que queremos, acreditamos no que podemos e, enquanto o tempo se alonga, inquirimos, julgamos e questionamos o quanto exigem as nossas necessidades. Nós os entendemos por essa ótica. E quando contamos as narrativas de nossos pais ao mundo, ou até a nós mesmos, a história é sempre a nossa própria.

Nota sobre as fontes

Este livro é uma obra de ficção, inspirado por registros históricos, mas raramente fiel a eles. Embora eu iniciasse a partir de eventos noticiados, a ação por todo o romance foi engendrada por mim e executada por personagens que, exceto pelas grandes figuras históricas, são inteiramente fictícios.

Meu foco inicial foram as histórias sobre a Segunda Guerra Mundial que ouvi de meu pai quando era menino, antes de ele colocar de lado essas experiências e se recolher ao silêncio. Meu pai, o Dr. David D. Turow, trilhou muito do caminho de David Dubin pela Europa como oficial comandante da 413º Medical Collecting Company, que foi anexada ao Terceiro Exército após outubro de 1944. De meu pai, que foi cirurgião de campanha no hospital do Exército montado no convento das Irmãs de Notre Dame em Bastogne, ouvi muitas histórias que permaneceram comigo: sobre aquele salto de paraquedas em Bastogne com o esfíncter solto; ser capturado por soldados alemães que executaram desnecessariamente seu motorista; o horror vivenciado pelas primeiras equipes médicas a entrar em Dachau e Bergen-Belsen.

As histórias de meu pai foram o ponto de partida de *Heróis comuns*. David Dubin não é, de modo algum, um retrato de meu pai. Para aqueles que possam especular, minha mãe, Rita Pastron Turow, era professora em Chicago durante a Segunda Guerra Mundial. Devo-lhe profundos agradecimentos por me ceder os arquivos, fotografias e cartas de meu pai (dos quais peguei emprestados vários trechos que aparecem nas cartas do romance), visto que, inevitavelmente, eles revelavam coisas que, do contrário, uma criança nunca ficaria sabendo, inclusive a intensidade da devoção de papai à minha mãe quando um jovem marido. A Peggy Davis, que reuniu as fotos e lembranças de seu pai, o sargento técnico Donald Nutt, funcionário de papai, devo agradecimentos especiais.

Após a participação em um programa de televisão no qual falei que meu próximo romance seria ambientado na Segunda Guerra Mundial, o Sr. Robert Freeman, de Tequesta, Flórida, entrou em contato comigo e, por insistência de sua esposa, Julie Freeman, ofereceu-me a utilização gratuita de uma variedade de materiais que ele guardara e que dizia respeito a seu primo Carl Cohen, um soldado de infantaria que, ao final da guerra, foi encontrado morto de fome em um quarto de hotel em Paris. Sou grato ao Sr. e à Sra. Freeman, e à irmã de Carl Cohen, Dottie Bernstein, de Bennington, Vermont, por compartilharem esse material comigo, embora eu nada tenha contribuído para solucionar o mistério de como Cohen caiu em mãos nazistas, ou por que sua morte foi informada erroneamente por colegas que disseram tê-lo visto morrer no campo de batalha.

Baseado em escassas bases como essa, o romance foi então imaginado. Todas as atividades de Robert Martin, por exemplo, são inventadas, embora elas ocasionalmente reproduzam operações do Gabinete. Não existiu um depósito de munição em La Saline Royale, a qual, na verdade, fica situada a poucos quilômetros do local que descrevo. Um grupo de soldados americanos fez tentativas infrutíferas por volta de 22 de dezembro de 1944 para resgatar um trem com munição retido nos arredores de Bastogne, mas não exatamente do modo como é apresentado no romance. Heisenberg fugiu realmente de Hechingen, mas não porque alguém tentara explodir o local secreto do Instituto Kaiser Wilhelm em Haigerlocherstrasse. A morte de Roosevelt foi anunciada no exterior por volta da meia-noite, e não na tarde de 12 de abril de 1945. *Und so weiter.* Havia um campo de concentração situado em Balingen, porém muito menor e não tão cruel como o que retratei, que foi baseado em relatos do Bergen-Belsen.

Dito tudo isso, tentei ser cuidadoso com o registro histórico mais amplo, especialmente com a cronologia da guerra e os movimentos das tropas, e reproduzir com exatidão as experiências individuais de

ATENDIMENTO AO LEITOR E VENDAS DIRETAS

Você pode adquirir os títulos da BestBolso através do Marketing Direto do Grupo Editorial Record.

- Telefone: (21) 2585-2002
  (de segunda a sexta-feira, das 8h30 às 18h)
- E-mail: mdireto@record.com.br
- Fax: (21) 2585-2010

Entre em contato conosco caso tenha alguma dúvida, precise de informações ou queira se cadastrar para receber nossos informativos de lançamentos e promoções.

Nossos sites:
www.edicoesbestbolso.com.br
www.record.com.br

soldados americanos. Uma bibliografia das fontes que consultei está no site: www.scottturow.com.

Minha pesquisa foi auxiliada enormemente por várias pessoas a quem devo agradecer. O coronel reformado do Exército dos Estados Unidos Robert Gonzales, um ex-oficial do Departamento de Justiça Militar, atualmente empregado em Fort Sam, Houston, Texas, compartilhou comigo o original de sua excelente história sobre o Departamento durante a Segunda Guerra Mundial, a qual incorpora entrevistas de numerosos membros do órgão nesse período. Cheguei ao coronel Gonzales ao final de uma comprida corrente de mãos obsequiosas que começou com Carolyn Alison, Public Affairs Officer do gabinete do Judge Advocate General do Departamento da Marinha. Com a benevolência de seu chefe, almirante de retaguarda Michael F. Lohr, o Judge Advocate General da Marinha, a Sra. Alison colocou-me em contato com um bom número de competentes historiadores do Exército, a começar pelo coronel aposentado William R. Hagan, outro ex-membro do Departamento de Justiça Militar, que atualmente é um civil empregado em Camp Shelby, Mississippi, e que foi de constante ajuda. Bill Hagan deixou seus afazeres para me apresentar uma grande quantidade de seus colegas, a quem sou agradecido, inclusive Mitch Yockelson do Arquivo Nacional e da Records Administration. Dan Lavering, o bibliotecário do Departamento de Justiça Militar do Exército em Charlottesville, Virgínia, foi particularmente generoso no fornecimento de materiais, inclusive exemplares de *The Judge Advocate Journal*, o boletim mantido pelo Departamento durante a Segunda Guerra Mundial, e a edição revista de 1944 de *A Manual for Courts-Martial, U.S. Army.*

fim

EDIÇÕES BESTBOLSO

Alguns títulos publicados

1. *Acima de qualquer suspeita*, Scott Turow
2. *O poderoso chefão*, Mario Puzo
3. *O último chefão*, Mario Puzo
4. *Criança 44*, Tom Rob Smith
5. *O vingador*, Frederick Forsyth
6. *O veterano*, Frederick Forsyth
7. *O negociador*, Frederick Forsyth
8. *Os caminhos escuros do coração*, Dean Koontz
9. *O guardião*, Dean Koontz
10. *O cão de terracota*, Andrea Camilleri
11. *O voo da águia*, Ken Follett
12. *A chave de Rebecca*, Ken Follett
13. *O homem de São Petersburgo*, Ken Follett
14. *O buraco da agulha*, Ken Follett
15. *Coma*, Robin Cook
16. *Contágio*, Robin Cook
17. *Parque Gorki*, Martin Cruz Smith
18. *O perfume*, Patrick Süskind
19. *O colecionador de ossos*, Jeffery Deaver
20. *Os 7 minutos*, Irving Wallace
21. *Los Angeles cidade proibida*, James Ellroy
22. *Dália negra*, James Ellroy
23. *O jardineiro fiel*, John Le Carré
24. *A lista de Schindler*, Thomas Keneally
25. *O caso das rosas fatais*, Mary Higgins Clark
26. *Enquanto minha querida dorme*, Mary Higgins Clark
27. *Vejo vocês em breve*, Mary Higgins Clark
28. *Submarino*, Lothar-Günther Buchheim
29. *Assassinato no campo de golfe*, Agatha Christie
30. *Antologia de contos extraordinários*, Edgar Allan Poe

EDIÇÕES

BestBolso

Este livro foi composto na tipologia Minion Pro Regular, em corpo 10/12,5, e impresso em papel off-set 56g/m² no Sistema Cameron da Divisão Gráfica da Distribuidora Record.